결정판
아르센 뤼팽
전집

8

Arsène Lupin gentleman-cambrioleur
reviendra quand les meubles seront
authentiques.

괴도신사 아르센 뤼팽,
"진품이 제대로 갖춰지면
다시 방문하겠음."

결정판
아르센 뤼팽 전집

모리스 르블랑 지음 | 성귀수 옮김

8

바네트 탐정사무소
부서진 다리
불가사의한 저택
바리바
이 여자는 내꺼야
에메랄드 보석반지

arte

ARSÈNE LUPIN

Contents

【 일러두기 】

1. 번역에 사용한 저본은 다음과 같다.
   - 『모리스 르블랑(Maurice Leblanc)』 Ⅰ-Ⅳ, 르 마스크(Le Mask) 출판사, 1998~1999년
   - 「이 여자는 내꺼야(Cette femme est à moi)」, 1930년 타자원고
   - 「아르센 뤼팽, 4막극(Arsène Lupin, 4 actes)」, 피에르 라피트(Pierre Lafitte) 출판사, 1931년
   - 「아르센 뤼팽과 함께한 15분(Un quart d'heure avec Arsène Lupin)」, 1932년 타자원고
   - 『아르센 뤼팽의 마지막 사랑(Le Dernier Amour d'Arsène Lupin)』, 1937년 타자원고
   - 『아르센 뤼팽의 수십억 달러(Les Milliards d'Arsène Lupin)』, 아셰트(Hachette) 출판사 1941년 판본과 거기서 누락된 에피소드의 1939년 『로토』 연재원고 편집본
   - 「아르센 뤼팽의 귀환(Le Retour d'Arsène Lupin)」, 로베르 라퐁(Robert Laffont) 출판사의 1986년 판본 '아르센 뤼팽 전집' 제1권 수록
   - 「아르센 뤼팽의 외투(Le Paredessus d'Arsène Lupin)」, 마누치우스(MANUCIUS) 출판사, 2016년
   - 「부서진 다리(The Bridge that Broke)」, 인디펜던틀리 퍼블리쉬드(Independently published) 출판사, 2017년
2. 고유명사의 한글 표기는 국립국어원 외래어표기법을 따르는 것을 원칙으로 하되, 몇몇 예외를 두었다.
3. 모든 주석은 옮긴이의 것이다.

바네트 탐정사무소

L'Agence Barnett et Cie.

1928년

카이사르의 것은 카이사르에게

다음은 전쟁이 발발하기 직전 벌어졌던 일련의 사건에 관한 이야기로,
워낙에 지리멸렬하게 중구난방 떠도는 소문만 횡행했던지라
일반 대중이 무척 흥분된 반응을 보인 바 있었다.
더없이 황당무계한 모험들 속을 신나게 휘젓고 다녔던
저 짐 바네트라는 이름의 기이한 남자는 과연 누구였을까?
오로지 보다 확실한 방법으로 고객들의 호주머니를 털기 위해서만
주문을 받아들였던 듯한 바네트 사라는 저 비밀스러운 사설
탐정사무소에서는
대체 무슨 일이 벌어진 걸까?
이제 문제를 속속들이 밝히고 확실하게 정리할 수 있게 된 작금의
상황을 맞이하여,
우리는 서둘러 카이사르의 것은 카이사르에게로 돌리고,
짐 바네트의 비행 역시 그것을 범한 자의 몫으로 돌려야 할 것이다.
즉, 도저히 교화불가능한 아르센 뤼팽의 몫으로 말이다.
그런다고 그가 더 나빠질 일도 없을 테니까.

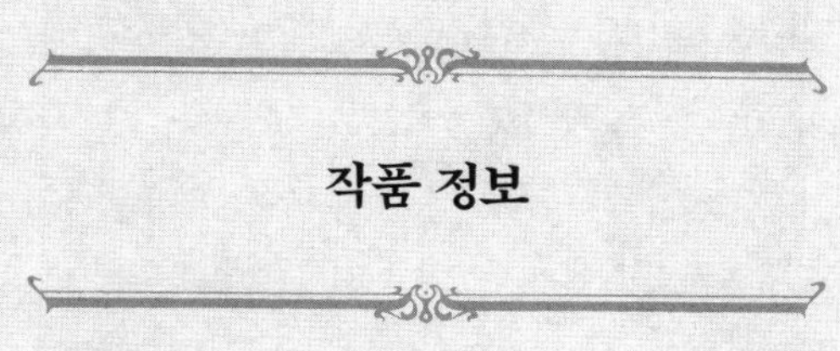

작품 정보

『바네트 탐정사무소(L'Agence Barnett et Cie.)』(1928. 2)에는 사설탐정 짐 바네트가 이끌어가는 기발하고 재치 넘치는 여덟 편의 단편들이 수록돼 있다. 사실 이 중 세 편(「진주알들의 행방」, 「베슈의 아프리카 탄광 주식」, 「우연이 기적을 만들다」)은 이미 1927년 10월부터 1928년 1월까지 『렉튀르 푸르 투스(Lectures pour Tous)』지에 연재된 것으로, 아르센 뤼팽과는 무관한 작품들이었다. 그러던 것이 추후에 뤼팽의 색채가 본격적으로 가미되면서 다섯 편을 한꺼번에 추가해, 1928년 정식 뤼팽 시리즈로 선을 보인 것이다. 이 참신한 작품집의 인기는 대단해서, 한 달 만에 15,000부가 소진되고, 6개월 후 다시 10,000부를 더 찍어내야 했다. 특히 『초록 눈동자의 아가씨』에 뒤이은 로제 브로데르스의 삽화는 현대적 감각이 두드러져, 독자들의 폭발적인 반응을 이끌어내는 요인이 되어 주었다.

『기암성』, 『칼리오스트로 백작부인』과 더불어 모리스 르블랑 스스로

『바네트 탐정사무소』. 로제 브로데르스의 표지와 삽화

아르센 뤼팽 3대 걸작으로 꼽았던 작품집이다. 후대의 평론가들도 다른 작품보다 유머와 기발한 착상들이 다수 포진한 이 작품의 참신성을 높이 평가해왔다. 특히 「흰 장갑, 하얀 각반……」의 테마는 훗날 체스터튼의 소설에서, 「바카라 게임」 중 공범들끼리 알리바이를 받쳐주는 설정은 스타니슬라스앙드레 스테만(Stanislas-André Steeman)의 『살인자는 21번지에 산다(L'Assassin habite au 21)』(1939) 같은 대표작에서 고스란히 재현될 만큼, 당시로선 처음 대하는 추리적 장치와 기발한 아이디어가 듬뿍 담긴 걸작으로 그 작품성을 널리 인정받았다.

ENCE
BARN

1
진주알들의 행방

아세르망 남작부인이 머무는 포부르 생제르맹의 널찍한 호텔에 초인종이 울렸다. 잠시 후, 하녀가 부랴부랴 달려와 봉투를 하나 내밀며 말했다.

"4시에 오라고 한 신사분이 도착했습니다, 마담."

아세르망 부인은 봉투를 뜯고 명함에 인쇄된 글자를 후딱 읽어냈다.

바네트 탐정사무소
정보 무료 제공

"이분을 내 규방으로 들이세요."

발레리는—사람들이 그녀를 '아름다운 발레리'라고 불러온 지가 어언 30여 년이 넘었다니!—한껏 무르익은 살집 좋은 체구에다 부티 나는 옷차림을 했고, 꼼꼼한 화장을 잊지 않는 꽤나 우쭐대는 타입이었다. 얼굴에는 항상 오만한 표정이 머물렀고, 가끔은 단호하지만 매력이 아주 없지는 않은 천진한 인상이 배어났다. 은행가 아세르망의 부인으로서 그녀는 자신의 부와 가계, 호텔, 그 밖의 모든 주변 환경에 대해 뿌듯한 자만심에 흠뻑 취해 있었다. 하지만 사교계의 가십기사란에는 그녀와 관련된 추문들이 심심찮게 올라와 심기를 꼬집곤 했는데, 오죽하면 남편이 끝내 이혼하고야 말 거라는 얘기가 돌 정도였다.

여자는 먼저 심장발작 때문에 벌써 몇 주간 침대에만 머물러 있는 나이 지긋한 아세르망 남작의 처소로 건너갔다. 이런저런 안부부터 대충 물은 다음 그녀는 베개를 등받이처럼 세워서 받쳐주었다. 남자가 중얼거렸다.

"초인종이 울린 것 같던데?"

"네. 우리 그 일 문제로 천거되어 온 탐정이에요. 대단히 유능한 인재라는 것 같아요."

"잘됐군. 그 일은 하도 황당해서 아무리 생각해도 당최 뭐가 뭔지 모르겠다니까."

마찬가지로 수심 가득한 얼굴을 한 채 발레리는 방에서 나와 규방으로 돌아왔다. 그곳에는 이미 기묘한 분위기의 남자 한 명이 와 있었는데, 각진 어깨에 단단해 보이는 풍채를 하고, 하도 닳아빠져 흡사 비단우산처럼 윤기가 흐르는 짙은 초록빛의 프록코트를 몸에 꼭 맞게 차려입었다. 각진 얼굴은 기운찬 인상이었고, 피부가 꺼칠한 벽돌 표면을 연상시킬 정도로 불그스레하고 거칠어 보였다. 좌우측 마음대로 번갈아 착용하는 외알안경 너머로 차갑게 냉소 짓는 듯한 눈빛이 젊은 활기로 번득이고 있었다.

"므슈 바네트이신가요?"

여자가 먼저 인사 겸 질문을 던졌다.

사내는 넙죽 허리를 숙이더니 여자가 내민 손을 미처 뺄 겨를도 주지 않고 우아한 자태로 손등에 입을 맞추었다. 그런데 마치 손의 향긋한 맛을 음미라도 하듯 그의 혀가 철썩하며 맛깔스러운 소리를 내는 것이었다.

"남작부인께 도움을 드리기 위해 대령한 짐 바네트라고 합니다. 부인의 편지를 받자마자 프록코트에 먼지를 털기가 무섭게 달려왔지요."

여자는 어이가 없어서 이 무례한 남자를 문밖으로 내쫓아버릴까 잠시 망설였다. 하지만 그 거침없는 태도 속에는 사교계 특유의 여자 호리는 기술에 능통한 귀공자다운 면모 역시 물씬 배어 있는 터라, 결국 이렇게 더듬댈 수밖에 없었다.

"듣자하니 복잡한 사건들을 곧잘 해결하신다고요?"

사내는 건방진 웃음을 흘리며 말을 받았다.

"숱한 장점들 중 하나일 뿐이죠. 사태를 명확히 보고, 이해하는 능력이라고나 할까요."

그윽한 음성에다 자신만만한 어조였고, 말하는 전반에 걸쳐 은근한 냉소와 경쾌한 빈정거림이 느껴지는 태도였다. 자신의 능력에 대해 어찌나 철저한 자신감으로 무장했는지, 발레리조차 처음 본 순간부터 이 난데없이 나타난 속물적인 사설탐정의 위세에 다소 위축되지 않을 수 없었다. 전세역전을 노린다고나 할까, 여자는 넌지시 화제를 돌렸다.

"그나저나 일단 보수는 얼마면 되는지부터 정해야겠죠?"

"전혀 필요치 않습니다."

바네트가 당차게 내뱉자, 여자는 빙그레 웃으며 말했다.

"하지만 무슨 명예 때문에 하는 일은 아닐 텐데요?"

"우리 바네트 탐정사무소는 완전 무료봉사를 원칙으로 하고 있답니다, 남작부인!"

여자는 기분이 상한 눈치였다.

“그래도 최소한의 보수라든가 보상금이라도 상정하고 나서 일에 착수했으면 합니다.”

“그럼 팁 정도만 알아서 주시든지.”

여전히 빈정대는 어투였다.

여자도 고집을 부렸다.

“남한테 신세져가면서까지 일을 부탁할 수는…….”

“신세를 지다뇨? 아리따운 여성은 결코 그 누구의 신세도 지는 게 아닙니다.”

남자는 자기 말투가 너무 과도하다 싶었는지 즉각 덧붙였다.

“아무튼 아무 걱정하지 마십시오, 남작부인. 제가 부인을 어떻게 모시든 쌍방 모두 전적으로 흘가분할 수 있게끔 알아서 처신할 테니까요.”

이 모호한 말뜻은 또 뭐란 말인가? 스스로 뭘 챙기겠다는 얘기인가? 대체 어떤 식으로 계산이 된다는 건가?

발레리는 께름칙한 기분에 얼굴이 상기되면서 몸서리를 쳤다. 사실 바네트 씨는 어딘지 아리송한 불안감을 불러일으키는 타입이었는데, 흡사 도둑놈 앞에서 느낄 법한 거북스러운 감정이 연상되기도 했다. 그런가 하면, 맙소사! 왠지 여자한테 흑심을 품고서 이런 엉뚱한 방식으로 접근하기를 즐기는, 이른바 ‘꾼’이 아닐까 하는 별의별 생각까지 다 드는 것이었다. 하지만 그걸 어찌 알겠는가? 또 설사 그렇다 해도 어쩌란 말인가? 이미 그녀는 사정이야 어떻든 간에 완전히 고분고분, 마음을 내놓고 모든 걸 맡길 자세가 은연중에 되어 있는 것을……. 결국 탐정이 도움을 요청하게 된 경위에 관해 꼬치꼬치 묻기 시작하자, 여자는 말을 돌리거나 서론도 거치지 않고 곧장 원하는 대로 털어놓기 시작했다. 바네트 씨의 재촉하는 눈빛 때문인지 되도록 간략하게 얘기를 풀어나갔다.

"지지난 주 일요일, 친구들을 불러 모아 브리지 게임을 했답니다. 그날따라 일찍 잠자리에 들었고, 언제나처럼 곧장 잠이 들었죠. 그런데 새벽 4시쯤 돼서—정확히는 4시 10분이었어요—무슨 소리가 나 잠이 깼는데, 이내 문 닫는 소리 같은 게 연이어 들렸습니다. 규방 쪽에서 들리는 소리였지요."

"그러니까 바로 이 방 말이군요?"

바네트 씨가 끼어들었다.

"네. 이 방은 한쪽으로는 내 침실로 통해 있고(바네트 씨는 그쪽을 향해 정중하게 고개를 숙여 보였다), 다른 쪽으로는 하인 전용 계단으로 통하는 복도에 맞닿아 있지요. 난 사실 별로 겁이 없는 여자랍니다. 잠시 기다려보다가 곧장 침대에서 일어났지요."

바네트 씨는 침대에서 몸을 일으키는 남작부인을 눈앞에 대하듯 또다시 깔끔한 예를 갖추며 물었다.

"일어나셔서요?"

"침대에서 일어나자마자 규방으로 건너가 불부터 켰지요. 사람은 아무도 없었지만, 여기 이 유리 진열장이 골동품과 조각상, 각종 장식품들과 함께 바닥에 쓰러져 있는 거예요. 물론 그중 몇몇은 깨지고 부서진 상태였죠. 나는 곧장 남편한테 달려갔어요. 침대에서 책을 읽고 있더군요. 근데 아무 소리도 듣지 못했다는 겁니다. 그이는 매우 걱정을 하면서 즉시 급사장을 불렀고, 조사를 시작했지요. 동이 튼 다음부터는 경찰서장이 와서 조사를 계속했고요."

"그래, 결과는 어땠습니까?"

"누군가 다녀갔다는 단서는 하나도 나오지 않았어요. 대체 어떻게 들어왔다가 어떻게 나갔는지 완전히 오리무중이었답니다. 다만 팔걸이 없는 의자 밑에서 골동품 파편 가운데 반쯤 타다 만 양초와 나무 손잡이가 지저분한 송곳 하나가 발견되었지요. 마침 전날 오후에 한 배관공이 남편 화장실 세면대 수도꼭지를 고치러 다녀간 일이 생각나는 거예요. 그래서 그 가게 사장을 조사해보니 금세 그 연장을 알아본 데다가, 가게 구석에서 나머지 반쪽짜리 양초가 발견되었지 뭡니까!"

"그러니까 결국 확실한 물증이 확보된 셈이로군요?"

짐 바네트가 또다시 불쑥 끼어들었다.

"그런 셈이죠. 다만 놀랍게도 그와 같은 정황과는 전혀 상반되면서 또한 부정할 수 없는 다른 증거가 나타나서 문제였죠. 조사 중에 문제의 배관공이 전날 저녁 6시에 브뤼셀행 특급열차를 타서, 자정 때쯤, 그러니까 결국 사건이 발생하기 최소한 서너 시간 전에 그곳에 도착했다는 사실이 밝혀진 겁니다."

"저런! 그래, 그자는 돌아와 있습니까?"

"아뇨. 앙베르에서 돈을 물 쓰듯 쓴 뒤로는 행적이 묘연한 상태입니다."

"그게 다입니까?"

"네, 그게 다예요."

"지금 이 사건은 누가 맡고 있죠?"

"베슈 형사요."

바네트 씨는 화색이 돌 정도로 즐거워했다.

"베슈라고 했습니까? 아하, 그 훌륭한 베슈 형사! 내 친한 친구 중 하나랍니다, 남작부인. 함께 일도 많이 했지요."

"내게 바네트 탐정사무소를 일러준 사람도 바로 그 사람입니다."

"아마 일이 여의치가 않은 모양이죠, 안 그렇습니까?"

"그런 모양이에요."

"베슈, 이 친구! 어쨌든 이렇게 내가 돕게 돼서 천만다행이에요! 물론 당신을 돕게 된 것도 마찬가지고요. 아니, 무엇보다 당신을 돕게 된 게 정말 기쁜 일이지요!"

바네트 씨는 창가로 다가가 유리창에 이마를 기댄 채 잠시 생각에 잠겼다. 그러고는 손가락으로 창문을 두드려 장단을 맞추면서 휘파람으로 난데없는 춤곡을 연주하는 것이었다. 한동안 그러더니 몸을 홱 돌려 아세르망 부인에게 다가와 말했다.

"베슈와 부인 모두 절도 시도가 있었다고 보시는 거죠?"

"네. 물론 아무것도 없어진 게 없으니 미수에 그친 셈이지만요."

"뭐 일단 그렇다고 칩시다. 다만 그 시도가 분명 당신도 알 만한 어떤 목표를 염두에 두고 저지른 거라면, 과연 그게 무엇일까요?"

"그건 나도 모릅니다."

발레리는 다소 머뭇대다가 내뱉듯 대답했다.

탐정의 입가에 은근한 미소가 번졌다.

"허어, 과연 그럴까요, 남작부인?

사내는 대답을 기다리지 않고, 사방 벽을 둘러가면서 굽도리 위쪽에 덧댄 널빤지를 장난스러운 손가락으로 가리키며 마치 물건을 숨긴 어린아이에게 추궁하듯 물었다.

"이 널빤지 속에 무엇이 있을까요?"

여자는 어리둥절한 표정으로 더듬댔다.

"그, 그야 아무것도 없겠죠. 무슨 말을 하려는 거죠?"

바네트 씨의 어조가 자못 진지해졌다.

"무슨 말이냐 하면, 극히 얼추 훑어만 봐도 여기 이 헝겊으로 싼 널빤지 가장자리가 제법 헐어빠진 상태라는 걸 감지할 수 있다는 거지요.

심지어 나무판자와 헝겊 덮개 사이가 눈에 띄게 벌어져 있는 모습도 군데군데 눈에 띕니다. 한마디로 그 널빤지 속에 일종의 금고가 숨겨져 있다고 넘겨짚을 만하다는 겁니다."

발레리는 부르르 몸서리를 쳤다. 애매모호한 단서만 가지고 바네트 씨는 어떻게 그런 생각까지 할 수 있을까? 여자는 문제가 된 널빤지를 부리나케 빼냈다. 역시 강철로 된 작은 문이 하나 나타났고, 남작부인은 떨리는 손으로 금고 단추 세 개를 이리저리 조작했다. 그러는 동안 심상치 않은 초조감을 드러내며 여간 안절부절못하는 게 아니었다. 정말이지 황당한 가정이긴 하지만, 혹시라도 이 낯선 사내가 이 방에 혼자 있었을 때 미리 그 안의 물건을 거덜내지는 않았을지 의심하는 기색이었다.

급기야 호주머니에서 꺼낸 열쇠로 문을 열었고, 이내 뿌듯한 미소가 여자의 얼굴에 번졌다. 안에 있었던 유일한 물건인 멋진 진주 목걸이를 여자는 와락 움켜쥐었고, 그 풍성한 구슬들이 세 가닥으로 손목에 휘늘어지는 것을 흐뭇하게 바라보았다.

바네트 씨는 우렁차게 웃음을 터뜨렸다.

"하하하하. 이제야 좀 진정이 되시는군요, 남작부인! 하지만 그만큼 도둑놈이 대범하고도 약삭빠르다는 얘기밖엔 안 됩니다! 조심하셔야죠. 보아하니 정말 멋진 물건인데, 그러니까 훔쳐가는 것 아닙니까!"

여자는 발끈하듯 대꾸했다.

"실제로 훔친 건 아니잖습니까? 제아무리 그럴 마음이 있었어도 결국엔 이렇게 실패했으니까요."

"저런! 정말 그리 생각하십니까, 부인?"

"그렇다마다요! 물건이 여기 내 손안에 있는 것 안 보여요? 자, 똑똑히 좀 보라고요!"

그러자 사내는 점잖게 타이르듯 말했다.

"물론 그것도 목걸이이긴 하지요. 하지만 과연 그게 당신 목걸이라고 확신하십니까? 그게 하등의 가치가 있는 물건으로 보이냔 말입니다."

여자는 잔뜩 골이 난 듯했다.

"무슨 말씀이세요? 불과 보름 전만 해도 내 단골 보석상이 직접 감정해서 무려 50만 프랑의 값어치가 있다고 한 걸요."

"보름 전이라…… 그러니까 그날 밤보다 닷새 이전이로군. 하지만 지금은 어떨까? 오, 물론 난 아무것도 모릅니다. 내가 직접 감정한 것도 아니니까요. 그저 난 단지…… 당신의 그 확신에 의혹의 여지는 전혀 없느냐는 겁니다."

발레리는 꼼짝도 않고 상대를 노려보았다. 의혹이라니! 대체 무슨 얘기인가? 뭘 어떻게 의혹을 품는다는 말인가? 상대가 곤혹스럽게 물고 늘어지는 통에 그녀는 혼란스러운 불안감이 스멀스멀 움터오는 걸 느끼지 않을 수 없었다. 활짝 편 손바닥에 얹혀 있는 줄줄이 진주알들 무게를 찬찬히 가늠해보기 시작했고, 그러다 보니 점점 그 무게가 가볍게만 느껴지는 것이었다. 여자는 진주알들을 뚫어져라 들여다보았다. 각기 다른 빛깔들, 낯선 광채, 놀랄 만큼 유사한 모양들과 그 밖의 혼란스러운 세부사항들이 하나하나 눈에 드러났다. 바야흐로 그녀의 정신 속에서 서서히 진실이 빛을 발하기 시작했고, 점점 위협적인 전모를 갖추어가고 있었다.

바네트는 짐짓 유쾌한 웃음을 지어내며 소리쳤다.

"어허허, 바로 그겁니다! 그거예요! 드디어 뭔가 눈치를 채시는군요! 조금만 더 노력해보세요, 부인! 이제 곧 분명히 깨닫게 될 겁니다. 지극히 논리적인 귀결이지요. 놈은 물건을 훔친 게 아니라 바꿔치기한 겁니다. 그래서 결국 아무것도 없어진 게 없는 셈이 된 거죠. 그나마 유리 진열장이 쓰러지는 소란만 없었다면 모든 일이 암흑 속에 묻힌 채 그대로 지나갈 뻔했어요. 이렇다 할 새로운 상황이 닥칠 때까지 당신은 진짜 목걸이가 사라진 것도 모르고, 그 백옥 같은 맨어깨 위에 가짜 진주 목걸이를 두른 채 마냥 과시하며 돌아다닐 뻔했단 말입니다."

난데없이 편한 말투에도 남작부인은 전혀 개의치 않는 눈치였다. 실은 지금 전혀 다른 일에 정신을 빼앗기고 있는 중이었다. 바네트 씨는 여자에게 잔뜩 몸을 기울이면서 조금의 여유도 주지 않으려는 듯 다짜고짜 말했다.

"자, 그럼 일단 첫 번째 밝혀진 문제는 목걸이가 사라져버렸다는 사실입니다. 물론 여기서 멈추면 곤란하지요. 목걸이가 도둑맞았다는 건 이미 알았으니 이제 누가 그걸 훔쳤는지를 밝혀내야 할 겁니다. 제대로 조사를 진행하자면 마땅히 그런 방향으로 생각이 옮겨가는 것이죠. 그런 다음 마지막에 도둑의 정체가 파악되고 나면 훔친 물건을 돌려받기만 하면 되는 것이죠. 즉, 우리가 함께 힘을 합해 헤쳐나가야 할 세 번째 숙제인 셈입니다."

사내는 발레리의 손등을 점잖게 토닥였다.

"자신감을 가지세요, 남작부인. 우린 반드시 해낼 겁니다. 자, 우선 사소한 가설을 한번 세워보겠습니다. 가설을 먼저 세우는 건 정말이지 문제 해결에 훌륭한 방법이 될 수 있거든요. 요컨대 당신 남편께서 어느 날 밤 아픈 몸을 이끌고 방에서 나와 이곳까지 납셨다고 생각해보십시오. 배관공이 깜박 잊고 놔두고 간 연장과 양초를 들고서 말입니다. 그는 그걸로 금고 문을 열지요. 그런데 얼떨결에 그만 유리 진열장을 넘어뜨렸고, 당신이 소리를 듣고 달려올까 봐 기겁을 하며 도망친 겁니다. 이렇게 상상해보면 이미 모든 게 환하게 밝혀지는 느낌일 겁니다! 만약 그런 경우라면 외부인이 침입한 흔적이 없는 게 너무도 당연하지요. 아울러 금고 문이 그 어떤 외적 손상도 없이 순순히 열린 것 또한 충분히 수긍할 수 있는 일입니다. 남편인 아세르망 남작께서 당신의 처소에 흐뭇한 기분으로 종종 찾아들었던 지난 수년 동안, 금고 자물쇠를 어떻게 조작하는지, 톱니바퀴를 몇 번이나 얼마 간격으로 맞물리게 돌려야 하는지, 끝내 세 자리 암호 숫자가 각각 무엇인지 파악할 때까지 얼마나 많은 저녁 시간을 당신과 함께 이곳에서 보냈을지 짐작이 갑니다."

짐 바네트 본인의 표현대로라면 '사소한 가설'이지만, 각 단계들을 차례차례 제시할 때마다 발레리의 아리따운 얼굴은 경기로 일그러졌다. 마치 눈앞에 되살아나는 것처럼 그 한 장면 한 장면을 생생하게 기억이라도 하는 표정이었다.

여자는 황당해하면서 더듬거렸다.

"다, 당신 미쳤군요! 내 남편은 그럴 수가 없어. 누군가 밤에 이곳에 들렀다면 그건 남편일 리가 없다고요. 말도 안 되는 소리야."

하지만 사내는 계속해서 은근한 말투로 물었다.

"당신, 혹시 목걸이 견본이 있나요?"

"네, 한 4년 전에 신중을 기하자며 남편이 하나 마련해두라고 한 게 있어요."

"그건 누가 가지고 있습니까?"

"남편요."

대답하는 목소리가 한층 풀이 죽어 있었다.

짐 바네트는 흔쾌히 결론을 내렸다.

"그럼 지금 당신 손에 들린 게 바로 그 견본입니다! 진짜 목걸이와 견본이 바꿔치기된 것이죠. 물론 진짜는 그의 수중으로 들어갔습니다. 왜 그랬을까요? 아세르망 남작이 설마 재산이 부족해서 도둑질을 할 리는 없을 테니까, 우리로선 보다 내밀한 동기를 고려해야만 하겠죠. 이를테면 복수를 하려 했다든가. 누군가를 괴롭히고 고통을 주어서 혼을 내려고 했다는 둥 말입니다. 그렇지 않을까요? 어느 젊고 아리따운 아내가 어떤 칠칠치 못한 짓을 저지르고 다닌다고 가정해보세요. 법적으로 하자가 있는 건 아니지만 남편이 보기에 상당히 문제가 있는 행동 말입니다. 이런, 자칫 무례를 범할 뻔했군요. 용서하십시오, 부인. 굳이 두 분 부부생활의 깊은 비밀을 집적대려는 게 아니라 단지 주문하신 대로 목걸이가 어디 있는지 밝혀내려는 것뿐입니다."

"아니야! 아니라고! 그럴 리가 없어!"

발레리는 흠칫 물러서며 소리쳤다.

군데군데 장난기가 섞인, 거의 잡담 수준의 대화를 나불거리면서 정식 조사 방법과는 판이하게 다른 엉뚱한 스타일로 이리저리 집적대다가, 아무렇지도 않은 듯 여자가 처해 있는 운명과 그를 둘러싼 암울한 비밀들을 적나라하게 까발리는 이 뻔뻔한 사내의 모습에 남작부인은 그만 치를 떨 수밖에 없었다. 더 이상은 그 비웃는 듯한 음성을 듣고 싶지도 않았다.

"안 돼!"

여자는 고집스럽게 같은 말만 되뇌었다.

그제야 사내는 깍듯하게 허리를 숙이며 말했다.

"좋으실 대로 하십시오. 언짢게 해드릴 생각은 전혀 없습니다. 나는 그저 당신을 돕기 위해 왔을 뿐, 내키시지 않는다면야 더 있을 필요가 없지요. 하긴 이 정도까지 얘기가 됐으니 더는 내 도움이 필요하지도 않을 겁니다. 바깥출입이 불가능한 남편께서 설마 다른 누군가의 손에 그 진주 목걸이를 덥석 넘기셨을 리도 없을 테고, 아마 처소 어딘가에 잘 숨겨놓으셨겠죠. 꼼꼼하게 찾아 나서면 반드시 물건을 되찾을 수 있을 겁니다. 물론 그런 자잘한 일에는 내 친구 베슈만큼 적합한 인물도 없겠지요. 한마디만 더 하죠. 나중에라도 내가 필요하면 오늘 밤 9시에서 10시 사이에 우리 사무소로 전화를 주십시오. 그럼 이만."

또다시 그는 여자가 감히 몸을 뺄 엄두도 내지 못하는 사이, 손등에다 걸쭉한 입맞춤을 했다. 그러고 나서 덩실덩실 뿌듯한 기색이 완연한 걸음걸이로 자리를 뜨는 것이었다. 얼마 지나지 않아 바깥 대문이 닫히는 소리가 들렸다.

그날 저녁, 발레리는 즉시 베슈 형사를 불러들였다. 아세르망 호텔에 그가 자주 드나드는 것은 이미 자연스러운 일 가운데 하나였고, 그렇게 서서히 수색작전이 개시되었다. 경찰세계에서 그런대로 바람직하다는 평을 듣는 그는 저 유명한 가니마르의 제자로서 무엇이든 무난한 방법론에 준해 일을 하는 타입이었다. 이번에도 그는 방과 화장실, 서재

등을 구역별로 나눈 다음, 그 하나하나를 꼼꼼히 뒤지는 식으로 수색을 진행했다. 세 줄로 이루어진 진주 목걸이라면 베슈 형사 같은 이 방면 전문가의 눈을 벗어나게끔 숨기기가 거의 불가능한 크기의 물건이었다. 그런데도 여드레 동안의 낮은 물론이고, 수면제를 상습 복용하는 아세르망 남작의 취침 습관을 이용해서 밤에도 연달아 침대 구석구석까지 뒤졌지만, 결과는 베슈 형사에게 절망만을 안겨다주었다. 이제 더 이상 목걸이가 건물 안에 있다고는 생각할 수가 없었다.

정말 내키지는 않았지만, 발레리는 다시금 바네트 탐정사무소에 연락을 취해 그 기분 나쁜 인물의 도움을 빌어야겠다는 생각을 하게 되었다. 목표만 달성할 수 있다면, 손등에 키스를 한다든가 건방진 말투로 추근대는 정도야 뭐가 대수이겠는가!

그런데 예견은 했지만 그토록 빨리 닥치리라고는 보지 않았던 한 사건이 상황을 급박하게 몰아갔다. 어느 오후가 다 저물어갈 무렵, 부리나케 남작부인을 찾는 소동이 벌어졌다. 사정인즉슨, 남편이 긴급한 발작증세를 보인다는 것이었다. 가서 보니 화장실 문턱 디방에 엎드린 채 아세르망 남작이 숨을 헐떡이고 있었다. 일그러질 대로 일그러진 얼굴에는 극심한 고통이 서려 있었다.

기겁을 한 발레리는 즉각 의사한테 전화를 했다. 남작은 간신히 중얼거렸다.

"너무 늦었어. 너무 늦었다고."

"천만에요! 장담하건대 곧 괜찮아질 거예요!"

남자는 몸을 일으키려고 안간힘을 썼다.

그는 화장실 안으로 비틀비틀 걸어 들어가면서 말했다.

"마실 것을 좀……."

"거기 병에 물이 있잖아요, 여보."

“아니, 아니야. 저 물 말고…….”

“왜 또 변덕이세요?”

“다른 거 마실 테야. 여기 이거…….”

그러다 말고 남자는 그만 맥없이 쓰러졌다. 여자는 허겁지겁 남편이 가리킨 수도꼭지를 틀었고, 잔을 가지고 와서 한가득 물을 따른 뒤 건넸다. 하지만 아세르망 남작은 왠지 또 마시려 들지 않았다.

기나긴 침묵이 뒤를 이었다. 물은 옆으로 졸졸 흘러내렸고, 남편의 퀭한 얼굴은 갈수록 핼쑥해져갔다.

문득 남편이 뭔가 할 말이 있다는 몸짓을 취해 여자는 그에게 몸을 잔뜩 기울였다. 그런데도 남편은 여전히 하인들이 엿들을까 봐 걱정이 되는 듯 자꾸만 이러는 것이었다.

“좀 더 가까이…… 더 가까이…….”

여자는 남자의 입에서 나올 말이 두려운 듯 머뭇거렸다. 하지만 아세르망 남작의 눈빛이 워낙에 절박한 터라, 여자는 고분고분한 태도로 털썩 무릎을 꿇고 귀를 바짝 갖다 댔다. 소곤거리는 말들은 언뜻 지리멸렬하게 들렸지만, 그래도 무슨 뜻인지 추릴 만은 했다.

“진주…… 목걸이 말이야…… 내가 죽기 전에 당신이 알아야만 하겠어. 당신은 나를 사랑한 적이 없지…… 나와 결혼은 했지만 말이야…… 다 내 재산 때문이었지…….”

하필 지금처럼 엄숙한 순간에 가혹하고 신랄한 비난을 퍼붓는 것에 발레리는 발끈해 화를 부렸다. 하지만 남자는 여자의 팔목을 덥석 부여잡으며 떨리는 목소리로 횡설수설했다.

“내 재산 때문이었어. 당신 행동을 보면 알아…… 결코 좋은 아내는 못 되지. 그래서 혼을 내주려는 거였다고. 지금 이 순간에도 당신을 혼내주고 있는 셈이야. 그래서 기분이 정말 째지잖아. 좌우간 어쩔 수 없는 일이지…… 진주알이 죄다 사라져버리면 나도 죽음을 받아들일 거야. 녀석들이 졸졸 떠내려가 버리는 소리가 안 들리나 보지? 아하, 발레리, 정말 그럴듯한 징벌이야! 또르르 또르르 잘도 굴러떨어지네…….”

더 이상 말할 힘도 남아 있지 않은 듯했다. 하인들이 남작의 몸뚱어리를 침대 위로 옮겼다. 곧이어 의사가 도착했고, 급히 연락한 늙은 사촌자매도 두 명 찾아와 방을 지켰다. 그 여자들은 웬지 발레리의 일거수일투족에 무척이나 신경을 쓰는 눈치였고, 특히 서랍장에 누구도 얼씬하지 못하도록 당장이라도 팔을 걷어붙이고 나설 태세였다.

단말마의 고통이 무던히도 길게 이어졌다. 결국 아세르망 남작은 동이 틀 무렵, 다른 어떤 말도 남기지 않고 숨을 거두었다. 두 사촌자매들의 공식적인 요구에 의해 그 방의 가구 일체에 봉인이 이루어지고 나서야 지루한 장례 절차가 본격적으로 시작되었다.

장례식이 다 끝난 이틀 후, 남편의 공증인이 발레리를 찾아와 긴한 면담을 요청했다.

다소 심각한 표정으로 애통해하던 그가 느닷없이 말했다.

“제가 완수해야 할 임무는 정말 힘겨운 것입니다. 따라서 가능한 한 신속히 처리를 하고 싶습니다, 남작부인. 아울러 미리 말씀드리건대 부인의 희생을 담보로 지금까지 행해진 일에 대해서 저 자신은 지금도 앞으로도 결코 동의하지 않는다는 점입니다. 하지만 워낙에 완고한 의지에 부닥친 형편이랍니다. 부인께서도 므슈 아세르망의 고집을 잘 아시리라 믿습니다. 전 정말 모든 노력을 다했지만…….”

“괜찮으니까 차근차근 설명해보세요.”

발레리는 궁금해하는 눈초리로 상대를 바라보았다.

“그게 말씀입니다. 다름이 아니라…… 저한테 지금 므슈 아세르망이 남긴 첫 번째 유언장이 있습니다. 한 20여 년 전에 작성된 것인데, 부인을 유일한 포괄유산상속자로 지명하는 내용입니다. 그런데 바로 지난 달, 부군께서는 저에게 또 다른 유언장을 마련했다며 보여주셨습니다. 그에 의하면 다시 전재산을 사촌자매 두 분께 상속한다고 되어 있는 겁니다."

"그 유언장 지금 가지고 계십니까?"

"아뇨. 그때 저한테 한 번 읽어주시고는 이곳에 있는 사무용 책상 안에 넣어두셨습니다. 그리고 자신이 세상을 뜬 일주일 후에나 사람들한테 공개하도록 지시를 내리셨지요. 따라서 봉인은 바로 그때 가서야 제거될 수 있습니다."

아세르망 남작부인은 몇 년 전 부부 사이의 불화가 극심했을 때, 왜 남편이 보석 전부를 팔아 그 돈으로 진주 목걸이를 구입해두라고 조언했었는지 비로소 알 것 같았다. 일단 그 목걸이를 가짜와 바꿔치기만 하면 유산상속도 못 받는 처지인 발레리로선 그대로 알거지 신세가 될 거라는 계산이었던 것이다.

봉인이 제거되기로 한 날 하루 전, 자동차 한 대가 다음과 같은 간판이 붙은 라보르드 가의 어느 수수한 사무실 앞에 멈춰 섰다.

바네트 탐정사무소
오후 2시에서 3시 사이 개방
무료 정보 제공

검은 상복 차림의 귀부인이 차에서 내려 문을 두드렸다.

"들어오십시오."

안에서 외쳤다.

여자는 차분히 들어섰다.

"누구십니까?"

사무실과는 커튼 하나로 차단된 뒷방에서 귀에 익은 목소리가 튀어나왔다.

"아세르망 남작부인입니다."

"아, 이거 죄송합니다, 부인. 일단 거기 어디 앉으십시오. 곧 대령하겠습니다."

발레리 아세르망은 기다리는 동안 실내를 이리저리 두리번거렸다. 한마디로 썰렁한 분위기였다. 책상 하나와 두 개의 낡은 안락의자, 텅 빈 벽에 서류나 종이쪽지 하나 눈에 띄지 않았다. 오로지 전화기 한 대만이 유일한 장식품이자 사무기기로서 자리를 지키고 있을 뿐이었다. 다만 재떨이에는 최고급 담배꽁초가 수북했고, 그로 인해 방 안 전체에 은은하고 섬세한 연기가 자욱했다.

구석의 벽걸이천이 걷히면서 마침내 짐 바네트가 생기발랄한 웃음을 머금은 채 불쑥 튀어나왔다. 똑같이 헐어빠진 프록코트와 바짝 조여 맸지만 다소 삐딱하게 보이는 넥타이 매듭이 유난스러운 옷차림이었다. 외알안경에 달린 검은 끈이 가볍게 나풀거렸다.

사내는 여자의 손을 향해 달려들 듯 다가와 장갑 위에다 입을 맞추었다.

"안녕하셨습니까, 남작부인? 이렇게 찾아주시다니 정말 기쁘기 그지없습니다. 그나저나 무슨 일인지요? 안색이 무척 좋지가 않군요. 설마 무슨 심각한 사태라도? 아차, 이런, 내 정신 좀 보게! 이제야 생각이 나다니. 아세르망 남작이 기어코…… 내 말이 맞죠? 맙소사, 이런 재앙이 있나! 그토록 매력적인 데다 당신을 극진히 사랑했던 양반인데! 그건 그렇고, 우리 얘기가 어디까지 진행되었더라?"

말하다 말고, 그는 호주머니에서 자그마한 수첩 하나를 꺼내 이리저리 뒤적였다.

"아세르망 남작이라…… 그렇지, 이제 기억난다. 가짜 진주 목걸이가 문제였지. 남편이 도둑이고…… 아내는 아리따운 여성이며…… 그래, 정말 아리따운 여성이지! 근데 내게 전화를 하기로 했고……."

사내는 한동안 저 혼자 중얼거리더니 점점 격의 없는 말투로 변해가며 말을 맺었다.

"사랑스러운 부인, 그렇지 않아도 전화를 기다리던 차였습니다."

이번에도 역시 이 인간 때문에 발레리는 기분이 몹시 당혹스러워지는 걸 느꼈다. 사실 그녀는 지금 남편을 먼저 보내 상심하는 미망인으로 처신하기보다는, 앞으로 닥칠 가난에 대한 걱정과 미래에 대한 두려움이 가세해 몹시 고통스러운 감정에 사로잡혀 있었다. 지난 보름 동안 정말이지 끔찍한 시간을 지내오면서 파산과 궁핍, 온갖 후회와 절망의 악몽에 시달리느라 얼굴까지 까칠하니 시들어버린 처지였다. 바로 그런 상황에서 전혀 사정을 이해하지 못하는 듯 경망스럽고 뻔뻔하기만 한 어떤 남자와 대면을 하고 있는 것이었다.

일단 면담에 적절한 격조를 부여하는 뜻에서 여자는 제법 위엄을 갖춘 어투로 저간의 사정을 풀어내기 시작했고, 되도록 남편을 비난한다는 인상을 피하면서 공증인의 얘기를 들려주었다.

얘기의 마무리는 환한 웃음과 함께 탐정이 대신 나서서 정리했다.

"알겠습니다! 아주 좋아요! 그만하면 아주 훌륭합니다! 모든 것이 앞뒤가 착착 들어맞는군요. 이 흥미진진한 사건이 어떤 맥락으로 진행되어왔는지 알 수 있게 되어 정말 다행입니다."

"흥미진진하다니요?"

갈수록 황당하기만 한 발레리가 발끈하며 물었다.

"그렇습니다. 아마도 내 친구 베슈 형사 역시 그렇게 느끼고 있을 겁니다. 그가 설명을 드렸을 텐데요?"

"무얼 말입니까?"

"네? 음모의 매듭이자, 작전의 동기에 대해서 말입니다. 정말 우스꽝스러운 일이죠! 베슈도 아마 대차게 웃어댔을 겁니다!"

그러면서 짐 바네트 자신도 실컷 웃어대는 것이었다.

"아하하하하! 세면대라니! 정말 대단한 아이디어 아닌가요? 이만하면 한 편의 드라마를 넘어 완전히 코미디라 할 만하죠! 하지만 정말이지 구성 하나는 끝내주게 조작했어요! 이제 와서 말씀입니다만, 사실 처음부터 뭔가 속임수가 스며 있다는 걸 난 대번에 냄새 맡았답니다. 당신이 배관공 얘기를 흘렸을 때부터, 난데없는 세면대 수리와 아세르망 남작의 계획 사이에 모종의 관련이 있다는 사실을 눈치챘다고요. 그때 혼자 생각했지요. '그래, 바로 이거다! 남작은 목걸이를 바꿔칠 궁리뿐만 아니라, 진품을 어디다 숨겨야 할지에 대해서도 복안이 있었던 거야'라고 말이죠. 사실상 그에게 중요한 건 바로 그 점 아니겠습니까? 만약 쓸모없는 물건을 처분하듯 목걸이를 센 강에다 던짐으로써 당신을 물 먹인 거라면 반쪽짜리 복수극에 지나지 않았을 겁니다. 반면 보다 완벽하고 멋들어진 복수를 이루기 위해서는 진짜 진주 목걸이를 어디까지나 자기 수중에 간직하고 있어야 했지요. 요컨대 지극히 가까우면서 도저히 손이 가 닿지 않을 은닉처에다 처넣어버리는 겁니다. 결국 그렇게 했고 말이죠."

짐 바네트는 아주 신이 나는 모양인지 연신 웃음을 머금은 채 떠들어댔다.

"물론 남편분의 직접 지시에 의해서 그렇게 된 겁니다. 당시 배관공한테 은행가가 뭐라고 얘기했는지 한번 들어보시겠습니까? '그래, 세면대 배수관은 조사를 해보았소? 그게 아마 굽도리까지 내려갔다가 화장실에서 거의 기울기를 느끼지 못할 만하게 빠져나가도록 되어 있지? 당신이 할 일은 바로 그 기울기를 더욱 줄이다가 여기 이 어두컴컴한 구석쯤에서 관의 일부를 살짝 들어 올려, 필요할 때 언제, 어떤 물건이든 걸리도록 일종의 막다른 통로를 만드는 것이오. 그러다 수도꼭지를 틀면 물이 흘러들 것이고, 결국 그 부분에까지 물이 차서 물건을 휩쓸어 갈 수 있게 말이오. 내 말 알아듣겠소? 일단 거기까지 해놓고 나서, 그 다음에는 벽에 바짝 붙은 도관에다 눈에 띄지 않게 한 직경 10센티미터 크기의 구멍을 뚫어주시오. 그렇지, 바로 거기…… 좋았어! 정말 잘 했소! 이제 그 구멍을 가죽마개로 막아두는 거요. 어때요, 됐소? 좋아요, 친구! 이제 고맙다는 인사를 할 차례로군. 아울러 우리끼리 이 문제에 대해 다짐을 해둘 게 있소. 이상의 얘기는 다른 누구에게도 누설해선 안 된다는 거요. 절대 입을 다무시오. 자, 우선 받으시오. 이걸로 일단 오늘 저녁 6시 브뤼셀행 기차표를 사도록 해요. 그곳에서 한 달에 한 번꼴로 수표가 쥐어질 것이오. 그렇게 석 달만 지내고 나면 언제든 돌아오는 건 자유요. 잘 가시오, 친구.' 이런 식이었답니다, 부인! 그 길로 두 사람은 굳게 악수를 나누고 헤어졌지요. 아울러 그날 저녁, 그러니까 당신이 규방에서 이상한 소리를 들었던 바로 그 저녁에 진주 목걸이 바꿔치기와 준비된 은닉처인 배수관의 걸리는 부분에 진짜 목걸이를 갈무리하는 일이 일사천리로 감행된 겁니다. 이제 아시겠어요? 죽음이 얼마 안 남았다는 걸 감지한 남작이 당신을 불러, 물병에 있는 물은 한사코 거부하면서도 갈증을 호소했던 이유를 말입니다. 당신은 멋모르고 시키는 대로 수도꼭지를 틀었죠. 다시 말해서 당신 스스로 당신에 대한 징벌을 단행한 셈이었습니다. 수도꼭지가 돌아가는 바로 그 순간, 당신은 끔찍한 징벌을 받게 된 것이죠. 물이 배수관을 통해 흘러들었고, 진짜 진주알들은 깨끗이 쓸려 내려갔지요. 남작이 희열에 사로잡혀 이렇게 중얼대는 동안 말입니다. '녀석들이 졸졸 떠내려가는 소리가 들리는가? 캄캄한 어둠 속으로 떠내려가고 있다고.'"

남작부인은 혼비백산한 얼굴로 잠자코 얘기에 귀를 기울였다. 남편의 원한과 증오가 너무도 처절하게 드러난 이야기 자체도 끔찍했지만, 그런 모든 사태들 속에서 무언가 놀랄 만한 사실 하나가 유독 뇌리를 짓누르고 있었다.

여자는 마침내 더듬거렸다.

"그, 그렇다면 당신은 그 모든 걸 알고 있었단 얘긴데? 정녕 진실을 알고 있었나요?"

"부인, 그건 바로 제 전공입니다."

"그러면서 아무 말도 안 해주다니!"

"무슨 말씀! 내가 당시 알고 있거나 막 눈치채기 시작한 일에 대해 입도 뻥긋하지 못하게 한 게 누군데 그러십니까? 바로 당신이 내 말은 들으려 하지도 않고, 거칠게 밖으로 내몰지 않았던가요? 이래 봬도 나는 신중한 사람입니다. 그래서 더는 고집하지 않은 거죠. 하지만 내가 눈치챈 사항만큼은 확인을 해봐야지 않겠어요?"

"아니, 그럼 실제로 확인까지 해봤다는 얘기입니까?"

발레리는 넋 나간 표정으로 더듬거렸다.

"오, 그저 호기심이 발동해서……."

"언제 그랬나요?"

"바로 그날 밤이었죠."

"바로 그날 밤이라? 그럼 집 안으로 몰래 숨어들기라도 했단 말인가요? 하지만 아무런 소리도 못 들었는데."

"워낙에 일을 조용히 처리하는 게 몸에 배어놔서…… 아세르망 남작도 아무 소리 못 들었을 겁니다. 하지만……."

"하지만, 뭡니까?"

"제대로 확인을 하려면 배수관에 뚫린 구멍을 개방할 수밖에요. 아시죠? 진주알들이 수북히 담겨 있을 그 부분의 구멍 말입니다."

여자는 부르르 몸서리를 쳤다.

"그래서요? 확인은 했나요?"

"네. 이 두 눈으로요."

"진주가 있었나요?"

"진주알들이 얌전히 들어 있더군요."

발레리는 목멘 음성을 낮게 깔면서 중얼거렸다.

"진주가 정말 거기 있었다면, 당신이 그걸 모두 가져갔을 수도……."

사내는 아무렇지도 않게 털어놓았다.

"맙소사, 만약 이 짐 바네트가 없었다면 그 진주알들은 므슈 아세르망이 다가올 죽음의 순간을 위해 예비해둔 운명을 고스란히 당하게 되었을 겁니다. '녀석들이 떠내려가고 있어. 어둠 속으로 떠내려가고 있다고' 하던 그 참담한 운명 말입니다. 그랬으면 유감스럽지만 그의 복수극이 깨끗하게 성공하는 거겠죠. 그렇게 아름다운 목걸이가 허무하게 사라지다니…… 정말 대단한 보물인데 말입니다!"

발레리는 평소 됨됨이를 흐트러뜨릴 만큼 울화통을 폭발시키거나 발끈하여 난동을 부리는 타입이 원체 아니었다. 하지만 이번 경우는 좀 달랐다. 그녀는 온통 분노에 사로잡힌 나머지 별안간 멱살이라도 부여잡을 듯 바네트 선생에게 와락 달려들었다.

"완전 도둑놈이야! 당신 순 건달이잖아! 왠지 수상하다 했지! 야바위꾼에다 깡패나 다름없어!"

'야바위꾼'이라는 말에 사내는 재미있다는 듯 중얼거렸다.

"야바위꾼이라! 거 괜찮은 별명이군."

발레리는 여전히 길길이 날뛰었다. 도무지 부아가 안 풀리는지 고래고래 소리를 질러대며 방 안을 이리저리 쿵쾅거렸다.

"이대로 방치하지 않을 거야! 당신, 그 진주알들 지금 당장 내놓아야만 해! 그렇지 않으면 경찰에 알릴 거라고!"

"오, 거참 비열한 계획이군요! 당신같이 아리따운 여성이 어떻게 이처럼 헌신적이고 정직한 남자한테 그리 막 굴 수가 있는 거요?"

사내가 호기 있게 외쳤지만 여자는 그저 어깨만 한 번 으쓱하고 소리쳤다.

"내 목걸이 내놔요!"

"맙소사, 그야 당연히 당신 몫이죠! 당신은 이 짐 바네트가 고맙게도 자기에게 일을 의뢰한 사람들 등이나 쳐먹는 위인인 줄 아십니까? 제기랄! 도대체 공명정대하다는 평판과 이재를 따지지 않는 순수함으로 인기 최고인 이 바네트 탐정사무소의 장래가 앞으로 어찌 되려고 이러는가? 이것 보십시오, 나는 고객에게 단 한 푼도 요구하지 않습니다. 만약 내가 당신의 진주 목걸이를 움켜쥘 생각이라면 당연히 도둑놈이고 야바위꾼이겠죠. 그런데 나는 점잖은 사람입니다. 이것 보십시오. 당신의 목걸이입니다, 사랑스러운 남작부인!"

사내는 진주 목걸이로 불룩한 헝겊 자루를 쓱 내밀더니 책상 위에 얌전히 내려놓았다.

'사랑스러운 남작부인'은 어안이 벙벙한 채로 벌벌 떨면서 귀중한 목걸이를 꺼내 들었다. 차마 두 눈을 믿을 수가 없을 정도였다. 도대체 이 남자가 목걸이를 진정으로 돌려준다는 게 믿을 만한 일인가? 여자는 남자가 괜히 한번 그래보는 것뿐일지도 모른다 생각했고, 그 즉시 잽싸게 자루를 낚아채 고맙다는 인사 한마디 없이 문 쪽으로 종종 내뺐다.

"저런, 급하기도 하셔라!"

사내는 활짝 웃으며 외쳤다.

"전부 몇 알인지 세어보지도 않습니까? 모두 해서 345개! 하나도 빠진 건 없습니다. 이번에는 명실상부한 진품이지요."

"아, 네, 네. 알아요."

발레리가 더듬더듬 얼버무렸다.

"아, 정말 그렇게 확신하십니까? 당신 단골 보석상이 50만 프랑어치 물건이라고 평가하는 바로 그 목걸이 맞아요?"

"네. 똑같은 겁니다."

"분명 보장하는 거지요?"

"그래요."

여자의 간명한 대답이었다.

"그렇다면 내가 그걸 사겠습니다."

"당신이 이걸 산다고요? 대체 그게 무슨 뜻이죠?"

"무슨 뜻인고 하니, 어차피 당신에겐 다른 재산이 없으니 그걸 팔 수밖에 없을 거라는 얘기죠. 그러니 이 세상 다른 누구보다 높은 값을 쳐줄 나한테 얘기를 걸어보는 게 훨씬 나을 거라는 겁니다. 제값보다 무려 스무 배나 더 쳐줄 바로 이 사람한테 말이죠. 50만 프랑 대신에 1000만 프랑을 드리겠다는 말씀입니다. 하하하! 역시 눈이 휘둥그레지시는군요! 자그마치 1000만 프랑이라면 괜찮은 액수죠."

"1000만 프랑이라니!"

"정확히 므슈 아세르망의 유산 총액이지요."

발레리는 문 앞에 멈춰 선 상태였다.

"내 남편의 유산이라…… 도무지 그 얘기가 지금 왜 튀어나오는지 모르겠네요. 어디 설명 좀 해보시죠."

짐 바네트는 단아한 목소리로 또박또박 말했다.

"단 몇 마디로 간추려서 설명해드리겠습니다. 진주 목걸이냐, 아니면 유산상속이냐 둘 중에 하나를 선택하시라 이겁니다."

"진주 목걸이하고…… 유산상속?"

여자는 여전히 아리송한 표정으로 더듬거렸다.

"바로 그렇습니다. 당신이 말했다시피 부군의 유산상속은 현재 두 개의 별도 유언장에 근거해서 집행되게 되어 있지요. 첫 번째 것은 당신한테 유리한 내용이고, 두 번째 것은 마치 크로이소스(기원전 6세기 리디아의 왕이자 갑부로 유명하다—옮긴이)처럼 부자이면서 어딘지 마녀처럼 심술궂은 두 명의 늙은 사촌자매에게 호의적인 내용이지요. 그러니 그 두 번째 유언장이 행방불명만 된다면 첫 번째 유언장만이 효력을 갖는 셈입니다."

"하지만 내일 당장 사무용 책상의 봉인을 뜯고 서랍을 개방할 거예요. 유언장은 그 안에 들어 있을 텐데."

여자가 나직이 중얼대자, 바네트는 장난스럽게 대꾸했다.

"그 안에 있기도 하고, 또한 없기도 하죠. 솔직히 이 보잘것없는 소견에 의할 것 같으면, 후자 쪽에 더 점수를 주고 싶습니다만."

"아니, 어떻게 그럴 수가 있죠?"

"그럴 수 있다마다요. 거의 확실한 얘기죠. 사실은 당신과 대화를 나눴던 그날 밤, 세면대의 도관을 손보려고 다시 들어갔을 때, 나는 겸사겸사 부군의 처소에 조촐한 가정 방문을 했었답니다. 잘도 주무시고 계시더군요!"

"그럼 문제의 유언장을 그때 빼돌렸단 말인가요?"

여자는 몸서리를 치며 다그쳐 물었다.

"뭐 거의 그렇다고 볼 수 있지요. 이 휘갈겨 쓴 악필 맞죠?"

사내는 인장이 찍힌 종이 한 장을 척 펼쳐 보였다. 과연 아세르망 씨의 필체로 다음과 같은 내용이 적혀 있었다.

아래 서명한 나, 은행가 레옹조제프 아세르망은 아내도 잘 알고 있는 몇 가지 사실들로 인해 그녀가 내 재산에 대해 어떠한 권리도 요구할 수 없다는 점을 선언하며…….

여자는 차마 끝까지 읽지 못했다. 중간에 목이 메었던 것이다. 완전히 기진맥진한 상태로 안락의자에 털썩 주저앉아 중얼거렸다.

"세상에 유언장을 훔쳐내다니! 나는 이 일에 끼고 싶지 않아요! 우리 가엾은 그이의 유지는 그대로 받들어져야만 합니다! 그러는 게 맞아요!"

짐 바네트는 지레 감격했다는 몸짓을 취하며 외쳤다.

"아, 거참 대단하군요! 정말 잘하신 거예요! 도리를 지키는 일에는 항상 어느 정도 희생이 따르기 마련이란 거죠? 당신 생각에 전적으로 동의합니다. 하지만 그런 생각하기가 쉽진 않았을 텐데요. 더군다나 두 늙은 사촌자매가 결코 그만한 혜택을 누릴 자격이 있는 것도 아닌데, 당신은 자신의 권리를 남편의 사소한 앙심 때문에 단념하고 계십니다. 대체 뭐하자는 겁니까? 젊은 시절의 보잘것없는 잘못 때문에 그런 부당한 대접을 용인하다니! 천하의 아리따운 발레리가 당연한 권리를 포기해가면서까지 부귀영화를 내던지고 굳이 궁색한 삶을 살려고 하다니! 오, 제발 생각을 깊이 해보시기 바랍니다, 남작부인. 당신의 행위를 신중히 고려하고, 그 파장이 어떨지 한 번 가늠해보세요. 만약 당신이 목걸이를 선택한다면, 혹시라도 오해가 있을까 봐 다시 말하건대, 지금 이 목걸이가 이 방을 벗어난다면, 당연히 내일이면 공증인이 이 두 번째 유언장을 접수할 테고, 그럼 당신은 유산상속에서 영영 멀어지는 겁니다."

"만약 그게 아니라면 어떻게 되는 건데요?"

"그야 아무도 모르고 있는 두 번째 유언장은 존재하지 않는 것과 마찬가지니까, 당신이 유산 전액을 상속받게 되는 것이죠. 무려 1000만 프랑이 고스란히 당신 품 안으로 돌아오는 겁니다. 바로 이 짐 바네트의 덕택으로 말이죠."

분명 빈정대는 목소리였다. 발레리는 목이 바짝바짝 조여오는 게 자신이 마치 이 악마적인 인간의 손아귀에 붙들린 먹이처럼 느껴졌다. 그 어떤 저항도 불가능해 보였다. 그녀가 만약 목걸이를 사내에게 넘기지 않는다면 문제의 유언장은 세상에 공개될 터였다. 이 정도 교활하고 지독한 상대 앞에서는 그 어떤 기도도 소용없을 것 같았다. 결코 물러서지 않을 임자를 만난 셈이었다.

짐 바네트는 벽걸이천이 가리고 있는 뒷방 쪽으로 물러나 잠시 머물러 있더니, 얼굴에 기름을 반들반들하게 문지르면서 돌아왔다. 그렇게 하자 점점 배우의 분장이 지워지는 것이었다.

어느새 아까보다 훨씬 젊고 싱싱한, 지극히 건강해 보이는 남자의 얼굴이 드러났다. 질끈 동여맨 넥타이 매듭은 간데없고, 깔끔하고 세련된 넥타이가 떡하니 자리 잡았는가 하면, 말쑥한 맞춤 양복이 때가 번들번들한 낡은 프록코트를 대신하고 있었다. 요컨대 고발할 수도, 배신할 수도 없을 한 건전한 남자가 점잖게 버티고 서 있는 것이었다. 이 자리에서 있었던 모든 일에 관해, 설사 베슈 형사 앞에서조차 여자가 단 한 마디도 누설할 수 없으리라는 것을 사내는 확신하는 눈치였다. 둘만의 비밀은 글자 그대로 신성불가침이나 다름없었다.

사내는 여자 쪽으로 몸을 수그리고 은근한 미소를 띠며 말했다.

"자, 이제 당신 눈에도 상황이 보다 명확하게 보이리라는 느낌이 듭니다. 잘된 일이죠! 아무튼 부유한 마담 아세르망이 가짜 목걸이를 착용하고 다니리라고 누가 생각하겠습니까? 당신이 함께 어울리는 마나님들조차 꿈에도 생각지 못할 일이지요. 물론 당신의 남자친구들 역시 마찬가지입니다. 결국 당신은 이중의 전쟁에서 공히 승리하는 것과 같습니다. 합법적인 유산을 상속한 데다, 모두가 진짜라고 믿는 목걸이의 주인공이 되는 셈이니까요. 근사한 일 아닙니까? 이 정도면 인생을 다시 한번 그럴듯하게 살아볼 만하지 않습니까? 생동감 넘치고 다채로우며 흥겹고 정감 어린 멋진 인생! 당신 나이 때 충분히 즐길 권리가 있는 아기자기한 장난거리로 충만한 인생을 말입니다!"

하지만 발레리는 당분간 그 같은 '장난거리'에 다시금 발을 들여놓을 생각이 털끝만큼도 없었다. 그녀는 짐 바네트를 향해 분노와 증오의 시선을 날카롭게 쏘아 던졌다. 그리고 언짢은 분위기의 살롱을 박차고 나가버리는 위엄 어린 귀부인의 자태로 홀쩍 사라졌다.

책상 위에는 진주알이 가득한 헝겊 자루가 그대로 놓여 있었다.

바네트는 짐짓 가소롭다는 듯 팔짱을 끼고 뇌까렸다.

"소위 정숙한 여성이라는 게 바로 저런 모습이었군! 엉뚱한 불장난 때문에 자기 남편한테 유산상속까지 박탈당하는 처지가 되고도 그 남편의 유지를 헌신짝처럼 팽개치다니! 유언장이 있으면 뭐해, 감쪽같이 숨기면 되지! 공증인 따위야 살살 구슬리면 될 테고! 늙은 사촌자매들마저 깡그리 털린 꼴밖에 더 되겠어! 아, 정말 가증스럽기 그지없어! 그저 모든 걸 진정한 제자리에 돌려놓고 잘못된 일을 벌주면서 시비곡직을 가리는 양반만 헛고생하는 거지!"

짐 바네트는 서둘러 목걸이를 진짜 제 위치, 즉 자기 호주머니 속으로 돌려놓았다. 옷을 챙겨 입은 그는 시가를 한 대 꼬나물고 외알안경을 걸친 뒤 바네트 탐정사무소를 벗어났다.

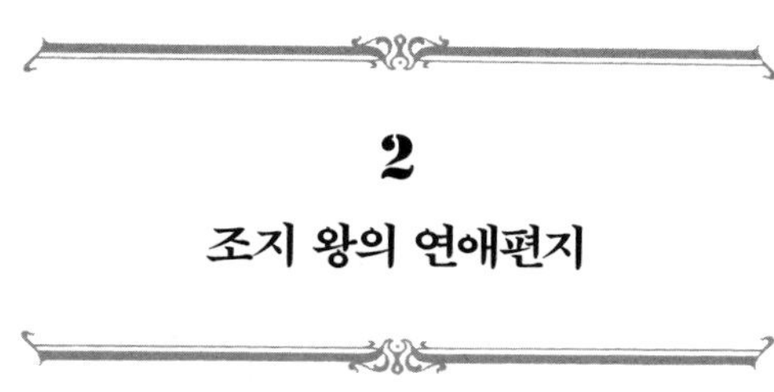

2
조지 왕의 연애편지

누군가 문을 노크했다.

탐정사무소의 아늑한 안락의자에 파묻혀 꾸벅꾸벅 졸며 고객을 기다리던 바네트 씨가 대답했다.

"들어오십시오."

방문객이 들어오는 걸 보자마자 그는 반갑게 소리쳤다.

"야, 이거 베슈 형사 아니신가! 직접 찾아와주다니 정말 반갑군! 그래, 그동안 별고 없으시고?"

베슈 형사는 복장이건 태도이건, 치안국 소속의 일반경찰들과는 대조적인 모습이었다. 언제나 우아함을 추구했으며, 바지 주름을 예리하게 세웠고, 넥타이 매듭을 정성스레 가다듬으면서 부착식 칼라까지 항상 반들반들하게 관리했다. 창백한 얼굴에다 마르고 길쭉한 체형이라 어딘지 허약한 느낌을 주었는데, 두 팔만은 이두박근이 불룩 튀어나올 정도로 강건해서 마치 복싱 챔피언의 팔을 뚝 떼어다가 페더급에 불과

한 빈약한 몸뚱어리에 되는대로 붙여놓은 느낌이었다. 물론 본인은 든든한 팔에 무척이나 자부심을 갖고 있었다. 게다가 아직은 풋풋한 티가 흐르는 얼굴 가득 항상 뿌듯해하는 기운이 넘쳤고, 눈빛은 눈빛대로 예리한 지성이 늘 감돌았다.

"이 부근을 지나치다가 문득 당신 평소 생활 습관이 생각나서, '그렇지, 짐 바네트가 일하고 있을 시간이군! 어디 한번 들러나 볼까' 해서 이렇게……."

"흠, 뭔가 조언이라도 구할 게 있는 모양이죠?"

짐 바네트가 은근히 넘겨짚자, 형사는 언제나처럼 그의 혜안에 놀라며 대답했다.

"글쎄요."

상대가 계속 머뭇거리고 있자, 바네트가 말을 던졌다.

"대체 무슨 일이오? 왠지 오늘은 상담하기 어려운 일 같아 보이는데."

베슈는 별안간 주먹으로 책상을 내리쳤다(그 주먹에는 막강한 팔에서 지렛대의 원리로 뻗어나온 힘이 실려 있었다).

"사실 좀 망설여지기는 합니다. 지금까지 당신과 나, 둘이서 함께 일을 해온 게 모두 세 차례가 되죠. 당신은 사설탐정, 나는 직업경찰로서 지극히 까다로운 수사에 공동으로 임했었지요. 그런데 그 세 번 다 왠지 모르게 이 탐정사무소에 도움을 청했던 사람들은 예외 없이 일종의 원한을 품은 채 당신과 결별하더군요. 예컨대 최근 아세르망 남작부인의 경우가 그랬지."

"말하자면 내가 사건조사를 핑계로 그들을 골탕이라도 먹였다는 건가요?"

바네트가 불쑥 말을 가로막자, 형사는 더듬거렸다.

"뭐 꼭 그렇다기보다, 내가 말하려는 건……."

바네트는 상대의 어깨를 토닥이며 말했다.

"이것 보시오, 베슈 형사. 당신 우리 사무소의 기본 모토가 무엇인지 설마 모르진 않겠지? 이른바 '무료 정보 제공' 아니오! 이참에 다시 한 번 내 명예를 걸고 다짐하는데, 나는 결코 고객으로부터 단 한 푼도 요구한 적이 없고, 주겠다는 걸 받아들인 일도 없답니다."

그제야 베슈는 안도의 한숨을 내쉬었다.

"그건 정말 고마운 일이오. 당신은 내 직업적 양심상 일정한 조건하에서만 사설탐정과 협력이 가능하다는 걸 잘 이해하고 있어요. 그나저나 정말 궁금한 점은 말입니다(다소 무례가 되더라도 용서하시오), 바네트 탐정사무소의 수입원은 그럼 무엇이냐는 겁니다."

"익명을 바라는 몇몇 자선가의 도움을 받고 있죠."

베슈는 더 이상 따져 묻지 않았고, 이번에는 바네트가 물어왔다.

"이봐요, 베슈. 요즘은 어디서 일을 하고 있소?"

"마를리 근처에서 벌어진 일인데, 보슈렐 영감 살해사건을 맡고 있죠. 그에 관해서 들어본 적 있나요?"

"어렴풋이밖에는."

"그럴 만도 하지. 꽤 흥미로운 사건임에도 왠지 신문에선 시큰둥한 반응이라……."

"자상에 의한 사망이죠?"

"그래요. 양 어깻죽지 한복판에 당했죠."

"칼에 지문은?"

"전혀요. 아마 손잡이를 종이로 감싼 다음 일을 저질렀던가 봅니다. 물론 종이는 잿더미로 변해버렸고요."

"그렇게 단서가 없어요?"

"깨끗하답니다. 그저 좀 어질러져 있고, 가구들이 엎어져 있는 것 빼고는. 책상 서랍 하나가 억지로 열려는 있는데, 왜 그랬는지, 거기서 무엇을 가져갔는지는 도무지 오리무중이에요."

"예심은 어디까지 진행 중입니까?"

"현재로선 퇴직 공무원인 르보크 씨와 고뒤라는 성을 가진 세 명의 사촌형제들한테 초점을 맞추고 있습니다만. 특히 그 세 명은 죄다 밀렵꾼이면서 좀도둑으로, 아주 인간 말종인 건달들이랍니다. 아무튼 양쪽 다 서로를 범인이라며 헐뜯는 상황이에요. 괜찮다면 함께 차를 타고 가 보렵니까? 아무래도 신문 과정을 직접 참관하는 것보다 나은 일도 없을 테니까요."

"갑시다."

"아참, 바네트, 이거 한마디만! 현재 예심을 맡고 있는 므슈 포르므리는 자신에게 세간의 이목이 집중되기를 바라고 있어요. 그래서 향후 파리에 발령받기를 노리는 거죠. 무척이나 까다롭고 의심이 많은 법관이랍니다. 그래서 얘긴데, 사법당국에서 나온 사람들과 함께 있을 때마다 당신이 항상 드러내는 그 빈정대는 듯한 태도는 아마 적잖이 그 친구 비위를 상하게 할 겁니다."

"알겠소, 베슈 형사. 그에게 합당한 배려를 하리라 내 약속하지요."

퐁틴 읍에서 마를리 숲까지 가는 길의 중간쯤, 띠처럼 이어진 평지와 이웃한 덤불숲 한복판에 단층짜리 아담한 가옥이 수수한 채소밭을 거느리고 서 있었다. 분위기가 영락없는 전원풍 '오두막'인 그 집에는 일주일 전만 해도 전직 도서관 사서인 보슈렐 영감이 살고 있었는데, 이따금 파리 센 강 제방의 헌책방을 순례하러 나가는 것 말고는 꽃과 야채들로 분주한 자신의 소박한 공간을 한 발짝도 벗어나지 않았다. 워낙에 구두쇠인 그는 비록 사는 모습은 구질구질하지만 엄청난 부자로 통하는 위인이기도 했다. 오로지 퐁틴에 거주하는 친구 르보크 영감만이 간간이 드나들 뿐, 그의 집에는 방문하는 사람 하나 없었다.

범죄 과정의 재현이 이루어지고 있었고, 르보크 씨에 대한 신문이 이미 진행 중이었다. 사법관들이 정원을 어슬렁거리는 가운데 짐 바네트와 베슈 형사가 자동차에서 내렸다. '오두막'의 입구를 지키는 형사들과 눈인사를 한 베슈가 바네트와 함께 벽 모퉁이를 돌아들자, 수사판사와 검사보를 앞에 두고 고뒤 사촌형제의 진술이 막 시작되고 있었다. 셋 모두가 농장에 고용된 농부였으며, 거의 비슷한 연령이었다. 오로지 공통점이라고는 고집스럽고도 어딘지 음험한 표정을 짓고 있다는 것 뿐, 각자 너무도 다르게 생긴 얼굴이었다. 그중 맏형이 말했다.

"네, 수사판사님. 이리로 곧장 도와주러 달려온 겁니다."

"퐁틴에서 오던 길이라고 했죠?"

"네, 퐁틴요. 오후 2시쯤, 모두 일터로 돌아가면서 드니즈 할멈과 잡담을 나누고 있었답니다. 그런데 이곳 덤불숲 언저리를 지나던 중에 갑자기 비명이 솟구치는 것이었어요. 나는 곧 '지금 누군가 도와달라고 하는데, 오두막 쪽에서 나는 것 같다'고 했죠. 수사판사님도 아시겠지만 보슈렐 영감이 어떤 사람인데요! 우린 무작정 달렸답니다. 담장도 훌쩍 뛰어넘었고요. 병 조각들이 박혀 있어서 쉽지는 않았어요. 그러고는 부리나케 정원을 가로질렀죠."

"집에 문이 열릴 때 정확히 어디쯤 있었습니까?"

"바로 여기였어요."

고뒤 형제 중 맏이가 일행을 화단 쪽으로 이끌며 말하자, 수사판사는 현관에 이르는 2단짜리 계단을 손가락으로 가리키며 중얼거렸다.

"그럼 결국 현관 계단으로부터 약 15미터 떨어진 거리로군. 여기서 이런 식으로 바라보았을 테고."

"네, 므슈 르보크를 지금 판사님 보는 것처럼 똑똑히 바라보았지요.

그는 마치 허겁지겁 도망 나오는 사람처럼 뛰쳐나왔다가 우릴 보고는 다시 쏙 들어갔습니다."

"분명 르보크 영감인 게 확실합니까?"

"하느님께 맹세해요!"

"혹시 착각을 한 건 아니겠죠?"

맏형은 목청을 높이며 단언했다.

"퐁틴 어귀에서만 우리와 가까이 5년을 사신 분입니다. 집으로 내가 우유를 배달해드렸어요."

수사판사는 즉각 지시를 내렸다. 현관문이 활짝 열렸고, 안에서 예순 살쯤 되어 보이는 한 남자가 밤색 작업복 차림에 밀짚 모자를 쓴 채, 홍조를 띤 얼굴 가득 웃음을 머금고 나타났다.

"므슈 르보크."

삼형제는 거의 동시에 중얼거렸다. 검사보가 따로 수사판사에게 말했다.

"이 정도 거리라면 잘못 보았을 리는 없습니다. 즉, 고뒤 형제가 도망자, 그러니까 살인자의 정체를 잘못 식별했을 가능성은 없다는 얘기지요."

그러자 수사판사가 대꾸했다.

"그야 그렇겠지. 하지만 과연 진실을 그대로 얘기하고 있느냐가 문제요. 이들이 본 자가 진정 므슈 르보크이냐 이겁니다. 자, 계속해볼까요?"

모두 집 안으로 들어갔고, 사방 벽 전체가 마치 책으로 도배된 듯한 널찍한 방으로 몰려들었다. 가구라고 해봐야 몇 개 없었다. 억지로 열린 서랍이 포함된 큼직한 책상이 하나 있고, 보슈렐 영감의 전신 초상화가 그림틀도 갖추지 않은 채 놓여 있었다. 일종의 채색 스케치였는데 그저 윤곽선만 갈고 다듬는 싸구려 그림쟁이가 그렸음 직한 수준이었다. 바닥에는 희생자를 나타내는 인형이 나뒹굴고 있었다.

수사판사가 다시 말했다.

"고뒤 당신들이 도착했을 때 므슈 르보크를 다시 보진 않았나요?"

"아뇨. 이쪽에서 신음 소리가 들리기에 득달같이 달려왔을 뿐입니다."

"그때 아직 므슈 보슈렐은 살아 있었겠고."

"오, 하지만 이미 간들간들했어요. 어깨 중간에 칼을 꽂은 채 배를 깔고 엎어져 있더군요. 우린 무릎을 꿇고 찬찬히 살폈어요. 가엾게도 뭔가를 끊임없이 중얼거리더군요."

"뭐라고 하는지 들어봤나요?"

"아뇨. 기껏해야 딱 한 마디 들렸어요. 그저 르보크라는 이름만 연신 되뇌는 겁니다. '므슈 르보크, 므슈 르보크.' 그러더니 온몸을 뒤틀면서 죽어가더군요. 우린 즉시 사방을 찾아 돌아다녔죠. 하지만 므슈 르보크는 어디에도 없었습니다. 부엌 창문으로 뛰쳐나간 게 분명했어요. 그런 다음 자기 집 뒤쪽까지 비교적 안전하게 이어진 자갈길로 도망쳤을 겁니다. 우린 곧장 헌병대로 찾아갔지요. 가서 모든 걸 얘기했고 말입니다."

수사판사는 질문 몇 가지를 더 추가했고, 사촌형제들이 르보크 씨를 고발한 내용을 다시 한번 명확하게 확인한 뒤 이번에는 르보크 본인을 돌아보았다.

그때까지도 르보크 씨는 조금도 화를 내거나 흥분하지 않고, 그저 평온한 태도로 잠자코 얘기를 듣고 있었다. 마치 고뒤 형제의 진술이 너무 어리석어서 설마 사법당국이 그따위 횡설수설에 신빙성을 부여하리라고는 전혀 생각지 않는다는 투였다. 그런 바보 같은 말들에는 일일이 토를 달지 않겠다는 분위기랄까.

"무슨 할 말은 없습니까, 므슈 르보크?"

"뭐 별로요."

"그럼 여전히?"

"수사판사님도 저만큼이나 잘 알고 있는 진실 그 자체를 여전히 주장할 따름입니다. 판사님이 여태껏 신문해온 퐁틴 사람들 모두가 뭐라고 하던가요? '한나절 내내 므슈 르보크는 숙소에서 한 발짝도 나오지 않았다. 정오에는 근처 여인숙에서 점심식사를 직접 배달해주었고, 오후 1시에서 4시 사이에는 창문 앞에서 내내 독서를 하거나 파이프 담배를 피웠다.' 그러지 않던가요! 그날따라 날씨가 쾌청해서 창문도 있는 대로 활짝 열어놓은 상태였죠. 그동안 무려 다섯 명의 행인이 나를 알아보았습니다. 정원 철책 사이로 매일 오후 때면 어김없이 그랬던 것처럼 말입니다."

"그렇지 않아도 오후 늦게 맞춰서 그들을 소환해둔 상태입니다."

"거 잘됐군요. 그들이 하나같이 진술한 내용들을 확인해줄 겁니다. 어차피 이 몸이 무슨 특별한 초능력이 있어서 내 집과 이곳에 동시에 존재하는 것도 아니니, 수사판사님도 내가 이 '오두막'에서 빠져나오는 걸 봤다든가, 친구 보슈렐이 죽어가며 내 이름을 되뇌었다는 망발을 곧이곧대로 믿으시진 않을 거예요. 결정적으로 고뒤 삼형제는 정말 가증스러운 놈들이라는 얘기입니다."

"그럼 그들을 향해 살인혐의를 돌리겠다는 겁니까?"

"오, 그저 단순한 가설 차원에서."

"하지만 당시 나뭇단을 주워 모으던 드니즈 할멈 얘기로는 비명이 들렸을 때 분명 그들과 잡담을 나누고 있었다고 하더군요."

"삼형제 중에서 두 명과 수다를 떨었던 것이죠. 나머지 한 명은 과연 어디 있었느냔 얘깁니다."

"조금 뒤처져서 있었다는군요."

"할멈이 직접 보았답니까?"

"글쎄, 그랬던 것 같다고는 합니다만. 확실한 건 아닌 모양입니다."

"그것 보세요, 수사판사님. 고뒤 형제 중 막내가 사건 당시 현장에 있지 않았다는 걸 증명할 사람이 아무도 없지 않습니까? 또한 다른 두 명도 담장을 뛰어넘은 이유가 희생자를 돕기 위해서가 아니라, 비명을 막고 숨구멍을 완전히 틀어막으려는 목적이 아니라고 장담 못하는 것 아니에요?"

"그렇다면 그들이 하필 당신한테 화살을 돌리는 특별한 이유가 무엇이겠습니까?"

"실은 내가 가진 땅 중에 약간의 수렵지가 포함되어 있답니다. 알다시피 고뒤 사촌형제는 상습적인 밀렵꾼들입니다. 그동안 허가 없이 밀렵을 하다가 내가 고발하는 바람에 이미 두 차례나 현행범으로 체포되어 형을 살았지요. 그래서 이제 와 어떻게든 나를 물고 늘어지려는 겁니다. 일종의 복수이자, 자위권 발동인 셈이지요."

"당신 말마따나 단순한 가설일 뿐입니다. 무엇보다 살해동기가 명확치 않아요."

"그건 나도 모르는 일이죠."

"혹시 서랍 속에서 무엇이 도둑맞았는지 짚이는 거라도 없나요?"

"전혀 없습니다, 수사판사님. 누가 뭐라 해도 사실상 별로 큰 부자가 못 되는 내 친구 보슈렐은 말입니다, 자기가 저금한 돈은 꼬박꼬박 환전업자에게 가져다 맡기지, 절대로 집 안에 놔두는 법이 없는 사람입니다."

"무슨 귀중품 같은 것도 없습니까?"

"없어요."

"책들은 어때요?"

"확인해보면 아시겠지만 별 값어치는 없는 것들입니다. 그 점을 내 친구 역시 항상 못마땅해했지요. 되도록 희귀본이나 오래된 장정본을 소장하고 싶어 했지만 방법을 모르겠다며 늘 푸념했으니까요."

"혹시 그가 당신한테 고뒤 형제에 관해 얘기한 적이 있습니까?"

"전혀요. 나라고 가엾은 친구의 죽음에 대해 복수하고픈 마음이 왜 없겠습니까! 하지만 그렇다고 없는 말을 지어 할 수는 없는 노릇입니다."

신문은 계속 진행되었다. 수사판사는 세 사촌형제들을 더 많은 질문으로 압박해 들어갔다. 하지만 팽팽한 대결에서 그다지 성과는 없었다. 부차적인 문제들만 약간 밝혀냈을 뿐, 사법관들은 별 소득 없이 퐁틴으로 발길을 돌려야 했다.

마을 경계에 위치한 르보크 선생의 사유지는 '오두막'보다 더 협소하고 검소했다. 잘 다듬은 키 큰 생울타리가 정원에 둘러쳐져 있었고, 입구의 철책 너머로 원형의 현관 계단 위로 하얗게 칠해진 벽돌집이 시야에 선명하게 들어왔다. '오두막'과 마찬가지로 철책으로부터의 거리는 15~20미터 정도 되어 보였다.

수사판사는 르보크 씨에게 사건 당일 있었던 대로 한 번 보여달라고 청했다. 그래서 그는 창가에 앉아 무릎 위에 책을 올려놓고 파이프 담배를 피웠다.

역시 어떤 오류도 발생할 것 같지 않아 보였다. 철책 앞을 지나가던 사람 누구든 집 쪽을 힐끗 돌아본다면, 창가에 앉은 르보크 씨를 못 알아봤을 리가 없었다. 퐁틴에 거주하는 상인이나 농부들 중에서 증인을 다섯 명가량 소환했지만 그들 모두 먼젓번 진술을 재확인해주는 데 그쳤다. 더 이상 사건 당일 정오에서 오후 4시 사이에 르보크 씨가 이곳에 얌전히 있었다는 사실에는 그 어떤 의혹의 여지도 없었다.

베슈 형사가 보기에도 이러한 결과에 대해 사법관들이 적잖이 당황한 것 같았다. 그래서 혹시나 하는 마음에 수사판사에게 비범한 통찰력을 지닌 탐정이라며 친구 바네트를 소개했고, 수사판사는 초면인 사설탐정 앞이지만 묻지 않을 수 없었다.

"대단히 꼬인 사건입니다. 어떻게 생각하시는지요?"

"실은 나도 묻고 싶었소. 그래, 어떻게 생각합니까?"

베슈도 깍듯한 태도로 바네트를 바라보며 거들었다.

아까부터 '오두막'에서의 조사 과정을 묵묵히 지켜보는 짐 바네트에게, 사실 베슈는 수차례 질문들을 들이밀었다. 하지만 대답이 돌아오는 대신, 그는 그저 고개만 끄덕이든지 뭔가 알 수 없는 말을 입안에서 중얼거리기만 했을 따름이다.

마침내 사설탐정의 입이 쾌활하게 열렸다.

"네, 아주 꼬여 있군요, 수사판사님."

"그렇죠? 서로 혐의를 주장하는 쌍방 간에 저울이 팽팽한 균형을 유지하고 있습니다. 므슈 르보크에게는 오후 내내 집을 벗어나지 않았다는 부인할 수 없는 알리바이가 있는 반면, 삼형제의 진술도 상당히 그럴듯해 보인다는 말씀입니다."

"정말 그럴듯하긴 합니다. 하지만 둘 중 어느 한쪽은 분명 치졸한 연극을 하고 있는 게 틀림없지요. 하지만 그게 과연 어느 쪽일까요? 불한당 같은 인상의 고뒤 삼형제 쪽이 결백하고, 티 없이 점잖기만 할 것 같은 므슈 르보크의 온화한 미소 속에 범인이 숨어 있는 걸까요? 아니면 원래 생긴 대로 논다고, 므슈 르보크가 죄 없고, 고뒤 형제가 흉악범일까요?"

포르므리 씨는 다소 마음이 놓이는 얼굴로 대꾸했다.

"그럼 결국 당신도 우리처럼 별 뾰족한 수가 안 보인다는 얘기로군요?"

"오, 그건 아닙니다. 그보다야 훨씬 낫지요!"

짐 바네트는 정색을 하고 말했다.

포르므리 씨는 순간 입술을 질끈 깨물었고, 이내 말했다.

"그렇다면 당신이 뭘 밝혀냈는지 어디 우리도 구경 좀 할까요?"

"때가 되면 자연스레 그리될 것입니다. 다만 오늘은 수사판사님께 새로운 증인을 한 명 더 소환해줄 것을 부탁드리고 싶네요."

"새로운 증인?"

"그렇습니다."

"누구 말입니까? 이름이나 주소라도?"

다그치는 포르므리 씨는 어지간히 어리둥절한 표정이었다.

"그건 나도 모릅니다."

"네? 지금 무슨 말씀을 하는 거요?"

포르므리 씨는 슬슬 이 '비범한' 탐정께서 자기를 우롱하고 있는 건 아닐까 하는 생각이 들기 시작했다. 초조한 건 베슈도 마찬가지였다.

짐 바네트는 포르므리 씨에게 바짝 다가든 뒤, 한 10여 보 떨어진 발코니에서 평소처럼 덤덤하게 담배를 피우고 있는 르보크 선생의 모습을 손가락으로 슬쩍 가리키며 중얼거렸다.

"므슈 르보크의 지갑 비밀주머니 속에는 마름모꼴로 네 개의 작은 구멍이 뚫린 명함 한 장이 있을 겁니다. 바로 그 명함 안에 문제의 이름과 주소가 있을 거예요."

포르므리 씨가 이 엉뚱한 얘기에 어안이 벙벙해져 있는 동안, 베슈 형사는 조금도 지체하지 않았다. 그는 이렇다 할 이유도 대지 않고 곧장 르보크 씨의 지갑을 빼 들어 그 안에서 마름모꼴로 네 개의 구멍이 뚫린 명함을 꺼냈다. 거기엔 이런 이름과 주소가 새겨져 있었다.

미스 엘리자베스 러븐데일

파리, 방돔 그랑 호텔

수사판사와 베슈 형사는 서로 멍하니 마주 보았다. 잠시 후, 환해진 얼굴의 베슈 형사에게 르보크 선생은 조금도 당황하지 않고 외쳤다.

"오, 이런! 그렇지 않아도 이 명함을 얼마나 찾았는데! 가엾은 보슈렐, 그 친구도 마찬가지였고."

"그는 또 왜 이걸 찾은 거죠?"

"어허, 너무 꼬치꼬치 캐물으십니다, 수사판사님. 아마 그 주소가 필요했겠죠."

"그럼 이 네 개의 구멍은 또 뭡니까?"

"아, 그 송곳 구멍들은 내가 에카르테 게임(둘이나 넷이 하는 카드 게임의 일종—옮긴이)에서 4점 이긴 걸 표시해놓은 겁니다. 둘이서 자주 그 게임을 하거든요. 근데 아마 내가 칠칠치 못하게 그걸 지갑 속에 넣어 가지고 다닌 모양입니다."

충분히 그럴 법한 해명을 아무렇지도 않게 내뱉어서 포르므리 씨로서는 그런가 보다 할 수밖에 없었다. 다만 생전 처음 보는 사람의 지갑 속에 그런 명함이 들어 있다는 사실을 짐 바네트가 어떻게 알아맞혔는지에 대해서는 엄청난 궁금증이 피어오르는 것이었다.

하지만 바네트는 아무 내색도 하지 않았다. 그저 기분 좋게 웃으면서 엘리자베스 러븐데일을 불러달라고 수사판사에게 간곡히 요청하는 게 전부였다. 물론 르보크 선생도 반대할 이유가 없었다.

미스 러븐데일은 마침 파리에 없었고, 일주일 후에나 나타났다. 그동안 짐 바네트와 관련된 찜찜한 기억에 자극받은 포르므리 씨가 악착같이 정진했음에도 불구하고, 예심은 별다른 성과를 거두지 못하고 있었다.

베슈 형사는 바네트와 '오두막'에서 재회한 날 오후에 이렇게 말했다.

"당신 때문에 그 친구, 아예 오금이 저린가 보더군요. 다시는 당신 협조를 구하지 않겠다며 단단히 골을 냅디다."

"그럼 이쯤에서 빠져줄까요."

"그건 아니고요. 아무튼 요즘 들어와 뭘 하나 건진 모양입니다."

"무슨 뜻입니까?"

"뭔가 결단을 내린 것 같아요."

"그거 잘됐군요. 보나마나 잘못된 결단이겠지만. 또 장난이나 좀 쳐볼까."

"오, 바네트, 제발 적당히 하세요."

"적당히, 또 덤덤하게 넘어가란 말이죠? 약속하죠, 베슈. 어차피 우리 탐정사무소는 무료봉사를 표방합니다. 안팎으로 무얼 챙긴다는 욕심은 애당초 없어요. 하지만 분명한 건 당신이 좋아하는 그 포르므리라는 작자, 참 신경 거슬린다는 점입니다."

한편 르보크 선생은 기다린 지 벌써 30여 분이 되어가고 있었다. 마침내 미스 러븐데일이 자동차에서 내렸고, 곧이어 포르므리 씨가 무척이나 쾌활한 표정을 띤 채 도착했다. 그는 바네트를 보자 외쳤다.

"안녕하시오, 므슈 바네트! 그래, 무슨 좋은 소식이라도 있습니까?"

"아마도, 수사판사님."

"아, 나도 마찬가지입니다! 하지만 그보다 먼저 당신이 추천한 증인 문제부터 신속히 처리하기로 하죠. 사실 별로 흥미는 없습니다만. 자칫 시간만 낭비할지도 모르니까요."

엘리자베스 러븐데일은 나이가 지긋한 영국 여자였다. 회색빛의 헝클어진 머리에 아무렇게나 걸친 옷차림이 괴상해 보이는 데다, 프랑스어를 마치 프랑스인처럼 유창하게 하면서도 너무 쉴 새 없이 조잘대는 지라 제대로 알아듣기 힘들 정도였다.

아니나 다를까, 안으로 입장하자마자 미처 질문이 나오기도 전에 그 속사포 같은 입심이 시작되었다.

"세상에, 가엾은 므슈 보슈렐! 살해를 당하다니! 그토록 선량하고 재미있는 사람이었는데! 그러니까 지금 내가 그를 알고 지냈나를 묻고 싶은 거죠? 뭐 그리 많이 안다고는 못합니다. 어떤 용건 때문에 이곳에 딱 한 번 들른 적이 있어요. 그에게서 뭔가를 사려고 했었죠. 하지만 가격에 관한 타협을 못 보는 바람에 그만뒀어요. 우리 오빠들과 상의를 좀 한 다음에 다시 만나보려고 했죠. 오빠들은 유명인사랍니다. 그러니까, 그걸 뭐라고 하죠? 그렇지, 런던 최고의 식료품상점을 운영하고 있어요."

포르므리 씨는 즉시 나서서 쏟아지는 말들을 정리하려고 했다.

"근데 무얼 사려고 했었던 거죠?"

"그냥 작은 종잇조각이었어요. 요즘은 그걸 어니언 스킨지(양파 껍질처럼 얇은 종이라는 뜻. 타이프용지 따위를 말함—옮긴이)라고도 하더군요."

"그게 무슨 가치가 있는 건가요?"

"나한테는 대단한 값어치가 있죠. 그 사실을 그 사람한테 얘기한 게 잘못이었어요. 내가 이랬거든요. '므슈 보슈렐, 이래 봬도 말입니다. 내 할머니의 모친 되시는 이쁜이 도로테한테 조지 4세께서 얼마나 목을 매다시피 했는지 아세요? 글쎄, 그분한테 왕이 직접 써 보낸 연애편지만 열여덟 장을 가지고 있었는데, 그 모두를 열여덟 권의 리처드슨(새뮤얼 리처드슨(1689~1761). 리처드슨의 소설 『클라리사 할로』에는 러블레이스(Lovelace)라는 전형적인 바람둥이가 등장하는데, 러븐데일(Lovendale)이라는 이름은 바로 이 인물의 이름에서 차용했다는 것이 뤼팽 연구가들의 의견이다—옮긴이) 전집 송아지 가죽 장정 속에 세심하게 삽입해서 보관해오셨답니다. 책 하나에 편지 한 장씩으로 말이죠. 그런데 그분이 죽고 나서 가족들이 책을 발견했을 때는 그중 14권째가 누락되어 있는 거였어요. 물론 열네 번째 편지도 사라져버린 셈이었죠. 한데 그 편지야말로 이쁜이 도로테께서 첫아들을 생산하기 아홉 달 전에 그만 조신한 몸가짐을 포기했었다는 사실을 증명할 만한 아주 흥미로운 내용을 담고 있었답니다. 그러니 므슈 보슈렐, 이제 우리 가족이 그 편지를 되찾기를 얼마나 바라고 있을지 상상이 가시겠지요? 러븐데일 가문이 다름 아닌 조지 왕의 후손이 되는 것과 마찬가지라는 겁니다! 오늘날 생존해 있는 조지 왕의 근친이라고요! 그 정도면 우리에게 대단한 명예와 자격을 가져다줄 만하지요!'"

엘리자베스 러븐데일은 숨을 한 번 몰아쉬고는 다시금 보슈렐 영감과의 이야기를 정신없이 풀어나갔다.

"그리고 또 말했죠. '이봐요, 므슈 보슈렐. 지난 30여 년 동안 숱하게 찾아다니고 광고도 내보고 하다가, 어느 경매에 나온 고서 한 묶음 중에 바로 그 리처드슨의 전집 14권이 포함되어 있다는 사실을 알게 되었죠. 즉각 그 책을 구입한 볼테르 제방의 헌책방에 달려갔지요. 근데 그 주인이 바로 어제 그걸 당신한테 되팔았다고 하는 겁니다.' 그러자 므슈 보슈렐은 리처드슨 전집 14권을 내게 턱 꺼내 보여주는 거예요. 난 말했죠. '한번 살펴보세요. 열네 번째 편지가 그 책 뒤표지 안에 들어가 있는 게 틀림없어요.' 그는 가만 들여다보더니 얼굴이 창백해지면서 이러더군요. '그래, 얼마에 사시겠소?' 그제야 나는 얼마나 바보 같은 짓을 했는지 깨달았죠. 만약 편지 얘기를 하지 않았다면 불과 50프랑만 내고도 그 책을 손에 넣었을 겁니다. 그런 것을 무려 1000프랑이나 제안을 할 수밖에 없었어요. 그런데 므슈 보슈렐은 몸을 부르르 떨더니

1만 프랑을 요구하는 것이었습니다. 난 수락할 수밖에 없었죠. 그때부터는 그도 제정신이 아니었지만 나 역시 마찬가지였어요. 짐작하시겠지만 이젠 아주 경매를 하는 거나 다름없었답니다. 갑자기 2만 프랑을 부르더니 곧이어 3만 프랑, 결국에는 5만 프랑을 부르는 거예요. 눈까지 충혈되면서 아주 미친 사람처럼 호들갑을 떨더군요. 세상에, 5만 프랑이라니! 한 푼도 감해줄 수 없다는 겁니다! 그 정도 돈이면 내가 사고 싶은 책은 무엇이든 긁어모을 수도 있을 것 아니겠어요? 그것도 아주 호화 장정본으로 말이죠! 세상에, 5만 프랑이라니! 그는 대번에 선불로 수표를 요구했답니다. 나는 다시 오겠다고 하고서 일단 돌아나왔어요. 그는 바로 저 책상 서랍 속에 책을 던져 넣고는 열쇠로 단단히 잠근 다음 나를 배웅했지요."

엘리자베스 러븐데일은 이 밖에도 몇 가지 아무도 귀담아듣지 않을 쓸데없는 소리를 자잘하게 늘어놓으며 얘기를 끝맺었다. 실은 얼마 전부터 짐 바네트와 베슈 형사는 여자 얘기 말고 다른 것에 주의를 더 빼앗기고 있었는데, 다름 아닌 포르므리 씨의 얼굴이 심하게 일그러지기 시작하고 있었던 것이다. 뭔가 격렬한 감정에 휩싸이는 듯했고, 이내 격한 기쁨으로 어쩔 줄을 몰라 했다. 그러다가 잔뜩 목이 멘 소리를 억지로 자제하면서 과장된 표정으로 속삭이기 시작했다.

"그러니까 결국 당신이 그에게 리처드슨의 전집 14권을 요구하셨다는 거죠?"

"그렇습니다."

"바로 이거 말입니다!"

그렇게 외치면서 포르므리는 자신의 호주머니 속에서 송아지 가죽 장정의 한 자그마한 책을 호들갑스럽게 꺼냈다.

영국 여자는 감격에 겨워 소리쳤다.

"어머나, 이럴 수가!"

"바로 이거죠. 조지 왕의 연애편지는 이 안에 없습니다. 있었다면 내 눈에 띄었겠죠. 하지만 그토록 찾아 헤맸던 책을 결국엔 찾아냈으니 편지도 조만간 이 손안에 들어올 것입니다. 둘 중 하나를 훔친 자가 다른 하나도 훔쳤을 테니까요."

포르므리 씨는 뒷짐을 진 채 승리감에 젖어 방을 서성거렸다.

그는 손으로 책상을 가볍게 두드리며 결론을 내렸다.

"이렇게 해서 살인의 동기는 밝혀진 셈입니다. 보슈렐과 미스 러븐데일의 대화를 누군가 엿듣고 있다가 책이 어디에 갈무리되어 있는지 알아냈다고 칩시다. 며칠 뒤 그자는 문제의 책을 훔쳐내 열네 번째 편지를 팔아치우기 위해 살인을 저지른 것이죠. 과연 그자는 누구일까요? 바로 고뒤 형제 중 한 명인데, 그렇지 않아도 유력한 혐의자로 내가 주목하던 자입니다. 어제 가택수색을 벌이던 중에 그자 집의 벽난로 벽돌들 틈 한 곳이 유난히 벌어져 있는 게 이상해서 구멍을 넓혀보지 않았겠습니까. 책이 한 권 그 안에 있더군요. 필시 보슈렐의 서가에서 나온 책이다 싶었지요. 그런데 마침 미스 러븐데일의 예기치 않은 진술을 통해 내 추리가 정확히 맞아떨어졌다는 게 증명된 겁니다! 이제야말로 고뒤 삼형제에 대한 체포영장을 발부할 생각입니다. 아주 고약한 깡패들인 데다, 보슈렐 영감 살해범이자, 므슈 르보크에 죄를 뒤집어씌우려던 놈들이지요."

여전히 근엄한 자세를 잃지 않으면서 포르므리 씨가 내미는 손을 르보크 선생은 감격에 겨운 표정으로 부여잡았다. 그런 다음 이번에는 꽤나 우아한 신사처럼 엘리자베스 러븐데일을 자동차까지 배웅한 뒤, 사람들에게 돌아와 손바닥을 문지르면서 외쳤다.

"자, 이제 이 사건으로 좀 떠들썩해지겠어요. 바야흐로 므슈 포르므리의 귀가 한동안 즐거운 느낌에 시달려야겠단 말입니다. 뭐, 어쩌겠어요? 워낙에 므슈 포르므리는 야심 찬 사람이고, 조만간 저 중원(中原)에서도 어서 오라며 손짓할 것을."

모두들 고뒤 형제의 거처를 향해 발길을 옮기기 시작했다. 그곳에는 수사판사의 지시에 따라 이미 세 형제가 삼엄한 경비 속에 집합해 있었다. 참으로 화창한 날씨였다. 르보크 씨가 뒤따르고, 양쪽으로 베슈 형사와 짐 바네트의 호위까지 받는 분위기 속에서 포르므리 씨는 넘칠 듯 기고만장한 태도로 종알거렸다.

"이것 보시오, 친애하는 바네트. 일이 정말 끝내주게 처리된 것 아니오? 게다가 당신의 예상과는 정반대 방향으로 말입니다. 당신은 므슈 르보크에게 다분히 적대적이지 않았소?"

바네트는 순순히 털어놓았다.

"수사판사님, 솔직히 그놈의 고약한 명함에 생각이 좀 휘둘린 건 인정합니다. 그 명함이 '오두막' 바닥에 덩그러니 떨어져 있는 것을, 르보크 선생께서 허겁지겁 다가가 은근슬쩍 오른발로 덮어 감추었다고 한번 생각해보세요. 신발 밑창에 붙은 채로 밖에까지 끌고 나가, 지갑 속에 잽싸게 욱여넣는 모습을 상상해보시란 말입니다. 그런데 약간 젖은 땅 위에 찍힌 그 신발 자국으로 보건대, 원래부터 신발 밑창에 뾰족한 돌출부가 마름모꼴로 자리 잡고 있는 겁니다. 나로선 르보크 선생이 애당초 마룻바닥에서 잃어버린 명함을 발견하자마자, 어떻게든 그 명함 속의 이름과 주소를 알리지 않으려 잔꾀를 부렸다고밖에는 생각할 수가 없었던 거죠. 그리고 사실상 그 명함 덕분에 이번 사건 해결이……."

포르므리 씨는 너털웃음을 터뜨렸다.

"허허허. 이봐요, 바네트. 그게 다 유치한 발상 아니겠소? 뭐하러 그렇게 복잡하게 일을 대한단 말이오? 공연히 머리를 굴리는 것 아니오! 이봐요, 바네트. 내 원칙 중 하나는 쓸데없이 문제를 어렵게 몰아가지 않는 거라오. 그냥 있는 그대로의 사실로 만족하는 겁니다. 괜히 어렵게 이런저런 선입관에 꿰맞추려고 하지 말고."

그러는 와중에 르보크 씨의 집이 먼저 가까워지고 있었다. 그 집을 다 지나야만 고뒤 형제의 거처가 나타나는 것이다. 포르므리 씨는 바네트의 팔짱을 끼다시피 한 채 알량한 경찰심리학 강의를 열심히 계속했다.

"바네트, 당신의 가장 큰 착오는 누구든 동시에 떨어진 두 장소에 있을 수 없다는 단순한 진리를 신성불가침으로 받아들이려 하지 않았다는 데 있소. 모든 문제가 바로 거기에 있는 것을. 창가에서 담배를 피우고 있던 므슈 르보크는 동시에 '오두막'에 와서 살인을 저지를 수가 없는 겁니다. 자, 지금 므슈 르보크는 우리 뒤에 저렇게 있죠? 그리고 집의 철책은 우리 앞에 열 발짝쯤 떨어져 있습니다. 자, 그런 상황에서 므슈 르보크가 우리 뒤와 저 창가에 동시에 존재할 수 있다는 건 도저히 생각할 수 없는 기적일 뿐입…….”

말이 채 끝나기도 전에 포르므리 씨는 제자리에서 펄쩍 뛰며 외마디 비명을 질렀다.

“으악! 이게 대체 어찌 된 일이야?”

그는 집 쪽을 손가락으로 가리키며 베슈 형사에게 더듬댔다.

“저, 저기, 저기…….”

철책 너머, 즉 잔디밭 맞은편으로부터 약 20여 미터 떨어진 활짝 열린 창틀 안에서 유유히 파이프 담배를 피우고 있는 사람은 분명 르보크 선생이었다. 틀림없이 르보크 선생은 지금 이 순간 일행과 더불어 보도 위를 걷고 있는데 말이다!

끔찍한 환상인가? 고약한 환각이란 말인가? 무시무시한 허깨비가 아니라면, 도저히 믿을 수 없을 만큼 똑같은 모습의 인간이 둘씩이나 어떻게 존재한단 말인가? 도대체 저기 누가 있어서, 지금 포르므리 씨가 팔을 붙들고 있는 이 진짜 르보크의 역할을 그럴듯하게 하고 있는가?

베슈는 득달같이 철책문을 열고 안으로 달려갔다. 포르므리 씨 역시 르보크 선생과 꼭 닮은 저 기괴한 모습을 향해 고래고래 고함을 질러대며 달려들었다. 그런데 그 형상은 왠지 전혀 미동도 하지 않고, 조금도 동요하는 기색이 없었다. 하긴 어떻게 동요하거나 움직일 수가 있겠는가? 사람들이 보다 가까이 다가가자 밝혀진 것이었지만, 그 자체가 하나의 화폭에 불과한 것을. 창문의 크기와 정확히 일치하는 크기의 화폭에 ‘오두막’에서 보았던 보슈렐 영감의 초상화와 같은 형식의, 분명히 같은 사람 손에 의해 입체적으로 그려진 르보크 선생의 파이프 담배 피우는 모습이 그럴듯하게 버티고 있는 것이었다.

포르므리 씨는 얼른 뒤돌아보았다. 그의 바로 곁에서는 그토록 평온한 표정에 불그스레 농진(膿疹)이 핀 얼굴로 미소를 짓던 르보크 선생이 갑작스럽게 닥친 사태를 감당하지 못하고, 마치 몽둥이로 한 대 얻어맞은 듯 그 자리에 풀썩 거꾸러졌다. 그는 엉엉 울면서 바보처럼 웅얼거렸다.

"내가 그만 정신이 나갔었나 봅니다. 그럴 생각은 없었는데, 그만 저질러버렸어요. 반씩만 나누자고 그랬는데…… 그가 싫다고 했어요. 그래서 그만 정신이 홱 돌아버린 거죠. 아무 생각 없이 저지른 거예요."

그러고는 곧 입을 다물었다. 그 침묵 속에서 심술과 야유가 뒤섞인 짐 바네트의 목소리가 신랄하게 울려 퍼졌다.

"흥, 그래 어떻게 생각하시오, 수사판사 나리? 당신이 비호해오던 요 맹랑한 르보크 선생을 어떻게 보시냐 이거요! 그것참, 알리바이도 주도면밀하게 만들어놓지 않았소? 별 생각 없이 매일 이 근처를 지나쳤을 행인들이 보기에는 영락없이 진짜 르보크가 창문을 내다보고 있는 걸로 비쳤을 테니까. 나로 말하자면, 첫날 보슈렐 영감의 초상화를 보는 즉시 의혹이 들기 시작했었소. 어쩌면 그림을 그려준 화가가 그의 절친한 친구인 르보크 선생의 초상화마저 그려주지 않았을까 하는 마음이었던 것이오. 그때 이후 나는 줄기차게 찾아 헤맸소. 르보크는 우리가 자신의 속임수를 깨닫기에는 너무 바보라고 생각했는지, 창고 안 쓸모없는 집기들과 더불어 그림을 아무렇게나 둘둘 말아 방치해놓았더군요. 발견하는 데 그리 오래 걸리지도 않았죠. 나로서는 그가 당신 소환을 받고 달려가 있는 동안, 그림을 못 한 방으로 고정하기만 하면 끝이었습니다. 바로 이런 식으로 해서 '오두막'에서 사람을 죽이는 일과 동시에 집 안에서 편안히 파이프 담배를 피우는 작태를 병행할 수가 있었던 거지요!"

짐 바네트는 가혹하리만치 몰아붙였다. 그 콕콕 찌르는 듯한 질타가 포르므리 씨의 난감한 심정을 갈가리 찢어발겼다.

"오, 그처럼 점잖게 살아온 사람이 어찌 그런 짓을 저지를 수 있으리오! 하긴 그럴싸하지 않던가요? 명함에 얽힌 얘기라든가 에카르테 카드 게임의 4점 표시로 네 개의 구멍을 해명하던 그 순발력! 언젠가 오후에 고뒤 형제의 집 벽난로에 몰래 책을 갖다 놓은 주도면밀한 솜씨(사실 내가 미행을 했죠)! 그리고 수사판사, 당신에게 틀림없이 당도했을 익명의 편지 또한 그의 기발한 전략의 일환이었을 테고! 그랬으니 당신이 수사에 자신을 가졌던 것 아니겠소? 오, 빌어먹을 르보크여, 그 멀쩡하게 늙어간 얼굴로 자네, 나를 정말 꽤나 골탕 먹였어! 엉큼한 놈 같으니."

포르므리 씨는 얘기 내내 백지장 같이 창백한 얼굴로 자신을 억누르고 있었다. 그는 한참 동안 르보크 선생을 노려보다가 중얼거렸다.

"그러고 보니 놀랄 일도 아니야. 저 기만적인 눈빛, 공연히 굽실거리는 저 유들유들한 태도…… 아, 나쁜 놈!"

그와 더불어 갑작스러운 분노가 치밀었다.

"그래, 정말 나쁜 놈이야! 어디 이제부터라도 호되게 다뤄줄 테다! 우선 그 편지! 열네 번째 편지는 어디에 있는 건가?"

더 이상 저항할 힘을 잃은 르보크 선생이 더듬거렸다.

"왼쪽 방 벽에 걸어놓은 파이프 안에…… 아직 그 안에 재가 담겨 있을 겁니다. 편지는 그 속에……."

모두들 후닥닥 지목된 방으로 뛰어들었다. 베슈가 먼저 파이프를 발견해 그 속에 담긴 재를 헤쳐보았다. 하지만 담배통 안에는 편지의 일부도 남아 있는 게 없었다. 르보크 선생도 당혹스러운 빛을 감추지 못했고, 포르므리 씨는 폭발할 지경이었다.

"이 거짓말쟁이! 사기꾼! 치졸한 놈 같으니라고! 아, 네놈이 반드시 입을 열어야 하리라는 걸 모르진 않을 거야! 반드시 그 편지를 게워내야만 할 거라고!"

그 순간, 베슈 형사와 바네트의 시선이 마주쳤다. 바네트는 빙그레 웃었고, 베슈는 저도 모르게 주먹을 불끈 쥐었다. 바네트 탐정사무소가 어떤 특별한 방식으로 무료봉사를 견지해오고 있었으며, 짐 바네트가 고객으로부터 한 푼도 받지 않으면서 어떻게 안정된 생활을 누려가며 사설탐정 노릇을 하고 있는지, 베슈 형사는 이제야 알 것 같았다.

그는 천천히 다가가 중얼거렸다.

"당신 솜씨가 보통이 아니로군요. 그야말로 아르센 뤼팽에게나 어울릴 역량이오."

"뭐라고요?"

바네트는 태연한 얼굴로 대꾸했다.

"편지를 꿀꺽한 것 말이오."

"아, 그럼 눈치챈 거요?"

"세상에!"

"그럼 어쩌겠소. 나는 워낙에 영국 왕실의 친필 문서들을 수집하는 취미가 있어놔서."

그로부터 석 달 뒤, 런던에 거주하는 엘리자베스 러븐데일에게 어느 근사하게 차려입은 신사가 조지 왕의 연애편지를 확보해줄 수 있노라며 접근해왔다. 그러면서 대신에 '푼돈' 10만 프랑을 요구하겠다는 것이었다.

타협은 매우 더디고 힘겹게 진행되었다. 엘리자베스는 런던 제일의 식료품상점을 운영하는 오빠들과 의논을 거듭했다. 처음엔 발끈하며 거부하던 그들은 얼마 후 제안을 수용하기로 최종 결정을 내렸다.

품위가 넘치는 신사는 그렇게 해서 10만 프랑을 손에 넣었고, 거기에 더해 화물차 한 대 분량의 그 가게 고가 식료품을 교묘하게 빼돌리기까지 했다. 물론 물건의 행방을 아는 사람은 아무도 없었다.

3
바카라 게임

역사에서 빠져나오자마자 짐 바네트는 자신의 팔을 덥석 붙드는 베슈 형사가 허겁지겁 이끄는 대로 따라갔다.

"시간이 없어요. 여차하면 상황이 악화될 수가 있습니다."

형사는 다급하게 속삭였고, 바네트는 차분하게 따져 대꾸했다.

"내가 어떤 영문인지 알면 사태가 더욱 심각해지기라도 하는 것 같습니다. 지금 당신 전보만 보고 부리나케 달려오는 길이오. 영문도 모르고 말이지."

"일부러 그렇게 한 것이오."

형사의 대답이었다.

"그나저나 더는 나를 의혹의 눈초리로 바라보지 않게 된 거요, 베슈?"

"여전히 당신을 의혹의 눈으로 보는 건 맞소, 바네트. 탐정사무소의 고객과 어떤 식으로 계산이 이루어지는지가 아직은 문제예요. 다만 이번 경우는 정말 아무것도 취할 수가 없을 겁니다. 한 번만 거저 일해주어야겠어요."

바네트는 가볍게 휘파람 소리를 냈다. 형사가 해준 얘기에도 전혀 개의치 않는 투였다. 베슈는 벌써부터 찜찜한 기분에 상대를 흘겨보았는데, 마치 이렇게라도 말하는 듯했다.

'아이고, 이 친구야, 자네 도움 없이만 할 수 있었어도!'

둘은 역전 광장으로 나왔다. 저만치 떨어져서 자가용 한 대가 대기하고 있었는데, 그 안에 탄 극적인 분위기가 풍기는 창백하고 아리따운 얼굴의 귀부인이 바네트의 눈에 띄었다. 가만히 들여다보니 여자의 눈에는 눈물이 글썽거렸고, 입술은 고통으로 잔뜩 일그러져 있었다. 여자 쪽에서 곧장 문을 밀어 열자, 베슈가 대뜸 소개했다.

"이쪽은 짐 바네트라고 합니다. 부인을 구할 수 있을 유일한 사람이라고 제가 얘기했지요. 그리고 여긴 마담 푸즈레. 현재 고소당할 위기에 처해 있는 엔지니어 푸즈레 씨의 부인 되시죠."

"고소당하다니, 무엇 때문에?"

"살인죄입니다."

바네트는 가볍게 혀 차는 소리를 냈다. 역시 기겁을 한 베슈가 서둘러 여자에게 말했다.

"바네트를 용서하십시오. 이 사람은 사건이 심각할수록 속이 편안해지는 타입이랍니다."

자동차는 어느덧 루앙 제방을 향해 달리고 있었다. 잠시 후, 차는 좌회전을 해서 어떤 넉넉한 건물 앞에 멈췄다. 그곳 4층은 **노르망디 클럽**이 자리한 곳이었다.

베슈 형사가 말했다.

"바로 이곳이 루앙과 그 인근 지역의 거물급 실업가와 도매상들이 모여서 담소를 나누거나 신문을 보고, 때론 브리지나 포커를 즐기는 곳이오. 특히 증시가 피크를 이루는 금요일에 많이들 붐비지요. 정오 이전까지는 관리하는 사람들밖에 없으니 지금까지 벌어진 사건에 대해 차근차근 설명할 여유는 충분할 겁니다."

건물 전면을 따라 위치한 세 개의 큼직한 내실은 안락한 가구들과 멋진 양탄자를 겸비하고 있었다. 그중 세 번째 방은 보다 자그마한 원형의 베란다로 통해 있고, 한쪽으로 난 유일한 창문으로는 센 강의 제방들이 훤히 내려다보였다.

마담 푸즈레가 약간 떨어져서 창가에 앉았고, 나머지 두 남자는 가까이 붙어서 앉았다. 마침내 베슈가 설명을 시작했다.

"그러니까 그때가 몇 주 전 금요일이었습니다. 클럽의 회원 넷이서 저녁을 배부르게 먹고 포커를 치기 시작했답니다. 넷 모두 가까운 사이인 데다, 루앙 근처의 대규모 공장단지인 마롬에서 제사공장을 운영하는 공장주들이었지요. 그중 알프레드 오바르, 라울 뒤팽, 루이 바티네, 세 사람은 유부남에 어엿한 가장으로 다들 훈장까지 받은 사람들이었습니다. 나머지 한 명은 좀 더 젊고 총각인 막심 튈리에라는 사람이었죠. 자정 무렵이 되자, 또 한 명의 젊은 친구인 폴 에르슈타인이 합류하게 되었습니다. 그는 돈 많은 금리생활자였는데, 다섯이 모처럼 모였겠다, 주위에 사람들도 하나둘 뜸해지기에 본격적으로 바카라 판을 벌이기 시작했답니다(바카라는 방코(Banco. 뱅커 즉 물주)와 푼토(Punto. 플레이어)로 나뉘어 둘 중 카드 숫자 합계가 9에 가까울 것 같은 쪽에 베팅을 하는 게임. 이탈리아에서 유래된 이 게임은 15세기 말부터 프랑스에 전파되어 귀족 도박으로 융성했다—옮긴이). 워낙에 도박을 밥 먹듯 하고 열정도 대단했던 폴 에르슈타인이 자연스레 방코를 맡게 되었죠."

베슈는 널려 있는 테이블 중 하나를 가리키며 얘기를 이어나갔다.

"바로 이 테이블에서 했지요. 처음에는 그냥 무료한 김에 시작한 게임이라 그럭저럭 신경 안 쓰고 조용히 진행되었답니다. 그러던 것을 폴 에르슈타인이 샴페인을 두 병 주문한 직후부터는 점점 분위기가 달아오르기 시작했어요. 아울러 바로 그때부터 방코 쪽으로 운이 기우는 것이었습니다. 그것도 아주 갑작스럽고도 심술 사납게 말이죠. 폴 에르슈타인은 반드시 그럴 필요가 있을 때마다 합이 9가 되는 패를 젖혔고, 원할 때면 또 언제나 나쁜 패를 내밀었지요. 나머지 사람들이 약이 오르는 건 당연해서 베팅이 배가되었답니다. 하지만 소용없었죠. 뭐 더 이상 길게 상황 얘기를 늘어놓을 필요는 없을 겁니다. 저마다 이성을 잃은 채 한동안 광분한 결과는 다음과 같았죠. 새벽 4시가 되자, 마롬의 공장주들은 직원들 봉급을 주려고 루앙에서부터 준비해온 돈 모두를 깡그리 잃고 말았는가 하면, 막심 퉬리에는 폴 에르슈타인에게 구두약속이지만 무려 8만 프랑의 빚을 지는 신세가 되었답니다."

베슈 형사는 숨을 한 번 고르고는 계속했다.

"그런데 갑자기 이변이 벌어진 거예요! 솔직히 이건 정말 이변이라 할 수밖에 없는데, 폴 에르슈타인이 문득 사심을 완전히 버렸는지 무척이나 후하게 나오는 것이었어요. 그는 여태껏 딴 돈 전체를 네 명이 각각 잃었다고 얘기한 금액에 일치하게 네 뭉치로 나눈 뒤, 그 네 뭉치의 돈을 각각 3단계로 다시 나누어 마지막 세 판의 게임을 제안했답니다. 결국 각각의 돈뭉치마다 각자 죽기 살기로 베팅을 하는 것과 같았지요. 모두 제안을 받아들였습니다. 그런데 폴 에르슈타인이 세 판을 연거푸 졌죠. 어느새 운이 뒤바뀌었던 겁니다. 그렇게 해서 밤새도록 진행된 혈전이 끝나자, 승자도 패자도 없는 본전 상태가 도래하고 말았답니다. 폴 에르슈타인은 자리에서 일어서며 이렇게 말했다고 해요. '잘됐지 뭐. 사실 좀 찜찜했거든. 아, 그나저나 골이 띵하군! 누구 발코니로 나가 담배 한 대 피울 사람 없는가?' 그러고는 원형 베란다의 발코니로

건너갔죠. 나머지 네 명은 테이블에 그대로 둘러앉은 채 방금 끝난 게임의 결과를 두고 한동안 이런저런 잡담을 나누고 있었습니다. 그들은 곧 자리에서 일어났지요. 가운데 방을 지나 마지막 방을 나오는데, 문득 대기실에서 꾸벅꾸벅 졸고 있는 문지기 하인과 맞닥뜨리게 되었답니다. 그들은 '어이, 조제프. 므슈 에르슈타인이 아직 안에 있네. 곧 나올 거야'라며 귀띔해주고는 곧장, 그러니까 정각 4시 35분에 건물을 빠져나왔습니다. 매주 금요일 밤이면 어김없이 그랬듯이 그중 한 명인 알프레드 오바르의 자동차에 모두 함께 동승해 마롬으로 떠났지요. 한편 하인 조제프는 그로부터 한 시간을 더 기다렸다고 합니다. 밤새도록 보초를 서서 그러지 않아도 곤죽이 되어 있던 조제프는 마침내 폴 에르슈타인을 직접 찾아 들어갔고, 곧 원형 베란다의 바닥에 몸이 뒤틀린 채 쓰러져 죽어 있는 그의 시신을 발견했답니다."

베슈 형사는 거기서 다시 숨을 골랐다. 푸즈레 부인은 더는 참을 수 없다는 듯 고개를 떨구었다. 바네트는 형사와 함께 외진 발코니를 둘러보고는 말했다.

"이봐요, 베슈. 군더더기는 이제 다 집어치우고, 조사 결과는 뭐 좀 있습니까?"

"폴 에르슈타인은 관자놀이를 둔기로 맞아 즉사했다고 하네요. 몸싸움을 한 흔적이 전혀 없다는 겁니다. 다만 그의 시계가 4시 55분, 즉 노름꾼들이 자리를 뜬 지 20분 후를 가리킨 채 부서져 있다는 것밖엔 이렇다 할 단서가 없어요. 절도를 당한 흔적도 없고요. 반지나 은행권 지폐 등 아무것도 없어진 물건이 없답니다. 물론 조제프가 자리를 뜬 적이 없으니 대기실을 통해 침입자가 드나들었다고 볼 수도 없고."

"그럼 전혀 단서가 없는 사건이란 얘기 아닙니까?"

바네트의 물음에 베슈 형사는 머뭇머뭇하며 털어놓았다.

"꼭 그렇지만은…… 딱 하나 매우 심각한 단서가 있긴 하죠. 실은 당일 오후에 내 루앙의 동료 한 명이 수사판사에게 주지시키기를, 문제의 원형 베란다의 발코니가 바로 이웃 건물 4층에 위치한 또 다른 발코니와 별로 떨어져 있지 않다는 것이었습니다. 파리 검찰청은 부랴부랴 바로 그 건물을 파고들었고, 알고 보니 문제의 발코니가 위치한 4층 건물 방은 푸즈레 기사(技士)가 머무는 곳이었습니다. 그는 아침 이래로 출타 중이었죠. 대신 마담 푸즈레가 나서서 사법관들을 남편의 방으로 데리고 갔는데, 과연 그 방의 발코니가 원형 베란다의 발코니에 바로 인접해 있더랍니다. 직접 한 번 보시죠."

바네트가 가까이 다가가 살펴보더니 중얼거렸다.

"약 120센티미터 정도 떨어져 있군. 충분히 건너뛸 수 있는 거리야. 하지만 그렇다고 해서 진짜 여길 건너뛰었다는 사실이 증명되는 것은 아니오."

베슈는 단호하게 말을 받았다.

"웬걸요. 여기 이 난간을 따라 주욱 늘어놓은 목재 화단들을 한번 자세히 들여다보시오. 지난여름에 넣어둔 흙이 고스란히 있지요? 거길 한번 뒤져보았답니다. 그러자 그중 가장 가까운 화단 속, 최근에 헤집은 듯 보이는 흙 표면 바로 아래에 너클(knuckle) 하나가 덩그러니 숨겨져 있지 않겠어요! 법의학자가 확인한 바로는 희생자의 관자놀이에 난 상처는 바로 그 무기와 정확히 일치했답니다. 아침부터 비가 내려서인지 금속 표면에서는 지문이 하나도 발견되지 않았지만, 그것만으로도 형사소추는 결정된 거나 다름없죠. 엔지니어인 므슈 푸즈레는 환하게 불이 밝혀진 이웃 발코니에서 폴 에르슈타인을 목격했고, 그대로 난간을 뛰어넘어 범행을 저지른 다음 곧장 무기를 감춘 것입니다."

"하지만 범행동기가 뭐냔 말이오? 그가 폴 에르슈타인과 아는 사이라도 됩니까?"

"아닙니다."

"그렇다면?"

베슈는 눈짓으로 마담 푸즈레에게 신호를 보냈다. 여자는 주춤주춤 앞으로 나와 바네트가 던지는 질문을 조용히 들었다. 그녀의 얼굴은 고통으로 심하게 일그러졌고, 불면으로 파르르 경련을 일으키는 눈꺼풀 아래 넘치려는 눈물을 간신히 참아내고 있었다. 떨리는 목소리로 여자가 말했다.

"제가 답변을 드려야 할 것 같습니다. 간단하게, 지극히 솔직하게 털어놓을 텐데, 아마 제가 얼마나 큰 고통을 겪고 있는지 아시게 될 겁니다. 오, 천만에요! 제 남편은 므슈 폴 에르슈타인이라는 사람을 모릅니다. 그 사람을 아는 건 저예요. 파리에 사는 제 가장 친한 친구들 집에서 몇 차례 본 사람인데, 대번에 저한테 추근거리기 시작했답니다. 저는 지금도 남편을 극진히 사랑하고 있으며 아내로서의 본분에 충실한 여자랍니다. 따라서 폴 에르슈타인의 매력에 저는 극렬하게 저항을 했지요. 다만 요 근처 시골에서 몇 차례 만나자는 부탁을 들어준 건 사실입니다."

"그에게 편지도 쓰셨나요?"

"네."

"그자의 가족 손에 그 편지가 들어갔고요?"

"그의 아버지가 갖고 있더군요."

"그래서 그의 아버지가 어떻게든 아들의 죽음에 앙갚음을 하기 위해 편지를 사법당국에 제출하겠노라 으름장을 놓은 거군요?"

"그래요. 그 편지들은 일단 우리 사이에 전혀 비난받을 일이 없었다는 걸 증명하기도 하지만, 또한 남편 몰래 내가 외간 남자와 만났었다는 걸 말해주기도 하거든요. 하지만 정작 문제는 그중 하나에 이런 문장이 들어 있다는 사실입니다. '폴, 제발 부탁입니다. 이성을 찾으세요. 우리 그이는 질투심이 많고 매우 과격해질 수 있는 남자입니다. 만약 그이가 내 경솔한 언행을 의심하기라도 하는 날에는 무슨 짓을 저지를지 몰라요.' 대충 이런 말이었어요. 그러니 이 같은 편지가 공개된다면 남편에 대한 검찰의 기소 의지에 기름을 들이붓는 꼴이 되지 않겠어요? 그야말로 지금까지 찾아 헤매던 살인동기를 고스란히 제공하면서, 제 남편 방 앞에서 왜 무기가 발견되었는지를 적나라하게 해명하는 셈일 테니까요."

"그나저나 부인께선 므슈 푸즈레가 두 사람의 관계를 전혀 몰랐다고 확신하십니까?"

"물론입니다."

"부군께서 결백하다고 믿으세요?"

"오, 두말하면 잔소리죠!"

여자는 발끈하듯 대답했다.

바네트는 여자의 눈동자 깊은 곳을 한동안 응시했다. 그러자 여자의 확신이 베슈 형사의 마음을 사로잡아, 저간에 드러난 사항들과 검찰 측의 견해, 아울러 자신의 직업적 신중함에도 불구하고, 이처럼 그녀를 돕기 위해 발 벗고 나선 것이 이해되었다.

바네트는 몇 가지 추가 질문을 던진 뒤 한참을 깊은 생각에 잠기더니 결론을 내렸다.

"마담, 나는 지금 이 시점에서 당신에게 별다른 희망을 드리지는 못하겠습니다. 논리적으로 따진다면 부군께서는 혐의가 짙습니다. 하지만 그런 논리적인 측면의 오류를 밝혀보도록 노력은 해보겠습니다."

푸즈레 부인이 다짜고짜 붙들고 늘어졌다.

"제 남편을 한 번 만나보세요. 그이의 설명을 들으면 아무래도 좀 더 확실히……."

"그럴 필요 없습니다. 애당초 내가 나선 것부터가 남편의 혐의점을 벗겨주고, 당신이 확신하는 그 방향으로 노력을 경주하자는 의미였으니까요."

면담은 그것으로 끝났다. 아닌 게 아니라, 바네트는 곧장 전투에 돌입했다. 그는 베슈 형사를 대동하고 희생자의 아버지를 만나 단도직입적으로 물었다.

"마담 푸즈레가 고용한 사람입니다. 당신 아드님에게 보낸 편지들을 검찰에 제출하실 건가요?"

"그렇소. 오늘 그럴 것이오."

"그러니까 결국 당신 아드님이 그 누구보다 사랑한 여인을 수렁에 빠뜨려 파멸시키는 데 전혀 주저함이 없으시다는 건가요?"

"그녀의 남편이 내 아들을 죽인 이상, 그녀한텐 안된 일이지만 아들의 복수가 먼저요."

"닷새만 기다려주십시오. 다음 화요일까지는 살인자의 정체가 밝혀질 겁니다."

바로 그 닷새 동안, 짐 바네트의 행동은 베슈 형사를 종종 어리둥절하게 만들었다. 스스로, 혹은 베슈 형사를 시켜서 무척이나 엉뚱한 조치들을 취하는가 하면, 숱한 부하들을 동원하고 조사를 하면서 엄청난 비용을 쏟아붓는 것이었다. 그러면서도 별로 만족하는 인상은 아니었고, 오히려 평상시와는 달리 말이 없어지면서 다분히 기분이 좋지 않았다.

화요일 아침이 밝자, 그는 푸즈레 부인을 만나 말했다.

"베슈 형사가 검찰로부터 이제 곧 사건 당일 밤의 정황에 대한 재현작업에 들어가겠다는 약속을 받아냈습니다. 부군께서는 물론 소환되셨습니다. 당신도 마찬가지고요. 미리 말씀드리지만, 어떠한 상황이 닥쳐도 부디 침착하셔야 합니다. 차라리 무관심한 태도를 취하세요."

여자가 중얼거렸다.

"기대를 가져봐도 될까요?"

"그건 나도 잘 모릅니다. 전에도 말했지만, 그저 '당신의 확신'에 도박을 걸어보는 것뿐입니다. 즉, 므슈 푸즈레가 결백하다는 쪽을 믿어보는 거죠. 그럴듯한 가설을 논증해보면서 바로 그 결백을 부각시키려고 애써볼 겁니다. 물론 어렵겠죠. 생각 같아서는, 진실이 이미 이 손아귀에 있다고 스스로 인정하다 보면, 언젠가는 그것이 저절로 밝혀질 것도 같습니다만."

사건의 검사와 수사판사는 비교적 의식 있는 법관들이어서, 오로지 명명백백한 사실들만 고려할 뿐 선입관에 기대어 그것들을 해석하려 들지 않았다.

베슈 형사도 이렇게 말했다.

"그런 사람들과 함께라면 바네트, 당신도 공연히 갈등을 빚거나 비꼬는 투로 나갈 필요는 없을 겁니다. 나한테도 소신껏 일할 수 있는 재량권을 순순히 허용해주었거든요. 아마 당신한테도 마찬가지일 거요."

바네트가 대꾸했다.

"이봐요, 베슈 형사. 나는 승리가 확실할 경우에만 빈정댈 뿐입니다. 하지만 오늘 일은 좀 달라요."

세 번째 내실은 이미 사람들로 북적거렸다. 사법관들은 자기들끼리 원형 베란다 문턱에 모여 뭔가를 논의하더니, 베란다 안으로 들어갔다가 잠시 후 돌아나왔다. 한쪽에는 기업가들이 기다렸고, 여기저기에 형사들과 경찰관들이 서성대고 있었다. 폴 에르슈타인의 아버지는 이들과 동떨어져서 상체를 꼿꼿이 세운 채 하인 조제프와 버티고 서 있었다. 저만치 구석에 있는 푸즈레 부부는, 남편은 불안하고 어두운 표정이었고, 아내는 평소보다 더욱 창백한 얼굴로 웅크리고 있었다. 엔지니어의 체포가 기정사실일 거라고 믿는 눈치였다.

한 사법관이 네 명의 노름꾼에게 다가와 말했다.

"여러분, 이제부터 금요일, 사건 당일 밤 정황에 대한 재현작업에 착수하겠습니다. 각자 테이블에 제 위치를 찾아 앉아주시고, 당시 진행되었던 바카라 게임을 재연해주시기 바랍니다. 베슈 형사, 당신이 방코 역할을 담당해주시오. 그나저나 이들에게 그때 가지고 있었던 만큼의 지폐를 소지하고 오라고 미리 통보는 했겠죠?"

베슈는 그렇다고 대답한 후 테이블 중앙에 앉았다. 알프레드 오바르와 라울 뒤팽은 좌측에, 루이 바티네와 막심 툴리에는 우측에 각기 자리를 잡았다. 카드는 총 여섯 벌이 준비되었다. 베슈는 능숙하게 카드를 갈랐다가 섞기 시작했다.

이상한 건, 저 비극적인 밤과 마찬가지로 즉시 방코에게 운이 쏠리는 듯하다는 사실이었다. 그날의 방코였던 폴 에르슈타인이 그랬듯, 베슈도 처음부터 싹쓸이를 하기 시작했다. 그가 8이나 9의 패를 젖히는 동안, 나쁜 패는 양쪽 플레이어들한테 번갈아 돌아갔고, 한번 치솟은 운은 별다른 반전 없이 초반 게임을 휩쓸었다.

이처럼 기계적으로 반복되는 상황은 마치 어떤 주술에 의해 이루어지는 느낌이었다. 예전에 그곳에 모인 노름꾼들 모두가, 이미 한 번 치렀던 홍역이 다시 눈앞에서 반복되는 걸 보면서 여간 당혹스러워하는 게 아니었다. 벌써부터 의욕을 상실한 막심 툴리에는 두 차례 연속으로 착각을 범했다. 보다 못한 바네트는 단호한 동작으로 그를 밀어내고 대신 베슈의 우측 자리로 비집고 들어앉았다.

한 10분이 흘렀을까,—워낙에 일사천리로 상황이 진전되었다—네 명의 친구들 지갑에서 쏟아져 나온 방코 몫의 판돈 절반 이상이 게임에 방해가 될 정도로 그 앞의 녹색 융단 위로 넘치고 있었다. 한편 막심 툴리에는 짐 바네트의 입을 통해 슬슬 구두 언약으로 판돈을 때우기 시작했다.

점점 속도가 빨라졌다. 그러다가 부지불식간에 극한점에 다다랐다. 폴 에르슈타인이 한 것과 똑같이 베슈는 지금까지 번 돈을 각자 잃었다는 액수에 준해 넷으로 나눈 뒤, '죽기 아니면 살기'식의 마지막 세 판을 제안했던 것이다.

다들 비극적인 그날 밤을 은연중 머릿속에 떠올리며 흥분된 눈길로 수락을 표시했다.

베슈는 세 차례에 걸쳐 패를 돌렸다.

그런데 폴 에르슈타인이 세 번 다 잃었던 것과는 달리, 베슈는 세 번을 연거푸 이기는 것이 아닌가!

그것을 지켜본 사람들은 하나같이 탄성을 내질렀다. 이왕 지난 사건과 똑같이 여기까지 온 거라면, 그때와 마찬가지로 운 역시 같은 흐름을 탔어야 옳을 텐데, 어인 일로 오늘은 방코의 손만을 끝끝내 들어주는 걸까? 기존에 알고 있던 현실에서 이탈해 전혀 생소한 다른 현실로 입장하는 처지라면, 과연 이 새로운 처지를 달가운 것으로 믿어야 할까?

"뭐가 어떻게 되는 건지 모르겠네."

그렇게 내뱉은 베슈는 여전히 방코의 역할을 유지한 채, 돈다발을 호주머니에 찔러 넣고 자리에서 일어났다.

아울러 폴 에르슈타인과 마찬가지로 두통을 호소하면서 누구 함께 발코니로 나갈 사람 없느냐고 물었다. 그는 담배 한 대를 물고 불을 붙인 뒤 발코니로 건너갔다. 멀찌감치 나가 서 있는 베슈의 모습이 원형 베란다 문을 통해 보였다.

모두들 인상을 구기고 잠자코 앉아 있었다. 테이블 위에는 카드들이 마구 흩어져 있었다.

잠시 후, 이번에는 짐 바네트가 일어섰다. 도대체 어떤 조화를 부렸기에 지금 그의 얼굴이 방금 전 노름판에서 떼어낸 막심 뒬리에의 얼굴과 자태를 고스란히 물려받았는지 모를 정도였다. 막심 뒬리에는 30대의 아직은 풋내기 사내로, 몸에 꽉 끼는 재킷 차림에 수염 하나 없는 말끔한 턱, 코에 걸친 금테 코안경, 그리고 어딘지 초조하고 병약해 보이는 친구였다. 그런데 지금 짐 바네트의 몰골이 바로 그랬다. 그는 천천히 원형 베란다 쪽으로 다가가고 있었는데, 일견 뭔가 단호하고 대담한 듯 보이면서도 한편으로는 겁에 질려 갈피를 잡지 못하는 표정이었다. 흡사 어떤 끔찍한 행동을 저지르려다가도 그러기 직전에 어디론가 도망칠 것만 같은, 소심한 사람의 표정 그대로였다.

물론 노름꾼들은 그런 그의 얼굴을 제대로 바라볼 수 있는 위치는 아니었다. 다만 사법관들은 그 얼굴을 유심히 바라보았다. 어찌나 대단한 연기력에 사로잡혔는지 그들은 짐 바네트의 존재를 까맣게 잊고서, 그저 파산한 막심 퇼리에가 기고만장한 승리자에게 조심스레 다가가는 걸로 착각할 정도였다. 과연 무슨 꿍꿍이속일까? 가까스로 관리하고는 있지만, 그의 표정에선 정신의 혼란이 언뜻언뜻 노출되고 있었다. 애걸하러 가는 걸까, 강요하러 가는 걸까, 아니면 위협하러 다가가는 걸까? 원형의 베란다 안에 발을 들여놓자, 비로소 그는 안정을 되찾았다.

그는 문을 닫았다.

사건을 재현한다지만—그것이 단지 상상일까, 아니면 진정한 재구성일까?—너무도 실감 나는지라, 모두들 입도 뻥긋하지 않고 사태를 주시했다. 세 명의 나머지 노름꾼들 역시 닫힌 문에 시선을 고정시키고 숨을 죽였다. 그들에게는 저 문 뒤에서 벌어지고 있을 일이 비극적인 밤에 벌어진 바로 그 일이었으며, 각각 희생자와 가해자의 역할을 분담하고 있는 베슈와 바네트가 다름 아닌 서로 은밀히 격돌했을 폴 에르슈타인과 막심 퇼리에였다.

한참 만에 살인자가—이 마당에 다른 식으로 부를 필요가 있을까?—나왔다. 뭔가에 사로잡힌 듯한 눈빛으로 그는 비틀비틀 친구들 곁으로 돌아왔다. 손에는 지폐 네 묶음이 쥐어져 있었다. 그중 한 묶음은 테이블 위에다 던졌고, 나머지 셋을 세 명의 호주머니에 강제로 일일이 쑤셔 넣으며 그가 말했다.

"방금 폴 에르슈타인과 얘기를 나누고 왔는데, 이 돈을 다들 되돌려 주라더군요. 자기는 원치 않는다고 말입니다. 자, 이제 가십시다."

그로부터 네 발짝쯤 떨어져 있던 진짜 막심 퇼리에는 창백하게 질리고 일그러진 얼굴로 의자 등받이에 기댔다. 그에게 바네트가 넌지시 물었다.

"바로 이렇게 된 것 아닙니까, 므슈 막심 퇼리에? 상황이 지극히 정확하게 재현되지 않았나요? 지난날 당신이 저지른 행위를 내가 제대로 재연한 것 아닌가요? 범행을 기막히게 되살려놓았죠? 바로 당신이 저지른 범행 말이오."

막심 퇼리에는 무슨 말인지 잘 알아들을 수도 없다는 분위기였다. 고개는 푹 떨구고 두 팔은 축 늘어져 근뎅거리는 게, 마치 조금만 바람이 불어도 땅에 쓰러질 것 같은 꼭두각시를 보는 듯했다. 그는 술 취한 사람처럼 휘청거렸다. 무릎이 후들거리던 그는 급기야 의자에 무너지듯 주저앉았다.

바네트는 득달같이 달려들어 멱살을 움켜잡았다.

"자, 이제 실토하시지! 더는 다른 방법이 없어. 모든 증거가 이미 확보되어 있단 말이야. 그 너클에 대해서도, 나는 당신이 항상 그걸 몸에 지니고 다닌 줄 다 알고 있다고! 게다가 도박에서 모든 걸 날리자, 존재 자체가 허물어진 거야. 그래, 내가 조사해본 바로는 당신 사업이 말이 아니었어. 월말 지불 기일이 닥치는데, 수중에 돈이 한 푼도 없는 거야. 완전히 파산한 거지. 그래서 그만 상대를 후려쳤고, 무기를 어찌할 줄 몰라 닥치는 대로 옆 발코니를 넘어 화단의 흙 속에 쑤셔 넣은 거라고."

바네트가 필요 이상으로 고생하지 않은 상태에서, 다행히 막심 퇼리에는 저항할 생각을 포기했다. 워낙에 감당 못할 범죄를 저지른 데다, 지난 몇 주간 그 중압감에 짓눌려 지내온 그는 자신도 모르는 사이에 발작을 일으키는 빈사 상태의 환자처럼 끔찍한 자백의 말들을 게워내기 시작했다.

방 안은 순식간에 술렁거렸다. 수사판사는 죄인에게 잔뜩 몸을 기울이고는 저절로 튀어나오는 듯한 자백을 꼼꼼히 챙겼다. 폴 에르슈타인의 아버지는 당장 살인자에게 달려들려고 했다. 엔지니어 푸즈레 역시 나름대로 노발대발하고 있었다. 그러나 누구보다 광분하는 자들을 들라면 단연 막심 퇼리에의 친구들이었다. 그중에서도 특히 제일 연장자이자, 명망을 갖춘 편인 알프레드 오바르는 신랄한 욕지기를 정신없이 퍼부었다.

"이런 파렴치한 같으니! 우리한테는 그 불쌍한 친구가 죄다 돈을 돌려준 것처럼 믿게 하고는, 사실은 사람을 죽이고 강탈해?"

그는 돈다발을 집어 들어 막심 퇼리에의 면상을 향해 냅다 던졌다. 마찬가지로 분노한 나머지 두 명 역시 이제는 끔찍스럽기만 한 돈다발을 바닥에 던지고 발로 마구 짓밟는 것이었다.

그러는 와중에 서서히 분위기가 정돈되어 갔다. 이제 거의 실신 지경까지 가버린 막심 퇼리에는 사람들한테 이끌려 다른 방으로 건너갔다. 형사 하나가 바닥에 흩어진 돈다발을 긁어모아 사법관들한테 갖다주었다. 그들은 일단 푸즈레 부부와 폴 에르슈타인의 아버지부터 돌려보낸 뒤, 너도나도 짐 바네트의 놀라운 통찰력을 칭찬하고 나섰다.

정작 짐 바네트 본인은 이렇게 말했다.

"막심 퇼리에가 저렇게 허물어진 것은 사실 이번 사건의 극히 진부한 부분에 불과합니다. 그것보다 정말 이 사건을 수수께끼처럼 아리송하게 만드는 독특한 점은 전혀 다른 문제에서 비롯되지요. 딱히 나와는 무관한 일이지만, 당신들만 좋다면 내가 나서서……."

그러고는 나지막이 뭔가를 쑥덕대고 있던 세 기업가 쪽으로 다가가더니 오바르 씨의 어깨를 슬며시 두드리며 말했다.

"얘기 좀 할까요, 므슈? 아직 뭔가 어둡침침한 이 사건에 대해 당신이 다소 시원스러운 해명을 해주실 수 있을 것 같은데요."

"무얼 해명하라 말입니까?"

알프레드 오바르가 눈을 끔벅이며 되물어왔다.

"당신과 친구분들께서 맡으신 역할에 관해 말입니다."

"우린 아무 역할도 맡은 게 없는데요!"

"아, 물론 주연급의 역할은 아니지요. 하지만 아직 서로 모순되는 골치 아픈 문제들이 일부 남아 있습니다. 뭐 조금만 주지시켜드리면 감이 올 겁니다. 예컨대 사건 다음 날 아침, 당신들은 바카라 게임이 마지막 세 차례에 걸쳐 당신들한테 유리한 방향으로 전개되었고, 그 덕분에 그때까지 잃었던 모든 액수를 회복할 수 있었노라고 증언했지요. 그래서 아무 일 없이 조용히 이곳을 떠났었다고 말입니다. 하지만 보시다시피 실제 일어난 일은 그와는 전혀 다르지요."

오바르 씨는 고개를 절레절레 저으며 대답했다.

"솔직히 그 점엔 약간의 오해가 있었습니다. 실상은 마지막 세 판 모두 결국에는 우리의 패배로 점철된 게 맞아요. 폴 에르슈타인이 자리에서 일어났고, 그때만 해도 멀쩡해 보이던 막심이 함께 원형 베란다로 나가 담배를 피웠죠. 우린 그동안 자리에 앉아 두런두런 얘기를 나누고 있었고요. 한 7~8분쯤 되었을까, 막심이 우리에게 돌아와서는 이러더군요. 폴 에르슈타인이 결코 이번 게임을 진지하게 생각하며 시작한 게 아니었다, 단지 샴페인 술기운 속에서 그냥 흉내만 내본 것에 불과하며, 딴 돈 모두를 기필코 돌려주고 싶어 한다고 말입니다. 단, 이 사실은 외부의 누구에게도 알려선 안 되며, 혹시라도 이번 게임이 사람들 입에 오르내릴 때는 당연히 판돈 모두를 정확히 치른 걸로 회자되기를 원한다고 했다는 겁니다."

바네트는 어이가 없다는 듯 외쳤다.

"그러면 그처럼 감지덕지할 제안을 그저 덥석 받아 안고 말았다는 겁니까? 아무런 동기도 없이 희사하는 그런 선물을요? 그걸 받아 챙기면서 폴 에르슈타인한테는 고맙다는 인사 한마디 할 생각도 안 들었다? 폴 에르슈타인처럼 잃고 따는 일에 인이 박인 독한 노름꾼이 자신에게 온 행운을 그처럼 선뜻 되돌리는 데도, 그걸 아무렇지 않게 받아넘겼다는 얘기입니까? 설마 그럴 리가 있나!"

"그때가 새벽 4시였습니다! 머리에서 열이 다 날 정도였다고요. 더구나 막심 뤼리에는 우리에게 생각할 시간조차 주지 않았습니다. 그가 사람을 해치고 돈을 강탈했으리라고는 꿈에도 생각지 못하는 상황에서 무얼 꼬치꼬치 따지고 들겠습니까?"

"그땐 그렇다 쳐도, 다음 날엔 폴 에르슈타인이 살해당했다는 걸 알았지 않습니까?"

"그건 그렇죠. 하지만 우리가 떠난 다음에 그렇게 된 걸로만 알았죠. 어차피 혼자 남아 담배를 피우고 싶어 했으니까요."

"그럼 단 한순간도 막심 뤼리에를 의심해보지 않았다는 겁니까?"

"무슨 명분으로 의심을 합니까? 그는 어디까지나 우리 모임의 일원인걸요. 그 친구 아버지와 나는 친구 사이인 데다가, 워낙 어렸을 적부터 보아온 사람입니다. 전혀요, 우린 아무것도 의심하지 않았습니다."

"정말 확실한 거죠?"

짐 바네트는 다분히 냉소적인 어조로 말을 던지듯 내뱉었다. 알프레드 오바르는 잠시 주저하는 듯하더니 목소리를 한껏 높여 되받아쳤다.

"이것 보시오. 당신 질문하는 게 마치 신문이라도 벌이는 것 같소! 도대체 우리가 이곳에 무슨 명목으로 불려와 있는 건지나 좀 압시다!"

"그야 예심의 관점으로 보면, 증인으로 나와 있는 것이죠. 하지만 내 입장에서 보면……."

"당신 입장이라니?"

"이제부터 그 점을 설명해드리죠."

바네트는 목소리를 가다듬고 얘기를 시작했다.

"이번 사건은 사실상 그 전체가, 당신들에 대한 이 사회의 신뢰감과 연결된 심리적 요인에 의해 좌지우지되고 있었습니다. 물리적으로 범행은 외부 아니면 내부로부터 발생했을 수밖에 없지요. 하지만 수사는 곧장 외부에 타깃을 맞추고 말았습니다. 그 이유는 당신네들처럼 훈장까지 수여받은, 나무랄 데 없는 사회적 명성의 부유한 실업가 네 분을 이처럼 추악하고 잔혹한 살인사건을 통해 한꺼번에 의심한다는 건 도저히 있을 수 없는 일이라는 선입관 때문이었습니다. 만약 막심 튈리에만 따로 떨어져 폴 에르슈타인과 에카르테 게임이라도 했다면 아마도 즉각 의혹의 표적이 되었을 것입니다. 하지만 당신들은 모두 네 명이 똘똘 뭉쳐 있었고, 그중 세 명이 침묵을 고수하는 바람에 막심 역시 간단하게 의혹의 시선을 모면할 수 있었던 셈입니다. 설마 당신 세 사람 같은 중요인사가 똑같이 이런 사건의 공범이리라고는 상상할 수 없었으니까요. 하지만 그것이 사실이었고, 나는 대번에 그것을 눈치챘답니다."

알프레드 오바르는 펄쩍 뛰었다.

"다, 당신 미쳤구먼! 뭐, 이 살인사건의 공범이라고?"

"오, 딱 그렇다는 건 아닙니다. 당신은 막심이 폴 에르슈타인을 따라 원형 베란다로 건너갔을 때 확실히 무슨 짓을 하려 했는지는 몰랐습니다. 다만 그가 어떤 정신 상태였는지는 잘 알고 있었죠. 그리고 나중에 돌아왔을 때는 분명히 뭔가가 일어났다는 사실을 알았습니다."

"우린 아무것도 몰랐소!"

"천만에! 뭔가 난폭한 사태가 벌어졌다는 건 알고 있었지! 글쎄, 살인까지는 생각 못했을지 몰라도, 그렇다고 점잖은 대화나 오고 갔으리라고는 생각지 않았을 거요. 분명히 말하지만 막심 퇼리에가 돈을 죄다 긁어 가져올 수 있을 정도의 뭔가 난폭한 사태가 벌어졌다는 느낌은 있었을 거야."

"말도 안 되는 소리!"

"천만의 말씀! 말이 왜 안 돼! 당신 친구처럼 나약한 인간은 결코 정신 나간 표정 없이 사람을 해칠 수가 없어. 그가 일을 치르고 돌아왔을 때, 당신들은 그의 얼굴에 나타난 심상치 않은 표정을 못 읽었을 리가 없다고!"

"단언하건대 우린 전혀 눈치채지 못했소!"

"아예 보려고도 안 했겠지."

"그건 또 왜?"

"잃었던 돈을 죄다 돌려주었으니까. 나도 당신들 셋 모두가 내로라하는 부자라는 건 알고 있소. 하지만 그때 그 바카라 게임에서 당신들은 하나같이 이성을 잃었어요. 그러다 보니 일반적인 노름꾼과 똑같은 심정에서 가진 돈을 털렸다는 생각만 하게 되었고, 바로 그 돈이 고스란히 호주머니 속으로 돌아오자, 친구가 무슨 수로 그것을 받아냈는지는 알려 하지도 않고 냅다 챙기기에 급급했던 거요. 그날 밤, 당신들 모두를 태우고 마롬으로 향하던 자동차 안에서 서로 의논을 하고, 보다 덜 위험스러운 해명 답안을 궁리하면 좋았을 것을, 당신들은 그저 꿀 먹은 벙어리 모양으로 시침만 떼고 있었더군요. 당시 운전기사를 통해 안 사실입니다. 아울러 그다음 날, 또 그다음 날로 바뀌어가는 내내 당신들은 살인사건이 벌어졌다는 것을 알면서도 서로가 서로를 은근히 피해 다녔습니다. 그만큼 서로의 속마음을 밝히기가 두려웠던 것이죠."

"죄다 추측일 뿐이오!"

"추측이 아니라 확신입니다! 당신들 주변을 샅샅이 캐고 다니는 사이에 얻게 된 확신 말이오! 이제 와서 당신들 친구를 고발하는 것은, 곧 최초의 당신들 잘못까지 드러내는 것이고, 당신들과 가족에게까지 세간의 이목을 집중시켜 지난 세월 쌓아온 명예에 그림자를 드리우는 일이라는 판단이었겠지. 그야말로 개망신 아니겠소! 결국 당신들은 담합이라도 한 듯 입을 다물었고, 사법당국을 속여가면서 당신들 친구 막심을 보호하려고 했던 것이오."

어찌나 단호하게 조목조목 고발이 이루어지고, 그날의 사건 전개가 현실감 있게 설명되는지 오바르 씨는 잠시 머뭇거리지 않을 수 없었다. 그런데 난데없이 짐 바네트의 태도가 돌변하면서 더는 몰아치지 않는 것이었다. 그는 갑자기 너털웃음을 짓더니 말했다.

"으허허허! 하지만 안심하시오. 아까는 당신 친구 막심이 하도 나약하고 후회의 감정에 시달린 탓에 허물어뜨리는 게 쉬웠던 거요. 게다가 방코에게 유리하도록 위조된 카드를 준비해서 범행 때와 똑같은 상황이 전개되도록 해 그의 정신을 혼란스럽게 만든 작전도 아주 유효했고 말이오. 요컨대 당신들에 대해서나 그에 대해 더 이상의 별다른 증거는 확보하지 못한 입장입니다. 그런 마당에 당신들은 그나마 그 친구처럼 손쉽게 허물어질 타입들도 아니거든. 더군다나 당신들이 공범이냐 아니냐의 문제는 좀 애매한 구석이 있어서, 명확한 잣대를 들이대기가 다분히 곤란한 영역에 속한단 말이야. 그러니 크게 걱정할 것은 없다는 얘기요. 다만……."

짐 바네트는 상대에게 바짝 다가가 똑바로 바라보며 말했다.

"다만, 너무 안일하고 편한 건 허용하지 않을 생각이오. 따지고 보면 당신들 모두는 입을 다물고 교묘하게 시침만 떼는 걸로 슬그머니 어둠 속으로 숨어들었고, 다소 의도적이었던 공모 사실을 감쪽같이 외면하기에 이르렀소. 그걸 그 상태 그대로 방치한다는 건 좀 곤란하지. 이를

테면 당신들 양심 속에서까지 얼마간 그런 악행에 동참했었다는 사실을 아예 지우고 살아선 안 된다는 거요. 당신 친구가 폴 에르슈타인을 따라 원형 베란다로 건너가는 걸 말리기만 했어도 폴 에르슈타인은 죽지 않았을 것이고, 나중에라도 알고 있던 사실을 죄다 까발렸다면 막심 튈리에가 마땅히 받아야 할 벌을 모면할 뻔하지도 않았을 테니까. 좌우간 그 점에 관해서만큼은 사법당국에 솔직하게 입장을 해명해야 할 것이오. 아마 내 생각에는 사법당국에서도 비교적 관대하게 처리해줄 거요. 자, 그럼, 이만."

짐 바네트는 모자를 척 눌러쓴 뒤 상대가 발끈하는 눈치를 깨끗이 무시하면서 수사판사를 향해 말했다.

"나는 마담 푸즈레에게 남편을 도와줄 것이며, 폴 에르슈타인의 부친께는 진범을 밝혀내겠다고 약속했소. 이제 그 약속은 이루어졌습니다. 내 일은 그걸로 끝난 셈이오."

사법관들과 돌아가며 악수는 했지만 어딘지 온기가 부족한 악수였다. 아마도 바네트의 논고가 한 절반밖에는 만족스럽지 못한 듯했고, 그 모두를 곧이곧대로 따를 마음의 자세가 아직은 덜 된 눈치였다.

층계참에서 베슈 형사와 맞닥뜨린 바네트가 말했다.

"아까 그 세 명의 영감탱이들은 보나마나 무사할 거요. 결코 자신들의 신상에 함부로 범접하도록 가만있지는 않을 테니까. 젠장! 명성과 돈으로 잔뜩 치장하고 사회 전반으로부터 지지를 받는 부르주아 나리들이라니. 나의 세련된 추리만 아니라면 겁낼 게 하나 없는 족속이지. 솔직히 사법당국이 무리를 감수하고 '제 갈 길'을 꿋꿋이 가리라고는 생각지 않소. 칫, 될 대로 되라지! 아무튼 난 할 일 다 했으니까!"

"그것도 이번엔 아주 정직하게 해치웠죠!"

베슈가 은근히 치켜세웠다.

"정직하게라니?"

"아무렴! 지나는 길에 방코 몫의 판돈을 모조리 쓸어 담는 건 당신한테 일도 아니었을 텐데 말이오. 사실 제법 걱정을 하고 있었거든."

"이보시오, 베슈 형사. 나를 대체 뭘로 아는 거요?"

바네트는 짐짓 점잔을 떨며 내뱉었다.

베슈와 헤어진 그는 건물을 벗어나자마자 이웃한 또 다른 건물로 올라갔다. 푸즈레 부부가 복받치는 흥분을 감추지 못하고 연신 감사의 인사로 그를 맞이했다. 하지만 짐 바네트는 여전히 점잖은 태도로 모든 사례를 물리는 건 물론이고, 폴 에르슈타인의 부친을 방문했을 때와 마찬가지로 초연한 태도를 고수했다.

"바네트 탐정사무소는 무료봉사를 원칙으로 합니다. 그것이 바로 우리 사무소의 힘이며, 품위이지요. 우린 어디까지나 명예를 위해 일을 합니다."

짐 바네트는 호텔 계산서를 지불한 뒤 가방을 역까지 운반해달라고 주문했다. 그런 다음 베슈도 자신과 함께 파리로 돌아갈 것이라 믿고, 제방을 지나 클럽 건물로 들어섰다. 2층에서 그는 걸음을 멈췄다. 마침 형사가 내려오고 있었던 것이다.

무척 부산하게 계단을 달려 내려오던 베슈 형사는 바네트를 보자 길길이 날뛰었다.

"아, 여기 있었군!"

그는 아예 몇 계단을 단번에 뛰어넘더니 상대의 옷깃을 와락 부여잡기까지 했다.

"도대체 지폐 다발을 어떻게 한 거요?"

"지폐라니?"

바네트는 멀뚱한 표정으로 되물었다.

"아까 원형 베란다에서 막심 뤨리에 역을 한답시고 손에 모아 쥐고 있었던 지폐들 말이오!"

"맙소사, 그 네 다발은 당연히 죄다 돌려주었지요! 당신이 그걸 두고 기껏 칭찬까지 해놓고서."

"지금 아는 걸 아까는 몰라서 그런 거지!"

베슈는 계속해서 고함을 질러댔다.

"그래, 지금은 무얼 아는데 그러시오?"

"당신이 내놓은 지폐들이 몽땅 가짜란 사실!"

베슈의 울화통이 봇물 넘치듯 터져나왔다.

"당신 알고 보니 완전 사기꾼이야! 아, 다들 고만고만 속아 넘어갈 줄 안 모양이지? 지금 당장 진짜 지폐들을 내놓으시오! 이미 토해낸 지폐들이 가짜라는 건 당신이 더 잘 알아, 이 사기꾼 같으니."

목이 다 멜 지경이었다. 그런 베슈 형사의 손아귀에 붙들려 미친 듯이 뒤흔들리면서도, 짐 바네트는 웬일인지 유쾌하게 실소를 터뜨리며 해명했다.

"우하하하. 도둑놈들 같으니라고! 내 그럴 줄 알았다니까! 놈들이 막심의 얼굴에다 내팽개친 지폐들이 가짜 돈이라 이거지? 거, 맹랑한 놈들일세! 기껏 돈다발을 지참하고 출두하라고 하니까, 위조지폐를 들고 나타나다니!"

이제 베슈는 완전히 이성을 잃고 떠들어대기 시작했다.

"어디까지나 그 돈은 희생자의 상속재산이 되어야 한다는 걸 몰라서 이래? 폴 에르슈타인이 엄연히 번 돈이고, 다른 사람들은 그걸 돌려줄 의무가 있단 말이야!"

바네트의 쾌활한 웃음은 그칠 줄을 몰랐다.

"크하하하하. 거참 큰일 났군! 그럼 이번엔 그들이 도둑맞은 거야?

두 번째일세! 도둑놈들이 된통 벌을 받았어!"

"시침 떼지 마! 은근슬쩍 넘어가려 하지 말라고! 바꿔치기한 건 자네잖아! 자네가 돈을 몽땅 챙겼잖아! 이 사기꾼, 불한당 같으니."

베슈는 악착같이 으르렁댔다.

한편 그쯤 되어서 클럽을 우르르 빠져나오던 사법관들 눈에는 저만치 극도로 흥분한 베슈 형사가 뭐라고 하는지 들리지도 않으면서 요란한 동작을 취하는 모습이 보였다. 그 바로 앞에는 짐 바네트가 느긋하게 벽에 기댄 채 눈에 눈물을 다 글썽일 정도로 포복절도하고 있었다. 계속해서, 계속해서 그는 웃고만 있었다!

4
금이빨을 한 사나이

짐 바네트는 거리로 면한 탐정사무소 유리창을 가리고 있던 커튼을 홱 젖히자마자 낭랑하기 이를 데 없는 웃음을 터뜨렸다. 어찌나 대차게 웃음이 터져나오는지 그는 그만 옆의 의자 위로 넘어지듯 주저앉아야만 했을 정도였다.

"와하하하하하하! 정말이지 웃기는 일이야! 이건 전혀 예상 밖의 일이라니까! 베슈가 나를 보러 오다니! 맙소사, 이 얼마나 재미있는 현상이냐고!"

"뭐가 그리 재미있소?"

그 순간, 베슈 형사가 안으로 들어서며 대뜸 물었다.

그는 간헐적으로 숨 가쁜 감탄사를 토해내면서 웃음을 멈출 줄 몰라 애를 먹고 있는 이 사내를 물끄러미 바라보다가 난감한 듯 다시 물었다.

"뭐가 그리 재미있냐니까?"

"그야 자네가 여길 방문했다는 게 재미있지! 루앙의 클럽 사건이 일어난 다음에도 여길 찾아올 용기를 내다니 말이야! 오, 베슈, 자네 정말 대단해!"

사실 베슈가 어찌나 쩔쩔매는지 바네트는 억지로라도 태도를 추스르고 싶은 마음이 들었다. 하지만 도저히 그럴 수 없었고, 계속해서 발작적인 웃음을 터뜨리며 목소리까지 잠길 정도가 되었다.

"미, 미안하이, 베슈 이 친구야. 생각할수록 웃겨서 그래. 자네를 좀 보라고. 어엿한 사법당국의 공식 대표사절로서 또다시 사냥감 털을 좀 뽑아달라며 내 앞에 와 있지 않은가! 이번엔 또 누가 보내서 왔나? 백만장자? 아니면 장관급? 자넨 참 수더분한 친구야! 아차, 그리고 일전에 자네가 그랬듯 나도 이제 보다시피 말을 놓기로 했네. 따지고 보면 우리 둘 다 정겨운 친구 아닌가? 자자, 물에 홀딱 젖은 고양이 꼴로 그러고 있지 말고 어디 용건이나 털어놔 보게. 이번엔 또 뭐가 문제인가? 누가 도움을 요청한 거야?"

베슈는 가까스로 냉정을 유지하려고 안간힘을 쓰며 말했다.

"파리 근교의 어느 선량한 교구신부 일이오."

"오, 자네의 그 선량한 신부님이 무슨 못할 짓이라도 하셨나? 온순한 양 떼 중 하나를 요절내기라도 하신 거야?"

"아니, 그 정반대지."

"뭐? 그럼 양이 목자를 해쳤어? 그래, 내가 뭘 어떻게 도우면 되겠나?"

"아니, 그게 아니고, 다만……."

"제기랄! 오늘은 그 유창한 달변을 다 어디 놔두고 온 건가, 베슈! 됐네. 그쯤 해두고 근교에 산다는 그 선량한 신부한테나 나를 직접 데려다주게. 자네를 따라나서는 일이라면 난 항상 만사 준비 오케이야!"

바뇌이라는 작은 마을은 로마네스크 양식의 오래된 성당 건물을 중심으로, 일종의 푸른 울타리 구실을 해주는 세 개의 언덕 경사면과 그 아래 분지에 걸쳐 분포되어 있었다. 성당 뒤편으로는 전원풍의 앙증맞은 공동묘지가 둥지를 틀고 있는데, 그 우측은 대저택이 자리 잡은 널따란 농장 울타리가, 좌측은 사제관 담벼락이 감싸듯 하고 있었다.

바로 그 사제관 식당 안으로 베슈는 짐 바네트를 이끌고 들어섰다. 그리고 세상 풀지 못할 수수께끼란 없는 아주 유능한 탐정이라며 데솔 신부에게 친구를 소개했다. 외모로나 실제 품성으로나 무척 선량해 보이는 성직자였다. 적당히 오동통한 체격에 발그레하니 상기된 혈색, 분명 평상시엔 온화함 그 자체였을 얼굴에 뭔가 당혹스러운 문제로 인한 근심을 잔뜩 머금은 중년의 남자였다. 그 밖에 살집 통통한 손과 손목, 그리고 번들번들 때가 탄 싸구려 캐시미어 신부복을 팽팽하게 부풀린 복부가 바네트의 시야에 들어왔다.

“신부님, 현재 어떤 문제가 있는지 나는 아직 모르고 있습니다. 내 친구 베슈 형사가 예전에 알고 지내던 분이라고만 해서 따라왔지요. 가급적 불필요한 세부사항은 개의치 마시고 간략하게 지금 상황을 설명해 주시겠습니까?”

데솔 신부는 얘기를 미리 준비해두고 있었는지 전혀 머뭇거리지 않고, 즉각 그 이중 턱살을 움직이면서 마치 노래하는 듯한 낮은 음성으로 얘기를 시작했다.

“므슈 바네트께서 일단 알고 계셔야 할 일은 말입니다. 우리 교구의 보잘것없는 외근사제들은 외부로 파견 나가 미사를 집전하는 일 말고도, 18세기 때 바뇌이 성의 영주들로부터 이곳 성당에 답지한 교회의 보물을 지키는 임무 또한 담당하고 있다는 사실입니다. 두 개의 성체현시대와 두 개의 십자가, 가지 달린 대형 촛대와 감실(龕室) 등 무려 아

짐 바네트는 너무도 우아하게 다가가 그를 안심시켰다.

"남작님, 뭐 그리 걱정할 일은 없습니다. 어떻게든 소란이 이는 걸 싫어하시는 데솔 신부님께서는 단지 귀중품을 돌려달라고 청할 따름입니다. 그렇게만 하면 '계산 끝'이라 이거죠!"

그라비에르 씨는 고개를 쳐들어 이 막강한 상대를 잠시 바라보았다. 승자의 엄혹한 시선을 이기지 못한 그가 중얼거렸다.

"그럼 정식으로 고발하지는 않는단 말이오? 아무 말도 안 할 거라고요? 신부님이 알아서 하신다는 겁니까?"

데솔 신부가 끼어들며 대신 대답했다.

"아무 일 없을 것이오. 내가 알아서 하겠습니다. 보물만 제자리에 돌려놓으면 그 즉시 모든 걸 없었던 일로 하겠소. 하지만 어찌 이런 일이 있을 수 있단 말이오, 남작! 바로 당신이라니! 당신이 이런 못된 짓을 저지르다니! 그토록 믿었건만! 우리 교구 신도들 중 가장 열심인 신자가 어떻게……."

그라비에르 씨는 마치 잘못을 고백하면서 위안을 바라는 어린아이처럼 기어 들어가는 소리로 중얼댔다.

"도저히 어쩔 수가 없었습니다, 신부님. 저기, 손만 뻗으면 닿을 곳에 있는 보물 생각이 머릿속을 떠나지 않는 거예요. 저항도 해보았습니다. 그러고 싶었던 건 아니었어요. 내 안에서 저절로 생각이 돌아간 거예요."

"어떻게 그럴 수가, 어떻게 그럴 수가……."

신부는 고통스러운 듯 여전히 같은 말만 되풀이했다.

"그래요. 투기를 하느라 날린 돈이 좀 있습니다. 어떻게 살아야 할지 막막하더군요. 그래서 두 달 전부터 차고 한 켠에 멋진 추시계와 태피스트리 등 우리 집 고가구품들을 몽땅 끌어다 모아놓기도 했답니다. 내다 팔려고 말이죠. 그 일만 잘 되었어도 어떻게 숨통은 틔었을 겁니다. 그런데 일단 그러고 나자 가슴이 미어지는 거예요. 게다가 3월 4일은 다가오죠. 엄청 유혹이 느껴지더군요. 전부터 머릿속에 움터오던 그 은밀한 생각 때문에 말이죠. 그러다 결국은 내가 진 겁니다. 오, 용서해주세요, 신부님."

"용서하겠소. 하느님께서 당신에게 큰 벌을 내리지 않도록 간구하겠습니다."

데솔 신부의 말이 떨어지자, 남작은 자리에서 일어나 결연한 목소리로 말했다.

"자, 여러분, 이 몸을 따라오십시오."

일행은 산책이라도 하는 사람들처럼 자연스레 대로를 따라 걸었다. 데솔 신부는 연신 얼굴에 흐르는 땀을 닦아냈다. 남작은 구부정한 자세로 터벅터벅 무거운 발걸음을 내디뎠다. 한편 베슈는 계속 초조했다. 그토록 신속하게 사건을 해결한 바네트가 마찬가지로 가뿐하게 귀중품들을 빼돌리지 않을까 단 한순간도 의혹의 눈초리를 거둘 수가 없었다.

짐 바네트는 옆에서 제멋대로 장광설을 늘어놓고 있었다.

"베슈, 자네 아무래도 까막눈인가 보네. 어떻게 진범을 그리도 가려내지 못한단 말인가! 나는 단번에 므슈 베르니송이 1년에 한 차례 이 지역을 드나드는 걸로는 결코 그와 같은 음모를 꾸밀 위인이 못 된다는 점을 간파했는데. 대신 이 지역 사람 중, 그것도 아주 가까운 이웃의 소행일 수밖에 없다는 판단이었지. 그러다 보니 이 성당과 사제관이 바로 내다보이는 숙소의 남작이야말로 더할 나위 없는 혐의 조건을 갖춘 게 아니겠나! 신부가 제아무리 조심에 조심을 더해도 그는 모든 걸 속속들이 파악할 수가 있지. 므슈 베르니송이 정해진 날짜에 순례를 거행하는 것 역시 그는 항상 지척에서 보아왔고, 그래서 결국……."

하지만 베슈는 바네트의 꿍꿍이속에 대해 생각할수록 점점 첨예해지는 우려 가능성에만 잔뜩 신경을 집중한 채, 얘기는 제대로 듣고 있지도 않았다. 바네트는 계속해서 농담조로 떠들어댔다.

"결국 나는 확신을 갖고 용의자를 지목한 것이네. 증거라고는 그림자조차 확보하지 못한 상태로 말이야. 얘기를 차근차근 진행해갈수록 우리의 남작께서 점점 얼굴이 창백해지고 어쩔 줄 몰라 안절부절못하는 모습이 노골적으로 드러나더군. 아, 베슈, 나는 그럴 때 느끼는 것과 같은 희열을 더는 알지 못한다네! 베슈, 자네도 결과가 어찌 나왔는지는 잘 알겠지?"

"음, 알 것 같소. 아니, 두고 보면 알겠지."

베슈는 상대의 마지막 결정타가 미뤄지고 있다는 생각을 하며 더듬더듬 대꾸했다.

그라비에르 씨는 사유지의 도랑을 에둘러 풀이 무성한 샛길로 접어들었다. 그렇게 한 300여 미터 걸어갔을까, 소규모 참나무 숲이 지나자 걸음을 멈추었다.

잔뜩 경직된 그가 뚝뚝 끊기는 어조로 말했다.

"저기, 들판에, 건초 더미 속입니다."

베슈는 어이가 없다는 투로 신음을 한 차례 내뱉더니 부리나케 달려갔고, 나머지 일행도 허겁지겁 그 뒤를 따랐다.

건초 더미는 그리 부피가 큰 편이 아니었다. 베슈는 덥석 달려들어 쌓여 있는 건초 단들을 윗부분부터 파헤치기 시작했다. 그리고 얼마 지나지 않아 승리의 함성을 요란스레 내질렀다.

"여기 있다! 성체현시대야! 촛대도 있고! 여섯 개, 일곱 개다!"

"모두 합해 아홉 개여야 합니다!"

신부가 바로잡았다.

"아홉 개! 모두 다 있습니다! 브라보, 바네트! 정말 멋지게 해냈소!

아, 하여간 바네트 이 사람!"

신부는 되찾은 물건들을 품 안 가득 끌어안고, 기쁨에 아찔해진 기분으로 중얼거렸다.

"므슈 바네트, 이거 뭐라 감사드려야 좋을지! 하느님의 섭리가 당신께 보상을 해주실 겁니다."

그러나 뭔가 결정타를 예상하며 마음을 졸이던 베슈 형사의 우려는, 단지 뜸만 좀 들였다 뿐이지 영락없는 현실로 나타나고야 말았다.

돌아오는 길이었다. 그라비에르 씨와 나머지 일행이 다시금 저택을 따라 말없이 걷고 있는데, 과수원 쪽에서 느닷없는 비명 소리가 들려오는 것이었다. 그라비에르 씨는 차고 쪽으로 득달같이 달려갔고, 그 앞에서 허둥대고 있는 하인 및 고용 농부 셋과 맞닥뜨렸다.

무슨 큰일이 얼마나 일어난 건지 단번에 감이 왔다. 차고에 바짝 붙은 창고 문이 강제로 열려 있었고, 그 안에 쟁여놓았던 고가구와 멋진 추시계, 태피스트리 등 남작의 마지막 재산이 깔끔하게 사라지고 없는 것이었다.

"이, 이럴 수가! 대체 언제 이걸 다 털어간 거야?"

남작이 비틀거리며 더듬대자, 하인 한 명이 말했다.

"간밤에 한 11시쯤 되었을 때 개들이 유난히 짖어대더라고요."

"무슨 수로 이래놓은 거냐고?"

"남작님 자동차로 빼낸 모양입니다."

"내 자동차라! 그럼 차도 도둑맞았단 말인가?"

남작은 그만 벼락을 맞은 것처럼 순식간에 허물어지면서 신부의 품에 안겼다. 데솔 신부는 제법 아버지 같은 자세로 부드럽게 위로하기 시작했다.

"하느님의 벌이 빨리도 찾아온 게로군요. 회개하는 마음으로 묵묵히 받아들이십시오."

한편 베슈는 두 주먹을 불끈 쥐고서 짐 바네트를 향해 한 걸음 한 걸음 다가갔다. 잔뜩 자세를 가다듬은 게 금방이라도 달려들 듯한 기세였다.

"남작님, 그러지 말고 정식으로 고소할 준비나 하십시오. 당신의 가구들은 결코 사라진 게 아니라는 걸 내가 장담하지요."

나지막이 으르렁대는 베슈의 말에 바네트는 흉겹게 웃음을 지으며 천연덕스레 거들었다.

"그야 물론이지! 사라지긴 왜 사라져. 하지만 고소를 한다는 건 남작 자신으로 봐서도 매우 위험한 일일 텐데."

베슈는 점점 더 혹독한 눈빛에, 보다 더 위협적인 자세로 바짝 다가들었다. 하지만 바네트는 아랑곳하지 않고, 오히려 베슈를 덥석 붙잡아 한쪽으로 끌고 가며 말했다.

"자네 말이야, 나 아니었더라면 어떤 사태가 일어났을지 알겠나? 신부님은 결코 보물을 되찾을 수 없었을 것이네. 결백한 베르니송이 대신 감옥에 갇히는 건 물론, 그의 부인은 남편의 행태에 대해 고스란히 알게 되겠지. 그럼 자네는 아마 자살이라도 하고 싶었을걸!"

베슈는 어느 잘려진 나뭇등걸에 털썩 주저앉았다. 울화통이 터져서 숨도 편히 쉴 수 없는 지경이었다.

마침내 바네트는 일행을 향해 냅다 소리를 쳤다.

"빨리요, 남작님! 여기 베슈에게 강심제 삼을 만한 것 좀 갖다주십시오! 몸이 불편한 모양입니다."

그라비에르 씨는 즉시 지시를 내렸다. 오래된 포도주 마개가 열렸고, 베슈는 얼른 그걸 한 잔 따라 마셨다. 신부도 이어서 마셨고, 나머지는 그라비에르 씨가 벌컥벌컥 들이켰다.

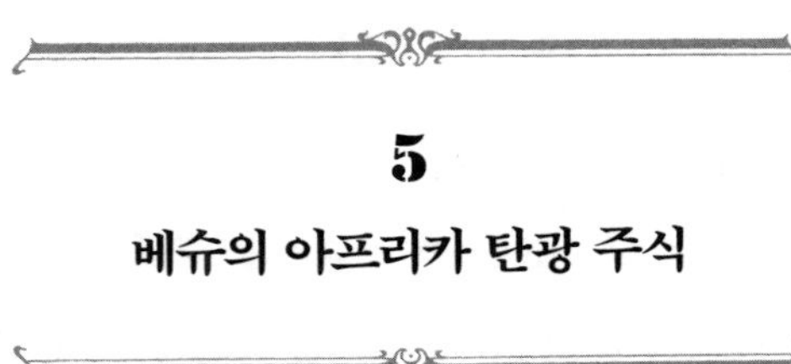

5
베슈의 아프리카 탄광 주식

가시르 씨가 잠에서 깨어나자마자 제일 먼저 염두에 둔 것은, 어젯밤 가져온 유가증권 다발이 탁자 위에 제대로 있는가를 확인하는 일이었다.

얌전히 있는 것을 확인한 그는 안심하고 침대에서 일어나 세수를 했다.

니콜라 가시르는 통통한 살집의 땅딸막한 체구에 얼굴은 야윈 편이었고, 앵발리드 구역에서 사업가로 일하는 사람이었다. 신뢰할 만한 진지한 고객들이 그에게 자금을 댔고, 그는 현명한 주식투자와 은밀한 폭리 조작에 힘입어 짭짤한 이득을 그들에게 돌려주었다.

그는 자신이 주인으로 있는 낡고 비좁은 건물 2층에 거주했다. 내부 구조는 침실과 그에 딸린 건넌방 하나, 상담실로도 이용되는 식당과 세 명의 직원이 와서 일하도록 되어 있는 거실, 그리고 맨 끝의 부엌으로 이루어져 있었다.

절약정신이 투철했기에 하녀를 따로 두지는 않았다. 대신 매일 아침, 활달하고 명랑한 성격에 넉넉한 체구의 관리인 여자가 8시를 기해 우편물을 가져다주면서, 겸사겸사 집 안 정리를 해주고는 책상 위에 크루아상 한 덩어리와 커피 한 잔을 놔두고 갔다.

그날 아침에도 관리인 여자는 잡일을 처리한 뒤 아침 8시 반에 물러났고, 가시르 씨는 직원들을 기다리는 동안 조용히 빵 조각을 뜯어가며 편지 봉투를 개봉하거나 신문을 훑어보았다. 그런데 정확히 9시 5분 전, 느닷없이 어떤 소리가 침실로부터 들리는 것 같았다. 그곳에 놔두고 나온 유가증권 다발 생각이 퍼뜩 들었고, 그는 쏜살같이 내달렸다. 아니나 다를까, 증권 다발은 온데간데없었고, 층계참으로 통하는 건넌방 문이 부리나케 닫혔다.

그는 와락 다가들어 문을 열려고 했다. 하지만 이미 잠긴 문의 자물쇠는 열쇠로만 다시 열 수 있었고, 하필 그 열쇠는 책상에 놔둔 채 달려온 상태였다.

'열쇠를 가지러 가면 도둑놈은 흔적도 없이 도망친 후일 거야.'

그런 생각이 뇌리를 스치면서 가시르 씨는 거리로 면한 건넌방 창문을 활짝 열어젖혔다. 그 짧은 순간, 누군가 건물을 벗어났을 가능성은 현실적으로 없었다. 실제로 내려다보이는 거리는 한산했다. 매우 기겁을 한 상태였지만 니콜라 가시르는 구원을 요청하는 비명 한 번 내지르지 않았다. 하지만 잠시 후, 주임 격의 직원이 인근 대로로 불쑥 모습을 드러내 건물 쪽으로 다가오는 것을 보자, 즉시 창밖으로 몸을 내밀며 신호를 보냈다.

"빨리! 빨리! 사를로나! 어서 들어와 문부터 닫으시오! 아무도 빠져나가지 못하게! 도둑이 들었소!"

일단 지시가 이행되었고, 그는 헐레벌떡 계단을 내려와 숨을 몰아쉬며 정신없이 다그쳤다.

"사를로나, 아무도 못 봤소?"

"아무도 못 봤는데요, 므슈 가시르."

그는 계단과 저만치 떨어진 어두컴컴한 안뜰 중간에 위치한 관리인 숙소까지 달려가보았다. 거기서 관리인 여자는 비질을 하고 있었다.

"이봐요, 마담 알랭. 도둑이 들었다고요! 혹시 이쪽으로 누구 숨어든 사람 없습니까?"

다짜고짜 버럭 소리부터 지르는 가시르 씨를 놀란 눈으로 바라보며 뚱뚱한 여자가 더듬거렸다.

"아, 아니요, 므슈 가시르."

"아파트 열쇠는 어디다 둡니까?"

"여기, 추시계 뒤쪽에요, 므슈 가시르. 근데 30분 전부터 여길 지키고 있었으니 누가 그걸 가져갔을 리는 없어요."

"그렇다면 분명 도둑놈이 계단을 내려가지 않고 위로 올라간 거야. 아, 제기랄!"

니콜라 가시르는 다시 입구 쪽으로 돌아왔다. 또 다른 직원 두 명도 속속 도착했다. 가쁜 숨을 몰아쉬면서 가시르 씨는 그들에게 부랴부랴 지시사항을 하달했다. 자신이 되돌아올 때까지 누구도 입구를 지나치게 해서는 안 된다는 거였다.

"알겠소, 사를로나?"

그는 후닥닥 계단을 달려 올라가 집 안으로 뛰어들었다.

그는 허겁지겁 전화기를 부여잡고 외쳤다.

"여보세요, 여보세요! 경시청 좀 부탁합니다. 아, 이봐요, 경시청 구내 카페로 직접 대주시오! 번호요? 그건 모르는데, 빨리요, 제보할 게 있어서 그러니…… 빨리, 빨리요!"

결국에는 카페 주인과 선이 닿은 가시르 씨가 다짜고짜 떠들어댔다.

"베슈 형사 거기 있죠? 그를 좀 불러주시오. 빨리요, 우리 고객입니다. 낭비할 시간이 없어요. 여보세요! 베슈 형사? 아, 여기는 므슈 가시르입니다. 그래요, 잘 지내죠…… 아니, 꼭 그렇지도 않은데, 누군가 유가증권을 도둑질해갔소. 그것도 뭉치로 말이야. 기다리고 있겠소. 뭐요? 뭐? 지금 올 수 없다고? 휴가 중이란 말입니까? 이런 제기랄, 그깟 휴가가 지금 문제요? 당장 달려와요, 베슈, 빨리! 당신이 사들인 아프리카 탄광 주식 열두 주도 도난당한 뭉치 안에 포함되어 있단 말이오!"

순간 가시르 씨의 귀에 전화선 반대편 끝으로부터 지독한 욕지기가 새어 들어왔다.

"우라질!"

그러자 베슈 형사의 지금 기분이 어떨 것이며, 얼마나 득달같이 달려올 것인지 오히려 안심이 되는 것이었다. 과연 불과 15분 만에 베슈 형사는 바람을 일으키며 나타났고, 잔뜩 일그러진 얼굴로 이 사업가를 향해 무섭게 다가들었다.

"내 아프리카 탄광 주식! 내 돈 다 어디 있어?"

"고객들 증권 다발과 함께 몽땅 도둑맞았소. 물론 내 주식도 거기 포함되어 있어요!"

"도둑맞다니!"

"그래요. 내 침실에서 한 반 시간 전쯤에 당했소."

"맙소사! 도대체 내 아프리카 탄광 주식이 당신 침실에 왜 있었던 거요?"

"어제 크레디 리요네(모리스 르블랑은 빅토르 위고 광장 7번지에 위치한 이 은행을 자주 이용했으며, 아셰트 출판사로부터의 인세가 꼬박꼬박 이 은행 계좌로 입금된 바 있다. 아르센 뤼팽 시리즈에 가장 많이 등장하는 은행이다—옮긴이)의 내 개인금고에서 빼내와 은행에 정식 의탁하려던 참이었어요. 그게 편리할 것 같아서. 내가 잘못 생각한 겁니다."

베슈는 강철 같은 손으로 상대의 어깨를 붙들며 말했다.

"이건 전적으로 당신 책임이오, 가시르! 몽땅 다 물어내야만 해!"

"무엇으로 물어낸단 말이오? 나도 완전 파산 상태인데."

"파산이라니? 이 건물이 있지 않소?"

"이게 어디 한두 차례 저당 잡힌 건물인 줄 아쇼?"

두 남자는 제각기 펄쩍 뛰면서 상대를 향해 고함을 질러대기 시작했다. 관리인과 세 명의 직원 역시 제정신이 아니었다. 건물 출입로를 막아선 채 4층의 두 세입자 아가씨가 악착같이 나가겠다고 설치는 걸 완강하게 저지하는 것이었다.

베슈는 길길이 악을 써댔다.

"아무도 못 나갑니다! 내 아프리카 탄광 주식 열두 주를 되찾기 전에는 아무도 나갈 수 없어!"

"아무래도 도움을 청해야 할 것 같소! 푸주한 청년하고 잡화점 주인은 그래도 믿을 만한 친구들이오."

가시르의 제안에 베슈는 또박또박 대꾸했다.

"다 필요 없소. 누군가의 도움이 있어야 한다면, 차라리 라보르드 가에 위치한 바네트 탐정사무소로 연락을 취하시오. 그리고 정식으로 고발을 하고. 하지만 그래봤자 시간만 낭비할 뿐이지. 당장 뭔가 행동에 나서야 해."

그나마 우두머리로서의 책임감 때문에 베슈 형사는 흥분을 자제하는 눈치가 역력했다. 그럼에도 신경질적인 동작이나 입술의 경련이 극도로 혼란스러운 정신 상태를 드러내고 있었다.

아무튼 그는 가시르를 연신 타일렀다.

"침착하십시다. 어쨌든 우리가 현재 유리한 입장에 있는 건 사실이니까요. 일단 아무도 이곳을 빠져나간 자가 없습니다. 이제는 슬그머니 내 아프리카 탄광 주식을 밖으로 빼돌리기 전에 반드시 손에 넣어야만 합니다. 그게 바로 문제예요."

그는 두 명의 아가씨를 상대로 질문공세를 벌였다. 타이피스트인 한 명은 집에서 회장(回章)과 보고서 등을 여러 장 작성하는 일을 하고 있었고, 다른 한 명은 역시 집에서 플루트를 가르치고 있었다. 둘 다 점심식사 준비로 식료품을 사러 가야 한다며 아우성이었다.

베슈는 완고한 태도로 대꾸했다.

"참으로 유감스럽습니다. 하지만 오늘 오전 내내 거리로 면한 문은 폐쇄될 예정입니다. 므슈 가시르, 당신 직원들 중 두 명을 차출해서 문을 지키고 있도록 해주십시오. 나머지 한 분은 이곳 세입자들의 심부름을 대신해주시고요. 오늘 오후에는 정상 출입이 가능하도록 할 것입니다. 단, 그때도 내 허가를 받아야만 합니다. 모든 꾸러미나 소포, 상자나 장바구니까지 무엇이든 의심스러운 물품들은 철저하게 조사될 것입니다. 이상은 일종의 강제수칙입니다. 자, 므슈 가시르, 우린 어서 일에 착수해야죠! 관리인은 우리를 안내하시오."

건물의 내부 구조는 이런 식의 조사에 용이하도록 설계되어 있었다. 전체가 네 개 층으로 되어 있고, 각 층마다 한 개의 주거공간만 형성되어 있는 것이었다. 게다가 그중 1층은 아직 임자 없이 비어 있는 상태였다. 2층에는 가시르 씨, 3층에는 전직 장관이자 현 국회의원인 투페몽 씨, 그리고 4층에는 타이피스트인 르고피에 양과 플루트 선생인 아블린 양이 거주하고 있었다.

하필 그날 아침, 투페몽 의원은 8시 반에 위원회를 주재하러 국회로

등원한 상태였고, 집 안 청소는 점심때나 한 번씩 들러보는 이웃 아낙네에 의해 처리되는 상황이라 모두들 그가 돌아오기만을 기다릴 뿐이었다. 따라서 집중적인 수색의 대상은 우선 두 아가씨의 숙소가 될 수밖에 없었다. 그러고 나서 사다리를 통해서만 접근이 가능한 다락방의 구석구석이 파헤쳐졌고, 그다음으로는 자그마한 안뜰, 니콜라 가시르 씨의 거처순으로 수색이 이루어졌다.

하지만 발견된 건 아무것도 없었다. 베슈는 갈수록 열두 주의 아프리카 탄광 주식 생각에 속이 쓰렸다.

마침내 정오 무렵이 되어 투페몽 의원이 나타났다. 전직 장관이라는 화려한 경력에다 현재도 역시 비중 있는 국회의원 신분인 그는 엄청난 일벌레이자 당파를 초월해 존경을 받고 있으며, 대정부 질문에는 드물게 나서면서도 그때마다 항상 정부 각료를 주눅 들게 만들고야 마는 대단한 위인이었다. 그는 절제된 발걸음으로 우편물을 가지러 관리인 숙소에 들렀고, 거기서 가시르를 만나 도난사건 소식을 전해 들었다.

투페몽 의원은 지극히 사소한 화젯거리에 배려 삼아 경청을 하는 것처럼 귀를 기울였고, 가시르가 정식 신고를 하려 한다면 필요한 도움을 주겠으며, 당장 자신의 방도 마저 수색을 해보라고 말해주었다.

"또 누가 압니까? 누군가 위조열쇠라도 가지고 있었는지."

아무튼 의원의 허락을 받고 비로소 그곳까지 수색의 손길이 미쳤다. 하지만 결과는 마찬가지였다. 이만하면 사태가 심상치 않게 돌아가는 셈이었다. 두 남자는 서로 기운을 북돋는 말을 주고받으며 정신을 가다듬으려 했지만, 그 말 자체가 허탈하게 울릴 뿐이었다.

하는 수 없이 숨 좀 돌릴 겸 건물 맞은편에 자리한 작은 카페로 갔는데, 그곳이라면 그나마 현장에서 시선을 떼지 않을 수 있을 것 같아서였다. 그러나 베슈는 전혀 입맛이 없었다. 잃어버린 아프리카 탄광 주식에 대한 생각이 그의 배 속까지 더부룩하게 점령하고 있는 모양이었다. 가시르는 현기증까지 호소했다. 둘은 머리를 맞대고 문제를 이리 제치고 저리 뒤쳐보면서 뭔가 마음을 든든하게 해줄 근거를 발견할 희망에 젖어보았다.

"따지고 보면 아주 간단한 문제입니다. 누군가 당신 처소에 잠입해 증권 다발을 훔쳐간 것이지요. 근데 그 누군가가 미처 건물을 빠져나가지 않았으니 아직 저 안에 남아 있는 겁니다."

베슈의 말에 가시르도 동의했다.

"누가 아니랍니까!"

"건물 안에 용의자가 있다면, 내 아프리카 탄광 주식도 저 안에 있는 것이죠. 멀쩡한 주식이 천장이라도 뚫고 날아가버리지 않는 한에는 말이오, 젠장!"

"나머지 증권 다발도 마찬가지입니다!"

니콜라 가시르가 힘주어 거들자, 베슈가 말을 이었다.

"결국 우리는 지극히 견고한 근거에 준하여 다음과 같은 확신에 도달하게 됩니다. 즉……."

그 순간, 베슈는 말을 중단해야 했다. 눈동자가 갑자기 휘둥그레졌다. 그는 거리 맞은편에서 한 사내가 쾌활한 걸음걸이로 건물을 향해 다가가고 있는 광경을 뚫어져라 노려보았다.

"바네트야! 바네트라고! 도대체 어떻게 알고 여기에?"

넋을 잃은 듯 더듬거리는 베슈 형사에게 가시르가 머뭇머뭇 털어놓았다.

"일전에 그 사람에 대해 말씀하신 적이 있지 않습니까. 라보르드 가의 바네트 탐정사무소라고요. 이 정도 심각한 상황으로 치닫는다면 아무래도 전화 한 통쯤 넣어봐도 손해 날 건 없다고 생각했죠."

베슈는 즉시 거칠게 쏴댔다.

"이런 바보 같은 짓이 있나! 그럼 이제부터 대체 누가 조사를 이끌어가는 거요? 당신이요, 나요? 바네트는 아무 상관도 없는 외부인일 뿐이오! 바네트는 경계해야 할 대상이란 말이오! 아, 이런 젠장! 바네트는 안 된다고!"

그 작자와 협력해야 한다는 사실은 베슈 형사에게 지극히 위험한 모험으로 다가왔다. 짐 바네트를 집 안에 들이고 이 사건에 연루시킨다는 것, 그것은 만에 하나 조사가 소정의 결실을 맺을 경우, 열두 주의 아프리카 관련 주식을 포함한 증권 다발이 감쪽같이 자취를 감출 거라는 걸 의미했다.

참다 못한 베슈는 식식거리며 도로를 가로질렀고, 바네트가 문을 두드리려고 자세를 잡는 순간, 그 앞에 턱 버티고 서서 나지막이 떨리는 목소리로 으르댔다.

“물러나시오! 여긴 당신이 필요 없소. 실수로 연락이 간 것이오. 제발 우리를 가만히 내버려두시오. 지금 당장!”

바네트는 놀란 눈으로 상대를 바라보며 대꾸했다.

“아니, 이거 베슈 아닌가! 그래, 어쩐 일이야? 뭔가 속이 무척이나 안 좋은 얼굴인걸?”

“어서 발길이나 돌리시라니까!”

“그러고 보니 전화상으로 얘기한 용건이 꽤나 심각한 일인 모양이지? 자네도 푼돈 좀 모은 모양이고? 아하, 그래서 조금의 도움도 이제는 불필요하시다 이건가?”

“꺼지라니까.”

베슈는 노골적으로 으르렁거렸다.

“당신이 돕는다는 게 뭘 의미하는지 다 알아. 사람들 호주머니 속을 넘나들며 돕는다는 거겠지.”

“오호라, 자네의 아프리카 탄광 주식이 걱정되는 모양이로군?”

“그렇다! 당신이 개입하기만 하면 문제야.”

“그 이야기라면 관두게. 신경 꺼도 돼.”

“그럼 가줄 텐가?”

“이건 어쩔 도리가 없는 일이네. 나도 이곳에 용건이 있어서 왔다고.”

어느새 따라붙은 그가 문을 반쯤 연 가시르를 향해 물었다.

“실례합니다, 므슈. 여기가 콩세르바투아르(1795년 파리에 설립된 국립고등음악연극학교—옮긴이)에서 2등을 하셨던 플루트 선생 마드무아젤 아블린이 사는 곳인가요?”

그 말에 베슈는 길길이 날뛰었다.

“문패에서 주소를 슬쩍 보고는 공연히 주워섬기는 소리야!”

"그래서? 나라고 플루트 배우지 말라는 법 있는가?"

바네트도 지지 않고 응수했다.

"그래도 여긴 안 돼!"

"그거 유감이로군. 하지만 워낙에 플루트에 미쳐 있어서."

"분명히 말하지만 안 된다고 했어."

"플루트를 배워야겠네!"

마침내 바네트는 으쓱대며 안으로 들어섰고, 아무도 그를 감히 막아서지 못했다. 베슈는 무척이나 불안한 표정으로 계단을 올라가는 바네트의 뒷모습을 노려보았다. 그로부터 10분 후, 아블린 양과 얘기가 잘 통했는지 멈칫멈칫 음을 맞춰보는 플루트 소리가 저 위 4층으로부터 흘러내리기 시작했다.

잃어버린 주식 때문에 갈수록 애가 타는 베슈는 연신 중얼거렸다.

"빌어먹을! 또 저 괴물 같은 놈이 끼어들었으니 이를 어떻게 한다?"

그는 나머지 잡다한 수색업무를 신경질적으로 재개했다. 아무도 살지 않는 1층은 물론, 엄밀히 따지면 증권 다발을 냅다 던져놓았을지도 모를 관리인의 숙소까지 일일이 뒤지고 다녔다. 하지만 허사였다. 그러는 와중에도 오후 내내 저 위에서는 빈정대는 듯한 플루트 소리가 신경을 한없이 거스르며 들려왔다. 대체 이런 상황에서 어떻게 제대로 일을 할 수 있겠는가? 마침내 저녁 6시, 바네트가 큼직한 판지상자를 품에 안고 콧노래를 부르며 경쾌하게 계단을 뛰어 내려왔다.

판지상자라! 베슈는 버럭 고함을 내지르며 다짜고짜 상자를 낚아채 뚜껑을 벗겨버렸다. 안에 든 건 낡은 모양의 모자들과 벌레 먹은 모피 옷가지들뿐이었다.

바네트는 진지한 목소리로 말했다.

"밖으로 나올 수가 없어서 마드무아젤 아블린이 나더러 이것들 좀 대신 버려달라고 했네. 알다시피 마드무아젤 아블린, 정말 어여쁜 아가씨야! 플루트 실력도 대단하고! 나한테 놀랄 만한 재능이 있다고 그러더군. 아마 계속해서 연습만 하면, 성당 계단의 단골 맹인 자리 하나쯤 꿰차도 될 것 같다는데."

밤새도록 베슈와 가시르는 하나는 안쪽, 하나는 바깥쪽에서 보초를 섰다. 혹시라도 증권 다발이 창문을 통해 외부의 공모자에게 전달되는 일이 없게 하기 위해서였다. 그리고 다음 날 아침, 작업을 재개했지만 그 악착같은 노력은 여전히 무위로 끝났다. 아프리카 탄광 주식 열두 주와 나머지 증권 다발 모두, 정말이지 지겹게도 꼭꼭 숨은 채 나올 생각을 하지 않았다.

한편 오후 3시가 되자 짐 바네트가 또다시 나타났는데, 이번에는 텅 빈 판지상자를 들고 곧장 지나쳐갔다. 그러면서 넉살 좋게도 깍듯하게 인사를 던지는 모습이 영락없이 흡족한 시간을 보내 즐겁기 그지없는 한량의 분위기였다.

곧바로 플루트 교습이 시작되었다. 일단 조율부터 하고, 그다음은 본격적인 연습이었다. 중간에 틀린 음정이 비어져 나오자, 갑작스레 연주가 중단됐고 침묵이 이어졌다. 그런데 왠지 심상치 않게 그 적막이 길어졌고, 그럴수록 베슈는 안절부절못했다.

'대체 무슨 짓을 하고 있는 거야?'

그는 불안한 속을 들볶으며 지금까지 바네트에 의해 체계적으로 수행되면서 항상 놀랄 만한 결실을 거둔 수색의 실례들을 머릿속에 하나하나 떠올렸다.

끝내 그는 4층까지 달려 올라갔고, 바짝 귀를 기울였다. 플루트 선생의 거처에서는 아무 소리도 새어나오지 않았다. 대신 그와 이웃한 타이피스트 르고피에 양의 처소에서 웬 남자 목소리가 들려왔다.

'그의 목소리야.'

베슈의 궁금증은 끝 간 데를 모르고 치솟았다.

결국 참지 못하고 그는 벨을 울렸다.

안에서 바네트의 우렁찬 목소리가 치고 나왔다.

"들어오시오! 문에 열쇠가 꽂혀 있으니."

베슈는 선뜻 안으로 들어섰다. 제법 예쁜 미모를 가진 갈색 머리의 르고피에 양은 책상 앞의 타자기 가까이 다소곳이 앉아서 바인더용 루스리프 용지에 바네트의 말을 속기로 받아 적고 있었다.

바네트는 아무렇지도 않게 내뱉었다.

"가택수색 하러 온 건가? 불안해할 것 없네. 그 아가씨는 아무것도 감추는 게 없어. 나도 마찬가지고. 지금 내 회고록을 구술하던 중일세. 어때, 계속해도 되겠지?"

그러고는 베슈가 가구들 밑을 기웃거리는 동안, 천연덕스럽게 자신의 '회고록' 구술작업을 계속하는 것이었다.

"바로 그날, 베슈 형사는 플루티스트 아가씨를 통해 알게 된 매력적인 마드무아젤 르고피에의 처소까지 나를 찾아 파고들어 왔고, 영영 날아가버리고 없는 자신의 아프리카 탄광 주식 열두 주를 못 잊어서 이리저리 쑤시고 다니기 시작했다. 그 결과, 소파 밑에서는 먼지 세 알갱이를 거두어들였고, 찬장 밑에서는 구두 뒤축을 수거했다. 과연 베슈 형사는 어느 것 하나 소홀히 하는 법이 없었다. 정말이지 대단한 직업인이었다!"

베슈는 벌떡 몸을 일으키고는 바네트를 향해 주먹을 을러대며 욕지기를 토해냈다. 하지만 바네트는 아랑곳하지 않고 말을 이어갔고, 베슈는 급기야 방을 박차고 나갔다.

얼마나 지났을까, 바네트는 판지상자를 든 채 계단을 내려왔다. 보초를 서고 있던 베슈는 순간 머뭇거렸다. 하지만 워낙에 우려가 되는 존재라서 역시 뚜껑을 열어보았다. 안에는 낡은 종이들과 헝겊 쪼가리가 다였다.

딱한 신세로 전락한 베슈에겐 이제 산다는 것 자체가 견딜 수 없게 느껴졌다. 바네트라는 저 존재! 저 한없이 빈정대는 짓궂은 성미와 그 아니꼬운 작태는 당하면 당할수록 베슈의 울화통을 들끓게 했다. 매일 바네트는 어김없이 모습을 나타냈고, 플루트 교습과 속기 회고록 작성이 한 차례 끝날 때마다 예의 그 멀쩡한 판지상자를 보란 듯이 들고 다니며 신경을 자극했다. 대체 뭐하자는 건가? 베슈는 이것도 또 다른 익살을 떠는 것에 불과하며, 저 바네트라는 작자가 자신을 가지고 우롱을 하는 게 틀림없다고 확신했다. 하지만 만에 하나 저 상자 속에 증권 다발을 숨기고 있다면 어쩌겠는가? 정녕 저런 식으로 은근슬쩍 열두 주의 아프리카 탄광 주식을 빼돌린다면? 방심하는 틈을 교묘히 타서 전리품을 이동시키는 거라면? 따라서 베슈는 좋든 싫든 이 작자가 지나다닐 때마다 불러 세워 판지상자 뚜껑을 열고, 넝마 조각, 누더기, 털 빠진 깃털 가닥, 부러진 브러시, 굴뚝에서 긁어낸 시커먼 재, 당근 찌꺼기 등 세상 아무짝에도 쓸모없는 잡동사니 쓰레기들을 일일이 손으로 헤집지 않을 도리가 없었다. 물론 그러는 동안 바네트는 배꼽이 빠져라 웃어댔다.

"물건 있다! 물건 없다! 찾았나? 못 찾았다! 우하하하하. 베슈, 이 친구야! 자네 때문에 난 아주 즐거워 죽겠다고!"

이런 일이 일주일 내내 계속되었다. 베슈는 그처럼 무기력한 싸움에다 자신의 천금 같은 휴가 기간 전부를 할애해버렸고, 나아가 그 동네에서 아주 우스꽝스러운 인물로 낙인이 찍혀버렸다. 니콜라 가시르와 베슈는 세입자들이 모든 몸수색과 짐수색을 순순히 받아들이면서도 자기들 생업은 수행하겠다는 것에 사실상 반대할 명분이 없었다. 이미 사람들은 이 일을 가지고 수군대고 있었다. 가시르가 낭패를 봤다는 소식은 벌써 파다하게 퍼져나갔다. 기겁을 한 고객들은 수시로 사무실을 에워싸고 돈을 돌려달라며 아우성이었다. 한편 전직 장관이었던 투페몽 의원은 온갖 불편을 감수하면서 하루 네 차례씩 집을 드나들다가 이 모든 소란을 고스란히 목격하고는, 니콜라 가시르를 불러 경찰에 정식으로 신고할 것을 강력히 종용했다. 이제 더 이상 상황을 이런 식으로 끌고 갈 수는 없는 노릇이었다.

그러던 중 한 사건이 모든 것을 급박하게 몰아갔다. 어느 오후가 저물 무렵, 가시르와 베슈의 귀에 4층에서 심하게 다투는 소리가 들려온 것이다. 우당탕거리는 소리와 여자들의 앙칼진 비명이 심상치 않은 분위기였다.

두 사람은 부리나케 세 개 층을 올라갔다. 층계참에는 아블린 양과 르고피에 양이 서로 격렬히 싸우고 있었는데, 다른 때 같았으면 실컷 구경이나 했을 바네트가 쩔쩔매며 뜯어말리는 데도 도무지 그칠 기미를 보이지 않았다. 틀어 올린 머리는 멋대로 솟구쳤고, 블라우스는 너덜너덜 찢어졌으며, 온갖 욕설들이 서로 부딪쳤다.

어쨌든 가까스로 두 여자 사이를 갈라놓는 데엔 성공했다. 우선 신경발작 증세까지 일으킨 타이피스트부터 바네트가 덥석 들어 올려 여자 방으로 옮겼고, 그동안 플루트 선생은 분을 삭이지 못해 식식거렸다.

아블린 양은 고래고래 소리를 질렀다.

"둘이 함께 있는 걸 봤어! 바네트는 제일 처음에 나한테 집적거리더니 이제는 저년을 안고 있었단 말이야. 바네트, 아주 웃기는 치야! 이봐요, 므슈 베슈. 저 인간이 지난 일주일 동안 무슨 짓을 꾸미고 있었는지 한 번 직접 물어보시는 게 좋을 겁니다. 왜 우리한테 꼬치꼬치 묻고 사방을 뒤져가며 시간을 보냈는지 그 이유를 말이에요! 그래요, 한 가지 내가 분명히 말씀드릴 수 있는 건, 누가 도둑질을 했는지 그는 알고 있다는 겁니다. 바로 관리인 여자예요! 네, 마담 알랭 말입니다. 도대체 그는 왜 내가 당신한테 말 한마디도 건네지 못하게 막은 걸까요? 가만 보면 증권 다발에 관해 뭔가를 알고 있는 거예요. 나한테 이렇게 얘기한 것만 봐도 알 수 있죠. '그것들은 이 건물 안에 없으면서도 있어. 확실히 있으면서 또 없기도 하고.' 아무튼 그를 조심하세요, 므슈 베슈."

한편 타이피스트를 적당히 안정시키고 돌아온 짐 바네트는 아블린 양을 와락 붙잡아서 그녀 방으로 거칠게 몰아붙였다.

"자자, 선생님, 공연히 나불대지 마세요. 자기도 잘 모르는 일을 그렇게 떠벌려서야 쓰나. 당신은 플루트를 입에서 떼고 나면 기껏해야 버벅거리는 게 고작이라고."

베슈는 그가 다시 돌아올 때까지 기다리지도 않았다. 짐 바네트가 무슨 생각을 하는지에 대한 아블린 양의 힌트만으로도 사건의 자초지종이 환하게 밝아지는 느낌이었다. 그렇다, 범인은 알랭 부인이다! 어떻게 그 생각은 하지 못했을까? 거친 확신에 사로잡힌 그는 니콜라 가시르와 함께 계단을 구르듯 내려와 관리인 숙소로 달음박질쳐갔다.

"내 아프리카 탄광 주식! 대체 어디로 빼돌린 거요? 당신이 물건에 손댄 거 다 알아!"

느닷없이 버럭 고함부터 지르는 베슈에 뒤이어 니콜라 가시르도 득달같이 달려들었다.

"내 증권들은 어쩌고? 대체 어떻게 한 거야, 이 도둑년아!"

결국 두 남자가 뚱뚱한 여자 하나를 사이에 둔 채 양팔을 부여잡고 마구 흔들어대면서 욕설이 뒤섞인 질문공세를 펴기 시작했다. 여자는 입을 열지 않았다. 완전히 얼이 빠져버린 인상이었다.

알랭 부인에게는 그야말로 악몽 같은 밤이었고, 그 이후로 연속 이틀간 그에 못지않은 고통스러운 시간이 이어졌다. 그도 그럴 것이 베슈는 단 한순간도 바네트가 실수를 하리라고는 생각지 않았던 것이다. 게다가 일단 관리인 여자의 혐의에 비중을 두기 시작하자, 여러 사실들이 그 진짜 의미를 두른 채 새로운 모습으로 정렬했다. 관리인 여자는 틀림없이 청소를 하면서 탁자 위에 증권 다발이 쌓여 있는 걸 목격했을 테고, 열쇠도 가지고 있겠다, 가시르 씨의 생활 습관도 잘 알고 있겠다, 언제든 충분히 문을 따고 다시 들어와 증권 다발을 낚아채 자신의 숙소로 줄행랑을 쳤을 가능성이 있었다. 나중에 니콜라 가시르가 관리인 여자와 맞닥뜨린 바로 이 숙소 말이다.

하지만 베슈는 왠지 기운이 빠지는 모양이었다.

"그래, 분명 이 맹랑한 여자가 일을 저질렀을 거야. 하지만 근본적인 수수께끼는 여전히 오리무중이지. 범인이 관리인이건 다른 누구이건, 사실 그건 별로 중요하지 않아. 내 아프리카 탄광 주식 열두 주가 어떻게 됐는지를 모를 바에는 어차피 마찬가지라고. 이 여자가 증권 다발을 자신의 숙소로 빼내온 것은 그렇다 치고, 9시에서 우리가 숙소를 뒤졌던 시각 사이에 대체 무슨 조화로 그것들이 자취를 감춰버렸냐 이거지."

이 수수께끼에 대해서 뚱뚱보 여자는 아무리 협박과 정신적 고문을 가해도 일절 묵묵부답으로 일관했다. 여자는 아예 모든 사실을 깡그리 부정했다. 아무것도 본 적이 없단다. 아무것도 모른다고, 뭐로 보나 혐의점이 확실함에도 불구하고 완고한 태도로 나왔다.

하루는 아침에 가시르가 베슈를 보며 말했다.

"아무래도 이쯤에서 끝을 봐야만 하겠어요. 투페몽 의원이 어젯밤 정부 부처를 발칵 뒤집어놓는 모습 당신도 봤죠? 그래서 기자들이 이제 물밀듯 밀려와 인터뷰를 하려 들 것이오. 그들 모두를 수색할 수는 없는 일 아니오?"

베슈도 결국 이대로 언제까지나 지속할 수는 없다는 입장을 고백했다.

"앞으로 세 시간 안에 모든 걸 밝혀내야겠죠."

그날 오후, 그는 바네트 탐정사무소 문을 두드리고 있었다.

"오, 베슈, 그러지 않아도 기다리고 있었네. 그래, 뭘 원하는가?"

"그대의 도움, 오로지 그뿐일세."

그만하면 성실한 답변이었고, 진심 어린 태도였다. 지금 베슈는 분명 성심을 다한 사죄를 하고 있는 것이었다.

짐 바네트는 그제야 부랴부랴 상대 곁으로 다가와 어깨를 다정히 감싸 쥐면서 지극히 우아하고 부드럽게 악수를 했다. 그 모든 태도 속에는 패배자의 불편한 심기를 가능한 한 덜어주려는 배려가 물씬 엿보였다. 마치 승자와 패자의 대면이 아니라 두 동무 간 화해의 한 장면 같아 보였다.

"사실 말이지, 베슈 이 친구야. 그동안 정말 사소한 오해 때문에 우리 사이가 소원해지면서 나는 엄청 괴로웠다네. 우리 둘처럼 단짝친구가 서로 적대하다니! 이 얼마나 서글픈 일이란 말인가! 난 잠도 잘 오지 않더라니까!"

하지만 베슈는 눈썹을 잔뜩 찡그리고 있었다. 경찰로서의 양심에 비추어볼 때 바네트와 절친한 관계를 맺고 있는 자신을 혹독하게 비난할 수밖에 없었고, 어쩌다 운명이 자신을 이런 야바위꾼의 능력에 목맨 협조자로 전락하게 만들었는지 치가 떨리는 것이었다. 하지만 어쩌겠는가! 때로는 더없이 고결하고 점잖은 사람들도 허리를 숙여야만 하는 상황이 있거늘. 열두 주의 아프리카 탄광 주식을 잃은 상황 또한 그중 하나가 아니겠는가!

들끓는 속을 간신히 억누르며 그가 중얼거렸다.

"정말 관리인 여자가 맞지?"

"바로 그 여자일세. 다른 많은 이유들을 다 떠나, 오로지 그 여자 외엔 범인이 있을 수 없다는 이유만으로도 그 여자 짓이 틀림없어."

"하지만 그 전까지만 해도 참 괜찮은 여자였는데, 어떻게 그런 짓을 저지를 수가 있지?"

"자네가 그 여자에 관한 정보를 좀 더 면밀하게 수집했더라면, 그 가엾은 여자에게 못 말리는 사기꾼 자식이 하나 있으며, 계속해서 어미의 돈을 끌어다 쓰는 통에 엄청난 고생을 하고 있다는 걸 알 수 있었을 것이네. 결국 자식 때문에 잘못된 유혹에 무너진 셈이지."

베슈는 부르르 몸서리를 치며 외쳤다.

"그럼 결국 그 못된 자식한테 내 아프리카 탄광 주식을 몽땅 빼돌렸단 말인가?"

"오, 그건 아니지. 내가 그렇게 내버려두진 않아. 자네의 주식은 무사하네."

"그럼 대체 그게 어디 있단 말인가?"

"바로 자네 호주머니 속에 있지."

"농담 말게, 바네트."

"난 이런 심각한 문제를 놓고 농담하는 사람이 아닐세, 베슈. 직접 확인해보라고."

베슈는 바네트가 손가락으로 가리킨 호주머니 속으로 머뭇머뭇 손을 집어넣고 더듬대더니 다음과 같은 문구가 씌어진 큼직한 봉투를 쑥 빼들었다.

나의 친구 베슈에게

부리나케 봉투를 뜯자 아프리카 탄광 주식이 나타났고, 모두 열두 주임을 확인하자 베슈는 얼굴이 창백하게 질리면서 다리를 후들후들 떨었다. 바네트는 얼른 각성제 병을 코앞에 내밀었고, 베슈의 코는 킁킁거리며 냄새를 맡아댔다.

"어서 숨을 들이쉬고. 정신 잃지 말게, 베슈."

기절까지는 하지 않았으나 베슈는 재빨리 몇 방울의 눈물을 훔쳤다. 기쁨에 복받쳐 목이 다 멜 지경이었다. 보나마나 자신이 방에 들어와 서로 속내를 털어놓는 사이에 바네트가 봉투를 호주머니 속에 욱여넣었으리라는 점을 베슈는 조금도 의심하지 않았다. 그런데도 열두 장의 증권 다발이 고스란히 이 떨리는 손에 쥐어져 있으니, 저 천하의 바네트가 더 이상 사기꾼으로만 보이지는 않는 것이었다.

단번에 기운을 회복한 베슈는 느닷없이 깡충깡충 뛰고, 마치 캐스터네츠라도 손에 쥔 것마냥 스페인식 춤동작을 흉내 내면서 소리쳤다.

"드디어 찾았어! 요 녀석들이 무사히 품 안에 돌아왔다고! 나의 아프리카 탄광 주식이 돌아왔어! 아하, 바네트! 자네 정말이지 괜찮은 친구야! 이 세상에는 바네트가 둘도 없는 딱 한 명이야, 바로 베슈를 구사일생에서 구해준 바네트 말이야! 오, 자넨 정말이지 동상이라도 하나 만들어줄 만해! 이보게, 바네트, 자넨 영웅이라고! 그나저나 어떻게 해낸 건가? 얘기 좀 해주게나, 이 친구야!"

다시 한번 바네트의 사건 처리방법이 베슈 형사를 아연실색하게 만든 꼴이었다. 그는 전문가로서의 호기심에 잔뜩 몸 달아 보챘다.

"자, 어서, 바네트!"

"뭐가 '자, 어서'야?"

"어허, 이거 왜 이러시나! 대체 이 모든 걸 어떻게 해결했냐는 말이네. 증권 다발은 도대체 어디 있던 거야? 설마 또 '건물 안에 없으면서도 있었다'는 둥, 대충 때울 작정은 아니겠지?"

"그보다는 차라리 '건물 안에 있으면서 또한 없었다'라고 하겠네."

바네트의 농담에 베슈는 조르듯 말했다.

"그러지 말고 속 시원히 털어놔 보게."

"어때, 항복이지?"

"좋을 대로 생각하고."

"그럼 별것도 아닌 허물 때문에 자꾸 비난하는 태도를 취해서 사람 곤혹스럽게 만들지도 말 것이며, 내가 마치 잘못된 길로 빠져버린 것처럼 보이게 만들지도 않을 거지?"

"알았으니 어서 털어놔 보시게, 바네트."

그제야 바네트는 대차게 외쳤다.

"아, 정말이지 멋들어진 이야기라니까! 이보게, 베슈. 내가 아무리 사전에 자네 앞에서 호들갑을 떨어도, 정작 사정을 알게 되면 결코 실망하지 않을 거야. 세상에 이처럼 예기치 못하면서, 재미나면서, 교묘하면서, 긴박감 넘치면서, 인간적이면서, 동시에 황당무계한 일은 처음 겪는단 말이야! 게다가 지극히 단순한 일이라 자네처럼 진지함이 넘치는 착실한 경찰관께서는 뭐가 뭔지 영문을 모르는 게 당연하다고!"

약이 바짝 오른 베슈는 거칠게 내뱉었다.

"어서 말해! 어떻게 해서 증권 다발이 집 밖으로 벗어날 수가 있었는지 말이야!"

"이 어처구니없는 친구야, 그야 자네가 빤히 보는 앞에서 그런 거지! 더구나 집 밖으로 빠져나갔을 뿐만 아니라, 다시 집 안으로 돌아오기도

했다네. 그것도 하루에 각각 두 차례씩이나 말이야! 자네의 그 순해빠지고 너그러운 눈앞에서 버젓이 그런 것이지! 게다가 자네는 그 앞에서 깍듯한 인사까지 해왔다니까! 그럴싸한 십자가 조각이 눈앞을 지나가는 동안 자넨 금세 무릎이라도 꿇을 참이었다고!"

"이봐, 말도 안 되잖아. 내 앞을 지나치는 거라곤 샅샅이 뒤졌는데."

"물론 그것만 빼고 몽땅 뒤졌지! 소포 꾸러미, 판지상자, 핸드백, 호주머니, 모자 속, 통조림통, 심지어 쓰레기통까지. 그래, 정말 이 잡듯 뒤졌지. 하지만 그것만은 예외였어. 국경선에 위치한 역에서도 일반 여행객들은 수색 대상이지만, 외교관의 가방만큼은 신성불가침이지. 그와 마찬가지로 자네도 그것만은 손대지 못했다고!"

"대체 그게 뭔데?"

베슈는 안달을 내며 다그쳤다.

"암만 머리 굴려봐야 알 턱이 없지."

"이런 젠장! 어서 말 못해?"

"바로 전직 장관의 서류가방 속이라네!"

베슈는 앉아 있던 자리에서 펄쩍 뛰었다.

"뭐라고? 지금 뭐라 했나, 바네트? 투페몽 의원을 고발하는 건가?"

"저런, 정신 나간 소리! 내가 감히 국회의원을 이런 일로 고발하리라 생각하나? 솔직히 국회의원인 데다 전직 장관이라고 하면, 선입견으로도 혐의를 두기 어려운 게 사실이지. 더구나 투페몽이라면, 모든 현직 국회의원, 모든 전직 장관을 통틀어 결코 그런 혐의를 둘 수 없는 인물이라는 게 바로 나의 생각이라네. 하지만 그렇다고 해서 그가 마담 알랭의 농간에 휘둘리지 말라는 법은 없지."

"그렇다면 공범이란 말인가? 투페몽 의원이 그녀의 공범이었어?"

"너무 넘겨짚지는 말게."

"그럼 대체 누가 문제란 말이야?"

"누가 문제냐고?"

"그래!"

"그야 의원 나리의 서류가방이지."

바네트는 쾌활하면서도 확고한 어조로 설명을 시작했다.

"이보게, 베슈. 자고로 장관의 서류가방이란 그 자체로 대단한 존재나 다름없어. 세계 어디를 돌아다니든 므슈 투페몽이 있으면 거기엔 항상 그의 서류가방이 있는 법이네. 서로 떨어지는 일이란 없어. 하나가 다른 하나의 존재 이유와도 같지. 요컨대 자네는 서류가방을 들지 않은 므슈 투페몽을 상상할 수 없을 뿐만 아니라, 그의 서류가방을 생각할 때도 항상 므슈 투페몽을 머릿속에서 떨쳐버릴 수가 없는 거야. 서로 그렇게 떼려야 뗄 수가 없는 셈이지. 이따금 므슈 투페몽이 자신의 서류가방을 손에서 내려놓을 때라곤, 무얼 먹는다거나 잠을 잔다거나 이런저런 일상 행동을 취해야만 할 때이지. 바로 그런 때에 한해서만 므슈 투페몽의 서류가방은 주인과는 별개의 존재가 되는 거라네. 그때 서류가방은 므슈 투페몽과 상관이 없는 여타 행동을 나름대로 취할 수가 있는 것이지. 도난사건이 일어난 아침에 벌어진 사태가 바로 그와 같은 식이었네."

베슈는 바네트를 멀뚱하니 바라보았다. 대체 무슨 얘기를 하고 있는 것인지 감이 잡히지 않았다.

바네트는 다시 얘기를 이어갔다.

"자네의 주식 열두 주가 감쪽같이 후무려진 아침의 상황이 바로 그렇단 얘기야. 자신이 저지른 도둑질에 워낙 혼비백산한 데다, 언제 닥칠지 모를 위험에 정신이 나갈 지경인 관리인 여자는 증거물인 장물을 어찌해야 할지 두리번거리던 중, 문득 벽난로 위에—그야말로 기적이지!—므슈 투페몽의 서류가방이 혼자 덩그러니 놓여 있는 걸 보게 되었지. 므슈 투페몽은 우편물을 가지러 지금 막 관리인 숙소로 들어선 상태였지. 서류가방을 벽난로 위에다 올려놓은 뒤 슬슬 편지를 뜯어 살피던 그에게 니콜라 가시르와 자네가 증권 다발이 사라진 사실을 얘기한 거였네. 바로 그 순간, 기발한 생각 하나가—그래, 기발한 생각! 다른 표현이 없겠어—마담 알랭의 뇌리를 환하게 밝히지 않았겠나! 마침 훔쳐낸 증권 다발도 벽난로 위, 서류가방 바로 옆에 가지런히 올려진 채 신문지로 덮여 있었네. 아직 관리인 숙소는 뒤져보지 않은 상태였으나 이제 조만간 수색이 시작될 것이고, 결국 비밀은 들통나게 되어 있었지. 허비할 시간이 없었어. 여자는 잽싸게 움직였지. 우선 서로 얘기를 나누고 있는 무리를 등진 상태에서, 서류가방을 열고 두 개의 수납주머니 중 한 곳의 서류를 비우고 그 안에 증권 다발을 욱여넣은 걸세. 그걸로 모든 것이 깔끔히 정리가 된 셈이야. 누구도 그녀의 범행을 눈치채지 못했지. 그렇게 해서 므슈 투페몽은 자신의 서류가방을 겨드랑이에 끼고 그곳에서 벗어나면서, 동시에 자네의 아프리카 탄광 열두 주와 가시르의 증권 다발 모두를 챙겨 가지고 나간 거라네."

베슈는 단 한 마디 대꾸도 못했다. 바네트가 확신에 찬 어조로 모든 것을 단언하는 가운데, 베슈는 난공불락의 진실 앞에서 머리를 조아려야만 했다. 그는 모든 얘기를 믿을 수밖에 없었고, 그건 거의 신앙에 가까운 마음가짐이었다.

"그러고 보니 그날 관리인 숙소에서 잡다한 서류와 보고서 한 묶음을 보긴 했어. 별로 주의를 기울이지는 않았지. 하지만 그것들을 그 여자가 결국 므슈 투페몽에게 돌려주어야 했을 텐데."

베슈의 말에 바네트는 잘라 말했다.

"내 생각은 다르네. 그렇게 해서 의심을 사느니 차라리 불태워 없애버렸을 거야."

"하지만 나중에라도 의원이 찾았을 게 아닌가?"

"아닐세."

"아니, 어떻게! 서류들이 사라진 걸 끝내 눈치채지 못했단 말인가?"

"엉뚱하게도 증권 다발이 들어 있는 걸 까마득히 모르고 있었다는 얘기지."

"하지만 서류가방을 한 번이라도 열어보았을 것 아닌가?"

"전혀 열어보지 않았네. 사실 여간해서 여는 일이라곤 없지. 대부분의 정치가들이 들고 다니는 서류가방들과 마찬가지로, 투페몽의 그것 역시 눈속임에 지나지 않아. 일종의 의장용이자, 위압감을 조성하면서 근엄, 정숙을 과시하는 소품인 셈이지. 아마 그러지 않고 가방 뚜껑을 열었다면 사라진 서류를 찾으려 드는 건 물론이요, 당연히 증권 다발을 내놓았을 것이네. 하지만 전혀 그러지를 않았어."

"그래도 업무를 보려면……."

"업무를 보지 않는단 얘기지. 서류가방을 옆에 끼고 있다 해서 반드시 일을 해야만 한다는 법은 없어. 오히려 전직 장관으로서 서류가방을 꿰차고 있는 것만으로도 더 이상 일은 할 필요가 없지. 서류가방 자체가 곧 일과 권력, 권위와 전지전능을 의미하니까. 어제저녁 하원의회에서 투페몽이—나도 그 자리에 있었다네. 즉, 사정을 잘 알고 하는 얘길세—연단 위에 전직 장관의 서류가방을 척 올려놓자, 그만 장내 전원의 모골이 송연해지는 거야. 저 엄청난 일꾼의 서류가방 속에는 또 얼마나 막대한 문서들이 들어 있겠느냐는 거지. 그 무수한 숫자들과 통계수치들, 하지만 투페몽은 가방을 보란 듯이 과시할 뿐, 그 두툼한 주머니 속에서는 아무것도 꺼내지 않았어. 그러면서 연설 도중에 이따금, 마치 '모든 것은 이 안에 있소이다'라고 말하듯 한쪽 손을 서류가방 위에 지그시 갖다 대더라고. 사실 그 안에 기껏 있는 것이라곤 베슈의 아프리카 탄광 열두 주와 가시르의 증권 다발, 그리고 오래된 신문지들이 고작이었는데. 아무튼 그걸로 충분했어. 투페몽의 서류가방이 그만 내각 전체를 굴복시키고야 만 것이었네."

"그나저나 자네는 또 어떻게 알고?"

"의회가 파한 뒤, 새벽 1시쯤 걸어서 집으로 돌아오던 투페몽은 난데없이 어떤 작자와 부닥치고는 보도 위에 벌렁 나자빠지고 말았지. 그 순간, 바로 그 어떤 작자의 공범인 또 다른 누군가가 재빨리 서류가방을 챙겨 들고는 부리나케 증권 다발을 빼내면서 낡은 종이뭉치를 대신 쑤셔 넣었지. 그 제2의 사나이 이름을 지금 내 입으로 굳이 얘기할 필요가 있을까?"

그 말을 듣고 베슈는 호탕하게 웃어젖혔다. 현재 자신의 호주머니가 열두 주의 아프리카 탄광 주식으로 두둑한 만큼, 투페몽이 겪은 우여곡절이나 저간의 모든 사정이 그저 재밌게만 느껴지는 것이었다.

바네트 역시 제자리에서 발끝으로 한 바퀴 핑그르르 돌더니 외쳤다.

"이 친구야, 이렇게 해서 모든 비밀이 밝혀진 것이네! 내가 자서전을 구술하거나 플루트를 배운답시고 호들갑을 떨었던 것도, 죄다 여러 가지 참고사항들을 수집하고 집 안 분위기도 알아보면서 이같이 희한한 진실의 내막을 밝혀내기 위함이었단 말일세! 그간 정말이지 흥미진진하게 보낸 일주일이었어. 4층에서는 아가씨들과 노닥거리기도 했고, 1층에서는 또 나름대로 아기자기한 여흥을 즐기기도 한 셈이니까 말이야. 가시르, 베슈, 투페몽, 모두가 내 손끝으로 늘어뜨린 줄에 의존해 뒤뚱거리는 꼭두각시나 마찬가지였지! 근데 말이야. 가장 골치 아팠던 문제는, 정말로 자기 서류가방이 어떤 잘못의 온상이 되고 있는지, 또 그 결과 자네의 아프리카 탄광 주식을 자신도 모르는 사이에 태연히 옆구리에 끼고 다녔다는 사실을 투페몽이 과연 몰랐을까 하는 점이었네. 정말이지 나로서는 어처구니없게 느껴질 일이지. 아울러 관리인 여자가 느끼기엔 또 어땠겠는가! 정말 놀라 자빠질 일 아니겠나! 아마 지금까지도 속으로는 투페몽이야말로 가장 악질 사기꾼 중 하나일 거라 생각하고 있을 것이네. 뻔히 알면서도 열두 주의 아프리카 탄광 주식과 나머지 증권 다발을 모르는 척 '꿀꺽'한 걸로 보고 있을 테니까. 망할 놈의 투페몽이라며 저 혼자 식식대겠지."

"이제라도 그 양반한테는 사실을 귀띔해주어야 하는 게 아닐까?"

베슈가 조심스레 물었다.

"뭐하러? 그냥 그대로 케케묵은 신문지 다발이나 들고 다니면서 베개 삼아 서류가방에 엎어져 잠이나 주무시라고 하게나! 이보게, 베슈. 이번 일에 관해서는 그 누구한테도 얘기할 필요가 없네."

"물론 가시르한테는 예외겠지. 그의 증권 다발을 돌려주면서 어차피 얘기해야 할 테니까."

바네트가 툭 내뱉었다.

"증권 다발이라니?"

"자네가 므슈 투페몽의 서류가방에서 찾아낸 증권 다발 말이네. 원래 그 친구 물건이었지 않은가?"

"아, 이런! 자네 머리가 어떻게 된 것 아닌가? 정말로 므슈 가시르가 그것들을 다시 손에 넣을 수 있으리라 생각하는 거야?"

"맙소사!"

바네트는 주먹으로 냅다 탁자를 내리치면서 갑자기 험악한 분위기로 말했다.

"베슈, 자네 그 니콜라 가시르라는 작자가 어떤 인간인지 알고 있나? 관리인 여자의 망나니 아들 녀석과 별반 다를 게 없는 천하의 사기꾼 녀석일세. 그래, 완전히 야바위꾼이지! 자기 고객들 호주머니를 교묘히 후려내는 게 그 친구 일이란 말이야! 고객의 돈을 가지고 장난을 부리지! 더 나쁜 건, 아예 작정을 하고 그 돈을 이리저리 빼돌린다는 거야! 자, 이게 바로 그가 브뤼셀로 가려고 끊어놓은 1등칸 열차표라네. 자기 금고에서 증권 다발을 꺼낸 바로 그 날짜로 되어 있지. 결국 자신이 주장한 대로 은행에 정식 의탁하려고 증권 다발을 준비한 게 아니라 가지고 완전히 내빼려 한 것이지. 자, 이제 자네의 그 잘난 친구, 니콜라 가시르의 정체에 대해 어떻게 생각하는가?"

베슈는 아무 말도 하지 않았다. 솔직히 아프리카 탄광 주식을 도둑맞은 이후, 니콜라 가시르를 향한 신뢰감이 눈에 띄게 낮아진 건 사실이었다. 그럼에도 불구하고 말했다.

"하지만 그의 고객들은 선량한 사람들일세. 이 일로 그들까지 파산한데서야 정당하다고 볼 순 없지 않은가?"

"오, 그들이 파산할 일은 없을 거야! 전혀 말도 안 되지! 그런 불공평한 일은 절대로 용납할 수 없네!"

"그럼 어떻게 할 셈인데?"

"이것 보게. 가시르는 부자야."

"웬걸, 땡전 한 푼 없을 텐데."

베슈의 말에 바네트는 정색을 하고 대꾸했다.

"천만에! 그건 자네가 몰라서 하는 소리일세. 내가 입수한 정보에 의하면 그는 고객들한테 변상을 하고도 남을 만큼의 재산을 가지고 있어. 잘 생각해보라고. 그가 이 사건 초반에 정식 신고를 꺼렸던 이유는 사법당국이 자기 사업에 대해 뭔가 냄새를 맡지 않길 원해서였네. 그러니 이제라도 감옥에 들어갈 수 있다고 그에게 으름장이라도 놔보게. 당장 문제를 해결하려 들 테니까. 돈? 자네 친구 니콜라 가시르는 백만장자일세. 그러니 그자가 잘못한 일은 나한테가 아니라, 바로 그자 본인한테 수습을 요구해야 맞는 말이지!"

"그럼 결국 자네가 대신 가로채겠다는 얘기인가?"

"뭘? 증권 다발? 천만의 말씀! 그것들은 이미 매각해버린 상태일세."

"그랬겠지. 하지만 그렇게 해서 조성한 돈은?"

바네트는 갑작스레 화를 버럭 내며 외쳤다.

"무슨 소리! 단 한 푼도 나는 손대지 않아!"

"그럼 그 돈을 다 무엇에 쓸 생각인가?"

"나눠줄 생각이네."

"누구한테?"

"돈에 궁핍을 겪는 친구들이나 내가 후원 중인 몇몇 흥미로운 작업들에 건넬 생각이야. 허어, 걱정 접어두게나, 베슈. 니콜라 가시르의 돈은 지극히 적절하게 쓰여질 테니까!"

베슈는 '역시나!' 하는 생각이었다. 이번에도 또 사건은 바네트가 한몫 챙기는 걸로 마무리가 지어진 것이다. 바네트는 죄인들을 벌하고 결백한 사람들을 구하면서 동시에 스스로 배를 채우는 일도 잊지 않았다. 자선이나 바람직한 투자 등 그가 말하는 '적절한' 돈의 용도는 우선 자신의 호주머니를 채우는 것에서부터 시작하는 셈이었다.

베슈 형사의 얼굴이 붉게 물들었다. 여기서 그냥 넘어가는 것은 곧 공범이 되기를 받아들이는 것과 같다. 하지만 다른 한편으론 호주머니 속에 너무도 소중한 아프리카 탄광 주식 열두 주가 두둑이 느껴지는 지금 이 마당에, 만약 저 바네트가 아니었다면 모든 걸 깡그리 날렸을 거라는 데에 생각이 미치는 것이었다. 과연 지금 이 순간, 화를 버럭 내고 몸싸움이라도 벌여야만 하는 것일까?

"왜 그러고 있는 건가? 어디 기분이 안 좋아?"

바네트가 묻자, 베슈는 쩔쩔매며 말했다.

"천만에! 기분이야 좋지! 아주 기분 그만일세!"

"그래, 그럼 모든 게 잘된 셈이니 활짝 웃게나."

베슈의 얼굴에 비굴한 웃음이 퍼져나가는 것을 바라보며 바네트가 외쳤다.

"좋았어! 자넬 돕는 일은 항상 즐겁다니까. 나한테 그럴 기회를 주는 자네가 그저 고마울 따름이야. 자, 그럼 이만 헤어질까? 자네도 아마 바쁠 테고, 나 역시 지금은 어느 숙녀 한 분을 기다리고 있는 중이거든."

베슈는 주춤주춤 문 쪽으로 다가가며 말했다.

"잘 있게."

"또 보세."

바네트도 깍듯이 배웅했다.

베슈는 자기 말대로 기분이 '그만'인 상태로 황급히 문밖으로 뛰쳐나갔다. 하지만 양심 한구석은 여간 켕기는 게 아니었고, 저 빌어먹을 인간으로부터 이번 기회에 결정적으로 벗어나야겠다는 생각을 곱씹고 있었다.

밖으로 나와 옆길로 돌아들자 곧장 이쁜이 타이피스트가 시야에 들어왔다. 보나마나 바네트가 기다리고 있다던 그 숙녀임에 틀림없었다.

그로부터 이틀 뒤, 그는 극장 한구석에서 또다시 바네트와 마주쳤다. 이번에는 타이피스트에 못지않게 어여쁜 플루트 선생, 아블린 양과 함께였다.

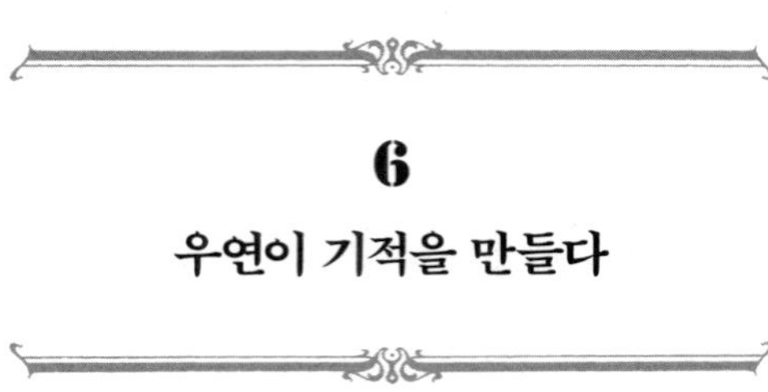

6
우연이 기적을 만들다

베슈 형사는 비외동종('낡은 누대'라는 뜻의 망루 이름—옮긴이) 사건을 해결할 임무를 띠고 필요한 정보를 갖춘 채 프랑스 중앙지역으로 향하는 야간열차에 올라탔다. 게레(크뢰즈 도의 도청 소재지—옮긴이)에서 내린 그는 계속해서 자동차를 타고, 다음 날 아침 마쥐레크 읍에 도착했다. 크뢰즈 강의 만곡이 감싸는 지대에 세워진 드넓은 고성을 방문하는 것으로 그는 업무수행에 본격적으로 들어갔다. 그 성에는 조르주 카제봉이라는 사람이 살고 있었다.

그는 부유한 실업가에다 도의회 의장이며, 정계에 워낙 발이 넓어 막대한 영향력을 지닌 40대의 건장한 사내로, 다소 통속적인 얼굴 생김새에 두루두루 존경심을 불러일으킬 만큼 몸가짐이 원만했다. 비외동종이 그의 영지 내로 편입되자마자 그는 웬일인지 베슈를 그리로 불러들이고 싶어 했다.

먼저 밤나무들이 심어진 아름다운 정원을 가로질러야만 했다. 그러고 나서 당도한 곳이 바로 봉건시대의 마쥐레크로부터 오늘날까지 남아 있는 유일한 흔적인, 폐허가 다 된 망루 앞이었다. 그것은 무너져 내린 바윗덩어리들 위로 크뢰즈 강이 유유히 흐르는 깊은 협로로부터 푸른 하늘을 향해 찌르듯 치솟아 있었다.

그런가 하면 달레스카르 가문의 영지인 강물 맞은편 기슭에는 마치 방파제를 이룬 듯, 12미터 거리를 두고 습기로 번들번들 윤이 나는 석벽이 늘어서 있고, 그 위 약 5~6미터 높이로 돋우어진 마당이 드러나 있었으며, 그리로 오솔길이 연결되었다.

한마디로 다소 황량한 지역이었다. 바로 거기서 열흘 전 아침 6시, 큼직한 바윗덩어리 위에 죽어 있는 장 달레스카르 백작의 시신이 발견된 것이다. 몸에 난 흠집이라고는 추락으로 인해 생겼을 법한 머리의 상처밖에 없었다. 그런데 맞은편 높다란 마당의 나뭇가지들 중 하나가 최근에 부러진 듯 줄기를 따라 휘늘어져 있는 것이었다. 결국 사건은 다음과 같이 재구성되기에 이르렀다. 즉, 백작은 바로 그 나뭇가지에 걸터앉아 있다가 그만 강으로 추락한 것! 따라서 사고사로 잠정 결론지어졌고, 곧장 매장허가서가 발부되었다.

"근데 저 나뭇가지 위에서 젊은 백작이 무엇을 하고 있었을까요?"

베슈가 묻자, 조르주 카제봉이 대답했다.

"그야 아주 오랜 달레스카르 가문의 요람이나 다름없던 이곳 누대를 좀 더 높이, 좀 더 가까이서 지켜보려던 거겠죠."

그러고는 곧장 덧붙였다.

"더 이상은 말씀드리지 않겠습니다, 형사 양반. 아마 파리 경시청에서 당신을 이리로 파견한 게 나의 간곡한 청 때문이라는 사실을 모르시진 않을 거예요. 사실 이곳에는 온갖 흉흉한 소문이 활개를 치고 있답니다. 직접적으로 나를 겨냥한 중상모략들인데, 그걸 말끔하게 일소하고 싶은 마음이에요. 그런 뜻에서, 당신이 나서서 본격적인 수사를 진행해주십사 하는 겁니다. 탐문수사를 벌여주세요. 특히 마드무아젤 달레스카르를 만나봐주세요. 죽은 백작의 누이이자, 마지막 남은 가문의 생존자랍니다. 그리고 나한테 인사는 당신이 떠나는 날에 와서 해주세요."

베슈는 시간을 허비하지 않았다. 망루 발치부터 조사하기 시작한 그는 무너진 계단과 마루 널빤지 조각이 뒤죽박죽 뒤섞인 내부로 파고들었다가, 다시 읍내로 나와 교구사제와 읍장을 만나 이야기를 나눈 다음 근처 여인숙에서 끼니를 때웠다. 오후 2시, 그는 강 건너편 마당으로 이어진 오솔길을 파고들었고, 그 중간쯤 자리 잡은 자그맣고 볼품없는 건물에 다다랐다. 소위 봉건시대의 장원으로 불리는 그곳에서 베슈 형사는 어느 늙은 하녀를 통해 달레스카르 양에게 곧장 안내되었다. 간소한 가구가 배치된 천장이 낮은 어느 방에서 여자는 어느 신사와 담소를 나누고 있었다.

여자가 벌떡 일어섰고, 신사도 따라 일어났다. 베슈는 짐 바네트의 얼굴을 금세 알아보았다.

바네트는 손을 내밀면서 유쾌하게 외쳤다.

"아, 이제야 왔군! 오늘 아침 신문에서 자네가 크뢰즈 도로 출발한다는 기사를 읽자마자, 난 자네를 돕기 위해 내 40마력짜리 자동차에 몸을 싣고 쏜살같이 달려왔다네. 도착해서 내내 자네를 기다리고 있었지. 아참, 마드무아젤, 베슈 형사를 소개합니다. 파리 경시청에서 특별히 파견된 사람이지요. 그와 함께라면 안심하실 수 있을 겁니다. 아마도 이번 사건의 거의 대부분을 이미 해결해놓은 상태일 거예요. 그처럼 능수능란한 인물은 나도 더는 알지 못한답니다. 정말이지 이 방면의 대가라 할 만해요. 자, 베슈, 어디 말 좀 해보지 그러나."

하지만 베슈는 한마디도 없었다. 그저 어이가 없다는 표정뿐이었다.

지금 이 자리에 바네트가 와 있다는 사실이야말로 전혀 예상치 못한 일이라서, 덮어놓고 소름 끼치고 어안이 벙벙할 따름이었다. 또 바네트라니! 여전히 바네트야! 저 지긋지긋한 바네트와 또다시 부딪쳐야 하고, 결국에는 그 고약한 협조를 감수해야만 한다는 얘기인가? 지금껏 겪어온 사건마다 저 바네트라는 작자는 항상 이 베슈를 우롱하고 속여먹으려고만 하지 않았는가!

하지만 베슈 입장에서 당장 할 말이 무어란 말인가? 지금까지 내내 한 일이라곤 답답한 어둠 속을 헤매는 게 전부였고, 뭐 하나 제 힘으로 신통한 발견을 한 것도 아닌데!

묵묵부답인 베슈를 보고 바네트는 말을 이었다.

"그것 보십시오, 마드무아젤. 지금 베슈 형사는 진지한 근거들에 의한 확신을 다진 다음, 당신에게 와서 현재까지의 조사 결과에 대한 확인작업을 요청하려는 참입니다. 아직 당신과 나 사이에 별로 나눈 얘기도 없고 하니, 이제라도 남동생인 달레스카르 백작이 희생된 이번 사건과 관련해 아는 내용들을 속 시원히 털어놔 주시지 않으렵니까?"

훤칠한 키에 몹시 창백한 엘리자베트 달레스카르는 상중의 검은 베일을 드리운 채, 가끔씩 터져나오는 오열을 참느라 아름다운 얼굴 한 켠을 씰룩거리면서 대꾸했다.

"차라리 입을 다물고, 아무도 고발하지 않는 편이 나을 거라고 생각했어요. 하지만 이토록 힘겨운 의무를 굳이 부과하시니 아무래도 거기에 응해야 할 것 같습니다, 므슈."

바네트는 연신 다그쳤다.

"내 친구 베슈 형사는 분명 당신이 정확히 몇 시에 마지막으로 남동생을 보았는지 알고 싶어 할 것입니다."

"밤 10시였어요. 우린 평상시와 다름없이 즐거운 저녁식사를 함께

하고 있었죠. 장은 나보다 몇 살 아래로, 거의 내 손으로 키우다시피 해서 무척이나 아끼던 동생이었습니다. 우린 둘이서 함께 살며 늘 행복했죠."

"그가 밤에 외출을 했나요?"

"동트기 좀 전에, 그러니까 새벽 3시 반쯤 나갔어요. 하녀 할멈이 소리를 들었다고 했어요."

"어디로 갔는지 알고는 있었나요?"

"전날에 나한테 얘기하기로는, 강을 굽어보는 높다란 마당으로 나가 낚시나 할 거라고 했어요. 일종의 취미생활이라고 할 수 있죠."

"그럼 새벽 3시 반에서 그의 시체가 발견된 시점에 이르기까지 무슨 일이 일어났었는지는 전혀 모른다는 것이로군요?"

"그건 아니에요. 6시 15분쯤 총소리가 들렸거든요."

"그래요, 그거라면 들은 사람들이 몇몇 또 있죠. 하지만 밀렵꾼이 사냥을 하면서 쏜 총소리일 수도 있습니다."

"내 생각도 그랬어요. 하지만 왠지 불안한 마음이 들었고, 곧장 자리에서 일어나 옷을 입었답니다. 마당으로 나가보았을 땐 이미 맞은편에 사람들이 몰려 있고, 성의 정원 쪽으로 장을 끌어 올리고 있었어요. 우리 쪽 경사는 너무 가팔라서 끌어 올리기가 힘들었거든요."

"그 총성은 이 사건과 아무 연관도 없지 않겠습니까? 그게 아니라면 사체를 검사했을 때 총상이 발견되었을 텐데, 그렇지 않았으니까요."

여자는 잠시 머뭇거리는 눈치였고, 바네트는 얼른 다그쳤다.

"어서 말씀해보시죠."

마침내 여자가 선언하듯 내뱉었다.

"겉으로 보기엔 어떨지 몰라도, 내 정신 속에서는 그 둘 사이에 분명한 연관성이 존재한다고 말할 수밖에 없어요."

"이유는요?"

"우선 달리 이 사건을 딱 부러지게 해명할 수가 없습니다."

"하지만 단순 사고사일 수도……."

"아뇨! 장은 대단한 운동신경을 갖춘 데다 무척이나 신중한 청년입니다. 그처럼 빈약한 나뭇가지 따위에 자신의 목숨을 맡길 인물이 아니에요."

"하지만 분명 나뭇가지는 부러져 있었습니다."

"그날 밤, 그 애 때문에 그렇게 됐다는 증거는 어디에도 없지요."

"그렇다면 당신의 솔직한 의견은 틀림없이 타살에 의해 그렇게 되었다는 얘기로군요."

"그래요."

"때문에 사람들 앞에서 공개적으로 혐의자를 지목한 것이고 말이죠."

"맞아요."

"그렇다면 아마 다음으로 베슈 형사가 묻고 싶은 것은, 당신이 어떤 근거로 그런 주장을 하느냐일 것입니다."

엘리자베트는 잠시 생각을 모았다. 뭔가 끔찍했던 기억을 떠올리느라 괴로워하는 듯했다. 하지만 이윽고 결심을 굳힌 듯 입을 열었다.

"좋아요, 말하죠. 그러려면 우선 24년 전에 일어난 일부터 떠올려야만 합니다. 그 당시 아버지께서는 공증인이 그만 자취를 감추는 바람에 파산을 하게 되었고, 채권자들에게 빚을 갚기 위해 게레의 한 부유한 실업가에게 돈을 빌려야만 했습니다. 실업가는 20만 프랑을 빌려주면서 딱 하나의 조건을 내걸었지요. 즉, 향후 5년 뒤 돈을 돌려주지 못할 경우, 마쥐레크의 우리 영지와 성(城)을 내놓아야 한다는 것이었어요."

"그 실업가는 조르주 카제봉의 아버지죠?"

"네."

"특히 성에 집착을 한 건가요?"

"아주 심했죠. 실은 수차례에 걸쳐 그걸 사려고 했어요. 그러다 4년 11개월이 지난 어느 날 아버지께서 뇌출혈로 돌아가시자, 그는 우리 남매의 후견인인 삼촌에게 약속 기한이 한 달 남았다는 통보를 해왔답니다. 하지만 아버지는 아무것도 남긴 게 없었죠. 나와 장은 즉시 쫓겨났고, 바로 이곳 장원에 살고 계시던 삼촌의 보살핌을 받게 되었답니다. 그분 역시 보잘것없는 연금으로 연명하는 처지였지만요. 그나마 삼촌은 얼마 안 있어 돌아가셨고, 므슈 카제봉의 아버지도 세상을 떴습니다."

바네트와 베슈 모두 잔뜩 귀를 기울였다. 잠시 후, 바네트가 넌지시 말했다.

"그런데 내 친구 베슈 형사는 아직 이 모든 사연이 작금의 사태와 어떤 관련을 맺고 있는지 잘 모르는 눈치입니다."

달레스카르 양은 약간은 어이없다는 시선으로 베슈 형사를 물끄러미 바라보고는 계속해서 얘기를 이어나갔다.

"장과 나는 그 이후 줄곧 이 자그마한 장원에서 살았답니다. 대대로 우리 조상의 것이었던 저 누대와 성곽을 마주 보며 말이죠. 특히 장은 나이가 들어 청년으로서의 지성과 감성이 발전하면서 그 같은 현실에 몹시 괴로워했습니다. 자기가 주인이었을 영지로부터 무참히 쫓겨났다는 생각 때문에 정말 고통스러워한 거죠. 노는 시간이건 공부하는 시간이건, 하루 종일 고문서들을 뒤지면서 특히 우리 가문에 관한 자료들을 탐독하는 데 시간을 할애했답니다. 그러던 어느 날, 그 자료들 속에서 아버지가 생전 마지막 몇 해 동안 회계 상태를 기록해두었던 서류철을 발견했습니다. 거기엔 절약 차원에서, 또한 토지 경작이 잘 되고 나서 따로 자금을 비축해둔 내용이 상세하게 적혀 있었지요. 은행에서 발부한 전표가 고스란히 있더군요. 나는 곧장 그 해당 은행을 찾아갔습니다. 그러자 아버지가 돌아가시기 일주일 전, 예금계좌를 해지하고 20만 프랑에 달하는 금액을 전액 인출한 사실을 알게 됐어요."

"몇 주 후에 상환해야 할 금액과 정확히 일치하는군요. 그런데 왜 상환을 미루었을까요?"

"모르겠어요."

"수표로 지불하지 않은 이유는 또 뭘까요?"

"그것도 모르겠어요. 아마 습관상 그러셨던가 봐요."

"결국 당신은 아버지가 그 20만 프랑의 돈을 어딘가에 숨겨두었을 거라는 겁니까?"

"네."

"대체 어디에 말입니까?"

엘리자베트 달레스카르는 바네트와 베슈에게 숫자가 잔뜩 담긴 스무 쪽에 달하는 서류철 하나를 내밀었다.

"여기에 아마 답이 있을 겁니다."

여자는 서류의 마지막 장을 펼쳐 보이며 중얼거렸다. 거기엔 4분의 3 정도만 드러난 원과 우측에 그보다 작은 크기로 덧붙여진 반원이 그려져 있었다.

반원은 네 개의 가느다란 선으로 절단되어 있었고, 그중 두 개의 선 사이에 자그마한 십자가 표시가 되어 있었다. 그리고 이 모든 것은 일단 연필로 그려진 다음, 다시 잉크로 덧칠된 상태였다.

"무슨 의미일까요?"

바네트가 묻자, 엘리자베트가 대답했다.

"오랜 시간을 들여 그걸 이해하려고 했지요. 그러다 결국 우리 가엾은 장이 이 그림은 비외동종의 윤곽을 기초로 정확히 작성한 지도라는 결론을 내렸답니다. 서로 인접해 있는 다른 크기의 원 비율이 실제와 똑같거든요. 네 개의 가느다란 선은 네 개의 총안을 의미하는 셈이죠."

그러자 바네트가 마무리를 지었다.

"그럼 십자가 표시는 달레스카르 백작이 지불 기일을 앞두고 20만 프랑을 숨겨둔 장소인 거로군요?"

"그렇죠."

젊은 여자는 간명하게 대답했다.

바네트는 한동안 서류를 이리저리 검토한 뒤 말했다.

"음, 충분히 일리 있는 얘기입니다. 달레스카르 백작은 조심성 있게도 자신이 선택해놓은 장소를 표시해두었으나, 그걸 다른 사람에게 알릴 시간적 여유가 없이 저세상으로 떠난 겁니다. 하지만 내 생각에는, 그간 므슈 카제봉의 아들에게라도 이 같은 사실을 알려서 확인 절차를 거칠 수도 있었을 텐데."

"망루에 올라가 확인할 수 있게 해달라고 말인가요? 그야 물론 그랬죠. 비록 서먹한 관계에 머물렀지만, 조르주 카제봉은 우리를 친절하게 맞아주긴 했었답니다. 하지만 누대에 오르는 게 문제였어요. 이미 15년 전부터 계단이 무너져 내린 상태였거든요. 석재가 완전히 와해돼버렸어요. 망루 꼭대기 역시 산산조각 난 상태이지요. 어떤 사다리를 걸쳐도, 아니 여러 사다리를 한데 이어 붙여도, 무려 30여 미터나 위에 위치한 문제의 총안들에는 다가갈 수가 없답니다. 억지로 기어오른다는 것도 생각조차 할 수 없는 일이었어요. 우리끼리 여러 차례 따로 만나면서 몇 가지 계획도 세워보았지만, 몇 달 안 가서 결국에는……."

"서로 사이가 틀어졌겠죠?"

바네트가 불쑥 떠보자, 여자의 얼굴이 빨개졌다.

"그래요."

"말하자면 조르주 카제봉은 사실 당신한테 흑심을 품고 있었고, 노골적인 구애공세를 펴왔지만 당신은 거절을 했죠. 그로서는 자존심 상하는 일이었을 겁니다. 그 후로 장 달레스카르그가 마쥐레크의 영지 내로 출입할 권한은 사라지고 말았겠죠."

여자는 순순히 시인했다.

"맞아요. 일이 그렇게 된 겁니다. 하지만 내 동생은 결코 단념하지 않았어요. 걔는 그 돈을 간절히 원했어요. 우리 영지의 일부라도 도로 찾고, 그 애 말대로 내 마음에 드는 혼처로 누이를 시집보내기 위한 지참금 마련을 위해서 말입니다. 항상 이런 문제 때문에 골치를 썩이고 있었어요. 아예 그 망루가 바라보이는 곳에 진을 치고 살다시피 했답니다. 범접할 수 없는 망루 꼭대기만을 지치지 않고 하루 종일 바라보는 것이었어요. 그뿐만 아니라, 수도 없이 그곳에 도달할 수 있을 방법들을 모색하곤 했지요. 예컨대 활을 쏘는 방식도 써봤어요. 새벽부터 오

전 내내 줄을 매단 화살을 쏴 올려서, 그로 인해 밧줄을 망루 꼭대기까지 끌어 올릴 수 있기를 바라면서 말입니다. 그를 위해 무려 길이 60여 미터나 되는 밧줄도 준비했지만, 결국 아무 성과도 없었고 오히려 그 때문에 더 깊은 절망감에 빠지기만 했답니다. 심지어 죽기 하루 전날만 해도 나한테 중얼거리는 거예요. '내가 이토록 집착하는 건 분명히 성과가 있을 거라 확신하기 때문이야. 뭔가 좋은 일이 반드시 일어날 거라고. 기적이 일어나리라는 예감이 들어. 항상 정당한 일은 신의 도움에 의해서건 사태가 저절로 그렇게 흘러가건, 반드시 이루어지기 마련이니까.'"

바네트가 또 물었다.

"그럼 당신은 동생이 또 그와 같은 시도를 하는 도중에 죽었을 거라 믿는 겁니까?"

"네."

"밧줄이 원래 있던 장소에 없던가요?"

"아뇨, 그렇진 않았어요."

"그럼 무슨 증거로 그런 생각을?"

"그 총성 때문이에요. 조르주 카제봉이 내 동생을 발견하고는 총을 쏜 거죠."

바네트는 요란하게 외쳤다.

"저런! 당신은 조르주 카제봉을, 진정 그런 행동까지 할 수 있는 위인으로 보시는군요?"

"네. 그는 기본적으로 매우 충동적인 사람입니다. 물론 평소에는 스스로를 자제하지만, 천성은 극단적인 폭력으로 얼마든지 치달을 수 있는 사람이에요. 심지어 살인까지도요!"

"무슨 동기가 있어서 총까지 쐈단 말입니까? 당신 동생에게서 돈을 빼앗기 위해?"

"그건 모르겠어요. 게다가 가엾은 장의 시신에 아무런 상처가 없으니 어떻게 살인행각이 이루어졌는지도 오리무중이에요. 하지만 내 확신은 절대적이랍니다."

바네트는 짚고 넘어가려는 듯 잘라 말했다.

"아무리 그렇다 해도 당신의 확신은 실제 사실들보다는 직관에 기초하고 있다는 점은 시인해야 합니다. 따라서 분명한 건, 사법당국의 시각에서 볼 때 그 정도론 불충분하다는 것입니다. 잘못하다가는 조르주 카제봉이 오히려 발끈해서 당신을 중상모략으로 걸고넘어질 수도 있어요. 안 그런가, 베슈?"

달레스카르 양이 자리에서 일어서며 진지한 어조로 대꾸했다.

"그런 건 아무래도 상관없습니다. 죄인이 벌을 받는다 해서 살아 돌아올 리 없는 가엾은 동생의 앙갚음이나 하자고 이런 말을 하는 게 아니에요. 나는 단지 진실이라고 굳게 믿는 바를 얘기했을 뿐입니다. 조르주 카제봉이 도리어 나를 걸고넘어지려거든 그러라고 하세요. 그때 가서 나는 양심에 따라 떳떳하게 대응을 하면 그뿐이니까요."

여자는 잠시 뜸을 들인 후 덧붙였다.

"하지만 그는 아마 잠자코 있을 겁니다. 틀림없어요."

이로써 면담은 끝났다. 달레스카르 양이 결코 소심해질 여자가 아니었기에 짐 바네트도 더 이상 다그치지 않았다.

그는 단정한 말투로 덧붙였다.

"어쨌든 불편을 끼쳐드린 점 양해바랍니다. 안타깝게도 진실을 규명해나가기 위해서는 어쩔 수 없었습니다. 이제 베슈 형사가 지금까지의 진술을 통해서 충분한 정보를 얻었을 테니 안심하셔도 될 것입니다."

바네트가 깍듯이 인사를 하고 나서 밖으로 나가자, 베슈도 엉거주춤

인사를 한 뒤 따라나섰다.

여태껏 한마디도 입을 열지 않았던 베슈는 밖에서도 여전히 꿍하고 있었다. 점점 신경을 거스를 뿐인 바네트의 협조에 거부감을 표시하려는 뜻과 더불어, 수수께끼 같은 이 사건의 내막에 대한 당혹감을 애써 감추기 위해서이기도 했다. 반면 바네트는 더더욱 말이 많아졌다.

"자네가 옳아, 베슈. 자네의 그 깊은 생각, 다 알고 있다니까. 저 아가씨의 당찬 얘기들 중에는—내 표현이 좀 걸진 걸 용서하게나—달고 쓴 것들이 한데 뒤섞여 있지. 가능한 얘기, 불가능한 얘기, 진짜인 듯한 내용과 터무니없는 내용이 마구 뒤엉켜 있어. 예컨대 달레스카르 군이 사용했다는 방식은 정말이지 어리숙하단 말이야. 만약 그 불행한 젊은이가 망루 꼭대기까지 오르는 데 성공했다면 말일세.—자네가 속으로 생각하는 것과는 달리 난 어쩐지 그랬으리라 믿고 싶어지네만—그건 우리로선 아직 상상조차 못하고 있는 어떤 기적의 힘으로나 가능했을 거야. 그 친구가 그토록 바라던 기적 말일세. 그걸 가정했을 경우, 문제는 이렇게 좁혀지지. 도대체 그 젊은이가 불과 두어 시간 동안 어떻게 등반 방법을 착안했고, 구체적으로 준비해서 실행에 옮길 수 있었는가 하는 점, 그리고 다시 내려오다가 정녕 총성과 더불어 추락해버린 걸까 하는 점. 실제로 총탄에 맞지도 않고서 말일세!"

짐 바네트는 골똘히 생각에 잠긴 채 덧붙였다.

"총성과 더불어 말이야. 실제로 맞지는 않았어. 그래, 베슈. 아무래도 이 사건에는 기발한 뭔가가 있어."

바네트와 베슈는 저녁때 마을 여인숙에서 다시 마주쳤고, 각자의 자리에서 따로 저녁식사를 마쳤다. 그러고 나서도 연이틀 계속해서 둘은 식사 시간에만 마주쳤을 뿐이다. 나머지 시간에는 베슈가 자기 나름의 조사를 진행하는 동안, 바네트는 장원을 빙 돌아서 마당보다 좀 더 멀리 나가, 비외동종과 크뢰즈 강물이 바라보이는 잔디 비탈 위에 우두커니 자리를 잡는 것이었다. 거기서 그는 낚시를 하거나 담배를 태우면서 몽상에 잠겼다. 모름지기 기적을 찾아내려면 그 흔적을 뒤지고 다니기보다는 본질을 꿰뚫어 볼 일이다. 과연 장 달레스카르는 상황을 호전시킬 수 있는 어떤 비책을 찾아낸 것이었을까?

그러다가 3일째 되는 날에는 무턱대고 게레로 발걸음을 옮겼다. 그 태도는 자신이 무엇을 할지 이미 알고 있으며, 어느 문을 두드려야 할지 훤히 내다보는 사람 같았다.

결국 4일째 되는 날 베슈와 또다시 맞닥뜨렸는데, 형사는 바네트를 보자마자 이렇게 말했다.

"조사를 끝냈네."

"나 역시 마찬가지야."

바네트도 대꾸했다.

"난 이제 파리로 돌아갈 거야."

"나도 마찬가지야, 베슈. 내 자동차에 자리 하나 내주지."

"좋아. 그나저나 나는 한 45분 정도 후에 므슈 카제봉과 만날 약속이 있네."

"나도 그리로 갈 참인데, 같이 보겠군. 이 구석은 이제 지겨워졌어."

바네트는 그렇게 내뱉고 나서 곧장 여인숙에 계산을 치르고 성으로 방향을 잡았다. 정원을 가로질러 조르주 카제봉에게 명함을 전달했는데, 그 위에는 '베슈 형사의 조수'라고 적혀 있었다.

그가 안내된 곳은 익랑채 전체를 차지하는 널찍한 홀이었는데, 박제된 사슴 머리와 각종 무구 장식들, 사격 및 사냥에 관계된 여러 자격증이 전시된 유리 진열장이 그 위용을 과시하고 있었다. 잠시 후, 조르주 카제봉이 나타나 그를 맞이했다.

"제 친구인 베슈 형사와 이곳에서 만나기로 했습니다. 함께 공조해서 조사를 진행해왔고, 이제 같이 이곳을 떠날 예정이지요."

바네트가 먼저 말을 건네자, 조르주 카제봉이 불쑥 물었다.

"그래, 베슈 형사의 의견은 무엇이오?"

"지극히 간단명료합니다. 이번 사건을 기존 시각과 달리 보도록 할 만한 여지는 그 어디에도 결코 없다는 것입니다. 항간에 떠도는 소문에는 일말의 신빙성도 없다는 결론이지요."

"그럼 마드무아젤 달레스카르는?"

"베슈 형사에 의하면, 마드무아젤 달레스카르는 현재 몹시 고통에 시달리고 있는 상태라 진술에 이렇다 할 신빙성을 부여하기 어려울 듯합니다."

"당신 견해도 마찬가지요, 므슈 바네트?"

"오, 전 그저 보잘것없는 조수일 뿐입니다! 견해라고 해봐야 전적으로 베슈의 의견에 따르는 거죠."

바네트는 홀을 이리저리 어슬렁거리면서 유리 진열장 안의 수집품들에 매혹된 듯 두리번거렸다.

"멋진 총들이죠?"

조르주 카제봉이 넌지시 물어왔다.

"대단합니다!"

"당신도 총기 애호가이신가요?"

"특히 사냥의 묘미에 감탄하는 편입니다. 여기 이 '생튀베르의 문하생들'(파리 클리시 가에 소재한 사냥 클럽—옮긴이)이라든가, '크뢰즈의 수렵인들'(크뢰즈 도를 대표하는 수렵협회—옮긴이) 등 이 모든 면허증과 수료증서를 보아하니 당신은 아예 사냥의 달인인 듯합니다. 어저께 게레에서 사람들이 하던 얘기 딱 그대로예요."

"혹시 이번 사건에 대해서도 게레에서 말들이 많던가요?"

"천만에요. 다만 당신의 사격 솜씨에 대해서는 칭찬이 자자하더군요."

바네트는 은근히 장총 하나를 집어 들고 이리저리 만지작거리며 무게를 가늠해보았다.

"조심하십시오. 그 총에는 실탄이 장전되어 있습니다."

조르주 카제봉이 귀띔해주었다.

"불량배라도 마주칠 때를 대비한 건가요?"

"그보다는 밀렵꾼을 혼내주기 위한 거라 할 수 있지요."

"정말로 사람을 쏠 자신이 있습니까?"

"나로선 그저 다리 한쪽만 부러뜨리는 걸로 충분합니다."

"이를테면 여기에서는 저 창문들 중 한 곳을 통해 사격하시겠군요?"

"오, 밀렵꾼들은 그 정도로 가까이 접근해오지는 않지요!"

"만약 저기서 쏠 수만 있다면 참 흥미진진하겠어요! 정말 끝내주는 재미겠네요!"

바네트는 모퉁이 구석의 자그마한 십자형 유리창을 은근슬쩍 열고 새삼스레 외쳤다.

"보세요! 저기 나무들 사이로 약 250여 미터가량의 비외동종 일대가 내다보이는군요. 아마도 크뢰즈 강을 굽어보는 지점이겠죠?"

"거의 그렇다고 보면 될 거요."

"그래요, 그래. 정확히 그럴 겁니다. 저기 두 개의 돌더미 사이로 향꽃무 덤불이 보이는군요. 총구 끄트머리로 노란 꽃이 보이지 않나요?"

바네트는 거총 자세를 취했다. 그러고는 격하게 방아쇠를 당겼고, 곧장 꽃이 떨어졌다.

조르주 카제봉은 언짢은 기색을 드러냈다. 대체 이 기막힌 사격 솜씨를 갖춘 '보잘것없는 조수'의 속셈이 뭐란 말인가? 무슨 권리로 난데없이 이런 소란을 부린단 말인가?

바네트는 내처 중얼댔다.

"당신의 하인들은 아마 이 성채 다른 쪽 끝에 머물지요? 그럼 이곳에서 나는 소리를 제대로 듣기는 힘들겠군요. 아무튼 나도 어쩔 수 없이 마드무아젤 달레스카르의 심기가 불편해지는 걸 감수하면서까지 참혹한 기억을 떠올리게 했지만, 정말이지 유감스럽기 짝이 없는 일입니다."

조르주 카제봉은 빙그레 웃으며 말을 받았다.

"그럼 마드무아젤 달레스카르는 여전히 총성과 자기 남동생의 사고가 관련 있다는 생각을 고집하고 있는 모양이군요?"

"그렇답니다."

"어떻게 연관되어 있다고 주장하던가요?"

"그야 방금 나 자신이 직접 확인한 바와 마찬가지 방식이죠. 일단 한쪽에선 당신이 이 창문 앞에 포진하고, 다른 쪽에선 젊은 백작이 누대를 따라 대롱대롱 매달려 있는 겁니다."

"하지만 그는 추락사를 하지 않았습니까?"

"총 때문에 두 손으로 매달려 있던 부위의 석재가 허물어진 거라면 추락사로 볼 수도 있죠."

순간 조르주 카제봉의 낯빛이 어두워졌다.

"난 또 마드무아젤 달레스카르의 진술이 그 정도로 분명한 성질을 띠고 있는지는 몰랐습니다. 그거야말로 더없이 노골적인 고발이로군요."

"매우 노골적이죠."

바네트가 조용히 되뇌었다.

상대는 그를 가만히 바라보았다. 이 '보잘것없는 조수'의 태연자약한 태도와 단호한 말투는 조르주 카제봉의 심기를 점점 당혹스럽게 만들었고, 혹시 공격적인 의도를 품고서 이곳을 찾아온 게 아닌가 하는 의구심이 꾸물꾸물 피어올랐다. 그도 그럴 것이 그저 마음 편한 어조로 시작된 얘기가 알게 모르게 조심스레 맞서야만 할 공격적 어투로 변해 있는 것이었다.

마침내 의자에 털썩 주저앉은 조르주 카제봉이 물었다.

"그래, 그 여자 말로는 왜 동생이 거길 기어올랐다고 합니까?"

"당신도 보았겠지만, 그림 속 작은 십자가 표시가 지시하는 장소에 자기 아버지가 숨겨둔 20만 프랑을 되찾기 위해서였답니다."

조르주 카제봉은 발끈했다.

"난 그런 해석을 결코 인정한 적이 없소. 만약 그의 아버지에게 그만한 돈이 있었다면 왜 우리 아버지에게 즉시 빚을 갚지 않고 그런 곳에 감춰두었겠습니까?"

"일리 있는 반론입니다."

바네트는 선뜻 인정했다.

"단, 숨겨둔 것이 진정 돈일 경우에 한해서 말입니다만."

"그럼 다른 무엇일 수도 있다는 얘기요?"

"그야 모르죠. 그저 가설을 세워볼 뿐입니다."

조르주 카제봉은 어깨를 으쓱했다.

"분명한 건, 그 달레스카르 남매는 온갖 가설들을 늘어놓고 장난을 부리는 데 이력이 나 있다는 사실이오."

"그럴 수도 있겠죠! 그들은 나 같은 수사 전문가는 아니니까요."

"제아무리 통찰력이 예리한 전문가라 해도 무에서 유를 창조해낼 수는 없는 법입니다."

"오, 가끔은 아주 불가능한 것도 아니지요. 예컨대 그레옴 선생이라고 아시는지요? 지금은 게레에서 신문가게를 운영하고 있지만, 예전에는 당신 공장에서 회계를 맡아보고 있었지요."

"네, 알고말고요. 아주 괜찮은 사람이죠."

"그레옴 선생의 증언에 따르면, 장 백작의 아버지는 은행에서 20만 프랑을 인출한 바로 다음 날, 당신의 아버지를 방문했었다는 겁니다."

"그래서요?"

"바로 그때 20만 프랑이라는 돈을 갚았고, 누대 꼭대기에 임시방편으로 감춘 것은 다름 아닌 그 영수증이라고 가정해볼 수 있지 않겠습니까?"

조르주 카제봉은 펄쩍 뛰었다.

"이것 보세요. 당신의 지금 그 가설들이 우리 아버지에 관한 기억을 욕되게 하고 있다는 걸 모릅니까?"

바네트는 순진한 표정으로 반문했다.

"어떤 점에서 그렇다는 건가요?"

"만약 아버지가 그 돈에 손을 대셨더라면 떳떳하게 모든 사실을 밝혔을 겁니다."

"그건 또 왜 그렇죠? 개인적으로 빌려준 돈을 상환받았다 해서 주변에 굳이 알릴 의무는 없잖습니까."

조르주 카제봉은 답답하다는 듯 주먹으로 책상을 쾅 내리쳤다.

"적어도 2주가 지나서, 그러니까 채무자가 세상을 떠난 며칠 후에 마쥐레크 영지에 대한 소유권 주장을 하지는 않으셨을 것 아닙니까?"

"실제로는 그렇게 하셨죠."

"이것 봐요, 이것 봐! 당신 지금 정신 나간 소리 하고 있어! 그런 발언을 하려면 최소한의 논리를 갖춰야 하는 겁니다. 만약 아버지가 이미 받아 쥔 금액을 또다시 요구하며 성채의 소유권을 주장하셨다고 한다면, 누구든 그 영수증을 들이댈 것을 감안하셨을 것 아닙니까?"

바네트는 아무렇지도 않은 듯 또박또박 내뱉었다.

"그건 아마 영수증에 관해 그 누구도 모르고 있다는 사실을 당신 부친께서 알았기 때문일 겁니다. 성의 상속권자들이 돈이 상환된 사실을 까마득히 모르고 있다는 점도 어떻게든 알았을 겁니다. 들리는 말로는 워낙에 이 영지에 집착을 하면서 반드시 손에 넣겠노라 호언장담을 해왔던 터라, 그만 스스로의 욕심에 눈이 어두워진 것이죠."

차츰차츰 은근하고도 집요한 암시를 통해 짐 바네트는 사건의 얼굴을 완전히 뒤바꿔놓기에 이르렀다. 카제봉 영감은 어느새 배신과 협잡의 죄목으로 고발당하고 있었던 것이다. 아울러 조르주 카제봉은 창백하게 질린 얼굴에 분노로 부들부들 떨면서 두 주먹을 불끈 쥐었다. 태연한 어조로 일련의 사실들을 끔찍한 양상 속에 늘어놓고 있는 이 되바라진 '조수'를 그는 기겁을 한 눈빛으로 노려보았다.

"그런 식으로 말하는 걸 더는 허락지 않겠소. 지금 당신은 되는대로 지껄이고 있어요."

조르주 카제봉은 이를 악다문 사이로 으르렁댔다.

"되는대로라뇨? 천만의 말씀입니다. 이 몸이 내세운 주장에서 진실에 근거하지 않은 건 하나도 없어요."

마침내 이 심상치 않은 상대가 은근히 자신을 조여오는 게 더는 가설이나 추측의 차원이 아니라는 걸 직감한 조르주 카제봉은 버럭 고함을 질렀다.

"거짓말! 증거라고는 털끝만큼도 없는 얘기들이야! 우리 아버지가 그따위 파렴치한 행각을 저질렀다는 증거를 확보하려면 저 비외동종 꼭대기로 올라가봐야만 할걸!"

"장 달레스카르르가 그렇게 했었죠."

"공갈치지 마쇼! 30여 미터의 높이를, 그것도 맨손으로 두 시간 만에 기어오를 수 있다는 건 말도 안 돼! 그건 인간의 능력을 벗어나는 일이라고!"

바네트는 고집스레 되뇌었다.

"장 달레스카르는 해냈습니다."

"어떻게 말이오? 무슨 마법이라도 부렸나 보지?"

길길이 날뛰는 조르주 카제봉을 향해 바네트는 역시 아무렇지도 않게 툭 내뱉었다.

"밧줄을 사용했지."

순간 카제봉의 웃음이 터져나왔다.

"크하하하하. 밧줄이라고? 완전히 돌았군! 하긴 그자가 멍청하게도 밧줄을 걸겠다며 수백 번 화살을 쏘아대는 걸 본 적은 있지. 딱한 녀석이었어. 하지만 그런 기적은 도저히 일어날 수가 없는 것이오. 게다가 다시 말하지만, 고작 두 시간 안에 어떻게 그게 가능해? 그뿐만이 아니야! 만약 그런 일이 있었다면 사고가 난 다음에라도 망루나 크뢰즈 강의 바위들 위에 문제의 밧줄이 남겨져 있었을 거요. 짐작컨대 장원 안에서 발견될 게 아니고."

짐 바네트는 여전히 태연하게 대꾸했다.

"정작 사용된 밧줄은 따로 있었답니다."

조르주 카제봉은 신경질적으로 웃어대며 외쳤다.

"크흐흐흐. 그래 어떤 걸 사용했나요? 이건 아주 중요한 대목입니다. 장 백작께서 마법의 밧줄을 소지하신 채 새벽녘에 마당에까지 납셔 마법의 주문을 외우니까, 밧줄이 저 혼자 꾸물꾸물 움직여 누대 꼭대기까지 올라가더니 마법사 양반을 타고 오르게 해주었다, 이거 아닌가요? 그야말로 힌두교 탁발승의 기적이 아니고 뭡니까!"

"거 보십시오, 당신도 역시 기적을 거론할 수밖에 없는 모양입니다. 장 달레스카르에게도 오로지 그것만이 마지막 희망이었고, 이 몸도 마찬가지로 바로 그 기적이라는 개념에 근거하여 확신을 쌓은 입장입니다. 어쨌든 기적은 당신이 상상하는 방식과는 반대로 일어났답니다. 즉, 보통 생각하듯이 아래에서 위로가 아니라 위에서 아래로 일어났단 말이죠."

바네트가 곧장 말을 받자, 카제봉도 질세라 농을 던졌다.

"그럼 신의 섭리가 확실하겠군! 하느님의 뜻에 따라 뽑힌 자 가운데 한 명에게 구명대를 던져주신 셈이야!"

바네트의 어조는 여전히 덤덤했다.

"뭐 자연의 법칙을 거스르면서 굳이 신까지 끌어들일 필요는 없습니다. 그런 건 아니에요. 요즘 기적은 단순한 우연에 의해 일어나는 일들 속에 존재한답니다."

"우연이라!"

"우연 앞에 불가능이란 없죠. 그거야말로 가장 변덕스럽고, 예기치 못하며, 교묘하면서도 혼란스러운 힘이랍니다. 우연이란 가장 지리멸렬한 요소들을 규합하고 버무려서 온갖 이상야릇한 결과물을 일구어내기도 하고, 더없이 잡다한 요인들로 하루하루의 일상을 만들어내지요. 자고로 기적을 낳기에 우연보다 더한 것은 없다고 하겠습니다. 더구나 하늘에서 운석이나 천체의 먼지 덩어리 외에 다른 엉뚱한 것이 떨어지기도 하는 게 우리가 사는 이 시대이고 보면, 이제 말하려는 건 정말이지 기상천외한 우연이라 할 만하지요!"

"오호라, 마른하늘에서 갑자기 밧줄이 떨어지셨다!"

카제봉은 한껏 비아냥대는 투였다.

"밧줄이든 뭐든요. 원래 바다 밑바닥에는 수면을 가르고 지나다니는 배로부터 떨어진 물건들이 산재한 법입니다."

"하늘에는 배들이 지나다니지 않을 텐데."

"웬걸요, 지나다니죠. 다만 이름이 좀 다를 뿐입니다. 예컨대 기구라든가 비행기, 혹은 비행선 등 말입니다. 그것들은 마치 바다 위를 배들이 무수히 지나다니듯 하늘을 사방팔방 휘젓고 다니는데, 그로부터 온갖 잡동사니들이 떨어질 수가 있지요. 만약 그런 잡동사니들 중 하나가 둘둘 말아놓은 밧줄 꾸러미이고, 그게 떨어지다가 성곽의 총안에 걸리기라도 했다면 모든 건 자연스레 설명이 되는 셈입니다."

"거참 손쉬운 설명이군!"

"근거 있는 설명이지요. 지난주에 발간된 지역신문들을 한 번 읽어보시죠. 웬 기구 한 대가 장 백작이 죽기 전날 밤 이 지역 상공을 지나갔다는 사실을 알 수 있을 겁니다. 북쪽에서 남하하는 중이던 그 기구는 게레 북방 15킬로미터 근방에서 몇 개의 모래주머니를 비워 고도를 조절했습니다. 그 와중에 밧줄 꾸러미 하나쯤 함께 쓸려서 떨어졌을 수 있다고 충분히 추론할 수 있지 않겠어요? 그 밧줄 한쪽 끄트머리가 마당의 나무 어딘가에 걸쳐졌고, 그걸 풀어내기 위해 나뭇가지를 꺾을 수밖에 없었다고 말입니다. 백작은 높다란 마당에서 내려와 결국 밧줄의 다른 쪽 끄트머리도 찾아낸 뒤, 양끝을 이어 묶어 망루를 향해 기어오른 것입니다. 쉬운 작업은 아니었지만 그 나이 또래 청년으로선 불가능한 일도 아니었죠."

"그런데?"

카제봉의 얼굴은 이미 잔뜩 일그러져 있었다.

"그런데 전문 사수처럼 사격 솜씨가 좋은 누군가가 바로 이곳, 창가에 서서 허공중에 매달려 낑낑대는 젊은이를 목격했고, 밧줄을 향해 발포해 결국 끈을 끊어버린 겁니다."

"아하, 사고를 그렇게 보고 계시는군!"

카제봉이 이죽거리는 걸 무시하며 바네트는 내처 마무리를 지었다.

"그런 다음 그 누군가는 강까지 달려나갔고, 영수증을 챙기려고 시체를 샅샅이 뒤진 뒤 밧줄 꾸러미를 몽땅 수거해 근처 우물에 던져버렸지요. 물론 사법당국에 의해 쉽게 발견됐지만."

이쯤 되면 고발의 대상이 노골적으로 옮겨가는 형국이었다. 아비에 이어 이제는 자식에게로 혐의의 초점이 이동한 것이다. 그야말로 한 치의 빈틈도 없는 확고하고 논리적인 연결 고리가 과거를 현재로 이어주고 있었다.

카제봉은 지금까지의 얘기보다도, 그것을 아무렇지 않게 내뱉고 있는 저 사내로부터 벗어나려고 발버둥을 치듯 소리쳤다.

"그따위 괴상망측한 가설들과 제멋대로의 엉터리 설명들은 이제 그만 집어치우시지! 당장 여기서 물러나시오! 므슈 베슈한테는 당신이 눈하나 깜빡하지 않고 공갈협박이나 일삼기에 내쫓아버렸다고 내 알아서 고하리다."

바네트는 싱글벙글 웃으며 대꾸했다.

"만약 내가 당신을 협박할 생각이 있었다면, 이미 확보해둔 증거부터 들이댔을 겁니다."

카제봉은 더더욱 길길이 날뛰었다.

"증거라니! 증거를 가지고 있었던가? 쳇, 말뿐이지! 쓸데없는 헛소리들! 그런 것 말고, 진짜 증거를 대보시지! 정말 말다운 말을 할 수 있는 증거 딱 하나만 대봐! 쳇, 증거라고 했나? 솔직히 가치가 있는 증거라면 오로지 단 하나밖에 없을걸! 내 아버지와 나를 한꺼번에 꼼짝 못하게 만들 증거는 오직 하나라고! 그걸 확보하지 못했다면 당신의 그 어리석은 장광설은 단숨에 허물어지지! 당신은 그저 어설픈 익살꾼에 불과하단 말이야!"

"그게 뭐죠?"

"영수증이지! 내 아버지의 서명이 들어 있는 영수증!"

그 순간, 바네트는 누렇게 바래고 구겨진 자국에 소인이 찍힌 종이 한 장을 척 내밀며 말했다.

"그거라면 여기 있소. 분명 당신 부친의 필체이죠? 내용도 이론의 여지없고."

> 아래 서명한 나, 카제봉 오귀스트는
>
> 달레스카르 백작님에게 빌려준 돈 20만 프랑의 돈을 정히 영수하였음을 인정함.
>
> 일전에 그가 자신의 성채와 영지에 대해 본인과 합의한 저당권 일체는 이번 상환과 더불어 결정적으로 해제되었음을 분명히 한다.

"날짜는 그레옴 선생이 지목한 바로 그날과 정확히 일치합니다. 서명도 분명하고요. 따라서 이는 나무랄 데 없는 증거물임이 확실합니다. 당신은 부친이 직접 고백을 했든지, 아니면 비밀리에 남긴 서류들을 통해 이 사실을 분명히 알고 있었을 겁니다. 결국 이 증거물이 세상에 드러난다는 것은 당신 부친은 물론, 당신의 파멸까지 의미하는 셈이죠. 아울러 그토록 두 부자가 집착했던 성으로부터 쫓겨나가야만 한다는 걸 뜻합니다."

카제봉은 주춤주춤 더듬거렸다.

"만약 내가 죽였다면 그 영수증을 빼앗았을 것이오."

"물론 당신은 희생자의 몸을 샅샅이 뒤져보았습니다. 하지만 찾을 수 없었죠. 신중을 기하기 위해 장 백작은 망루 꼭대기에서 어느 돌멩이에 이걸 붙들어 맨 뒤 아래로 던졌습니다. 나중에 안전하게 수거하려고요. 나는 20미터 떨어진 강가 어느 지점에서 그 돌을 찾아냈습니다."

말이 끝나기가 무섭게 조르주 카제봉이 종이를 낚아채러 달려들었고, 바네트는 간신히 몸을 뒤로 뺐다.

두 사내는 잠시 서로를 노려보았다. 마침내 바네트가 먼저 입을 열었다.

"그런 태도는 자기한테 죄가 있다고 자백하는 것과 같지. 당신 눈빛만 봐도 완전히 탈선의 온상이야! 마드무아젤 달레스카르 말마따나 이럴 때 보면 당신은 정말 무슨 짓이든 저지를 수 있는 사람 같아. 자기도 의식하지 못하는 사이 선뜻 사람을 향해 총을 겨눴을 그때 그 당시도 아마 이랬을 거야. 자자, 진정하라고. 마침 철책문 쪽에서 초인종 소리가 들리는군. 베슈 형사인 것 같은데, 그가 아무것도 모르고 있는 편이 당신에게도 유익할걸!"

한동안 시간이 흘렀다. 이윽고 조르주 카제봉은 여전히 황망한 눈빛으로 속삭였다.

"얼마면 되겠소? 얼마면 그 영수증을 내놓겠냐고!"

"오, 이건 팔 물건이 아닌데."

"그럼 그걸 가지고 있겠단 말이오?"

"일부 조건만 지켜지면 당신에게 돌려줄 것이오."

"그게 뭡니까?"

"나중에 베슈 형사 앞에서 얘기해주겠소."

"만약 내가 조건을 수락하길 거부한다면?"

"당연히 당신을 고발해야겠지."

"당신의 진술은 도무지 이치에 맞지가 않는걸."

"어디 두고 봅시다."

문득 고개를 숙이는 걸 볼 때, 조르주 카제봉은 상대의 확고부동한 의지와 야무진 기를 섬뜩하니 느끼는 모양이었다. 바로 그 순간, 하인 한 명이 베슈를 안내해 들어왔다.

바네트가 성에 와 있으리라곤 생각지 못한 형사의 눈썹이 일그러졌다. 두 사내가 도대체 무슨 얘기를 주고받았을까? 베슈 자신이 주장하고 나서려던 얘기를 또 저 빌어먹을 바네트가 미리부터 걸고넘어진 건 아닐까?

그런 우려가 들자 베슈 형사는 더욱 적극적이 되었고, 조르주 카제봉의 손을 덥석 붙들기까지 하며 말했다.

"므슈, 제가 이곳을 뜰 때쯤, 그간의 조사 결과와 향후 어떤 방향으로 보고서를 작성할지에 관해 말씀드리기로 약속한 바 있지요. 그래서 말씀인데 한마디로 지금까지 이 사건에 대해 통용되던 시각과 거의 전적으로 일치하는 결론이 나왔습니다."

그러고는 바네트가 사용한 표현을 공교롭게도 똑같이 되풀이하며 덧붙이는 것이었다.

"마드무아젤 달레스카르에 의해 유포된 당신을 향한 음해성 소문에는 일말의 신빙성도 없다는 결론입니다."

바네트가 환한 표정으로 맞장구를 쳤다.

"좋았어, 아까 이 몸이 므슈 카제봉에게 얘기한 것과 정확히 일치하는군. 친구이자 상관이나 다름없는 베슈의 예리한 통찰력이 다시금 발휘되고 있어! 하지만 여보게, 므슈 카제봉은 자신을 겨냥한 중상모략에 대해 지극히 관대한 입장으로 응할 자세가 갖춰진 형편이라네. 마드무아젤 달레스카르에게 그녀의 조상들 영지를 되돌려주시기로 했단 말일세."

베슈는 마치 망치로 한 대 얻어맞은 표정이었다.

"뭐! 아니, 어떻게 그럴 수가?"

바네트는 확고한 어조로 말했다.

"그럴 수가 있고말고. 이번 사건을 겪으면서 므슈 카제봉은 이 지방에 대해 다소 기분이 언짢아진 상태라네. 그래서 지금은 게레의 공장들과 좀 더 가까운 거리의 또 다른 성채를 점찍어둔 입장이야. 내가 이곳에 들어올 때 므슈 카제봉은 마침 부동산 증여서 초안을 작성하려던 참이었어. 거기다 10만 프랑짜리 지참인불 수표를 첨부하겠다는 의사까지 표하셨지. 물론 마드무아젤 달레스카르에게 배상금 조로 지불될 금액이지. 어때요, 우리 사이에 이미 그렇게 합의가 된 셈이죠, 므슈 카제봉?"

조금도 망설일 여지가 없었다. 마치 자진해서 결정하고 기분 좋게 나서는 것마냥, 조르주 카제봉은 바네트가 은연중 지시한 대로 책상 앞에 앉아 서류를 작성하고 수표에 서명을 한 뒤 말했다.

"여기 있습니다. 내 공증인한테는 따로 지시를 내리도록 하지요."

바네트는 서류와 수표를 건네받자마자 봉투에 집어넣고 나서 베슈에게, 그리고 므슈 카제봉을 향해 말했다.

"이걸 지금 마드무아젤 달레스카르에게 전해주게. 확신컨대 그녀도 므슈 카제봉의 선처에 무척이나 감사해할 걸세. 자, 므슈 카제봉, 그럼 이만 작별인사 드리겠습니다. 모든 이에게 흡족한 결말로 사건이 정리되어서 베슈나 저나 얼마나 기쁘게 생각하는지 이루 말로 다 할 수가 없네요."

후닥닥 밖으로 나가는 바네트를 허겁지겁 뒤따라 정원까지 나서면서 베슈는 점점 더 어리둥절한 표정으로 중얼거렸다.

"뭐야, 이거? 그럼 정말 저자가 쏜 거야? 자기가 저지른 거라고 실토를 한 거냐고."

"이보게, 베슈, 그 점엔 신경 끄게나. 이번 사건은 그냥 이대로 덮어둬. 해결된 거나 마찬가지니까. 더구나 자네도 보다시피 모두에게 두루 유익한 방향으로 말일세. 그러니 마드무아젤 달레스카르에게 자네가 맡은 일이나 마저 마무리 지으라고. 그녀더러 이번 사건에 관해 더는 왈가왈부하지 말고 모든 걸 잊으라고 당부한 다음, 여인숙에서 다시 만나세."

베슈가 돌아온 건 약 15분쯤 후였다. 달레스카르 양은 증여를 받아들이기로 했고, 자신의 공증인더러 조르주 카제봉의 공증인을 만나 일을 수습하도록 지시했다. 다만 수표만큼은 한사코 받기를 거부했다는 것이다. 심지어 심한 불쾌감을 표하며 수표를 짝짝 찢어버리기까지 했다.

바네트와 베슈는 함께 마을을 떠났다. 서로 아무 말도 없이 여정은 빠르게 지나갔다. 그러는 중에도 형사는 공연한 추측으로 혼자만 진이 빠질 지경이었다. 도무지 뭐가 어떻게 된 건지 오리무중이었지만, 친구인 바네트는 조금도 털어놓을 기미를 보이지 않았다.

오후 3시가 되어 파리에 도착하자, 비로소 바네트는 증권거래소 근처에서 점심이나 들자며 베슈를 부추겼다. 머리가 멍한 상태로부터 좀처럼 벗어나지 못한 베슈는 묵묵히 따랐다.

"자, 먼저 주문해놓게. 난 잠깐 다녀올 데가 있어서."

그렇게 말하며 휭하니 나간 바네트는 얼마 안 있어 식당으로 돌아왔다. 둘은 그야말로 배가 터지게 먹어댔다. 이윽고 커피 잔을 들며 베슈가 입을 열었다.

"아무래도 므슈 카제봉에게 찢어진 수표 조각이라도 돌려보내야겠어."

"그런 수고는 할 필요 없네, 베슈."

"왜?"

"그 수표는 원래 아무 값어치가 없었던 것이네."

"그건 또 무슨 소린가?"

"말 그대로일세. 마드무아젤 달레스카르가 거절할 걸 미리 내다보고, 내가 봉투에 증여서를 집어넣으면서 시한이 지난 낡은 수표를 대신 밀어 넣었거든."

베슈는 신음을 내뱉으며 되물었다.

"아, 그러면 원래 수표는? 므슈 카제봉이 서명한 것 말이네!"

"방금 은행에서 현금으로 바꿔왔지."

짐 바네트는 재킷 한 켠을 살짝 젖히고는 두둑한 현금 다발을 보여주었다.

베슈는 들고 있던 커피 잔을 떨어뜨렸다. 하지만 그뿐, 이내 마음을 가다듬었다.

둘은 서로를 마주 보면서 오랜 시간 담배만 뻐끔뻐끔 피웠다.

마침내 먼저 입을 연 건 짐 바네트였다.

"이보게, 베슈. 정말이지 우리의 공조 노선은 지금까지 풍요로운 결실만을 거두어왔네. 그간 숱한 모험을 멋지게 해치웠을 뿐 아니라, 그때마다 내 호주머니를 짭짤하게 부풀리는 데도 적잖은 공헌을 해왔어. 그래서 말이네만, 이제는 왠지 자네를 대하기가 좀 껄끄러워지고 있네. 고생은 함께했으면서 재미를 봐온 건 나이니까 말이야. 이봐, 베슈. 이참에 아예 나와 함께 같은 사무소에서 동업하는 게 어떻겠나? 바네트와 베슈 탐정사무소! 어때? 그럴듯하게 들리지 않는가?"

베슈는 증오심에 이글거리는 눈빛으로 상대를 쏘아보았다. 여태껏 그토록 한 사람을 미워해본 적도 없는 것 같았다.

그는 의자에서 벌떡 일어나 커피 값을 테이블에 던지고는 웅얼거리면서 자리를 떴다.

"이따금 저 인간이 진짜 악마가 아닌지 의심스러울 때가 있다니까."
그걸 또 얼추 새어 들은 바네트도 활짝 웃으며 대꾸했다.
"하긴 나 역시 가끔은 그런 생각이 들어."

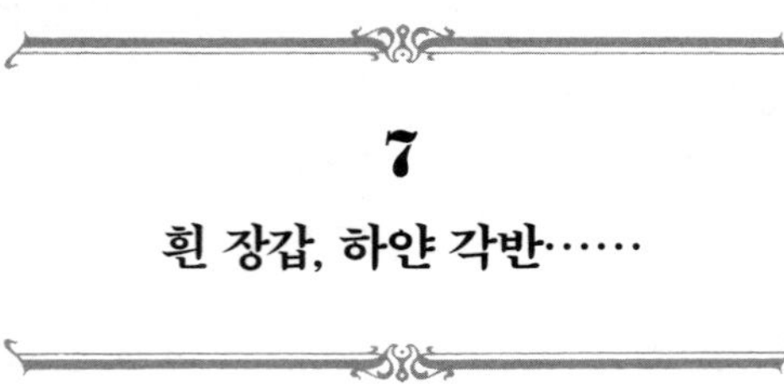

7

흰 장갑, 하얀 각반……

베슈는 타고 있던 택시에서 훌쩍 뛰어내려 탐정사무소로 질풍처럼 돌진해 들어갔다.

바네트도 반갑게 달려들며 외쳤다.

"아, 자네로군! 이거 반갑네! 일전엔 서먹하게 헤어져서 자네가 혹시 화난 건 아닌가 걱정했다네. 그래, 이번엔 또 뭐야? 내가 필요해서 온 건가?"

"그렇다네, 바네트."

바네트는 상대의 손을 우악스레 쥐고 흔들며 악수를 했다.

"그거 듣던 중 반가운 말일세! 그래, 무슨 일인가? 자네 온통 상기되어 있어. 설마 성홍열에 시달리는 건 아니지?"

"농담 말게, 바네트. 아주 난감한 일이야. 내 명예를 걸고 해내야만 할 일이라네."

"그래, 무슨 일인데?"

"내 여자 문제야."

"자네 여자? 자네 결혼했나?"

"이혼한 지 6년 됐네."

"성격 차이였나?"

"아니. 그녀는 단지 자신의 소명을 따랐을 뿐이야."

"자네 곁을 떠날 소명 말인가?"

"그녀는 배우가 되고 싶어 했어. 그게 어떤 건지 자네도 잘 알지? 세상에 형사 마누라가 여배우가 되다니!"

"결국은 그리되었는가?"

"그래. 지금은 노래를 하지."

"오페라극장에서 말인가?"

"아니, 폴리베르제르(1862년에 설립된 몽마르트르의 유명한 뮤직홀—옮긴이)에서."

"이름은?"

"올가 보방."

"가수이자 곡예댄서 말인가?"

"그렇다네."

짐 바네트는 다짜고짜 열광 어린 찬탄을 터뜨리기 시작했다.

"정말로 축하하네, 베슈! 올가 보방이라면 그 특유의 '늘어진' 노래로 참신한 스타일을 창출한, 진정한 예술가 아닌가! 고개를 척 떨군 채 부르는 최근 노래를 듣고 있노라면 정말이지 엄청난 예술적 전율에 몸이 떨릴 지경이라니까. '이지도르…… 마도르. 매 세 잼므…… 끄 잼므'(Isidore…… m'adore. Mais c'est Jaime…… que j'aime. 운을 맞춘 이 노래 가사는 '이지도르는…… 나를 사모하네. 하지만 내가 사랑하는 이는…… 잼므라네'라는 의미다—옮긴이)."

"축하는 고맙네. 그나저나 그녀한테서 이런 게 왔어."

베슈는 당일 아침 발신으로 되어 있는, 연필로 마구 흘겨 쓴 기송우편을 내밀었다.

> 내 침실이 도둑맞았음
> 가엾은 어머니는 거의 살해당할 뻔함
> 어서 와주길
>
> 올가

"'거의'라는 표현이 재미있군!"

바네트의 말이었다.

베슈는 계속해서 얘기를 이어갔다.

"나는 즉시 파리 경시청에 전화를 걸었는데, 벌써 다들 사건 소식을 알고 있더군. 마침 현장에 있는 동료 형사들과 합류하도록 조치가 취해졌지."

"그런데 뭐가 걱정인가?"

바네트의 물음에 베슈는 기어 들어가는 목소리로 대답했다.

"그녀를 다시 본다는 게 좀……."

"그럼 아직도 사랑하고 있단 말인가?"

"다시 보게 된다면 그럴 것 같네. 나도 모르게 감정이 복받칠 것 같아. 그럼 목이 메일 거고 말도 더듬을 것이네. 생각해봐, 그런 상황에서 조사가 제대로 이루어질지. 아마 바보 같은 짓만 저지르고 말 것이네."

"정작 마음은 그와 반대로 여자 앞에서 의연하고, 체면을 유지하고 싶은데 말인가?"

"바로 그렇단 얘기지."

"말하자면 내게 좀 도와달라는 말이지?"

"그렇다네, 바네트."

"그래, 자네 전 부인의 행실은 어떤가?"

"오, 나무랄 데 없지. 만약 직업 문제만 아니었다면, 올가는 지금도 어엿한 마담 베슈로 남아 있었을 것이네."

"예술계로 보자면 그렇게 안 된 게 천만다행이겠고."

몇 분 만에 둘은 뤽상부르 공원 근방의 가장 한산하고 조용한 길목으로 접어들었다. 올가 보방은 1층 키 큰 창문들이 죄다 쇠창살로 가로막혀 있는 평범한 건물의 4~5층을 사용하고 있었다.

"한마디만 짚고 넘어가지. 제발 이번 한 번만은 우리 일을 욕되게 할 만한, 그 돈 떼먹는 짓 따위는 하지 말아주길 바라네."

베슈의 말에 바네트가 곧장 발끈하려 했다.

"나는 어디까지나 양심적으로……."

"자네 양심을 운운하는 것이 아닐세. 이번엔 나의 양심과 그녀가 나한테 퍼부을 수도 있을 비난을 좀 생각해달라는 얘기야."

"내가 올가 보방의 돈을 우려먹을 사람으로 보이는가?"

"그 누구의 돈도 빼돌리지 말아달라고 부탁하는 것이네."

"그래야 마땅한 사람 돈도 말인가?"

"그런 자들을 벌주는 건 전적으로 사법당국에 맡기게나."

바네트는 한숨을 내쉬며 말했다.

"그럼 좀 재미가 덜하지! 하지만 자네가 정 원하다면야."

경찰관 한 명이 문을 지키고 있었고, 다른 한 명은 이번 일로 혼비백산한 관리인 부부와 함께 숙소 안에 있었다. 베슈는 그 지역 경찰서장과 치안국에서 나온 형사 두 명이 건물에서 나갔고, 수사판사가 약식조사를 마쳤다는 걸 전해 들었다.

"아무도 없는 틈을 타세나."

바네트에게 그렇게 속삭인 베슈는 계단을 올라가면서 줄줄이 설명을 늘어놓았다.

"이 오래된 숙소에 사는 사람들은 정말이지 옛날 방식대로 고지식한 생활을 영위하고 있다네. 예를 들어 대문은 항상 닫혀 있지만 누구도 열쇠를 소지하지 않기 때문에 초인종을 울려야만 드나들 수가 있지. 2층에는 성직자가 살고, 3층에는 사법관이 살고 있다네. 집 안 청소는 관리인의 소관이지. 올가로 말하자면, 어머니를 모시면서 또한 자기를 키운 거나 다름없는 두 명의 나이 든 하녀와 더불어 그야말로 반듯한 생활을 하고 있어."

마침내 문이 열렸다. 현관을 거쳐 우측으로는 올가의 침실과 규방이 있고, 좌측으로는 어머니와 두 명의 하녀가 기거하는 방들로 이어진다고 베슈가 귀띔해주었다. 정면으로는 체조실로 개조된 아틀리에에 철봉과 기계체조용 그네, 링이 갖춰져 있었고, 안락의자와 소파들 위에 수많은 장비들이 흩어져 있었다.

둘이 막 그 안으로 들어서는데, 문득 저 위 빛이 새어 들어오는 유리창에서 뭔가가 떨어졌다. 알고 보니 자그마한 몸집의 젊은이였다. 키득키득 웃어대는 매력적인 얼굴 위로 헝클어진 붉은 머리채를 흩날리고 있었다. 바네트는 잘록한 허리춤을 동여맨 그의 실내복 차림에서 다름 아닌 올가 보방의 모습을 알아보았다. 여자 쪽에서도 변두리 억양이 두드러진 목소리로 외쳤다.

"이봐요, 베슈. 엄마는 괜찮아졌어요. 지금은 주무시죠. 아, 우리 소중한 엄마! 정말 운이 좋았지!"

젊은이는 후딱 몸을 뒤집어 곤두박질치는 자세로 돌변하더니, 쭉 뻗은 두 팔로 물구나무를 선 채 다소 쉰 듯한 콘트랄토의 심금을 울리는 목소리로 난데없이 노래를 불러젖혔다.

"이지도르…… 마도르. 매 세 잼므…… ㄲ 잼므."

여자는 다시 몸을 일으켜 바로 서더니 말했다.

"오, 나의 베슈, 당신 역시 사랑하고 있어요! 이렇게 빨리 와주시다니, 당신 정말 멋져요!"

"이쪽은 동료인 짐 바네트라고 하오."

베슈는 딴청을 피우면서도 눈동자가 이미 촉촉해졌고, 신경질적으로 눈꺼풀을 떠는 걸로 봐서 가슴은 대책 없이 두방망이질이라도 하는 모양이었다.

"좋아요! 두 분이 함께라면 이번 일을 손쉽게 해결해서 내 침실을 돌려줄 수 있을 것 같네요. 그 일이 바로 두 분이 해주셔야 할 일이거든요. 아참, 나도 소개할 사람이 있어요! 내 체조 교사이자 마사지사이기도 하고 분장사이기도 한 델 프레고예요. 포마드와 다른 화장품 판매도 하는데, 우리 뮤직홀 아가씨들한테는 최고의 인기를 누리고 있죠. 그의 손길이 닿기만 하면 세상 어느 누구보다 젊어지고 몸이 유연해진답니다. 자, 인사하세요, 델 프레고입니다."

델 프레고 쪽에서 먼저 꾸벅 고개를 숙여 인사를 해왔다. 구릿빛 살결과 떡 벌어진 어깨, 펑퍼짐한 얼굴에 옛날 광대 같은 거동이 눈에 띄는 사내였다. 복장은 회색 계통에다 장갑과 각반 모두가 흰색이었고, 손에는 밝은 색조의 중절모를 들었다. 그는 느닷없이 요란한 몸짓을 써가면서 스페인어와 영어, 러시아어의 어휘들을 이방인 티가 물씬 풍기는 불명확한 프랑스어 발음에 실어, 점진적으로 관절 푸는 운동 방법에 관해 줄줄이 늘어놓을 참이었다. 올가는 서둘러 얘기를 끊었다.

"지금은 그럴 시간이 없군요. 자, 베슈, 무엇부터 조사해야 할까요?"

"우선 당신 침실부터 보여주시오."

"그럼 어서 가요!"

여자는 훌쩍 도약을 하는가 싶더니 그네에 매달렸다가 그 반동으로 몸을 다시 한번 날려, 두 개의 링을 부여잡고 몸을 한 바퀴 회전하면서 침실 문 바로 앞으로 날렵하게 착지했다.

"여기예요!"

침실은 완전히 텅 빈 상태였다. 침대, 가구들, 커튼, 판화들, 거울과 양탄자, 골동품들 할 것 없이 깡그리 사라지고 없었다. 이삿짐을 옮겨 갔다고 해도 아마 방이 이처럼 썰렁하게 변하지는 않았을 법했다.

올가는 그만 실소를 터뜨렸다.

"아주 깨끗이도 털어갔네! 내 상아로 된 브러시 세트마저 휩쓸어 가버렸어! 아주 먼지까지 죄다 털어가버린 것 같네! 내가 이 침실에 얼마나 애착을 가지고 있는데! 알짜배기 루이 15세풍 침실이었는데, 하나하나 직접 골라 사 모은 것들이야! 마담 퐁파두르(1721~1764. 루이 15세의 총희—옮긴이)가 누웠던 침대! 부셰(1703~1770. 퐁파두르 부인의 후원으로 크게 이름을 떨친 궁정화가. 로코코풍의 회화로 유명하다—옮긴이)의 판화 네 점! 제작자의 서명이 담긴 서랍장! 온갖 진귀한 소품들! 미 대륙 순회 공연으로 벌어들인 돈을 몽땅 투자해 구입한 것들인데!"

그녀는 고난도의 점프를 즉석에서 선보이며 머리채를 뒤흔들고는 힘차게 소리를 질렀다.

"쳇! 또 다른 걸 마련하면 되지 뭐! 내 이 찰고무처럼 탄력 있는 근육과 허스키한 목소리라면 얼마든지 너끈히 헤쳐나갈 수 있다고. 그나저나 베슈, 당신 왜 나를 그렇게 곁눈질로 힐끔거리는 거죠? 누가 보면 내 발 앞에 쓰러져 곧 기절이라도 할 사람이라 하겠어요! 자, 어서 가까이 내 품으로 오세요. 그리고 궁금한 점이나 주르륵 늘어놓아보세요. 검찰청 사람들이 오기 전에 대충 끝내놓자고요."

"무슨 일이 있었는지 얘기해보시오."

베슈가 간신히 내뱉자, 여자는 얘기를 시작했다.

"오, 그리 길지는 않아요! 어젯밤, 10시 반이 막 지났을 때였어요. 아 참, 그보다 먼저 8시쯤에 엄마 대신 델 프레고와 함께 폴리베르제르로 출발했었다는 얘기부터 해야겠군요. 엄마는 뜨개질을 하고 계셨죠. 그러던 중 30분을 알리는 종소리가 울렸던 거예요. 갑자기 내 침실 쪽에서 무슨 소리가 들렸대요. 나중에는 그마저 꺼져버렸지만, 전등불에 비친 웬 남자를 얼추 보셨다는데, 침대를 분해하고 있었답니다. 그 순간, 또 다른 누군가가 느닷없이 엄마를 덮치더니 넘어뜨렸고, 첫 번째 남자가 식탁보를 뒤집어씌우더라는 겁니다. 그리고 그들은 바리바리 가구들을 내리면서 침실 하나를 완전히 거덜 내더랍니다. 그동안 엄마는 꼼짝달싹 못한 채 비명 한 번 내지르지 못하셨죠. 거리에서는 대형 차량이 시동을 거는 소리가 들려왔고, 그 순간 엄마는 실신을 하셨대요."

"당신이 폴리베르제르에서 돌아왔을 땐 어찌 되어 있었소?"

"저 아래 대문에서부터 이 집 문까지 온통 열려 있고, 엄마는 기절해 계시고…… 내가 얼마나 기겁을 했을지 상상이 가실 거예요!"

"관리인 부부는?"

"당신도 그 부부 잘 알잖아요. 이곳에만 30년을 지그시 눌러 살아온 선량한 노부부죠. 아마 지진이 난다 해도 별 반응을 보이지 않을 거예요. 밤에 그들을 깨울 수 있는 건 오로지 대문 초인종 소리밖엔 없을 거예요. 그런데 입을 모아 맹세하기를, 자기들은 밤 10시쯤에 잠자리에 들었고 그때 이후로 아침까지 초인종은 단 한 번도 울리지 않았다는 거예요."

"그 말은 결국 문을 단 한 번도 열어준 적이 없다는 얘기네?"

"그런 셈이죠."

"다른 세입자들은 뭐라던가?"

"그들도 아무 소리 못 들었대요."

"자, 그렇다면……."

"그렇다면 뭐죠?"

"음, 그러니까…… 그게…… 올가, 당신 생각은 어떠냐는 거지."

여자는 발끈했다.

"당신, 정말 왜 이래요? 지금 내가 무슨 생각을 하고 말고 할 처지예요? 당신 꼭 검찰청 사람들처럼 멍청해 보이는 거 알아요?"

베슈는 당혹감을 감추지 못하며 더듬댔다.

"하, 하지만, 이제 겨우 시작인걸……."

"지금까지 얘기한 것만 가지고도 뭔가 반짝하고 떠오르지가 않는단 말인가요? 저 바네트라는 사람도 당신처럼 멍청하다면, 난 아예 퐁파두르 침대와는 영영 이별을 각오해야겠군요!"

그때 바네트라 불리는 바로 그 사나이가 척 하고 앞으로 나서며 물었다.

"당신의 그 퐁파두르 침대, 어느 날 되찾고 싶으신가요, 마담?"

"네?"

여자는 지금까지 별 관심을 두지 않았던 이 묘하게 생긴 사내 쪽으로 놀란 시선을 던지며 외마디 소리를 질렀다.

사내는 유난히 친근한 어조를 강조하며 말했다.

"당신의 퐁파두르 침대와 침실 전부를 어느 날 몇 시에 되찾고 싶어 하시는지를 알고 싶습니다."

"그, 그게……."

"날만 정하십시오. 오늘은 화요일입니다. 다음 주 화요일이면 만족하시겠습니까?"

여자는 눈을 휘둥그레 뜨면서 숨까지 턱 막히는 모양이었다. 도대체 이 당돌한 제안을 어찌 해석해야 할까? 농담일까, 허풍일까? 여자는 갑자기 웃음을 터뜨렸다.

"오호호호호! 여기 또 재미있는 남자가 하나 있네! 베슈, 대체 당신의 이 친구 어디서 데려온 거죠? 아니지. 저 바네트라는 사람, 그래도 배짱 하나는 두둑해 보이네! 일주일이라! 내 퐁파두르 침대를 자기 호주머니 속에라도 넣어둔 모양이야. 이봐요, 베슈. 당신 생각엔 내가 두 분처럼 터무니없는 남자들과 실랑이하느라 내 아까운 시간을 낭비할 거라 보세요?"

그녀는 두 남자를 현관으로 거칠게 몰아붙였다.

"자자, 어서 나가세요! 그리고 다시는 돌아오지 말아요! 날 가지고 우롱하는 짓은 절대로 용납 못합니다. 정말 웃기는 사람들이야, 나 참!"

아틀리에의 문이 두 명의 '웃기는 사람'들 코앞에서 요란하게 닫혔다. 베슈는 풀이 죽을 대로 죽은 얼굴로 한숨을 내쉬었다.

"어휴, 여기 온 지 10분이나 됐을까."

한편 바네트는 침착한 태도로 현관 여기저기를 살펴보면서 늙은 하녀 한 명을 상대로 이런저런 질문을 늘어놓았다. 둘이 함께 계단을 내려와서는 곧장 관리인 숙소에 들러 마찬가지로 질문들을 늘어놓았다. 밖으로 나오자 바네트는 지나가던 택시에 훌쩍 올라타 라보르드 가의 주소를 내뱉었다. 보도 위에 멍하니 서 있는 베슈는 그대로 놔둔 채 말이다.

베슈의 눈에 바네트가 대단한 카리스마를 갖춘 존재로 보인다면, 올가는 그 이상이었다. 그 올가의 표정으로 미루어, 이 친구가 한낱 장난에 불과한 약속을 통해 은근슬쩍 어려운 자리를 피해버린 것이려니 하는 생각을 베슈는 곱씹었다.

다음 날, 바네트 탐정사무소에 들어서면서 베슈는 속으로 그럼 그렇지 하는 생각을 했다. 안락의자에 느긋하게 기대앉은 바네트가 책상에 다리까지 올려놓고는 담배를 뻐끔거리고 있는 것이었다.

베슈는 버럭 화를 내며 소리쳤다.

"고작 이게 성심으로 임하겠다는 태도인가? 우린 이제 영영 일을 그르치게 됐다고! 제아무리 동분서주해봐야 아무 소용없게 생겼어. 검찰청 친구들도 손끝 하나 까딱 안 해. 나도 이젠 어쩔 수가 없다고. 일부 사안에 관해서는 이미 동의가 이루어진 상태지. 예컨대 안에서 누가 문을 열어주지 않는 한, 설사 위조열쇠를 소지하고 있다 해도 건물 안에 들어가는 건 물리적으로 불가능하다는 점. 아울러 공모관계를 의심할 만한 내부인이 없다고 본다면, 결론은 다음 두 가지로 내려질 수밖에 없다네. 첫째, 사건 전날 오후 막바지에 이미 두 도둑놈 중 한 명이 집 안에 들어와 있다가 공범에게 문을 열어주었다. 둘째, 설사 그렇다 해도 건물 대문이 항상 잠겨 있었다는 점을 감안하면, 맨 처음 잠입했던 놈이 들어왔을 때라도 관리인 중 어느 누구의 눈에 띄지 않을 수가 없었으리라는 점. 그나저나 누가 들어와 있었던 거지? 누가 문을 열어준 거냐고? 정말이지 수수께끼가 아닌가!"

바네트는 전혀 침묵을 깰 눈치가 아니었다. 사건 자체에 대해 완전히 초연한 듯 보였다. 베슈는 계속했다.

"사건 전날 건물을 방문했던 사람들 명단을 작성해보았네. 그들 각각에 대해 관리인은 지극히 단정적으로 말하더군. 모든 사람들이 들어왔다가 죄다 나갔었다고 말이네. 말하자면 어떠한 단서도 없는 셈이지. 단계적으로 꼼꼼히 따져보았건만, 워낙에 단순하고 대범하게 치러진 도둑질이 그 발단에서부터 완전 오리무중이라는 말씀이야. 그래, 자네 생각은 도대체 어떤지 어디 말 좀 해보게, 응!"

바네트는 그제야 한 차례 기지개를 켰다. 마치 비로소 현실세계 속으로 돌아온 듯했다.

"그 여자 참 매력적이더군."

"뭐? 누구? 매력적이라니?"

"자네 전 부인 말이네."

"뭐라고?"

"무대 위에서만큼이나 실제생활에서도 매력적이야. 활기가 넘쳐나! 생명력으로 충만해! 진짜 파리의 말괄량이야. 거기다 그럴듯한 취향과 우아함까지 갖췄어. 꼬박꼬박 절약한 돈을 가지고 퐁파두르의 침대를 구입할 생각을 하다니. 정말 매혹적인 아이디어 아닌가? 아, 베슈, 자네에겐 너무 벅찬 행운인 것 같아."

베슈는 인상을 구기며 투덜댔다.

“내 행운이라는 그것, 흔적도 없이 사라진 지 오래이네.”

“지속된 기간은 얼마나 되는가?”

“한 달.”

“세상에, 그런데도 뭐가 아쉬워?”

토요일, 베슈는 또다시 보채러 왔다. 바네트는 여전히 담배 연기 속에서 몽상에 젖은 채 묵묵부답이었다. 급기야 월요일, 베슈는 잔뜩 의기소침한 모습으로 나타나 말했다.

“뭐 하나 되는 일이 없어. 검찰청 놈들은 모두 머저리들이라고. 이러는 동안, 퐁파두르 침대와 올가의 침실은 어느 이름 모를 부둣가에서 외국을 향해 출발한 뒤 속절없이 팔려나가겠지. 이러니 올가 앞에서 형사인 이 내 꼴이 뭘로 보이겠냔 말일세! 영락없는 바보지.”

그는 바네트가 몽실몽실 천장을 향해 소용돌이쳐 오르는 담배 연기만 물끄러미 바라보고 있는 걸 한동안 노려보더니 울컥 화를 냈다.

“지금 우리는 자네가 한 번 겪어본 적도 없는 막강한 상대를 두고 싸우는 중이네. 놈들은 분명 이전부터도 이런 특별한 속임수를 사용해왔고 완벽하게 가다듬었던 것이 분명해. 그런데도 자넨 그리도 무사태평인가? 틀림없이 어떤 놈들이 수작을 부리고 있는 게 분명한데도 자넨 음모를 파헤칠 생각조차 하지 않는단 말인가?”

“그 여자 속에는 다른 무엇보다 흥미로운 뭔가가 깃들어 있어.”

마침내 바네트는 조용히 중얼거렸다.

“뭐가 어째?”

“그녀의 천성, 그 솔직담백한 품성. 잘난 척하는 허세라곤 털끝만큼도 없지. 올가는 스스로 생각한 대로 말하고, 본능에 따라 행동하며, 마음이 가는 대로 삶을 영위한다네. 거듭 말하지만 베슈, 그 여자는 정말이지 매력적인 존재야."

베슈는 주먹으로 탁자를 쾅 내리쳤다.

"자네가 그 여자 눈에 뭘로 비치는지 알기나 하나? 바보 천치로 보인다고! 그녀가 델 프레고하고 자네에 대해 얘기하면서 얼마나 배꼽을 잡았는지 아는가? 멍청이 바네트, 허풍쟁이 바네트라고 말일세."

바네트는 한숨을 내쉬며 대꾸했다.

"씁쓸한 평가로군! 그걸 불식시키려면 어떻게 해야 하지?"

"내일이 바로 화요일일세. 자네가 약속한 대로 퐁파두르 침대를 대령해놔야겠지."

"제기랄! 불행히도 그게 어디 있는지 전혀 모르는걸. 뭔가 조언을 좀 해주게, 베슈."

"우선 도둑놈들부터 잡아들여야지. 놈들을 통해서 알아내는 수밖에."

"그래, 그게 더 쉽겠군. 영장은 가지고 있나?"

"그래."

"부릴 수 있는 인원도 있고?"

"그건 경시청에 전화만 하면 되고."

"그럼 당장 전화해서 오늘 두 명의 쓸 만한 친구들을 뤽상부르 근처, 오데옹 광장의 아케이드로 출동시켜달라고 해놓게."

베슈는 펄쩍 뛰었다.

"지금 날 놀리려는 건가?"

"천만에! 자넨 내가 올가 보방의 눈에 멍청이로 보이길 원한다고 생각하나? 아니, 다 떠나서 내가 언제 약속한 걸 지키지 않은 적 있었나?"

베슈는 잠시 생각을 정리했다. 문득 바네트가 진지하게 얘기하고 있다는 느낌이 들었고, 지난 엿새 동안 안락의자에 느긋하게 파묻혀 있으면서도 수수께끼를 풀어내느라 머릿속은 잠시도 쉬지 않았으리라는 생각이 퍼뜩 들었다. 하긴 아무리 조사를 한다 해도 가만히 앉아 생각을 집중하는 것이 훨씬 효과적일 때가 많다고 틈만 나면 떠들어대던 그가 아닌가!

베슈는 더 이상 지체 없이 전화기를 들었고, 동료들 중 치안국장의 직속 부관이나 다름없는 알베르라는 친구와 통화를 했다. 곧 두 명의 형사가 오데옹 광장으로 향하도록 조치가 취해졌다.

바네트도 자리에서 일어나 차비를 차렸다. 때는 오후 3시. 둘은 밖으로 나섰다.

"올가가 사는 동네로 가는 건가?"

"그녀가 사는 건물로 가는 것이네."

"설마 그녀 집에 들이닥치는 건 아니지?"

"관리인을 보러 가는 걸세."

둘은 실제로 관리인 숙소 구석에 자리를 잡았다. 사전에 바네트는 관리인 부부에게 누군가 함께 방 안에 있다는 인상을 주지 않도록 아무 말도, 행동도 섣불리 취하지 말라고 단단히 일러둔 상태였다. 침대를 가리는 넉넉한 휘장이 두 사람의 모습을 완벽히 가려주었다. 그러면서도 둘 다 자기 위치에서 건물 드나드는 사람들의 면면을 고스란히 내다볼 수가 있었다.

먼저 2층에 사는 성직자가 지나갔고, 그다음으로 올가의 늙은 하녀 중 한 명이 바구니를 팔에 끼고 장을 보러 나갔다.

베슈가 조그맣게 중얼거렸다.

"대체 어느 놈을 기다리는 거야? 무슨 뜻으로 이러고 있는 거냐고?"

"자네한테 한 수 가르쳐주려는 것이네."

"하지만……."

"입 다물어."

오후 3시 반이 되자, 델 프레고가 입장했다. 흰 장갑에 하얀 각반, 회색 정장에 밝은 톤의 중절모를 쓴 차림이었다. 그는 관리인 부부에게 손짓으로 인사를 건넨 뒤 곧장 계단을 올라갔다. 그러고 보니 일일 체조 교습이 시작되는 시각이었다.

그로부터 40분이 흐른 뒤, 다시 밖으로 나간 그는 담배 한 갑을 사가지고 돌아왔다. 여전히 흰 장갑에 하얀 각반이 눈에 들어왔다.

잠시 후, 세 명이 줄지어 나타났는데 그것을 보던 베슈가 문득 속삭였다.

"저것 봐! 그 친구 또 들어오네. 이번이 세 번째야. 이번엔 어디로 나갔다 오는 거지?"

"저 문 말고 또 있겠나?"

바네트의 대꾸에 베슈는 약간 자신 없는 투로 말했다.

"글쎄, 내가 보기엔 아닌 것 같은데…… 우리가 잘못 본 게 아니라면. 안 그런가, 바네트?"

그 순간, 바네트는 휘장을 확 걷어치우면서 내뱉었다.

"지금이야말로 행동에 나설 때인 것 같네. 가서 자네 동료들 좀 찾아봐, 베슈!"

"이리로 데리고 와?"

"그래."

"자넨 어쩌고?"

"난 올라가보겠네."

"내가 올 때까지 기다리지 않고?"

"뭐하러?"

"하지만, 대체 어쩌려고 그래?"

"두고 보면 알 걸세. 좌우간 동료들을 데리고 와서 이곳 3층에 배치시키게. 내가 부를 때까지."

"감을 잡은 게로군?"

"확실해!"

"대체 누구야?"

"글쎄, 뻔뻔한 놈들이 있어. 자, 어서 가보게!"

베슈는 쏜살같이 달려나갔다. 바네트는 말한 대로 곧장 계단을 달려올라갔고 벨을 울렸다. 잠시 후, 델 프레고의 감독하에 올가가 체조 수업을 받는 체조실로 안내되었다.

아직 줄사다리 꼭대기에 걸터앉은 올가가 소리쳤다.

"오, 대담무쌍하신 므슈 바네트께서 오셨군요! 그래, 전능하신 므슈 바네트께서 내 퐁파두르 침대를 가져오셨나요?"

"거의 그런 셈입니다만. 그나저나 방해가 된 것은 아닌지요?"

"천만에요!"

여자는 놀랄 만한 민첩성과 위험을 전혀 개의치 않는 태도로, 델 프레고가 짤막하게 지시하는 동작들을 마치 놀이처럼 해치웠다. 체조 교사는 때론 칭찬하고 때론 꾸짖으면서 가끔은 시범도 보이고 있었는데, 그 동작이 유연하기보단 매우 격렬한 편이어서 일부러 비범한 완력을 과시하는 눈치가 역력했다.

교습이 끝나자 그는 재킷을 걸쳐 입고 하얀 각반 단추를 채웠으며 흰 장갑을 끼고 밝은색 모자를 썼다.

"그럼 오늘 저녁 극장에서 봅시다, 마담 올가."

"오늘은 기다렸다 같이 안 가나요, 델 프레고? 엄마가 안 계시니 나를 데려가줘야 하잖아요?"

"오늘은 불가능합니다, 마담 올가. 저녁을 먹기 전에 회합이 따로 있어요."

그는 출구 쪽으로 발길을 옮겼지만 도중에 멈춰 서야만 했다. 바네트가 문을 가로막고 있었던 것이다.

"잠깐 말씀 좀 나눴으면 합니다, 므슈. 이렇게 당신과 함께 자리를 한 것도 보통 행운이 아닌 듯하니 말입니다."

바네트는 은근한 어조로 말을 건넸다.

"미안합니다만……."

"다시 나를 소개할까요? 바네트 탐정사무소의 사설탐정, 짐 바네트라고 합니다. 베슈의 친구이지요."

델 프레고는 한 걸음 앞으로 내디디며 말했다.

"대단히 죄송합니다. 지금 좀 바쁜 몸이라서."

"오! 더도 말고 1분이면 됩니다. 잠시 당신의 지난 기억을 되살려드릴 시간만 있으면 돼요."

"무슨 기억 말입니까?"

"어떤 투르크인에 관한 기억인데……."

"투르크인요?"

"그렇습니다. 이름이 벤발리라고 하죠."

체조 교사는 고개를 가로저으며 대답했다.

"벤발리라고? 전혀 들어본 적 없는 이름입니다."

"그럼 아마 아베르노프라는 이름은 아실 텐데요?"

"그 또한 마찬가지요. 대체 그자들이 누구란 말이오?"

"두 명 다 살인자들입니다."

짧은 침묵이 흘렀고, 델 프레고는 히죽 웃으며 말했다.

"그렇다면 내가 별로 마주치진 않았을 사람들이겠습니다."

바네트는 즉각 딴지를 걸었다.

"실제로는 당신이 그 사람들과 매우 긴밀한 관계라는 얘기가 있던데."

델 프레고는 상대를 머리끝에서 발끝까지 쓱 훑어본 뒤 중얼거렸다.

"도대체 지금 뭐하자는 거요? 딱 까놓고 설명을 해보시지! 횡설수설 수수께끼 같은 말들은 영 질색이란 말이오."

"우선 좀 앉으시지요, 므슈 델 프레고. 어디 편하게 얘기를 해봅시다."

델 프레고는 짜증스러운 몸짓으로 대답을 대신했다. 어느새 올가는 체조복이 늘씬한 자태로 호기심 어린 눈빛을 반짝이며 두 남자에게 다가와 있었다.

"그래요, 델 프레고. 좀 앉도록 해요. 모두 다 내 퐁파두르 침대를 찾기 위한 거라 생각하고요."

여자의 말에 바네트가 깍듯이 맞장구를 쳤다.

"맞습니다. 그리고 므슈 델 프레고, 당신에게 고작 수수께끼나 주절거리는 건 아님을 부디 알아주십시오. 다만 도난사건이 일어난 직후, 처음 이곳을 방문했을 때부터 한동안 사람들 입에 심심찮게 오르내렸던 두 가지 사안이 계속해서 내 머릿속을 떠나지 않아 아무래도 그에 관한 당신 견해를 좀 들어보는 게 좋겠다고 판단했을 뿐입니다. 그저 몇 분이면 충분히 해결될 문제이지요."

가만 보니 바네트는 더 이상 평상시의 다소곳한 태도가 아니었다. 음성 속에는 누구도 감히 모른 척할 수 없을 권위가 묻어났다. 올가 보방은 무척 깊은 인상을 받은 눈치였다. 델 프레고는 다소 주눅이 든 목소리로 그르렁댔다.

"그럼 어서 해봅시다."

바네트가 얘기를 시작했다.

"바로 이런 겁니다. 지금으로부터 3년 전, 파리 한복판에 위치한 널찍한 아파트 꼭대기 층에 어떤 보석상이 자기 아버지를 모시고 살았습니다. 므슈 소루아라고 하는 이 사람은 터번에다 불룩한 반바지의 투르크식 복장을 한 벤발리라는 작자와 사업상 관계를 맺고 지냈는데, 후자는 동양산 토파즈나 찌그러진 진주, 자수정 따위의 질 낮은 보석들을 주로 암거래로 유통시키는 일을 하고 있었지요. 그런데 하필 수차례에 걸쳐 벤발리가 집을 드나들었던 날 밤, 보석상 소루아가 극장에서 늦은 시각에 귀가해보니 그의 아버지가 단도에 찔려 있고, 보석 금고는 완전히 털린 상태였답니다. 조사 결과, 범행은 나무랄 데 없는 알리바이를 내세운 벤발리가 아니라, 그가 오후에 집에 데려왔던 다른 누군가에 의해 저질러진 것으로 판명되었습니다. 어쨌든 사법당국으로서는 바로 그 누군가는 물론, 투르크인도 어쩌지 못하는 상황에 봉착하고 말았답니다. 사건은 그대로 종결되었죠. 그 일을 기억하십니까?"

"내가 파리에 온 지 이제 겨우 2년 되었소. 게다가 난 별 흥미도 못 느끼……."

델 프레고의 대답을 끊으며 짐 바네트의 얘기가 계속 이어졌다.

"지금으로부터 열 달 전, 이와 비슷한 성격의 범행이 또 일어났습니다. 그때 희생자는 메달 수집가인 므슈 다불이고, 용의자는 아스트라칸 모피 모자에 기다란 프록코트 차림의 러시아인 아베르노프 백작에 의해 그 집에 들어와 숨어 있던 정체불명의 누군가였죠."

"아, 그건 나도 기억나요!"

올가 보방이 하얗게 질린 얼굴로 끼어들었고, 바네트는 다시 말을 이었다.

"현재 퐁파두르풍 침실 도난사건을 접하면서 나는 즉시 이상 언급한 두 사건을 머릿속에 떠올렸는데, 그들 사이에 눈에 번쩍 띄는 유사성까지는 아니더라도 뭔가 같은 부류의 사건이라는 느낌이 강하게 감돌았습니다. 예컨대 보석상 소루아를 희생시킨 절도사건이나 수집가 다불을 희생시킨 사건 모두가 각각 이방인이 연관된 와중에 저질러졌다는 사실 말입니다. 아울러 이번 사건에서도 발견되는 바이지만, 사전에 한두 명의 공범을 미리 현장에 잠입시키는 방법이 사용되고 있다는 것이죠. 문제는 과연 그러한 방법이 특별히 무얼 의미하느냐는 점입니다. 이 문제에 대해 처음에는 전혀 감을 잡지 못했던 게 사실이고, 지난 수일 내내 침묵과 고독 속에서 물고 늘어진 문제도 바로 이것이었답니다. 일단 수중에 확보된 두 가지 요소, 즉 벤발리 건과 아베르노프 건만을 가지고, 내가 미처 알지 못하는 다른 상황들에도 적용되었을 법한 총괄적인 아이디어가 과연 무엇인지 건져내야만 했지요."

"그래, 건졌나요?"

올가가 잔뜩 달아오른 목소리로 다그쳐 물었다.

"그렇습니다. 솔직히 말해서 정말 근사한 아이디어가 떠오르더군요. 아주 예술적이에요. 이를테면 나도 정통한 분야라 할 수 있는데, 지극히 독창적이고 참신하면서 누구에게도 의존하지 않는 대단한 기술이랍니다! 숱한 도둑 떼와 살인자들이 항상 은밀하게 행동하며 잠입하든지, 마찬가지로 조용조용 파고드는 배관공이나 배달부 같은 공범들을 사전에 들여보내기 일쑤인 데 반해, 위의 두 사건 용의자인 이방인들은 백주 대낮에 활개치면서 일을 치르는 겁니다. 사람들의 시선을 많이 받으면 받을수록 오히려 유리해요. 이들은 공개적으로 건물을 드나들기 일쑤인데, 원래 그 건물 입주자들과는 낯익고 친숙한 사이죠. 그런 상황에서 어느 하루 날을 잡아 건물 안으로 들어갔다 나오기를 반복합니다. 그러다가 본인이 안에 머무는 어느 한때를 골라 다른 누군가가 새로 나타나지요. 그는 지금까지 들락날락하며 사람들 시선에 노출된 장본인과 동일인물로 혼동될 만큼 비슷한 외모를 지녀야 합니다. 제법 기막힌 수법 아닙니까?"

바네트는 델 프레고를 향해 신랄한 말투를 던졌다.

"정말이지 천재적이오, 델 프레고! 그럼, 천재적이고말고! 다시 말하지만 일반적인 경우라면 좀도둑처럼 어중간한 옷에 어떻게든 남의 시선을 끌지 않는 행색으로 결정타를 시도할 텐데 말이지. 그런데 이들은 반드시 사람의 주목을 받아야만 일이 된다는 것을 잘 이해하고 있어요. 모피 모자를 쓴 러시아인이나 불룩한 반바지 차림의 투르크인이 하루에 네 번씩 계단을 오르내릴 때, 그걸 꼬박꼬박 세면서 나간 횟수보다 들어온 횟수가 딱 한 차례 더 많다는 사실을 간파할 이는 아마 없을 것이오. 그런데 바로 그 다섯 번째 들어온 사람이 문제의 공범이거든. 아무도 눈치채지 못하지. 바로 이게 비법이라오. 이만하면 두 손 두 발 다 들어야 해! 이런 걸 고안해내고 실제로 적용시킬 정도의 비범한 능력자라면, 내 생각에는 세상에 둘 이상 있을 것 같지 않은데. 솔직히 말해 벤발리와 아베르노프 백작은 동일인물임에 틀림없고, 지금 우리가 골치 썩는 이 사건에 바로 그 인물이 세 번째로 등장한 것 아니냐는 게 내 의견인데, 어떻게 생각하시는지? 제일 처음엔 투르크인으로, 그다음엔 러시아인으로…… 그리고 이제는…… 마찬가지로 이방인 행색에 눈에 튀는 복장을 한 이 사람을 과연 우리는 어떻게 보아야 할까?"

한동안 적막이 이어졌다. 올가는 다소 분개한 몸짓을 취했다. 바네트가 처음부터 어떤 목표를 향해 얘기를 진전시켜왔는지 비로소 깨달았고, 그에 거부감을 느끼는 것이었다.

"말도 안 돼! 지금 은근히 암시하는 말에 나는 결코 동의할 수 없어요!"

델 프레고는 일부러 관대한 태도를 내보이며 빙그레 웃었다.

"그냥 두십시오, 마담 올가. 지금 므슈 바네트는 실없는 농담을……."

"물론이오, 델 프레고!"

바네트가 얼른 말을 끊었다.

"난 지금 농담을 하는 겁니다. 아울러 결말이 어떨지 미처 파악하지 못한 당신 입장에서 내 조촐한 모험담을 별로 진지하게 받아들이지 않는 것 역시 지당한 태도이고. 네, 알고 있습니다. 분명 당신은 이방인이고 흰 장갑에 하얀 각반 등 정말 눈에 확 띄는 복장을 했어요. 또한 당신 얼굴 표정은 무척 유연해서 이리저리 다른 얼굴을 만들어낼 수가 있지요. 결국 투르크인에서 러시아인으로, 또 러시아인에서 사치스러운 정체불명의 또 다른 외국인으로 자유자재 변신하는 게 보통 사람들보다 훨씬 수월하다는 점도 잘 알 만하오. 게다가 이 건물에 친숙한 입장인 데다, 하는 일도 여러 가지라 하루에도 수차례 이곳을 드나들 수 있다는 것도 분명한 사실이지. 문제는 당신의 그 점잖은 명성이 워낙에 난공불락이고, 올가 보방이라는 막강한 유명인사가 당신을 비호하고 있다는 점이오. 그러니 당신을 당장에 고발한다는 건 언어도단이야. 그러니 어찌해야 할까? 어때요, 이 몸의 고충을 이해하시겠소? 유일한 용의자는 바로 당신인데, 당신은 결코 범인이 될 수 없는 인물이야! 그렇지 않습니까, 올가 보방?"

여자는 열에 들뜬 눈빛을 불안하게 번득이며 외쳤다.

"안 돼요! 안 돼! 도대체 누가, 무슨 수로 그런 무모한 고발을 한단 말입니까?"

"방법이야 간단하죠."

"그게 뭐죠?"

"덫을 놓아두었거든요."

"덫이라? 아니, 어떻게요?"

짐 바네트는 대답 대신 물었다.

"그저께 당신은 로랭 남작으로부터 전화 한 통을 받지 않았습니까?"

“네, 맞아요.”

“그가 어제 이곳을 찾아왔지요?”

“네, 그랬어요.”

“그가 마담 퐁파두르의 문장이 새겨진 묵직한 은제함 하나를 가져왔지요?”

“바로 저 탁자 위에 있는 겁니다.”

“최근 파산한 로랭 남작은 에티올 가문의 조상 대대로 물려받은 그 함을 어떻게든 팔아볼 방법이 없나 해서 찾아온 건데, 그걸 당신이 내일 화요일까지 맡아두기로 한 거죠?”

“아니, 그걸 어떻게 아셨어요?”

“그 남작이 바로 나이니까요. 그간 당신은 은제함을 주위 사람들에게 실컷 보여주면서 칭찬을 늘어놓았겠죠?”

“그랬어요.”

“그런가 하면 당신 모친께서는 시골에서 병든 자매를 보러 와달라는 전보 한 장을 받으셨죠?”

“그걸 당신이 어떻게?”

“전보를 보낸 사람도 나입니다. 자, 이제 당신 모친은 아침에 떠났고, 은제함은 내일까지 이곳에 덩그러니 방치된 상태라는 얘긴데, 과연 침실도 너끈히 도둑질해버린 자가 그보다 훨씬 수월한 은제함을 꿀꺽하기 위해 한 번 더 예의 그 천재적인 비법과 대범함을 발휘해볼 유혹을 쉽사리 뿌리칠 수 있을까요?”

올가는 갑자기 겁에 질린 듯 비명을 질렀다.

“세상에! 그럼 똑같은 시도가 오늘 밤에 일어날 거라는 얘긴가요?”

“바로 오늘 밤이죠.”

“어머나, 끔찍해라!”

여자는 떨리는 목소리로 어쩔 줄 몰라 했다.

한편 꼼짝하지 않고 귀를 기울이던 델 프레고는 천천히 자리에서 일어나 말했다.

"끔찍할 것도 없습니다, 마담 올가. 이미 제보를 받으신 몸이니까요. 경찰한테 신고만 해두는 걸로 충분합니다. 괜찮다면 이 길로 내가 직접 가보지요."

"오, 안 될 말씀! 델 프레고, 나한텐 지금 당신이 필요한걸!"

바네트가 선뜻 가로막았다.

"내가 당신한테 도움 줄 일이 뭔지 모르겠는데."

"무슨 말씀! 공범을 체포하기 위해서 필요하지."

"일이 오늘 밤에 벌어진다면, 시간은 충분할 텐데."

"물론 그렇지. 하지만 공범은 항상 미리 잠입하기 마련이라는 점을 잊지 마시오."

"그럼 이미 들어와 있다는 말인가?"

"들어온 지 30분쯤 됐지."

"그렇다면 내가 이곳에 도착했을 즈음인데?"

"보다 정확히 말하면 당신이 두 번째로 도착한 시점이지."

"그건 또 무슨 엉뚱한 소린가?"

"지나가는 걸 똑똑히 봤거든. 지금 당신을 보듯 말이야."

"그럼 현재 이 아파트에 숨어 있겠네?"

"그런 셈이지."

"그래, 어딘지 말해보겠소?"

바네트는 지체 없이 손가락을 들어 문 쪽을 가리켰다.

"저기 현관에는 옷가지를 뒤죽박죽 넣어둔 벽장이 하나 있지. 오후 내내 열어볼 일은 거의 없는 곳이지. 공범은 바로 그곳에 있소!"

"하지만 혼자 힘으로 이곳에 들어올 수가 없었을 텐데?"

"그야 그렇지."

"그럼 누가 문을 열어줬다?"

"델 프레고, 바로 당신이 열어주었지."

얘기의 처음부터 바네트의 모든 말들은 체조 교사를 겨냥했고, 점점 더 노골적으로 혐의가 지적되도록 유도되고 있었다. 그럼에도 불구하고 방금 내뱉은 말에 델 프레고는 움찔하지 않을 수 없었다. 어느새 그의 얼굴에는 분노와 불안, 울컥 행동을 저지르려는 광포한 충동 등 지금까지 그럭저럭 숨겨왔던 엄청난 동요의 조짐이 비죽비죽 고개를 내밀고 있었다. 그를 눈치챈 바네트는 이 혼란의 틈을 타 냅다 현관 쪽으로 달려가, 벽장으로부터 웬 사내 하나를 끌어내 아틀리에로 거칠게 밀어붙였다.

"아! 정말이었어?"

올가가 탄식을 내뱉었다.

델 프레고와 같은 신장에다 그처럼 회색빛 복장에 흰색 각반을 착용한 남자였다. 기름이 번들거리면서 표정이 풍부한 얼굴 생김새도 거의 유사했다.

"모자와 흰 장갑을 잊으셨군!"

바네트는 연한 빛깔의 모자를 눌러씌우고 흰색 장갑을 내밀며 말했다.

기겁을 한 올가는 비슷한 몰골의 두 남자에게서 시선을 떼지 않은 채 한 발 한 발 뒷걸음질을 쳐서 곡예용 줄사다리를 거슬러 올라갔다. 비로소 델 프레고가 어떤 존재이며, 그의 곁에서 그동안 얼마나 위험한 상황에 처해 있었는지 깨달은 것이다.

바네트는 여자를 향해 빙그레 웃으며 말했다.

"어때요, 재미있지 않습니까? 쌍둥이처럼 닮은 건 아니지만, 비슷한 체구에 옛날 광대 같은 저 얼굴, 특히 빼다 박은 듯 똑같은 저 괴이한 옷차림. 마치 형제처럼 보이는군요."

한편 두 공범은 서서히 냉정을 되찾아가고 있었다. 따지고 보면 당당한 체격에 그럴듯한 완력의 소유자인 두 남자가 상대하는 이 사내는 빈약해 뵈는 인상에 꼭 끼는 프록코트 차림의 별 볼 일 없는 회사직원 같은 행색이지 않은가!

델 프레고는 금세 외국어로 뭐라 으르렁거렸고, 바네트는 즉시 그것을 해석했다.

"저런, 똘마니한테 권총이 있냐는 말을 굳이 그렇게 러시아어로 지껄일 필요는 없어."

델 프레고는 부르르 몸서리를 치더니 이번에는 또 다른 언어로 중얼거렸다.

물론 곧장 바네트의 외침이 뒤를 이었다.

"자네, 정말이지 운도 억세게 없군! 투르크어야말로 내 밥이나 다름없지! 아울러 한마디 해두겠는데, 지금 층계 쪽에는 베슈가 대기하고 있네. 자네도 알지, 올가의 전 남편 말이야. 그리고 동료 두 명도 함께 있다고. 총성이 울림과 동시에 이리로 득달같이 들이닥칠걸!"

델 프레고와 또 한 명은 눈짓을 주고받았다. 아무래도 틀렸다는 느낌이 드는 모양이었다. 하지만 그들은 소위 녹다운 되기 전까지는 쉽게 포기하지 않는 타입이었다. 눈에 보이지 않는 미세한 움직임 속에서 두 범죄자는 서서히 바네트와의 거리를 좁혀왔다.

"오호라, 좋았어! 한바탕 해보시겠다? 화끈하게 한번 붙어봐? 일단 나를 제치고 나면 베슈는 무사통과해버릴 요량이라 이거지. 자, 잘 보세요, 마담 올가! 이제 현란한 광경을 눈앞에 보게 될 겁니다! 이 빈상(貧相)의 한 사내를 상대로 두 명의 거한이 나서셨어! 다윗 한 명에 두 명의 골리앗이라……. 자, 어디 덤벼봐, 델 프레고! 좀 더 신속하게! 자자, 용기를 내보란 말이야! 어서 달려들라고!"

바네트가 뇌까리는 사이 거리는 세 발짝 정도로 좁혀졌다. 두 불한당은 손가락에 잔뜩 힘을 넣은 채 연신 꼼지락거렸다. 당장이라도 달려들 태세였다.

하지만 바네트가 한발 빨랐다. 후닥닥 바닥을 짚으며 공중제비를 넘는가 싶더니 두 사내의 다리를 각각 낚아채 인형처럼 후딱 뒤엎어버린 것이다. 아울러 미처 몸을 추스러 방어자세를 취하기 전에 그들의 머리통은 마치 쇠징과도 같은 바네트의 손아귀 악력에 붙들려 꼼짝달싹 못하는 처지가 되고 말았다. 두 놈 다 금방이라도 숨이 넘어갈 듯 헐떡거리는가 하면, 허우적거리는 팔엔 완력은커녕 더 이상의 기력을 찾아볼 수 없었다.

바네트는 놀랄 만큼 침착한 태도로 말했다.

"올가 보방, 미안하지만 이제 문을 열고 베슈를 불러주시겠습니까?"

줄사다리에서 부리나케 내려온 올가는 후들거리는 다리로 간신히 문 앞까지 달려갔다.

"베슈! 베슈!"

잠시 후, 형사와 함께 돌아온 그녀는 찬탄과 두려움을 동시에 내보이며 소리쳤다.

"이것 좀 봐요! 혼자서 아주 '요절'을 냈어요! 세상에, 이런 사나이일 줄이야!"

바네트가 베슈를 돌아보며 말했다.

"자, 여기 자네 고객 두 명일세. 자넨 이자들 손목에 수갑이나 채우면 돼. 그래야 내가 딱한 놈들 숨통이나마 열어주지! 아니, 너무 세게 조이진 말게나, 베슈. 말은 고분고분 잘 들을 거라 확신하네. 그렇지 않은가, 델 프레고? 설마 아직도 구시렁댈 일이 있는 건 아니지?"

그는 훌쩍 자세를 바로 하고는, 자신을 빤히 쳐다보는 올가의 손등에 그윽한 입맞춤을 한 뒤 호쾌한 목소리로 외쳤다.

"아, 베슈, 오늘 사냥 한번 대단했어! 덩치나 꾀가 최강에 속하는 야수를 두 마리나 포획했으니 말이야! 이보게, 델 프레고, 자네의 작업 방식에는 정말 진심 어린 찬사를 보내는 바이네."

그는 베슈가 수갑을 채워 단단히 붙들고 있는 체조 교사의 가슴팍을 손가락으로 장난스레 몇 차례 톡톡 건드린 뒤, 여전히 기분이 좋은지 떠들어댔다.

"다시 말하지만 정말 천재적이야. 아까 관리인 숙소에서 망을 보면서, 그렇지 않아도 자네의 속임수를 간파하고 있던 내 눈에 마지막 방문객이 퍼뜩 들어오더군. 근데 분명 자네는 아니었어. 하지만 베슈는 잠시 어리둥절하는가 싶더니 덜컥 속아 넘어가더라고. 흰색 장갑과 각반, 밝은색 중절모에 회색 재킷을 입은 신사가 영락없는 델 프레고라는 거야. 이미 수차례 대문을 드나드는 걸 목격한 델 프레고 말일세. 결국 그런 식으로 제2의 델 프레고는 아무 방해도 받지 않고 조용히 계단을 올라갈 수 있었고, 진짜 델 프레고가 살짝 열어둔 문으로 잠입해 벽장 속에 숨어들 수가 있었던 것이지. 바로 침실 전체가 암흑 속으로 사라져버렸던 바로 그날 밤처럼 말이네. 그런데도 설마 자신이 천재적이라는 걸 부정하진 않겠지?"

아무래도 바네트가 터질 것 같은 기쁨을 더 이상 자제하는 건 어려워 보였다. 놀랄 만한 도약 솜씨와 함께 그의 몸뚱어리가 훌쩍 날아올라 기계체조용 그네 위에 사뿐히 안착하는가 싶더니, 공중에 가로지른 장대로 곧장 몸을 날려 그걸 붙잡고 마치 바람개비처럼 휘르륵 회전동작을 선보였다. 그뿐만 아니라, 매듭진 밧줄에서 링으로, 링에서 사다리로, 마치 우리 속 원숭이가 재주를 부리듯 자유자재로 옮겨다니는 것이었다. 그러는 와중에도 미친 듯이 날뛰는 낡은 프록코트의 뒷자락만큼은 더없이 우스꽝스럽게 펄럭거렸다.

점점 아연실색해가던 올가 앞에 다시금 바네트가 척 하고 내려섰다.

"내 심장 부위를 손으로 더듬어보십시오. 전혀 과도하게 뛰는 티가 안 나지요? 그럼 이제 내 이마를 살펴보세요. 땀 한 방울 없지요?"

그는 또 전화기를 덥석 집더니 번호를 요청했다.

"경시청 대주십시오. 치안국, 수사과요. 아, 알베르 자네인가? 날세, 베슈. 내 목소리 못 알아보겠다고? 상관없어! 좌우간 베슈 형사가 방금 올가 보방 도난사건의 진범이자 살인용의자 두 명을 체포했다고 보고하게나."

그런 다음 이번엔 베슈한테 손을 내밀며 말했다.

"모든 영예는 자네에게 돌아갈 것이네. 그리고 마담, 난 이제 그만 물러갈까 합니다. 저런, 델 프레고, 자넨 내게 계속해서 서먹하게 대할 모양이군?"

델 프레고는 다짜고짜 으르렁댔다.

"나를 이런 식으로 골탕 먹일 수 있는 자는 단 하나야."

"그게 누군데?"

"아르센 뤼팽!"

바네트는 버럭 외쳤다.

"장하다, 델 프레고! 이제는 절묘한 독심술까지 선보이시는군! 자네 말이야, 앞으로 '그 대갈통을 잃지만 않는다면', 제법 그럴듯한 재목이 되겠어! 하지만 왠지 그게 자네 어깨 위에 더 이상 제대로 붙어 있을 것 같지는 않군! 우하하하하."

바네트는 대차게 웃음을 터뜨리고는, 올가에게 꾸벅 인사를 한 뒤 콧

노래를 흥얼거리며 경쾌한 발걸음으로 문을 나섰다.

"이지도르…… 마도르. 매 세 잼므…… 끄 잼므."

다음 날, 증거를 들이대며 신문에 신문을 거듭한 결과, 델 프레고는 올가 보방의 침실 일체를 감춰둔 교외 어느 곳의 창고 위치를 실토했다. 정확히 화요일이었다. 결국 바네트는 약속을 지킨 셈이었다.

며칠에 걸쳐 베슈는 임무 수행차 시골을 다녀와야만 했는데, 집에 돌아오자 바네트로부터 전갈이 도착해 있었다.

솔직히 말해봐, 나 참 근사했지? 사건 해결을 빌미로 단 한 푼 챙기지 않았다고! 자네가 그토록 치를 떨던 그 '돈 떼먹는 짓'을 하지 않았단 말이야! 하지만 어떤 점에선 자네의 칭찬을 듣는다는 게 또 얼마나 뜻깊은 보상이겠는가!

그날 오후, 베슈는 이참에 바네트와의 모든 인연을 끊어버릴 결심으로 라보르드 가의 탐정사무소로 향했다.

그런데 문이 닫힌 채 이런 팻말만 덩그러니 걸려 있었다.

연애사업 때문에 잠시 휴업 중

밀월여행이 끝나면 다시 개업함

"이건 또 무슨 해괴한 소리야?"

베슈는 은근한 불안을 느끼며 중얼거렸다.

그는 곧장 올가의 집으로 달음박질쳤다. 역시 문이 잠겨 있었다. 폴리베르제르도 가보았다. 그곳의 얘기가 우리의 위대한 예술가께서 위

약금 조로 막대한 금액을 지불한 뒤, 훌러덩 여행을 떠나버리셨다는 거였다.

베슈는 거리로 나오자마자 그르렁댔다.

"이런 우라질! 어찌 이럴 수가 있나! 돈을 떼먹는 대신, 이번엔 의기양양한 승리를 내세워 감히 누굴 유혹해."

생각만 해도 끔찍한 의혹이 들었다. 이보다 더 참담한 지경이 있으랴! 어떻게 알아내야 하나? 아니, 차라리 어떻게 해야 이 세상 가장 비참한 확신에 이르는 걸 피하기 위해 모르는 척 지나갈 수가 있을까?

아뿔싸! 바네트는 결코 먹잇감을 그냥 놔두지 않았다. 이후 여러 차례에 걸쳐 베슈에게는 다음과 같이 열락에 겨운 글귀가 첨부된 화려한 그림엽서들이 당도했다.

아, 베슈! 로마의 달 밝은 밤일세! 이보게, 베슈. 자네만 좋다면 당장 시칠리아로 달려오게나.

베슈는 악다문 잇새로 웅얼거렸다.

"죽일 놈! 다른 건 다 봐줬다. 하지만 이것만은 안 돼. 두고 봐라, 이놈."

8

베슈, 짐 바네트를 체포하다

파리 경시청사의 돔 지붕 아래를 베슈는 무섭게 걸어 들어가고 있었다. 그는 홀을 가로질러 계단을 올랐고, 노크도 없이 문을 활짝 열고는 직속 상관 앞으로 와락 다가서더니 격정으로 일그러진 얼굴을 들이대며 내뱉었다.

"짐 바네트가 데로크 사건에 개입해 있습니다! 데로크 의원 댁 문 앞에서 내 두 눈으로 봤다고요!"

"짐 바네트가?"

"그래요. 제가 수차례 말씀드린 일이 있는 그 사설탐정 말입니다. 지난 수주간 행방불명되었다던 그 친구 말이에요."

"무용수 올가와 함께 사라졌다던 그 친구?"

"네. 제 전처죠!"

이 대목에서 베슈는 분노로 몸이 들썩거렸다.

"그런데?"

"놈을 미행했습니다."

"눈치채지 않게 말이지?"

"일단 나한테 걸려서 미행당하는 친구는 절대로 눈치챌 수가 없습니다. 그런데도 그 불한당 같은 녀석은 은근히 어슬렁대는 척하면서 조심할 건 죄다 조심하는 거예요! 놈은 에투알 광장을 빙 돌아서 클레베르 가도를 따라가다가 트로카데로 광장에서 멈춰 섰습니다. 근처 벤치에 웬 여자가 한 명 앉아 있었는데, 요란한 색조의 숄을 걸치고 검은 머리를 한 예쁘장한 집시 여자였습니다. 둘은 한 1~2분가량 입술도 거의 움직이지 않고 수군거리면서 이따금 클레베르 가도와 광장이 이어진 모퉁이의 어떤 건물을 눈으로 가리키는 거였어요. 그러더니 잠시 후, 녀석이 벌떡 일어나 지하철을 타더군요."

"여전히 미행은 하고?"

"네. 하지만 유감스럽게도 제가 미처 올라타기 전에 기차가 출발해버렸습니다. 그래, 다시 교차로로 돌아와보니 집시 여자가 이미 가고 없더군요."

"그들이 감시하고 있다던 건물로는 들어가봤겠지?"

"방금 그곳에서 오는 길입니다."

베슈는 자랑스럽게 다음 얘기를 늘어놓았다.

"그 건물 5층에는 4주 전부터 퇴역장군인 므슈 데로크가 살고 있답니다. 아시겠지만 이번에 납치 및 감금, 살인 등의 혐의로 수감된 자기 아들을 변호하기 위해 지방에서 올라온 몸이죠."

이 말로 인해 지금까지 시큰둥하던 상관한테 변화가 일었다.

"그래, 장군을 직접 만나는 봤는가?"

"그가 직접 문을 열어준걸요. 저는 즉시 그 전까지 목격한 장면을 상세하게 털어놓았죠. 별로 놀라는 기색이 아니더군요. 안 그래도 바로 그 전날, 웬 집시 여자가 찾아와 손금과 카드점을 봐주었다는 겁니다. 근데 뭔가의 대가로 3000프랑을 요구하더라는 거예요. 아마 오늘 오후 2시에서 3시 사이에 트로카데로 광장에서 그에 대한 대답을 기다릴 거라더군요. 이쪽에서 신호를 보내는 즉시 올라올 거라고요."

"그래, 그 여자가 뭘 해주기로 했다는 건가?"

"자기가 저 유명한 사진을 찾아서 가지고 올 수 있다고 호언장담했답니다."

"우리가 아무리 찾아도 없던 그 사진 말인가?"

상관이 펄쩍 뛰었다.

"맞습니다. 피고의 입장이나 원고의 입장, 제각각 보기에 따라 데로크 의원을 구하기도, 파멸하기도 할 바로 그 사진 말이에요."

기나긴 침묵이 뒤를 이었다. 이윽고 상관의 입에서 은밀한 말투가 중얼중얼 새어나왔다.

"베슈, 우리가 그 사진 확보에 어느 정도 값어치를 상정하고 있는지 알고 있겠지?"

"알고 있죠."

"자네가 아는 것 이상일세. 내 말 잘 듣게나, 베슈. 그 사진은 검찰 쪽으로 들어가기 전에 반드시 우리 손에 넘어와야만 해."

그러고는 좀 더 목소리를 낮춰 덧붙였다.

"경찰이 먼저라고."

"반드시 손에 넣을 겁니다. 아울러 사설탐정 바네트도 넘겨드리겠습니다."

베슈 역시 진지한 어조로 맞장구를 쳤다.

때는 한 달 전으로 거슬러 올라간다. 막대한 재력과 정계 연줄, 당당한 배포와 사업적 성공 등으로 파리의 거물급 행세를 하는 재정가 베랄디는 점심시간에 맞춰 오지 않는 부인을 한참 동안 기다린 터였다. 그날 저녁에도 여자는 귀가하지 않았고, 밤새도록 모습을 드러내지 않았다. 즉각 경찰조사가 이루어졌고, 비교적 정확한 추론에 근거해 다음과 같은 결론이 내려졌다. 즉, 불로뉴 숲 근처에 사는 크리스티안 베랄디는 매일 아침 숲길 산책에 나서는데, 그날따라 한적한 오솔길을 걷던 중 어떤 남자가 옆에 붙으면서 밀폐된 자동차로 갑자기 끌어가 태우더니 센 강 유역을 향해 전속력으로 사라졌다는 것이다.

사람들이 비록 얼굴을 분간하지는 못했지만, 문제의 남자는 외관상 젊은 듯했고, 짙은 청색 외투에 검은색 중산모를 썼다고 했다. 그 밖에 이렇다 할 단서는 전무한 형편이었다.

사건 발생 이틀이 지나도록 수사에는 아무런 진전이 없었다.

그러던 중, 경악을 금치 못할 사태가 벌어졌다. 어느 오후 막바지, 샤르트르에서 파리로 뻗은 도로 근처에서 작업 중이던 농부들 눈에 자동차 한 대가 무시무시한 속도로 달려가는 게 보였다. 그런데 갑자기 요란한 소리와 함께 자동차 문짝이 열리면서 한 여자의 몸뚱어리가 허공중에 내팽개쳐지는 것이었다.

농부들은 부리나케 달려가보았다.

자동차는 계속해서 비탈을 올라가 목초지로 접어들더니 나무둥치를 들이받고는 전복해버리고 말았다. 그런데 어떤 남자가 뒤집힌 차체로부터 기적처럼 멀쩡히 기어나와 여자가 동댕이쳐진 곳으로 달려오기 시작하는 것이었다.

여자는 숨이 끊어져 있었다. 머리를 돌무더기에 들이받았기 때문이었다.

사람들은 가까운 마을까지 사체를 운반했고, 지체 없이 헌병대에 사실을 신고했다. 예의 그 남자는 아무 거리낄 것 없이 자기 이름을 밝혔는데, 다름 아닌 유명 국회의원이자 야당 당수인 장 데로크 의원이더라는 것이었다. 한편 희생자의 신원은 마담 베랄디로 밝혀졌다.

즉시 전쟁이 선포되었다. 여자의 남편 쪽에서는 당연히 증오에 사무친 격렬한 전의가 불타올랐고, 데로크 의원의 파멸에 얼마간 이해관계를 가진 일부 장관들이 부추긴 사법당국도 그에 못지않은 각오로 칼을 빼 들었다. 의원이 납치한 데엔 의심의 여지가 없었다. 당시 크리스티안 베랄디를 습격한 용의자에 대한 사람들의 증언처럼 장 데로크의 평상시 복장은 푸른색 외투에 검은색 중산모 차림이었다. 살인에 대해서도 농부들의 증언은 명확했다. 여자를 떠다민 남자의 팔을 분명히 보았다는 것이다. 즉시 면책특권의 철회가 공식요청되었다.

묘하게도 장 데로크 본인의 태도 자체가 기소 움직임에 힘을 보태주었다. 그는 전혀 말을 돌리지 않고 납치와 감금 사실을 고백했다. 다만 농부들의 증언에 대해서만큼은 완강하게 반박하고 나섰다. 그에 의하면 마담 베랄디 스스로가 자동차에서 뛰어내렸고, 자신은 그것을 막으려고 갖은 애를 썼다는 것이다.

그 밖에 자살의 동기와 납치를 둘러싼 정황, 범행 이틀 동안 벌어진 일들, 거쳐간 장소들, 그리고 마지막에 비극적 결말로 치닫기까지의 우여곡절 등에 대해서는 고집스럽게 함구했다.

설사 여자 쪽에서 이 유명한 의원을 알고 있다 해도, 남편인 재정가 베랄디와 의원은 악수 한 번 제대로 한 적 없는 사이였기에, 어디서 어떻게 장 데로크가 마담 베랄디를 알게 되었는지는 도저히 파악할 수가 없었다.

실컷 질문공세를 펴면 그는 이렇게 답할 뿐이었다.

"더 이상 할 말이 없소. 생각하고 싶은 대로 생각하시오. 나를 좋을 대로 처리하세요. 무슨 지경을 당해도 난 아무 말 안 하겠습니다."

아울러 그는 하원의원회에도 일절 참석하지 않았다.

다음 날, 베슈를 포함한 경찰관들이 그의 거처에 당도해 초인종을 울리자 그는 손수 문을 열고 말했다.

"따라갈 준비 됐소, 여러분."

일단 치밀한 가택수색부터 단행되었다. 서재 벽난로에서 발견된 한 웅큼의 재는 무언가 다량의 종이를 태웠음을 말하고 있었다. 서랍이 파헤쳐졌고, 가구들도 샅샅이 조사되었다. 심지어 서가에 꽂힌 책들도 죄다 뒤흔들어보았다. 서류들은 모조리 따로 모아 묶었다.

장 데로크는 무심한 눈길로 이 모든 지루한 작업을 바라보고 있었다. 그러던 중 매우 의미심장한 돌발사태 하나가 국면을 난데없이 급박하게 몰아갔다. 다른 동료들보다 그나마 능숙한 베슈가 어느 작은 상자 속에 방치된 가느다란 종이 두루마리를 발견해 자세히 살펴보려던 찰나, 얌전히 있던 장 데로크가 와락 달려들어 그것을 낚아채는 것이었다.

"별로 중요한 거 아니에요! 그냥 사진입니다. 커버에서 뜯겨나간 낡은 사진일 뿐이에요."

데로크의 발끈하는 태도가 이상한 만큼 베슈도 바짝 긴장했고, 즉시 돌돌 말린 그것을 빼앗으려 했다. 하지만 의원은 냅다 밖으로 달려나가 문을 쾅 닫고는, 정복경찰관 한 명이 지키고 있는 건넌방으로 내달렸다. 물론 베슈와 동료들은 즉각 그를 따라잡았다. 잠시 실랑이가 일었고, 장 데로크의 온몸수색이 이어졌다. 사진을 말고 있던 종이 두루마리는 온데간데없었다. 정복경찰관한테 상황을 물어보니, 그저 도망치는 자를 가로막았을 뿐 찾는 물건에 대해서는 전혀 본 바가 없다는 것이었다. 즉각 체포영장이 제시되었고, 데로크 의원은 연행되었다.

이상이 대강의 사태 윤곽이다. 그 당시(세계대전이 발발하기 조금 전이었다), 너무도 떠들썩했던 사건이라 다들 알 만한 세부사항들은 굳이 다시 환기할 필요가 없을 것이다. 또한 베슈가 개입하지 않았다면 아무런 성과도 거두지 못했을 예심 과정 역시 달리 언급할 필요 없겠다. 지금 문제는 데로크 사건을 세세히 파헤치자는 것이 아니라, 그 공개된 결말을 가능케 한 비밀스러운 에피소드를 부각시키자는 것이니까. 아울러 그 에피소드를 끝으로 형사 베슈와 사설탐정 바네트 간의 대결 역시 종국으로 치닫게 된다.

사실 이번에야말로 베슈에게 든든한 상수패가 쥐어진 싸움이라 할 만했다. 왜냐하면 바네트가 어떻게 나올지 잘 아는 상태에서 그의 동태를 주시하고 있었고, 베슈 스스로 상황을 장악한 영역에서 게임이 이루어지고 있었던 것이다. 실제로 다음 날, 경시청장 명의로 직접 통고된 방문을 수행하기 위해 그는 데로크 장군 집 초인종을 울렸다.

검은색 프록코트 차림새가 꼭 시골 공증인 분위기를 물씬 풍기는, 배가 불룩한 하인이 문을 열어주었다. 베슈는 안으로 들어가서 오후 2시에서 3시까지 창문가에 죽치고 서서 트로카데로 광장에 시선을 고정시켰다. 하지만 집시 여자는 나타나지 않았다. 상황은 그다음 날도 마찬가지였다. 아무래도 바네트가 눈치를 챈 듯도 했다.

하지만 베슈는 데로크 장군의 묵인하에 계속 감시를 고집했다. 장군은 깡마른 체구에 키가 훤칠한 사내였다. 기가 셀 것 같은 얼굴에 회색빛 모닝코트 속으로는 노장교의 기개를 그대로 간직한, 이를테면 평소엔 과묵하다가도 어떤 열정이 치밀기만 하면 언제라도 격하게 열변을 토해낼 수 있는 정중동의 타입이라고나 할까. 그런데 그를 불붙게 할 가장 큰 열정은 바로 자기 아들에 관한 것이었다. 장 데로크의 결백은 그에게 의심의 여지가 없는 진실이었다. 파리에 당도하면서부터 그는 숱한 인터뷰를 통해 그 점을 역설했고, 이는 곧 대중의 여론에 적잖은 파장을 몰고 왔다.

"장은 결코 나쁜 짓을 저지를 리가 없습니다. 장이 가진 유일한 결점이라면 오직 지나치게 정직하다는 점입니다. 워낙에 도덕적 가책이 강한 사람이라 자기 입장을 완전히 망각하고, 이해득실을 팽개칠 정도로 모든 걸 놓아버릴 수가 있어요. 그게 도가 지나치기 때문에 나는 차라리 감방에 갇힌 내 아들을 보지 않을 것이며, 그의 변호사와도 만나지 않으렵니다. 그에 대한 비난에는 하등의 신경을 쓰지 않을 작정이에요. 내가 이곳에 온 것은 내 아들과 소통하기 위함이 아니라, 오히려 그 자신으로부터 그를 지켜내기 위해서입니다. 누구나 각자 나름대로 생각하는 명예라는 게 있죠. 내 아들의 명예가 아예 입을 다무는 데 있다면, 나의 명예는 우리 가문의 이름을 모든 오욕으로부터 지켜내는 것입니다."

그러다 어느 날인가 사람들의 질문공세가 이어지자 또 소리쳤다.

"나의 의견을 물으시는 겁니까? 좋소이다. 단도직입적으로 말하지요. 장은 그 누구도 납치한 적이 없소. 여자가 자진해서 기꺼이 따라나섰을 뿐이오. 확신하건대 살아생전 깊은 관계에 있었고, 지금은 고인이 된 여인에게 누가 되지 않기 위해 입을 다물고 있는 것이지요. 조사해 보면 다 알게 될 것이오."

나아가 자기 나름대로 악착같이 조사에 나선 그는 베슈에게 이렇게 말하기도 했다.

"솔직히 나는 사방에 힘 있고, 헌신적인 친구들을 많이 가지고 있소. 모두가 이번 조사에 적극적이지요. 그러나 형사님도 그렇겠지만, 우리가 임하는 조사 역시 한계가 있을 수밖에 없습니다. 모두 마찬가지이겠으나 증거가 딱 하나 모자라기 때문이지요. 다름 아닌 저 유명한 사진 말입니다. 모든 게 거기에 달렸어요. 당신도 알고 있겠지만, 재정가 베랄디는 일부 정부인사들의 도움을 받는 내 아들의 정적들과 더불어 모종의 음모를 꾸미고 있습니다. 내 아들을 결정적으로 파멸시킬 수 있는 문서를 찾기 위함이지요. 이미 그의 숙소와 건물 전체를 이 잡듯 뒤진 상태입니다. 베랄디는 아예 쓸 만한 단서를 제공하는 자에게 막대한 재산까지 희사하겠다고 공언했어요. 어디 두고 보십시다. 그 목표가 달성되는 날, 우리로서도 아들이 결백하다는 결정적인 증거를 확보하는 셈이니까요."

베슈에게는 결백 따위야 증명이 되든 말든, 별로 중요하지 않았다. 그의 임무는 어떻게 하면 사진을 먼저 가로챌 수 있느냐 하는 점이었다. 만약에 그것이 데로크 의원한테 유리하게 작용할 증거라면 그의 적들이 알아서 파기해버릴 것이기 때문이다. 어쨌든 베슈는 의무에 얽매인 사람답게 이제나저제나 망을 보았다. 오지 않는 집시 여자만을 언제까지고 기다리는 것이었다. 그런가 하면 보이지도 않는 바네트에게도 끊임없이 신경을 쏟았다. 아울러 자기가 거쳐온 과정과 좌절, 희망을 두서없이 떠들어대는 듯한 데로크 장군의 이야기도 빠짐없이 메모를 해두었다.

하루는 깊은 생각에 잠긴 듯하던 노장교가 문득 베슈를 불렀다. 새로운 소식이 있다는 것이었다.

"형사 양반, 나와 내 친구들은 드디어 확신에 도달했소. 즉, 사라진 사진에 관해 뭐든 할 말이 있을 법한 유일한 사람은, 내 아들이 체포될 당시 건물 문을 지키고 있었던 정복경찰관일 것이라는 생각 말이오. 이상한 일은 그 경찰관의 이름이 무엇인지 아무도 모르더라는 겁니다. 사실 그는 소속 경찰서로부터 보강인원으로 우연히 차출된 사람이었습니다. 대체 그자는 지금 어떻게 된 것일까요? 적어도 당신 동료들 중에는 아는 이가 없는 것 같더군요. 하지만 그보다 윗선에서는 알고 있을 겁니다. 그 경찰관이 따로 조사를 받았고, 매일 특별관리 대상이 되고 있다는 확신을 우리는 가지고 있어요. 그뿐만 아니라, 그가 사는 집에도 이미 가택수색이 가해진 상태이고, 옷가지나 가구 일체가 치밀한 검사를 받았다는 얘기가 있습니다. 바로 그러한 검사작업을 담당한 형사 이름까지 우리는 알고 있지요. 그게 누군지 말해드릴까요? 바로 여기 계신 베슈 형사입니다!"

베슈는 시인도 부정도 하지 않았다. 장군은 이어서 외쳤다.

"므슈 베슈, 당신이 침묵하는 걸 보니 내가 제공한 정보가 꽤 신빙성이 있는 모양입니다. 요컨대 그 이상 계속되는 정보를 캐낼 수만 있다면 경찰 측에서도 마다하지 않을 거라 확신하오. 따라서 당신이 그 경찰관을 이리로 한 번 데리고 와주었으면 하오. 실권을 가진 사람한테 내 말을 그대로 전해주시구려. 만약 거부한다면 나도 재고를 해보도록 할 테니."

베슈는 기꺼이 그 같은 임무를 떠맡았다. 어차피 자신의 계획은 지지부진한 상태이니…… 바네트는 대체 어떻게 된 것일까? 이 사건에서 도대체 어떤 역할을 맡고 있는 것일까? 그는 결코 가만히 앉아만 있을 인간은 아니다. 이러다가 느닷없이 그와 마주치게 된다면 이미 때는 늦었다고 봐야 한다.

어쨌든 그는 윗선으로부터 전권을 위임받은 것과 다름없었다. 이틀 후, 하인인 실베스트르의 안내로 베슈와 랭부르 경찰관이 장군과 마주했다. 랭부르는 권총과 흰색 곤봉을 허리춤에 찬 제복 모습이 어딘지 온화해 보이는 사내였다.

면담은 길게 이어졌지만 별다른 단서를 내놓지는 못했다. 랭부르가 단호하게 말하기를, 아무것도 본 바가 없다는 것이다. 다만 장군으로서도 왜 이 사내가 특별관리 대상이 되었는지, 이해가 갈 만한 한 가지 사실을 본인의 입을 통해 알게 된 게 그나마 수확이었다. 즉, 그는 원래 군대시절에 알게 된 데로크 의원의 입김으로 지금의 경찰관직을 얻었다는 것이다.

장군은 애원하기도 하고, 화를 내기도 하고, 아들의 이름을 걸고 협박과 회유도 해보았다. 하지만 랭부르는 조금도 동요하지 않았다. 그는 여전히 사진 따윈 못 보았고, 데로크 의원도 그 난리통에 자기를 알아보지는 못했을 거라고 했다. 마침내 기진맥진한 장군이 포기했다.

"아무튼 고마웠소. 나도 웬만하면 당신을 믿고 싶소. 하지만 내 아들과 당신의 이 우연한 인연으로 볼 때, 아무래도 의혹의 여지가 남는 건 어쩔 수가 없군요."

그는 호출벨을 울렸고, 하인에게 지시했다.

"실베스트르, 므슈 랭부르를 배웅하도록 하게."

정복경찰관은 하인과 함께 밖으로 나갔다. 이어서 현관문이 닫히는 소리가 방 안까지 들려왔다. 순간 데로크 장군의 시선과 언뜻 눈길이 마주친 베슈는, 그의 눈빛에서 뭔가 희롱하는 듯한 기색을 느꼈다. 그 무엇으로도 설명되지 않는 괴팍한 즐거움이 그 속에 배어 있었다. 그런데…….

불과 몇 초의 시간이나 흘렀을까, 난데없이 기가 찰 장면이 벌어졌다! 베슈는 어안이 벙벙한 표정으로 바라보았지만, 장군은 그 앞에서 지그시 웃고만 있었다. 문이 반쯤 열린 방 입구에서 두 팔로 바닥을 짚고, 불룩한 몸통 위로 내뻗은 빈약한 두 다리를 천장을 향해 흔들거리면서 웬 기괴망측한 형체가 뒤뚱뒤뚱 걸어 들어오는 것이 아닌가!

그러다 어느 한순간 후닥닥 뒤집어진 형체는 마치 팽이처럼 한쪽 발끝을 축 삼아 제자리에서 핑그르르 돌았다. 베슈는 그제야 하인 실베스트르라는 걸 알아보았다. 갑작스러운 광기에 사로잡힌 것처럼 빙글빙글 돌던 그는 한껏 벌어진 입으로 토해내는 폭소 때문에 불룩한 배때기가 보기 흉하게 흔들거렸다.

아니, 이자가 과연 실베스트르가 맞긴 한 건가? 이 기상천외한 광경 앞에서 베슈는 머리에 식은땀이 축축이 젖어드는 걸 느꼈다. 이자가 정말로 시골 공증인 같은 행색에 배불뚝이 하인 실베스트르 맞아?

괴상한 사내는 이내 동작을 멈추고 동그랗게 치뜬 눈길로 베슈를 꼬나보았다. 이어서 입 모양을 일그러뜨렸던 주름들을 가면처럼 걷어냈고, 프록코트와 조끼 단추를 풀고 고무로 된 뱃살마저 떼어낸 뒤, 데로크 장군이 건네는 재킷으로 갈아입었다. 마지막으로 그는 다시 한번 베슈를 꼬나보면서 신랄한 말투로 내뱉었다.

"베슈는 얼간이래요!"

왠지 베슈는 발끈하지도 않았다. 안쓰러운 태도로 묵묵히 모욕을 감내하는 분위기였다. 그의 입가에서 중얼중얼 속삭임이 새어나왔다.

"바네트……."

"그래, 바네트일세."

상대가 유쾌하게 말을 받았다.

데로크 장군은 대차게 웃음을 터뜨렸고, 바네트는 그에게 말했다.

"장군님께서는 좀 전의 난리 북새통을 양해해주실 줄 믿습니다. 난 항상 무슨 일을 멋지게 해치우고 나면 너무 기분이 좋아져서 진짜 웃기는 곡예나 무용동작을 한바탕 발휘해 속내를 표현하지 않고는 못 배기거든요!"

"그럼 이번에도 뭔가 멋지게 해치우긴 했다는 겁니까, 므슈 바네트?"

"네, 그런 것 같아요. 내 친구 베슈 덕택으로 말입니다. 자자, 이 친구 더 이상 애타게 만들지 말고, 얼른 속 시원히 털어놓기로 하죠."

바네트는 그렇게 말하고 의자에 털썩 앉았다. 장군과 함께 담배에 불을 붙인 뒤 그는 여전히 유쾌한 어조로 얘기를 시작했다.

"이렇게 된 거라네, 베슈. 나는 스페인에 있던 중, 데로크 장군이 내 도움을 요청한다는 급전을 친구로부터 전달받게 되었네. 자네도 알다시피 나는 어느 매혹적인 여인과 밀월여행 중이었지. 하지만 사랑이란 어차피 그럭저럭 지루해지기 마련 아닌가! 나는 이 기회에 다시금 자유를 되찾을 결심으로 그라나다에서 마주친 어여쁜 집시 여자와 함께 돌아오게 된 것이네. 아니나 다를까, 사건은 나의 흥미를 흠뻑 끌어당기더군. 다른 이유보다도 자네가 몰두해 있다는 게 내 구미를 끌어당기는 거 있지. 척 보니까 데로크 의원한테 유리하건 불리하건 만약 그 어떤 증거가 있다면, 퇴로를 막아섰던 정복경찰관을 붙들고 늘어지는 게 능사라는 결론이 쉽사리 나오더군. 그런데 말이야, 베슈. 내가 동원할 수 있는 모든 수단과 방법을 가리지 않았는데도, 그 선량한 친구의 이름을 당최 알 수가 없는 거야. 대체 어찌해야 한단 말인가? 시간만 덧없이 흘러가면서 장군과 그 아드님의 시련만 더해가고 있었네. 그때 떠오른 유일한 희망이 바로 자네였어!"

베슈는 죽은 듯 꼼짝 않고 있었다. 그는 더없이 가증스러운 속임수에 농락당했다는 느낌을 곱씹었다. 달리 회복할 방법도, 이렇다 할 대응책도 떠오르지 않았다. 완전히 당한 것이다.

짐 바네트의 얘기는 계속 이어졌다.

"베슈, 자네는 뭔가 알고 있겠다 싶었지. 자네에게 소위 정복경찰관을 '요리하는 임무'가 맡겨졌다는 걸 알아냈거든. 문제는 자네를 어떻게 이곳으로 유인하는가였어. 뭐 어렵진 않더군. 어느 날, 자네 가는 길목에 은근슬쩍 내가 나타나는 거야. 그런 다음 어여쁜 집시 여자가 진을 치고 있는 이곳 트로카데로 광장까지 자네의 미행을 유도하는 거지. 나는 여자와 나지막이 몇 마디 대화를 나누면서 이 건물을 향해 의미심장한 시선을 몇 차례 던지는 거야. 그럼 자네는 영락없이 함정에 빠지고 말지. 나를 덮치거나 내 공범을 엮어 넣으리라는 욕심으로 자네는 화끈 달아올랐겠지. 결국 자네가 전투를 대비해 버젓이 진을 친 곳은 바로 이곳, 데로크 장군과 그의 하인 실베스트르 곁, 즉 내 손바닥 안이었지. 덕분에 나는 매일매일 자네를 관찰하면서 자네가 중얼대는 얘기를 얻어들을 수 있었고, 데로크 장군을 시켜 자네에게 영향력을 가할 수가 있었지."

짐 바네트는 장군을 돌아보며 또 말했다.

"장군님도 정말 잘해주었습니다. 베슈 앞에서 정말 유연하게 처신한 덕분에 애초부터 경계를 풀고, 단시간 안에 우리가 뜻하는 바대로 움직이게 만들 수가 있었던 거예요. 저 미지의 경찰관을 우리 수중에 순순히 넘기도록 말입니다. 정말 그렇다네, 베슈. 그야말로 단시간 안에 해치운 거야. 그럼 목표는 무엇일까? 자네나 경찰의 목표? 아니면 검찰? 아니, 모든 사람들이 무얼 목표로 이러는 걸까? 결국 사진을 찾아내겠다는 것 아니겠어? 다만 자네의 재능을 익히 아는 나로서는, 이미 여기저기 뒤지는 식의 조사활동은 거의 완벽의 차원까지 거쳤을 거라는데 의심의 여지가 없었지. 그러자 남이 숱하게 밟아간 길로 또다시 찾아 헤맬 필요는 없다는 결론이 나오더군. 완전히 다른 무언가를 생각해내야만 했어. 아주 비상식적이면서도 비범한 방법을 말이야. 그 선량한 친구가 이곳에 나타나면 전혀 눈치채지 못한 사이, 순식간에 홀라당 까뒤집어볼 수 있도록 어디를 공략해야 할지 사전에 점찍어놓아야만 했다고. 옷섶이라든가 호주머니, 안감 댄 부분, 신발 밑창과 구두굽 등 고리타분한 속임수에 이르기까지 반드시 내가 점찍은 곳에 물건이 있어야만 하는 거야, 베슈. 기발하면서도 평범한 곳, 황당하면서도 현실적인 장소 말이야. 쉽게 생각할 수 없는 은닉처이면서 또한 지극히 자연스러운 곳, 다른 사람보다는 그자의 직업에 어울릴 만한 장소 말일세. 그런데 말이야, 정복경찰관이 자신의 직책을 수행하는 데 있어 가장 특징적인 요소가 과연 무엇일까? 정복경찰관이 헌병이나 세관원, 역장이나 그냥 일반 사복형사와 다른 점이 대체 무엇일까? 한번 잘 생각해봐. 비교를 해보라고, 베슈. 자, 3초 여유를 주겠네. 더는 안 돼. 그만큼 답이 분명하니까. 하나, 둘, 셋, 어때, 찾아냈나? 감이 오냐고?"

하지만 베슈는 전혀 그렇지 않았다. 꼴은 우습게 됐지만, 일단 그는 생각을 집중하면서 정복경찰관의 면면을 머릿속에 떠올리려 애쓰고 있었다.

"저런, 이 친구야! 자네 오늘은 웬일인지 제 컨디션이 아닌 모양이군. 그토록 빠릿빠릿하던 자네가 아닌가! 내가 일일이 조목조목 짚어주어야만 알겠는가?"

그러고 나서 바네트가 무언가를 살짝 얹어놓은 곳은 기발하게도 자신의 콧날 위였다. 느닷없이 방 밖으로 후다닥 뛰쳐나갔는가 싶더니, 어느새 자신의 콧등에다 경찰 곤봉을 균형을 맞춰 올려놓은 채 아슬아슬하게 걸어 들어오는 것이었다. 파리의 정복경찰관들뿐만 아니라, 런던을 비롯한 세계 어디에서나 군중을 제어하고, 보행자를 통제하며, 자동차를 차단하거나 소통시키는, 이른바 거리의 제왕이자 시간의 주인 행세를 하는 데 가장 흔히 사용하는 바로 그 하얀색 곤봉을!

그것을 가지고 바네트는 마치 빈 병으로 하는 것처럼 곡예를 선보이기 시작했다. 다리 사이로 뺐다가 등 뒤로 올렸다가 목 주위로 팽그르르 돌리기도 했다. 그러더니 갑자기 의자에 털썩 주저앉으며 엄지와 검지 사이에 곤봉을 가볍게 집어 든 채 외쳤다.

"오, 하얀 곤봉, 권위의 상징이여! 랭부르 경관의 혁대에 달랑거리던 너를, 나는 네 다른 친구들 중 한 녀석과 살짝 바꿔치기했지롱! 요 귀여운 하얀 곤봉아, 너야말로 진실이 담겨 있는 난공불락의 금고일 거라고 넘겨짚은 내 추측이 결코 빗나가진 않은 거지? 요 귀여운 하얀 곤봉아! 마법사 멀린의 지팡이여! 우리를 괴롭히는 재정가나 우리와는 원수지간인 장관 나리의 자동차를 네가 이리저리 막아 세우는 동안, 진정한 자유의 부적은 바로 네 몸속에 가지런히 숨 쉬고 있었다 이거지?"

줄줄이 홈이 파여 있는 손잡이를 그는 왼손으로 덥석 붙들었다. 그리고 오른손으로는 물푸레나무 목재에 에나멜 도료를 바른 단단한 꼭지를 움켜쥐고는 힘껏 비틀어 돌렸다.

"그래, 바로 이거야! 내 이럴 줄 알았다니까. 거의 불가능에 가까운 걸작 중의 걸작이야. 이런 섬세하고 정교한 기적 같은 작품을 소유한 걸 보면, 랭부르 경관은 아무래도 보기 드문 선반공을 친구로 두었나 봐. 그렇지 않고서야 어떻게 이처럼 물푸레나무 재질이 상하지 않으면서 곤봉 내부에 공간을 비우고, 입구에는 섬세한 나선홈까지 파서 뚜껑이 절묘하게 봉해지도록 할 수 있었겠어. 그러면서도 겉으로는 경찰관 나리의 준엄한 지휘봉으로 전혀 손색이 없잖아?"

바네트의 손안에서 마침내 꼭지가 돌아갔고, 구리로 된 쇠테가 드러났다. 장군과 베슈 모두 눈이 휘둥그레져 바라보았다. 마침내 곤봉은 두 부분으로 나누어졌다. 아니나 다를까, 그중 기다란 쪽 내부에는 구리로 된 관이 끄트머리까지 내장되어 있었다.

전부 다 얼굴이 잔뜩 경직된 채 숨까지 멈추었다. 한껏 기분을 내는 중이던 바네트마저 자못 엄숙한 표정으로 변했다.

그는 곤봉을 뒤집어서 탁자에 대고 몇 차례 두드렸다. 과연 돌돌 만 종이가 슬그머니 빠져나왔다.

그걸 보고 얼굴이 창백해진 베슈가 신음을 내뱉었다.

"사, 사진이야. 알아보겠어."

"그렇지? 크기는 한 15센티미터쯤 되고, 커버에서 뜯어낸 상태라 약간 구겨져 있지. 자, 장군님이 직접 한번 펼쳐보시겠습니까?"

데로크 장군은 평상시와는 다르게 후들대는 손길로 종이를 붙잡았다. 사진뿐만 아니라 편지 네 장과 전보용지 한 장이 함께 말려 있었다. 그는 한동안 사진을 들여다보고는 나머지 두 사람에게 보여주면서 처음에는 가없는 기쁨에, 그리고 점점 몰려드는 불안감에 떨리는 목소리로 설명을 시작했다.

"보시다시피 아이를 무릎에 앉히고 있는 젊은 여자 사진이오. 누가 봐도 마담 베랄디의 표정을 느낄 수 있을 것이오. 신문 지상에서 여러 차례 보아왔던 바로 그 표정 말입니다. 물론 사진 속의 여인은 바로 그 여자입니다. 한 9~10년 전쯤 되는 모습일 겁니다. 여기 날짜까지 적혀 있군요. 이곳, 아래를 보면, 가만있자…… 거의 맞혔군요. 11년 전 모습입니다. 서명은 크리스티안. 마담 베랄디의 이름 맞습니다. 자, 이제 우린 이것을 어떻게 받아들여야 할까요? 내 아들은 이 여인이 결혼하기 전부터 알고 지내던 사이였다는 얘기가 아닐까요?"

바네트는 여자의 필체가 또렷하면서 접힌 부분이 심하게 닳아 해진 첫 번째 종이를 내밀며 말했다.

"편지도 한번 읽어보시죠, 장군님."

데로크 장군은 편지를 읽는가 싶더니 뭔가 심각한 사실을 깨달은 듯 외마디 탄식을 내뱉었다. 그러고도 그는 바네트가 계속해서 건네주는 다른 편지들과 전보들을 탐욕스레 읽어 내려갔다. 마침내 입을 뚝 다문 채 그는 고뇌로 일그러진 얼굴을 들었다.

"이제 차근차근 설명을 해주시죠."

바네트의 조심스러운 청에도 장군은 아무 대답이 없었다. 어느새 그의 눈에는 눈물이 그렁그렁 맺혀 있었다. 마침내 입가로 나지막한 중얼거림이 새어나왔다.

"진짜 죄인은 바로 이 몸이오. 지금으로부터 10여 년 전, 내 아들은 보통 평민의 딸과 사랑에 빠졌소. 아가씨는 일개 직공이었는데, 그만 내 아들의 아이를 갖게 되었지요. 귀여운 사내아이였습니다. 아들은 여자와 결혼하고 싶어 했죠. 하지만 어리석게도 나는 자존심만 내세워 그 여자를 보려고도 하지 않았고, 결혼은 끝끝내 반대했습니다. 하지만 아들 녀석은 내 뜻을 어길 각오가 되어 있는 듯했어요. 그런데 여자 쪽에서 스스로 희생을 감수해온 겁니다. 여기 그 여자 편지를 보세요. 첫 번째 편지입니다.

잘 있어요, 장. 당신 아버님께선 우리 결혼을 원치 않으세요. 당신은 아버지 뜻을 거역하면 안 됩니다. 그러면 우리 아이한테 불행이 닥칠지도 몰라요. 우리 모자가 함께 찍은 사진을 당신에게 보냅니다. 항상 간직하시고, 우리 모자를 너무 빨리 잊지만은 말아주세요.

하지만 먼저 잊은 쪽은 바로 그 여자였소. 베랄디와 결혼을 했으니까. 그 사실을 전해 들은 장은 아이를 샤르트르 근방에 위치한 어느 초등학교 노교사의 집에서 자라도록 주선했지요. 어미가 몇 번이든 비밀스레 드나들며 볼 수 있도록 말입니다."

베슈와 바네트는 편지 위로 잔뜩 웅크렸다. 장군이 혼잣말을 하듯 중얼대는 얘기를 듣는지 마는지, 시선만은 과거의 기막힌 사연이 충격적으로 제시되고 있는 편지 위로 잔뜩 쏠려 있었던 것이다.

장군의 중얼거림이 계속 이어졌다.

"마지막 편지는 불과 5개월 전으로 거슬러 올라갑니다. 아, 이 절절한 구절들! 크리스티안이 자신의 회한을 고백하고 있어요. 아이에 대한 찬사도 늘어놓았죠. 그게 전부입니다. 전보는 노교사로부터 장한테 온 것인데, '아이가 아픔. 급히 와주기 바람'이라고 되어 있군요. 그리고 같은 전보용지 위에 엄청난 파국을 고하는 아들의 끔찍한 글이 적혀 있습니다. '우리의 아들이 죽었음. 크리스티안은 자살했다'라고 말이오."

다시금 장군의 입이 다물어졌다. 하지만 이제 사실들은 저희들끼리 맞물리면서 저절로 해명되고 있었다. 문제의 전보를 받아 들자마자 장은 크리스티안부터 찾았고, 기절 직전까지 간 그녀를 부랴부랴 자동차에 태웠다. 둘이서 죽은 아들에게 마지막 입맞춤을 한 뒤 샤르트르에서 돌아오는 길, 극도의 절망에 사로잡힌 크리스티안은 그만 달리는 차 밖으로 몸을 날려 스스로 목숨을 끊은 것이었다.

"어떡하실 작정입니까, 장군님?"

이윽고 짐 바네트가 침묵을 깨며 물었다.

"진실을 밝혀야죠. 장이 그렇게 하지 않은 건 분명 죽은 여자를 욕되게 하지 않으려는 뜻이었겠으나, 그건 또한 내게 누를 끼치지 않는 의미도 됩니다. 이 처참한 사연에 직접적인 책임이 있는 나에게 말입니다! 하지만 설사 샤르트르의 노교사가 끝까지 사실을 폭로하지 않고, 랭부르 경관 역시 같은 입장일 것이 틀림없다 해도, 아들은 진실 자체가 완전히 소멸하는 것만큼은 원치 않은 것 같습니다. 언젠가는 운명이 알아서 모든 걸 바로 정돈해주기를 은근히 바랐던 것 같아요. 그러니까 당신이 수수께끼를 밝혀낸 것 아니겠소, 므슈 바네트."

"장군님, 이 모든 게 오로지 내 친구 베슈 덕분이라는 점을 잊으면 안 됩니다. 만약 베슈가 내게 랭부르 경관과 그의 하얀 곤봉을 대령해오지 않았더라면 언감생심 꿈도 못 꿀 일이었어요. 그러니 베슈에게 감사해야 할 겁니다."

"아무튼 두 분 다 고마웠소. 두 분은 내 아들의 목숨을 구한 거요. 이제 나도 더 이상 지체하지 않고 내 의무를 다할 작정이오."

결국 베슈도 데로크 장군의 뜻에 동의를 표했다. 처절한 사건들에 깊은 충격을 받은 그는 이기심도 과감히 떨친 채, 모두가 그토록 찾아 헤매던 증거물을 가로채겠다는 생각 자체를 단념해버렸다. 바야흐로 인간으로서의 양심이 직업인으로서의 의식을 제치는 순간이었다. 하지만 장군이 잠시 자리를 비운 틈을 타서 그는 바네트에게 다가와 어깨를 툭 치며 난데없이 말했다.

"당신을 체포합니다, 짐 바네트!"

그런데 그 말하는 투가 왠지 그토록 단순하고 순진하게 들릴 수가 없었다. 마치 이 같은 위협이 하등 소용없다는 걸 잘 알면서도 바네트를 체포한다는 임무를 모른 척하기가 께름칙해서 그저 던져보기라도 한다는 투였다.

바네트는 불쑥 악수를 청하며 외쳤다.

"말 한번 잘했네, 베슈! 아주 잘했어! 보다시피 이 몸은 꼼짝달싹 못하게 굴복해 있네. 말하자면 체포된 거라고. 그 누구도 자넬 비난할 순 없을 거야. 자, 그리고 이제 자네만 좋다면 나는 슬그머니 도망쳐볼까 하네. 그래야 나를 향한 자네 우정도 흐뭇할 테니까."

베슈는 호의적으로 느껴질 만큼 순박한 표정이 되면서 어쩔 수 없이 말했다.

"자넨 정말 대단한 존재야, 바네트! 보통 사람들보다 머리 하나는 더 있는 것 같아. 오늘 자네가 한 일만 해도 거의 기적의 수준이라고. 어떻게 그걸 짚어냈는지! 정복경찰관이 들고 다니는 평범한 곤봉 속에 도저히 있을 것 같지 않은 은닉처를 아무 단서도 없이 그저 추측만으로 짚어내다니 말이야."

바네트는 슬슬 익살을 떨기 시작했다.

"오호, 젯밥이 탐나면 안 돌던 머리도 쌩쌩 돌아가기 마련이지."

"젯밥이라니? 설마 데로크 장군이 뭔가 대가를 제안했을 리는 없고."

베슈는 불안한 기색으로 중얼거렸다.

"제안했어도 거절했겠지! 바네트 탐정사무소는 철저한 무료봉사를 내건다는 사실, 절대로 잊지 말게나!"

"그렇다면?"

짐 바네트는 정말이지 못 말리는 인물이었다.

"이보게, 베슈. 아까 네 번째 편지를 힐끔거리던 중, 나는 크리스티안 베랄디가 실은 처음부터 자기 남편에게 과거의 모든 사연을 있는 그대로 고했었다는 사실을 알게 되었네. 즉, 그녀의 남편은 자기 아내의 옛날 관계와 아이가 하나 있다는 사실을 처음부터 알고 있었으면서도 사건이 나자 입을 다물어서 사법당국을 속였다는 얘기야. 물론 장 데로크에게 앙심을 품고, 가능하면 교수대로 몰아붙이려는 목적에서 그런 거지. 정말 무시무시한 계산이 깔려 있었던 셈이네. 자, 사정이 그러할진대 이제 와 그처럼 불명예스러운 편지가 발견됐다는 사실이 밝혀지면, 갑부 베랄디께서 과연 그걸 사들이고 싶어 하지 않을까? 새로운 추문이 이는 걸 싫어하는 어느 점잖은 작자가 은근히 나서서 제안한다면, 베랄디가 굳이 돈을 아낄 것 같으냐 말이야. 그래서 기회를 틈타 아까 그 편지를 호주머니 속에 슬쩍 해놨지 뭐."

베슈는 한숨을 내뱉었을 뿐, 이제는 발끈할 기력조차 없었다. 무엇보다 결백이 승리를 거두었고, 잘못이 어떻게든 개선되었다는 점이 일단 중요한 것 아니겠는가? 항상 죄인들과 악한들을 응징하고 나서 마지막 순간에 살짝 떡고물을 건드리는 차원의 소소한 '돈 떼먹기 짓'에 굳이 중요성을 부여할 필요가 과연 있겠는가?

"잘 가게, 바네트. 알겠지만 우린 다시 마주치지 않는 게 좋을 것 같네. 그렇지 않고 매번 이러다간 내 직업적인 양심은 아예 뿌리째 뽑혀버리고 말겠어."

베슈의 푸념에 바네트가 화답했다.

"잘 지내게, 베슈. 자네 심정 이해하네. 그런 마음가짐 덕분에 자넨 괜찮은 사람이야."

그로부터 며칠 후, 베슈는 바네트로부터 다음과 같은 짤막한 편지를 받았다.

기뻐하게나, 친구! 자네가 이 바네트라는 망나니를 감옥에 처넣지 않고 사진도 가로채지 않아서, 결국 상관한테 약속도 못 지키고 지시도 제대로 이행하지 못한 꼴이 됐지만, 내가 그동안 자네 일을 열심히 탄원하고, 이번 사건에서 자네의 주도적인 역할을 적절히 홍보한 끝에, 마침내 반장 직급으로의 승진을 따놓았다네.

베슈는 팩하고 신경질을 부렸다. 바네트의 빚을 진다는 게 과연 가당한 애기인가?

하지만 달리 생각해보면 이 사회가 그 가장 유능한 봉사자의 진가를 알아보고 보상을 해준다는 걸 굳이 거부할 이유도 없어 보였다. 어쨌든 베슈의 눈높이로는 스스로의 진가에 의심의 여지가 없는 것은 사실 아닌가?

그는 편지는 박박 찢어발기되, 진급만은 그대로 받아들였다.

ARSÈNE LUPIN

부서진 다리

Le Pont brisé/The Bridge that Broke

1928년

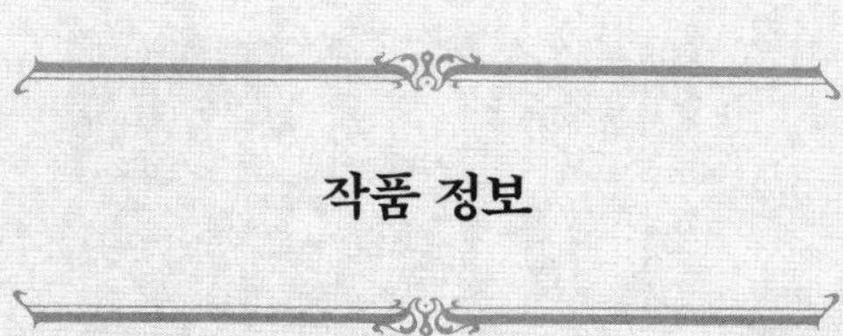

작품 정보

「부서진 다리(Le Pont brisé/The Bridge that Broke)」(1928) 또한 '결정판'을 통해 국내 처음 소개되는 작품이다.

이 단편의 운명은 「아르센 뤼팽의 외투」나 「암염소 가죽옷을 입은 사나이」만큼, 아니 그보다 더 기구하다. 프랑스보다 영국과 미국에서 먼저 발표된 것은 물론, 정작 고국에서는 끝내 베일에 싸여온 작품이기 때문이다. 『바네트 탐정사무소』의 단편소설들은 일찌감치 번역이 진행되어, 출간과 거의 동시에 영국과 미국에서 영역본이 출간된다. 1928년 런던 밀스 앤 분 출판사의 『짐 바네트, 개입하다(Jim Barnett intervenes)』와 1929년 뉴욕 매콜리(Macaulay) 출판사의 『아르센 뤼팽, 개입하다(Arsène Lupin intervenes)』. 문제는 프랑스판에 없는 단편 「부서진 다리」가 두 영역판에는 일관되게 수록되어 있다는 점이다. 이 단편이 유독 뤼피놀로그들을 당혹스럽게 한 이유는, 「아르센 뤼팽의 외투」나 「암염소 가죽옷을 입은 사나이」와 달리 프랑스어로 된 원고 자체가 오리무중

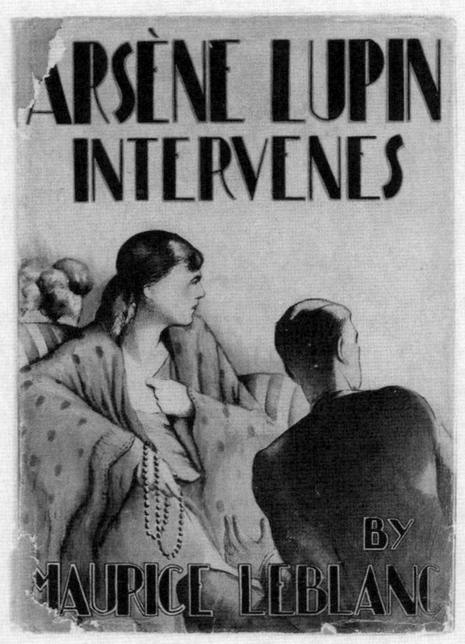

1929년 매콜리 출판사가 펴낸『아르센 뤼팽, 개입하다』초판본

이라는 사실 때문이었다. 어떤 기구한 사연이기에 번역된 원고만 살아남고 자필 원고든 타이핑 원고든 원작은 아예 자취를 감춘 것일까? 결국「부서진 다리(The Bridge that Broke)」는 뤼팽 탄생 100주기를 맞는 2005년 10월 추리문학 전문지『813』94호를 통해 프랑스어로 재번역되는 과정을 거치고서야「부서진 다리(Le Pont brisé)」로 고국에 돌아온다.

1

한여름 화요일 오후. 파리는 죽은 자의 도시처럼 황량했다. 짐 바네트는 사무실 책상에 다리를 올려놓고 앉아 있었다. 와이셔츠 차림이었다. 라거비어 한 잔이 팔꿈치 옆에 놓여 있었다. 초록색 블라인드가 이글거리는 햇살을 차단했다. 편견을 갖고 보면 마치 단잠에 취한 듯한 바네트의 모습. 요란하고 리드미컬한 숨소리 때문에 더욱 그래 보였다.

날카로운 노크 소리에 그는 후닥닥 다리를 내리고 똑바로 앉았다.

"맙소사, 저럴 수가! 더위 때문에 내가 헛것을 보는 게지!"

바네트는 놀라는 표정을 일부러 과장했다.

베슈 형사가 등 뒤로 문을 닫으면서 친구의 흐트러진 몸가짐을 언짢게 바라보았다. 언제나 완벽하게 다듬은 모양새로 나다니는 데 일가견이 있는 베슈였다. 이처럼 푹푹 찌는 날에도 그는 머리카락 한 올 흐트러짐 없이 단정하고 깔끔했다.

"자넨 대체 비결이 뭔가?"

의자에 다시 몸을 묻으며 바네트가 물었다.

"뭘?"

"얼음에서 방금 깎아낸 사람처럼 항상 멀끔하지 않은가 말이야! 하여튼 대단한 패션 스타야!"

베슈는 우쭐한 기분에 씩 웃고는 소박하게 말했다.

"그야 간단하지."

"하지만 자네가 지금 골몰하는 사건만큼은 그리 간단해 보이지 않는걸. 그러니까 도움을 청하러 이렇게 적의 진영까지 찾아왔지, 안 그런가, 베슈?"

순간 베슈의 얼굴이 빨개졌다. 여러 번 곤경에 처했을 때 바네트의 힘을 빌려야만 했던 것이 그에겐 아픈 기억으로 남아 있었다. 아닌 게 아니라 바네트는 기막힌 방식으로 매번 도움이 되어주었다. 문제는 항상 남만 도운 게 아니라 자기 자신도 어떻게든 챙겼다는 점이지만.

"이번엔 또 무슨 일인가? 나는 오늘, 내일 그리고 모레도 시간이 남아도네. 바네트 탐정사무소는 연중 이때만 되면 손님이 많지 않거든. '무료 상담'을 보장하는데도 말이지. 요즘엔 무료 관람권을 뿌려도 극장이 썰렁하다더군, 나 참!"

"시골로 여행이나 떠나보지 그러나?"

"이보게 베슈, 아무리 딴청 부려봐야 자넨 하늘이 내린 축복일세. 자, 어떤 사건인가?"

베슈 형사는 자기도 모르게 쓴웃음을 흘렸다.

"정말 수수께끼 같은 사건이네. 저명한 과학자인 생프리 교수가 갑작스럽게 사망했어."

"나도 아는 이름이네만, 아직 신문에서 그분 사망기사는 못 봤는데. 살해당한 건가?"

순간 베슈의 얼굴에 알 듯 모를 듯 애매한 표정이 스쳤다.

"바로 그 점을 알아낼 수 있게 자네가 나 좀 도와달라는 것이네. 가까운 주차장에 차를 세워놓았네. 어서 가방부터 싸고 나랑 함께 떠나세. 자세한 얘기는 가면서 하지."

바네트는 마지못해 자리에서 일어나 남은 맥주를 비우고는 간단한 준비물을 챙겼다.

2

그로부터 15분이 지난 시점. 베슈 형사의 2인승 소형차에 몸을 실은 두 사람은 빠른 속도로 파리를 벗어나고 있었다. 베슈가 입을 열었다.

"실은 보브레에 사는 친구 데포르트 박사가 나를 이 사건에 끌어들였지. 월요일 아침 다짜고짜 전화를 걸어와 생프리 교수가 자택 정원 앞 개천에서 시체로 발견되었다는 거야. 보브레에서 검시가 있을 예정이라더군."

"별로 수수께끼랄 것도 없는걸."

"더 들어보게. 교수가 나무판자로 된 다리를 건너고 있었는데, 갑자기 판때기가 아래로 꺼지면서 노교수가 물속으로 곤두박질쳤다는 거야. 머리가 날카로운 바위에 부닥쳐 곧바로 사망했다는군."

"다리가 썩었나 보지?"

베슈 형사는 머리를 가로저었다.

"내 친구 데포르트 박사가 말하기를, 당시 경찰을 따로 부르진 않았지만 사실 신고했어야 할 일이라는 거야. 완전히 정상이던 다리에 누군가 톱질을 해놓았다나!"

바네트가 휘파람을 불어젖히며 물었다.

"자넨 그 즉시 보브레로 달려갔겠군?"

"그랬지."

"그래서 무얼 알아냈나?"

"상황이 참 묘하더군. 교수는 아담한 집에서 딸 테레즈 생프리와 함께 살고 있었지. 집 건물에는 근사한 실험실까지 딸려 있고 말이야. 정원은 잔디밭과 관목 숲으로 차츰 경사를 이루다가 바위들 틈새로 깊이 자리한 개천에까지 이르는데, 거기 설치된 단단한 나무다리를 건너면 이웃에 사는 르노르망 부부의 에메로드 빌라가 나오거든. 루이 르노르망은 젊은 증권 브로커이고 아내 세실은 아주 우아하고 아름다운 여인인데, 지난 일요일 오후 그녀가 테레즈 생프리와 차를 마시러 그 집으로 가고 있었다는 거야. 몸이 불편한 어머니와 함께 주말을 파리에서 보내던 루이 르노르망은 바로 그날 밤 돌아오기로 되어 있었고 말이지. 아무튼 마담 르노르망이 에메로드 빌라의 사유지를 가로질러 개천 쪽으로 걸어가고 있었는데, 거의 다 갔을 즈음 별안간 걸음을 멈추고 비명을 질렀다는 거야! 나무다리가 끊어지고 물속에는 생프리 교수의 사체가 누워 있었거든. 그 길로 허겁지겁 집에 돌아와 도움을 청하고는 그만 기절했다고 하네."

"그렇군, 이제 내가 나서야 할 대목은?"

"사람들이 부랴부랴 마담 르노르망을 침대에 옮기고 테레즈 생프리에게는 아버지의 죽음을 알리는데, 마침 루이 르노르망이 도착했지. 그런데 정말 미친 듯이 차를 몰더라는 거야. 창백한 얼굴에 부들부들 떨면서 내뱉은 첫마디가 '나 제때 온 거지? 어서 말해줘. 오, 맙소사, 내가 바보였어!'라는 말이었다네. 아주 미친 사람 같았다더군. 어리둥절해하는 하인들이 대답하기도 전에 2층 아내 방으로 후닥닥 달려가더라는 거야. 아내의 몸종이 그간 있었던 일을 겨우 말해주는데, 처음에는 무슨 소린지 알아듣지도 못하는 것 같았대. 그러더니 누워 있는 아내 곁으로 슬그머니 다가가 손에 격정적으로 입을 맞추더라는 거야. 그리고 서럽게 울면서 '세실, 내가 살인자야'라고 중얼거리더라나."

"솔직히 말해서 지금도 나는 이해를 못하겠네. 지금 자네 구역에서 살인이 벌어졌고 살인범이 자백을 했다는 거 아닌가. 그런데 무얼 더 바라지?"

"문제는 바로 이걸세. 보브레를 떠난 다음부터 우리가 루이 르노르망의 행적을 추적해봤거든. 그랬더니 토요일 오전만 해도 다리의 안전에는 아무 문제가 없었다는 거야. 정원사가 그리로 건너다녔으니까. 토요일 오후 내내 르노르망은 어머니 침대 곁을 떠나지 않았고 말이지. 저녁식사 끝나고 밤 11시까지 꼬박 어머니를 돌보고는 곧장 자기도 잠자리에 든 것을 우리가 확인했네. 노부인의 몸종과 요리사 말이, 자기들 방 바로 옆에 위치한 그의 침소에서 신발을 벗어 떨구는 소리까지 다 들렸다는 걸세. 특히 하녀는 야밤이 되어서야 그 방 전등 끄는 소리가 분명히 들렸다고 장담하더군. 그때까지 뜬눈으로 누워 독서라도 하고 있었나 보다 생각했다는 거야. 그러고 나서 일요일 오전 내내 꿈적도 하지 않은 걸 감안하면, 그가 보브레로 돌아와 두 사유지를 잇는 나무다리에 톱질을 했을 가능성은 전무하다고 봐야지."

"어쩌다가 자네 스스로 자네의 용의자에게 그렇게까지 철저한 알리바이를 챙겨주게 된 거지?"

"아직 충격의 여파는 그대로이지만, 어쨌든 마담 르노르망이 의식을 회복했거든. 그런데 남편의 결백에 대한 믿음이 절대적인 거야. 오로지 그의 누명을 깨끗이 벗겨주겠다는 생각뿐이더라고. 지금까지 진행해온 조사도 그녀가 주장해서 이루어진 것이지. 어차피 남편은 자기 한 몸 살자고 입 놀릴 사람이 아니라나. 이런 모든 점이 나로선 당최 아리송하단 말일세."

"자네 말은 루이 르노르망이 일요일 저녁까지는 집에 돌아올 예정이 아니었다는 거지. 그가 왜 그렇게 일찍 파리를 떠났을까?"

베슈는 이렇게 대꾸했다.

"바로 그 점이 궁금하단 말일세. 일단 그는 어머니가 사는 아파트의 다른 방에 혼자 있었던 것 같네. 노인네가 점심식사 후 잠깐 눈을 붙이는 동안 독서를 하면서 말이지. 하인들은 그때 둘 다 주방에 있었는데, 오후 3시쯤 그가 불쑥 들어오더니 당장 집에 가봐야겠다고 하더라는 거야. 인사드린답시고 어머니를 깨우기는 싫다면서 말이지."

"동기는 생각해봤나? 루이 르노르망이 이웃을 살해했을 만한 이유 말일세."

베슈 형사는 어깨를 으쓱하며 말했다.

"하나 떠오르는 생각은 있는데, 지금 데포르트 박사가 나 대신 몇 가지 조사를 벌이고 있지."

"혐의를 둘 만한 다른 사람은 없나? 마담 르노르망은 어때?"

3

베슈 형사는 말이 없었다. 자동차가 대로를 빠르게 벗어나 그늘진 가로수길로 접어들었다. 이윽고 에메로드 빌라의 진입로가 나타났다. 집 밖에서 그들을 맞이한 데포르트 박사가 말했다.

"보브레 경찰이 므슈 르노르망을 체포했네. 나는 본부와 전화를 주고받느라 정신이 없었어. 자, 이제부터는 자네 소관일세."

"그 사람 알리바이는 어떡하고? 계속해서 파리에 있었으니 다리에 톱질을 했을 리 없지 않나!"

박사의 표정이 한층 진지해졌다.

"므슈 르노르망에게서 자기 모친이 사는 아파트 열쇠가 나왔네. 파리 경찰이 그의 차가 주차된 차고를 조사했는데, 자정 지나서 잠깐 차를 몰고 나간 흔적을 발견했다더군. 차고담당자에게는 너무 더워서 잠이 안 와 불로뉴 숲에 바람 좀 쐬러 간다고 했다는 거야. 그리고 새벽 2시가 넘어 돌아온 거지."

순간 바네트가 끼어들었다.

"그 정도면 이곳까지 와서 다리에 톱질을 하고 다시 파리로 돌아가기에 충분한 시간이군. 하녀가 들었던 건 므슈 르노르망이 진짜 잠자리에 들면서 전등불을 끄는 소리였고. 아파트를 빠져나갈 땐 하인 둘이 졸고 있었던 게 분명해."

박사가 바네트를 흥미롭게 바라보았다. 어찌나 자신만만한 말투인지, 베슈 형사의 부하 같지는 않았던 것이다.

바네트는 씩 웃으며 깍듯하게 인사했다.

"이런, 소개도 해주지 않다니! 내 친구 베슈의 부족한 매너를 대신 사과하겠습니다. 짐 바네트라고 합니다."

그제야 베슈는 마지못해 이랬다.

"가끔가다 내 사건을 도와준 친구지……. 자자, 이제 보브레의 증권맨과 단둘이 나눈 이야기에서 자네가 무얼 건졌나 좀 볼까?"

박사는 딱하다는 듯 고개부터 가로저었다.

"한심한 르노르망……. 경찰이 진작 이 문제를 밝혀냈어야 하는데 말이야. 결국 정의를 눈가림할 순 없는 법이지. 지난 2년에 걸쳐 므슈 르노르망으로부터 생프리 교수의 은행계좌로 어마어마한 액수가 꼬박꼬박 입금되어왔다는 사실을 내가 확인했네."

"돈을 갈취해왔다는 건가?"

바네트와 베슈가 거의 동시에 내뱉었다.

특히 베슈는 순전히 직업적인 승리감에 휩싸여 버럭 외쳤다.

"최소한 동기는 건진 셈이로군! 므슈 르노르망이 저 다리에 톱질을 할 충분한 이유가 있었던 거야."

"하지만 그이는 하지 않았어요."

사색이 다 된 얼굴에 화려한 중국식 드레스를 입은 젊은 여자가 난간을 붙잡고 거실 계단을 천천히 내려오고 있었다. 하녀 한 명이 그 뒤를 걱정스러운 표정으로 따랐다.

"다시 말하지만, 루이는 결백합니다."

격한 감정을 애써 억누르는 듯 떨리는 목소리였다.

베슈가 먼저 입을 열었다.

"마담, 제 친구 바네트를 소개합니다."

바네트는 정중히 인사를 했다.

"세상에 불가능이 없어서 남편 되시는 분의 결백까지도 능히 증명할 사람이 있다면, 그가 바로 이 사람일 겁니다! 원래는 남편분 알리바이가 제 추리를 무력화시킨 탓에 데려온 사람이긴 합니다. 그 알리바이가 효력을 상실한 지금 바네트가 부인을 돕겠다고 나선들 저로서 이의는 없습니다. 다만……."

베슈는 생각에 잠긴 표정으로 말끝을 흐렸다.

반면 마담 르노르망은 바네트의 손을 덥석 붙잡으며 소리쳤다.

"오, 제 남편을 구해주세요! 사례는 원하는 대로 해드리겠습니다."

바네트는 고개를 흔들며 말했다.

"부인을 돕는 영광만으로 사례는 충분합니다. 바네트 탐정사무소가 저열한 상업주의로 전락해 일의 대가를 구했다는 소문이 돌아서야 되겠습니까."

4

바로 그때 헌병 한 명이 고무장화 한 켤레를 들고 정원에서 뛰어 들어왔다.

베슈가 물었다.

"그건 어디서 났소?"

"뒷마당 헛간에서 찾았습니다."

묻은 지 얼마 안 되는 진흙이 덕지덕지 보였다. 이런 푹푹 찌는 날씨에는 개천의 흙이 온통 질펀할 터였다. 세실 르노르망이 날카로운 신음을 뱉어냈다.

"남편께서 신던 건가요?"

여자는 마지못해 고개를 끄덕였다.

바네트가 말했다.

"자, 그럼 개천가를 둘러볼까요. 장화도 물론 가져가야겠죠. 부인은 나중에 또 뵙겠습니다."

베슈와 바네트 그리고 박사와 헌병은 함께 정원을 가로질러 개천가로 향했다. 빠른 물살이 바위들을 휘돌아 흐르고 있었다.

베슈는 부서진 다리 아래 진흙 바닥과 그의 반질반질한 에나멜 구두를 영 내키지 않는 표정으로 번갈아 내려다보았다.

"내가 하지!"

결국 바네트가 호탕하게 외쳤다. 그는 베슈에게서 장화를 낚아채 훌쩍 아래로 뛰어내렸다. 물살 옆 진흙이 곧장 발목을 덮었다.

"발자국이 있습니까?"

박사가 묻자 바네트가 대답했다.

"네. 바로 이 장화 발자국이군요."

그러자 베슈가 말했다.

"명백한 사건이군! 굳이 자네를 데려올 필요가 없었어, 바네트. 이젠 마담 르노르망을 도우려 해도 소용이 없어졌으니 유감일세그려. 지금 당장 파리로 돌아가는 것이 어떻겠나."

하지만 바네트는 무슨 망발이냐는 투로 대꾸했다.

"베슈 이 친구야, 이대로 손 털고 고객을 곤경 속에 내팽개치라고? 겉보기에 가망 없는 사건이라 해서 바네트 탐정사무소가 몸 사릴 것이라 보는가?"

"그럼 진짜 마담 르노르망을 자네 고객이라고 생각하는 거야?"

"왜, 그러면 안 돼?"

그는 장화를 올려 보낸 다음 몸을 숙여 진흙 바닥을 얼마간 더 조사했다. 다시 기어 올라온 얼굴엔 흥분한 표정이 가득했다. 그는 유쾌한 어조로 말했다.

"자, 이제 마드무아젤 생프리를 만나볼까. 그렇게 두 집에 대한 조사를 끝낸 다음, 마을 여관에 가서 스테이크와 와인으로 요기나 하자고."

"그 집은 또 뭐하러? 내 사건은 이미 결정 났는데."

"나도 엄연히 일하는 방식이 있는걸. 자네가 정 그런 생각이라면, 나는 마담 르노르망 편에 서서 이 사건을 별도로 처리할 것이네. 그럼 내 쪽에서도 사건이 마무리될 때까지 자네 얼굴 볼 일은 없겠지."

그런 전망은 베슈도 내키지 않았다. 결국 그는 바네트와 함께 우회로를 따라 생프리 댁으로 향했다.

가는 동안 무척 지저분한 봉투 하나를 베슈에게 건네며 바네트가 진지하게 말했다.

"나 대신 이걸 잘 간직해주겠나? 내가 부탁할 때까지 절대로 자네 안주머니에서 꺼내면 안 돼."

"이게 뭔데?"

바네트는 묘한 미소를 짓더니 자기 코끝에 손가락을 갖다 대며 말했다.

"어마어마한 다이아몬드라고나 할까, 꺼벙한 친구!"

"쳇, 싱겁기는!"

발걸음은 어느새 죽은 교수의 자택 앞에 당도해 있었다. 창문의 모든 블라인드가 닫혀 있었다. 벽마다 도색이 벗겨지고 복도에 깐 매트는 너무 오래되어 해어질 지경이었다. 멍청해 보이는 어린 하녀가 안내한 작은 내실에서 테레즈 생프리가 손님을 맞이했다.

풋풋한 처녀, 아니 나이 든 소녀라는 표현이 적당했다. 그럼에도 몸가짐이나 외모에서 풍기는 분위기는 놀라우리만치 안정되고 성숙했다. 키가 컸고 몸매는 유연했다. 장식이 전혀 없는 검은색 드레스 차림이었다. 곱게 빗어 가운데 가르마를 탄 검은 머리는 귀 뒤쪽으로 늘어뜨려 목 언저리에서 매듭으로 묶었다. 진지하고 검은 눈동자가 두 남자의 얼굴을 유심히 관찰하고 있었다. 베슈는 구면이었고, 처음 보는 바네트는 아마도 그 수하가 아닐까 생각하는 눈치였다.

5

여자는 부조로 장식된 등받이 높은 의자에 앉아 있었다. 무척 창백하면서도 안정된 태도였는데, 슬픔의 유일한 해소책인 듯 눈물 젖은 손수건을 꼭 움켜쥐느라 흰 손에만 잔뜩 힘이 들어가 있었다.

바네트가 정중히 인사를 하며 말했다.

"심심한 조의를 표합니다, 마드무아젤. 부친의 사망소식에 프랑스 전체가 애도할 것입니다."

여자도 낮은 목소리로 응답했다.

"네. 5년 전 아버지가 발견한 살균제를 지금은 모든 병원에서 사용하고 있지요. 덕분에 아버지는 명성을 얻었지만, 그것이 러시아에서 잃은 재산을 만회해주진 못했어요."

그 말과 함께 쓸쓸한 미소가 입가를 스쳤다.

"그게 무슨 얘기죠?"

"저희 아버지는 절반이 러시아인이었어요. 상트페테르부르크 인근에 위치한 동생의 유정(油井)에 모든 것을 투자했지요. 그런데 혁명세력이 공장을 불태우고 삼촌을 살해했어요. 그때 큰 손해를 본 뒤부터 우리는 아주 궁핍한 생활을 이어갔습니다. 하지만 가난 중에도 아버지는 의연한 태도를 잃지 않으셨어요. 자신의 발견에 대한 그 어떤 대가도 구하지 않으셨죠. 큰 전란 속에서 질병퇴치에 공헌한 자체가 당신 자신에게는 보상이라고 늘 말씀하셨습니다. 사실 아버지가 사망할 즈음, 명성과 부를 다시 가져다줄 또 다른 연구가 거의 완성단계에 있었답니다."

"그게 뭐였죠?"

"염료산업에 일대 혁명을 가져올 비밀공정에 관한 것이었어요. 저로선 구체적인 내용을 알 도리가 없습니다. 아버지는 어떤 문제에 관한 한 상당히 비밀스러운 분이었거든요. 제가 실험을 돕는 걸 극구 반대하셨어요."

또다시 여자의 입가에 쓸쓸한 미소가 스쳤다.

"저는 단지 가정부 역할에 만족해야만 했어요. 연구조수는 꿈도 못 꾸고요. 정원을 가꾸는 일이 저의 주된 직무였죠. 세실과 저는 꽃밭을 가꾸면서 시간을 함께 보내곤 했어요. 그녀는 항상 다정했고, 선물 삼아 작은 묘목과 화초를 갖다주는 걸로 제 일을 도왔답니다. 아시겠지만 그날 낮에도 저희 집에서 차를 마시면서 과수(果樹)에 관한 조언을 해줄 참이었어요. 가엾은 세실! 그녀는 이제 어쩌죠?"

베슈가 자신의 존재를 상기시키려는 듯 다소 뻣뻣한 말투로 끼어들었다.

"마드무아젤, 루이 르노르망이 체포된 건 알고 있죠? 사건은 그에게 불리한 방향으로 정리된 상태입니다."

여자가 고개를 끄덕이자, 바네트가 불쑥 물었다.

"루이 르노르망이 그런 짓을 할 만한 이유가 있을까요? 뭐 짚이는 거라도 있습니까?"

테레즈는 차분하게 말했다.

"설사 그가 했다고 쳐도, 아직 증명된 건 아무것도 없다는 점을 명심해야 합니다."

"도대체 마땅한 이유가 없지 않습니까? 유복한 가정에, 앞길 창창하지, 아름다운 아내와 결혼했지!"

순간 여자가 말을 막았다.

"반대를 무릅쓰고 한 결혼이었죠. 루이 르노르망은 원래 돈 한 푼 없는 말단 은행원이었어요. 아내 돈으로 투기를 해서 지금처럼 부자가 된 겁니다. 여자 집에서는 바로 그걸 노리고 남자가 청혼했다고 다들 생각했죠. 물론 사실과는 달랐지만요. 세실은 남편을 엄청 좋아했어요. 남편이 직장과 집 이외에 다른 장소에서 시간 보내는 걸 못마땅해할 정도였으니까요. 때로는 아버지와 실험실에서 같이 있는 시간조차 질투하는 것 아닌가 싶기도 하더라고요. 아버지한테 이따금 돈을 빌려줘가며 연구를 도와서 싫은 건가라는 생각이 들기도 했고요. 하지만 세실이 그렇게까지 치사한 여자라고 하는 건 분명 지나친 오해일 겁니다. 다만 자기 남편에 관한 한 그녀가 딱히 정상은 아닐지 모른다는 느낌이 종종 든 건 사실이에요."

바네트는 분명 흥미로워하는 눈치였고 베슈는 지루한 기색이 역력했다.

"마드무아젤, 한 가지 부탁이 있습니다."

바네트가 입을 열었다.

"아버지가 일하시던 실험실을 좀 구경할 수 있을까요?"

여자는 아무 말 없이 앞장섰다. 잠시 후 베이즈 천을 댄 문을 열고 들어선 곳은 통풍이 잘 되는 흰 건물이었다.

6

실험실은 집과는 대조적이었다. 모두가 흠 하나 없는 새것이었다. 선반마다 작은 유리병들이 일렬로 정리되어 있었고, 작업대들 위엔 깨끗한 용기들이 반짝거리고 있었다. 눈부신 백색 공간 안에 딱 하나 거무튀튀한 누더기 같은 것이 눈에 걸렸는데, 걸상에 축 늘어진 진흙투성이 외투였다.

"저건 뭐죠?"

바네트가 묻자 테레즈가 대답했다.

"아버지 외투예요. 사람들이 아버지를 이리로 옮겨와 소생술을 시도하면서 외투를 벗겼죠. 하지만 소용이 없었습니다. 즉사하셨던 것 같아요."

"이것들이 전부 아버지가 사용하시던 화학약품들이고요?"

반짝이는 유리병들을 가리키며 바네트가 묻자 여자는 살짝 고개를 돌리고 말했다.

"네. 이제 다시는 사용 못하실 거라는 생각을 하면……. 아, 아버지가 이곳을 얼마나 아끼셨는지 몰라요! 그건 루이 르노르망도 마찬가지였을 거라고 생각합니다. 세실은 그렇지 않았죠. 물론 그녀의 이해가 부족했던 탓이에요. 그녀는 꽃을 비롯해 아름다운 모든 것을 사랑했어요. 그런데 과학은 역겹고 끔찍한 것이라고 생각했죠. 그걸 어떻게 아냐고요? 한번은 자기 남편과 우리 아버지가 이곳에서 이야기 나누는 걸 창문 너머로 보더니 아예 실험실을 향해 주먹을 흔들어대는 거예요."

"마드무아젤, 본인에게는 매우 고통스러운 상황임에도 불구하고 적극적으로 조사에 협조해주셔서 감사합니다. 솔직히 말해서 저는 이미 작은 발견을 하나 했답니다."

"무슨 발견?"

베슈가 얼른 물었다.

"아하, 자네가 알고 싶어 할 거라 예상했지. 글쎄, 살인의 동기를 추적할 실마리를 하나 잡았다고나 할까. 자네가 살인자를 잡았다면, 나는 조만간 그 동기를 밝혀내겠다 이거지. 오케이?"

그러고는 들뜬 인상을 서둘러 지우며 테레즈 생프리에게 정중한 작별인사를 한 뒤, 베슈와 함께 자리를 떴다.

박사와 헌병이 정원 입구에서 기다리고 있었다.

박사가 먼저 입을 열었다.

"기다리고 있었습니다. 살해도구를 찾아냈어요."

헌병이 중간 크기의 톱을 들어 보였다.

베슈가 잔뜩 궁금해하며 물었다.

"그거 어디서 발견했소?"

"장화가 있던 뒷마당 헛간 근처 월계수 덤불에서 찾았습니다."

톱을 살펴보던 베슈가 바네트를 돌아보며 외쳤다.

"이것 좀 보게! '빌라 에메로드(Villa Emeraude)'라고 분명히 새겨져 있지 않은가!"

바네트도 이렇게 대꾸했다.

"매우 흥미롭군. 이보게 베슈, 아닌 게 아니라 자네 사건이 한층 더 명백하게 정리되어가는 느낌이네그려. 심지어 파리에 죽치고 앉았을걸 그랬다는 생각까지 들어. 그나저나 여기 참 덥구먼. 하긴 내가 점점 열 받아서 그런지도 모르지. 우리 다 같이 동네 여관에 가서 한잔하는 게 어떤가? 박사님도 같이 가실 거죠?"

넉살 좋은 초대에 박사가 흔쾌히 응했다.

"저야 두 분 동료와 함께할 수 있으면 좋죠."

'동료'라는 말을 듣자마자 베슈의 입가에 일그러진 미소가 스쳤다. 바네트를 사건에 괜히 끌어들였다는 생각이 가슴을 찔렀다. 숨이 턱턱 막히도록 후텁지근한 저녁에 이어 한밤중 폭풍이 몰아쳤지만, 바네트는 요란한 천둥소리에 아랑곳하지 않고 늘어지게 잤다. 이튿날은 훨씬 선선하고 청명하게 밝아왔다.

베슈가 오늘 오후, 사법관의 주도하에 루이 르노르망에 대한 정식 신문이 생프리 댁에서 진행될 거라는 소식을 전했다. 그는 커피를 홀짝이며 말했다.

"나는 오전까지 그에 필요한 절차를 끝내야만 하네. 자넨 그만 마음을 돌려 파리로 돌아가는 게 어떤가?"

"내가 함께 있어서 많이 불편한 것 같은데, 미안해서 어쩌지."

바네트는 유감스러운 표정을 지으면서 쇼콜라를 세 잔째 시켜 마셨다.

"오, 말해 무엇하겠나!"

베슈는 한껏 뻗대고 싶은 마음에 툭 내뱉었다. 그가 여관 문을 나선 다음에도 바네트는 계란반숙을 하나 더 시켜 먹었다.

아침식사를 끝낸 뒤 바네트는 말쑥하게 옷을 차려입고 에메로드 빌라로 향했다. 마담 르노르망이 거실에서 그를 맞이했고 한 시간 넘게 둘만의 대화가 이어졌다. 대화가 끝나갈 즈음 두 사람은 루이 르노르망의 서재로 장소를 옮겼다. 때마침 정원을 가로질러 오던 베슈의 눈에, 책상 위로 몸을 숙이고 있는 두 사람 모습이 열린 창문 너머로 들여다보였다.

바네트가 거실로 나와 친구를 맞았는데, 마치 에메로드 빌라가 자신의 집인 것처럼 굴었다.

"어서 오게, 어서 와, 베슈 이 친구야! 그런데 유감스럽게도 마담 르노르망은 만나지 못하겠는걸. 지금 너무 지쳐서 약간 히스테리 증상까지 겪고 계시거든. 오늘 오후에 있을 힘든 일을 대비해서 좀 쉬셔야 해. 한 매력적인 여성이, 정말이지 여러 면에서 매력 만점인 여성이 말이야……."

그는 문득 생각에 잠기면서 말끝을 흐렸다.

"나는 자넬 보러 온 거네."

베슈가 퉁명스럽게 대꾸했다.

"새로운 소식 하나 알려주려고."

"뭔데?"

"루이 르노르망의 소지품을 조사했더니 수첩이 하나 나왔는데 말이야, 지난 6개월 동안 그가 돈을 지불한 내역이 빼곡히 적혀 있더구먼. 그중에서도 3주 전 날짜에 기입된 5000프랑은 'S'에게 지불된 것으로 적혀 있는데, 거기에 '마지막 지불'이라고 병기가 되어 있는 거야! 조사해보니, 아니나 다를까 생프리 교수에게 들어간 돈이더라고. 르노르망 입장에서 이번 사건은 가망 없는 지경까지 온 셈이지. 그러니 자네는 이제 손 떼고 사라지는 것이 좋지 않겠나?"

하지만 바네트의 대답은 이것뿐이었다.

"나는 슬슬 점심이 고픈데 말이야, 자넨 어떤가?"

신문은 오후 3시에 시작되었다. 장소는 생프리 댁의 비좁은 식당. 헌병 두 명 사이에 끼여 한쪽 끝에 앉은 루이 르노르망은 고개를 숙인 채 눈을 들지 못하고 있었다. 사법관들과 베슈는 낮은 목소리로 의논 중이었다. 데포르트 박사가 생각에 잠겨 창문 밖을 내다보고 있었다. 바네트가 마담 르노르망을 데리고 들어왔다. 그녀는 무척이나 창백한 안색으로 남자 팔에 의지하고 있었다. 낮은 의자에 앉아 긴장된 눈빛으로 빠르게 주위를 둘러보았다. 남편은 그녀를 의식하지 못하고 있는 것 같았다. 그만큼 실의에 함몰되어 있었다.

그때 테레즈 생프리가 들어왔다. 그녀의 등장으로 전체 분위기가 비로소 정돈되기 시작했다. 세실 르노르망에게 다가간 그녀가 위로의 손길로 어깨를 짚었는데, 막상 당사자는 움찔하며 몸서리를 쳤다.

7

그와 거의 동시에 사법관의 신문이 개시되었다. 우선 데포르트 박사가 무미건조한 음성으로 구술하는 의학적 증거부터 경청했다. 교수가 개천으로 떨어져 살해되었음을 확인하는 내용이었다.

그다음으로 루이 르노르망에 대한 문초가 이어졌다.

"당신은 파리에 위치한 주차장에서 일요일 밤늦게 차를 몰고 나왔습니까?"

"네, 그랬습니다."

"차를 어디로 몰고 갔나요?"

묵묵부답이었다.

"대답하시오!"

"생각이 안 납니다."

베슈가 바네트에게 의미심장한 눈짓을 보냈다.

"당신은 생프리 교수에게 이따금 거액의 돈을 주었나요?"

"네."

"이유가 뭐죠?"

루이 르노르망은 잠시 망설이는 듯하더니 떠듬거리며 말했다.

"그분 연구를 지원하려고요."

순간 베슈의 얼굴에 경멸의 표정이 확연하게 드러났다.

작은 수첩 하나가 증거로 제출되었다.

"이거 당신 것 맞죠?"

"네."

"여기 당신이 돈을 지불한 내역이 다양하게 기입되어 있습니다. 그중 한 달 전 5000프랑의 돈이 'S. 마지막 지불'이란 내역으로 나갔습니다. 생프리 교수에게 지불된 금액인가요?"

"그렇습니다."

"당시 왜 교수에게 돈을 갈취당했는지 이 자리에서 공개해줄 수 있습니까? 뭔가 사정이 있었을 것 같은데."

사법관은 르노르망에게 변론 기회를 주려고 신경 쓰는 눈치였다.

"저는 아무 할 말이 없습니다."

"생프리 교수가 일요일 오후에 체스를 두러 당신 집을 즐겨 방문했던 게 사실입니까?"

"네."

침울한 목소리였다.

"당신이 다리에 톱질을 했나요?"

용의자는 아무 대답이 없었다.

베슈가 장화를 제시하며 끼어들었다.

"이게 당신 장화라는 걸 부인하진 않겠죠?"

용의자는 살짝 놀라는 듯했지만 발끈하는 기색은 아니었다.

"이상, 사건은 명확해졌다고 말할 수 있겠습니다."

베슈의 말에 바네트가 응답했다.

"옳으신 말씀! 더 이상 명확해질 수 없을 정도지. 수정보다 다이아몬드보다 더 투명하고 명확해졌다네, 베슈! 자, 그럼 내가 보관해달라고 한 그 작은 봉투 좀 제출해주겠나?"

베슈는 혹시나 또 망조가 드는 것 아닌가 불안한 마음으로 안주머니에서 지저분한 봉투 하나를 꺼냈다.

"열어봐!"

바네트는 어느새 명령조였다.

베슈는 봉투를 열고 다이아몬드 귀걸이를 꺼내 들었다!

세실 르노르망이 가벼운 탄식을 내뱉었다. 남편은 움찔하는가 싶더니, 이내 맥이 탁 풀리는 기색이었다.

"누가 이 앙증맞은 장신구의 정체를 좀 확인해주시겠습니까?"

바네트가 주위를 돌아보며 물었다.

데포르트 박사가 특히 난감한 표정이었다. 조용하던 그의 삶이 뒤죽박죽 혼란스러워지고 있었다!

"그 귀걸이는…….."

잠깐 뜸을 들이던 그가 마저 말했다.

"불과 얼마 전 마담 르노르망이 남편에게서 받은 겁니다."

"그렇습니까?"

베슈가 거듭 묻자, 루이 르노르망은 고개를 끄덕였다.

세실이 손에 얼굴을 묻었다. 테레즈가 연민의 손길을 내밀었으나, 그녀는 거칠게 떨쳐버렸다.

바네트의 발언이 계속되었다.

"여러분은 방금 이 귀걸이를 눈으로 직접 확인했습니다. 하지만 내가 이걸 어디서 찾아냈는지는 짐작조차 못할 겁니다. 아마 베슈 형사는 알고 있겠죠. 다름 아닌 생프리 교수가 죽은 채 발견된 바로 그 개천의 진창 속이라는 사실 말입니다!"

"마담, 일요일 오후 이 귀걸이를 착용하고 있었는지 얘기해주시겠습니까?"

사법관이 세실 르노르망을 향해 물었다.

젊은 여자는 천장을 올려다보며 고개를 절레절레 흔들었다.

"마지막으로 언제 그 귀걸이를 착용했는지 기억이 안 나요!"

몹시 당황하는 태도였다.

"자꾸 캐물어서 죄송합니다만, 반드시 대답을 해주셔야 합니다. 토요일 밤새 혹시라도 빌라를 벗어난 적이 있는지요?"

착 가라앉은 말투 속에 미세하나마 위협의 기미가 느껴졌다. 루이 르노르망의 입술이 고통스럽게 일그러지고 있었다.

"저, 저는……."

식당에 모인 사람들을 이리저리 번갈아 바라보면서 여자가 말을 더듬거렸다.

"네, 그랬던 것 같아요…… 너무 더웠기 때문에…… 잠깐 정원에 나갔죠."

"침실에 들기 전에 나간 건가요?"

"네……. 아니, 꼭 그렇진 않았고…… 잠을 청하러 침실에 들었지만, 옷은 그대로 입고 있었어요. 하녀에게는 가서 자라고 한 상태였고요. 그런데 어찌나 후텁지근하던지 견딜 수가 있어야죠. 그대로 침실 창문을 통해 정원으로 나갔어요."

"그렇다면 당신이 나가고 들어오는 걸 아무도 듣지 못했겠네요?"

"네, 아무도 못 들었겠죠."

"그러고 나서 일요일 오후 차를 함께 마시러 마드무아젤 생프리에게 가는 길이었고요?"

"네."

"그때가 4시였죠?"

"그래요."

바로 그 순간, 테레즈 생프리의 목소리가 마치 낮은 종소리처럼 끼어들었다.

8

"세실, 기억 안 나요? 원래 약속은 당신이 오후 3시 조금 지나서 오는 거였잖아요. 그런데 4시가 다 되도록 안 와서 내가 그때 빌라로 찾아가려 했던 거잖아요! 그래서 대충 채비를 하고 나서려는데 그 끔찍한 사건이 벌어진 거고."

그녀는 사법관을 돌아보며 말을 이었다.

"사실 저희 두 사람은 함께 정원관리 계획을 세울 예정이었답니다. 그런데 최근 들어와 세실의 몸 상태가 다소 안 좋아졌지 뭡니까. 뜨거운 햇볕 속에서 정원을 거니는 것 자체가 힘들 것 같다고 한 적도 있어요. 그래서 그날 오후 이분이 아예 방에 틀어박혀 있을지도 모른다는 생각이 들었고, 차라리 내가 가서 차를 함께 마시는 게 낫겠다고 생각한 겁니다."

"그게 사실입니까, 마담?"

사법관이 세실 르노르망에게 물었다.

"기…… 기억이 잘 안 나요…… 아마 그렇게 약속한 것 같긴 하네요……."

9

"그, 그렇다면 마드무아젤…… 조금만 더 일찍 그런 생각에 빌라로 향했다면, 당신의 목숨이 위험할 수도 있었겠네요?"

베슈가 퍼뜩 스친 생각에 스스로도 놀라 더듬더듬 말을 꺼내자, 바네트가 침착한 목소리로 얘기를 이어나갔다.

"문제는 그 위험한 덫이 과연 누구를 겨냥해 설치되었느냐는 거지. 루이 르노르망이 생프리 교수를 죽이려고 설치했을까? 노교수가 좀 덤벙대는 성격인 데다, 일요일 오후엔 체스를 두러 이웃을 방문하는 것이 하나의 습관임을 우린 잊지 말아야 하네. 그런가 하면 혹시 루이 르노르망이 자기 아내를 겨냥해 그런 일을 꾸몄을까? 아니면 마드무아젤 생프리를 노리고?"

"그것도 아니면……."

바네트가 본격적으로 발언에 나서는 것이 베슈는 못마땅했다.

"생프리 교수가 그런 식으로 건너올 걸 알고 있는 마담 르노르망이 미리 알아서 다리에 톱질을 하진 않았을까? 마드무아젤 생프리가 우리에게 해준 이야기를 기억하자고!"

테레즈 생프리는 안절부절못하는 기색으로 대뜸 소리쳤다.

"그런 의미로 한 이야기는 아니었습니다! 단지 세실이 이따금 자기 남편과 아버지만의 친밀한 관계를 질투하는 것처럼 보였다는 얘기지요. 별 뜻 아니에요! 므슈 루이 르노르망이 연관된 일에는 항상 시샘하고 전전긍긍하는 모습이 하도 딱해서…… 심지어 한번은……."

거기서 말을 뚝 멈추고 입을 다물었다.

"심지어 한번은……. 뭐죠?"

사법관이 곧장 물었다.

"오, 그냥 한심한 얘기예요. 한번은 저한테도 혹시 질투를 느끼는 것 아닌가 싶은 적이 있었거든요. 실은 제가 므슈 르노르망에게 러시아어 교습을 해주고 있었어요. 무척이나 배우고 싶어 하셔서요. 그러다 보니 자연히 그분하고 제가 함께 있는 시간이 많았죠. 오죽했으면 세실이 그런 우리 두 사람을 몰래 감시할 수도 있겠다 싶었습니다. 그만큼 태도가 어색했어요. 그렇다고 저를 오해하지는 말아주십시오. 결코 그녀에게 불리한 증언을 하려는 의도는 조금도 없으니까요."

"하지만 맞는 얘기인걸요."

바네트가 진지한 어조로 말했다.

"마담 르노르망은 남편과 마드무아젤에 대해서 거의 터무니없을 만큼 이상한 생각들을 품곤 했습니다. 기가 막히게도 당신이 러시아어 교습을 핑계로 므슈 르노르망에게 뭔가 다른 것을 기대한다는 의심까지 했으니까요! 실제로 그녀는 언젠가 남편이 정원의 작은 정자에서 당신에게 키스하는 장면을 목격했다는, 말도 안 되는 환상에 시달리기도 했답니다. 그럼에도 불구하고, 이건 정말 어처구니없는 얘긴데, 그녀가 진정으로 남편을 의심한 적은 한 번도 없다는 사실입니다. 보통 모든 남정네가 그렇듯, 자기 남편도 심각한 부정(不貞)을 저지르지 않는 한 그저 가볍게 한눈파는 정도는 얼마든지 가능하다고 생각했다는 것이죠. 그 정도면 꽤 심지가 깊은 여자인 셈입니다. 그런데 그런 아량이 연적으로 간주되는 존재에게까지 미치지는 못했던 거죠.

그러던 일요일 오후, 보브레에서 한 여인이 어머니 집에 가 있는 루이 르노르망에게 전화를 걸어 뭔가 무시무시한 일을 이야기합니다. 얼마나 끔찍한 이야기였는지 남자는 재앙을 막아보려고 쏜살같이 차를 몰아 집으로 내달리지요. 하지만 너무 늦었습니다. 비극이 이미 벌어진 다음이었으니까요. 다만, 그 비극이 남자가 걱정한 것과는 다른 식으로 벌어졌을 뿐이죠!

자, 오늘 여러분 앞에서 어떤 여인이 모호하고도 근거가 희박한 이야기를 하고 있습니다. 토요일 밤에 혼자 정원을 거닐었다느니, 자신이 차를 마시러 가는 대신 이웃 친구에게 건너와 차를 마시자고 제안했다느니 말이죠. 그런가 하면, 여러분 머릿속에 질투와 격정으로 눈먼 한 미친 여자의 모습을 그려볼 수도 있을 것입니다. 간담이 서늘한 음성으로 이렇게 전화를 하는 여자 말입니다. '그 여자는 더 이상 우리 사이를 비집고 들어올 수 없을 거야. 오직 그 여자만이 우리 사랑의 장애물이지. 내가 그토록 애원해도 당신이 막무가내인 건 바로 그 여자 때문이었어. 하지만 이제 머지않아, 곧 장애물이 제거될 거야!'

이상 두 가지 경우 중 어느 쪽이 여러분 보기에 더 그럴듯한가요?"

"정답은 딱 하나뿐이겠군요. 지금 말씀한 것에 대한 증거까지 확보하고 계시다면 말이죠. 그날 오후 세실 르노르망이 파리에 있는 남편에게 진짜 그런 전화를 했다면 수수께끼가 비교적 수월하게 풀리긴 합니다만."

사법관의 지적에 바네트가 눈이 휘둥그레지며 반문했다.

"내가 세실 르노르망이 전화했다고 했던가요? 그건 내 생각뿐 아니라 진실과도 한참 거리가 있는걸요!"

"그렇다면 아까 한 얘기는 대체 무슨 뜻입니까?"

"말한 그대로입니다. 욕구불만과 질투에 눈먼 여자가, 자기 품에서 루이 르노르망을 가로채간 존재를 제거하고픈 욕망에 미쳐버린 한 여자가 보브레에서 파리로 전화를 건 것은 엄연한 사실입니다."

"그러니까 그 미친 여자가 세실 르노르망이란 얘기죠!"

"천만에 말씀! 단언하건대 그녀는 전화통화와 아무런 관련이 없습니다."

"그럼 도대체 누굴 지목해서 한 얘기입니까?"

"다른 여자……."

"여자는 두 명뿐이지 않소, 세실 르노르망과 테레즈 생프리!"

"세실 르노르망을 지목한 것이 아니라면, 내가 지목하는 여자는 다름 아닌……."

바네트는 그쯤에서 입을 닫았다. 소름 끼치는 적막이 뒤를 이었다. 그 누구도 예상치 못한 노골적이면서 전면적인 주장이 지금 눈앞에 펼쳐지려 하고 있는 것이다! 창가에 서 있던 테레즈 생프리는 창백해진 얼굴로 바들바들 떨며 한참을 머뭇거리고 있었다. 그러더니 별안간 발코니 턱을 훌쩍 뛰어넘어 정원으로 내달렸다.

10

박사와 헌병이 당장 뒤쫓으려 했지만 바네트가 떡하니 앞을 가로막았다. 헌병이 버럭 성을 내며 따졌다.

"저 여자 도망치는 걸 막아야 합니다!"

"내 생각은 다르오."

바네트의 말에 박사는 한껏 긴장된 표정으로 대꾸했다.

"맞는 말씀이긴 합니다만, 저는 좀 다른 문제가 걱정되는데요……. 저기, 저기 좀 봐요! 개천 쪽으로 달려가고 있습니다…… 자기 아버지가 죽은 다리 쪽으로 가고 있어요!"

"그래서요?"

바네트는 무서우리만치 차분했다.

그제야 옆으로 비켜 선 그는 박사와 헌병이 득달같이 밖으로 뛰쳐나간 다음 창문을 조용히 닫았다. 그러고 나서 사법관을 향해 이렇게 말했다.

"이제 사건의 전모를 파악하시겠습니까? 이만하면 모든 게 명백해졌지요? 범인은 바로 테레즈 생프리였습니다. 덧없는 불장난을 넘어 루이 르노르망의 마음을 독차지하려던 노력이 수포로 돌아가자 저지른 일이었어요. 오랜 세월 부와 쾌락에 목말라하던 나머지, 난데없이 세실 르노르망에 대한 증오로 눈이 멀어버린 거죠.

루이 르노르망이 진정으로 자신의 애정을 원한 것이 아니었고 사랑은 언제나 아내의 것이었음을 순순히 받아들이기엔 그녀의 자존심이 너무 강했습니다. 세실 르노르망만 제거되면 자신이 그 자리를 대신 차지할 수 있을 거라 생각했죠. 급기야 그녀는 연적을 살해할 너무나도 무섭고 냉정한 계획을 세우게 됩니다. 그러고는 결국 아버지의 죽음을 초래하고 말죠! 한밤중 아무도 보지 않는 가운데 다리에 톱질을 합니다. 광적인 정념으로 판단력을 잃은 그녀는 다음 날 비극이 벌어지기 전, 루이 르노르망에게 전화를 걸어 자신이 한 짓을 털어놓지요.

그리고 전혀 예상치 못한 작전 결과에 직면하자, 즉시 세실 르노르망에게 죄를 뒤집어씌울 새로운 계략을 짭니다. 자신은 무사히 빠져나가면서 연적에게는 결정타가 될 절호의 묘책 말입니다. 세실의 귀걸이를 훔쳐내 일요일 밤 개천가에 흘린 것과 세실이 평소 노교수를 시샘했다는 얘기는 다 그런 묘책에서 나온 것이죠. 그런데 오늘 이 방에서 좀 더 그럴듯한 아이디어가 머릿속을 스친 겁니다. 결국 그녀는 우리 모두를 부추겨, 애당초 이 범행의 표적이 자기 아버지가 아닌 자기 자신이었음을 믿도록 유도하기에 이릅니다!"

"장화와 톱에 대해서는 뭐라고 설명할 겁니까?"

사법관이 물었다.

"르노르망 부부와 생프리 부녀는 하나의 창고를 공동으로 관리하고 비품을 함께 사용하고 있었습니다."

이때 르노르망이 처음으로 입을 열었다.

"테레즈 생프리에 대해서 그 모든 것을 어떻게 알게 된 겁니까?"

세실이 재빨리 답을 가로챘다.

"내가 도와줬어요. 사실 처음부터 당신이 어떤 문제를 겪고 있는지 알고 있었어요. 그런데도 내 자존심 때문에 당신에게 직접 따져 묻지 못한 거예요. 괜히 내가 질투해서 그런다고 할까 봐 싫었어요. 심지어 우리 부모님이 결혼을 반대했기 때문에 이제 와서 자기를 들볶는다고 할까 봐 걱정되기도 했고요."

"그럼…… 날 용서해주는 거요?"

대답 대신 여자는 방을 가로질러 달려가 남편을 꼭 껴안았다.

11

"그런데 수첩에 적힌 '마지막 지불'이라는 건 무슨 뜻입니까?"

사법관이 캐묻자 바네트가 대답했다.

"연구결과가 거의 완성단계에 접어들 즈음, 생프리 교수가 루이 르노르망에게 마지막 대출을 요청한 적이 있습니다. 그것과 관계된 내용이죠."

"대체 어떤 연구결과였는데요?"

"염색산업에 일대 혁명을 불러올 만한 것이라 할 수 있습니다. 아마도 그 결과물을 친구에게 보여주고 싶어 에메로드 빌라로 헐레벌떡 달려가는 중이었을 거예요. 흐르는 개천물이 죽어가는 그의 손에서 희대의 연구성과를 쓸어가버린 꼴이니, 얼마나 안타까운 손실인지!"

"그날 밤 므슈 르노르망은 어디로 차를 몰고 나간 겁니까?"

"그건 본인 입으로 들어보죠."

이제 혐의를 벗은 사내가 말했다.

"시골길을 좀 달렸습니다. 정확히 어디를 갔는지는 알 수 없었어요. 그저 너무 더웠고 잠을 이룰 수 없어서 무작정 나간 거니까요. 하지만 제가 하는 얘기를 증언해줄 사람은 없을 겁니다."

바로 그때 헌병이 창백한 얼굴로 돌아왔다.

바네트가 어서 말해보라는 신호를 보냈다.

헌병은 더듬더듬 보고했다.

"여자가 주, 죽었습니다! 교수가 살해당한 바로 그 지점에서 몸을 던졌어요! 박사님이 저를 먼저 보내 보고하라고 했습니다."

사법관의 표정이 잠시 심각해지더니 이렇게 말했다.

"어쩌면 이게 최선의 결과일지도 모르겠습니다. 하지만 당신에게는…….”

그는 바네트 쪽을 홱 돌아보더니 악수를 청하면서 말을 이었다.

“사법관들의 중대한 오심(誤審) 사례로 기억되겠죠!”

베슈는 아무 말도 못한 채 멀뚱하니 서 있었다.

바네트가 그의 어깨를 토닥이며 말했다.

“어이 베슈, 이제 우리도 짐이나 싸지. 오늘 밤 당장 라보르드 가로 복귀하고 싶구먼.”

* * *

다시 단둘이 되었을 때 베슈가 입을 열었다.

“솔직히 자네가 사건을 어떻게 그리 신속하게 재구성했는지 나는 아직도 모르겠네.”

“그동안 나의 눈부신 활약상이 늘 그랬듯, 이번에도 지극히 간단하지. 그 여자, 자기 남편에 대한 믿음이 어찌나 강하던지!”

바네트는 고객에 대한 감탄에 젖어 한동안 말을 잇지 못했다.

이윽고 베슈가 말했다.

“자네가 아무리 명석하다지만, 그래도 나는 아직 어디서 해결의 실마리를 찾았는지 도통 모르겠네.”

바네트의 눈빛이 꿈을 꾸듯 몽롱하게 변해가더니 이렇게 말했다.

“교수의 연구실이 참 근사하더군……! 그나저나 베슈 자네 혹시 이 나라에서 제일 규모가 큰 염색공장 주소를 알고 있나? 조만간 연락을 취할 일이 생길 것 같아서 말이야!”

순간 맥이 탁 풀린 베슈의 꼬락서니는 마치 바람이 빠져나가는 풍선 같았다.

그의 입에서 한숨과 섞인 채 새어나오는 말은 이랬다.

"내가 또 당했구먼…… 비밀 제조과정의 공식을 슬쩍한 거야!"

짐 바네트가 발끈하는 척하며 말을 이었다.

"이거 왜 이러시나, 친구! 누구든 자신의 동포와 고국에 이바지하는 경우, 자네 같은 사람이 도둑질로 보는 행위는 순전히 영웅적 위업이 되기도 하는 법이라네. 진정한 남자의 가슴에 불을 지피는 신성한 의무감이 가장 고귀한 형태로 드러나는 현상이랄까!"

이 대목에서 그는 자기 가슴팍을 엄숙하게 두드리기까지 했다.

"개인적으로 의무감이 발동할 땐 난 언제나 그 행위에 뛰어들 준비가 되어 있단 말씀이야, 알겠나, 베슈?"

베슈는 여전히 축 늘어진 모습이었다.

바네트는 계속해서 신이 나 떠들어댔다.

"그건 그렇고, 염색하는 사람들이 이 새로운 공정을 무어라 부를지 궁금한걸! 아무래도 쓸 만한 명칭을 그 동네에서 기대할 순 없을 것 같은데 말이지. 실은 그래서 나 혼자 내내 생각해둔 이름이 있긴 하지. 결코 베슈 자네를 실망시키진 않을 걸세! 아무래도 '뤼팽'이라는 상호로 특허를 따내는 것만큼 감동적인 쾌거가 없을 것 같은데 말이야!"

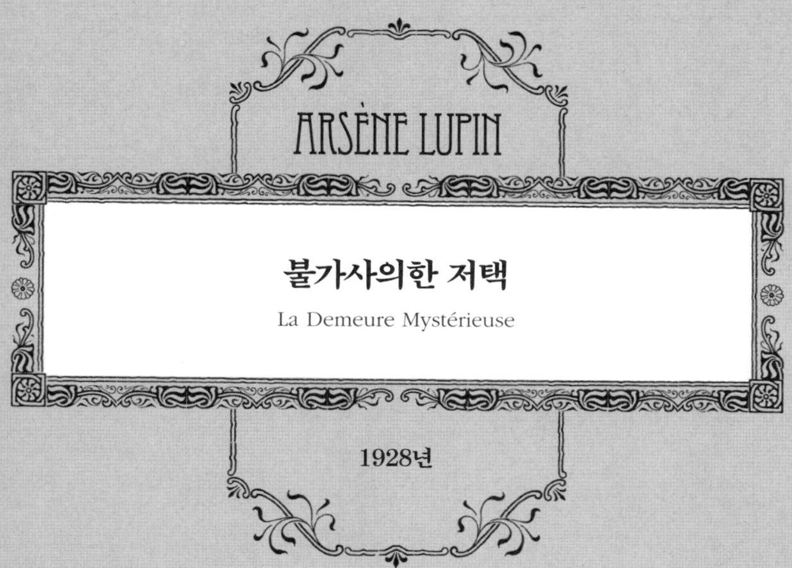

불가사의한 저택

La Demeure Mystérieuse

1928년

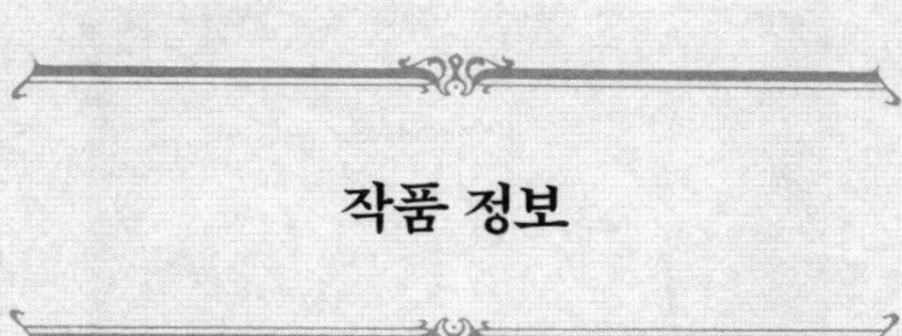

작품 정보

다음은 아르센 뤼팽 시리즈가 완숙의 경지를 구가하던 당시, 프랑스 작가협회 회장 앙리 키스트매케르스(Henri Kistemaekers)가 친구인 모리스 르블랑에게 보낸 편지 일부이다. "아! 모리스 이 친구야, 그토록 경탄할 만한 소재와 20대처럼 힘찬 상상력, 그 창조적인 원동력을 아직도 그리 생생하게 유지하는 걸 보니, 자넨 정말 행운아일세! 어제저녁 『불가사의한 저택』을 읽는 사이에 어찌나 시간이 빨리 지나가던지…… 유연하고 리듬감 넘치는 글의 구성에 철저하게 연역적인 지성과 기발한 발상까지, 보통이 아니더군! 이번에야말로 나는 자네의 뤼팽 시리즈 중 최고의 수작을 본 것 같네……." 비록 친한 친구로서 촌평을 한 것에 불과할지 모르나, '경탄할 만한 소재'와 '리듬감 넘치는 구성', '기발한 발상'을 치켜세운 건 『불가사의한 저택(La Demeure Mystérieuse)』의 매력을 정확히 짚은 것이라 말할 수 있다. 첫 장부터 말 그대로 '불가사의(不可思議)'하게 꼬리를 무는 수수께끼 같은 사건전개는, 후반부 해결

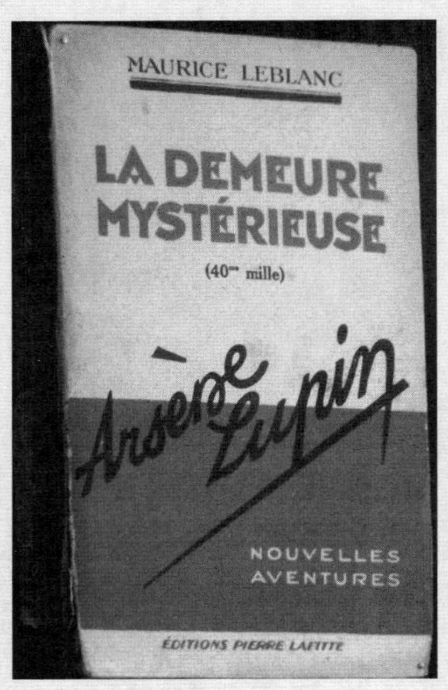

『불가사의한 저택』, 1929년 초판본

의 실마리가 한꺼번에 풀리기 직전까지 독자의 의식을 완벽한 미궁으로 몰아간다. 까마득한 과거의 시간 속에서 스토리의 발단을 구하는 르블랑의 장기가 여전하며, 전작(前作)에 이어 베슈 형사와 뤼팽 간의 유머 섞인 재치만점 대결도 볼만하다. 뤼팽 시리즈 대부분이 그러하듯 대담무쌍한 발상을 이야기 저변에 깔되, 특히 이 작품은 과도한 비약보다 점진적인 구성을 치밀하게 유지함으로써, 모처럼 퍼즐맞추기식의 지적 재미를 만끽하게 해준다. 1927년 12월에 집필을 끝낸 뒤, 잠시 기다렸다가 1928년 6월 25일부터 7월 31일까지 여름 한 달간 『르 주르날』에 연재하여 첫선을 보였고, 1929년 3월 13일에는 단행본으로 묶여 나왔다. 초판 30,000부도 모자라 10,000부가 추가로 팔려나갔다고 한다. 당시 내로라하는 신문마다 다음과 같은 광고가 실렸는데, 당시로선 관행적인 과장광고의 표본이면서도 이 새로운 모험담에 대한 대중적 기대치를 충분히 짐작케 한다.

기록적인 판매 부수 2,285,000부 달성!
아르센 뤼팽,
이번엔 『불가사의한 저택』에서 아를레트의 아름다운 눈동자를 위해 고군분투하다!
모리스 르블랑 작(作)

마지막으로 한 가지 무척 흥미로운 사실을 짚고 넘어가자. 이 작품에서 뤼팽의 또 다른 분신으로 등장하는 장 데느리스, 그의 귀족작위에 관한 문제다. 세심한 독자라면 그가 때로는 남작(baron, 4회), 때로는 자작(vicomte, 3회)으로 지칭됨을 발견하고 의아해할 것이다. 이는 결코 편집상의 실수가 아니며, 르블랑의 오기(誤記)는 더더욱 아니다. 아울러 조금 더 면밀한 독자라면, 남작이란 작위명이 모두 데느리스 본인의 입으로 소개되는 반면, 자작이란 작위명은 타인 또는 객관적 서술을 통해 제시되고 있음을 발견할 것이다. 바로 여기에 열쇠가 있다! 자작이 남작보다 서열상 한 단계 위임에도 불구하고, 후자가 전자보다 더 유구한 역사를 자랑하며, 직무 또한 전쟁과 관련하기에 더 큰 자부심을 주는 작위였다. 반면 자작은 백작을 보조하는 성격이 강할 뿐더러(vi-comte라는 명칭의 유래), 실제 권력 면에서도 남작에 비해 그다지 나을 게 없었다. 그런 사정하에, 장 데느리스는 객관적으로 자작임에도 불구하고, 본인 입으로는 그보다 낮지만 사나이로서 더 멋지게 느껴지는 '남작'을 자처한 것으로 해석이 가능하다. 과연 아르센 뤼팽답게 말이다! 참고로 르블랑이 흠모한 작가 마르셀 프루스트의 『꽃피는 아가씨들의 그늘에』에서, 우리는 뤼팽과 비슷한 점이 많은 샤를뤼스의 태도를 주목할 필요가 있다. 그는 공작, 대공 등 온갖 화려한 신분임에도 불구하고, 본인의 로망은 남작이란 작위에 있음을 단언한다. 그 이유는 남작이야말로 "가장 유구하고 멋스러운 작위이기 때문(car il s'agit là du titre le plus ancien et donc le plus prestigieux)"이다.

아르센 뤼팽의 미출간 회고록 중에서

나의 지난 모험들 중 몇몇을 되도록 충실하게 기술한 책들을 지금 다시 훑어보노라면, 한마디로 그 각각은 여인을 쫓아다니느라 나 자신을 던지는 순간적인 충동에서 비롯된 결과라는 생각이 든다. 황금양털(그리스 신화에서 아르고 원정대의 영웅들을 모험의 길로 이끈 보물—옮긴이)이 모양만 변했을 뿐, 내가 이제껏 손에 넣으려고 그토록 헤매온 것이 바로 그 황금양털에 다름 아니었다. 그런가 하면 상황에 따라 내 이름과 성격을 달리해야만 했기에 그때마다 전혀 새로운 삶을 시작한다는 느낌이었고, 이전까진 결코 사랑해본 적도 없으며 이후에도 다시는 사랑하지 않을 거라는 각오를 매번 새롭게 다져왔던 것이다.

이를테면 과거로 눈을 돌려볼 때, 칼리오스트로 백작부인이나 소냐 크리슈노프, 돌로레스 케셀바흐, 혹은 초록 눈동자의 아가씨 등과 대면했던 남자는 아르센 뤼팽이 아니었으며, 각각 라울 당드레지, 샤르므라스 공작, 폴 세르닌, 그리고 리메지 남작이었다. 그들 모두는 각기 다른 인물임과 동시에 그 어느 하나도 나와 똑같아 보이지는 않는다. 마치 그들이 겪은 다채로운 사랑을 나 자신은 겪지 않았던 것처럼, 나는 그들을 생각하며 때론 재미나거나, 짜증스럽고, 때론 지그시 미소를 짓거나, 고통스러울 따름이다.

마치 이름 모를 형제들처럼 나와 비슷하게 닮았던 그 모든 풍운아들 가운데 내가 가장 마음에 드는 친구를 꼽으라면 아마도 마도로스 신사이자, 탐정신사인 데느리스 자작일 것이다. 그는 파리의 어여쁜 모델이자 지고지순한 아를레트의 마음을 얻고자 저 신비로운 처소를 둘러싼 험난한 싸움에 기꺼이 뛰어들었던 것이니…….

1
여배우 레진

그 매혹적인 발상은, 그렇지 않아도 자선행사에 기꺼이 동참하기를 즐기는 너그러운 파리 시민들의 열렬한 호응을 받았다. 그것은 발레의 막간을 이용해 당대 최고의 디자이너들이 재단한 옷을 연예계, 혹은 사교계의 아리따운 여인 스무 명에게 입혀서 오페라극장의 무대에 올리자는 것이었다. 관객들은 투표를 통해 그날 선보인 가장 아름다운 의상 세 벌을 선정하고, 그를 제작한 공방에 입장 수익 전액을 골고루 지원한다는 취지였다. 그 결과, 파리 양장점의 들뜬 아가씨들 상당수가 저 유명한 리비에라 휴양지로 보름간의 휴가여행을 다녀올 수 있게 된다.

즉시 관계자들의 발빠른 움직임이 시작되었다. 48시간 이내에 행사장 임대가 구석구석 마무리 지어졌다. 그리하여 행사 당일 저녁, 저마다 우아한 차림의 군중들이 시시각각 증가하는 호기심을 달래면서 웅성웅성 모여들었다.

사실 돌아가는 상황을 보면 모든 호기심은 단 하나의 문제로 모아지고 있는 게 분명했다. 사람들 간의 대화가 오로지 단 하나, 무한정 얘깃거리를 낳는 어떤 주제에 쏠리는 실정이었다. 즉, 별 볼 일 없는 극장의 평범한 가수이지만 미모만큼은 눈부신 저 '경탄할 만한' 레진 오브리가, 최고급 다이아몬드들로 장식한 발므네 양장점의 어마어마한 튜닉(여성용 긴 웃옷—옮긴이)을 과연 걸치고 나타날 것인가(레진 오브리(Régine Aubry)라는 이름은 제1차 세계대전이 벌어지기 전, 뮤직홀에서 아르센 뤼팽을 연기해 인기를 끌었던 무희이자 여가수인 레진 플로리(Régine Flory)에서 따온 거라는 설이 있다—옮긴이).

이 같은 관심은 그즈음 한창 화제가 되고 있는 어느 민감한 문제와 얽혀 더욱 배가되는 느낌이었다. 지난 수개월 동안 갑부 보석상 반 우벤의 집요한 애정공세에 시달려온 '경탄할 만한' 레진 오브리가 일명 다이아몬드의 황제라는 별명을 가진 그의 열정에 혹시 넘어간 것이 아닌가 하는 의문이 팽배해 있었던 것이다. 모든 정황이 이런 사실에 무게를 싣고 있는 상황이었다. 바로 전날만 해도 어느 인터뷰에서 레진이 이렇게 대답을 했던 것이다.

"내일 저는 다이아몬드로 된 의상을 입을 예정입니다. 지금도 제 방에서는 반 우벤에 의해 엄선된 일꾼 네 명이 달라붙어 가슴받이와 은실로 수놓은 튜닉에 다이아몬드를 부착하고 있는 중이지요. 물론 모든 작업은 발므네가 현장에서 직접 총괄하고 있답니다."

레진은 자기 차례가 오기를 기다리면서 2층 정면 칸막이 좌석에 그럴듯하게 버티고 앉아 있었는데, 사람들은 그 앞을 마치 어떤 우상 앞이라도 되듯 열 지어 지나갔다. 레진은 사람들이 항상 그녀의 이름 앞에 붙이는 '경탄할 만한'이라는 수식어에 그야말로 합당한 존재였다. 그녀의 얼굴은 정말이지 묘한 현상에 힘입어, 오늘날 우리 모두가 좋아하는 우아하면서도 화끈하고 유혹적인 모든 매력들에다 고전적 아름다움의 지고지순한 품격을 절묘하게 결합시킨 표본과도 같았다. 흰 담비 모피로 만든 기다란 망토는 그녀의 유명한 어깻죽지를 감싼 채 기적의 튜닉을 완전히 감추고 있었다. 여자는 행복에 겨운 듯 기분 좋게 웃고 있었다. 하긴 통로에 면한 문들마다 영국 경찰처럼 진지하고 단단한 탐정 세 명이 철통같은 경계태세에 임하고 있다는 걸 알고 있으니 딱히 불안해할 일도 없었다.

칸막이 좌석 내부에는 두 명의 신사가 버티고 서 있었다. 먼저 통통한 체격의 바람둥이 보석상 반 우벤이었는데, 머리 모양이라든가 일부러 발갛게 화장한 광대뼈의 부자연스러운 인상 때문에 마치 목신(牧神) 같은 기이한 몰골이었다. 그가 어떻게 그 많은 재산을 모았는지 사람들은 잘 알지 못했다. 전에는 모조 진주를 취급했던 일개 상인이었지만, 한 차례 기나긴 여행길에서 느닷없이 다이아몬드의 대가가 되어 돌아온 그의 변신이 과연 어떤 과정을 밟아 가능했던 건지는 완전히 베일 속에 가려져 있었다.

또 한 사람, 어둠 속에 조용히 묻혀 있는 신사는 어슴푸레한 윤곽으로 미루어 젊고 날씬하면서도 당당한 체격의 소유자라는 것은 얼추 짐작할 만했다. 실은 그 유명한 장 데느리스로, 석 달 전 모터보트 한 척에 달랑 의존해 단신 세계일주를 마치고 돌아온 몸이었다. 바로 지난주에 그와 통성명을 한 반 우벤이 직접 레진에게 소개해서 이 자리에 참석하게 된 것이었다.

관객들이 열중하는 가운데 첫 발레 공연이 진행되었다. 막간이 되자 나갈 채비를 갖춘 레진이 잠시 구석 쪽에서 잡담을 벌였다. 그런데 반 우벤을 대하는 태도가 다소 까칠한 반면, 데느리스와는 농을 즐기듯 친근한 것이었다.

급기야 반 우벤이 한마디 했다.

"어허, 이것 봐요, 레진! 당신 그러다가 저 뱃사람 후딱 돌게 만드는 것 아닌지 모르겠소! 1년 동안을 물 위에서만 살다 온 사람이라 약간의 자극에도 후끈 달아오른다는 걸 감안해야지."

반 우벤은 평소 상스러운 농담을 하면서 떠들썩하게 웃어대곤 했는데, 지금도 마찬가지였다.

레진이 곧바로 제동을 걸었다.

"이보세요. 당신이 그렇게 먼저 웃어대지만 않았어도, 난 그런 말이 무슨 우스갯소리가 될까 싶었을 겁니다."

반 우벤은 금세 안색이 어두워지면서 한숨을 내쉬더니 이번엔 남자를 돌아보며 말했다.

"데느리스, 내 하나 충고하리다. 이 여자한테 정신 팔지 않기를 바라오. 나 역시 잘못 정신을 팔았다가 불행하게도 지금 이렇게 돌멩이처럼 이리저리 차이고 있으니 말이외다. 여자 입장에선 한마디로 보석을 차는 꼴이지만."

마지막은 천천히 돌아서며 슬쩍 덧붙인 말이었다.

한편 무대 위에선 어느덧 의상쇼가 시작되고 있었다. 출전자들은 저마다 2분씩 무대 위를 서성대든지 살짝 앉으면서 의상실 모델들이 하듯 움직였다.

레진은 자기 차례가 다가오자 자리에서 일어났다.

"아, 좀 겁이 나는군요. 만약 1등을 못 먹으면 권총으로 머리를 쏴서 죽어버릴 테야. 므슈 데느리스, 당신은 어디에 표를 줄 생각이죠?"

여자의 질문에 남자가 깍듯하게 허리를 숙이며 대답했다.

"가장 아름다운 여인에게 표를 던질 겁니다."

"옷 얘기를 하는 거예요."

"사실 옷에는 관심 없어요. 중요한 건 얼굴과 몸에서 우러나는 아름다움이죠."

그러자 레진이 대꾸했다.

"그런 거라면 지금 사람들이 갈채를 보내는 저 젊은 여자한테나 찬사를 보내시지 그러세요. 언론에서도 보도가 된 셰르니츠 메종(maison. 패션업을 전문으로 하는 회사를 일컫는다—옮긴이) 소속 모델인데, 자신이 직접 의상을 고안하고 동료들한테 제작을 맡기곤 하죠. 정말 매력적인 처녀랍니다."

실제로 젊은 여자는 유연하고 섬세하며 조화롭기 그지없는 자태로 무엇이 우아함의 극치인지를 유감없이 보여주고 있었다. 또한 은은한 몸의 굴곡에 따라 매우 단순하면서 순결하게 드러나는 의상의 윤곽이 참신한 발상과 완벽한 취향을 고스란히 드러냈다.

장 데느리스는 프로그램을 들추면서 내뱉었다.

"아를레트 마졸이죠?"

"네."

레진의 대답이었다.

그러면서 일말의 시샘이나 샐쭉한 기색 없이 덧붙였다.

"나더러 심판을 하라면 저 아를레트 마졸을 최고의 자리에 앉히는 데 조금도 주저하지 않을 거예요."

순간 반 우벤이 발끈했다.

"그럼 당신 튜닉은 어찌 되는 거요, 레진? 저 모델의 싸구려 차림새가 당신의 그 튜닉에 어찌 비한단 말이오?"

"옷이 얼마나 비싼지는 하등의 상관이 없어요."

"오, 레진! 가격은 항상 다른 무엇보다 중요한 겁니다. 그렇기 때문에 당신더러 정신 바짝 차리고 있으라고 권하는 거고요."

"무엇 때문에 그래야 하죠?"

"그야, 날치기 때문이죠. 당신이 입고 있는 그 튜닉에 달린 것들은 결코 복숭아씨 따위가 아니라는 사실을 잊지 말아요."

반 우벤은 또다시 요란하게 웃었다. 하지만 장 데느리스마저 정색하며 맞장구를 치는 것이었다.

"반 우벤의 말씀이 옳습니다. 아무래도 우리가 동행해야겠어요."

"어머, 말도 안 돼!"

레진은 곧장 반박했다.

"좀 전 그 말씀은 알아서 새겨들을게요. 하지만 오페라극장 무대 위에 올라서서까지 나도 그렇게 맹꽁이는 아니랍니다."

"게다가 치안국 반장으로 있는 베슈가 모든 걸 책임지고 있으니까."

반 우벤의 말에 데느리스는 잔뜩 흥미로운 눈초리로 물었다.

"베슈를 아십니까? 바네트 탐정사무소의 그 수수께끼 같은 짐 바네트와 협력작전을 펼친 덕에 유명해진 경찰 베슈를 아세요?"

"아하, 그 사람한테 빌어먹을 바네트가 뭐 어쨌다는 얘기 따윈 꺼내지 않는 게 좋아요. 그 인간 얘기만 나왔다 하면 몸져누울 정도이니까요. 아마 바네트한테 호되게 당했던 경험이 있었나 봅니다."

"네, 나도 그런 얘기를 들은 적이 있습니다. 금이빨을 한 사나이 얘기라든가, 베슈의 아프리카 탄광 주식에 관한 얘기들 아닌가요(『바네트 탐정사무소』 참조—옮긴이)? 아무튼 바로 그 베슈가 당신 다이아몬드의 안전책을 총지휘하고 있단 말입니까?"

"그렇소. 지금은 10여 일 정도 여행을 떠나 있지만, 대신 나를 위해 무척 비싼 값으로 세 명의 전직 경찰관을 고용해 저기 문을 지키도록 조치를 취해주었죠."

데느리스는 은근히 짚고 넘어갔다.

"웬만한 술책을 무력화시킬 생각이라면 저런 자들 일개 연대쯤은 고용했어야 하는데."

한편 자리를 박차고 나선 레진은 탐정들을 옆구리에 거느린 채 무대 뒤로 파고들었다. 그녀가 선보일 차례는 열한 번째. 열 번째 출전자의 순서가 끝나고 나서 약간의 시간적 간격이 있었고, 모두들 그녀가 나타나기를 엄숙한 심정으로 기다렸다. 사방이 조용한 가운데 저마다 자세를 고정시키고 무대 위로 시선을 집중했다. 어느 한순간 엄청난 환호성과 더불어 레진이 무대 앞으로 걸어나왔다.

완벽한 아름다움과 지고의 우아함이 결합된 모습 속에는 대중을 일거에 호리는 마력이 존재하는 법. '경탄할 만한' 레진 오브리와 그 화려하고 세련된 의상이 한데 어울리면서 사람들은 원인을 딱히 꼬집을 수 없는 충격에 휩싸였다. 뭐니 뭐니 해도 모두의 시선을 붙잡은 것은 보석에서 뿜어져 나오는 강렬한 빛이었다. 치마 위 허리춤에서 보석 띠로 질끈 조인 튜닉이 화사한 은실로 수놓아져 있었고, 오로지 다이아몬드로만 이루어진 듯한 가슴받이가 눈부신 빛을 발했다. 보석들 하나하나의 광채가 서로 교차하면서 한데 어우러져, 여자의 상체를 그야말로 한 덩어리 현란한 화염의 전율로 휘감는 중이었다.

반 우벤의 입에서 탄성이 튀어나왔다.

"우와! 생각했던 것보다 훨씬 아름다워! 세상 둘도 없는 말괄량이한테 저 성스러운 보석들이 어쩌면 저리도 잘 어울릴까! 혹시 조상 중에 여자 황제라도 있었던 거 아냐?"

그는 약간 어조를 달리하며 빈정대기 시작했다.

"이봐요, 데느리스. 내 비밀 한 가지 공개하리다. 내가 왜 보석들로 레진을 저리 치장하는 줄 아시오? 우선 저 여자가 내게 손을 내미는 그날 모든 걸 선물로 희사하기 위해서이지. 아, 물론 그녀의 왼손이죠(이 대목에서 그는 저도 모르게 웃음을 흘렸다). 아울러 그렇게 되면 앞으로 그녀의 행동거지 일체를 내게 보고해줄 근위대를 그녀 주변에 포진시킬 수도 있다는 얘기가 되지요(앞에서 '왼손이죠'라는 표현은 레진과 내연관계를 맺는다는 것을 암시한다. 프랑스어로 '왼손의 결혼(mariage de la main gauche)'이란 표현은 내연관계라는 뜻을 지니고 있다—옮긴이). 오, 그렇다고 내가 뭐 딱히 집적대는 놈팡이들이라도 있을까 봐 걱정해서 그러는 건 아닙니다. 그저 내 스스로가 항상 눈을 부릅뜨고 조심을 기하는 부류에 속한다고나 할까."

그는 상대의 어깨를 손으로 툭툭 두드렸는데, 마치 이렇게라도 말하는 듯했다.

'그러니 이 친구야, 정신 차리고 비빌 데 가서나 비비라고!'

데느리스는 얼른 눈치채고는 안심하라는 투로 대꾸했다.

"나에 대해서는 마음 놓아도 될 거외다, 반 우벤. 난 결코 아무 여자한테나 공연히 치근대는 타입이 아니니까. 하물며 아그들 여자를 건드리다뇨."

순간 반 우벤은 인상을 찌푸렸다. 방금 장 데느리스의 어투가, 하긴 늘 그렇지만 자칫 모욕적으로 들릴 수 있을 만큼 잔뜩 배배 꼬여 있었기 때문이다. 이참에 분명히 해둘 건 해두어야겠다는 심사로 반 우벤은 데느리스에게 바짝 고개를 들이대며 말했다.

"가만있자, 날 당신 '아그들' 중 하나로 보시는지?"

그러자 이번엔 데느리스 쪽에서 상대의 팔을 와락 움켜잡으며 내뱉었다.

"입 다무시오."

"뭐? 뭐라고? 이젠 아주!"

"닥치라니까!"

"어어, 왜 이러는 거요?"

"뭔가 이상하게 돌아가고 있소."

"어디가 말이오?"

"저기 무대 뒤쪽."

"무슨 일인데 그래요?"

"당신 다이아몬드에 문제가 생겼소."

반 우벤은 펄쩍 뛰었다.

"아니, 어떻게?"

"잘 들어봐요."

잔뜩 귀를 기울이던 반 우벤이 우물거렸다.

"아무 소리도 안 들리는데."

"글쎄요, 내가 잘못 판단했을 수도 있겠죠. 하지만 아까는 왠지……."

데느리스는 미처 말을 마칠 수가 없었다. 그의 주위를 끌었던 바로 그 '무슨 일'이 저 무대 구석 쪽으로부터 실제로 일어나고 있는 것처럼, 오케스트라의 앞쪽 열들과 무대 바로 앞의 관객석들이 때마침 웅성웅성 동요하기 시작한 것이다. 사람들이 저마다 기겁을 한 표정으로 자리에서 벌떡벌떡 일어나고 있었다. 정장을 차려입은 두 명의 신사가 무대를 가로질러 달려가는 모습이 보였다. 그리고 갑자기 요란한 굉음이 울려 퍼졌다. 무대장치 기사가 고래고래 소리를 지른 건 바로 그때였다.

"불이야! 불이야!"

우측에서 일거에 섬광이 뻗어나왔다. 동시에 매캐한 연기도 뭉실뭉실 소용돌이쳤다. 무대 위에선 단역 발레 댄서들과 무대장치 기사들이 이쪽에서 저쪽으로 우르르 몰려가고 있었다. 그 와중에 마찬가지로 우측에서 불쑥 튀어나온 한 남자가 얼굴이 가려지도록 손에 든 모피 망토 자락을 흔들어대며, 무대장치 기사들과 더불어 악을 써댔다.

"불이야! 불이야!"

레진은 얼른 무대를 벗어나려고 했지만, 갑자기 힘이 부치는지 휘청 무릎을 꿇었다. 모피 망토를 들고 뛰던 남자가 후닥닥 여자를 감싼 뒤, 어깨 위에 냅다 짊어지고 흩어지는 군중 속으로 뛰어들었다.

한편 장 데느리스는 본격적으로 행동에 뛰어들기 전에 2층 칸막이석 난간 위로 번쩍 올라서서, 이미 공황 상태에 빠져 아우성치는 1층의 군중을 굽어보며 대차게 내질렀다.

"동요하지 마시오! 이건 사전에 조작된 일입니다!"

그러고는 레진을 들쳐 업고 막 지나가는 남자를 가리키며 외쳤다.

"저자를 붙잡아요! 저자를 붙잡아!"

하지만 이미 때는 늦었고 사태는 눈 깜짝할 사이에 지나가버렸다. 모두들 좌석에 다시 착석해 차츰 안정을 되찾아가고 있었다. 무대 위에선 아직도 우왕좌왕하는 상황이 계속되고 있었다. 그 소란 속에 제대로 된 말소리 하나 분간할 수 없을 지경이었다. 데느리스는 1층으로 훌쩍 뛰어내려 객석과 오케스트라석을 가뿐히 넘었고, 결국 무대 위로 뛰어올랐다. 그는 계속해서 사람들과 휩쓸려 배우 전용 출입구로 내달아 오스망 대로로 빠져나갔다. 하지만 어디서 찾는단 말인가? 레진 오브리의 행방을 그 누구에게 묻는단 말인가?

닥치는 대로 사람들을 붙잡고 물어봤지만 봤다는 이가 없었다. 워낙 총체적인 혼란 속에서 모두들 제 생각만 하는 바람에, 습격자는 누구의 주목도 끌지 않은 상태로 레진 오브리를 손쉽게 들쳐 업고 복도와 계단을 겅중겅중 지나 휭하니 밖으로 빠져나갈 수 있었으리라.

문득 돌아보니 뚱뚱보 반 우벤이 발그스레한 광대뼈 화장기가 진땀으로 범벅되어 양 볼까지 번져 내린 몰골로 헉헉대며 다가와 있었다.

"여자가 감쪽같이 사라져버렸소. 이게 다 당신의 그 다이아몬드 때문이오. 아마 대기하고 있던 자동차에 여자를 던져 넣고 줄행랑을 친 모양이오."

데느리스의 말에 반 우벤은 무턱대고 호주머니에서 권총부터 빼 들었다. 데느리스는 상대의 손목을 거칠게 낚아채 비틀며 일갈했다.

"자살이라도 하려는 거요?"

"우라질, 그게 아니고. 놈을 죽여버릴 테야! 그놈을!"

"그놈이 누군데?"

"도둑놈 말이오! 반드시 찾아낼 것이오. 그래야만 해! 천지를 뒤집어서라도 반드시!"

마치 정신이 나간 사람처럼 그는 떠들썩하게 웃어대는 사람들 가운데서 어쩔 줄 모른 채 제자리를 빙글빙글 맴돌았다.

"아, 내 다이아몬드들! 이대로 당하고 있을 순 없어! 내게 이럴 수는 없다고! 이건 정부가 책임져야 해!"

데느리스의 생각은 하나도 틀린 게 없었다. 실신한 레진을 모피 망토로 둘둘 말다시피 해서 어깨에 들쳐 업은 사내는 오스망 대로를 가로질러 곧장 모가도르 가로 향했다. 자동차 한 대가 대기 중이었고, 그가 다가가자 문이 열리면서 두꺼운 레이스로 얼굴을 가린 한 여인이 팔을 내밀었다. 사내는 레진을 인계하면서 말했다.

"성공했어! 정말 기적이야!"

그러고 나서 문을 닫은 사내는 앞좌석으로 올라타 곧장 차를 출발시켰다.

여배우가 빠져든 혼수 상태는 그리 오래가지 않았다. 화재 현장, 혹은 화재라고 생각했던 상황에서 멀어지면서 정신이 든 그녀는 우선 자신을 구해준 사람, 혹은 사람들에게 고맙다는 인사를 해야겠다는 생각부터 떠올렸다. 하지만 그와 거의 동시에 머리 전체를 두텁게 감싼 무언가가 답답했고, 호흡은 물론 보는 것조차 곤란한 처지임을 느꼈다.

"대체 무슨 일이죠?"

그녀가 중얼대자, 여자 음색의 나지막한 목소리가 귓가에서 속삭였다.

"움직이지 마세요. 소리 지르거나 하면 당신만 손해입니다."

하지만 어깨에 문득 섬뜩한 통증을 느낀 레진은 소리를 안 낼 수가 없었다.

그러자 여자 목소리가 곧장 돌아왔다.

"오, 별것 아니에요. 단도 끝입니다. 어디, 좀 더 힘을 줄까요?"

레진은 더 이상 옴짝달싹할 수 없었다. 하지만 생각만큼은 차근차근 정돈이 되어갔고, 상황은 서서히 본래 모습을 되찾아가기 시작했다. 활활 치솟던 불꽃을 언뜻 본 기억과 더불어 화재 광경을 떠올리면서 그녀가 중얼거렸다.

"난 납치된 거야. 누군가 혼란을 틈타 나를 업어갔어. 다른 공범도 있는 것 같고."

그녀는 아직 자유로운 손으로 몸 여기저기를 더듬더듬 만져보았다. 다이아몬드 가슴받이는 그대로 있었고 상태도 멀쩡하게 느껴졌다.

자동차는 빠른 속도로 나아갔다. 어느 길로 어떻게 달리는지는 워낙에 캄캄한 감옥 속 같은 상황인지라 가늠할 엄두도 내지 못했다. 다만 여러 차례 급격한 커브를 비롯해 이리저리 우회하는 느낌이었는데, 아마도 혹시 있을지 모를 추적을 따돌리거나 포로가 행로를 눈치채지 못하게 하기 위함인 듯했다.

아무튼 그 어떤 입시세관소 앞에서도 정차한 것 같진 않은데, 결국 그렇다면 파리를 벗어나진 않았다는 얘기가 된다. 아울러 강렬한 전기 불빛이 빈번하게 차 안으로 들이치는 것도 언뜻언뜻 감지했다.

레진은 여자의 압박이 다소 느슨해져서 망토 자락이 살짝 벌어지는 틈을 이용해, 모피뭉치를 잔뜩 그러쥔 그녀의 손가락 일부를 얼추 보았다. 그중 검지에는 삼각구도로 배열된 섬세한 진주알 세 개로 이루어진 반지가 끼워져 있었다.

자동차는 최소한 20여 분은 달렸다. 그러고 나서야 점점 속도가 줄더니 마침내 멈추었다. 앞좌석의 사내가 훌쩍 내렸고, 뒤를 이어 어떤 커다란 문의 문짝 두 개가 묵직하게 차례차례 열리는가 싶더니, 안뜰인 듯한 어디론가 차가 들어갔다.

여자는 레진의 시야를 있는 대로 가린 다음 공범의 도움을 받아 차에서 내리게 했다.

돌로 된 계단 여섯 개를 걸어 올라갔다. 이어서 타일을 깐 현관을 가로질렀고, 낡은 난간을 갖춘 스물다섯 계단의 양탄자 깔린 층계를 따라 올라가 2층의 어느 방으로 들어섰다.

이번에는 사내 쪽에서 마찬가지의 매우 나직한 목소리로 귀엣말을 건네왔다.

"이제 다 왔소. 거칠게 대할 생각은 없소. 당신의 그 다이아몬드 튜닉을 순순히 내놓기만 하면 별다른 해는 끼치지 않을 것이오. 내 말, 알아듣겠소?"

"싫어요!"

레진은 단호하게 내쳤다.

"강제로 빼앗는 것도 우리에게 식은 죽 먹기나 다름없소. 아까 차 안에서도 충분히 그럴 수 있었지."

"안 돼요! 안 돼! 이 튜닉만큼은 절대로!"

가냘프게나마 흥분에 복받친 레진에게 사내는 또박또박 말했다.

"그걸 차지하기 위해 모든 걸 감수했소. 그리고 이제 이 손아귀에 들어왔고. 그러니 앙탈 부려봐야 소용없어요."

여배우는 악착같이 몸을 뻗댔다. 그러나 바짝 다가온 사내의 입에선 연신 이런 중얼거림이 새어나왔다.

"내가 손수 해야만 하겠소?"

레진은 억센 손 하나가 옷의 가슴받이 부분을 움켜쥐는가 하면, 어깨의 맨살을 슬그머니 더듬는 걸 느꼈다. 정말이지 질겁하지 않을 수 없었다.

"손대지 말아요! 이러지 말라니까! 알았어요, 당신이 원하는 거…… 모두 알았으니, 제발 손대지만 말아요!"

사내는 즉시 몸을 뗐고 뒤로 물러나 지켜보았다. 그 바람에 몸을 덮고 있던 모피가 스르륵 흘러내렸는데, 그제야 레진은 그게 원래 자기 옷인 걸 깨달았다. 갑자기 기운이 빠져나가면서 그 자리에 털썩 주저앉았다. 이제는 방이 한눈에 들어왔고, 보석 가슴받이와 은자수 튜닉의 훅을 끄르고 있는 얼굴 가린 여자가 검은색 벨벳 줄무늬를 댄 자줏빛 의상을 입고 있는 것도 볼 수 있었다.

전등불로 환하게 조명된 방은 알고 보니 큼직한 응접실이었다. 푸른 비단 천을 두른 걸상과 안락의자들이 놓여 있었고, 장식용 태피스트리 작품들이 시원스레 걸려 있는 데다, 이런저런 백색 목재 가구와 콘솔들이 경탄할 만한 루이 16세 스타일을 보란 듯이 과시했다. 금도금한 청동 그릇 두 개와 초록색 대리석으로 된 원통형 추시계가 본때를 더해주는 거대한 맨틀피스 위로 거울이 한 자리를 차지했고, 벽을 돌아가며 네 개의 벽등이, 천장에는 정교한 수정 장식알들이 빽빽한 샹들리에가 두 개나 걸려 있었다.

베일 쓴 여자가 튜닉과 가슴받이를 몸에서 걷어내고 두 팔과 어깻죽지가 훤히 드러나도록 은실로 가장자리를 수놓은 모피만 덩그러니 걸쳐놓는 동안, 레진은 이 모든 세세한 사항을 머릿속에 입력했다. 각종 재질의 목재 마루널들이 십자형으로 엇갈린 바닥과 마호가니 다리가 달린 등받이 없는 의자도 눈에 들어왔다.

탈취작업이 완료되자마자 전등불이 일시에 꺼졌다. 어둠 속에서 목소리가 들려왔다.

"다 되었소. 그만하면 처신을 잘 해준 편이오. 이제 다시 모셔다드리리다. 보시다시피 당신 모피 망토는 그대로 되돌려드립니다."

또다시 얼굴 주위로 뭔가 가벼운 천이 휘감겼는데, 여자의 얼굴을 가리고 있던 레이스 베일과 비슷한 재질 같았다. 그녀는 곧장 차에 태워졌고, 또다시 커브로 점철된 귀갓길이 이어졌다.

"다 왔소."

사내가 문을 열어 내려주면서 속삭였다.

"보시다시피 뭐 하나 심각한 일은 없었소. 당신은 어디 하나 긁힌 데 없이 무사히 돌아온 거요. 다만 한 가지 노파심에서 충고할 것은 이제까지 언뜻 보았거나 짐작한 사항들에 대해서는 앞으로 입도 뻥끗해선 안 된다는 것이오. 당신의 다이아몬드는 도둑맞은 겁니다. 그게 전부요. 나머지는 깔끔히 잊어버리도록 하시오. 그럼 이만 실례하겠소."

자동차는 횡하니 멀어져 갔다. 베일을 얼른 벗어보니 다름 아닌 트로카데로 광장이었다. 숙소에서 그리 먼 데가 아니었음에도(그녀는 앙리마르탱 가도 어귀에 살았다), 거기까지 도달하는 데 안간힘을 써야만 했다. 그만큼 다리가 후들거렸고, 심장은 가슴이 찌릿하도록 뛰었다. 이러다간 언제 핑그르르 돌아 한순간 무너져버릴지 알 수 없을 정도였다. 거의 기운을 잃어갈 즈음, 저만치 누군가가 이쪽으로 달려오는 모습이 보였다. 마침 맥없이 쓰러지려는 찰나, 여자는 장 데느리스의 품에 풀썩 안겨버렸다. 남자는 축 늘어진 여자의 몸을 한산한 길가 벤치에 앉혔다.

매우 그윽한 음성으로 남자가 말했다.

"기다리고 있었습니다. 다이아몬드를 빼앗은 다음엔 집 근처로 순순히 데려다줄 거라 예상은 하고 있었어요. 뭐하러 당신을 계속 붙잡아두고 있겠습니까? 그건 너무 위험한 짓이죠. 아무튼 잠시 이대로 쉬는 게 좋겠습니다. 더 이상 울지 말고요."

솔직히 거의 안다고 할 수도 없는 이 남자를 향해 갑작스러운 신뢰감이 치밀어 오르면서 모든 긴장이 풀렸는지 여자는 자기도 모르게 흐느꼈다.

"너무 무서웠어요. 아직도 그렇고요. 그나저나 그 다이아몬드들은……."

잠시 후, 남자는 여자를 부축해 건물 안으로 들어섰고 승강기를 이용해 숙소로 인도했다.

그곳엔 오페라극장에서부터 기겁을 한 채 허겁지겁 돌아온 하녀와 그 밖의 다른 하인들이 걱정스레 늘어서 있었다. 조금 있자니 반 우벤이 휘둥그런 눈을 치뜨고 불쑥 들어섰다.

"내 다이아몬드! 그거 가지고 왔소, 레진? 죽기를 각오하고서라도 내놓진 않았겠지, 엉? 내 다이아몬드 말이오!"

그러나 보석 가슴받이와 튜닉이 몽땅 사라진 걸 깨닫자 발작을 일으키는 것이었다. 장 데느리스가 호통을 쳤다.

"잠자코 있어요! 숙녀께 안정이 필요하다는 거 모르겠소?"

"내 다이아몬드! 모두 사라져버렸어. 아, 베슈가 있었더라면…… 내 다이아몬드!"

"그건 내가 돌려드리리다. 그러니 우릴 가만 좀 내버려두시오."

레진은 디방에 쓰러져 깊은 탄식과 함께 경련에 떠는 몸을 연신 들썩였다. 데느리스는 그녀의 마음을 가라앉히려고 이마와 머리카락 등에 가볍게 입을 맞춰대고 있었다.

"아니, 지금 뭐하고 있는 거요? 대체 그게 무슨 짓이야?"

반 우벤의 벽력같은 고함에 장 데느리스는 아무렇지도 않게 대꾸했다.

"글쎄, 잠자코 있으라니까. 이건 기운을 되찾도록 해주는 가벼운 마사지 이상 그 무엇도 아니오. 이러다 보면 신경계통에 안정이 이루어지고 혈액 순환도 좋아져서 결국 온몸에 훈훈한 온기가 감돌게 되는 거라오. 마치 최면술사의 손놀림과도 같은 거란 말이지."

반 우벤이 눈을 부라리며 지켜보는 가운데, 남자는 기분 좋은 잔일을 계속 이어갔고, 그에 따라 점차 생기를 되찾은 레진은 이 절묘한 요법에 기꺼이 몸을 내맡겼다.

2
모델 아를레트

때는 그로부터 일주일이 지난 어느 오후 저물 무렵이었다. 거물급 디자이너인 셰르니츠의 고객들이 몽타보르 가의 큼직큼직한 살롱들을 하나둘 떠나갈 즈음, 스케줄이 덜 빡빡한 아를레트와 동료들은 모델 전용으로 마련된 방에서 카드를 치거나 초콜릿을 먹는 등, 각자 자기들 좋아하는 심심풀이에 빠져 있었다.

"정말로 아를레트, 얘는 카드점에 온통 연애와 행복과 재산밖에는 나오질 않네!"

누군가 소리치자, 또 다른 아가씨가 화답했다.

"정말 그럴 거야. 아를레트의 행운은 이미 오페라극장 경연대회에서 시작된 거나 다름없잖니. 1등상을 거머쥐었으니 말이야!"

아를레트가 잘라 말했다.

"사실 내가 받을 상은 아니었어. 레진 오브리가 나보다 훨씬 나았다고."

"쓸데없는 소리! 분명 너한테 몰표가 갔었어."

"사람들이 자기들이 하는 행동을 잘 모르고 그런 거야. 화재가 발생하는 바람에 그만 객석이 4분의 3 정도까지 비어버렸어. 그런 상황에서 투표는 무의미해."

"하여튼 너는 항상 남 앞에선 그렇게 나 죽었소 한다니까! 이봐 아를레트, 네가 그런다고 레진 오브리 그 여자 속이 편해지는 건 아니야."

"오, 천만에. 그녀가 날 보러 와서는 힘껏 포옹을 해주었단다."

"치, 그야 '억지로' 껴안은 거겠지."

"그 여자가 뭐하러 날 두고 시샘을 하겠니? 얼마나 예쁜 여자인데!"

그때 견습 재봉공이 석간신문을 가져왔다. 아를레트는 신문을 펼쳐 들자마자 말했다.

"어머, 이것 봐! 조사 얘기가 실렸네. '다이아몬드 도난사건.'"

"어디 소리 내서 읽어봐, 아를레트."

"그래, 잘 들어봐!"

오페라극장에서 벌어진 수수께끼 같은 사건에 대해선 아직도 수사가 진행 중이다. 검찰청이나 경시청 모두 이번 사건은 레진 오브리의 다이아몬드를 처음부터 노리고 계획적으로 저지른 범행이라 보고 있다. 아리따운 연예인을 납치했던 남자는 얼굴을 철저히 은폐해서 어렴풋한 인상착의조차 파악되지 않고 있다. 지금으로선 그 남자가 꽃 배달부로 분장해 극장 안으로 침입한 뒤, 문짝 옆에다 큼직한 꽃다발을 내려놓은 걸로 추정하고 있다. 희생자의 하녀는 그 남자를 언뜻 본 것 같다면서 밝은 계통의 발목까지 덮는 모직 신발을 신은 걸로 기억한다고 진술했다. 조화로 이루어진 꽃다발에는 인화물질이 듬뿍 발라져 언제라도 방화가 가능했던 걸로 추정된다. 예상한 대로 화재가 발발해 순식간에 혼란이 일자, 하녀가 들고 있던 모피 망토를 낚아채는 건 그리 어렵지 않았을 것이고, 나머지 작전을 수행하는 데도 별 지장이 없었을 것이다. 이미 여러 차례 조사를 받은 바 있는 레진 오브리가 자동차의 진행경로나 납치범과 그 공범에 대해 이렇다 할 진술을 하지 못하는 상황에서 더 이상은 왈가왈부할 수 없는 실정이다. 다만 그녀는 일부 부차적인 세부사항들만 일관되게 기억하고 있으며, 보석 가슴받이를 강탈당했던 개인 전용 호텔에 관해서 이런저런 묘사를 하고 있을 뿐이다.

"저런! 그런 곳에서 범인 남녀와 달랑 있었다니, 엄청 무서웠겠다! 넌 어때, 아를레트?"

"나도 마찬가지야. 다만 좀 더 발악은 해봤겠지. 순간적인 용기가 좀 있는 편이거든. 기절을 하든 까무러치든, 그건 나중 일이고."

"그나저나 그 남자, 너 혹시 오페라극장에서 봤니?"

"내가 보다니, 전혀! 봤다면 우왕좌왕하는 그림자나 봤겠지. 그나마 뭐가 뭔지 생각해볼 겨를도 없었다고. 그 지경에서 벗어나려고 허둥대기에 바빴으니까. 한번 생각해봐! 불이 났단 말이야, 불!"

"그럼 정말 아무것도 기억나는 게 없어?"

"있긴 있지. 반 우벤의 얼굴. 무대 뒤에서 얼추 본 것 같아."

"그를 아니?"

"그렇진 않지만 고래고래 소리 지르는 걸 보고 알았지. '내 다이아몬드! 무려 1000만 프랑어치란 말이다! 아, 끔찍해라! 이런 재앙이 있나!' 그러면서 마치 발바닥이 타들어가기라도 하듯 마룻바닥 위를 껑충껑충 뛰면서 난리를 피우는 거야. 그걸 보고 모두들 얼마나 배꼽을 잡던지."

여자는 슬그머니 일어서서 반 우벤처럼 껑충껑충 뛰어 보이며 장난을 치기 시작했다. 허리춤이 약간 조이는 검은 서지 천의 단출한 옷차림인데도, 그녀는 오페라극장에서의 부티 나는 의상 못지않게 곡선미 넘치는 우아한 자태였다. 늘씬하게 균형 잡힌 몸매는 이 세상 가장 완벽한 경지를 드러내고 있었으며, 세련되고 섬세한 얼굴과 파리한 피부, 웨이브 진 금발 머리 모두가 그렇게 어여쁠 수 없었다.

"그래, 아를레트! 이왕 일어섰으니 어디 춤이나 한번 춰봐!"

하지만 춤을 출 줄은 몰랐다. 그래도 그녀는 이제껏 경험한 패션쇼의 하이라이트 장면에서처럼 그럴듯한 포즈와 워킹을 이리저리 선보였다. 때 아니게 펼쳐진 멋지면서도 재미나는 광경에 동료들은 마냥 즐거워했다. 모두가 아를레트를 좋아하는 듯했고, 정말로 화려한 운명이 약속된 특별한 애라고 생각하는 모양이었다.

"브라보, 아를레트! 정말 멋졌어!"

"그뿐만 아니라, 너무나 좋은 친구야! 네 덕분에 우리 중 세 명이 코트다쥐르('벽공(碧空)의 해안'이란 뜻으로 프랑스 지중해 연안을 일컬음—옮긴이)로 여행을 가게 되었잖니!"

동료들의 정겨운 호들갑 속에서 아를레트는 다소 상기된 얼굴에 두 눈을 반짝이며 가만히 앉았다. 그녀는 기분 좋은 흥분만이 아니라 약간의 우수와 아이러니까지 섞어 입을 열었다.

"난 너희들보다 좋은 애가 못 돼. 이렌, 너보다 똑똑하지도 않고, 샤를로트보다 진지하지도 못하지. 쥘리만큼 조신하지도 않고 말이야. 물론 남자들이야 나도 너희만큼 많이 따르는 편이지. 그들 모두가 내가 내키는 것 이상을 요구해. 그래도 어쩔 수 없이 난 그들한테 서비스를 하지. 그러면서 조만간 안 좋게 끝장날 거라는 걸 난 알아. 하지만 어쩌겠어? 남자들은 우리 같은 여자와 결혼할 생각은 애당초 하질 않는걸. 우리가 너무 멋진 옷을 입은 모습만 봐서인지 다들 내심은 두려워할 뿐이니 말이야."

그러자 누가 대뜸 외쳤다.

"네가 도대체 무슨 걱정이니? 카드점을 쳐보면 항상 재산이 넘친다고 나오는데."

"무슨 수로 그렇게 된다는 거야? 돈 많은 노친네라도 물어? 말도 안 되지. 아무튼 나도 성공은 하고 싶어."

"어떤 면에서 말이니?"

"글쎄, 나도 몰라. 그냥 머릿속에서 모든 게 소용돌이치는 기분이야. 사랑도 원하고, 돈도 좋고."

"둘 다 한꺼번에? 세상에, 너도 참! 뭐하러 그렇게까지나?"

"뭐하긴, 사랑은 행복하려면 필요하고."

"그럼 돈은?"

"솔직히 거기까진 모르겠어. 다만 늘 얘기했듯이 내겐 꿈이 있어. 야망도 있고. 그냥 부자가 되고 싶은 거야. 나 하나 때문이 아니고, 오히려 다른 사람들을 위해서 말이야. 너희들, 내 친구들을 위해서…… 난 말이야, 또……."

"그래, 뭔데? 계속해봐, 아를레트."

그녀는 살며시 웃으며 나지막이 말했다.

"하긴 꽤나 엉뚱한 얘기지. 애들 생각처럼 유치해. 난 딱히 나를 위해서가 아니라도 내가 마음대로 쓸 수 있도록 돈이 많았으면 좋겠어. 예를 들어 대규모 양장점의 중역이나 사장이 되고 싶어. 직원 복지에 큰 비중을 두도록 완전히 새로운 체제를 갖춘 회사 말이야. 그리고 또 여자 노동자들한테 지참금을 듬뿍듬뿍 나눠주는 거야. 그래서 모두들 자기 맘에 맞는 대로 얼마든지 시집을 갈 수 있도록 말이지."

아를레트는 제 입으로 엉뚱한 꿈이라면서 해맑게 웃었다. 하지만 듣는 동료 아가씨들은 모두 진지한 표정들이었다. 그중 한 명은 슬그머니 눈물을 훔치기까지 했다.

아를레트는 계속 얘기를 이어갔다.

"그래, 진짜 지참금 말이야. 빳빳한 현금으로 듬뿍! 난 사실 제대로 교육받은 건 아니야. 이렇다 할 자격증이 있는 것도 아니지. 하지만 이런 내 생각들을 숫자까지 명시해서, 비록 악필로나마 정리해놓은 상태라고! 스무 살엔 지참금을 마련한다…… 그러고 나서는 첫아이의 출산을 위한 채비를 하고…… 그러고 나면 또……."

그때였다.

"아를레트! 전화 받아요!"

공방의 여자 지배인이 문을 활짝 열더니 버럭 소리쳐 불렀다.

아를레트는 벌떡 일어나 파리하니 수심 가득한 얼굴로 중얼거렸다.

"엄마가 아프시거든."

다들 알다시피 셰르니츠 양장점에서는 가족의 유고나 병환 같은 심각한 소식 외엔 직원들한테 외부 전화통화가 허용되지 않았다. 아울러 사생아인 아를레트에게 너무도 사랑하는 어머니만 한 분 달랑 있으며, 전직 모델인 두 자매 모두 남자를 따라 외국으로 도망가 살고 있다는 사실은 동료들 사이에서도 잘 알려진 얘기였다.

착 가라앉은 분위기를 아를레트는 차마 떨치고 걸음을 뗄 수가 없었다.

지배인이 다그쳤다.

"어서 서두르지 않고 뭐해?"

전화기는 바로 옆방에 있었다. 반쯤 열린 문 쪽으로 아가씨들이 우르르 몰려가 귀를 기울였고, 이내 그 너머에서 더듬더듬 들려오는 친구의 가녀린 목소리를 알아들었다.

"엄마가 아프신 거죠? 어디, 심장인가요? 근데 지금 전화 거신 분 누구시죠? 마담 루뱅이세요? 목소리를 못 알아보겠네. 그럼 의사는요? 누구 말씀하시는 거죠? 브리쿠 박사…… 몽타보르 가 3-2요? 그래, 연락은 됐다고요? 나더러 그와 함께 오란 말이죠? 알았어요. 갈게요."

아를레트는 아무 말 없이 떨리는 손으로 벽장 속 모자를 집어 들고 밖으로 뛰쳐나갔다. 동료들은 일제히 창가로 달려가 가로등 불빛 속에서 여기저기 번지수를 두리번거리며 달려가는 친구의 모습을 물끄러미 바라보았다. 마침내 저만치, 3-2번지가 분명한 좌측 어느 건물 앞에서 여자의 발걸음이 멈췄다. 자동차가 한 대 서 있었고, 보도 위엔 발목까지 올라오는 밝은 색조의 신발만 분간되는 한 사내가 어렴풋한 윤곽 속에 서 있었다. 그는 문득 자신을 드러내며 말을 걸어왔고, 여자는 사내와 더불어 자동차에 올라탔다. 길 맞은편을 따라 자동차는 어디론가 쏜살같이 달려갔다.

"이상하다."

그 모든 걸 지켜보던 창가의 모델 중 한 명이 중얼거렸다.

"저 앞으로 내가 매일 지나치는데, 건물 어디에도 의사 문패는 본 적이 없어. 누구, 3-2번지에 사는 브리쿠 박사라고 들어본 적 있니?"

"아니. 하지만 마차가 통과하는 이 구역의 정문 구리 문패엔 있을지도 모르지."

보다 못한 지배인이 끼어들었다.

"정 의심스러우면 전화번호부를 뒤져보면 될 것 아니야. 『파리 사교계 인명록』을 찾아보든지."

말이 떨어지기 무섭게 다시 옆방으로 우르르 몰려간 아가씨들은 떨리는 손으로 두 권짜리 두툼한 책자를 집어 들고 마구 헤집기 시작했다.

"만약 3-2번지에 브리쿠 박사나, 아니면 다른 의사라도 산다면 전화는 없는 처지라는 얘기야."

이름이 전화번호부에 없음을 확인하자 똑 부러진 말투로 아가씨 한 명이 외쳤고, 누군가 그에 화답했다.

"『파리 사교계 인명록』에도 브리쿠 박사라는 사람은 안 나와. 몽타보르 가이건 그 어디에건 그런 사람 없다고!"

금세 분위기는 불안과 초조로 어수선해졌다. 각자 자기들 생각을 토해냈는데, 그럴수록 얘기는 점점 더 모호한 지경이 되어갔다. 지배인으로서도 이젠 위에다 보고할 수밖에 없는 문제라는 판단이 들었고, 잠시 후 셰르니츠 본인이 나타났다. 빈약한 체격에 투박하게 생긴 데다 옷차림도 무슨 짐꾼 같은 행색이었지만, 엄연한 이곳 창업주로 명실상부한 디자이너였다. 그는 늘 침착을 우선시하면서 이런 돌발적인 사태에 직면할수록 어떤 정확한 행동을 취해야 할지 즉각적으로 판단해야만 한다고 늘 역설해오던 터였다.

"공연히 머리만 굴릴 필요 없어. 여러 말할 것 없이 즉각 행동에 돌입하는 거야."

그는 냉정하게 전화기를 집어 들고 전화번호를 댔다. 연결이 되자 곧장 말했다.

"여보세요…… 마담 레진 오브리 댁입니까? 마담 레진 오브리에게 디자이너 셰르니츠가 말씀 좀 나누고 싶다고 전해주시겠습니까? 네, 알겠습니다."

잠시 기다린 다음 다시 통화가 이어졌다.

"네, 마담. 셰르니츠입니다. 비록 당신을 우리 고객으로 모시지는 못합니다만, 지금 같은 경우에는 이렇게 전화를 드리지 않을 수가 없었습니다. 실은 우리 가게에 모델로 고용하고 있는 아가씨 한 명이…… 아, 여보세요? 네, 네, 아를레트 마졸입니다. 네, 감사합니다…… 하지만 저는 개인적으로 당신 쪽에 투표를 했답니다. 그날 저녁 당신이 걸친 의상이야말로…… 아, 용건부터 말하라고요? 여러 정황으로 보건대 아를레트 마졸이 납치된 것 같다는 생각입니다. 그것도 당신을 납치했던 바로 그 용의자에 의해서 말입니다. 제 생각엔 당신을 포함해서 이번 사건으로 당신을 돕는 분들이 이 일에 관심을 가지실 것 같아 전화를 드리는 겁니다만…… 여보세요…… 베슈 반장을 기다리는 중이라고요? 알겠습니다. 그렇군요. 지금 당장 찾아뵙고 필요한 모든 정보를 제공하도록 하지요."

디자이너 셰르니츠는 전화기를 내려놓자마자 밖으로 나서면서 내뱉었다.

"이렇게 하면 되는 거야. 다른 건 신경 쓸 필요 없다고."

한편 아를레트 마졸이 처한 상황 역시 레진 오브리의 경우와 마찬가지였다. 자동차 구석에 또 다른 여자 한 명이 진을 치고 있었던 것이다. 자칭 의사라는 사내가 여자를 소개했다.

"마담 브리쿠입니다."

아니나 다를까, 두터운 베일로 얼굴을 가린 행색이었다. 게다가 어느덧 어둑한 시각이었고, 아를레트는 어머니 생각뿐이었다. 그녀는 다짜고짜 쳐다보지도 않고 의사에게 물었다. 그랬더니 쉰 목소리로 대답하기를, 고객 중 한 명인 마담 루뱅에게서 전화가 왔는데, 이웃 중에 돌봐야 할 환자가 있으니 급히 와달라면서, 오는 길에 환자의 따님을 동행해달라고 부탁했다는 것이었다. 그 이상은 자기도 모른다고 했다.

자동차는 리볼리 가를 따라 콩코르드 광장 방향으로 진행하고 있었다. 그런데 바로 그 광장을 지나면서 갑자기 베일 쓴 여자가 아를레트를 무슨 덮개로 뒤집어씌우더니 목 부위를 덥석 감아쥐고는 어깨에 난데없는 단도를 들이대는 것이었다.

아를레트는 순간적으로 몸부림을 쳤다. 하지만 그녀의 공포심 속엔 기쁨도 다소 섞여 있었다. 이러는 걸 보니 어머니가 아프다는 얘기는 자신을 유인하기 위한 핑계에 지나지 않으며, 납치에는 그와는 전혀 다른 이유가 있을 거라는 생각이 퍼뜩 뇌리를 스친 것이다. 생각이 거기에 미치자 아를레트는 저절로 얌전해졌고, 그때부턴 가만히 귀를 기울이며 주변을 관찰했다.

레진이 감지했던 모든 것을 이번에는 아를레트가 느꼈다. 파리의 외곽 경계구역을 빠른 속도로 달리는 자동차, 두서없이 반복되는 급격한 커브, 모두가 그때와 똑같았다. 그때처럼 베일 쓴 여자의 손가락은 보지 못했지만, 대신 끝이 무척이나 뾰족한 구두를 얼추 보았다.

아울러 두 공범끼리 지극히 낮은 톤으로 주고받는 말소리도 들려왔는데, 분명 포로가 전혀 들을 수 없다고 확신하는 분위기였다. 그러던 중 딱 하나, 완벽하게 접수된 문장이 있었다.

여자가 이렇게 말했다.

"당신 잘못이야. 실수한 거라고. 그것에 전념하는 동안만이라도 몇 주 정도 기다려야만 했어. 오페라극장 사건 이후에 너무 이른 거야."

그 의미는 뻔해 보였다. 일단 지금 자신을 납치해가는 커플은 레진 오브리가 사법당국에 고발한 바로 그 남녀가 틀림없다. 가짜 브리쿠 박사는 오페라극장 방화범과 동일인물인 것이다. 다만 다이아몬드 가슴받이나 그 밖의 어떤 보석도 지니지 않아 별로 탐낼 것도 없을 이 같은 빈털터리 여자를 무슨 이유로 납치하는 걸까? 생각이 또 거기까지 미치자, 왠지 안심이 되는 것도 같았다. 결국 크게 걱정할 건 없으며, 착오가 확인되는 대로 곧 풀려나겠지.

묵직한 문짝이 요란한 소리를 내며 움직이는 게 느껴졌다. 레진의 체험담을 머릿속에 떠올리면서 아를레트도 포석이 깔린 안뜰에 진입 중임을 감지했다. 현관 앞에 당도하자 차에서 내려졌고, 계단 여섯 개를 속으로 세었으며, 곧장 현관 바닥의 타일이 느껴졌다.

그쯤 되자 완전히 평상심도 되찾았고, 엉뚱한 배포까지 생겨났다. 더 이상 본능을 억제하지 못하고, 신중하지 않은 행동까지 얼마든지 저지를 만한 마음 상태가 되고 말았다. 사내는 현관문을 다시 닫아걸고 있었고, 여자 공범은 타일 바닥을 미끄러지듯 걸어가고 있었다. 그 와중에 잠시 포로의 어깨에서 단도 끝이 떨어진 눈 깜짝할 사이! 아를레트는 아무 생각 없이 뒤집어쓰고 있던 천을 후딱 벗어젖혔고, 앞으로 내달려 계단을 쏜살같이 올라가서, 대기실을 건너뛰어 곧장 응접실로 파고들었다. 그러면서도 조심스레 등 뒤로 문을 닫아거는 여유까지 부렸다.

두터운 갓이 씌워진 전등불이 둥그스름한 빛의 원을 그려놓고 있는 방이었다. 이젠 어떻게 해야 하나? 어디로 도망칠까? 저만치 창문 두 개가 있어 열어보려 했지만 꿈쩍하지 않았다. 문득 납치범 커플이 문 앞까지 당도했을 거라는 느낌이 들었고, 조만간 덮쳐들 거라 생각하자 슬슬 두려워지기 시작했다.

아닌 게 아니라, 문이 덜그럭거리는 소리가 들려왔다. 어떻게든 몸부터 숨겨야 했다. 그녀는 안락의자 등받이에 올라서서 벽을 의지해 거대한 대리석 맨틀피스 위로 어렵지 않게 올라갔다. 거기 설치된 벽거울을 따라 반대편 끝까지 걸어간 곳에는 높다란 서가가 인접해 있었는데, 그녀는 과감하게도 청동 그릇을 밟고 올라서서 서가 모서리의 쇠시리 장식을 움켜잡았다. 어디서 그런 힘이 솟았을까, 다음 순간 아를레트는 쇠시리를 붙잡고 몸을 솟구쳐 서가 위로 올라가는 데 성공했다. 마침내 두 공범이 안으로 들이닥쳤을 땐, 여자의 몸은 서가 위 쇠시리 장식에 반쯤만 가려진 채 바짝 엎드린 자세였다.

밑에서는 고개만 살짝 들어 위를 둘러보기만 해도 숨은 여자의 윤곽을 간파할 수 있는 상황이었다. 하지만 그들은 그러지 않았다. 그저 소파와 안락의자 밑이나 커튼 뒤 등 응접실의 하부공간만을 뻔질나게 뒤지고 다녔다. 커다란 벽거울을 통해 그들의 어수선한 움직임이 고스란히 아를레트의 시야에 포착되었다. 하지만 표정만은 제대로 분간할 수 없었고, 워낙에 단조롭고 낮은 어조로 쑥덕거리는 터라 주고받는 대화 내용도 여간 해독하기 어려운 게 아니었다.

"없는 것 같군."

급기야 남자가 그렇게 내뱉은 듯했다.

"정원 쪽으로 뛰어내렸을까?"

여자도 한마디 했다.

"불가능해. 창문 두 개가 다 잠겨 있거든."

"혹시 알코브에 숨은 것 아냐?"

그러고 보니 좌측에 맨틀피스와 창문 사이, 지금처럼 이동식 칸막이로 차단되기 전에는 거실과 하나로 트여 있었을 게 분명한, 약간 후미진 구석공간이 눈에 들어왔다. 사내는 얼른 칸막이를 치워보았다.

"아무도 없어."

"그럼 어떻게 된 거지?"

"모르겠는데. 큰일이로군."

"뭐가 큰일이야?"

"만약 빠져나갔다면?"

"무슨 수로 빠져나가?"

"하긴 그렇지. 요런 말괄량이 같으니! 어디 잡히기만 해봐라, 요절을 낼 테니!"

둘은 전등불을 끈 다음 밖으로 나갔다.

그 순간, 맨틀피스 위의 추시계가 7시를 알렸다. 다소 구식이고 귀에 거슬리는 금속성이 울려 퍼지는 소리였다.

아를레트는 계속해서 8시, 9시, 그리고 10시가 울릴 때까지 꼼짝 않고 있었다. 아니, 감히 움직일 수가 없었다. 사내의 위협 때문에 잔뜩 위축된 상태로 벌벌 떨고만 있었다.

겨우 안정을 되찾고, 움직일 필요성을 느낀 건 자정이 좀 지나서였다. 아를레트는 천천히 동작을 개시했다. 그런데 발을 잘못 디디는 바람에 청동 그릇이 기우뚱하더니, 그만 요란한 굉음을 내며 바닥에 떨어졌다. 기겁을 한 아를레트가 그 자리에서 얼어붙은 듯 꼼짝도 못하고 후들거리는 건 당연했다. 하지만 아무도 들어오지 않았다. 그녀는 조용히 그릇을 원위치시켰다.

문득 환한 빛이 밖으로부터 밀려 들어왔다. 잽싸게 창가로 다가가 살펴보니, 휘영청 달빛 아래 관목들이 열 지어 늘어선 잔디 정원이 한눈에 들어왔다. 그리고 웬일인지 이번에는 창문이 스르르 열렸다.

밖으로 고개를 내밀어 살펴보자, 건물 이쪽으로는 바닥 흙이 약간 돋우어져서 땅까지의 거리가 한 층 높이도 안 된다는 걸 알 수 있었다. 그녀는 조금도 망설이지 않고 창턱을 넘어 밑의 자갈들 위로 훌렁 뛰어내렸다. 별다른 충격은 느껴지지 않았다.

구름이 달빛을 가릴 때를 기다렸다가, 아를레트는 탁 트인 정원을 잽싸게 가로질러 관목들이 우거진 그늘 속으로 숨어들었다. 허리를 숙인 채 열 지은 관목들을 그대로 따라가 다다른 곳은, 도저히 건너뛸 수 없을 만큼 환한 달빛 속에 우뚝 치솟은 담벼락 아래였다. 가만히 보니 그 우측으로는 아무도 살지 않는 듯한 별채가 바로 붙어 있었다. 창문마다 덧문이 모두 닫혀 있었다. 아를레트는 그리로 살금살금 다가갔다. 별채에 약간 못 미쳐 담벼락에 문이 하나 나타났는데, 빗장이 단단히 걸려 있고 자물쇠에는 묵직한 열쇠가 꽂혀 있었다. 그녀는 빗장을 빼내고 열쇠를 돌려 뽑았다.

문을 열고 거리로 뛰쳐나간 건 순식간에 벌어진 일이었다. 문득 뒤를 돌아보자, 어떤 그림자 하나가 열심히 이쪽으로 뒤쫓아왔다.

거리는 인적 하나 없었다. 한 50여 보 줄행랑을 쳤을까, 다시금 뒤돌아보았을 땐 그림자가 더욱 속도를 내는 것처럼 느껴졌다. 섬뜩한 공포감이 휘감아 돌았고, 심장은 쿵쾅쿵쾅, 두 다리는 후들거렸지만, 왠지 모르게 그 누구도 자신을 붙잡지 못할 거라는 오기가 발동하고 있었다.

하지만 덧없는 오기였던가! 이내 기운이 바닥나는가 싶더니 무릎이 자꾸 꺾이면서 금방이라도 넘어질 것만 같았다. 간신히 행인들로 북적대는 또 다른 거리로 접어들자, 택시 한 대가 알아서 멈춰 섰다. 훌쩍 올라탄 아를레트는 행선지 주소를 내뱉음과 동시에 문짝을 요란하게 닫았다. 뒤의 창문으로 내다보자, 추적자 역시 다른 자동차를 집어타고 곧장 출발하고 있었다.

거리에서 거리로, 얼마나 달렸을까. 아직도 따라오고 있는 걸까? 아를레트는 알지도 못했고, 알려고 하지도 않았다. 느닷없이 앞에 나타난 어느 단출한 광장에는 주차 중인 자동차들이 즐비하게 늘어서 있었다. 그녀는 운전석으로 통하는 유리창을 다급히 두드렸다.

"잠깐만 멈춰 주세요, 기사님. 그리고 여기 20프랑 드릴 테니 이대로 계속 달려주세요. 뒤에 쫓아오는 사람을 따돌려야 합니다."

부리나케 또 다른 택시로 옮겨 탄 그녀는 새로운 운전기사를 향해 또 다시 행선지 주소를 내뱉었다.

"몽마르트르, 베르드렐 가 55번지!"

그렇게 가까스로 위험을 벗어났지만, 밀려드는 피로로 아를레트는 그만 정신을 잃었다.

자신의 아담한 방 소파 위에 누워 눈을 떴을 때는, 처음 보는 신사가 무릎을 꿇은 채 물끄러미 내려다보았고, 그 옆에는 어머니가 근심스러운 표정으로 굽어보고 있었다. 아를레트가 어머니를 향해 힘겹게 웃음을 지어 보이자, 신사도 그쪽을 돌아보며 말했다.

"지금은 아무 질문도 하지 마십시오, 마담. 마드무아젤도 아무 말 하지 말아요. 일단 내 말을 가만히 듣고만 있어요. 당신 가게 사장인 셰르니츠가 레진 오브리에게 전화를 해서 당신이 그녀와 똑같은 식으로 납치당한 사실을 알려왔답니다. 경찰엔 즉각 비상이 걸렸죠. 그리고 좀 지나서 나를 철석같이 믿고 의지하는 레진 오브리를 통해 사건 소식을 접한 이 몸이 급히 여기로 달려온 겁니다. 당신 어머니와 나는 저녁 시간 내내 집 앞에서 망을 보고 있었죠. 그동안 나는 저들이 레진 오브리에게 그랬듯이 당신도 곧 놔주길 바라고 있었습니다. 그렇지 않아도 당신을 태우고 온 운전기사한테 어디서 오는 길이냐고 물어봤죠. '빅투아르 광장에서 오는 길'이라더군요. 사실 그 외엔 아무런 정보도 얻지 못한 상황입니다. 오, 아니에요. 아직 움직이지 마십시오. 얘기는 내일 하도록 해요."

여자는 신열과 더불어 악몽 같은 기억 때문에 몸서리를 치면서 깊은 신음을 토해냈다. 그러더니 이윽고 두 눈을 감으며 속삭이는 것이었다.

"누가 계단을 올라오고 있어요."

정말로 곧이어 초인종이 울렸다. 어머니가 득달같이 문간으로 달려나갔다. 두 명의 남자 목소리가 연달아 들려왔는데, 그중 하나의 말이었다.

"반 우벤이라고 합니다, 마담. 다이아몬드 튜닉을 제작한 그 반 우벤 말입니다. 당신 따님의 납치 소식을 듣자마자, 때마침 여행에서 돌아온 베슈 반장과 더불어 즉시 추적을 시작했지요. 여러 경찰서를 들쑤신 끝에 이곳에 오게 되었습니다. 관리인이 아를레트 마졸이 귀가했다고 하더군요. 그래서 베슈와 내가 조사차 방문한 겁니다."

"하지만……."

"이건 무척 중대한 사안입니다. 내 다이아몬드를 탈취해간 사건과 긴밀한 관련이 있단 말입니다. 같은 도적놈들이 벌인 일이에요. 시간을 지체해선 안 되는 일입니다."

그는 더 이상 허락도 기다리지 않고 불쑥 안으로 들어섰고, 그 뒤를 베슈 반장이 바싹 따라붙었다. 그런데 막상 펼쳐진 광경 앞에서 그는 완전히 할 말을 잃고 말았다. 다름 아닌 장 데느리스가 소파 앞에 무릎을 꿇은 채, 축 늘어진 젊은 여인의 이마며, 눈꺼풀이며, 볼이며 할 것 없이 섬세하면서도 잔뜩 점잔 빼는 태도로 입맞춤 세례를 퍼붓느라 여념이 없는 것 아닌가!

반 우벤은 더듬더듬 중얼거렸다.

"다, 당신, 데느리스…… 당신! 대체 여기서 뭐하는 짓이오?"

데느리스는 한쪽 팔만 쓱 내저으며 조용히 하라는 신호를 보냈다.

"쉿! 조용, 조용! 지금 아가씨를 진정시키는 중이라오. 이 이상 좋은 방법이 없지. 봐요, 얼마나 편히 쉬는지."

"하지만……."

"내일, 내일 합시다. 레진 오브리 댁에서 회동하자고요. 지금부터는 환자에게 절대 안정뿐이오. 이 여자의 신경을 자극해선 안 됩니다. 내일 아침에 보자고요."

반 우벤은 어안이 벙벙한 얼굴로 멀뚱하니 서 있었다. 그런가 하면 아를레트 마졸의 모친도 뭐가 어떻게 돌아가는지 영 오리무중이었다. 하지만 그 누구보다 기겁을 하고, 충격이 심한 건 다름 아닌 베슈 반장 쪽이었다!

자그맣고 깡마른 체구에 창백한 안색, 두 팔뚝만은 우악스럽게 퉁퉁하지만 항상 점잖은 거동을 내세우는 베슈 반장은 두 눈을 휘둥그레 뜨고는, 마치 끔찍한 유령의 출현을 목격하듯 장 데느리스를 뚫어져라 바라보고 있었다. 알 것 같기도 하고, 모를 것 같기도 하고. 데느리스의 저 젊고 화사한 얼굴 너머, 자기한테는 악마나 다름없는 누군가의 정체가 어른거리지는 않는지 열심히 탐색하는 표정이었다.

반 우벤이 눈치 없이 소개했다.

"여긴 베슈 반장이고, 저쪽은 므슈 장 데느리스라고 하오. 한데 데느리스를 아는 것 같은 눈치인데요, 베슈?"

베슈는 뭔가 입을 열려고 했다. 질문을 하고 싶은 모양이었다. 하지만 도저히 말이 나오지를 않았다. 그저 자기만의 묘한 치료법을 열심히 수행하고 있는 저 인간의 태연자약한 모습을 두 눈 동그랗게 뜨고 바라만 볼 뿐.

3
탐정신사 데느리스

정해진 회동은 오후 2시가 되어서야 레진 오브리의 집 규방에서 이루어졌다. 반 우벤은 도착하자마자, 마치 제 집이기라도 하듯 편하게 널브러진 자세로 아리따운 여배우와 아를레트 마졸을 상대로 신나게 농담을 벌이는 데느리스를 봐야만 했다. 셋이 작당을 해서 그렇게 즐거워 보일 수가 없었다. 특히 아를레트 마졸은 다소 피곤한 기색은 있었지만, 그럭저럭 흥겨워하는 모습이 그다지 피곤에 지친 밤을 보낸 것 같지도 않았다. 게다가 레진과 마찬가지로 데느리스에게서 한시도 시선을 떼지 못한 채, 그가 얘기하는 모든 것, 그 재미난 태도 앞에 박장대소로 호응을 하는 것이었다.

그렇지 않아도 다이아몬드를 털리고 인생이 그 자체로 비극처럼 짓누르던 차라, 반 우벤은 냅다 비탄 섞인 고함부터 질러댔다.

"이런 우라질! 당신들 셋한테는 지금 상황이 그다지도 즐겁소?"

데느리스는 곧장 대꾸했다.

"두말하면 잔소리지! 그렇다고 끔찍할 상황도 아니질 않소! 아무튼 모든 게 제대로 돌아가긴 했으니까 말입니다."

"맙소사! 당신 다이아몬드를 후무려간 게 아니라는 거겠지! 마드무아젤 아를레트만 해도 오늘 아침 신문들마다 아주 대서특필이 되었더군. 한마디로 졸지에 뜬 거지! 이 지긋지긋한 사건에서 망한 사람은 나 하나라 이거요!"

"아를레트, 반 우벤이 떠드는 소리 갖고 기분 상할 것 없어요. 전혀 교양이라곤 모르는 사람의 신경 쓸 가치도 없는 말이니까."

레진이 발끈하며 끼어들자, 반 우벤도 지지 않겠다는 듯 으르렁댔다.

"오, 이봐요, 레진. 내가 정말 이보다 더한 얘기를 하길 바라오?"

"어디 해보시죠."

"좋소. 간밤에 당신의 그 잘난 데느리스가 마드무아젤 아를레트 앞에 무릎을 꿇고서, 보름 전만 해도 당신을 활짝 피어나게 해줬던 고 알량한 요법을 살금살금 시행하고 있는 게 내 눈에 발각되었단 말이오."

"지금 우리끼리 그 얘기를 하던 중이었어요."

"뭐, 뭐라고? 그런데도 기분 나쁘지 않단 말이오?"

"기분 나쁘다뇨?"

"세상에! 데느리스가 요즘 당신한테 치근대고 있지 않나요?"

"솔직히 아주 열을 올리는 편이죠."

"그런데도 용납이 된다는 얘기요?"

"데느리스의 요법은 아주 효험 있어요. 그걸 활용하는 것은 어쩌면 그의 의무이기도 해요."

"흥, 의무가 아니라 즐거움이겠지."

"그럼 더 잘된 거고."

반 우벤은 졸지에 울상이 되어 칭얼거렸다.

"아, 데느리스라는 저 작자, 정말이지 억세게 운도 좋은 친구일세! 아주 당신을 제멋대로 가지고 놀잖아. 아니지, 모든 여자들이 다 마찬가지야."

"그야 모든 남자들도 마찬가지 아닐까요, 반 우벤? 당신은 그를 싫어한다면서, 다이아몬드 때문에 그한테 매달릴 수밖에 없으니까 말이에요."

"흥, 하지만 이제는 달라요. 그의 도움 없이 헤쳐나가기로 작정했단 말입니다! 왜냐하면 베슈 반장이 내 곁으로 돌아와주었거든. 게다가……."

반 우벤은 미처 말을 끝맺지 못했다. 언뜻 뒤를 돌아보는데, 마침 문턱을 막 넘어 들어서는 베슈 반장과 눈이 마주쳤던 것이다.

"오, 이제 오는 거요, 반장?"

베슈는 일단 레진 오브리 쪽으로 인사를 꾸벅하고는, 반 우벤을 바라보며 말했다.

"좀 전에 왔습니다. 문이 열려 있기에."

"그럼 내 얘기를 들었겠죠?"

"네."

"그래, 내 결정을 어떻게 보시오?"

베슈 반장은 얼른 대답하는 대신, 인상을 잔뜩 찌푸리고는 어딘지 호전적인 태도를 취했다. 그리고 전날 그랬던 것처럼 장 데느리스를 비스듬히 꼬나보면서 내뱉었다.

"므슈 반 우벤, 내가 없는 동안 비록 당신의 다이아몬드 사건이 내 다른 동료들 소관으로 잠시 위임되긴 했었으나, 당연히 본격적인 수사에는 이 몸이 참여할 것입니다. 이미 마드무아젤 아를레트 마졸의 가택부터 철저히 수색하라는 지시를 받아놓은 상태이고요. 다만 이참에 분명히 말씀드려야 할 것은, 당신의 친구들 중 어느 누구의 협조도 공개적이든 비공개적이든 나로선 받아들이지 않을 거라는 점입니다."

장 데느리스는 싱긋 웃으며 대꾸했다.

"어련하시겠소."

"어련하다마다!"

데느리스는 의외라는 표정을 감추지 않았다.

"저런, 누가 보면 당신이 정말 나한테 반감을 갖고 있다고 하겠소!"

"솔직히 그렇소."

거침없는 대꾸였다.

게다가 그는 데느리스의 코앞까지 바짝 다가와 얼굴을 들이대며 말했다.

"그나저나 당신은 정녕 우리가 서로 만난 적이 없다고 확신하시오?"

"오, 천만에! 딱 한 번 정확히 23년 전, 샹젤리제에서였소. 함께 굴렁쇠를 굴리며 놀았었지. 그때 내가 딴죽을 걸어 당신을 넘어뜨렸는데, 길길이 날뛰며 용서해주지 않더군. 아, 그러고 보니 알겠습니다. 이봐요, 므슈 반 우벤. 므슈 베슈의 말이 맞아요. 우리 사이엔 결코 어떤 협조도 가능하지 않습니다. 그러니 당신 좋을 대로 하십시오. 난 나대로 일을 하겠습니다. 자, 이만 가보셔도 됩니다."

"우리더러 가라니?"

반 우벤이 발끈하며 되물었다.

"맙소사! 여긴 엄연히 레진 오브리 댁입니다. 당신을 부른 건 바로 나고요. 한데 서로 뜻이 맞지 않으니 헤어질 수밖에! 자, 어서 가보시라니까!"

데느리스는 냅다 두 여자 사이 소파 위로 몸을 던지면서 아를레트 마졸의 손을 덥석 그러쥐었다.

"우리 어여쁜 아를레트, 이제 다분히 진정되었으니 더 이상 지체 말고 당신한테 일어났던 일들을 상세히 털어놔 주시지요. 아무리 사소한 것도 빠뜨리면 안 됩니다."

아를레트가 다소 주저하자, 그는 내처 말했다.

"저 두 신사분은 신경 쓸 것 없습니다. 그들은 지금 여기 없는 것과 같습니다. 이미 나가버렸어요. 그러니 어서 얘기나 해보라고, 아를레트. 이제부터는 당신한테 말을 좀 편히 하리다. 왜냐하면 벨벳보다도 부드러운 그대 볼을 내 입술로 실컷 더듬었으니, 이만하면 내가 연인 행세를 해도 충분할 테니까."

그 말에 아를레트는 얼굴이 발갛게 달아올랐다. 레진은 옆에서 활짝 웃으며 덩달아 여자를 부추겼다. 한편 대화 내용에 잔뜩 몸이 단 반 우벤과 베슈는 마치 밀랍으로 만든 인형들처럼 그 자리에 못 박힌 듯 서 있었다. 결국 아를레트는 이야기를 털어놓기 시작했는데, 자신은 물론 그곳에 모인 누구도 감히 맞설 수 없는 이 자신만만한 남자의 요청을 고스란히 따를 수밖에 없다는 태도였다.

사내는 아무 소리 하지 않고 귀만 기울였고, 레진은 이따금 맞장구를 쳐주었다.

"그래, 바로 그거야. 현관 계단이 모두 여섯 개였어. 그렇지, 현관 바닥 타일이 흑백으로 되어 있었어. 그리고 2층 정면은 온통 푸른 천으로 감싼 가구들이 즐비한 응접실이지."

아를레트의 얘기가 끝나자, 데느리스는 뒷짐을 진 채 방을 이리저리 서성이다가 유리창에 이마를 갖다 대고 한참 동안 생각에 잠겼다. 마침내 그가 잇새로 내뱉었다.

"어려워. 어려운 문제야. 하지만 약간의 빛이 없는 건 아니지. 약간의 희미한 빛이 터널의 출구를 말해주고 있어."

그는 다시금 소파로 돌아와 앉으며 두 여자를 상대로 말했다.

"보다시피 이처럼 비슷한 방식으로 똑같은 장본인에 의해—용의자 커플이 동일인물들임은 부인할 수가 없을 겁니다—연거푸 벌어진 두 사건에 임했을 때는, 그 둘 사이를 구별지을 만한 차이점을 어떻게든 찾아내는 게 급선무입니다. 그러고 나서는 그로부터 어떠한 단서라도 이끌어내기까지 악착같이 그 차이점을 물고 늘어져야만 하고요. 그런데 곰곰이 생각해보니 그 차이점이라는 것이 레진을 납치했을 때와 아를레트를 납치했을 때, 각각의 동기가 다르다는 사실에 있는 것 같습니다."

잠시 말을 멈춘 데느리스는 갑자기 웃음을 터뜨렸다.

"푸후후. 내가 방금 제시한 논리는 사실 별것 아니거나, 적어도 뻔한 이치처럼 보일지도 모릅니다. 하지만 분명히 말하건대 그렇게 하는 것도 쉬운 게 아니에요. 일단 상황이 매우 단순하게 정리됩니다. 레진, 당신의 경우엔 저 딱한 반 우벤을 울고불고하게 만든 다이아몬드 때문에 납치된 게 분명합니다. 그 어떤 반박의 여지도 없지요. 아마 므슈 베슈도 이 자리에 있었다면 나와 같은 의견일 겁니다."

베슈 씨는 한마디도 하지 않고 그다음 말을 기다렸다. 장 데느리스는 다른 여자 쪽을 바라보며 얘기를 이어갔다.

"그리고 당신, 벨벳보다 부드러운 볼을 가진 아를레트. 도대체 당신은 왜 납치당했던 걸까? 가진 거라고 해봐야 이를테면 한 줌거리도 되지 못할 텐데?"

그가 말한 대로 벨벳보다 부드러운 볼을 가진 아를레트는 무심코 두 손바닥을 펴 보였다. 그러자 사내가 호기 있게 외쳤다.

"완전히 빈털터리라는 얘기로군! 그렇다면 뭔가를 갈취하려 했다는 가설은 접어야겠고. 이제 남은 건 애증이나 복수, 어쨌든 당신이 있으면 도움이 되거나 아니면 방해가 되는 어떤 계획을 실행하기 위함이라고밖에는 볼 수 없는데. 오, 내 말이 좀 무례해도 용서해요, 아를레트. 그저 묻는 말에 솔직하게 대답만 하면 돼. 이제까지 누군가를 사랑해본 적 있나?"

"그런 것 같지는 않아요."

여자의 대답이었다.

"그럼 누구의 사랑을 받아본 적은?"

"그건 모르겠어요."

"그래도 누군가 집적댄 적은 있겠지? 아무리 어중이떠중이라도 말이야."

그제야 여자는 순진하게 털어놓았다.

"어중이떠중이라기보다는, 옥타브하고 자크라는 남자였어요."

"옥타브와 자크라. 물론 얌전한 친구들이었겠지?"

"네."

"수상쩍은 음모 따위엔 가담할 리가 없겠고?"

"그럴 리가 없죠."

"그렇다면 말이야…."

"또 뭐죠?"

데느리스는 부드러우면서도 압도적인 분위기를 두르고서 여자 쪽으로 잔뜩 몸을 기울이며 중얼거렸다.

"잘 생각해봐요, 아를레트. 그냥 겉으로 부닥쳐서 뻔히 드러난 외적인 사건들을 기억해내라는 얘기가 아니야. 당신 마음먹기에 따라 기억할 수도 있고, 그러지 않을 수도 있는 일 따위는 말고. 의식을 어렴풋이 스치고 지나갈 뿐이라서 그만 잊어버리고 만 일들을 생각해보라는 거지. 뭔가 비정상적이거나 특별한 점."

여자는 배시시 웃으며 대답했다.

"아이, 참. 그런 건 없어요, 전혀요."

"그렇진 않을 거야. 아무 이유도 없이 당신을 납치했다는 건 도저히 납득할 수가 없어. 분명히 사전공작이 있었을 거야. 그중 일부 행동이 은연중에 당신한테 노출되었을 거라고. 한번 잘 생각해봐요."

아를레트는 온 정신을 집중했다. 잠들어 있는 기억의 편린을 상대가 요구하는 대로 끄집어내기 위해 그녀는 이리저리 안간힘을 다했다. 장 데느리스가 요점을 짚어주기 시작했다.

"혹시 그동안 누군가 당신 주변에서 서성대는 걸 느낀 적은 없소? 뭔가 수상쩍은 일에 접했을 때처럼 순간적으로 몸서리가 쳐졌다던가…… 내 말은 진짜 위험에 닥쳤는가를 묻는 게 아니고, 애매모호한 위협 같은 걸 느낀 일이 없냐는 거지. '어라, 이게 뭐지? 무슨 일이 벌어지고 있는 거야? 어떻게 되어가는 거지?' 뭐 이런 의문 같은 것 말이오."

아닌 게 아니라, 점점 아를레트의 얼굴이 가볍게 일그러지기 시작했다. 그러면서 두 눈동자가 허공의 어느 한 점에 바짝 고정되는 것이었다. 데느리스가 외쳤다.

"바로 그거야! 이제 된 거라고! 아, 베슈와 반 우벤이 이 자리에 없는 게 참 유감이로군. 자, 아를레트, 어서 얘기를 털어놔 봐요."

여자는 깊은 생각에 잠긴 얼굴로 입을 열었다.

"하루는 이런 일이 있었어요."

장 데느리스는 여자를 소파에서 벌떡 일으키고는, 이 첫마디에서부터 이미 흥분할 대로 흥분한 듯 더불어 술렁술렁 춤을 추기 시작했다.

"이젠 됐어! 이제 슬슬 옛날이야기 한 편이 줄줄이 펼쳐질 거야! '하루는 이런 일이 있었어요.' 맙소사! 당신 정말 멋져, 아를레트! 그래서 어떻게 됐는데?"

여자는 다시 소파에 앉은 다음 차분한 목소리로 말을 이었다.

"한 석 달 전쯤, 어떤 신사가 누이동생과 함께 우리 가게에 찾아온 적이 있었죠. 패션쇼를 참관하려고 사람들이 많이 모인 오후였는데, 난 뭐 그러려니 하고 넘어갔죠. 근데 한 친구가 내게 오더니 이러는 거예요. '아를레트, 너 말이야. 아무래도 대어를 낚은 거 같다, 얘. 웬 끝내주게 멋진 남자가 널 아주 삼킬 듯이 바라보고 있어. 지배인 말로는 무슨 사회사업에 종사하고 있는 사람이래. 돈을 구해야 한다고 난리더니, 아를레트, 너 아주 제대로 걸린 거야!'"

"돈을 구하고 있었소?"

데느리스가 불쑥 물었다.

"내가 공방 지원 명목과 모델들 결혼 지참금 조로 기금 조성을 한다며 떠벌린 걸 가지고, 틈만 나면 친구들이 농담을 하거든요. 아무튼 한 시간 뒤, 훤칠한 신사가 출입구에서 나를 기다리다가 끝내는 슬금슬금 따라오는 걸 보고는 어쩌면 잘 구워삶을 수도 있겠다 싶었죠. 그런데 지하철역까지 오더니 그만 걸음을 뚝 멈추는 거예요. 다음 날에도 또, 그다음 날에도 똑같은 수작이 벌어졌죠. 결국 나만 헛물켠 셈이 되고 말았어요. 일주일이 지나고 나서는 그 신사가 다시 나타나지 않았거든요. 그런데 며칠이 지난 어느 날 저녁에……."

"어느 날 저녁에! 그래, 그다음은?"

아를레트는 목소리를 한껏 낮추며 말했다.

"사실 이따금 집에서 저녁을 먹고 집안일도 대충 끝낸 다음에 엄마 혼자 두고 밖으로 나오는 일이 있어요. 대부분 몽마르트르 언덕 꼭대기에 살고 있는 친구를 만나러 가는 거죠. 거기 당도하기 전에 보통 아주 어두컴컴한 골목을 돌아들게 되어 있죠. 나중에 밤 11시쯤 귀가할 때는 개미 새끼 한 마리 얼씬하지 않는 곳이랍니다. 그런데 바로 그곳, 마차가 드나드는 정문 구석쯤에서 사람 그림자를 세 번이나 연달아 목격한 거예요. 두 번까지는 꼼짝도 않고 있더라고요. 그런데 세 번째가 되자,

구석에서 불쑥 튀어나오더니 내 앞길을 떡하니 가로막는 게 아니겠어요! 난 다짜고짜 비명부터 지르고는 쏜살같이 내달렸죠. 더 이상 무리는 하지 않더군요. 그 일이 있은 다음부터는 그쪽 길을 아예 피해 다니고 있답니다. 그게 전부예요."

여자의 얘기는 거기서 끝났다. 베슈와 반 우벤은 별로 관심을 보이는 것 같지 않았다. 오직 데느리스만 질문을 던졌다.

"특별히 그 두 가지 사소한 일화를 우리에게 털어놓는 데 무슨 이유라도 있는 거요?"

"네."

"그게 뭐지?"

"나를 염탐하다가 불쑥 나타난 자가 처음에 나를 따라다니던 바로 그 남자라고 생각하거든요."

"그렇게 믿는 근거라도?"

"몽마르트르의 남자가 밝은색 계통의 발목까지 덮는 신발을 신고 있는 걸 목격했거든요."

"그러니까 몽마르트르 같은 동네엔 안 어울리게, 도시 중심가 신사들이나 신는 구두라는 거지?"

장 데느리스가 살짝 흥분한 기색으로 다그쳐 묻자, 아를레트의 대답이 즉각 돌아왔다.

"그래요."

반 우벤과 베슈는 둘 다 당황한 눈치였다. 레진 역시 마찬가지였는데, 이렇게 캐물었다.

"이거 봐요, 아를레트. 오페라극장에서 날 납치했던 장본인도 그런 종류의 신발을 신었다는 생각이 안 들었나요?"

"실은 거기까진 생각을 못했어요."

"그럼 어저께는요? 당신을 납치했던 그 작자, 그 가짜 의사 브리쿠인가 뭔가 하는 사람 말이에요."

"솔직히 그렇게 비교할 생각을 당시엔 하지 못했어요. 방금 전에야 기억이 퍼뜩 떠오른걸요."

이번엔 데느리스가 나섰다.

"이봐요, 아를레트. 마지막으로 한 번만 더 노력해봅시다. 그 남자 이름은 아직 말하지 않았는데…… 그를 아시오?"

"네."

"그래, 이름이 뭐지?"

"멜라마르 백작이에요."

레진과 반 우벤은 부르르 몸서리를 쳤다. 장은 간신히 내색을 하지 않았고, 베슈는 그저 어깨를 들썩했다. 마침내 반 우벤이 소리쳤다.

"이거야 별 소리를 다 듣겠군! 아드리앵 드 멜라마르 백작이라니. 그 양반은 나도 척 보면 아는 사람이라고! 자선위원회에서 바로 가까이 앉을 기회도 있었지. 한 번 악수하는 것조차 나로선 영광일, 완벽한 신사란 말이야! 멜라마르 백작이 내 다이아몬드를 훔치다니!"

아를레트는 금세 당혹스러운 얼굴로 더듬댔다.

"그, 그 사람을 고발하는 게 아니에요. 다만 이름을 대라기에……."

그러자 레진이 얼른 나섰다.

"아를레트의 말이 맞아요. 우리가 물었으니 대답을 할 수밖에요. 하지만 멜라마르 백작은 물론이고, 그와 함께 사는 누이동생도 세상 사람 다 아는 바에 의하면, 결코 길목에 숨어서 당신을 염탐한다거나 당신이든 나든, 여자들을 납치할 사람이 아니라는 건 분명한 사실입니다."

"그나저나 그 사람이 진짜 밝은색 계통의 발목까지 오는 구두를 신습니까?"

장 데느리스의 질문이었다.

"모르겠어요. 글쎄요, 아마 가끔씩은 신는 모양이던데."

그때였다.

"거의 매번 그런 신을 신습니다."

반 우벤이 툭 던지듯이 내뱉었다.

급작스러운 침묵이 뒤를 이었고, 잠시 후 다시 반 우벤이 입술을 뗐다.

"아무래도 뭔가 오해가 있는 모양이외다. 다시 말하지만 멜라마르 백작은 완벽한 신사요."

"그럼 함께 가서 어디 그를 만나보십시다! 이봐요, 반 우벤. 당신한테는 경찰 친구가 한 명 있지 않소? 베슈 선생이라고 말이오! 그와 함께라면 면담이 어렵진 않을 겁니다."

데느리스가 아무렇지도 않게 내뱉자, 베슈는 발끈했다.

"아니, 당신은 그런 사람들 자택에 아무나 불쑥불쑥 드나들 수 있다고 생각하시오? 영장이나 정식 고소도 없고, 사전에 조사도 거치지 않은 상태에서 멍청한 객설 따위만 믿고 다짜고짜 질문을 퍼부어댈 수 있다고 보느냔 말이오! 그래, 참으로 멍청하고말고! 지금까지 반 시간가량 내 귀에 들어온 얘기는 글자 그대로 멍청함의 극치일 따름이었소."

그러나 데느리스는 데느리스대로 혀를 차며 중얼거릴 뿐이었다.

"정말이지 나야말로 저런 멍청이하고 굴렁쇠 놀이를 했다니, 한심한 지고!"

그러고는 냅다 레진 쪽으로 고개를 돌리며 말했다.

"미안하지만 전화번호부 좀 들춰서 아드리앵 드 멜라마르 백작 댁 전화번호로 통화 신청을 해주시겠습니까? 베슈 선생은 아예 제쳐두기로 하죠."

그는 벌떡 일어섰고, 조금 있다가 레진 오브리가 건네준 전화기를 붙잡고 말했다.

"여보세요! 멜라마르 백작 댁 맞습니까? 여긴 데느리스 남작이라고 하는데요. 아, 멜라마르 백작 본인이십니까? 이거 갑작스레 성가시게 해서 죄송합니다만, 실은 2~3주 전에 신문에서 광고를 하나 본 게 있어서요. 당신이 도난당한 물건들을 찾는다는 내용이었습니다. 핀셋 손잡이, 은제 촛농받이, 자물쇠 부속품 그리고 푸른색 비단으로 된 종 손잡이띠 반쪽 등 하나같이 사소한 잡동사니에 불과하지만, 당신한테는 무슨 특별한 이유 때문에 대단히 중요한 것들이라면서…… 제가 잘못 알고 있는 건 아니겠죠? 그래서 말씀인데, 직접 집을 찾아가 뵐 수 있다면 이 문제에 관해 유용한 정보를 드릴 수가 있을 텐데요…… 오늘 오후 2시요? 좋습니다…… 아차, 한 가지만 더요! 여자 두 분을 대동해도 괜찮겠는지요? 이유는 그때 가서 설명을 드리고요…… 정말 자상하시군요, 므슈. 네, 감사합니다."

전화를 끊자마자, 데느리스는 잔뜩 시치미를 떼며 말했다.

"만약 베슈 선생이 있었다면, 사람은 언제든 원하는 대로 다른 사람의 집을 방문할 수도 있다는 진리를 깨달을 텐데. 이봐요, 레진. 아까 전화번호부에서 백작의 거처 주소는 알아놓았겠죠?"

"뒤르페 가 13번지예요."

"그럼 생제르맹 외곽이로군."

이번엔 레진이 조심스레 물었다.

"그런데 그 물건들은 다 어디 있는 건가요?"

"내가 가지고 있습니다. 광고가 실린 당일 모두 사들였지요. 13프랑 50상팀이라는 헐값으로 말입니다."

"그러면서 왜 백작한테 돌려주지 않고 있었던 거죠?"

"실은 멜라마르라는 그 성에서 뭔가 혼란스러운 기억이 떠올랐기 때문입니다. 지난 19세기 언젠가 '멜라마르 사건'이라고 불리는 일이 있었던 것 같아요. 보다 자세히 조사해볼 시간은 없었죠. 하지만 곧 밝혀질 겁니다. 레진, 아를레트, 두 사람은 오후 2시 10분 전까지 팔레부르봉 광장으로 나오도록 하세요. 자, 회동은 이걸로 끝입니다."

솔직히 정말 유익한 회동이었다. 불과 반 시간여 만에 데느리스는 혼란스럽던 터를 정리하고, 어느 문을 두드려야 할지 가닥을 잡은 것이다. 어둠 속으로부터 뭔가 윤곽이 드러나고 있었고, 문제가 보다 정확한 양상으로 제기되었다. 즉, 이번 사건에서 멜라마르 백작의 역할이 무엇인지를 밝혀내는 문제 말이다!

레진은 아를레트를 붙잡고 점심식사를 함께하자고 했다. 데느리스는 반 우벤과 베슈가 떠난 지 1~2분 만에 자신도 자리를 떴다. 그러나 3층 층계참에서 무엇엔가 잔뜩 흥분한 듯 베슈가 반 우벤의 재킷 옷깃을 덥석 붙드는 장면과 맞닥뜨리고 말았다.

"안 됩니다. 보나마나 큰 재앙에 떨어질 길로 계속해서 발걸음을 내딛는 걸 더는 두고 볼 수가 없어요! 절대 안 되는 일입니다! 당신이 사기꾼의 희생제물이 되는 건 정말 원치 않아요. 저자가 대체 어떤 인간인지 알기나 하는 겁니까?"

순간 데느리스가 앞으로 쓱 나서며 내뱉었다.

"또 내 얘기를 하는 게 분명하군. 드디어 베슈 선생께서 충격적인 사실을 까발리시겠다!"

그는 얼른 명함 한 장을 꺼내 반 우벤에게 건넸다.

"장 데느리스 남작, 직업은 마도로스라오!"

"허튼소리!"

베슈는 버럭 소리를 질렀다.

"당신은 데느리스도, 남작도, 또 마도로스도 아니야!"

"오, 그렇습니까? 거참 친절도 하시군요, 므슈 베슈. 그럼 도대체 내가 누군가요?"

"자넨 짐 바네트야! 짐 바네트라고! 아무리 자신을 감추려고 해봐야 소용없어. 아무리 가발을 벗어 던지고 프록코트를 입지 않았다 해도, 난 자네의 그 사교계풍의 얼굴과 스포츠맨다운 생김새만 보면 금방 정체를 알 수 있다고! 저 유명한 바네트 탐정사무소의 짐 바네트란 말이야! 열두 차례 함께 협력을 했지만, 그때마다 나를 골탕만 먹였던 짐 바네트! 이젠 지긋지긋해. 앞으로는 사람들한테 조심시키는 게 내 의무지. 이보세요, 므슈 반 우벤. 저 작자한테 넘어가선 절대로 안 됩니다!"

어리둥절한 표정의 반 우벤은 느긋하게 담뱃불을 붙이고 있는 장 데느리스를 휘둥그레 바라보며 말했다.

"므슈 베슈의 말이 사실입니까?"

데느리스는 히죽 웃으며 대꾸했다.

"글쎄요. 나도 잘 모르겠군요. 데느리스 남작으로서의 내 신분증명서에는 어떤 하자도 없는 반면, 가장 절친한 친구였던 짐 바네트의 이름으로 된 서류 또한 가지고 있지 않다고는 확신할 수가 없어서……."

"그럼 모터보트를 타고 했다는 세계 일주여행은 정말 하긴 한 겁니까?"

"글쎄요. 실은 그 모든 게 기억 속에 보통 가물가물한 게 아니라서…… 그나저나 그런 게 지금 당신한테 다 무슨 소용입니까? 중요한 건 다이아몬드를 되찾는 것이죠. 고로 당신이 데리고 다니는 저 형사 말마따나 내가 만약 탁월한 바네트인 게 사실이라면, 그만큼 성공은 보장된 거나 다름없다는 얘기죠. 친애하는 므슈 반 우벤."

베슈가 곧장 으르렁댔다.

"오히려 당신이 또 한 번 물건을 도둑맞을 가장 확실한 보장이 될 겁니다, 므슈 반 우벤. 그래요, 저자는 반드시 또 해치우고야 말 것입니다. 나와 함께 협력해온 열두 번의 사건에서 그는 매번 문제를 해결했고, 범인들을 붙잡았으며, 도난품을 되찾는 데엔 일단 성공했지만, 그 열두 차례 다 되찾은 도난품을 일부 혹은 몽땅 자신이 꿀꺽했단 말입니다. 물론 이번에도 다이아몬드를 되찾아올 것입니다. 하지만 당신이 보는 앞에서 뻔뻔스럽게 그것을 가로채고야 말 거예요. 이건 너무도 뻔한 일입니다. 이미 당신한테 놈의 마수가 뻗친 것이고, 당신은 벌써 옴짝달싹 못하고 있는 거예요. 과연 저자가 당신을 위해 충심을 다해 일하리라 보십니까, 므슈 반 우벤? 오, 그는 자기 자신만을 위해 저러고 있는 겁니다. 짐 바네트이건 데느리스이건, 신사이건 형사이건, 마도로스이건 도둑놈이건, 유일한 관심은 오로지 어떻게 하면 자기 배를 불리느냐란 말이에요. 당신이 저자를 이번 수사 과정에 참여시킨다면, 그걸로 다이아몬드는 물 건너가버리는 셈입니다!"

결국 반 우벤은 버럭 짜증을 내며 외쳤다.

"아, 이제 그만! 정 그런 식이라면 이쯤에서 그만둡시다. 기껏 다이아몬드를 되찾아놓고도 결국 남 좋은 일만 하는 거라면 이쯤에서 관두는 게 낫겠소! 데느리스, 당신은 이제 당신 일에나 신경 쓰시오. 내 일은 내가 알아서 할 겁니다."

그러나 데느리스는 은근한 웃음을 터뜨리며 말했다.

"하하하. 그런데 이를 어쩌나, 지금 당장은 내 일보다 당신 일이 훨씬 더 흥미로운데."

"내가 용납지 않겠소."

"무얼 용납하지 않는다는 거요? 현재로선 누구라도 다이아몬드에 매달릴 수 있습니다. 그건 지금 분실된 상태입니다. 나도 다른 사람들처럼 그것에 관심을 갖고 찾아볼 권리는 있어요. 그러니 당신인들 어쩌겠습니까? 좌우간 이 모든 일이 나는 흥미진진하답니다. 사건에 연루된 여인들도 하나같이 어여쁘기만 하고 말이오! 레진, 아를레트…… 모두 모두 매력만점의 여인들이지! 솔직히 말하지요. 난 당신 다이아몬드를 손안에 넣기 전에는 이 판을 떠나지 않을 작정이외다!"

베슈도 울화통이 터지는지 으르렁댔다.

"나 역시 자네를 잡아 가두기 전에는 판 접을 생각 없어, 짐 바네트!"

"허허, 그럼 서로 재미있겠군! 잘 가시오, 친구들. 행운을 빌겠네. 누가 아나, 이러다 조만간 또 마주치게 될지."

데느리스는 담배를 문 입술 새로 그렇게 내뱉은 뒤 경쾌한 걸음걸이로 방을 나갔다.

아를레트와 레진은, 데느리스가 기다리고 있는 조용하고 아담한 팔레부르봉 광장에 도착해 차에서 내리면서부터 얼굴이 창백하게 질려 있었다.

레진이 먼저 남자를 보고 입을 열었다.

"얘기해보세요, 데느리스. 설마 멜라마르 백작이 우리를 납치한 사람이라고는 생각하지 않는 거죠?"

"갑자기 그건 왜 묻죠, 레진?"

"모르겠어요. 왠지 예감이…… 너무 겁이 나요. 아를레트도 나랑 마찬가지일 거예요. 안 그래요, 아를레트?"

"네, 나도 가슴이 조여드는 것 같아요."

장이 대꾸했다.

"그래서 뭐가 어떻다는 겁니까? 설사 두 사람이 생각하는 바로 그자라고 해서 당신들을 잡아먹기라도 할까 봐요?"

가까운 거리에 고풍스럽게 뻗어 있는 뒤르페 가. 유서 깊은 이름들이 박공벽마다 새겨진 18세기풍 옛 저택들이 즐비하게 늘어서 있었다. '오텔(Hôtel) 드 라 로슈페르테', '오텔 두르므'…… 우중충한 전면 벽체와 나지막하게 자리한 중이층, 높다란 마차 출입구 그리고 포석이 허술하게 깔린 안마당 깊숙이 포진한 본체 건물 모두가 비슷비슷한 외양을 지니고 있었다. 그중 역시 별반 다르지 않은 '오텔 드 멜라마르'가 떡하니 자리 잡고 있었다.

마침내 데느리스가 저택으로 다가가 초인종을 울리려는 찰나, 택시가 한 대 요란하게 도착하더니 반 우벤과 베슈가 차례차례 튀어나왔다. 둘 다 다소 겸연쩍은 눈치면서 여전히 험상궂은 얼굴을 과장하고 있었다.

데느리스는 팔짱을 끼고 경멸 어린 시선을 던지며 내뱉었다.

"저런, 뻔뻔하기도 하지! 한 시간 전만 해도 이 몸을 헌신짝처럼 내팽개치더니, 이젠 우리 없으면 안 된다는 듯 달라붙잖아!"

그는 싸늘하게 등을 돌리며 초인종을 울렸다. 한 1분쯤 지나서야 문짝이 하나 열리면서 누가 슬그머니 나타났다. 짧은 바지에 밤색의 긴 웃옷, 허리가 잔뜩 구부정한 노인이었다. 데느리스가 선뜻 이름을 대자, 이런 대답이 돌아왔다.

"백작님께서 그렇지 않아도 기다리고 계십니다. 괜찮으시다면 직접 저리로……."

그러면서 손가락으로 가리킨 곳은 마당 맞은편 차양으로 살짝 그늘진 중앙 현관 계단 쪽이었다. 그런데 갑자기 레진이 휘청하면서 더듬대는 것이었다.

"계, 계단이 여섯이야. 저 현관 계단 말이야."

아를레트도 못지않게 떨리는 목소리로 덩달아 중얼거렸다.

"맞아요, 여섯 계단. 층계가 똑같은 것 같아요. 안마당도 그렇고. 이럴 수가! 여기예요! 바로 여기라고요!"

4
형사 베슈

데느리스는 재빨리 두 젊은 여자의 팔꿈치 밑을 붙들어 휘청거리는 몸을 부축해야만 했다.

"맙소사, 제발 진정들 해요! 처음부터 이렇게 비틀거리다간 아무것도 이룰 수가 없단 말이오!"

늙은 집사는 약간 떨어져서 길을 인도했다. 한편 독단적으로 베슈와 함께 안뜰에 발을 디민 반 우벤이 귓속말로 속닥였다.

"흠, 어쩐지 냄새가 좀 나더라니…… 이곳에 오길 잘한 거요! 다이아몬드를 항상 유념합시다. 데느리스에게서 눈을 떼지 말고."

일행은 불규칙한 포석들이 울퉁불퉁한 안뜰을 건너갔다. 좌우로는 이웃하는 다른 건물들의 벽체가 창문 하나 없이 삭막하게 둘러쳐져 있었다. 그리고 저 안쪽, 마침내 높다란 창문들이 이채로운 저택의 거창한 자태가 나타났다. 일행은 여섯 개의 계단을 차례차례 밟아 올랐다.

레진 오브리가 더듬댔다.

"만약 현관 바닥 타일조차 흑백으로 되어 있다면, 난 아마 쓰러지고 말 거야."

"저런, 저런."

데느리스가 옆에서 허겁지겁 다독였다.

타일은 흑백으로 수놓아져 있었다.

다행히 이번에는 데느리스가 제때에 팔을 거칠게 움켜잡는 바람에 두 여자 모두 심하게 비틀거리지 않고 가까스로 자세를 유지할 수 있었다.

"제기랄! 이러다간 낭패 보기 딱 맞지!"

허탈한 웃음을 입가로 흘리며 이죽거리는 데느리스에게 레진은 맥없이 중얼거릴 뿐이었다.

"층계의 양탄자도 똑같아요."

"정말 똑같아요. 층계 난간도 똑같아."

아를레트까지 가세하자, 데느리스가 속삭였다.

"그래서 대체 어쩌자는 거요?"

"이러다 응접실까지 우리가 봤던 그대로이면?"

"중요한 건 일단 그곳에 진입하는 겁니다. 그런데 만약 백작이 범인이라면 우릴 굳이 그리로 안내할 이유가 없을 겁니다."

"그럼 어떡하죠?"

"억지로라도 그리하도록 해야지. 자자, 아를레트, 그러니 용기를 가져요. 무슨 일이 있어도 입 뻥끗하면 안 돼."

바로 그때 아드리앵 드 멜라마르 백작이 손님들을 맞으러 다가와, 서재로 사용하는 1층의 마호가니 가구로 장식된 루이 16세풍 방으로 곧장 안내했다. 마흔다섯 살쯤 되어 보이는 데다, 희끗희끗한 머리, 중후한 몸집, 그리고 별로 호감 가지는 않는 얼굴을 한 남자였다. 특히 눈빛이 순간적으로 흔들리는 게 왠지 애매모호한 인상으로 보는 이를 혼란스럽게 하는 타입이었다.

그는 먼저 레진에게 인사를 건넨 뒤 아를레트를 보고는 살짝 몸서리를 치는 듯했다. 하지만 이내 예의를 깍듯이 챙겼는데, 신사의 몸에 밴 태도답게 약간은 겉치레 같은 분위기가 농후했다. 장 데느리스는 자신과 함께 온 두 여자를 차례로 소개했다. 그러면서도 베슈나 반 우벤에 대해서는 일언반구 언급이 없었다.

반 우벤이 필요 이상으로 허리를 숙이고 우아한 태도를 가장하며 나섰다.

"보석상인 반 우벤이라고 합니다. 오페라극장에서 다이아몬드를 도난당한 바로 그 반 우벤이지요. 여긴 저를 돕고 있는 므슈 베슈입니다."

이 엉뚱한 방문객들에 대해선 다소 놀란 듯했지만, 백작은 굳이 별다른 눈치는 주지 않았다. 그저 꾸벅 인사를 한 뒤 잠자코 다음 발언을 기다릴 뿐이었다.

반 우벤이건 오페라극장의 다이아몬드이건 베슈이건 간에, 그에게는 조금의 의미도 없는 듯했다.

이윽고 처음의 뱃심을 회복한 데느리스가 전혀 떠는 기색 없이 말문을 열었다.

"므슈, 때론 우연이 일을 만들기도 하는 모양입니다. 실은 조촐한 도움을 드리기 위해 여길 방문하기로 한 바로 오늘, 명사들 인명록을 이리저리 뒤져보다가 우리 두 사람이 혈통상 서로 친척관계였다는 사실을 우연히 발견했지 뭡니까. 수르댕 출신이신 제 외증조모께서 알고 보니 멜라마르-생통즈 가계의 분가 줄기의 한 분과 혼인을 하셨더라고요!"

순간 백작의 안색이 환하게 밝아졌다. 이 족보학의 문제는 분명 백작의 흥미를 일거에 불붙인 게 틀림없었고, 이어서 데느리스와 더불어 열띤 대화를 한동안 이어가는 가운데 서로의 연대감이 단단하게 형성되었다. 그와 더불어 레진과 아를레트도 서서히 평소의 기력과 정신을 되찾아가고 있었다. 이런 상황 속에서 반 우벤은 베슈에게 나직이 속삭였다.

"뭐야 이거, 저러다 아예 멜라마르가로 들러붙겠는걸!"

"저 사람이 멜라마르가라면, 난 교황 후계자일 거요."

베슈가 이죽거렸다.

"정말 저런 식이라면 보통 뻔뻔스러운 친구가 아닌걸!"

"흥, 저건 시작일 뿐이오."

아닌 게 아니라, 데느리스는 점점 더 대범한 태도로 변해갔다.

"그나저나 내가 당신 인내심을 너무 혹사하고 있는 것 같소, 친척 양반. 괜찮다면 곧장 본론으로 들어가 어떤 우연들로 인해 내가 여기까지 찾게 되었는지 말씀드리겠습니다만."

"기탄없이 말씀해보십시오."

"제일 처음으로 신문에 게재된 당신의 광고를 지하철 안에서 우연히 목도하게 되었다는 사실입니다. 솔직히 조판 자체도 자체이지만, 찾는다는 물건들이 너무도 사소한 것들이어서 나는 내심 충격이었지요. 푸른 띠 조각하고, 자물쇠 부속품, 촛농받이, 핀셋 손잡이 등 그야말로 신문에 광고까지 내서 찾기에는 뭔가 납득하기 어려운 물건들이었거든요. 하지만 잠시 시간이 흐르면서 더 이상 생각하지 않게 되었고, 아마도 어떤 일만 없었다면 두 번 다시 머릿속에 떠올리지 않았을 겁니다."

그쯤에서 잠시 호흡을 고른 뒤 말을 이었다.

"혹 당신도 '벼룩시장'이라는 곳을 아는지 모르겠습니다. 온갖 잡동사니들이 뒤죽박죽 재미나게 모여드는 요지경 속 같은 시장이지요. 나로 말할 것 같으면 그곳에서 종종 감칠맛 나는 물건들을 발견하곤 하는

데, 슬슬 어슬렁거리다 보면 한 번도 후회하는 적이 없답니다. 언젠가는 옛날 루앙에서 흔히 사용하던 질그릇 성수반 하나를 끄집어냈는데, 여기저기 금이 가고 깨진 곳을 땜질했지만 아주 멋진 스타일만큼은 그대로였죠. 그뿐만 아니라, 수프 그릇하고, 골무 한 개…… 아무튼 여러 가지 뜻밖의 진귀한 물건들을 챙겼답니다. 그런데 문득 보도 포석 위, 아무렇게나 쌓여 있는 잡동사니 집기들 중에 웬 리본 조각이 유달리 시선을 끌어당기는 게 아니겠습니까. 그래요, 친척 양반. 낡고 색 바랜 푸른 비단으로 된 종 손잡이띠였습니다. 게다가 그 바로 옆에는 자물쇠 부속품과 은제 촛농받이 등이 덩그러니 있는 거예요."

멜라마르 씨의 태도는 어느새 돌변했다. 차분하던 기색은 온데간데없고, 느닷없이 극도의 흥분을 보이며 외치는 것이었다.

"그것들입니다! 아, 이럴 수가! 내가 찾던 바로 그것들이에요! 그래, 그게 어디 가면 있다는 겁니까? 어떻게 해야 되찾을 수 있나요?"

"그저 내게 요구하면 됩니다."

"네? 그럼 그것들을 구입했다는 얘기입니까? 대체 얼마에 말입니까? 그 두 배, 아니 세 배로 값을 쳐드리죠! 오, 제발!"

데느리스는 얼른 진정시키며 말했다.

"나는 거저 드렸으면 합니다. 전부 다 해서 13프랑 50상팀에 사들였으니까요."

"물건은 집에 있습니까?"

"아뇨, 여기 가지고 왔습니다. 내 호주머니 속에요. 좀 전에 집에 들러서 가지고 오는 길이죠."

아드리앵 백작은 전혀 망설임 없이 손을 쭉 내뻗었다.

장 데느리스는 쾌활한 어조로 대응했다.

"잠깐만요. 실은 사소한 보상은 나도 받아야 하겠습니다. 오호, 진짜 별것 아닙니다. 내가 워낙에 호기심이 많은 종자라서 솔직히 이 물건들이 원래 있었던 곳을 직접 보고 싶은 마음입니다. 아울러 왜 이것들에 그토록 집착을 하시는지 그 이유도 알고 싶고요."

백작은 약간 망설이는 눈치였다. 그의 요청은 분명 엉뚱했고, 어느 정도 의구심을 불러일으킬 만한 것이었다. 하지만 지금 그의 입장에서 망설임이 무슨 대수이겠는가. 결국 백작이 대답했다.

"어려울 것 없지요. 나를 따라 2층, 응접실로 올라가십시다."

데느리스는 두 명의 여자에게 슬쩍 눈짓을 보냈는데 바로 이런 의미였다.

'다들 보셨겠지? 두드려라, 그럼 열리리라.'

정작 여자들의 표정은 혼비백산 그 자체였다. 따지고 보면, 응접실은 그녀들에게 혹독한 시련의 현장이나 다름없었던 것이다. 그런 곳에 다시 돌아간다는 것은 정말이지 무시무시한 기억을 엄연한 사실로 직접 확인한다는 얘기가 된다. 사태는 반 우벤도 정확히 이해하고 있었다. 이제 머지않아 사건이 새로운 단계로 접어들려는 참이었다. 물론 베슈 반장도 흥분되기는 마찬가지여서 백작의 뒤를 바짝 따라붙었다.

"실례하겠습니다. 이쪽으로 따라오시죠."

백작의 말이 떨어지자, 모두들 우르르 서재를 나서 현관의 타일 바닥을 가로질러 갔다. 발소리가 층계를 따라 낭랑하게 울려 퍼졌다. 레진은 계단 수를 세기 시작했다. 모두 합해 스물다섯! 스물다섯이라! 정확히 같은 계단 수였다. 이번에는 진짜 심각한 현기증이 일었고 대책 없이 비틀대기 시작했다.

모두들 그녀 주위로 달려들었다. 이게 어찌 된 영문인가? 어디 아픈가?

마침내 눈을 감은 레진이 중얼거렸다.

"아니, 괜찮아요. 잠시 정신이 아찔했을 뿐이에요. 미안합니다."

백작이 부랴부랴 응접실 문을 열어젖히며 말했다.

"우선 어디 앉으셔야겠소, 마담."

반 우벤과 데느리스가 얼른 여자를 부축해 소파에 앉혔다. 그런데 이번엔 아를레트가 안으로 들어서자마자 대뜸 비명을 지르더니 핑그르르 돌면서 안락의자에 쓰러졌다.

졸지에 온통 기겁을 하며 소란이 벌어졌는데, 어딘지 우스꽝스러운 구석이 있는 소동이었다. 모두가 되는대로 좌충우돌 정신없는 가운데 백작이 누군가를 소리쳐 불렀다.

"질베르트! 제르트뤼드! 어서 빨리! 각성제 가져와! 에테르도 좀! 프랑수아, 어서 제르트뤼드를 부르게!"

프랑수아가 맨 먼저 당도했다. 그는 이곳 집사이자 관리인이었는데, 아마도 부인 제르트뤼드와 더불어 유일한 하인인 모양이었다. 금세 뒤따라 달려온 부인 역시 그와 마찬가지로 할머니나 다름없었고, 얼굴에 주름은 더 많아 보였다. 마지막으로 질베르트라고 불린 사람이 들어오자, 백작은 다짜고짜 던지듯 외쳤다.

"얘야, 여기 두 아가씨들이 몸이 편찮은 것 같다."

질베르트 드 멜라마르(이혼을 하면서 가족의 성을 다시금 취한 것이다)는 키가 훤칠했으며, 갈색 머리에 다소 오만해 보이는 인상이었다. 아직은 젊고 단아한 얼굴이었지만, 옷차림이나 자태에서는 다소 고리타분한 분위기가 느껴지는 여자였다. 그나마 오빠보다는 좀 더 온화한 기운이 감도는 타입이었다. 그리고 무척이나 아름다운 편인 검은 눈동자는 진지한 표정을 담고 있었다. 아울러 짙은 자줏빛 드레스에 검은 벨벳 줄무늬가 박힌 그녀의 복장을 데느리스는 놓치지 않고 눈여겨보았다.

눈앞에 펼쳐진 광경이 다소 의외일 만한데도 여자는 전혀 동요하는 기색이 없었다. 일단 아를레트의 이마를 화장수로 씻어내고 나서 제르트뤼드에게 계속 살피라고 맡긴 뒤, 그녀는 반 우벤이 바짝 붙어서 호들갑을 떨고 있는 레진한테로 다가왔다. 장 데느리스는 아까부터 혹시나 하고 예견해왔던 사태의 추이를 보다 면밀히 들여다보기 위해 반 우벤을 거칠게 밀쳐내고 대신 자리를 차지했다. 질베르트 드 멜라마르는 레진에게 몸을 기울이며 물었다.

"좀 어떠십니까? 그리 심하지는 않은 거죠? 그래, 기분이 어떠세요?"

그녀는 각성제가 든 병을 레진의 코에 들이댔다. 그런데 막상 레진이 눈꺼풀을 살그머니 열어 여자의 검은 벨벳 줄무늬가 박힌 자줏빛 의상과 낯익은 손을 쳐다보자, 날카로운 비명과 함께 이루 형언하기 어려울 만큼 공포에 질린 얼굴로 벌떡 몸을 일으키는 것이었다.

"반지! 진주알이 세 개 박힌 반지야! 아, 날 만지지 말아요! 당신은 언젠가 밤에 보았던 그 여자야! 그래, 바로 당신이었어. 당신의 그 반지를 알아보겠다고. 이 응접실도 마찬가지야. 파란 비단 천으로 싼 저 가구들도 그렇고. 이 바닥, 저 맨틀피스…… 태피스트리들…… 저 등받이 없는 마호가니 걸상…… 아, 날 내버려둬요! 만지지 말라니까!"

레진은 몇 마디 알아들을 수 없는 말을 더듬거리더니 처음처럼 휘청거리다가 또 정신을 잃었다. 가까스로 깨어난 아를레트 역시 자동차에서 보았던 여자의 뾰족한 구두코를 알아보고, 추시계의 날카로운 소리에 귀가 뜨이자 이렇게 신음을 내뱉었다.

"아! 저 소리는…… 너무 똑같아! 바로 그 여자라고! 무서워라!"

모두가 어안이 벙벙한 상태라 제자리에서 꼼짝하는 사람이 없었다. 혹시라도 사건과 무관한 사람이 보았다면 실소를 금치 못할 만큼 어딘지 통속극의 한 장면 같은 광경이었으며, 실제로 장 데느리스의 가느다란 입술 끝에는 가벼운 주름이 감돌았다. 은근히 사태를 즐기고 있었던 것이다.

반 우벤은 데느리스와 베슈에게 번갈아가며 어찌 받아들여야 할지를 물어댔고, 베슈는 할 말을 잃은 채 우두커니 선 두 남매를 예의 주시했다.

"이게 다 무슨 말이지? 반지라니, 무슨 소리야? 이 여성분이 아무래도 발작을 일으키는 모양이로군."

백작이 중얼거리자, 데느리스는 마치 모든 게 그저 하찮은 일이라는 듯 가벼운 말투로 끼어들었다.

"이봐요, 친척 양반. 방금 말 한번 잘했소. 내 두 여자친구들은 사실 발작증세를 동반한 일종의 열병에 시달리는 상태라 가끔 이런 엉뚱한 소동을 불러일으키곤 하죠. 그렇지 않아도 이곳에 오기 전에 귀띔했듯이 어차피 설명을 하려고 했던 부분입니다. 일단은 내게 여유를 좀 주시오. 먼저 내가 수집한 물건들에 관한 의문점부터 시원하게 해소하고 나서 따로 설명드릴 테니."

아드리앵 백작은 즉답을 하지 않았다. 그 대신 노골적인 불안감이 뒤섞인 태도로 더듬더듬 중얼대기만 했다.

"도대체 이게 어인 일이야? 이걸 어떻게 생각해야 하는 거냐고? 도무지 영문을 모르겠구먼."

그는 누이동생을 잡아끌어 한쪽으로 물러나더니 둘이서 뭔가를 활발히 논의하기 시작했다. 그런데 장이 그에게 다가가 날개를 활짝 펼친 두 마리 나비가 정교하게 세공된 자그마한 구리판을 엄지와 검지로 앙증맞게 집어 들고 내보이는 것이었다.

"여기 자물쇠 부속품이 있습니다. 이 책상 서랍 중 한 곳에 부착되어 있어야 할 물건 같습니다만? 나머지 두 개와 똑같이 생겼으니 말입니다."

그러면서 구리 조각을 제 위치에 끼워 넣었는데, 과연 안쪽의 뾰족한 돌출부위 두 군데가 원래 있던 구멍 두 개에 정확히 맞아떨어졌다. 또한 장 데느리스는 호주머니 속에서 마찬가지로 구리로 된 종 손잡이가 매달린 푸른색 띠를 꺼내더니, 끄트머리가 잘린 같은 색깔의 띠가 맨틀피스를 따라 길게 늘어져 있는 곳으로 다가갔다. 아니나 다를까, 띠 각각의 잘려나간 부위가 정확히 들어맞았다.

"잘 되어가고 있군요. 자, 그다음 이 촛농받이는 어디다 두어야 할까요?"

아드리앵 백작은 무뚝뚝하게 대꾸했다.

"저기 저 가지 달린 장식 촛대요. 원래 모두 여섯 개였죠. 지금은 보다시피 다섯 개밖에 없습니다. 마찬가지로 갖고 계신 그것과 똑같은 것들이죠. 이젠 핀셋 손잡이만 남았군요. 아마 그것도 맞춰보면 거기서 빠져나온 거라는 걸 알게 될 겁니다."

장은 마치 마술사처럼 호주머니 속에서 끊임없이 뭔가를 끄집어내면서 말했다.

"물론 그것도 여기 있죠. 자, 친척 양반, 이제 약속을 지키셔야죠? 왜 이런 하찮은 물건들이 그토록 중요한 건지, 또 왜 제자리에서 이탈한 건지 말씀을 해주시기 바랍니다."

일련의 현란한 마술쇼 때문이었는지 백작은 다소 마음이 가라앉은 듯했다. 아울러 레진의 독설과 아를레트의 탄식도 깡그리 잊은 듯 짤막하게 답변을 했는데, 마치 이런 엉뚱한 약속을 고집스레 졸라대는 귀찮은 사람을 빨리 떨쳐내고 싶어 하는 기색이었다.

"선조로부터 물려받은 모든 것에 나는 애착을 가지고 있소. 당신 표현대로라면 지극히 '하찮은' 물건들일지 모르나, 나와 내 누이동생한테는 이 세상 그 어느 진귀한 물건들만큼이나 신성한 것들이오."

설명이야 그럴듯했다. 물론 장 데느리스는 그대로 물러서지 않았다.

"그만하면 당연히 애착을 가질 만하죠. 나 역시 가문의 추억이 중요하다는 것은 뼈저리게 알고 있는 사람입니다. 그런데 왜 그것들이 사라졌던 걸까요?"

"그건 모르겠소. 그저 어느 날 아침 깨어보니 촛농받이가 없어진 겁니다. 누이동생과 함께 주위를 샅샅이 조사해봤죠. 그랬더니 자물쇠 부속도 떨어져 나갔고, 이 호출벨 손잡이하고 핀셋도 절단 나 있는 겁니다."

"도둑이 든 거겠죠?"

"물론입니다. 그것도 단번에 모든 걸 요절낸 거예요."

"세상에! 차라리 저 봉봉 그릇이나 세밀화도 있고, 추시계하고 은제품들 등 값어치 나가는 물건들도 꽤 많은데. 하필 가장 보잘것없는 잡동사니들만 손을 댄 이유가 대체 뭘까요?"

"모르겠습니다."

백작은 같은 말만 퉁명스레 되풀이했다. 이런 질문들이 짜증스럽기만 했고, 이 방문 자체가 뚜렷한 목적이 없는 것 같았다.

장이 또 한마디 했다.

"이보세요, 친척 양반. 이제 슬슬 내가 왜 두 여자친구들을 대동하고 왔는지, 또 이 여자들이 왜 아까 괴상한 반응을 보였는지 설명을 드려야겠죠?"

그러자 아드리앵 백작은 이렇게 대꾸했다.

"아닙니다. 별로 상관도 없는걸요."

그뿐만 아니라, 빨리 이런 상황을 끝내려는 듯 서둘러 문 쪽으로 발길을 옮기려고 했다. 느닷없이 베슈가 그 앞길을 가로막으며 진지한 목소리로 말했다.

"백작님, 아까 그 일은 당신과 상관이 있습니다. 몇 가지 문제가 지금 당장 밝혀져야만 합니다. 반드시 말입니다!"

베슈의 나서는 태도가 여간해선 비껴가기 힘들 것 같았다. 그 긴 팔을 쫙 펼치면서까지 문을 가로막았던 것이다.

백작 역시 목청을 한껏 돋우며 말했다.

"당신은 또 누구요?"

"치안국 소속, 베슈 반장이라고 합니다."

멜라마르 씨는 대번에 펄쩍 뛰었다.

"그럼 경찰 아닌가? 대체 무슨 권리로 내 집에 발을 들여놓은 거요? 집 안에 경찰이 들이닥치다니! 멜라마르 저택에 경찰이!"

"아까 여기 오면서 베슈라는 이름으로는 백작님께 이미 소개를 드린 바 있습니다. 그런데 가만히 상황 돌아가는 걸 보고 듣자니, 도저히 반장이라는 직책을 내세우지 않을 수가 없게 생겼습니다."

멜라마르 씨는 점점 얼굴이 일그러지면서 더듬거렸다.

"그래, 보고 들어서…… 뭐가 어쨌단 말이오? 이것 보시오. 난 당신한테 결코 허락한 적이……."

"그러거나 말거나 상관없습니다."

베슈는 굳이 예의 같은 것을 따질 생각 없다는 듯 퉁명스레 내뱉었다.

백작은 다시 누이동생에게 다가가 한참을 열에 들떠 쑥덕거렸다. 질베르트 드 멜라마르 역시 오빠처럼 흥분한 기색이었다. 둘은 아무래도 심상치 않은 상대의 도발을 직감한 사람들처럼 서로 의지한 채 잔뜩 험악한 태도로 사태를 예의 주시했다.

"허어, 드디어 베슈가 발동이 걸리기 시작하는 모양입니다."

반 우벤이 나직한 목소리로 장에게 속삭였다.

"그렇군요. 어쩐지 점점 열이 오른다 생각하고 있었습니다. 저 친구는 내가 잘 알죠. 이제 슬슬 두 눈 질끈 감고서 고집을 부리기 시작할 겁니다. 그러다가 느닷없이 폭발할 테고 말이죠."

한편 자리에서 일어난 아를레트와 레진은 장을 방패 삼아 뒤쪽으로 물러나 있었다.

마침내 베슈가 입을 열었다.

"그리 오래 걸리지는 않을 겁니다, 백작님. 그저 몇 마디 질문에 솔직한 답변을 해주시면 됩니다. 어제 집에서 몇 시에 외출하셨는지요? 마담 멜라마르도 대답해주시죠."

백작은 그냥 어깨만 으쓱할 뿐 아무런 대꾸도 하지 않았다. 하지만 그보단 다소 유연한 편인 누이동생은 아무래도 뭐든 대답하는 게 나을 거라 판단한 모양이었다.

"오빠와 함께 오후 2시쯤 외출했다가 차를 마시러 4시 반에 돌아왔습니다."

"그다음에는요?"

"꼼짝 않고 집에만 있었습니다. 저녁에는 한 발짝도 안 움직였어요."

"그건 또 다른 문제이고요. 정작 내가 알고 싶은 건 바로 어제 이곳에서 어떻게 시간을 보냈느냐 하는 겁니다. 특히 저녁 8시에서 자정까지 말입니다."

베슈가 빈정대는 투로 캐묻자, 멜라마르 씨는 거칠게 발을 구르며 누이동생에게 입 다물라는 시늉을 했다. 세상 그 어떤 힘도 이들의 입을 더는 열게 할 수 없다는 걸 깨달은 베슈는 울컥 치미는 울화통에 어줍잖은 자신감까지 겹쳐 더 이상의 질문도 없이 덮어놓고 몰아붙이기 시작했는데, 처음에는 그나마 절제하던 목소리가 갈수록 거칠게 떨렸다.

"이것 보십시오, 백작님! 당신은 물론이고 당신 누이동생분께서도 어제 오후 내내 집에 있지 않았습니다. 그 대신 몽타보르 가 3-2번지 앞에서 어슬렁거리고 있었지요. 그러다 브리쿠 박사를 사칭하면서 어떤 아가씨를 당신 자동차에 강제로 태웠고, 당신 누이동생은 다짜고짜 담요로 여자를 덮었지요. 그리고 바로 이곳, 저택으로 데려온 겁니다. 그런데 그 아가씨는 용케 도망을 쳤지요. 당신은 거리로 쫓아 나갔지만 붙잡지는 못했습니다. 얘기가 그렇게 된 거라고요!"

백작은 입술을 일그러뜨리며 두 주먹을 불끈 쥐었다.

"당신 미쳤어! 미쳤다고! 세상에 이런 정신 나간 사람들이 있나!"

"난 미치지 않았소!"

베슈는 질세라 소리쳤는데, 그 말하는 투가 점점 신파조의 장광설로 흘렀다. 베슈의 천박스럽고 과장된 말투는 데느리스로 하여금 속에서 터져나오는 웃음을 간신히 참게 만들었다.

"나로 말하자면 정확한 진실 이외엔 말할 줄 모르는 사람이오. 증거를 원합니까? 그거야 이 손안에 얼마든지 있지요. 당신이 셰르니츠 양장점 앞에서 죽치고 기다렸던 여기 이 마드무아젤 아를레트 마졸이 증언을 해줄 겁니다. 그녀는 당시 저 맨틀피스 위로 올라갔죠. 그래서 저기 저 서가 위에 납작 엎드려 있었답니다. 그러다 여기 이 도자기를 엎어버리기도 했죠. 급기야는 창문을 열었고 정원을 건너갔습니다. 아마도 자기 어머니를 두고 맹세까지 할 겁니다. 그렇죠, 아를레트 마졸? 당신 어머니를 두고도 맹세할 수 있겠죠?"

그러는 동안 데느리스는 은근슬쩍 반 우벤에게 귀엣말을 하고 있었다.

"잘하는 짓이네. 완전히 돌았어! 자기가 뭔데 수사판사 노릇까지 하는 거야? 더구나 참 한심한 수사판사로세! 저 혼자 북 치고 노래 부르고 다 하잖아. 내가 나서라고 할 때나 나서지, 나 원!"

베슈는 눈이 휘둥그레진 채 점점 더 입만 벌리고 있는 백작을 상대로 고래고래 악을 썼다.

"이게 다가 아니오, 므슈! 아직 멀었다고! 또 있단 말이오, 또! 저 여자, 저 여자도 잘 알죠(그러면서 레진 오브리를 가리켰다)? 저 여자도 어느 날 저녁 오페라극장에서 납치된 바 있습니다. 과연 누구한테 당한 걸까요? 도대체 누가 여기 이 응접실로 그녀를 데려왔느냔 말입니다! 어때요, 마담? 여기 이 가구들 눈에 익죠? 안락의자들, 이 등받이 없는 걸상, 이 바닥…… 자, 과연 누가 그녀를 이리로 데려왔을까요? 누가 그녀의 다이아몬드 가슴받이를 빼앗았느냔 말입니다! 바로 멜라마르 백작과 그 누이동생인 질베르트 드 멜라마르가 아니겠습니까? 증거를 원한다고요? 바로 저 세알박이 진주 반지가 증거입니다! 증거라면 너무 많아서 걱정이에요! 이제 결정은 검찰을 포함한 내 윗선에서 알아서 할 것입니다만."

불행히도 멋들어진 연설은 제대로 끝맺지 못했다. 급기야 울화통이 폭발한 멜라마르 백작이 형사의 목을 덥석 붙들고는 온갖 욕설을 뱉어가며 발을 구른 것이다. 베슈는 얼른 몸을 빼 뒤로 물러섰다. 그리고 주먹을 흔들어대며 또다시 그 돼먹지 않은 논고를 열심히 갖다 댔다. 주어진 사실들만 철석같이 믿을 뿐 아니라, 이 사건에 임한 자신의 역할과, 특히 상관들을 위시해 대중이 지켜보고 있다는 생각으로 잔뜩 고무된 베슈는 데느리스가 말한 대로 정말이지 완전 '돌은 듯' 보였다. 그나마 실컷 떠들어대던 중 문득 자신도 좀 지나치다 싶었는지 말을 뚝 끊은 베슈는 이마에 맺힌 진땀을 손등으로 쓱 훔치고 나서 새삼 침착한 어투로 덧붙였다.

"솔직히 말해 내가 좀 주제넘게 말한 부분도 없진 않습니다. 사실 내가 처리할 사안은 아니니 경시청에 전화를 좀 해보아야겠습니다. 그쪽에서 지시가 내려올 때까지 좀 기다려주시기 바랍니다."

백작은 그만 자리에 주저앉으며 두 손으로 머리를 감쌌다. 더는 스스로를 방어할 엄두가 나지 않는 모양이었다. 대신 질베르트 드 멜라마르가 반장의 앞을 쓱 가로막았다. 기가 막힌다는 표정이었다.

"경시청이라고 했어요? 그럼 경찰을 여기까지 불러들이겠단 말인가요? 이 저택에? 세상에! 안 돼, 말도 안 된다고! 어떻게 이런 일이…… 당신한테 그럴 권리는 없어. 이건 범죄행위야!"

"미안합니다, 마담."

승리감에 도취해 어느새 유연해진 태도로 베슈는 슬그머니 피하려 했다.

하지만 여자는 형사의 팔뚝에 매달려 노골적으로 하소연하기 시작했다.

"제발요. 오빠와 나는 지금 엄청난 오해로 억울한 지경에 빠진 겁니다. 우리 오빠는 절대로 나쁜 짓을 저지를 사람이 못 돼요. 제발 부탁입니다."

물론 베슈는 막무가내였다. 건넌방에 전화기가 있는 것을 보아둔 터였다. 그는 곧장 그리로 걸어가 전화를 한 뒤 돌아왔다.

사태는 빠르게 전개되었다. 갈수록 기고만장해지는 베슈가 데느리스와 반 우벤 앞에서 보란 듯이 떠벌리고, 레진과 아를레트가 두려움과 동정이 뒤섞인 심정으로 백작 남매를 물끄러미 바라보는 가운데 30여 분이 훌쩍 지나갔다. 마침내 형사들을 대동하고 치안국장이 모습을 드러냈고, 곧이어 수사판사와 서기, 검사가 속속 도착했다. 베슈의 전화 한 통화가 멋지게 효력을 이뤄낸 셈이었다.

즉각 약식신문이 이루어졌다. 늙은 하인 부부부터 조사를 받았다. 그들은 동떨어진 익랑채에 거주하면서 자기들 일밖에 아는 것이 없었다. 맡은 일이 끝나고 나면 곧장 정원 쪽으로 면한 자기들 방이나 부엌으로 물러나 있었다.

하지만 워낙에 두 여자들의 증언이 확고부동해서, 그저 기억을 약간씩 떠올리도록 하는 것만으로도 사태를 재구성하는 데 큰 무리는 없었다. 특히 아를레트의 경우는 도망칠 때 거쳐간 경로를 그대로 제시했는데, 정원의 관목들과 담벼락, 외딴 별채, 문의 위치, 그리고 인적이 뜸한 거리에 인접한 약간은 번잡한 또 다른 거리까지 다시 보지도 않고 정확하게 짚어냈다.

게다가 베슈 덕분에 일말의 의혹도 허용하지 않을 새로운 발견이 이루어졌는데, 한번 쓱 훑어보는 것만으로도 서가 저 안쪽, 낡은 장정의 4절판 책 한 세트가 꽂혀 있는 게 그의 시야에 심상치 않게 들어온 것이다. 왠지 호기심이 당겨서 그는 책을 하나하나 살펴보았다. 아니나 다를까, 속은 텅 비고 물건을 넣어둘 수 있는 상자처럼 개조된 빈껍데기 책들이었다. 바로 그중 한 곳에 은실로 수를 놓은 헝겊과 가슴받이 천 하나가 들어 있었다!

레진이 대뜸 탄성을 내질렀다.

"내 튜닉이야! 가슴받이도 내 것이고!"

그러자 반 우벤도 마치 다시금 도둑질을 당하기라도 한 것처럼 요란하게 소리를 질렀다.

"하지만 다이아몬드가 사라져버렸잖아! 이봐요, 도대체 어떻게 된 거요? 아, 당장 게워내지 않으면……."

멜라마르 백작은 이 모든 광경을 일견 초연한 자세로 바라보고 있었는데, 그 얼굴이 왠지 묘한 표정이었다. 그리고 다이아몬드가 떨어져 나간 가슴받이를 수사판사가 불쑥 내밀며 추궁하자, 고개를 설레설레 저으면서 입술을 씰룩거려 볼썽사나운 미소를 짓는 것이었다.

그러더니 대뜸 주위를 둘러보며 중얼댔다.

"내 누이동생, 어디 갔나요?"

늙은 하녀가 대신 대답했다.

"마담은 침실로 건너가신 것 같은데요."

"그 애한테 나 대신 작별인사나 전해주구려. 아울러 내 뒤를 따르라고 해주오."

백작이 호주머니에서 권총을 꺼내 관자놀이를 겨눈 뒤 방아쇠를 당기는 것 모두 순식간에 일어난 일이었다.

다만 유독 그의 행동을 주의해 관찰하고 있던 데느리스가 부리나케 몸을 날려 팔꿈치를 쳐냈기 때문에 총알은 살짝 비껴 나가 유리창을 박살 내고 말았다. 동시에 형사들이 우르르 멜라마르 씨를 덮쳤다. 드디어 수사판사가 입을 열었다.

"당신을 정식으로 체포합니다. 아울러 마담 멜라마르 역시 연행하겠습니다."

정작 여자를 찾아 나서자, 침실에도 규방에도 모습이 보이지 않았다. 급기야 건물 전체를 뒤졌지만 흔적도 찾을 수 없었다. 대체 어디로 빠져나간 것일까? 누구의 도움을 받아서?

여자마저 자살을 했을까 잔뜩 초조해진 데느리스가 직접 조사를 단행했지만 아무 소득이 없었다.

베슈는 이렇게 중얼거렸다.

"까짓 상관없어. 이보시오, 므슈 반 우벤. 이제 머지않아 당신 다이아몬드는 고스란히 돌아올 것이오. 내가 열심히 매달린 덕에 상황이 많이 호전되었어요."

"솔직히 말해 장 데느리스도 노고가 많았지요."

반 우벤이 짚고 넘어가자, 베슈가 퉁명스레 되받았다.

"다만 그자는 배포가 좀 모자랐지요. 모든 건 내가 지적해서 여기까지 온 겁니다!"

몇 시간 후, 반 우벤은 오스망 대로에 위치한 자신의 호화 아파트로 돌아왔다. 먼저 그는 베슈 반장과 더불어 근처 식당에서 저녁을 때운 뒤, 그 무엇보다 관심 집중인 이번 사건에 관해 좀 더 얘기를 나눌 요량으로 집까지 데려왔다.

잠시 대화를 하다 말고 그가 대뜸 말했다.

"잠깐만! 아파트 끄트머리에서 무슨 소리가 들린 것 같아요. 하인들은 그쪽 방에서 자지 않을 텐데."

그는 베슈와 더불어 기나긴 복도를 조심스레 걸어갔다. 그 끝에는 중앙 계단 쪽으로 전용출구가 나 있는 자그마한 숙소가 따로 하나 자리해 있었다.

"가끔 친구들을 불러 지내는 곳인데, 방 두 개가 완전히 독립해 있지요."

베슈는 귀를 바짝 들이대보았다.

"그럼 그렇지, 사람이 있어요."

"거참 이상하다. 열쇠 가진 사람이 없을 텐데."

권총을 움켜쥔 채 반 우벤과 베슈 형사는 단번에 문을 박차고 들이닥쳤다. 다음 순간, 두 사람 입에서는 각각 어이없는 비명이 터져나왔다.

"어라, 이게 뭐야?"

"맙소사!"

소파 위에 한 여인이 축 늘어져 있고, 그 앞에 무릎을 꿇은 데느리스가 특유의 치료요법에 따라 이마는 물론 머리카락까지 가볍고 부드러운 키스 세례를 퍼붓고 있는 게 아닌가!

가까이 다가가 보니 소파에 널브러진 여인은 질베르트 드 멜라마르였다. 창백한 안색에 눈을 지그시 내리깐 채 가슴이 들썩할 정도로 헐떡이고 있었다.

데느리스는 별안간 벌떡 일어나 난데없는 훼방꾼들을 향해 버럭 화를 냈다.

"또 당신들이야! 이런, 우라질! 언제 좀 조용해지려나! 두 사람 다 도대체 여긴 뭐하러 나타난 거요?"

"뭐요? 우리가 뭐하러 오다니? 여긴 바로 내 집이란 말이오!"

반 우벤이 냅다 소리쳐 대꾸하자, 베슈도 덩달아 악을 썼다.

"그러게 말입니다! 정말 뻔뻔하군! 보아하니 여자를 저택에서 빼돌린 게 바로 자네렷다!"

데느리스는 태도가 차분하게 돌변하면서 발뒤꿈치를 축으로 한 바퀴 빙그르르 돌며 내뱉었다.

"도무지 자네한텐 뭐든 숨길 수가 없군, 베슈! 그렇다네, 바로 내 짓이었어!"

"감히 그런 짓을!"

"아하, 이 친구야, 자넨 형사들을 정원에다 배치해두는 걸 잊었더군. 결국 그쪽으로 여자를 도망치게 했지. 이웃하는 거리에서 자동차를 잡아타도록 미리 얘기를 해놓고 말이야. 나로 말하자면, 거창한 예심이 끝나자마자 곧장 그녀와 합류해 이리로 데려온 뒤 지금까지 정성껏 보살피고 있었던 것이라네."

"제기랄! 그나저나 누가 당신을 들여보낸 거요? 이곳은 따로 열쇠가 있어야 할 텐데."

이번엔 반 우벤이 다그쳐 물었다.

"오, 필요 없습니다. 간단한 집게 하나만 있으면 나는 모든 문을 자유자재로 열지요. 그렇지 않아도 당신 집을 여러 차례 드나들었는데, 마담 드 멜라마르가 숨어들기엔 막상 이 구석만 한 장소도 없다는 판단이 들더군요. 멜라마르 백작부인을 천하의 반 우벤이 숨겨주고 있으리라고 감히 누가 상상이나 하겠습니까? 아무도 짐작조차 못할 일이지요. 베슈도 그런 생각은 못할 겁니다. 사건이 완전히 해결될 때까지 여자는 당신의 보호 아래 조용히 생활할 수 있을 겁니다. 따로 시중들 하녀는 반 우벤, 당신의 새로운 여자친구이려니 생각하고 넘어갈 테고. 하긴 레진은 이제 당신한테는 물 건너간 셈이니까 말이오."

"여자는 내가 체포한다! 당장 경찰에 연락하겠어!"

보다 못한 베슈가 버럭 소리치자, 데느리스는 대차게 웃음을 터뜨렸다.

"우하하하하. 거참 재미있다! 이보게, 친구. 여자 몸에 손끝 하나 댈 수 없다는 건, 자네 자신이 나만큼이나 잘 알고 있을 텐데? 이 여자는 신성한 존재야."

"어허, 그러셔?"

"두말하면 잔소리지! 왜냐하면 내가 직접 보호하고 있으니까!"

베슈는 길길이 날뛰었다.

"그럼 도둑년을 보호하시겠다 이건가?"

"도둑년이라고? 자네가 대체 뭘 아는데?"

"뭘 알긴! 바로 자네 때문에 붙잡힌 남자의 누이동생이 아닌가?"

"저런, 큰일 낼 망발이 있나! 그를 붙잡도록 한 건 내가 아니라 바로 자네일세."

"그래도 자네가 지목을 한 셈 아닌가? 그래서 확인해보니 영락없는 범인이기에 체포한 거고."

"당최 내막을 알고나 하는 소리야?"

"흥, 이제 보니 자넨 자신이 없어진 모양이로군?"

그러자 장 데느리스의 한껏 빈정대는 말투가 튀어나왔다.

"허어, 천만의 말씀! 그보다는 이 모든 사태가 어딘지 께름칙한 구석 천지라는 얘기이지. 그토록 점잖은 양반이 도둑이라고? 내가 고작 머리카락밖에는 입을 못 맞출 정도로 고고하신 저 숙녀께서 도둑질을 해? 이보게, 베슈. 솔직히 나는 자네가 너무 성급하게 가는 것 아닌가 의문이야. 뭔가 크게 잘못 발을 들여놓고 있는 게 아닌가 싶어. 오, 베슈, 그러다가 어떻게 뒷감당을 하려는 건지, 쯧쯧!"

잔뜩 귀를 기울이던 베슈는 얼굴이 파리하게 질리면서 동요하는 기색이 역력했다. 반 우벤 역시 불안한 가슴을 졸이면서 다이아몬드의 행방이 다시금 궁금해졌다.

마침내 장 데느리스가 여자 앞에 경건하게 무릎을 꿇고 속삭였다.

"당신은 죄가 없지요? 당신 같은 여성이 도둑질을 한다는 건 도저히 있을 수 없는 일이에요. 그러니 당신과 오빠분에 관한 진실을 이제는 털어놓겠다고 약속해주십시오."

5
그는 적인가?

예심 과정에서 제기된 이야기들을 꼬치꼬치 주워섬기는 것처럼 지루한 일은 없을 것이다. 특히 이번처럼 널리 알려져 인구에 줄기차게 회자되어왔고, 누구나 나름대로 정확한 견해를 가지게 된 사건의 경우 더더욱 그렇다고 볼 수 있다. 따라서 이제부터 이야기는 대중에겐 알려져 있지 않고, 사법당국으로서도 끝내 밝혀내지 못했던 부분에 관해 집중될 것이다. 다름 아닌, 장 데느리스, 즉 아르센 뤼팽의 행적에 관한 이야기 말이다.

한마디로 정식조사가 얼마나 소득이 없었는지는 그저 돌이켜보는 것만으로도 족하다. 지난 20여 년을 한결같이 모셔온 주인 남매를 감히 의심하는 것에 두 늙은 하인 부부는 길길이 화를 내면서, 조금도 문제가 될 만한 발언은 단 한 마디도 입 밖에 내지 않았다. 제르트뤼드는 아침 시장을 보러 가기 위해 부엌을 나선 것 이외엔 한 발짝도 움직이지 않았노라고 했다. 프랑수아도 난데없는 초인종이 울리는 바람에—그만큼 저택을 방문하는 손님이 드물었다—부랴부랴 옷을 입고 문을 따러 나왔을 뿐이라고 했다.

면밀하게 탐색을 해본 결과 집에는 다른 어떤 비밀 출구도 없다는 결론이 나왔다. 응접실에 딸린 작은 구석공간은 옛날엔 알코브처럼 사용되었지만, 지금은 잡동사니를 넣어두는 수납공간으로 활용되고 있었다. 그 어디에도 수상쩍거나 속임수가 의심되는 부분은 없었다.

마당 안에는 별도의 숙소가 전혀 없었다. 심지어는 차고로 쓸 만한 곳도 없었다. 백작이 운전을 할 줄 안다는 사실은 확인했으나, 자동차가 있다면 마땅히 둘 만한 장소가 눈에 띄지 않는 것이었다. 도대체 차고가 있기는 한 걸까? 도무지 대답이 떠오르지 않는 의문이 한둘이 아니었다.

멜라마르 백작의 여동생은 여전히 행방불명이었고, 백작도 사적인 생활에 관한 정보는 물론, 이번 사건의 중요 사안들에 대해 그 어떤 해명도 거부한 채 철저한 침묵을 고집했다.

그 와중에 다만 한 가지 유독 주목을 요하는 사실이 있었다. 그리고 이는 이번 사건을 전반적으로 지배하면서 사법당국은 물론, 언론과 대중의 일반적 통념으로 삽시간에 자리를 잡기에 이른다. 문제의 사실은 원래 장 데느리스가 집요한 관심을 갖고 파고들어 결국 밝혀낸 것으로, 별도의 설명 없이 그 내용을 있는 그대로 이 자리에 공개할까 한다. 때는 1840년, 현 백작의 증조부 되는 쥘 드 멜라마르는 멜라마르 가문의 가장 출중한 인물로, 나폴레옹 휘하의 장군이었다가 왕정복고 시절에는 대사직을 역임한 인물이었는데, 어인 일인지 그만 살인절도죄로 수감되는 신세가 되었다. 급기야 그는 감방 안에서 뇌출혈로 사망했다.

이에 문제를 좀 더 치밀하게 파고들기로 했다. 오래된 자료들을 있는 대로 파헤친 결과, 일부 묻혀 있던 사실들이 드러나게 되었다. 그중에서도 엄청나게 중요한 문서 하나가 세상에 공개되었는데, 1868년에 바로 그 멜라마르의 아들이자, 아드리앵 드 멜라마르 백작의 조부가 되는 알퐁스 드 멜라마르가 황제 나폴레옹 3세의 전속 부관이었으며, 마찬가지로 살인과 절도죄를 범했다는 내용이었다. 결국 그는 뒤르페 가에 위치한 자신의 저택에서 머리에 권총을 발사해 자결했고, 황제는 모든 사건을 불문에 부쳐버렸다.

이상의 두 가지 충격적인 사실은 세간에 대단한 소란을 몰고 왔다. 졸지에 어떤 단어 하나가 현재의 사태를 환하게 규명해주는 듯했고, 일거에 상황을 요약하는 걸로 받아들여졌다. 즉, 격세유전이라는 단어. 비록 백작 가문의 두 남매가 대단한 재산가는 아니라 해도 파리에 대저택을 소유한 데다 투렌에는 성채도 하나 지니고 있는 터라, 별다른 어려움 없이 살고 있으며 오히려 여러 자선사업에 투자를 하는 실정이었다. 따라서 오페라극장의 사건과 다이아몬드 절도 건에 대해 딱히 물욕이 있어서라고 설명할 수만은 없는 상황이다. 결국 격세유전에 의한 범행인 것이 아닐까. 멜라마르 가문은 일종의 도벽을 본능적으로 지닌 집안이다. 멜라마르 남매도 분명 조상으로부터 그러한 형질을 물려받았을 게 뻔하다. 그들이 이번에 도둑질을 한 것은, 물론 자기들 재력을 상회하는 생활 수준을 넘보기 위한 면도 없진 않겠으나, 그보다는 좀 더 강력한 유혹, 즉 격세유전적 필연성 앞에 어쩔 수 없이 굴복한 때문으로 보아야 하는 것이다.

조부인 알퐁스 드 멜라마르처럼 아드리앵 백작도 자살을 감행했다는 사실을 보라! 그 역시 격세유전의 증거인 셈이다.

그나저나 다이아몬드에 관해서건 두 여자의 납치사건에 관해서건, 또 그녀들을 각각 납치하는 사이에 시간을 어떻게 보냈는가의 문제, 서가에서 발견된 튜닉 등 이 사건의 모든 불가사의한 측면들에 대해서 백작은 일체 금시초문이라고 강변하는 것이었다. 애당초 그 모든 문제들이 그에겐 강 건너 불구경처럼만 여겨지는 모양이었다.

그는 아를레트 마졸에 관해서는 자신의 결백을 굳이 주장하려 하지 않았다. 실은 어느 유부녀와의 사이에 딸이 하나 있었는데, 극진히 사랑해주었음에도 불구하고 몇 년 전 세상을 떠나버렸다고 했다. 때문에 극심한 고통을 겪었으며, 아를레트가 그 딸아이와 너무도 닮아서 한두 번 무의식중에 뒤를 밟아보긴 했다는 것이다. 전적으로 죽은 딸에 대한 그리운 마음으로 말이다. 하지만 아를레트 마졸이 증언한 것처럼 인적 드문 거리에서 그녀한테 직접 접근한 자는 결코 자신이 아니라고 강변했다.

그러는 가운데 보름이라는 시간이 흘러갔다. 그동안 베슈 반장은 분을 삭이면서 세상 더없이 쓸데없고 번잡스러운 활동을 고집스럽게 벌여나갔다. 항상 그의 곁을 바짝 따라다니던 반 우벤의 입에서 우는소리가 수시로 튀어나올 정도였다.

"틀려먹었어! 내 분명히 말하지만, 몽땅 틀려먹었다고!"

그러면 베슈는 불끈 쥔 두 주먹을 흔들어대며 이러는 것이었다.

"당신 다이아몬드 말이오? 그거라면 여기 이 손아귀에 움켜쥔 것이나 다름없어요. 멜라마르 남매를 붙잡았으니, 당신 다이아몬드도 곧 되찾을 거란 말입니다."

"데느리스의 도움이 필요 없다는 건 확실한 겁니까?"

"두말하면 잔소리요! 그의 도움을 청할 바에는 몽땅 망쳐버리는 게 낫지!"

하지만 반 우벤은 한마디로 잘라 말했다.

"거 말 한번 대차게 하시는군! 그러나 내 다이아몬드는 당신 자존심보다 우선한다는 걸 알아두시오!"

사실 반 우벤은 매일같이 장 데느리스도 만나 귀찮게 보챘다. 그러면서도 질베르트 드 멜라마르가 유폐되어 있는 숙소를 드나들 때마다, 그는 장 데느리스가 여자의 발치에 앉아 오빠를 반드시 구하고 실추된 명예까지 회복시켜주겠다며 온갖 위로와 희망을 불어넣으면서도, 매번 아무런 정보나 단서도 얻어듣지 못하는 꼴을 확인해야만 했다.

그런가 하면 반 우벤이 이번에는 레진 오브리에게 돌아와 레스토랑에라도 데려갈까 싶으면, 그녀에게 치근거리는 장 데느리스와 영락없이 맞닥뜨리는 것이었다.

여배우가 말했다.

“우릴 좀 가만 내버려두시죠, 반 우벤. 요즘 벌어진 일련의 사건들을 겪고 나서부터는 당신은 꼴도 보고 싶지 않단 말이에요.”

그래도 반 우벤은 화내지 않고, 데느리스를 한쪽으로 데려가 물었다.

“이봐요, 친구. 내 다이아몬드는 어떻게 되어가는 거요?”

“지금은 그런 것 말고도 머릿속이 꽉 차 있습니다. 레진과 질베르트로 인해 도무지 여유가 안 생겨요. 각각 오후와 저녁으로 나눠서 돌봐야 하니까.”

“그럼 오전에는?”

“그야 아를레트 차지지. 그녀는 정말 사랑스럽답니다. 섬세하고 지적이면서도 또한 직관력이 풍부하죠. 늘 서글서글하고 감수성 풍부한 게 흡사 아이처럼 순수하면서 진짜 성숙한 여성의 신비스러운 면도 다분합니다. 그리고 또 얼마나 정숙한지! 첫날 저녁 불시에 그녀의 볼에 입을 맞출 수 있었는데, 그걸로 그냥 끝장이지 뭡니까! 이봐요, 반 우벤. 난 아무래도 아를레트가 제일 좋은 것 같아요.”

데느리스의 말은 사실이었다. 레진을 향한 애초의 변덕스러운 감정은 어느새 좋은 우정으로 변해 있었다. 질베르트에게서도 이렇다 할 고백을 이끌어낼 희망이 점점 엷어져가는 상태였다면, 아를레트의 곁에서는 아침 내내 시간을 보내면서 항상 환희에 들떠 있는 것이었다. 그녀 안에는 참으로 독특한 매력이 깃들어 있는데, 깊은 곳에서 우러나오는 천진난만함과 삶에 대한 확고한 자신감에서 그 모든 게 기인하는 듯했다. 동료한테 도움을 주겠다는, 일견 허무맹랑해 보이는 그녀의 꿈조차도 화사하게 웃는 얼굴로 신나서 늘어놓을 때만큼은 정말이지 실현 가능한 계획처럼 다가오는 것이었다.

그런 여자에게 데느리스가 말했다.

"아를레트, 오, 아를레트! 이제껏 당신만큼 명쾌하면서도 또한 종잡을 수 없는 여자도 처음 보는 것 같아!"

여자는 고개를 갸우뚱했다.

"제가 종잡을 수 없다고요?"

"응, 가끔은 그래. 물론 당신 전체를 잘 이해하고는 있지만, 어떨 때는 도무지 알 수 없는 기분이 되고 만다는 얘기야. 묘한 건 처음에 당신한테 접근했을 당시만 해도 그런 기분은 전혀 못 느꼈다는 사실이지. 한데 날이 갈수록 수수께끼가 커지는 거야. 어쩐지 감정상의 수수께끼 같은데 말이지."

여자는 빙그레 웃으며 대꾸했다.

"어머, 그럴 리가요?"

"맞아, 분명 감정상 뭔가가 있어. 당신 혹시 누굴 사랑하고 있는 것 아닌가?"

"누굴 사랑하냐고요? 그야 세상 모든 사람들을 사랑하죠!"

"아니, 그런 것 말고. 당신 인생에 새로운 뭔가가 생겼다든지."

"아무렴요, 새로운 일이 생기다마다요! 납치당하면서 그 난리를 다 겪은 데다가, 난데없는 경찰조사며 까다로운 신문 절차에, 내게 갑작스레 편지를 보내오는 수많은 사람들…… 주변에서 너무 많은 얘기가 나돌고 있잖아요! 보잘것없는 일개 모델 입장에서는 그야말로 제정신을 차릴 수가 없을 정도죠!"

데느리스는 고개를 끄덕이고 점점 벅차오르는 애정을 듬뿍 담은 눈길로 여자를 주시했다.

한편 검찰청에서는 예심이 단 한 걸음도 나아가지 못하고 있었다. 멜라마르 씨를 연행한 뒤 20여 일이 지났지만 여전히 쓸모없는 증언들이나 주워 모으기 바빴고, 아무 성과 없는 가택수색만을 되풀이할 뿐이었다. 모든 흔적들은 잘못 짚은 걸로 판명 나기 일쑤였고, 어떤 가설을 세워도 이내 오류가 드러나곤 했다. 심지어 멜라마르 저택에서 빅투아르 광장까지 처음 아를레트를 태우고 왔던 운전기사조차 찾을 방도가 없었다.

반 우벤은 점점 핼쑥해져갔다. 비록 백작을 연행했지만 잃어버린 다이아몬드와의 연관성을 전혀 밝혀내지 못하자, 그는 자연스럽게 베슈의 자질에 대한 회의를 품기 시작했다.

그러던 어느 오후, 몽소 공원 근처 건물 1층의 데느리스가 사는 곳 문 앞에서 두 남자가 초인종을 울려댔다. 하인이 문을 열고 손님을 안내했다.

데느리스는 둘을 맞아들이며 다짜고짜 외쳤다.

"어인 일로 예까지 다 납셨는가? 반 우벤 그리고 베슈! 둘 다 어쩐지 풀이 죽어 있는 듯합니다!"

그들은 난감한 처지를 솔직히 털어놓았는데, 특히 베슈 반장은 처량할 정도로 칭얼거렸다.

"이건 아무래도 감이 영 안 좋은 사건인 듯해. 무슨 악운이 낀 것 같아."

"그야 자네처럼 멍청이에게나 악운이 꼈겠지. 자, 그럼 이제 내가 왕초인 거야. 절대적으로 내 말에 따르는 것 맞지? 목에 밧줄을 감고, 늘어진 셔츠 차림을 한 칼레의 시민들(백년전쟁 당시 영국 에드워드 왕의 군대에 포위되어 전멸 위기에 처한 항구도시 칼레에서 자신들의 목숨을 희생해 도시를 구하겠다는 취지로 스스로 목에 밧줄을 감은 채 왕 앞에 출두한 시장과 다섯 명의 시민대표. 에드워드 왕은 그들의 희생정신에 감복해 도시를 멸하지 않았다—옮긴이)처럼 말일세."

데느리스의 넉살 좋은 농에 덩달아 기분이 다시 쾌활해진 반 우벤이 먼저 덥석 대답했다.

"여부가 있겠소!"

"베슈, 자넨 어때?"

"분부만 내리시게."

베슈 역시 음울한 목소리로 대답했다.

"우선 경시청은 아예 제쳐두고, 검찰청 역시 신경 쓰지 말 것이며, 그들 모두 이번 사건과 관련해 아무 할 일도 없다는 점을 선언할 것! 아울러 내게도 확실한 보장을 해줄 것!"

"보장이라니?"

"앞으로는 성심성의껏 협조를 이루어나가겠다는 보장이지. 그나저나 그쪽에선 일이 어디까지 진행되어 있는 건가?"

"내일 백작과 레진 오브리, 그리고 아를레트 마졸 사이에 대질이 있을 예정이네."

"제기랄! 그럼 당장 서둘러야겠군. 무슨 대외비 같은 정보라도 있나?"

"거의 없다고 할 수 있지."

"'거의'라니? 있으면 어디 말해보게."

"멜라마르가 어디선가로부터 받은 쪽지가 그의 감방에서 발견되었네. 이런 내용이었지. '모든 것이 잘되어갈 것입니다. 내가 보장하겠습니다. 용기를 가지십시오.' 물론 나는 곧장 캐고 들었지. 그래, 오늘 아침에서야 알아낸 사실은 그 쪽지가 백작의 식사를 공급하는 식당 종업원 손에 의해 전달되었으며, 백작 역시 답장을 했다는 거야."

"편지를 보낸 사람의 정확한 인상착의는 확보했겠지?"

"물론일세."

"좋았어! 이봐요, 반 우벤. 자동차 가져오셨소?"

"네."

"갑시다."

"어디로 말이오?"

"가보면 알 거요."

셋이서 차에 오르자마자 데느리스가 설명을 시작했다.

"베슈, 자네가 간과하고 있지만 내게는 엄청 중요한 문제가 하나 있네. 이 일이 발생하기 몇 주 전, 백작이 신문 지상에 게재한 광고가 대체 무얼 의미하느냐는 문제 말일세. 도대체 그런 하찮은 물건들에 무슨 관심을 가져달라는 건지. 그리고 뒤르페 가의 대저택에 즐비한 온갖 귀중품들은 다 제쳐놓고 하필 그런 것들을 훔쳐서 또 무슨 이득이 있겠는가 말이야. 이런 문제들을 시원하게 밝히는 유일한 방법은 촛농받이와 종 손잡이며 등 잡동사니를 단돈 13프랑 50상팀에 내게 팔아넘긴 아줌마를 찾아가 물어보는 길밖에 없다는 판단이 들었다네. 물론 그렇게 해보았지."

"그랬더니?"

"지금까지는 부정적이었네만 이제 조금 있으면 양상이 바뀔 거라는 생각이네. 벼룩시장 아줌마는 내가 사건이 벌어진 바로 다음 날 보았을 때만 해도, 자신한테 5프랑짜리 동전 한 닢을 받고 물건들을 팔아넘긴 사람을 똑똑히 기억하고 있었지. 잡동사니를 취급하는 방물장수인데, 가끔 들러 고만고만한 물건들을 팔아먹곤 한다는 거야. 이름이나 주소? 안타깝게도 그건 모른다더군. 하지만 자기한테 그자를 데려다준 그라댕 선생이라면 분명 알고 있을 거라고 했네. 그래서 곧장 그라댕 선생이 산다는 센 강 좌안으로 달려가보았지. 근데 여행을 가고 없더군. 오늘 돌아온다는 거야."

자동차는 어느새 그라댕 선생의 집 앞에 당도했고, 그는 주저 없이 질문에 응해주었다.

"보아하니 트리아농 할멈 얘길 하시는 모양입니다. 생드니 가에 위치한 '프티 트리아농'이라는 그녀의 가게 이름을 따서 모두 그렇게들 부르고 있지요. 약간 골치 아픈 여자인데, 전혀 말이 안 통하고 보통 괴팍한 타입이 아니랍니다. 별의별 쓸데없는 물건들을 팔고 다니다가도 간혹 나한테는 어디서 구했는지는 모르지만 아주 괜찮은 가구들도 가져오곤 하지요. 그중에서는 순수하게 루이 16세풍이 우러나는 멋진 마호가니 가구도 있었답니다. 18세기 최고의 가구 세공인인 샤퓌의 자필 서명이 새겨진 귀중품이죠."

"당신은 그걸 또 되팔았고요?"

"그렇소. 미국으로 수출했지요."

세 남자는 아주 고양된 상태로 그곳을 나섰다. 샤퓌의 서명이라면 멜라마르 백작의 가구 대부분에 새겨져 있지 않은가!

반 우벤은 손바닥을 비벼대며 입을 열었다.

"우연의 일치치고는 아주 절묘한걸. 이쯤 되면 내 다이아몬드도 그 '프티 트리아농'의 어느 가구들 비밀서랍 같은 데서 찾아내지 못하라는 법도 없지. 이보시오, 데느리스. 당신이 좀 배려를 해준다면……."

"당신한테 다이아몬드를 선뜻 안겨줄 수도 있을 거란 말이죠? 그야 여부가 있겠소, 친구!"

자동차는 '프티 트리아농'과 얼마간 거리를 두고 멈춰 섰고, 데느리스와 반 우벤은 베슈를 문 앞에 남겨두고 안으로 들어갔다. 비좁고 길쭉한 구조의 가게였는데, 온갖 골동품들과 금 간 화병들, 이 빠진 도자기, 중고 모피, 찢어진 레이스 조각, 그 밖에도 방물장수가 다룰 만한 온갖 잡동사니로 그득했다. 회색빛 머리카락에 뚱뚱한 체격의 트리아농 할멈은 저 뒤쪽 구석에서 마개가 없는 물병을 손에 든 어떤 신사와 한참 얘기를 나누고 있었다.

반 우벤과 데느리스는 마치 좋은 물건 없나 두리번거리는 중고품 애호가들처럼 진열대 사이를 어슬렁거렸다. 데느리스는 물건을 사러 온 손님 같지는 않아 보이는 신사를 힐끔힐끔 살폈다. 훤칠한 키에 금발에다 나이는 한 30대쯤 되어 보이는 꽤 우아하고 산뜻한 용모의 사내였는데, 잠시 더 얘기를 나누더니 마개 없는 물병을 제자리에 내려놓고 문쪽으로 발길을 돌렸다. 그런데 데느리스가 보기에 그 사내 역시 골동품들을 이것저것 들여다보는 가운데, 새로 가게에 들어온 두 명의 손님들을 힐끔힐끔 살피는 것이었다.

한편 반 우벤은 이 같은 은근한 움직임을 전혀 의식하지 못한 채 트리아농 할멈 곁으로 다가갔는데, 데느리스가 딴전을 피우고 있으니 자신이 그녀와 이야기를 나눠도 될 것이라 판단한 듯했다. 그는 여자에게 다짜고짜 속삭였다.

"혹시나 해서 말씀인데, 내가 도둑맞은 물건들이 어쩌다 이곳에 팔려 나왔을지도 몰라서요. 예컨대……."

순간 이 친구의 경솔함을 눈치챈 데느리스가 얼른 닥치라는 신호를 보내려 했지만, 반 우벤은 계속 입을 놀렸다.

"예컨대 말입니다. 자물쇠 부속품이라든가 푸른 비단천으로 된 종 손잡이 조각 같은 거."

아니나 다를까, 방물장수의 귀가 쫑긋하는가 싶더니 역시나 유달리 민감하게 이쪽으로 고개를 돌린 훤칠한 사내와 재빨리 시선을 교환하는 게 아닌가! 더구나 사내는 순간적으로 눈썹을 찌푸리기까지 했다.

"저런, 그런 일은 없습니다만. 저 물건들 틈에서 한번 찾아보시죠. 어쩜 맘에 드는 거라도 눈에 띌지 모르겠습니다."

여자가 머뭇머뭇 대꾸하는 사이, 사내는 다시 한번 조심하라는 의미의 눈짓을 보낸 뒤 서둘러 가게 문을 나서버렸다.

데느리스는 후닥닥 문 쪽으로 내달렸다. 사내는 부랴부랴 택시를 불러 올라타자마자 운전기사에게 나직한 목소리로 행선지 주소를 댔다. 바로 그 순간, 베슈 반장이 잽싸게 그 옆을 바짝 붙어서 지나갔다.

데느리스는 눈치 빠르게 그 사내가 낌새를 파악하지 못할 만큼의 시간 동안 가게를 나서지 않고 가만히 사태를 주시했다. 마침내 자동차는 모퉁이를 돌아 사라졌고, 그제야 그는 베슈와 합류했다.

"그래, 뭐라고 했는지 들었나?"

"포부르 생토노레의 콩코르디아 호텔이라더군."

"그나저나 자네도 그자를 예의 주시하고는 있었나 보지?"

"유리창 너머로 보니까 금세 누군지 알겠더군. 바로 그놈이었어."

"누구 말인가?"

"감방 안의 멜라마르 백작에게 편지를 넣어준 작자였네."

"백작과 교신한 자란 말인가? 그자가 멜라마르 저택에서 훔친 물건을 팔았던 여자와 얘기를 나눠? 이거야 원! 베슈, 정말이지 이건 대단한 우연의 일치 아닌가!"

하지만 데느리스의 쾌재도 오래가진 못했다. 콩코르디아 호텔에 가서 확인한 결과, 문제의 사내와 비슷한 인상착의를 가진 어떤 사람도 들어온 적이 없다는 거였다. 일단 기다리기로 했지만 갈수록 초조함은 더해갔다.

급기야 데느리스가 내뱉었다.

"아무래도 주소가 엉터리인 것 같아. 놈은 우리를 어떻게든 '프티 트리아농'으로부터 떨어뜨리려고 한 거야."

"굳이 그럴 이유가 있었을까?"

"일단 시간부터 벌자는 계산이었겠지. 아무튼 그곳으로 다시 돌아가자고."

데느리스의 생각은 틀리지 않았다. 생드니 가로 접어들자마자 눈앞에 보이는 건, 덧문에다 빗장까지 지르고 그것도 모자라 맹꽁이자물쇠로 꽁꽁 문단속을 해놓은 방물장수의 가게였던 것이다.

이웃에서도 별다른 단서를 제공해주지 못했다. 모두들 트리아농 할멈을 봐서 알고는 있었지만, 누구도 말 한마디 나눠본 적이 없었다. 불과 10분 전, 여느 저녁보다는 한두 시간 이르게 그녀 스스로 가게 문을 닫는 걸 본 것이 전부였다. 대체 어디로 간 것일까? 그녀가 어디에 사는지 아는 사람은 하나도 없었다.

"조만간 알게 되겠지."

베슈가 으르렁대자, 데느리스가 잘라 말했다.

"아니, 결코 알 수 없을 거야. 트리아농 할멈은 분명 그 작자의 지배하에 있어. 그런데 내가 보기에 그 작자, 보통내기가 아니거든. 어떤 공세도 능히 따돌릴 뿐만 아니라, 자기 쪽에서도 얼마든지 도발을 해올 놈이었어. 자네도 당했다는 걸 못 느끼겠나, 베슈?"

"그건 그렇지만 놈이 먼저 방어를 단단히 하고 있어야 할걸!"

"공격이야말로 최선의 수비지."

"놈은 우리한테 뭘 어떻게 할 입장이 못 되네. 공격을 한다 해도 누구를 표적으로 할 수 있겠는가?"

"누구를 표적으로 하냐고?"

데느리스는 잠시 골똘한 생각에 잠겼다. 그는 자동차에 훌쩍 올라타더니 반 우벤에게 고용된 운전기사를 밀치고 운전대를 휘어잡았다. 이어서 반 우벤과 베슈가 간신히 올라탈 정도로 갑작스럽게 차를 출발시켰다. 놀라운 솜씨로 혼잡한 거리를 요리조리 빠져나가는가 하면, 구역 검문소도 곧장 통과해 외곽도로로 부리나케 빠져나갔다. 르픽 가를 거슬러 오른 자동차가 아를레트의 집 앞에서 멈추었다. 관리인 숙소로 불쑥 들이닥친 데느리스는 다짜고짜 내뱉었다.

"아를레트 마졸, 집에 있나요?"

"외출했는데요, 므슈 데느리스."

"언제 말입니까?"

"기껏해야 한 15분 전에요."

"혼자 말이오?"

"아뇨."

"모친하고 함께 나갔습니까?"

"아닙니다. 마담 마졸은 마침 장을 보러 나간 터라, 마드무아젤 아를레트가 외출한지도 모르고 있을걸요."

"그럼 누구와 함께 나갔단 말입니까?"

"어느 신사분이 자동차로 와서 데려가던데요."

"금발에 훤칠한 키였나요?"

"네."

"전에도 본 적이 있는 사람입니까?"

"이번 주에만 매번 저녁식사 후에 이 집 여인네들을 보러 왔었지요."

"그자 이름을 압니까?"

"네, 므슈 파즈로라고 해요. 앙투안 파즈로."

"감사합니다."

얘기를 끝낸 후, 데느리스는 실망과 분노의 감정을 굳이 숨기지 않았다. 관리인의 숙소를 나서면서 악다문 잇새로 내뱉는 것이었다.

"이런 사태를 예상은 했었어. 아, 빌어먹을 놈, 우릴 보기 좋게 농락한 거야! 놈이 주도권을 쥐고 있다고. 제기랄! 여자를 건드리지만 말아라, 제발!"

그러자 베슈가 한마디 했다.

"그럴 목적은 아닐 걸세. 전에도 왔었고, 더구나 여자가 자진해서 따라간 것 같은데."

"그건 그렇지. 하지만 대체 무슨 함정이 도사리고 있는 걸까? 왜 그녀는 녀석이 방문했었다는 사실을 내게 말하지 않은 거야? 대관절 그 파즈로라는 인간, 뭘 원하는 거냐고?"

데느리스는 아까 무슨 영감에 사로잡힌 듯 부리나케 자동차에 올랐던 것과 마찬가지로, 이번에는 난데없이 길을 가로질러 달려가더니 근처 우체국에 들이닥쳐 레진과의 전화통화를 시도했다.

"마담 계십니까? 므슈 데느리스라 전해주십시오."

하녀의 목소리가 응답을 했다.

"마담은 잠시 외출하셨는데요, 므슈."

"혼자서 말이오?"

"아뇨. 마드무아젤 아를레트가 오셔서 함께 나가셨습니다."

"원래 나갈 계획이 있었나요?"

"아뇨. 갑자기 외출 결정을 내리신 겁니다. 아, 물론 오늘 아침에 마드무아젤 아를레트에게서 전화가 오긴 했습니다만."

"둘이 어디로 갔는지는 아나요?"

"그건 모릅니다, 므슈."

불과 20여 분 만에 원래는 타의에 의해 납치되었던 두 여자가 제 발로 자취를 감추었다. 이건 분명 새로운 함정, 보다 심각한 위협이 도래했음을 의미하는 사태였다.

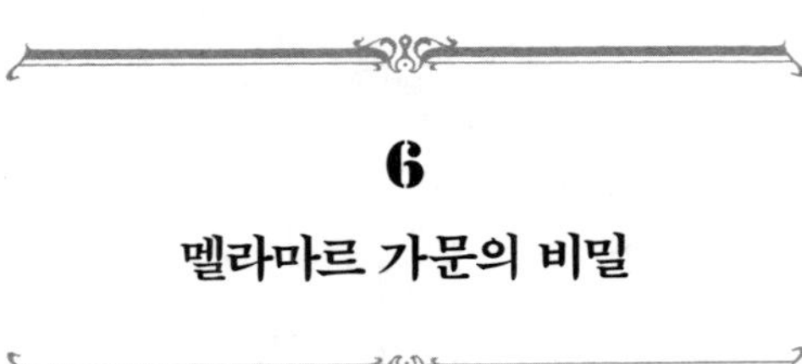

6
멜라마르 가문의 비밀

사정이 그렇게 되자, 장 데느리스는 최소한 겉으로 보기에는 침착함을 유지했다. 더 이상 화도 내지 않고 욕설도 내뱉지 않았다. 하지만 속은 얼마나 부글부글 끓을 것인지!

그는 문득 시간을 확인했다.

"7시군. 저녁이나 듭시다. 마침 저기 싸구려 식당이 하나 있군요. 이따 8시에 행동을 개시하자고요."

데느리스가 툭 던진 말에 베슈가 대꾸했다.

"왜 지금 당장은 안 되는 거지?"

별 볼 일 없는 직장인들과 택시 운전기사들 사이 한쪽 구석에 일단 비집고 앉은 다음, 데느리스는 반장의 질문에 대답했다.

"왜냐고? 당장은 경황이 없으니 그렇지. 실은 자칫 선수를 당할지도 모른다는 걸 예상은 했지만, 가능한 한 피해가면서 되는대로 행동했다네. 이제 돌이키기엔 너무 늦었지. 아주 호되게 당한 거야. 그래서 일단은 원기부터 회복하고, 뭐가 어떻게 돌아가는지 생각을 정리할 필요가 있어. 도대체 무슨 이유로 그 파즈로라는 작자가 레진과 아를레트를 집에서 튀어나오게 만든 걸까? 그런 인물에 대해 상상할 수 있는 거라곤 죄다 께름칙한 것들뿐이거든."

"그럼 자네 생각에 지금 한 시간만 이러고 있으면?"

"어쨌든 마냥 헤매고만 있을 순 없으니까. 이보게, 베슈. 일단 시간을 정해놓고 보면, 그때까지 뭔가 방법을 찾게 되어 있다고."

정말 누가 봤다면 아무런 심적 고통도 느끼지 않는 걸로 이해했을 것이다. 그만큼 데느리스는 왕성한 식욕을 보였고, 별로 상관도 없는 얘기들을 주절댔다. 다만 동작 하나하나가 다소 신경질적이어서 머릿속만큼은 얼마나 초조한 긴장에 시달리고 있는지 드러날 따름이었다. 요컨대 그는 지금의 상황을 무척 심각하게 받아들이고 있었다. 마침내 저녁 8시가 되어 막 자리에서 일어서려는 찰나, 반 우벤을 향해 그가 말했다.

"지금 전화로 백작의 누이동생이 어찌하고 있나 좀 알아보십시오."

한 1분쯤 지난 후, 카페 안의 공중전화 부스에서 돌아온 반 우벤이 말했다.

"시중들라고 해둔 하녀 얘기는 별 이상 없답니다. 잘 지내고 있대요. 지금은 저녁을 들고 있다는군요."

"갑시다!"

"어디로 말인가?"

베슈의 질문에 데느리스는 목소리에 힘을 주어 말했다.

"나도 모르네. 일단 걷지. 뭐든 행동해야만 해. 그래야만 한다고, 베슈. 두 여자가 다 그놈의 수중에 떨어졌다고 생각하면 가만히 앉아만 있을 수가 없어."

일행은 몽마르트르 언덕 꼭대기부터 오페라극장 앞 광장을 향해 터벅터벅 걸어 내려왔다. 그러는 동안 장은 짤막짤막하게 분통을 털어놓았다.

"그놈의 앙투안 파즈로, 정말이지 만만찮은 적수 같아! 놈을 당해내려면 보통 힘들지가 않겠어! 우리가 헛고생만 하는 동안 놈은 주도면밀하게 행동을 전개하고 있었다니까. 그것도 대단히 의욕적으로 말이야. 대체 원하는 게 뭘까? 도대체 어떤 놈이야? 발각된 편지 내용처럼 단순히 백작의 친구일까? 아니면 적? 공범인 거야, 아니면 원수인 거야? 다 떠나서 두 여자를 집에서 불러낸 의도는 또 뭐냐고? 이미 번갈아 납치된 경험이 있는 여자들이잖아. 이번엔 둘 다 한꺼번에 데려가서 뭘 어쩌자는 걸까? 그리고 아를레트는 또 무엇 때문에 내게 그동안의 사정을 숨긴 거지?"

이후 오랜 시간 그는 입도 뻥긋하지 않았다. 그만큼 깊은 생각에 잠겨 있었고, 가끔씩 걸치적거리는 행인들을 팔꿈치로 밀치면서 발을 요란하게 구르기도 했다.

그런 그에게 별안간 베슈가 말을 붙였다.

"지금 여기가 어딘지 아나?"

"응. 콩코르드 다리 위지."

"결국 뒤르페 가와 그리 멀지 않다는 얘기일세."

"뒤르페 가는 물론이고, 멜라마르 저택과도 가까운 거리지. 나도 알고 있네."

"그래, 이제 어쩔 셈인가?"

데느리스는 반장의 팔뚝을 덥석 붙들며 말했다.

"이보게, 베슈. 지금 우리 앞의 이 사건은 다른 때와는 달리 어떤 단서도 주어져 있지 않아. 지문도 없고, 별다른 수치도 측정된 게 없어. 발자국도 없고. 아무것도, 아무것도 없단 말이네. 오로지 있는 거라곤

이 사고하는 두뇌, 아니 그보다도 직관만이 있는 셈이야. 그런데 바로 내 직관의 힘이 나도 모르는 새 여기까지 발길을 인도한 거라고. 생각해봐, 모든 일이 바로 저기에서 벌어졌어. 레진도, 그다음엔 아들레트도 바로 저기로 끌려갔단 말일세. 왠지 모르게 지금 내 눈앞에는 타일 깔린 현관 바닥이나 스물다섯 개의 계단, 그리고 응접실 등이 떠오르고 있다고."

일행은 이제 하원의원 건물을 따라 걷고 있었다. 그때 베슈가 난데없이 외쳤다.

"아무래도 불가능해! 도대체 그 인간이 무엇하러 남이 저지른 짓을 되풀이하겠나? 더군다나 훨씬 더 불리한 조건하에서 말이야."

"내가 걱정스러워하는 게 바로 그 점 때문이라네, 베슈! 그런 부담까지 감수하면서 추구하는 계획이 있다면, 얼마나 위협적인 계획이겠느냐고!"

"하지만 저 건물은 원한다고 마음대로 드나들 수 있는 곳도 아니지 않은가?"

베슈의 반론에 데느리스가 대꾸했다.

"나에 대해서는 걱정할 필요 없네, 베슈. 그동안 밤낮으로 바닥에서 꼭대기까지 샅샅이 훑고 다녔으니까. 물론 프랑수아가 전혀 눈치채지 못하도록."

"하지만 앙투안 파즈로는 어떻고? 그도 자네처럼 자유자재로 드나들 수 있으리라고 어찌 확신해? 더군다나 여자를 두 명이나 데리고 말이야."

"그야 당연히 프랑수아가 도와주어야겠지."

데느리스는 빈정대는 투로 말을 맺었다.

그는 목적지가 가까워질수록 점점 보조를 빨리했다. 마치 점점 상황

판단이 명료해지면서 직면해야 할 사태를 보다 초조하게 상상하는 것 같았다.

그는 일부러 뒤르페 가를 피하고, 저택을 싸고 도는 건물들을 우회해 뒤쪽 정원에 인접한 한산한 거리로 접어들었다. 과연 외진 별채의 위치 바로 너머에 아를레트가 도망쳐 나왔던 쪽문이 있었다. 그런데 그 쪽문 자체는 물론, 거기에 곁들여진 자물쇠와 빗장을 모두 풀 수 있는 열쇠가 데느리스의 손에 쥐어져 있어 베슈는 깜짝 놀랐다. 그는 단번에 문을 열었다. 약간 어둠침침한 가운데 정원이 눈앞에 펼쳐졌고, 저쪽으로 불빛 하나 없는 저택의 윤곽이 어슴푸레 떠올랐다. 목재 블라인드가 모두 닫혀 있는 모양이었다.

아를레트가 도망쳐 나올 때 밟았던, 하지만 당연히 그와는 반대 방향으로 다른 곳보다 짙게 보이는 관목들을 따라 걸어갔다. 건물 앞 약 10미터 못 미쳐서인가, 웬 거친 손이 데느리스의 어깨를 덥석 움켜잡았다.

"어라! 이건 또 뭐야?"

데느리스가 엉겁결에 방어자세를 취하며 내뱉었다.

"나요."

"그게 누구냐고? 아, 반 우벤! 젠장, 또 뭡니까?"

"내 다이아몬드."

"당신 다이아몬드가 어떻다고?"

"아무래도 당신이 내 다이아몬드를 찾아낼 것 같아서. 그래서 미리 다짐을 좀……."

데느리스는 버럭 짜증을 냈다.

"제발 좀 우릴 내버려두쇼!"

그러고는 반 우벤을 덤불 속에 냅다 밀쳐 넘어뜨리며 말했다.

"거기 잠자코 있어요. 도무지 방해만 되고…… 거기서 망이나 보시오."

"그래도 다짐을 받아놓아야……."

데느리스는 반 우벤의 푸념 섞인 중얼거림을 매몰차게 뿌리치고 베슈와 더불어 계속 걸음을 옮겼다. 예상대로 응접실의 목재 블라인드는 단단히 닫혀 있었다. 데느리스는 발코니까지 기어올라 안을 슬쩍 엿보면서 잠시 귀를 기울이더니 다시 아래로 훌쩍 뛰어내렸다.

"안에는 불빛이 있어. 하지만 여기서는 볼 수도, 들을 수도 없군."

"그럼 틀렸단 얘긴가?"

"쯧쯧, 멍청하긴."

아래에 문이 하나 있었는데, 정원에서 곧장 지하실로 통하도록 되어 있었다. 데느리스는 몇 계단을 밟아 내려간 뒤 손전등을 켜고 화병들과 궤짝들로 어수선한 지하실 공간을 건너갔다. 마침내 둥그스름한 전등불이 환하게 밝히고 있는 현관으로 조심스레 빠져나왔다. 아무도 없었다. 그는 베슈에게 각별히 조용하라고 주의를 주면서 중앙의 층계를 살금살금 걸어 올라갔다. 층계참의 전면에 응접실이 있었고, 그 우측으로 지금은 거의 쓰지 않지만, 데느리스의 입장에선 워낙 샅샅이 뒤져본 터라 눈에 훤히 익은 규방이 나타났다.

그는 바로 그 규방으로 들어가 캄캄한 어둠 속에서 이웃공간에 면한 벽을 따라 더듬어갔다. 그런 다음 평소에는 봉해진 상태인 두 개의 문짝을 달그락거리는 소리 하나 없이 위조열쇠로 열기 시작했다. 문이 열리면 바로 벽걸이용 태피스트리 한 점이 가리고 있다는 걸 익히 알고 있었다. 군데군데 구멍이 숭숭 난 천을 이중으로 덧대 만들어서, 여기저기 성긴 틈새로 그 너머를 엿볼 수 있는 낡은 태피스트리였다.

우선 바닥을 이리저리 오가는 사람 발소리부터 느껴졌다. 하지만 아직은 아무런 목소리도 들리지 않았다.

데느리스는 베슈의 어깨를 손으로 가만히 짚었다. 손을 대고 있음으로써 그때그때 감정을 전하기 위해서였다.

태피스트리는 공기의 흐름을 타 약간 살랑거렸다. 두 남자는 이내 그것이 잠잠해질 때까지 기다렸다가 얼굴을 바짝 들이대고 그 너머를 살폈다.

그렇게 불시에 목격한 광경은 갑작스러운 개입이나 싸움을 벌일 만한 상황이 전혀 아니었다. 아를레트와 레진은 둘이 나란히 소파에 붙어 앉아 훤칠한 키의 금발 신사가 이리저리 방을 서성이는 모습을 가만히 바라보고 있었다. 물론 그 신사는 '프티 트리아농'에서 마주쳤으며, 멜라마르 씨와 편지를 교환했다던 바로 그 사내였다.

아무튼 셋 모두가 한마디도 하지 않았다. 두 젊은 여자는 결코 불안해하는 기색이 아니었고, 앙투안 파즈로도 전혀 험악스럽다거나 위협적인 분위기가 아니었다. 심지어 기분이 그리 나빠 보이지도 않았다. 그보다는 셋 모두 무언가를 기다리는 눈치였다. 모두가 잔뜩 귀를 기울이면서 층계참 쪽의 문으로 종종 시선을 돌리기도 했으며, 앙투안 파즈로는 심지어 직접 가서 문을 열고 또다시 귀를 기울이곤 했다.

"불안한 건 아니죠?"

레진이 그에게 묻자, 이런 대답이 돌아왔다.

"전혀요."

그러자 아를레트가 덧붙였다.

"워낙에 확고부동하게 약속을 해서 내가 굳이 보챌 필요도 없었어요. 다만 하인이 초인종 소리를 제대로 들을 수 있을지가 문제겠죠?"

"우리가 부를 때도 잘만 듣던걸요. 게다가 그의 안사람도 마당에 함께 있고, 내가 문도 살짝 열어둔 채 왔으니."

순간 베슈의 어깨를 짚고 있던 데느리스의 손에 힘이 가해졌다. 당최 무슨 일이 벌어질지 의문이었고, 아를레트와 레진이 저토록 기다리는 인물이 과연 누구일지 궁금하기 짝이 없었던 것이다.

앙투안 파즈로는 젊은 여자 곁으로 와 앉은 다음, 서로 나직한 목소리로 활발하게 얘기를 나누기 시작했다. 이미 그들 간에 친밀한 관계가 형성되어 있음이 분명했다. 특히 남자는 제법 열에 들떠서 필요 이상으로 여자 쪽에 몸을 기울이며 열변을 토했는데, 왠지 여자는 전혀 부담스러워하지 않는 표정이었다. 하지만 그것도 잠시. 파즈로가 벌떡 자리에서 일어났다. 밖에서 초인종 소리가 두 차례 똑똑히 울린 것이다. 그리고 잠시 뜸을 들였다가 두 차례 더 울렸다.

"드디어 신호가 왔어!"

파즈로는 부리나케 내뱉으며 층계참으로 달려갔다.

1분쯤 시간이 흘렀고, 서로 대화를 주고받는 목소리가 들려왔다. 잠시 후, 돌아온 남자 곁에는 데느리스도 베슈도 금세 알아볼 만한 여인이 함께 있었다. 다름 아닌 멜라마르 백작의 누이동생이었다!

베슈의 어깨는 그야말로 으스러질 것처럼 강력한 압박을 받아, 터져 나오려는 신음을 억지로 참아야 할 정도였다. 하필 지금 이 마당에 백작의 누이동생이 나타나다니, 두 남자 모두 기겁할 만했다. 데느리스가 다른 모든 건 각오했어도, 여자가 은신처를 떠나 적이 주선한 모임에 나타난다는 것은 상상도 못할 일이었다.

여자는 창백한 안색에 숨을 헐떡였다. 게다가 손까지 약간 떨고 있었다. 사건이 벌어지고 나서 처음 돌아와 보는 방 안을 그녀는 황망한 눈빛으로 두리번거렸다. 끔찍한 증언으로 자기를 집에서 뛰쳐나가게 만들고, 결국 오빠까지 감옥으로 보낸 두 여자를 번갈아 바라보았다. 급기야 남자를 향해 말했다.

"앙투안, 정말 애써줘서 고맙습니다. 우리의 옛 우정을 생각해서 당신의 노고를 받아들이겠어요. 물론 많은 걸 바라는 건 아니고요."

남자가 화답했다.

"믿음을 가지세요, 질베르트. 벌써 이렇게 당신을 찾아내지 않았습니까."

"그나저나 어떻게?"

"마드무아젤 마졸이 도와주었죠. 내가 아예 집으로 쳐들어가 결국 당신 편으로 끌어들였거든요. 내 간청으로 그녀는 반 우벤에게서 당신의 은신처가 어디인지 전해 들은 바 있는 레진 오브리에게 달라붙어 캐물었던 겁니다. 오늘 아침에 나를 대신해서 이리로 나와달라고 부탁하는 전화를 건 사람 역시 여기 이 아를레트 마졸이었답니다."

질베르트는 살짝 고개 숙여 감사의 뜻을 표한 뒤 말했다.

"나 지금 몰래 이곳에 온 거예요. 지금까지 나를 보호해주었고, 나 역시 알리지 않고는 아무 짓도 하지 않겠다고 철석같이 약속한 남자는 아무것도 모르고 있죠. 당신도 그를 알죠?"

"장 데느리스 말인가요? 아를레트 마졸이 얘기해줘서 압니다. 그녀 역시 그 몰래 행동하는 걸 께름칙하게 여기고 있죠. 하지만 어쩔 수 없었어요. 모든 사람들을 조심해야만 했으니까 말입니다."

"하지만 그 남자는 경계하지 않아도 돼요, 앙투안."

"천만에요, 다른 누구보다 경계해야 할 인물입니다. 지난 몇 주 동안 내가 찾아 헤매던 방물장수 가게에서 그러지 않아도 마주쳤어요. 당신 오빠의 도둑맞은 물건들을 가지고 있던 그 방물장수 말입니다. 바로 그 남자가 거기 와 있는 겁니다. 반 우벤과 형사 베슈를 동반하고 말이죠. 그의 적의에 가득 찬 의혹의 눈초리가 얼마나 부담스럽던지. 심지어 나를 따라나오려고 하더군요. 그 의도가 과연 무어겠습니까?"

"글쎄요, 어쩜 당신한테 도움이 되었을 수도."

"오, 천만의 말씀! 어디서 그런 듣도 보도 못한 건달과 협조를 하다니. 당신을 자기 마음대로 붙잡아둔 음흉스러운 돈 후안 같은 작자와 힘을 합하라고? 오, 말도 안 되는 소리! 더군다나 그와 나는 서로 추구하는 목표가 달라요. 내 목표가 진실을 바로 세우는 거라면, 그의 목표는 어쩌다가 다이아몬드를 손에 넣는 거랍니다."

"그걸 당신이 어떻게 알죠?"

"그야 뻔한 일이죠. 그의 역할은 내게 훤히 보여요. 게다가 내가 특별히 수집한 정보에 의하면, 베슈와 반 우벤도 그자에 관해 같은 식으로 생각하고 있다는 겁니다."

"잘못된 생각이에요."

이번에는 아를레트가 나섰다.

"그럴지도 모르죠. 하지만 나는 그게 옳은 생각이라는 입장으로 행동에 나설 겁니다."

데느리스는 모든 대화 내용을 열에 들떠 주워들었다. 저 사내가 자신에 대해 보이고 있는 혐오감을 그대로 되돌려주고 싶은 마음이 본능적으로 격렬하게 일었다. 저자의 대담한 표정과 여자들에 대해 성실하기 그지없는 태도를 도저히 무시하고 지나칠 수가 없는 만큼, 오히려 더욱더 그에 대한 반감이 들끓는 것이었다. 질베르트와 저자 사이에 과거 무슨 일이 있었던 걸까? 여자를 사랑했었나? 지금은 또 무슨 수를 부렸기에 아를레트의 마음을 자기 원하는 방향으로 끌어들일 수 있었는가?

백작의 누이동생은 한참 동안 아무 말 없이 있더니 마침내 중얼거렸다.

"어떻게 해야 하죠?"

사내는 아를레트와 레진을 가리키며 말했다.

"당신을 고발했던 이 여자들을 설득해야죠. 지금까진 나 혼자만의 확신으로 밀어붙인 나머지 일단 저들의 마음속에 의혹을 불러일으켜서 이 모임을 만들어낼 수 있었던 겁니다. 이만큼 해놓은 일을 마무리 지을 수 있는 사람은 오로지 당신뿐이에요."

"그걸 어떻게 하느냐는 겁니다."

"털어놓아야죠. 이 수수께끼 같은 사건을 실제보다 더욱 수수께끼로 만들고 있는 사실들이 분명 있습니다. 문제는 사법당국이 바로 그런 사실들에 주목하는 바람에 돌이킬 수 없는 결정을 내리려 한다는 점이지요. 그런데 당신은 스스로가 잘 아는 진짜 이야기가 있지 않습니까?"

"난 아무것도 몰라요."

"아뇨. 뭔가를 알고 있습니다. 적어도 둘 다 결백한 당신 남매가 방어를 할 수 없었던 이유만이라도 알고 있지요."

여자는 잔뜩 풀이 죽은 목소리로 말했다.

"아무리 방어를 해봤자 소용없어서……."

그러자 곧장 사내는 열정적으로 목청을 돋우기 시작했다.

"지금 당신을 방어하라고 요구하는 게 아닙니다, 질베르트! 다만 방어를 할 수 없게끔 만들고 있는 그 이유를 털어놓으라는 겁니다. 오늘에 와서 벌어진 사실들에 대해선…… 그래요, 아무 말 맙시다! 좋다고요. 하지만 당신의 정신 상태, 당신 영혼의 저 밑바닥은요, 질베르트. 장 데느리스가 그토록 캐내려고 들었어도 소용이 없었던 그 모든 것들 말입니다. 이 저택과 밀접한 관계 속에서 당신 가까이 산 적이 있었던 나로서는 짐작도 가고, 또 어느 정도 알고도 있는 그 모든 이야기들을 이제 당신 입으로 직접 털어놓아야 해요. 이제 슬슬 멜라마르 가문의 비밀이 내게 그 모습을 드러내는 데다, 내 입으로 모든 사연들을 줄줄이 꿸 수도 있지만, 당신이 직접 털어놓아야만 하는 겁니다, 질베르트. 그래야 아를레트 마졸과 레진 오브리가 그 모든 걸 믿게 만들 수가 있어요."

여자는 무릎에 팔꿈치를 괴고 두 손으로 머리를 감싼 채 중얼거렸다.

"소용없을 거야."

"세상에, 소용없다니, 질베르트? 확실한 정보통에 의할 것 같으면, 내일 이들을 당신 오빠와 대질시킨답니다. 그런데 만약 이들의 증언이 이전보다 더 머뭇거리는 기색이고, 당최 자신감이 결여되어 있다면 사법당국으로서도 더 이상 현실적인 증거물이 없어지는 셈 아니겠습니까?"

여자는 여전히 의기소침 그 자체였다. 모든 논의가 그녀에게는 무의미하고 하찮게 느껴지는 모양이었다. 실제로 입을 열었어도 이런 말뿐이었다.

"아니에요! 아니야! 아무것도 소용없어요. 그저 입을 다물 수밖에!"

"그럼 죽는 일만 남은 겁니다."

순간 여자는 고개를 번쩍 젖혔다.

"죽다뇨?"

사내는 여자 쪽으로 허리를 잔뜩 기울이고 심각한 어조로 말했다.

"이봐요, 질베르트. 난 당신 오빠와 편지를 주고받았습니다. 당신 남매 둘 다 구해내겠다고 썼고, 답장도 받았다고요."

"답장을요, 앙투안?"

여자의 눈빛이 어느새 감정의 동요를 이기지 못해 반짝거리고 있었다.

"이게 그가 보내온 전갈입니다. 몇 마디 적어놓았는데, 한번 직접 읽어보시죠."

여자는 오빠의 필체를 알아보았다.

고맙소이다. 그럼 화요일 저녁까지 기다려보겠소.

만약 잘 안 되면…….

그러더니 금세 비틀거리면서 더듬대는 것이었다.

"화요일이면, 바로 내일……."

"그렇소, 내일입니다. 내일 저녁, 대질신문이 끝난 뒤 아드리앵 드 멜라마르가 석방되거나, 그럴 조짐이 보이지 않는다면 아마 자기 감방 안에서 목숨을 끊을 것입니다. 그러니 그를 구하기 위해 어떤 시도라도 해야 한다고 생각지 않나요, 질베르트?"

여자는 신열을 일으키며 부르르 몸서리를 쳤다. 그리고 풀썩 고개를 숙이면서 얼굴을 파묻었다. 아를레트와 레진은 그녀의 모습을 한없이 딱하게 바라보았다. 데느리스도 가슴이 미어지는 건 마찬가지였다. 바로 저렇게 고집과 저항의 태도에서 벗어나게 하려고 그동안 얼마나 애를 써왔던가! 그런데 이제야 굴복하는 모습을 보이다니! 여자는 눈물로 범벅이 된 채 겨우 알아들을 수 있을 만큼 작은 목소리로 드디어 중얼거리기 시작했다.

"멜라마르 가문의 비밀이란 있지도 않습니다. 그런 걸 마치 무슨 비밀이라도 있는 양 구는 것은, 지난 세기의 우리 가문 사람들과 우리 남매가 저질렀다고 하는 잘못들을 무마시키려는 태도일 뿐입니다. 하지만 우린 아무 잘못도 저지르지 않은걸요. 우리 남매에게 아무 죄가 없는 것과 똑같이, 쥘과 알퐁스 드 멜라마르 역시 결백합니다. 증거는 댈 수가 없어요. 그건 앞으로도 그럴 겁니다. 모든 증거는 죄다 우리에게 불리하니까요. 단 하나도 유리하게 내세울 증거가 없답니다. 하지만 우린 알아요. 결코 우리 가문에 도둑질이란 없다고 말입니다. 사실 너무도 당연한 것 아닙니까? 아드리앵도 나도 저 두 젊은 여성들을 이리로 데려온 적이 없다는 건 자명한 일이에요. 다이아몬드도 튜닉도 결코 숨기지 않았다는 사실도 마찬가지고요. 우린 또렷이 알고 있어요. 우리 할아버지와 증조할아버지가 그런 짓을 저지르지 않았다는 것도 잘 알고 있는 사실입니다. 두 어른 다 결백한 사람이었다는 건 우리 가문이면 누구나 항상 알고 있었던 사실이에요. 아버지가 바로 그 모함을 받은 당사자들에게서 전해 들었고, 그것을 또 우리들에게 얘기해준 만큼 그야말로 신성한 진실이지요. 정직과 명예야말로 멜라마르 가문의 법도나 마찬가지랍니다. 우리 가문의 역사를 아무리 거슬러 올라가봐도 그 어떤 약점도 발견할 수 없을 것입니다. 그런데 갑자기 왜 아무 이유도 없는 짓을 저질렀겠습니까? 모두가 부유한 데다 명망 또한 높았는데요. 우리 남매가 왜 아무 이유 없이 가문의 과거 역사를 통째로 부정하겠느냔 말입니다."

여자는 잠시 말을 멈추었다. 워낙에 폐부를 찌를 만큼 격앙된 어조와 처절한 목소리로 일사천리 토로해 두 젊은 여자들은 금세 마음이 움직인 듯했다. 아를레트가 먼저 잔뜩 긴장한 얼굴로 앞으로 나와 말했다.

"그래서요? 계속 얘기해보세요."

"그런데도 불구하고 우리는 지금 영문도 모를 일 가지고 피해를 입고 있습니다. 만약 비밀이라는 게 있다면 그건 우리를 해코지하고 있는 바로 그 당사자에게나 있을 겁니다. 극장에서 비극을 보면, 운명이 한 가문을 수 세대에 걸쳐 핍박하는 내용이 나오곤 하지요. 바로 그와 똑같은 식으로 우리 가문은 거의 한 세기 동안이나 사정없는 불운에 시달려야만 했습니다. 아마 처음 쥘 드 멜라마르의 경우만 해도 자신에게 몰아치는 온갖 공세에 대항해 스스로를 방어하고 싶어 하고, 또 어느 정도까진 그랬을지도 모릅니다. 하지만 불행하게도 결국에는 분노와 울화통이 치민 나머지 감방 안에서 뇌출혈로 사망하고 말았지요. 그로부터 25년 후, 그의 아들 알퐁스는 아버지 경우와는 좀 다르지만, 마찬가지의 지독한 모략이 자신을 몰아세울 때 그만큼의 저항조차 하지 못했어요. 사방에서 잔혹하게 몰아세우자 일거에 무기력 증상에 빠졌고, 자기 아버지의 고난과 시련을 떠올리고는 그만 자결을 해버렸으니까요."

또다시 질베르트 드 멜라마르가 입을 다물자, 아를레트는 다시금 보챘다.

"그래서요, 마담? 제발 얘기를 계속해주세요."

백작의 누이동생은 말을 이어갔다.

"그렇게 해서 우리 가문에 일종의 전설이 생겨나게 된 겁니다. 하나의 저주 섞인 전설이, 부자가 대를 이어 살아오면서 똑같이 혹독한 시련으로 숨통 죄어진 이 불길한 저택을 짓누르기 시작했습니다. 살아남은 미망인조차 남편의 명복을 위해서라도 의연히 대결하지 못하고, 완전히 무너져버린 채 친정부모가 사는 시골로 피신하고 말았지요. 거기서 우리 아버지가 되시는 아들을 키웠답니다. 그러면서 파리는 무서운 곳이라 가르쳤고, 절대로 다시는 멜라마르 저택의 문을 따고 들어가지 않겠노라는 명세를 시켰지요. 결혼도 시골 처녀랑 시켰고요. 그렇게 해서 또 엄습할지 모를 재난으로부터 남은 아들만이라도 구할 심산이었던 셈입니다."

"엄습할지도 모를 재난이라니! 정말 그렇게 확신하는 건가요?"

백작의 누이동생은 흥분을 억누르지 못하며 외쳤다.

"그럼요! 물론이고말고요! 다른 분들처럼 아버지도 또 당했을 겁니다. 이 저택에는 죽음이 깃들어 있으니까요. 바로 이곳에 멜라마르가(家)의 악령이 있어서 우리를 포위하고, 급기야는 망하게 하는 겁니다. 우리 남매가 지금 숙명의 섭리에 고스란히 당하고 있는 것도, 부모님이 돌아가신 후 바로 그 악령의 저주를 거슬렀기 때문이랍니다. 어느새 과거를 깡그리 잊고 그저 조상 대대로 내려온 저택에 입성하는 것만 즐거워하면서, 시골을 떠나와 이곳 뒤르페 가로 접어들었을 때부터 우리 남매는 음산한 위협에 시달려야만 했답니다. 특히 오빠가 더 그랬어요.

나야 한 번 결혼했다가 이혼한 몸이니 행복도 불행도 골고루 겪은 셈이지만, 아드리앵의 경우는 다짜고짜 침울한 지경에 빠지고 말았지요. 워낙 저주에 대한 확신이 고통스러우면서도 강하게 자리 잡아, 그는 아예 결혼도 포기하기로 작정했으니까요. 멜라마르 가문의 혈통에 그런 식으로라도 종지부를 찍는다면 운명도 피할 수 있고, 계속되는 불운도 중단시킬 수 있다는 판단이었던 겁니다. 말하자면 자기 스스로 멜라마르가의 최후의 생존자가 되고자 한 것이죠. 정말 무서워했어요!"

"하지만 딱히 무엇을 무서워했단 말인가요?"

그렇게 묻는 아를레트의 목소리는 바짝 말라 있었다.

"15년 만에 벌어진 일과 또 앞으로 일어날 사태가 무서웠던 거죠."

"그러면서도 조금도 예견할 수는 없었던 겁니까?"

"전혀요. 다만 무언가 암흑 속에서 꾸며지고 있다는 것만은 분명했습니다. 적들이 우리 주위를 맴돌고 있었어요. 다시금 우리의 거처에 대한 암중모색이 서서히 조여오기 시작했죠. 그러더니 갑작스럽게 선전포고가 이루어진 겁니다."

"선전포고라뇨?"

"불과 몇 주 전에 일어난 사건이 있었어요. 언뜻 보기엔 그저 평범한 일이지만 실은 끔찍한 경고의 의미를 띤 사건이었죠. 어느 날 아침, 오빠가 일어나 보니 종 손잡이띠라든가 촛농받이 같은 하찮은 물건들이 사라지고 없는 거예요! 훨씬 값진 물건들 틈에서 일부러 그런 것들을 고른 건 결정적인 때가 도래했음을 표하려는 의도였던 겁니다."

잠시 숨을 고른 뒤 여자가 말을 맺었다.

"때가 왔다고요. 조만간 벼락이 내리칠 거라는 뜻이죠."

특히 마지막 말은 왠지 불가사의한 공포심과 더불어 내뱉어진 느낌이었다. 그뿐만 아니라, 두 눈동자까지 퀭하니 열린 게 두 남매가 그동안 얼마나 두려움에 고생을 했는지 낱낱이 실감할 수 있는 분위기였다.

더군다나 잠시 후, 여자 입에서 다시금 그 '벼락'이라는 단어가 새어 나왔을 때는 정말로 벼락을 맞아 정신이 무너져버리는 것만 같았다.

"아드리앵은 싸우려고 했답니다. 일단 사라진 물건들을 찾는다는 광고를 신문마다 게재했지요. 자기 말로는 그렇게 해서라도 운명을 달래고자 했던 겁니다. 만약에 이 저택이 원래 그곳에 속해 있었던 물건들을 되찾고, 물건들 역시 한 세기 반이나 이곳에서 점유하고 있던 신성한 자리로 복귀한다면, 멜라마르 가문의 혈통을 그동안 박해해왔던 불가사의한 힘도 더 이상 우리를 괴롭히지 못할 거라는 얘기였죠. 물론 쓸데없는 희망이었습니다. 이미 저주를 받은 존재로서 무엇을 할 수 있겠습니까? 아니나 다를까, 하루는 우리가 전혀 본 적도 없는 당신 둘이 불쑥 집으로 찾아와서는, 마찬가지로 영문도 모르는 일 가지고 우리 남매를 고발하는 것이었어요! 그걸로 끝이 나버린 거죠. 달리 스스로를 방어할 여지도 없는 일 아니겠어요? 졸지에 무장해제 되고 결박당한 우리 처지를 확인할 따름이죠. 모두 합해 세 번째로 멜라마르 가문의 사람들이 이유도 모른 채 당하는 일이 벌어진 겁니다. 쥘과 알퐁스 드 멜라마르를 휘감았던 똑같은 암흑이 우리 남매마저 휩쓸어버린 셈이죠. 아울러 이 시련에 종지부를 찍을 방도도 마찬가지일 겁니다. 자살이나 죽음이겠죠. 이런 게 바로 우리 가문의 역사인 겁니다. 사정이 이러하니 남은 건 그저 마지막 순간까지 체념한 채 기도를 올리는 것뿐이죠. 이미 섭리대로 이루어져가는 판에, 반항한다는 건 신성모독에 불과한 겁니다. 다만 그 자체로 얼마나 고통인지! 지난 한 세기가 흐르는 동안 얼마나 지독한 짐을 지고 연명해온 가문인지 몰라요!"

고백을 끝낸 질베르트는 사건 발생 때부터 보이던 일종의 멍한 정신 상태로 떨어져버렸다. 지금까지 털어놓은 이야기 속의 비정상적이고 병적인 여운이 여자의 불행에 대한 존중과 동정심으로 서서히 희석되고 있었다. 한마디도 하지 않고 있던 앙투안 파즈로가 뚜벅뚜벅 여자한테 다가가 경건한 자세로 손등에 입을 맞추었다. 아를레트는 눈물을 흘리고 있었고, 그보다는 좀 덤덤한 편이지만 레진도 못지않게 마음이 흔들린 기색이었다.

7
구원자 파즈로

한편 태피스트리 뒤의 장 데느리스와 베슈는 꼼짝도 하지 않았다. 기껏해야 이따금씩 데느리스의 완강한 손가락이 모아져 반장의 죄 없는 어깨를 괴롭힐 뿐이었다. 일견 막간 휴식처럼 보이는 틈을 이용해 데느리스는 반장의 귀에 대고 속삭였다.

"자네 생각은 어떤가? 사태가 명확해지고 있지, 안 그래?"

반장도 맞장구쳤다.

"뭔가 명확해지는 바로 그만큼 오히려 모든 게 헝클어지는 느낌인걸. 이로써 멜라마르 가문에 얽힌 사연은 알게 되었지만, 사건 자체에 대해서는 더 모르게 생겼어. 두 번의 납치사건과 다이아몬드 절도 건 말이네."

"옳은 얘기야. 반 우벤한테 운이 없는 거지. 하지만 좀 더 참아보자고. 저 파즈로 선생께서 슬슬 흥분하고 있으니 말이야."

사실이었다. 앙투안 파즈로는 질베르트를 놔두고는 나머지 두 젊은 여자 쪽으로 돌아서서 뭔가 입을 열려는 기색이었다. 지금까지 이야기의 결론을 내림과 동시에 이제 막 자신의 계획을 설명하려는 참이었다. 우선 질문으로 시작했다.

"마드무아젤 아를레트, 여기 질베르트 드 멜라마르가 얘기한 내용을 믿으시는 거죠?"

"네."

"마담은 어떻습니까?"

레진에게도 똑같은 질문이었다.

"믿어요."

"그럼 바로 그 믿음에 근거해서 행동에 나설 채비가 되었다고 보아도 좋겠죠?"

"그래요."

"그렇다면 이제부터 정말 신중하게 단 한 가지 목표를 염두에 두고 처신해야만 합니다. 즉, 멜라마르 백작을 석방시키는 일 말입니다. 충분히 당신들 힘으로 할 수가 있어요."

아를레트가 얼른 물었다.

"어떻게요?"

"방법은 지극히 간단합니다. 내일 행할 진술 내용을 보다 완화시키고, 여기저기 애매한 의혹을 뒤섞어가면서 자신이 없는 논조로 앞선 증언을 번복하는 겁니다."

그런데 이번엔 레진이 다른 소리를 했다.

"하지만 이곳 응접실로 납치되어온 것만은 확실한걸요. 그걸 부정할 수는 없습니다."

"그야 물론 그렇죠. 하지만 멜라마르 백작 남매의 손에 이끌려 이곳으로 끌려왔다는 점도 그렇게 확신하십니까?"

"적어도 마담의 반지는 알아보거든요."

"그걸 무슨 수로 증명하실 거죠? 사법당국도 이런저런 추정에 의존하는 입장이며, 예심 역시 최초의 고발 사실들을 전혀 벗어나지 못하고 있어요. 우리가 알기로는 수사판사도 긴가민가한 상태고. 그러니 당신이 살짝 머뭇거리면서 이렇게 말하면 그만입니다. '그 반지는 내가 본 적 있는 것과 닮긴 했어요. 그런데 진주알들 배열이 약간은 다른 식인 것 같기도 하군요.' 뭐 그런 식으로 말입니다. 그럼 상황은 금방이라도 바뀔 수 있어요."

"하지만 그럴 경우, 일단 백작의 누이동생분이 대질신문에 동석해야만 하는 것 아닌가요?"

아를레트의 질문에 앙투안 파즈로가 대답했다.

"물론 그렇게 해야죠."

이건 또 무슨 소린가? 질베르트는 놀란 얼굴로 벌떡 일어섰다.

"내가 거길 간다고요? 꼭 그래야만 하나요?"

사내는 아주 강경한 목소리로 외쳤다.

"그래야만 합니다! 이건 이리저리 둘러대거나 도망칠 일이 아니에요. 당신의 의무는 모든 고발 조치에 정면으로 맞서서 정정당당하게 스스로를 변호하고, 지금까지 당신을 무기력하게 얽어매왔던 체념과 두려움의 마비 상태를 떨치고 일어나는 겁니다. 그렇게 해서 당신 오빠도 싸움판으로 끌어내야만 해요. 당장 오늘 밤부터 이 저택에서 잠을 자고, 장 데느리스가 경솔하게도 당신을 빼돌렸던 원래의 자리를 다시 차지하고 앉아 대질신문이 벌어지면 정정당당하게 현장에 모습을 나타내는 겁니다. 승리는 따놓은 당상이지만, 일단은 그러기를 본인 스스로가 원해야 하는 거예요."

"하지만 당장 나를 체포하려 들 텐데."

"아뇨!"

앙투안 파즈로가 너무나 확신 어린 표정으로 단호하게 소리치는 바람에 찔끔한 질베르트는 복종의 표시처럼 고개를 숙였다.

그러자 덩달아 흥분한 아를레트도 언제나처럼 상황에 걸맞은 명징한 정신력을 과시하면서 조목조목 얘기를 늘어놓기 시작했다.

"우리가 돕도록 하겠습니다. 하지만 과연 우리의 선의만으로 충분할까요? 우리 두 사람이 차례차례 이곳으로 납치된 데다 이 응접실을 분명 알아보았고, 은빛 튜닉 또한 여기 서가에서 발견된 마당에 멜라마르 백작 남매가 범인이든지 최소한 공범이라는 얘기를 사법당국이 쉬이 받아들이지 않겠습니까. 좌우간 이 저택에 거주하면서 사건 발생 시각에 자리를 뜨지 않았으니, 당연히 두 차례 다 현장을 목격하거나 동참했으리라고 보지 않겠냐는 말이에요."

대답은 앙투안 파즈로가 대신했다.

"그들은 아무것도 보지도 알지도 못하고 있었습니다. 무엇보다 이 저택의 구조부터 차근차근 들여다보아야 합니다. 백작 남매가 식사를 마치고 저녁 시간을 보내는 곳은 3층 좌측, 정원을 향한 곳입니다. 우측으로 정원을 향한 곳은 하인들 방이고요. 결국 아래층 한가운데에는 아무도 거주하지 않는 셈이죠. 마당 부속 건물도 마찬가지입니다. 결국 그곳들은 자유로운 행동이 가능한 영역이란 얘기예요. 다시 말해서 두 건의 범죄가 일어난 장소, 즉 두 사람이 각각 납치되었다가 마드무아젤 스스로 도망친 현장은 그들 남매와는 동떨어진 장소란 말입니다."

아를레트는 고개를 갸우뚱했다.

"설마요."

"설마가 사람 잡지요. 그럴 만한 가능성을 보다 신빙성 있게 만드는 건, 세 차례 수수께끼 같은 사건들이 전부 똑같은 조건하에서 발생했다는 사실입니다. 즉, 쥘 드 멜라마르와 알퐁스 드 멜라마르, 그리고 아드리앵 드 멜라마르가 공히 파멸로 치달았던 건 바로 이 멜라마르 저택의 구조가 그런 식으로 사용되어왔기 때문이라는 것이죠."

아를레트는 가볍게 어깨를 으쓱했다.

"당신의 가설대로라면 똑같은 음모가 세 차례에 걸쳐 각기 다른 범인들에 의해 저질러졌다는 얘긴데…… 그것도 매번 그와 같은 건물 쓰임새를 간파한 자들에 의해서 말이에요."

"각기 다른 범인들은 맞습니다만, 그들 모두가 공통적으로 한 가지 사실에 정통하고 있었죠. 요컨대 멜라마르 가문에는 세대를 거듭하면서 이어진 공포와 파멸의 비밀이 존재해왔다는 것. 하지만 그 맞은편에서 보자면, 그저 한 가계에 줄기차게 이어져 내려오는 탐욕과 강탈의 비밀이 있을 뿐이라는 사실이죠."

"하지만 범인들이 왜 하필 여기로 온 걸까요? 그냥 자동차 안에서 레진 오브리를 갈취할 수도 있었을 텐데 말이에요. 다이아몬드 가슴받이 하나 뜯어내려고 경솔하게 이 저택까지 데리고 들어오는 위험 부담을 감수할 필요까진 없지 않겠어요?"

"경솔한 게 아니라 주도면밀한 겁니다. 실제 범행을 저지른 자신들은 무사히 빠져나가고 공연한 사람들이 혐의를 뒤집어쓰게 만들자는 계산인 거죠."

"나는 강탈당한 물건도 없는걸요! 원래 아무것도 가진 게 없는 내게서 무얼 빼앗을 수 있었겠어요?"

"당신을 미행했다는 그 작자는 분명 사랑의 감정 때문에 그랬을 겁니다."

"그럼 그 이유 때문에 나 역시 이리로 데려왔단 얘긴가요?"

"그렇죠. 의심의 눈초리를 다른 데로 돌리기 위해서 말입니다."

"그것만으로 충분한 이유가 될까요?"

"그건 아닙니다."

"또 뭔가요?"

"일종의 증오가 도사리고 있을 겁니다. 이유는 알 수 없지만, 자꾸 상대 가문을 핍박하는 데 익숙해 있는 또 다른 가문의 경쟁심이 작용해왔다는 것이죠."

"그런 거라면 멜라마르 백작 남매 또한 알고 있을 텐데요?"

"꼭 그렇지는 않습니다. 그렇기에 지금까지 당하고만 살았고, 파멸을 감수할 수밖에 없었던 거지요. 두 적대적인 가문은 무려 한 세기 동안이나 평행선을 걸어오고 있었습니다. 다만 어느 한쪽은 상대를 전혀 의식하지 못했으며, 이에 따라 그 상대 쪽에서는 마음 놓고 음모를 꾸미고 실행에 옮겨올 수가 있었던 거죠. 그 결과, 멜라마르 가문은 지금처럼 어떤 악령이 개입해 자신들을 핍박한다는 얘기가 나올 정도로 위축되고 만 것입니다. 실은 전통적으로, 습관적으로 악행의 유혹에 쉽게 함몰되는 사람들이 있어서, 자신들에게 주어진 영역을 잘 활용해 못된 짓을 마음껏 저지르고는 일부러 범행 흔적을 남기는 자들이 원흉인데 말입니다. 은빛 튜닉이 바로 그런 흔적의 일부인 셈이죠. 그렇게 해서 결국 멜라마르 가문은 계속적으로 혐의를 뒤집어쓰게 된 겁니다. 그때마다 아를레트 마졸과 레진 오브리, 당신들 같은 피해자들은 납치, 감금되었던 장소를 확인해주는 역할을 한 것이고요."

그래도 아를레트는 왠지 개운한 표정이 아니었다. 비록 설명 하나는 그럴듯해 보이고 질베르트가 제시한 상황에 이상하리만치 절묘하게 부합했지만, 어딘지 '억지스러운' 느낌이 들었고, 자꾸 반론의 여지가 눈에 띄었으며, 중요한 몇몇 요점들을 아직 속 시원히 해명하지 못해 선뜻 받아들이기엔 왠지 께름칙했다. 그래도 어쨌든 간에 이건 하나의 설명이긴 했다. 무엇보다 여러 점에서 진실과 그리 동떨어지진 않았다는 인상만큼은 분명했다.

"알겠어요. 하지만 당신이 상상하는 내용을……."

마침내 아를레트가 중얼거리자, 사내가 즉시 고치고 나섰다.

"상상이 아니라 장담하는 겁니다."

"당신이 장담하는 내용을 사법당국에서 받아들이거나 거부하기 위해선 일단 그걸 자세하게 공개해야 할 거예요. 근데 누가 그 일을 하죠? 사법당국으로 하여금 우선 경청하게끔 만들고, 결국엔 믿게 할 정도로 확신을 갖고 밀어붙일 수 있는 사람이 누구냔 말입니다!"

곧이어 단호한 대꾸가 튀어나왔다.

"그야 나죠. 사실 나만이 그 일을 할 수 있습니다. 내일 백작의 누이동생과 함께 나 역시 출두할 예정입니다. 그녀의 옛 친구로서 말이죠. 게다가 나는 그 '친구'라는 자격을, 그녀만 좋다면 내가 그녀를 향해 품어온 감정에 보다 어울리는 좀 다른 자격으로 바꿀 수 있기를 희망하고 있다며 서슴없이 고백할 생각입니다. 그뿐만 아니라, 나는 그녀에게 거부당한 뒤 수년 동안 사방을 떠돌다가 이 모든 시련이 시작될 즈음 파리로 돌아왔으며, 그 즉시 그녀와 오빠의 결백을 입증하기로 작정했던 사람이고, 결국에는 그녀가 숨어 있는 은신처를 찾아내 집으로 돌아오도록 설득했노라고 밝힐 겁니다. 사법관들은 아마 당신의 애매모호해진 진술과 레진 오브리의 새로운 의혹 표명 때문에 다소 혼란스럽겠죠. 그때 내가 나서서 질베르트의 고백을 일사천리로 제시하고, 멜라마르 가문의 비밀을 공개함으로써 급기야는 끄집어내야 할 결론에 이르도록 못을 박는 겁니다. 이 정도면 성공은 확실하죠. 다만, 아시다시피 그 첫 걸음은 마드무아젤 아를레트와 레진 오브리가 담당해야 하는 몫입니다. 아직도 화끈하게 마음이 정리되지 않았거나, 내가 지금까지 한 설명이 부족해서 자꾸만 반론의 여지만 떠오른다면 여기 질베르트 드 멜라마르를 한번 자세히 쳐다보십시오. 그리고 스스로에게 물어봐요, 과연 이런 여성이 도둑질을 할 수 있겠느냐고 말입니다."

결국 아를레트는 조금도 망설임 없이 선언했다.

"내일 당신이 이른 그대로 진술을 하겠습니다."

"나도 그렇게 하겠어요."

레진도 곧 맞장구를 쳤다.

"그런데요, 므슈. 결과가 당신이 의도한 대로 내려지지 않을까 봐 걱정은 되는군요. 우리 모두의 바람을 저버릴까 봐요."

그래도 불안한지 아를레트가 중얼거리자, 사내는 잘라 말했다.

"내가 모든 걸 책임집니다. 어쩌면 내일 저녁 당장 아드리앵 드 멜라마르의 석방이 이루어지진 않을지도 모릅니다. 하지만 상황은 사법당국이 결코 그 누이동생까지 잡아들이지는 못하는 방향으로 흘러갈 것이며, 오빠도 풀려날 그날까지 희망을 잃지 않고 견딜 수는 있게 될 겁니다."

그 말에 질베르트는 다시금 사내의 손을 붙잡았다.

"거듭 감사합니다. 옛날에는 당신을 오해했었어요, 앙투안. 날 원망하진 마세요."

"질베르트, 당신을 단 한 번도 원망해본 적 없소. 오히려 당신을 돕게 되어 얼마나 다행인 줄 모릅니다. 우리 과거를 추억하며 기꺼이 당신을 도울 거예요. 그뿐만 아니라, 그렇게 하는 것이 올바른 행동이기에 그렇게 할 겁니다. 게다가……."

여기서 그의 어조는 한층 진지해지고, 목소리는 뚝 떨어졌다.

"자고로 어떤 사람들이 지켜본다고 할 때, 더욱 열광적으로 몰두할 수 있는 행위가 있는 법입니다. 그런 행위는 지극히 당연하고 자연스러우면서도 일견 무슨 대단한 활약처럼 여겨지기도 하는데, 그걸 지켜보는 사람들의 애정과 칭송을 한껏 유발하기 마련이지요."

별다른 겉치레 없게 단순히 내뱉은 말 같았지만, 분명 아를레트를 향한 의미 있는 시선이 동반된 것만은 확실했다. 하지만 방 안에 자리 잡은 사람들의 위치상, 그 순간 어느 누구의 얼굴도 데느리스의 시야에 포착될 수 없었고, 따라서 그는 이 말이 당연히 질베르트 드 멜라마르에게 건네진 것이라 생각했다.

약간의 의혹이 있었다면 지극히 짧은 순간뿐이었고, 그것은 베슈의 두 견갑골 중앙 부위에 견디기 어려운 통증을 어김없이 찍어 꽂았다. 반장 입장에서는 과연 인간의 손가락이 마치 고문용 집게와도 같은, 이런 괴력을 발산할 수 있으리라고는 생각해본 적이 없었다. 그나마 다행인 것은 그 시간이 그리 오래가지는 않았다는 사실이다.

앙투안 파즈로는 더 이상 얘기를 끌지 않았다. 하인 부부를 호출벨로 부른 그는 다음 날 그들이 맡아야 할 역할과 질문이 있을 경우 대답해야 할 내용에 관해 세심한 지시를 내렸다. 그와 더불어 순간적으로 뇌리를 스친 의혹의 그림자도 거짓말처럼 흩어져 버렸다.

몇 분 더 귀를 기울였지만 이제 대화는 끝난 듯했다. 레진이 아를레트에게 도로 데려가달라고 부탁하는 소리가 흘러 들어왔다.

데느리스는 마침내 중얼거렸다.

"우리도 이만 가지. 저들도 더는 할 얘기가 없는 모양이야."

데느리스는 그곳을 벗어나면서도 앙투안 파즈로에 대해, 그리고 아를레트에 대해 당최 심기가 편치 않았다. 규방을 빠져나와 현관 바닥을 밟으면서도 오히려 발소리가 들켰으면, 그래서 지금의 이 더러운 기분을 왈칵 쏟아낼 수 있었으면 하는 오기까지 들었다.

그는 밖으로 나서자마자 덤불에서 불쑥 튀어나와 다이아몬드부터 챙기려 드는 반 우벤에게 일부나마 화풀이를 할 수가 있었다. 다짜고짜 팔꿈치로 밀쳐내 뒤로 꼴사납게 주춤거리도록 만든 것이다.

베슈라고 해서 그보다 나은 대접을 받은 건 아니었다. 눈치 없게도 이런 의견을 피력했으니…….

"아무튼 그리 불쾌한 친구는 아니었어."

"멍청이!"

"멍청이라니, 왜? 그 정도면 꽤 성실한 태도 아니었나? 그의 가설대로라면……."

"곱절로 멍청이!"

그 표현 앞에서는 반장도 수그러들지 않을 수 없었다.

"그래, 알겠네. 트리아농 가게에서 저자와 조우했을 때 방물장수와 심상치 않은 눈짓을 교환했지. 그 직후 여자가 사라지기도 했고. 하지만 얘기 하나는 앞뒤가 그럴싸하게 맞물리는 것 아닌가?"

데느리스는 굳이 왈가왈부하지 않았다. 모두 정원을 벗어나자마자, 데느리스는 두 일행을 떨쳐버린 채 부리나케 지나가는 택시에 따라붙었다. 그가 다이아몬드를 빼돌린다고 생각한 반 우벤이 붙잡으려 했지만 직통으로 한 방 얻어맞았을 뿐이었다. 그로부터 10분 후, 장은 자신의 디방 위에 늘어져 있었다.

그러고 있는 건 열에 들떠서 더 이상 자제가 힘들고, 무슨 어리석은 짓을 할지도 모를 때마다 그가 즐겨 선택하는 하나의 전략과도 같았다. 만약 아까 기분 내키는 대로 행동했다면 몰래 아를레트 마졸의 집으로 파고들어 가서 일정한 해명을 요구한 다음, 앙투안 파즈로를 조심하라며 톡톡히 경고를 했을 일이다. 물론 소용없는 호들갑이었을 것이다. 중요한 것은 우선 회동의 전 과정을 단계별로 되짚어보고 나서, 단순한 자존심이나 모호한 질투심 같은 진부한 감정과는 별개의 반듯한 견해를 정립하는 일이다.

그는 안달을 내면서 혼잣말을 중얼거렸다.

"놈이 모두를 장악했어. 심지어 트리아농 가게에서 마주치지만 않았다면 아마 나까지 제멋대로 주물렀을 거야. 게다가…… 아, 아니야, 절대로 아니지. 놈의 이야기는 정말 말도 안 돼! 글쎄, 사법당국에선 호락호락 넘어갈지도 모르지. 하지만 난 아냐! 도무지가 이치에 맞지를 않잖아! 그나저나 대체 뭘 원하는 걸까? 무슨 이유 때문에 멜라마르 남매를 위해 헌신하겠다는 거지? 어떻게 그토록 과감히 베일을 벗고 나설 수가 있냐고? 마치 아무것도 거리낄 것 없는 것처럼 말이야! 아무튼 뒤를 캐봐야겠어. 인생을 샅샅이 파헤쳐도 과연 제 놈이 끄떡없을까?"

따지고 보면 앙투안 파즈로가 너무도 교묘히 아를레트의 옆구리를 파고들었고, 이쪽으로선 감쪽같이 모르는 어떤 수단으로 불가사의한 영향력을 발휘해, 결국에는 여자로 하여금 자신을 따돌리고 심지어 거스르게까지 만들었다는 사실은 데느리스의 속을 뒤집고도 남을 만했다. 그 자체가 데느리스로서는 도저히 참기 어려운 모욕이나 다름없는 것이었다.

다음 날 저녁, 몹시 흥분한 상태의 베슈가 들이닥쳤다.

"결국 그렇게 됐네!"

"뭐가?"

"사법당국에서 한풀 꺾였다고."

"자네하고 죽이 맞는군."

"나? 난 아닐세. 하긴 솔직히 말해서 나 역시……."

"다른 사람들처럼 파즈로의 감언이설에 넘어갔고, 엉뚱한 착각에서 헤어나지 못하고 있다는 얘기를 하려는 거겠지? 자, 어디 말해보게."

"아무튼 모든 게 일사천리로 진행되었다네. 서로 대질해서 착착 신문이 이루어졌지. 아를레트와 레진은 거듭되는 부인과 침묵으로 수사판사를 아주 당혹하게 만들더구먼. 그러던 참에 백작의 누이동생과 파즈로가 나섰고, 결국 예정된 수순대로 연극이 진행되었지."

"물론 주인공은 파즈로였겠고?"

"아무렴. 그것도 굉장한 달변을 자랑하는 막강한 주인공이더군! 어찌나 청산유수이던지!"

"작작 해두게. 나도 그자가 어떤 인간인지 알아. 더할 나위 없는 삼류 배우지."

"이것 보게나."

"아, 결론만 말하게. 면소판결인가? 백작은 석방되는 거야?"

"내일이나 모레쯤."

"가엾은 베슈, 자네한텐 재수 참 옴 붙은 꼴이군! 체포한 건 자네의 책임 아닌가! 그건 그렇고, 아를레트는 어떻게 나오던가? 여전히 파즈로한테 휘둘리는 거야?"

"백작의 누이동생한테 떠나겠다는 말을 하는 걸 들었네."

베슈의 말에 데느리스는 깜짝 놀라며 물었다.

"떠나다니?"

"그렇다네. 시골에 있는 친구 집에 당분간 쉬러 간다고 했네."

장으로서도 나쁠 것 없는 소식이었다.

"그거 잘됐군. 또 보세, 베슈. 앞으로도 앙투안 파즈로와 트리아농 할멈에 관한 정보 제공에 애써주게. 난 잠 좀 자야겠어."

이렇게 해서 시작된 데느리스의 휴면 상태는 사실 일주일 동안 담배나 빠끔거리는 것을 의미했으며, 다이아몬드를 요구하면서 죽여버리겠다고 성화인 반 우벤과, 옆에 와서 앉았지만 생각에 방해될까 단 한 마디도 못하고 돌아서야 했던 레진 오브리, 그리고 느닷없이 전화를 걸어와 이런 쪽지를 읽어준 베슈에 의해 중간중간 끊겼을 따름이다.

앙투안 파즈로

신분증 나이는 스물아홉

지금은 사망한 프랑스인 부모 아래 부에노스아이레스에서 출생

석 달 전부터 파리로 와서 샤토됭 가에 위치한 몽디알 호텔에 거주

무직

경마와 자동차 경주 관련 사교계에 일부 몸담고 있음

그 밖의 내밀한 사생활이나 과거 전력에 관해서는 어떠한 정보도 없음

그로부터 다시 일주일을 데느리스는 집에 꼼짝 않고 있었다. 마냥 생각하고 또 생각했다. 가끔 재빠르게 손바닥을 문지르면서 걱정스러운 얼굴로 이리저리 서성대기도 했다. 그러던 어느 날, 갑작스럽게 전화벨 소리가 울렸다.

베슈의 딱딱 끊어지는 목소리였다.

"이리로 오게나. 지체할 시간이 없어. 라파예트 가 꼭대기에 있는 로샹보 카페에서 기다리겠네. 급한 일일세."

드디어 전투가 시작된 것이었다. 장 데느리스는 사고가 한결 명료해지고, 상황이 훨씬 덜 혼란스러워진 사나이로서 기꺼이 그 싸움판에 뛰어들었다.

로샹보 카페에 도착한 그는 안쪽 창가에 바짝 진을 치고 거리 쪽을 감시하는 베슈의 옆자리에 다가앉았다.

"쓸데없는 일로 날 방해한 건 물론 아니겠지?"

항상 무슨 일을 좀 했다 싶으면 잔뜩 폼을 잡고 엄청난 장광설을 토해내기 일쑤인 베슈는 이렇게 말문을 열었다.

"내가 조사를 진행하는 내내……."

"이봐, 여러 말 말고, 간단히 사실만 얘기해."

"아무튼 트리아농 할멈의 가게 문이 고집스럽게 닫혀 있는 실정인데……."

"가게 문은 뭘 '고집'하지 않아! 전보문 스타일로 해봐. 차라리 어눌하게 하든지."

"어쨌든 가게 문이……."

"그 말은 아까 했고!"

"아, 또 나를 애먹이는군!"

"아무튼 하려던 얘기가 뭐야?"

"저 가게 임대 명의가 로랑스 마르탱이라는 아가씨 이름으로 되어 있다는 얘길 하려는 것이네."

"그것 봐, 길게 얘기를 할 필요가 없는 거라고. 그래, 로랑스 마르탱이라는 게 그 방물장수의 이름인가?"

"아닐세. 그렇지 않아도 공증인을 만나보았는데, 로랑스 마르탱이라는 사람은 기껏해야 쉰 살도 안 먹었다네."

"그럼 건물을 전대(轉貸)했거나 자기 대신 다른 사람을 내세웠단 얘긴가?"

"그렇지. 말하자면 방물장수가 바로 그 사람인 셈이야. 내 생각에는 그 할멈이 바로 로랑스 마르탱의 언니가 아닐까 하네만."

"그 여자는 어디 사나?"

"알 수가 없었네. 임대계약이 12년 전에 이루어진 거라 주소지도 불분명했어."

"그럼 집세는 어떤 식으로 내왔나?"

"어느 폭삭 늙은 절름발이 노인의 중개로 지불해왔다네. 그런데 말이야, 실은 오늘 아침 상황이 호전되는 바람에 무척 당혹스러울 정도였지."

"오호라, 듣던 중 반가운 소리군. 그래, 뭔데?"

"오늘 아침 파리 경시청에 가서 알게 된 건데, 어떤 부인이 시의회 의원인 므슈 르쿠르쇠한테 그가 당장 제출해야 하는 보고서의 결론을 수정하는 조건으로 5만 프랑의 돈을 제안했다는 거야. 그런데 므슈 르쿠르쇠는 원래 수상쩍은 평판을 가진 데다, 최근 일어난 추문에 시달리고 나서부터는 복권을 모색하던 차라 서둘러 경찰에 신고를 했다는군. 돈 전달은 므슈 르크루쇠가 매일같이 선거구민을 관리하는 사무실에서 조만간 이루어질 예정이라네. 이미 형사 두 명이 바로 옆방에 포진해서 뇌물수수의 현장을 지켜보고 있다고 하지."

"여자가 이름은 밝혔다던가?"

"그렇진 않았네. 근데 우연치고도 참 기구하지. 여자는 기억을 못하지만 므슈 르쿠르쇠가 그 여자와 옛날에 모종의 관계가 있었던지라 누군지 말 안 해도 알고 있다는 걸세."

"그럼 여자가 바로 로랑스 마르탱이겠군?"

"로랑스 마르탱이지."

데느리스는 쾌재를 불렀다.

"좋았어! 파즈로와 트리아농 할멈 사이의 공범관계가 이제는 로랑스 마르탱으로까지 이어진다는 거지! 좌우간 파즈로의 음흉함을 까발릴 수 있는 거라면 뭐든지 환영이야! 그래, 시의원님 사무실은 어디쯤인가?"

"바로 맞은편 건물 중이층이라네. 창문은 딱 두 개뿐이지. 대부분 사무실이 그렇듯 뒤쪽으로는 현관 방향으로 작은 대기실이 하나 붙어 있는 구조라네."

“더 할 말은 없나?”

“그게 다일세. 아무튼 시간이 급해. 지금이 2시 5분 전이야. 그나저나…….”

“어서 말해보게. 설마 또 아를레트 얘기는 아니겠지?”

“맞아.”

“뭐라고? 무슨 일인가?”

베슈는 갑자기 빈정대는 투가 물씬 풍기는 말투로 변했다.

“어제 자네의 그 아를레트를 보았지 뭔가.”

“뭐야! 하지만 분명 파리를 떠났다고 하지 않았나?”

“그게 아니던데.”

“그래서 자네가 그녀와 마주쳤다고? 정말 확실한 건가?”

베슈는 대답 대신 갑자기 반쯤 몸을 일으키며 얼굴을 유리창에 바싹 갖다 댔다.

“저것 봐! 그 마르탱인가 하는 여자다.”

길 맞은편에서 한 여자가 택시에서 내려 운전기사에게 돈을 지불하고 있었다. 키가 큰 편에다 어딘지 상스러운 차림새에 얼굴은 한물간 투박한 인상이었다. 과연 쉰 줄에 갓 접어든 나이처럼 보였다. 여자는 대문이 활짝 열려진 입구로 자취를 감췄다.

“틀림없어, 저 여자야!”

베슈는 움직일 채비를 하며 내뱉었고, 데느리스는 그런 그의 손목을 낚아채 제지했다.

“도대체 웬 뜬금없는 농담인가?”

“무슨 소리야? 난 농담한 적 없네.”

“아냐, 있어. 방금 전 아를레트 얘기.”

“젠장, 지금 당장 맞은편으로 달려가야 한다고!”

"제대로 대답하기 전에는 놔주지 않을 거야."

"좋아, 알았네. 아를레트가 자기 집 이웃 길거리에서 누군가를 기다리고 있는 걸 봤네."

"누굴 말인가?"

"파즈로."

"거짓말!"

"내가 봤다니까. 둘이 함께 어디론가 사라지더군."

마침내 베슈는 데느리스의 손아귀에서 풀려나 보도를 건너갔다. 그런데 선뜻 건물 안으로 들어서지 않고 뭔가 망설이는 눈치였다.

"아니지. 차라리 여기서 기다리세. 여자가 저 위에 쳐놓은 함정을 모면할 경우를 대비해 우리가 미행을 노리는 게 낫겠어. 자네 생각은 어떤가?"

베슈의 제안에 점점 흥분하기 시작한 데느리스가 내뱉듯 대꾸했다.

"첫, 될 대로 되라지! 문제는 아를레트야. 자네, 그녀 어머니도 만나본 건가?"

"거참, 젠장!"

"베슈, 내 말 명심해. 제대로 대답을 안 하면 내가 저 로랑스 마르탱에게 죄다 일러바칠 거야. 자, 아를레트의 어머니를 만나봤어, 안 봤어?"

"아를레트는 파리를 떠나지 않았네. 매일 그녀는 집을 나섰다가 저녁을 먹을 때에야 귀가한다더군."

"거짓말! 날 골리려고 괜한 소리 하는 거지? 난 아를레트를 알아. 도저히 그럴 리가 없는 여자라고."

그러는 동안 7~8분이 흘러갔다. 데느리스는 입은 다물었지만 발을 심하게 구르면서 보도 위를 서성댔고, 지나가는 행인이 앞에 가로거칠 때마다 매몰차게 밀쳐댔다. 반면 베슈는 노심초사 건물 입구로부터 눈길을 떼지 않았다. 갑자기 여자가 건물을 벗어나는 게 그의 시야에 포착되었다. 여자는 두 남자의 거동을 힐끗 훑어본 뒤 반대편 방향으로 멀어져 갔다. 매우 빠른 보조였으며 눈에 띄게 당황하는 빛이 역력했다.

베슈는 얼른 뒤를 좇아 걸음을 재촉했다. 그런데 지하철 계단 입구쯤에 다다른 여자가 쏜살같이 아래로 빠져들더니 마침 열차가 역에 진입하는 순간 용케도 표를 들이미는 것이었다. 베슈로선 거리가 벌어질 수밖에 없었다. 다음 역사에 전화를 넣을까도 생각해봤지만 시간을 허비해 결정적으로 일을 그르칠까 두려웠다.

"에잇, 제기랄!"

결국 이러지도 저러지도 못하고 돌아온 베슈의 낙담한 꼴을 흐뭇하게 바라보며 데느리스가 빈정댔다.

"그럼 그렇지! 자넨 반드시 해야만 할 바와는 정반대로 행동한 거야!"

"어떻게 했어야 하는 건데?"

"애당초 므슈 르쿠르쇠의 사무실로 쳐들어가 현장에서 마르탱이라는 여자를 체포했어야지. 하지만 그럴 시간에 난데없이 아를레트 얘기로 날 약올리려 들었고, 내 질문에 곧이곧대로 대답하느라 머뭇거리다가 결국에는 저 위에서 벌어진 모든 일의 책임을 덮어쓰게 된 거라고."

"저 위의 일이라니? 어떻게 됐는데?"

"가서 직접 보자고. 아무튼 그래도 자네 수 쓰는 것 하나는 그럴듯해!"

베슈는 부랴부랴 시의원의 중이층 사무실로 올라갔다. 현장은 온통 뒤죽박죽 아수라장이었다. 감시를 맡았던 두 형사들은 정신 나간 사람들처럼 여기저기 전화질을 하고 난리였다. 건물 관리인이 올라와 비명을 지르고 있었고, 다른 세입자까지 우르르 들이닥친 상태였다.

사무실 정중앙, 소파에 널브러진 르쿠르쇠 씨는 이마에 구멍이 뚫린 채 피를 철철 쏟으며 단말마의 신음을 흘렸고, 급기야 아무 말 없이 숨을 거두었다.

형사들은 베슈에게 일단 간단하게 상황을 전달했다. 마르탱이라는 여자가 보고서에 관한 제안을 거듭 제시하고는 곧바로 돈을 세었고, 형사들은 사무실로 난입할 순간만을 호시탐탐 기다리고 있었는데, 너무도 마음이 급했던 르쿠르쇠 씨가 그만 옆방 형사들을 소리쳐 부르는 우를 범했다는 것이다. 즉각 위험을 눈치챈 여자가 아마도 쏜살같이 옆방 문의 빗장부터 채운 모양인지 막상 들이닥치려고 하자 문이 안 열렸다고 했다.

형사들은 대신 퇴로를 차단할 요량으로 현관 쪽으로 내달렸다. 그런데 그쪽 뒷문까지 꿈쩍도 하지 않더라는 것이다. 바깥에서는 열쇠나 빗장으로 닫아걸 수가 없는 문인데도 말이다. 그래서 있는 힘껏 문을 들이받고 있는 차에 난데없는 총성이 들렸다는 얘기였다.

"하지만 그땐 이미 마르탱이라는 그 여자, 바깥에 나와 있었는데……."

베슈가 걸고넘어지자 형사 중 한 명이 고개를 갸우뚱했다.

"그 여자가 죽인 게 아니란 말인가요?"

"그렇다면 누구 짓이지?"

"그럼 현관 벤치에 앉아 있던 허름한 차림의 노인밖에는 없는데…… 면담 요청을 했다지만 므슈 르쿠르쇠는 어차피 여자를 만나본 뒤에야 응할 수밖에 없는 처지이니……."

베슈가 자르듯 말했다.

"틀림없어. 공범이야. 그나저나 바깥에서 어떻게 문을 잠갔을까?"

"문짝 밑에 작은 꺾쇠를 끼워 넣었더군요. 그러니 암만해도 문을 밀 수가 없었던 거죠."

"그래, 그 노인은 어떻게 됐지? 그다음에 마주친 사람은 아무도 없나?"

관리인이 나섰다.

“내가 봤습니다. 총소리와 함께 관리실에서 부리나케 뛰어나오는데, 계단을 내려오던 한 늙은이가 덤덤하게 이러더군요. ‘저 위에서 싸움이 일어났소. 어서 올라가보시구려.’ 아마도 총을 쏜 자가 그 인간이었을 겁니다. 하지만 당시엔 어떻게 의심할 수 있었겠어요? 몰골이 말이 아니게 꾀죄죄한 데다, 제대로 걷지도 못하는 절름발이 신세인걸.”

“절름발이라고 했소? 확실한 거요?”

“확실하고말고요. 절어도 너무 절던데요.”

베슈는 잇새로 중얼거렸다.

“로랑스 마르탱과 한 패거리야. 위험에 처한 걸 알고는 므슈 르쿠르쇠를 아예 제거해버린 거지.”

한편 데느리스는 잠자코 귀를 열어둔 채 눈으로는 사무실에 쌓여 있는 서류철들을 남몰래 훑고 있었다. 그러더니 베슈에게 툭 물었다.

“그 보고서가 어떤 내용인지 자네 혹시 아는가? 로랑스 마르탱이 무얼 원했는지도?”

“아니. 므슈 르쿠르쇠가 미처 정확히 규명해주지를 않았네. 하지만 시의원이 책임지고 있는 보고서들 중 하나를 어떤 방향으로 수정케 하는 것만은 틀림없네.”

데느리스는 파일의 제목들을 눈으로 훑었다. 도살장에 관한 보고서, 동네 시장들에 관한 보고서, 비에유데마레 거리 연장 문제에 관한 보고서, 기타 등등.

베슈는 무척 근심스러운 표정으로 방 안을 이리저리 서성이다가 데느리스를 향해 던지듯 말했다.

“그래, 어떻게 생각하나? 뭔가 고약한 사건 같지?”

“무슨 사건?”

"이렇게 살인을 저지른 것만 봐도……."

"자네가 하는 얘기 따윈 안중에도 없다고 내 분명 말했을 텐데! 도대체 이 단골로 뇌물이나 처먹는 존재가 살해당하고, 자네가 나서서 멍청이처럼 이것저것 주워섬기는 게 나하고 무슨 상관이란 말인가?"

"하지만 로랑스 마르탱이 살해자라면, 자네 생각대로 파즈로가 그 공범일 텐데."

데느리스는 험악한 표정에 잇새로 또박또박 끊어가며 대꾸했다.

"파즈로는 그렇지 않아도 살인자야. 파즈로는 불한당 녀석이라고. 언제든 내 손아귀에 붙들리기만 해봐. 반드시 그렇게 될 거라고. 내 이름, 내 진짜 이름을 걸고……."

문득 그는 말을 멈추고는 모자를 집어 들고 쏜살같이 자리를 떴다.

그를 태운 자동차는 베르드렐 가, 아를레트의 집으로 향했다. 시각은 3시 10분 전이었다.

"아, 므슈 데느리스! 정말 오랜만이네요! 그렇지 않아도 아를레트가 막 서운하려던 참이에요."

"집에 있습니까?"

"아뇨. 이 시간쯤에 매일 산책을 하거든요. 중간에 당신과 마주쳤을 법한데, 이상하군요."

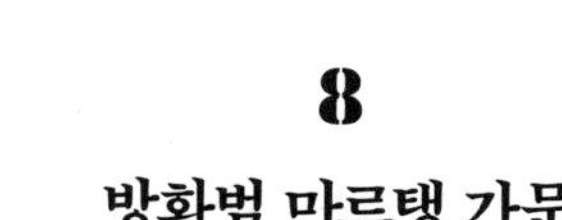

8

방화범 마르탱 가문

아를레트와 그의 어머니는 너무나 닮은 모습이었다. 물론 마담 마졸이 세월의 풍파로 인해 좀 더 상한 몰골이었지만, 아직 저 정도 싱싱한 피부와 생생한 표정이 남아 있는 걸로 봐서 젊었을 적엔 지금의 딸보다 훨씬 아름다웠을 것 같았다. 세 아이를 키워내기 위하여, 그리고 위에 두 딸의 못 돼먹은 행실로 인한 고통을 잊기 위해서라도 그녀는 악착같이 일을 해왔다. 특히 지금도 왕성하게 일하고 있는 오래된 레이스 작품 수리작업에서는, 그것만으로도 상당한 안정을 누릴 수 있을 만큼 빼어난 솜씨를 자랑하는 터였다.

데느리스는 반들반들 윤이 나도록 닦고 정리된 아담한 아파트 안으로 들어섰다.

"곧 돌아올 모양은 아닌가 보죠?"

"글쎄, 잘 모르겠네요. 아를레트는 일전에 그런 일을 겪은 다음부턴 뭘 하며 지내는지 통 말을 안 하거든요. 걔는 내가 늘 걱정할까 봐 노심

초사한답니다. 주변에서 이러쿵저러쿵 수군대는 소리에도 곧잘 상심하는 편이고요. 아무튼 어디가 아픈 모델 아이를 만나러 간다고만 얘기했어요. 도움을 청하는 편지를 오늘 아침에 받았다고 하더군요. 아를레트가 얼마나 착한 애인지는 당신도 잘 아시죠? 친구들을 얼마나 챙기는지!"

"그 모델이라는 여자는 여기서 멀리 산답니까?"

"주소는 모르겠어요."

"그것참! 아를레트와 얘기를 나눌 수 있으면 좋았을 텐데."

"뭐 그리 어렵지는 않을 거예요. 아침에 받은 편지를 낡은 서류뭉치들과 함께 아마 쓰레기통에 버렸을 텐데, 내가 아직 태워버리지 않았거든요. 어디 보자. 그래, 이걸 거예요. 그래요, 기억나는군요. 세실 엘루앵…… 가만있자, 주소가…… 르발루아페레, 쿠르시 대로 14번지네요. 오후 4시쯤 그곳에 도착할 예정이었나 봅니다."

"그곳에서 아마도 므슈 파즈로를 만나기로 했겠죠?"

"무슨 말씀이세요? 아를레트는 남자 만나러 외출 같은 거 잘 하지 않는 아이입니다. 게다가 므슈 파즈로는 본인이 직접 자주 이곳을 들르는 걸요."

"아, 자주 온다고요?"

데느리스의 목소리는 잔뜩 긴장되어 있었다.

"거의 매일 저녁마다 들르지요. 둘이서 아를레트가 무척이나 관심 있어 하는 문제들을 즐겨 얘기 나누곤 하죠. 왜, 아시죠? 지참금 마련 기금조성 문제 말이에요. 므슈 파즈로는 그 명목으로 상당한 재정 지원을 제의했답니다. 그래서 둘이 함께 비용 계산에 몰두하곤 했지요. 계획 세우는 데 서로 열심이었어요."

"므슈 파즈로가 부자입니까?"

"아주 부자죠."

마졸 부인은 지극히 자연스레 말했다. 어머니의 근심을 덜어드릴 요량으로 멜라마르 저택에서의 최근 일에 관해 아를레트가 철저히 입을 봉하고 있었던 게 분명했다. 데느리스는 그저 이렇게 중얼거렸다.

"부자인 데다 꽤 괜찮은 친구이긴 하죠."

아니나 다를까, 마졸 부인은 얼른 맞장구를 쳤다.

"괜찮다마다요! 우리 모녀한테 어찌나 신경을 써주는지……."

장은 억지웃음을 지어 보이며 말했다.

"결혼 생각은……."

"오, 므슈 데느리스, 원 농담도! 아를레트가 설마 그렇게까지."

"그야 누가 알겠어요!"

"아뇨, 아닙니다. 우선 아를레트는 언제나 그에게 좋은 감정만 있는 건 아니에요. 특히 일련의 사태를 겪은 이후에는 우리 아를레트가 많이 변했어요. 왠지 좀 더 신경이 예민해지고 괴팍해졌답니다. 레진 오브리와 사이가 틀어진 건 아시죠?"

"그럴 리가요?"

데느리스는 깜짝 놀라 소리쳤다.

"그렇답니다. 별다른 이유도 없이 말이에요. 적어도 나한테는 일언반구 말이 없으니."

이 반목 소식은 데느리스에게도 무척 당혹스러운 것이었다. 대체 무슨 일이 벌어진 걸까?

둘은 몇 마디 더 얘기를 나누었다. 하지만 데느리스는 갈 길이 바빴고, 당장 앞질러 간다 해도 약속 장소에서 아를레트를 만나기엔 아직 이른 시각이었기에 일단 레진 오브리부터 찾아가기로 했다. 마침 집에서 나오는 길인 그녀는 데느리스와 마주쳐 추궁을 받자, 펄쩍 뛰며 대답했다.

“내가 아를레트와 틀어지다뇨? 천만에요! 하지만 혹시 그녀 쪽에선 그럴지도 모르죠.”

“대체 무슨 일이 있었던 겁니까?”

“하루는 저녁때 내가 찾아갔거든요. 그 자리엔 멜라마르그가의 친구분인 앙투안 파즈로도 와 있었죠. 우린 한동안 수다를 떨었어요. 그런데 한 두세 번인가 아를레트가 내게 쌀쌀맞게 대한다는 느낌이었어요. 그래서 난 영문도 모른 채 자리를 피해버렸죠.”

“그게 전부입니까?”

“네. 그나저나 데느리스, 당신이 아를레트한테 관심이 많든 적든 파즈로를 경계하세요. 그 사람 태도가 심상치 않은 데다 아를레트 또한 아주 무관심하지는 않은 것 같으니까 말이에요. 그럼 잘 가요, 장.”

결국 아를레트와 파즈로의 긴밀한 관계만 더더욱 확인한 꼴이 되고 말았다. 별안간 정신이 번쩍 드는 기분이었다. 앙투안 파즈로가 젊은 여자 주변을 배회하고 있었다는 점, 아울러 아를레트가 그동안 얼마나 마음속 큰 자리를 차지하고 있었는지 새삼 깨닫는 것이었다.

그런데 아를레트 꽁무니를 죽자고 쫓아다니는 파즈로는 그렇다 치고, 과연 아를레트 쪽에서도 파즈로를 사랑하는 것일까? 그런 의문은 실로 고통스러운 것이었다. 그런 질문을 떠올린다는 자체만으로도 데느리스가 보기에는 아를레트를 욕되게 하는 것이었고, 스스로에게도 견딜 수 없는 모욕으로 느껴졌다.

하지만 그의 상처받은 자존심은 대번에 인생의 가장 중요한 원리로 급부상해버린 격동하는 감정을 내세워 그런 질문을 자꾸자꾸 되새김질하는 것이었다.

그는 문제의 약속 장소로부터 얼마간 거리를 두고 차를 주차시킨 뒤 속으로 중얼거렸다.

'지금이 4시 15분 전이렷다. 그 여자가 혼자서 올까? 아니면 파즈로와 함께?'

쿠르시 대로는 르발루아페레에서도 센 강에 인접한 공터 가운데, 여러 소규모 공장과 특수시설 등 노동자 밀집지역을 약간 벗어난 지점을 중심으로 최근에 조성되었다. 말이 대로이지 두 줄로 길게 늘어선 벽돌담 가운데 좁다랗고 지저분한 오솔길이 뻗어 있는 정도였고, 그 끄트머리에는 반쯤 허물어진 방벽의 타르 위에 14라는 숫자가 새겨져 있었다.

거기서부터는 낡은 타이어와 폐기처분된 차체들로 수북한 노천 통로가 밤색 목재 창고를 에워싸듯 몇 미터 정도 이어져 있었다. 그 창고에는 바깥으로 드러난 계단이, 창문 두 개가 전부인 지붕 밑 다락방들에까지 가 닿아 있었다. 바로 그 계단 아래 문이 하나 있는데, 거기에 이런 글자가 적혀 있었다.

노크하시오

하지만 데느리스는 노크하지 않았다. 사실은 조금 망설이고 있었다. 아를레트를 그냥 밖에서 기다리는 게 좀 더 논리적인 해결책 같았다. 게다가 뭐라 규정하기 힘든 느낌이 슬그머니 파고들어 와 그의 행동을 붙들었다. 아무래도 장소가 이상했다. 몸이 불편한 젊은 아가씨가 이처럼 외딴 창고 위 다락방에 살고 있다는 게 어딘지 이상해 보였고, 그러다 보니 어떤 덫이 아를레트를 노리고 있다는 예감이 퍼뜩 뇌리를 스쳤다. 아울러 이번 사건을 둘러싸고 서서히 그 마각을 드러내기 시작하는 음험한 도당의 존재가 스멀스멀 연상되었다. 이제는 아예 기를 쓰고 서둘러 공세를 더해가고 있지 않은가. 오후로 접어들 무렵부터 뇌물을 먹이려고 하더니 급기야 살인까지 저지르질 않나. 두 시간이 지날 즈음에는 아를레트를 꼬드겨 함정으로 유인하질 않나. 행동대원으로는 로랑스 마르탱과 트리아농 할멈, 절름발이 노인이 나서고, 우두머리인 앙투안 파즈로는 배후에 숨어 모든 일을 조종하면서 말이다.

이 모든 상황이 너무도 명확하게 제시되자 온갖 의혹들이 한순간 사라져버렸고, 안이 조용한 건 당연히 범인들 중 그 누구도 아직 당도하지 않았다는 확신으로 이어졌다. 그리하여 차라리 먼저 밀고 들어가 적을 기다렸다 급습하는 편이 간단하다는 판단이 들었다.

그는 아주 조심스레 문을 밀어보았다. 문은 열쇠로 단단히 잠겨 있었고, 이는 곧 안에 아무도 없다는 사실을 확인시켜주었다.

혹시라도 있을지 모를 싸움조차 염두에 두지 않은 채 그는 그리 복잡하지 않은 자물쇠 장치를 과감하게 곁쇠질로 해결했고, 문짝을 밀치면서 머리를 빼꼼히 들이밀었다. 역시 아무도 없었다. 잡다한 연장들과 온갖 기계부품들이 제멋대로 쌓여 있는 가운데, 수십여 개의 기름통들이 가지런히 놓여 있었다. 그러고 보니 일종의 수리 작업장이었던 곳이 지금은 폐쇄되어 기름 창고로 쓰이는 모양이었다.

문을 더 열어 어깨까지 들이밀었다. 그리고 다시 좀 더 문을 밀었다. 바로 그 순간, 느닷없이 가슴 한복판에 정통으로 엄청난 충격이 가해지는 것을 느꼈다. 철판에 고정된 강철 막대 하나가 문짝이 어느 정도 위치에 이르면 용수철의 작용으로 무지막지하게 작동하도록 되어있었다.

몇 초 동안, 데느리스는 숨이 콱 막힌 채 버틸 기력을 완전히 상실한 몸뚱어리를 비틀거리고만 있었다. 기름통들 뒤에 숨어서 줄곧 지켜보던 적들에게는 더없이 안성맞춤의 기회였다. 비록 여자 두 명과 한 명의 늙은이라고는 하지만, 데느리스의 팔다리를 꽁꽁 묶고 입에는 재갈을 물리고는 강철 작업대 앞에 앉혀 그곳에 결박시키는 건 식은 죽 먹

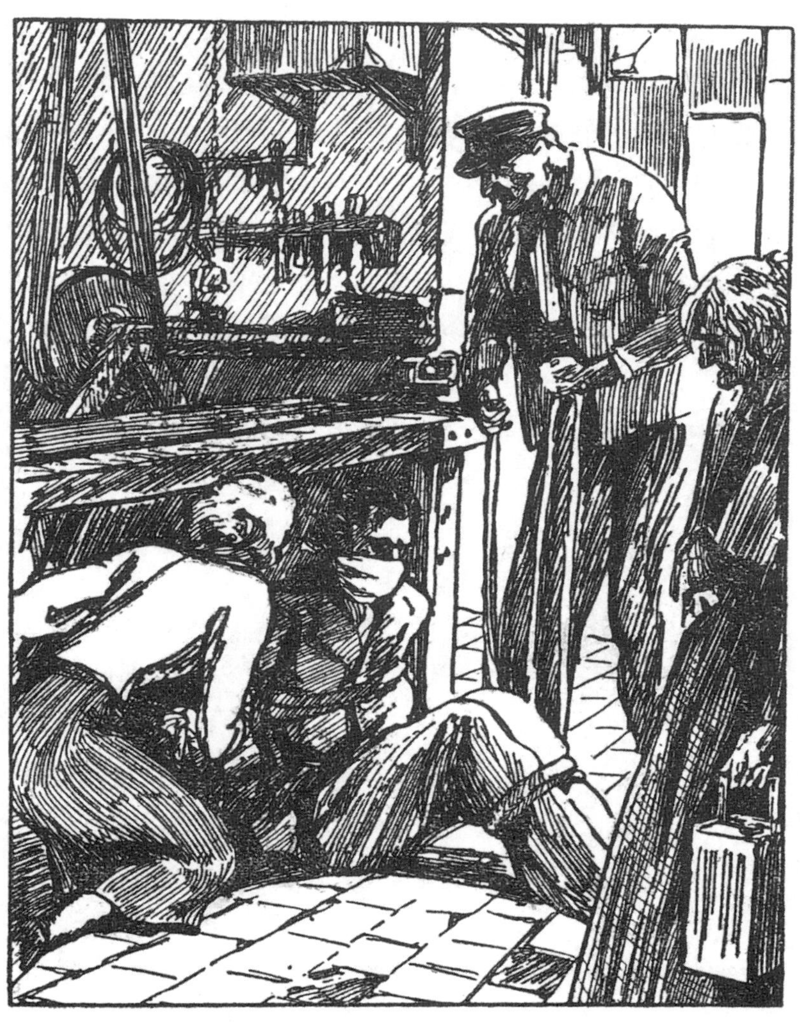

기나 다름없었다.

역시 데느리스의 추측은 틀리지 않았다. 아를레트를 노리는 덫이 마련되어 있었고, 자신이 첫 손님으로서 대책 없는 희생자가 된 것이었다. 가만 보니 트리아농 할멈과 로랑스 마르탱이 눈에 잡혔다. 늙은이로 말하자면 전혀 절름거리지 않았는데, 언뜻 보아도 오른쪽 다리가 약간 휘었다는 사실만은 알 수 있었다. 상황에 따라 그 휜 다리를 좀 더 과장되게 짚어 완전한 절름발이처럼 보이게 만들었다는 얘기다. 물론 그는 시의원을 살해한 당사자였다.

세 명의 공범은 전혀 흥분하는 기색이 아니었다. 이보다 더 고약한 짓거리도 익숙한 듯했고, 불시에 들이닥치는 데느리스 같은 사내를 무력화하는 정도야 식은 죽 먹기여서 굳이 승리의 쾌재를 부를 만한 일도 아니라는 투였다.

트리아농 할멈이 몸을 숙여 희생자를 들여다보더니 로랑스 마르탱에게 돌아가 뭔가를 쑥덕거렸다. 그중 데느리스가 겨우 알아들은 건 이 정도 내용이었다.

"이자가 맞는 거 확실해?"

"응, 내 가게로 쳐들어왔던 자가 분명해."

그러자 로랑스 마르탱이 중얼거렸다.

"그렇다면 장 데느리스라는 작자, 진정 우리에게 위험한 존재로 봐야겠군. 라파예트 가의 보도 위에 베슈와 함께 있던 작자도 바로 이자인 것 같아. 그나마 조심하고 있다가 이자 발소리가 내 귀에 들린 게 천만다행이지! 보나마나 그 마졸이라는 계집과 만나기로 한 모양이야!"

"그래, 이제 어쩔 셈이지?"

데느리스에게 들리지 않을 거라 확신한 방물장수가 다그쳐 묻자, 로랑스가 소리를 죽여 대꾸했다.

"그야 말할 필요도 없지."

"뭐라고?"

"나 원 참! 그로선 안된 일이지 뭐."

두 여자는 서로를 물끄러미 바라보았다. 로랑스의 음산한 얼굴에는 인정사정 볼 것 없다는 표정이 어른거리고 있었다. 곧이어 그녀가 덧붙였다.

"도대체 왜 남의 일에 끼어든 거지? 언니 가게에 들이닥친 것도 그렇지만 라파예트 가를 어슬렁댄 것도 마찬가지야. 게다가 여기까지! 아무튼 우리에 관해 너무 많은 걸 알고 있어. 이젠 우릴 내버려둘 때가 된 거지. 아빠한테 한번 물어보든지."

그러나 로랑스 마르탱이 '아빠'라 부른 자에게는 굳이 의견을 물을 필요까지도 없었다. 광채도 느껴지지 않는 눈동자에 준엄한 표정, 말라 비틀어진 듯한 피부로, 척 봐도 무지막지한 골수분자 같은 인상의 늙은이가 벌써 무시무시한 해결책을 마련해둔 분위기를 풍기고 있는 것이었다. 이미 그의 행동거지를 모르는 바도 아니고, 슬슬 수상쩍은 준비를 시작하는 꼴을 보건대, '아빠'가 데느리스의 죽음을 기정사실로 여기고 있다는 것은 뻔했고, 전에 르쿠르쇠 씨를 살해한 것과 똑같이 이번에도 냉정하게 일을 해치울 게 틀림없었다.

하지만 그와는 비교가 안 될 만큼 굼뜬 방물장수는 나지막한 소리로 계속해서 구시렁대고만 있었다. 마침내 로랑스는 짜증을 내며 거칠게 내뱉었다.

"바보 같은 소리 좀 그만해요! 언니는 언제나 그렇게 어중간하고 두루뭉술해서 탈이야! 어차피 할 일은 해치워야 한다고. 이자 아니면 우리가 망해!"

"그냥 꼼짝 못하게 가둬놓을 수도 있을 텐데."

"정말 미쳤어! 이런 자를?"

"왜? 뭐가 잘못됐어?"

"맙소사, 계집애한테나 통할 방법을……."

갑자기 로랑스가 말하다 말고 귀를 기울이는가 싶더니 나무판자 벽에 난 구멍을 통해 얼른 바깥을 살폈다.

"저기 온다. 길 끄트머리에 나타났어. 자, 각자 자기 맡은 역할 알죠?"

일거에 셋 모두 쥐 죽은 듯 조용해졌다. 데느리스는 그들 모두의 얼굴을 빤히 바라볼 수 있었는데, 뭔가 단호한 표정 때문에 그런지 셋 다 너무도 닮은 분위기였다. 그들은 범죄나 그 밖의 악행에 있어서만큼은 영락없는 행동파였고, 능동적으로 나서서 무엇이든 실천에 뛰어드는 존재들이었다. 두 여자들은 보나마나 자매지간일 테고, 늙은이는 그 둘의 아비임이 확실했다. 무엇보다 그 늙은이가 데느리스의 간담을 서늘하게 했다. 도무지 어디를 훑어보아도 살아 있는 생명체라는 인상이 아니었으며, 인위적으로 조립된 기계장치와도 같이 미리 정해진 동작들을 거침없이 저지를 것처럼 보였다. 머리통 자체도 거칠게 각이 지고 평평한 몰골이었다. 오히려 무슨 심술 맞은 면이나 잔혹한 인상조차 느껴지지 않았다. 차라리 거칠게 깎아 만든 돌덩어리라고나 할까!

문짝에 지시된 대로 노크 소리가 들렸다.

계속해서 문에 기대 동태를 살피던 로랑스 마르탱은 손님을 여전히 바깥에 세워둔 채, 일단 반가워 어쩔 줄 모르는 듯한 억양부터 내세웠다.

"마드무아젤 마졸이시죠? 아, 이렇게 왕림해주시다니 정말 자상도 하시지! 우리 딸아이는 저 위에 누워 있답니다. 올라가시면 돼요. 그 애가 당신을 보면 얼마나 좋아할지! 2년 전에 함께 같은 양장점에 있었다는군요. 뤼시앤 우다르라고요. 기억 안 나세요? 아, 하지만 그 애는 당신을 기억한답니다!"

이어서 아를레트의 대답도 있었지만 뭐라고 하는지 전혀 알아들을 수가 없었다. 다만 밝고 생생한 목소리로 볼 때, 전혀 경계하고 있는 눈치가 아님은 분명했다.

로랑스 마르탱은 여자를 위로 안내하기 위해 부랴부랴 밖으로 나섰다. 순간 방물장수가 안에서 소리쳤다.

"나도 같이 갈까?"

"그럴 필요 없어요!"

그렇게 내뱉는 로랑스의 억양 속에는 이런 의미가 내포된 듯했다.

'아무도 필요 없어. 이런 일은 나 혼자 힘으로도 충분하니까.'

잠시 후, 계단 삐걱거리는 소리가 들려왔다. 그 소리 하나하나가 아를레트로 하여금 위험에, 아니 죽음에 한 발 한 발 다가가도록 하는 것과 마찬가지였다.

하지만 웬일인지 데느리스는 지나칠 정도의 걱정은 느끼지 않았다. 아직까지 자신을 죽이지 않았다는 사실은 범행의 실행에 앞서 잠시 거쳐야 할 단계가 남아 있다는 것을 의미했고, 이처럼 약간의 시간적 틈새만으로도 희망을 갖기는 충분하다고 본 것이다.

천장 위로 발소리가 이어지더니 갑자기 고막을 찢는 비명이 터졌다. 이어서 또 다른 비명 소리들이 점점 약해지면서 새어나왔다. 결국에는 조용. 싸움은 그리 오래 걸리지 않은 모양이었다. 데느리스 생각에 아를레트 역시 자기처럼 단단히 결박되고 재갈까지 물렸을 게 뻔했다.

'가엾은 여자 같으니!'

그는 속으로 되뇌었다.

잠시 후, 다시 계단 삐걱대는 소리가 들리더니 로랑스 마르탱이 들어섰다.

"다 됐어. 아주 쉽더군. 곧바로 기절을 하는 거야, 글쎄."

동생의 말에 방물장수가 대꾸했다.

"잘됐군. 당분간 그렇게 기절해 있으면 그만큼 다행이지. 마지막 순간에 가서야 뭐가 어떻게 된 건지 깨달을 테니까."

데느리스는 부르르 몸서리를 쳤다. 그만하면 이들이 의도하는 결말이 어떤 것인지, 그로 인해 겪어야 할 고통이 무엇인지 너무나도 분명하게 감지할 수 있었다. 워낙에 선명한 예감을 받은 데느리스는 방물장수가 갑작스럽게 동요하면서 다음과 같이 발끈하는 태도를 보이자, 더는 상황을 의심할 수 없었다.

"가만, 근데 말이야. 저 계집애까지 고통을 받게 할 필요는 없잖아? 차라리 그 애는 깨끗하게 끝나도록 해주는 게 어때? 아빠 생각도 그렇지 않았나요?"

그러자 로랑스가 조용히 밧줄 한쪽 끝을 내밀며 말했다.

"그야 어려운 일도 아니지. 언니가 이걸 그 여자 목에 감기만 하면 돼."

그리고 가느다란 단도까지 빼 들며 덧붙였다.

"그게 아니면 이걸 그녀 목에 찔러 넣든지 말이야. 물론 내가 떠맡을 일은 아니지. 냉정한 상태에서 저지를 만한 일은 아니니까."

더 이상 트리아농 할멈은 입도 뻥긋할 수 없었다. 심지어 일행이 모두 빠져나가는 순간까지 단 한 마디도 하지 않았다. 반면 저 위 아를레트가 완전히 제압된 사실을 확인한 '아빠'는 조금도 지체 없이 자신의 직무를 계속했다. 그렇게 뭔가를 구체적으로 추진하는 동안 끔찍한 위협이 그 형체를 드러내기 시작했고, 이는 데느리스에게 너무도 냉혹하고 지독스러운 현실로 다가들었다.

늙은이가 작업실을 빙 둘러가면서 기름통들을 두 줄로 가지런히 배열하고 있는 것이었다! 찡찡대는 걸로 봐서 기름으로 가득 찬 통들이 분명했다. 그중 몇몇은 일부러 철철 흘러넘치게 했고, 아예 벽이며 바닥에 뿌리기까지 했다. 그러면서도 문까지 이르는 길이 약 3미터가량의 마루널만은 기름에 젖지 않도록 남겨두었다. 이렇게 해서 기름통들을 차곡차곡 포개어놓을 작업실 한복판까지 이르는 통로가 확보되었다.

늙은이는 로랑스 마르탱이 건네준 기다란 밧줄을 기름통들 중 하나에 담갔다. 두 사람은 통로를 따라 축축이 젖은 밧줄을 길게 늘어뜨렸다. 늙은이는 쭈그리고 앉아 밧줄 끄트머리 올을 열심히 풀어헤친 뒤, 호주머니에서 꺼내 든 성냥에 불을 내 서슴없이 갖다 댔다. 불이 완전히 붙었다고 판단한 늙은이가 가뿐하게 몸을 일으켰다.

이상의 모든 행위들은 비슷한 종류의 일에 오랜 세월 이력이 난 한 인간에 의해 지극히 체계적으로 수행되었다. 늙은이는 행위 자체보다 그 행위로써 완성되는 차후의 상황을 더더욱 즐기는 눈치가 역력했다. 그건 일종의 '공들인' 작품과도 같았다. 아무것도 즉흥적인 동작처럼 보이는 것은 없었다. 일이 다 치러지자, 세 사람은 조용히 현장을 떠나기만 하면 되었다.

결국 그들은 등 뒤로 문을 닫고 망가진 자물쇠장치를 재조립한 다음 열쇠로 단단히 걸어 잠갔다. 이제 악마 같은 작업은 깨끗이 완수된 셈이었다. 목조 가건물은 곧 바싹 마른 대팻밥처럼 화르륵 불타오를 것이며, 아를레트는 잿더미 속에서 연소되고 남을 만한 흔적조차 확인 불가능할 정도로 사라지고 말 참이었다. 과연 이 불이 고의로 저질러진 방화라는 사실을 그 누가 알아차리기라도 할까?

심지가 되어버린 밧줄은 무서운 기세로 타들어오고 있었다. 데느리스가 볼 때, 약 12분에서 15분 사이 파국에 도달할 것이라는 판단이 들었다.

사실 그는 처음부터 몸을 바짝 긴장시키고 근육을 부풀렸다 줄였다 몸부림을 치며 탈출작업을 시작한 터였다. 하지만 밧줄의 매듭이 교묘하게 만들어져서 풀려고 하면 할수록 점점 더 살갗을 파고들 정도로 조였다. 평소 이와 같은 상황에 대비해 숱하게 연습을 한 데다 워낙에 기민한 실력을 가진 그였지만, 아무래도 제시간 안에 목표를 달성할 엄두가 나지 않았다. 불가능한 기적이 개입하지 않고는 모든 것이 엄청난 폭발과 함께 날아가버릴 게 분명했다.

이건 완전히 고문이었다. 어리석게도 덫에 걸려들어 아무것도 할 수 없는 지경에 빠졌고, 더구나 가엾은 아를레트도 심연의 나락에서 간들간들한 상태라니. 데느리스는 이 끔찍한 사태를 전혀 감지하지 못한 것이 원통했다. 여러모로 볼 때, 앙투안 파즈로와 저 세 일당과의 관계는 이제 그 누구도 이론의 여지가 없을 만큼 명명백백한 진실이 되었다. 그나저나 저 늙은 냉혈한조차 한낱 행동대원으로 부릴 만큼 진정한 우두머리인 파즈로라는 사내는 무슨 이유로 이처럼 지독한 학살극을 저지르려는 것인가? 지금까지는 여인의 사랑을 쟁취하려는 게 목표인 듯했던 그자의 계획이 연인의 죽음까지 요구할 정도로 변질되었단 말인가?

심지는 계속해서 타들어오고 있었다. 밧줄을 따라 집요하게 파고들어 오는 화염의 뱀이 그 무엇으로도 되돌릴 수 없는 경로를 따라 전진해 들어왔다. 저 위, 아를레트는 완전히 기절한 무방비 상태에서 죽음의 순간만을 기다리는 꼴이었다. 아마도 첫 불꽃이 점화되는 순간에야 정신이 들 것이다.

'아직 7분…… 아직 6분이 남았어.'

데느리스는 가슴이 찢어지는 듯한 고통 속에서 머리를 굴렸다.

밧줄의 매듭은 이제 그 일부가 겨우 느슨해지는 느낌이 있을 뿐이었다. 하지만 일단 입에 물린 재갈은 풀렸다. 당장 비명을 지를 수도 있었을 것이다. 아니, 내친김에 아예 아를레트를 소리쳐 불러 여기까지 그녀를 찾아오게 만든 가슴속 깊은 애정이나마 실컷 토로할 수도 있었을 것이다. 이제껏 전혀 모르고 있다가 모든 것이 스러져가는 순간에야 깊이 깨닫게 된, 이 생생하고도 자연발생적인 사랑의 감정을 말이다. 하지만 지금 말이 무슨 소용이겠는가? 저 위의 아를레트가 의식을 잃은 상태에서 작금의 무시무시한 상황에 대해 아무리 입으로 떠들어댄다 한들 무슨 쓸모가 있겠는가?

아니다, 그래도 신념을 버리면 안 된다! 기적은 언제나 일어나야 할 순간에 반드시 일어날 것이다. 그동안 사방에서 곤경에 처해 꼼짝없이 죽음을 각오해야만 하는 지경에 얼마나 많이 빠졌었으며, 그때마다 또한 얼마나 기발한 우연에 의해 도움을 받아왔던가! 이제 남은 시간은 3분! 과연 이번에도 늙은이가 마련한 장치만으로는 그를 없애는 게 역부족임이 증명될 것인가? 지금 저렇게 도화선이 타 올라가고 있는 저 금속 기름통의 중간쯤에서 혹시 운명의 불꽃이 꺼져버리기라도 할 것인가?

데느리스는 살갗을 파고들어 오는 밧줄의 매듭에 저항해 안간힘을 썼다. 급기야 그의 팔뚝과 가슴팍에 초인적인 마지막 기운이 불끈 솟구쳐 오르는 순간이 도래했다. 과연 밧줄은 끊어질 것인가? 데느리스의 역량이 기적을 일으킬 수 있을 것인가? 그러나 기대했던 기적은 데느리스가 아닌, 전혀 예상치 못한 구석으로부터 불쑥 고개를 내밀었다. 바깥으로부터 분주한 발소리와 함께 외치는 목소리가 들려온 것이다.

"아를레트! 아를레트!"

억양으로 봐서 영락없이 누군가 작정하고 도우러 오는 소리였다. 구원의 손길이 다가옴을 저렇게라도 알려 용기를 불어넣겠다는 투였다. 금세 문이 덜컹거렸다. 하지만 열릴 기미가 보이지 않자, 발과 주먹으로 마구 두드려댔다. 그러다 어느 순간 나무판자 일부가 떨어져 나갔고, 그 틈새로 손이 쑥 들어와 자물쇠 부근을 더듬어댔다.

그것을 본 데느리스가 버럭 소리쳤다.

"소용없소! 그냥 들이받는 게 나을 거요! 자물쇠가 오래 버티지는 못합니다! 어서 서둘러요!"

실제로 자물쇠는 금세 툭 떨어져 나갔고 그와 동시에 문짝이 반쯤 허물어졌다. 누군가 작업장 안으로 득달같이 달려들었는데, 다름 아닌 앙투안 파즈로였다!

그는 한눈에 위험을 간파했고, 즉시 몸을 날려 가장자리에 막 불꽃이 옮겨붙으려는 기름통을 발로 차냈다. 이어서 떨궈진 불꽃을 마저 발뒤꿈치로 밟아 끈 다음, 조심스레 나머지 쌓여 있는 기름통들도 빈 공간으로 치웠다.

그러는 사이 장 데느리스는 더욱 격렬히 몸부림쳤다. 파즈로에게 신세지고 싶지 않았고, 이처럼 가련한 처지를 구경하게 놔두기가 죽기보다 싫었다. 그럼에도 불구하고 파즈로가 다가와 "아, 당신이군!" 하자, 결박을 푸는 데 성공한 데느리스의 입에서도 엉겁결에 이런 말이 튀어나오는 건 어쩔 수 없었다.

"고맙소. 몇 초만 더 늦었어도 정말 큰일 날 뻔했지 뭡니까."

상대는 금세 다그쳐 물었다.

"아를레트는 어떻게 됐나요?"

"저 위에 있소."

"살아 있겠죠?"

"그렇소."

두 사내는 누가 먼저랄 것도 없이 내달아 바깥 계단을 쿵쾅대며 달려 올라갔다.

"아를레트, 아를레트! 내가 왔소! 두려워할 것 없어요!"

파즈로는 호들갑스럽게 소리쳤다.

문은 아래 창고 문보다 쉬이 열렸고, 둘은 여자가 침대 모서리에 밧줄로 묶이고 재갈까지 물린 채 방치되어 있는 비좁은 다락방으로 달려 들어갔다.

얼른 결박부터 풀어주었음은 물론이다. 여자 쪽에서도 한꺼번에 두 사내가 들이닥친 걸 보고는 어안이 벙벙한 모양이었다. 마침내 파즈로가 해명을 하기 시작했다.

"우리는 따로따로 사건 소식에 접했고, 각자 달려와 여기서 마주치게 된 겁니다. 하지만 놈들을 붙잡기에는 너무 늦어버린 뒤였지요. 놈들이 당신을 해친 건 아니죠? 많이 두려웠습니까?"

결국 끔찍한 살인기도와 자신이 이룬 구출작전에 대해서는 입 다물고 넘어가는 셈이었다.

아를레트는 아무런 대꾸도 하지 못했다. 그저 눈 감고 두 손을 파르르 떨 뿐이었다.

잠시 후, 두 사내의 귀에 여자의 가녀린 목소리가 들려왔다.

"네, 두려웠어요. 또 이런 난리가 일어나다니! 대체 누가, 누가 내게 이런 원한을……."

"누군가 당신을 이 창고로 유인해왔나요?"

"네, 어떤 여자가…… 여자 한 명밖에 못 봤어요. 보자마자 이곳으로 올라가게 하더니 그대로 넘어뜨려서는……."

그녀는 두 사내와 같이 있음에도 불구하고 별안간 기겁을 하는 표정으로 말했다.

"오, 맞아요! 처음 때와 똑같은 여자였어요. 확실해요, 똑같은 여자예요! 동작이나 목을 짓누르는 힘, 그 목소리…… 자동차에 있었던 그 여자예요. 그 여자예요. 그 여자……."

아를레트는 갑자기 기력이 빠져나가는지 휴식을 갈구하는 표정으로 입을 다물었다. 두 사내는 잠시 그대로 여자를 놔두기로 했고, 다락방 바로 앞의 비좁은 층계참에 나와 서로를 마주했다.

지금까지 장은 자신의 상대를 이토록 증오해본 적이 없었다. 다른 사람도 아닌 파즈로가 아를레트와 자신을 한꺼번에 구해주었다는 사실 때문에 아주 미칠 지경이었다. 그것 하나만으로도 더없는 굴욕감이 느껴졌다. 앙투안 파즈로는 바야흐로 자신에게 유리하게 돌아가도록 사태를 수습하고 나선 주인공인 셈이었다.

파즈로가 나지막이 중얼거렸다.

"생각했던 것보다는 여자가 차분하군요. 어떤 위험이 있었는지 의식하지 못하는 것 같은데, 이대로 묻어두는 게 좋을 것 같습니다."

말투가 마치 이전부터 데느리스와 직접 안면을 튼 사이인 데다, 서로가 각자의 생각을 다 알고 있다는 투였다. 그러면서도 자기의 공로를 연상시킬 만한 그 어떤 과시적인 기색도 내보이지 않았다. 그저 평상시의 침착한 태도와 서글서글하게 반쯤 미소를 짓는 표정을 유지할 뿐이었다. 적어도 자기 쪽에서는 둘 사이를 그 어떤 다툼이나 경쟁관계 안에서 보지 않겠다는 눈치였다.

하지만 울화통을 억지로 참고 있는 장은 마치 대놓고 달려드는 적을 상대하듯이 느닷없는 대결을 벌였다. 우선 상대의 어깨에 강하게 팔을 얹으며 말했다.

"자, 우리끼리 얘기나 할까요? 지금이 기회인 것 같으니까."

"그러죠. 하지만 소리를 낮춥시다. 자칫 싸우기라도 하면 여자가 불안해할 테니까요. 솔직히 당신이 꼭 싸우려고 드는 것 같아 의외로군요."

데느리스는 다소 도발적인 태도와는 다른 말투를 일부러 섞어가며 잘라 말했다.

"싸움이라뇨, 천만의 말씀입니다. 내가 바라고 원하는 건 문제를 분명히 하자는 것뿐이오."

"무엇에 관해서 말입니까?"

"당신의 행동거지에 대해서."

"내 행동거지야 간단명료하죠. 뭐 굳이 숨길 만한 것도 없는 사람이지만, 그래도 당신의 질문에 응하겠다는 것은 아를레트를 향해 애정을 가진 사람으로서, 그와 친구관계에 있는 당신 입장을 그나마 존중해주기 위해서입니다. 자, 뭐든 물어보시죠."

"좋소. 우선 내가 처음 당신과 마주쳤던 트리아농 가게에서 무얼 하고 있었나요?"

"그건 당신도 잘 알고 있지요."

"내가 안다고? 무슨 소리요?"

"내가 다 얘기해주었지 않소?"

"당신이? 하지만 지금 처음 서로 얘기를 나누고 있는걸!"

"하지만 내 얘기를 듣는 건 지금이 처음은 아니지."

"대체 어디서 내가 당신 얘기를 들었다고?"

"당신이 베슈와 함께 멜라마르 저택까지 나를 추적해온 날 저녁때였죠. 질베르트 드 멜라마르가 고백을 하는 동안, 그리고 내가 장황하게 설명을 하는 동안 당신 둘은 태피스트리 뒤에 숨어서 엿듣고 있었소. 당신들이 옆방으로 들어오는 순간 그게 살짝 펄럭였거든."

데느리스는 순간적으로 말문이 막혔다. 그렇다면 이 작자의 사정권 안에서 그동안 맴돌았다는 얘기인가? 그는 좀 더 도발적인 말투로 다그쳐 물었다.

"그럼 결국 당신 목적도 나와 매한가지라고 주장하겠다는 건가?"

"그동안의 사실을 봐도 알 수 있는 것 아니오? 당신 못지않게 그동안 나도 다이아몬드를 훔쳐간 자들, 멜라마르가의 친구들을 곤경에 몰아 넣은 놈들, 그리고 아를레트 마졸을 악착같이 물고 늘어지는 녀석들을 찾으려고 안간힘을 써왔다오."

"바로 그놈들 중 한 명이 방물장수일 테고?"

"그렇소."

"그렇다면 그 여자와 당신 사이에 의미심장한 눈짓을 교환해서 결국 나를 경계하도록 한 이유는 뭐요?"

"그런 식으로 내 시선을 해석한 건 바로 당신 혼자뿐입니다. 실제로는 나도 그 여자를 예의 주시하고 있었을 뿐이에요."

"그럴지도 모르지. 하지만 그 직후 여자는 가게 문을 닫고 잠적해버렸소."

"그건 우리들 모두를 경계했기 때문일 거요."

"좌우간 당신 생각에도 그 여자가 공범 중 한 명인 건 맞죠?"

"그렇소."

"그러면 그 여자도 시의원 르쿠르쇠 살인사건과 무관하지는 않겠군요?"

앙투안 파즈로는 펄쩍 뛰었다. 흡사 살인사건 얘기가 금시초문이라는 태도였다.

"뭐라고! 므슈 르쿠르쇠가 살해당했어?"

"기껏해야 세 시간 전쯤에 벌어진 일이오."

"세 시간이라니? 므슈 르쿠르쇠가 죽어요? 세상에, 이럴 수가!"

"당신도 그를 잘 알죠?"

"그저 이름만 들어서 아는 겁니다. 단지 우리의 적들이 그를 찾아가 뭔가 매수를 해서 도움을 받고자 한다는 건 알고 있었소. 그 정확한 내막은 잘 모르고 있었지만 말이오."

"아무튼 같은 놈들이 저지른 행위라는 점은 확신한다는 얘기로군요?"

"물론입니다."

"아울러 그들 수중에 매수할 명목으로 마련했을 5만 프랑에 달하는 돈이 있다는 사실도 납득하겠군요?"

"여부가 있겠소! 다이아몬드 한 알만 팔아도 나오는 금액인걸!"

"그들의 이름은 알고 있소?"

"모릅니다."

데느리스는 상대에게서 시선을 떼지 않고 말했다.

"그 일부라도 내가 가르쳐드리지. 방물장수에게는 자매가 한 명 있는데, 실제 가게를 임차한 사람으로서 로랑스 마르탱이라는 여자요. 그리고 아주 늙은 데다 다리까지 저는 노인 한 명이 더 있지."

갑자기 앙투안 파즈로는 흥분한 기색으로 대꾸했다.

"맞아요! 바로 그겁니다! 그러니까 그 세 사람이 이곳에 있다가 당신을 아까 그 지경으로 만들어놨던 거죠?"

"그렇소."

파즈로는 금세 음울한 표정이 되면서 중얼거렸다.

"정말이지 재수 옴 붙었군! 내가 좀 더 일찍 눈치챘어야 하는 건데. 그랬다면 놈들을 죄다 엮어 넣을 수 있었어."

"그건 사법당국이 알아서 할 일이오. 베슈 반장이 지금은 세 명 모두의 신상을 파악하고 있으니, 더는 도망쳐 다니기 힘들 거요."

"거 잘됐군요! 정말이지 지독한 강도들입니다. 조만간 잡아들이지 않으면 반드시 아를레트를 해치우고 말 거예요."

그가 하는 말은 속 깊은 진실을 담고 있어 보였다. 대답을 하는 도중에도 머뭇대는 기색이 없었고, 일어난 사건들과 너무도 자연스럽게 그것을 해명하는 태도 사이에 모순되는 느낌이 전혀 들지 않았다.

이처럼 지극히 논리정연하고 소탈한 상대의 태도에 무척 당혹스러우면서도, 끝까지 노림을 포기하지 않은 데느리스는 속으로 이죽거렸다.

'보통 음흉한 놈이 아니군!'

마음 깊은 곳으로부터 그는, 아를레트가 앙투안 파즈로와 나머지 세 공범이 공모한 사건에 또다시 빠져들었으며, 거기서 이 뻔뻔한 친구는 자기가 마치 구원자라도 되듯 희생 당사자 앞에 버젓이 나선 것이라 추측했다. 문제는 꼭 이런 식이어야 하는 이유가 무엇이냐는 것이다. 여자가 끔찍한 상황을 목격하지 말아야만 하는 이유가 무엇일까? 그리고 여자와 대면해서도 파즈로가 자신의 영웅적인 개입을 호들갑스레 떠벌리지 않고 점잖게 묻어두는 이유는 또 뭘까?

데느리스는 급기야 파즈로를 향해 노골적으로 물었다.

"당신, 저 여자를 사랑합니까?"

"한없이 사랑하오."

열정 어린 대답이었다.

"아를레트도 당신을 사랑하오?"

"내 생각에는 그렇습니다."

"무슨 근거로 그렇게 생각한다는 거요?"

파즈로는 자만하는 기색이 전혀 없이 빙그레 웃으며 대답했다.

"그녀가 최고의 사랑의 징표를 보여주었기 때문입니다."

"그게 뭐요?"

"우린 약혼한 사이죠."

"뭐? 당신들이 서로 약혼을 했어?"

데느리스가 겉으로 침착한 태도를 유지한 채 그 말을 되뇌기 위해서는 엄청난 자제력이 필요했다. 그야말로 가슴이 쑤시는 듯한 고통이었다. 그의 두 주먹이 부르르 떨렸다.

곧이어 파즈로의 명쾌한 답변이 따랐다.

"그렇답니다. 바로 어제저녁부터 약혼한 사이죠."

"아까 마담 마졸을 만나봤는데, 전혀 그런 얘기는 없던데?"

"모르고 있는 거죠. 아를레트가 아직은 얘기하고 싶어 하지 않았습니다."

"하지만 그분한테도 꽤 반가운 소식일 텐데."

"그건 그렇죠. 하지만 아를레트가 차근차근 알게 하자고 했어요."

"어머니를 제쳐두고 다 이뤄놓겠다는 발상인가요?"

"그런 셈이죠."

데느리스는 신경질적인 웃음을 대차게 터뜨렸다.

"와하하하하. 그런데도 마담 마졸은 딸이 남자를 만나러 돌아다닌다고는 꿈에도 생각지 못하고 있다니! 실망이 크겠는걸!"

그러자 이번엔 앙투안 파즈로 쪽에서 진지한 말투로 응수했다.

"나와 아를레트가 어디에서 어떻게 만나 약혼을 했는지 알게 되면 아마 마담 마졸도 흡족하실 겁니다."

"아하, 그래 어디서 어떻게 만나셨는데?"

"멜라마르 저택에서 질베르트와 그녀 오빠가 입회한 상황에서 만났죠."

이거야말로 데느리스로선 통제 불가능한 사건이었다. 멜라마르 백작이 파즈로 선생과 아를레트의 연애를 비호해오고 있었다니! 특히 사생아로 태어나 모델로 활동을 하는, 게다가 행실이 나쁜 두 언니를 둔 여자의 사랑을 후원하고 있었다니! 도대체 어떤 점을 높이 샀기에 그런 엄청난 관대함을 베풀어왔단 말인가?

"그럼 그 두 남매도 둘 사이를 알고 있었단 말인가요?"

장이 간신히 목소리를 가다듬어 물었다.

"그렇습니다."

"모두 찬성은 했고?"

"전적으로 찬성해줬지요."

"이거 축하합니다! 그 정도까지 뒤를 봐주는 사람이 있다니! 아마 백작이 당신한테 무지하게 빚을 진 모양입니다. 하긴 당신이 워낙에 오랜 세월 그 집안 친구였기도 했으니."

"그것 말고도 우리를 보다 긴밀히 맺어주는 또 다른 이유가 있지요."

파즈로의 말에 데느리스가 툭 물었다.

"내가 알아도 되겠소?"

"물론이죠. 멜라마르 남매는 당신도 아시겠지만, 둘 다 하마터면 파멸했을지 모를 사건으로부터 끔찍한 기억들을 가지고 있습니다. 무려 100년 전부터 그들 가문을 내리누르면서 그 저택에 산다는 이유만으로 무자비하게 난동을 부려온 저주가 급기야는 그들로 하여금 중대한 결정을 내리게 만들었답니다."

"무슨 결정을 말하는 거요? 더 이상 거기에 살지 않기로라도 했단 말이오?"

"그뿐만 아니라 멜라마르 저택 자체를 더 이상 간수하기조차 원치 않게 되었지요. 자기들한테 불행을 가져온 원흉이 바로 그 저택이라고 본 겁니다. 그래서 결국엔 저택을 팔려고 내놓은 겁니다."

"설마, 그럴 리가!"

"거의 그렇게 된 상태예요."

"그래, 사겠다는 사람은 나타났소?"

"네."

"누구요?"

"납니다."

"당신이?"

"그렇습니다. 아를레트와 나, 둘이서 그곳에 살 생각을 하고 있답니다."

9
아를레트의 약혼

아무래도 앙투안 파즈로라는 인물은 끊임없이 장의 허를 찌르도록 운명 지어진 존재라도 되는 듯했다. 아를레트와의 관계, 전혀 예기치 못했던 약혼설, 그들 커플한테 향하는 멜라마르 백작 남매의 적극적인 호의, 상상도 못할 저택 구입 소식 등 어마어마한 이야기들이 마치 일상적인 삶의 극히 평범한 일들처럼 이자의 입을 통해 술술 흘러나오고 있지 않은가!

결국 이 정도까지 심각해지리라곤 보지 않은 채 제대로 한번 상황 파악을 해보겠다며 일부러 며칠 초연해 있었던 동안, 상대는 그 고마운 유예 기간을 기가 막히게 활용하면서 전선을 한껏 전진시킨 것이리라. 그나저나 이자가 진정 적일까? 이자를 놓고 느껴지는 사랑의 라이벌관계를 실로 고의적인 도발로 보아야 할까? 데느리스의 솔직한 심정은 그에 대한 어떤 확실한 증거도 없으며, 그저 자신의 직관에 의존해 그렇게 판단하고 있을 뿐이라는 것이었다.

"부동산 매매계약서에 서명은 언제 합니까? 또 결혼은 언제쯤으로 잡고 있는지요?"

데느리스는 농담을 던지듯 가볍게 물었다.

"한 3~4주 후에……."

대답이 튀어나오는 순간, 데느리스는 자신의 의지를 번번이 짓밟으면서 제멋대로 삶을 이뤄나가는 이 안하무인인 사내의 목을 와락 움켜쥐고 싶은 기분이었다. 하지만 하필 그때 아를레트가 창백한 몰골로 자리에서 일어나 걸어나왔고, 아직도 신열이 가시지 않은 표정으로 비틀거렸다.

"이제 그만 가요. 더 오래 있고 싶지가 않네요. 무슨 일이 벌어졌는지 알고 싶지도 않고, 엄마도 그냥 모르고 지나갔으면 해요. 나중에 기회가 닿으면 죄다 얘기해주세요."

여자의 말에 데느리스가 선뜻 대답했다.

"그래요, 나중에…… 하지만 일단 그때까지만이라도 이제껏 하던 것보다 우리가 좀 더 당신을 안전하게 지켜주어야겠어요. 그러기 위해선 단 한 가지 방법밖엔 없지요. 므슈 파즈로와 내가 더욱 원만한 관계를 유지하는 것! 어때요, 므슈 파즈로? 우리 사이가 손발이 잘 맞는다면 아를레트에게 위험은 없을 겁니다."

파즈로도 쾌히 맞장구를 쳤다.

"그렇고말고요! 아무튼 내 입장은 진실에서 크게 어긋나지 않는다는 점만은 알아주십시오."

"그래요. 우리 둘이서 어디 한번 차근차근 캐어 들어가봅시다. 나 역시 내가 알고 있는 범위 내에서 모든 걸 당신한테 털어놓을 테니 당신도 내게 숨기는 것이 없기를 바랄 뿐이오."

"그런 건 없습니다."

데느리스는 불쑥 손을 내밀어 악수를 청했고, 상대도 덥석 응하며 열정적으로 손을 흔들었다.

"아무튼 내가 당신을 잘못 보았던 것 같소. 역시 아를레트가 선택한 사내가 자격미달일 리가 없지."

데느리스의 시원스러운 말과 함께 일단 동맹이 체결된 셈이었다. 하지만 상대에 대한 증오가 해소되지 않고 복수의 앙심을 고스란히 둔 채 데느리스가 이처럼 악수를 건넨 적도 없을뿐더러, 상대 또한 이처럼 소탈한 태도로 성심껏 그런 것에 응한 일도 없었다.

셋은 화기애애한 분위기 속에서 창고 앞까지 계단을 내려왔다. 피로에 지쳐 걷기조차 힘겨운 아를레트가 파즈로에게 차를 잡아달라고 부탁했다. 데느리스와 단둘이 남게 되자, 아를레트는 불쑥 이런 얘기를 했다.

"당신한테는 참 많이 잘못했다는 생각이 들어요. 미리 알리지 않고 너무 많은 행동들을 저질러왔으니까요. 아마 기분이 몹시 나빴을 거예요."

"기분이 나쁠 거라니, 아를레트? 당신은 멜라마르 백작 남매를 구해내는 데 큰 공헌을 했소. 나 역시 그렇게 되기를 바라지 않았습니까? 게다가 앙투안 파즈로가 구애공세를 벌여오던 걸 당신이 받아들여 약혼까지 승낙하지 않았나요? 모든 게 당신의 당연한 권리일 따름이지요."

여자는 아무 대꾸가 없었다. 어느새 어둠이 내렸고, 아리따운 아를레트의 얼굴을 데느리스는 더 이상 분간할 수 없었다. 그가 물었다.

"그래, 행복한가요?"

아를레트는 즉시 대답했다.

"당신이 계속 친구가 되어준다면 아마도 그럴 것 같네요."

"내가 당신한테 품고 있는 감정은 우정이 아니라오, 아를레트."

여자의 반응이 없자, 그는 내처 말했다.

"내 말뜻이 무엇인지 알겠죠, 아를레트?"

여자가 다소곳이 중얼거렸다.

"네, 알아요. 하지만 믿을 수가 없군요."

그리고 성큼 다가서는 데느리스를 보면서 덧붙였다.

"아뇨, 아니에요. 더는 얘기하지 마세요."

"당신 정말이지 알다가도 모르겠군요, 아를레트! 처음 만났을 때부터 나는 당신한테 그렇게 얘기했었소. 그런데도 아직 당신 곁에 있으면 뭔가 숨기고 있다는 느낌을 떨쳐버릴 수가 없어. 무슨 비밀이 있는 듯한 기분. 이번 사건을 불가사의한 것으로 몰아가는 자들 모두와 관련된 비밀 말이오."

"난 비밀 같은 것 없어요."

여자는 단호한 어조로 대답했다.

"아니에요. 틀림없이 있을 겁니다. 내가 그 비밀을 걷어내겠소. 아울러 당신 적들도 깨끗이 걷어낼 겁니다. 그들 모두를 이미 파악해두었소. 무슨 짓거리를 벌이는지도 다 알고. 그들을 감시하고 있어요. 특히 그중 가장 위험하고 음흉한 놈을 말이오, 아를레트……."

자칫 파즈로의 이름을 입 밖에 내뱉을 참이었고, 어둠 속 아를레트의 얼굴 또한 다음 말을 기다리는 눈치였다. 하지만 증거가 부족하기에 차마 그 이름을 대지 못하고, 다만 이랬을 뿐이었다.

"이제 결말이 가까워오고 있어요. 그걸 갑작스럽게 내 손으로 앞당겨서는 안 될 겁니다. 그냥 당신 가던 길을 얌전히 가보세요, 아를레트. 다만 내가 바라는 건 한 가지 약속만 해달라는 것뿐이오. 필요할 땐 언제든 나를 만나준다는 것. 당신을 멜라마르 백작 남매가 환영했듯, 나 역시 당신한테 환영받을 수 있도록 마음가짐을 가져달라는 것뿐이에요."

"약속하겠어요."

파즈로가 돌아오고 있었고, 장은 여자에게 툭 던지듯 말했다.

"한마디만 더 합시다. 당신 진정 내 친구 맞죠?"

"가슴속 깊은 곳으로부터 그래요."

"그럼 됐습니다. 자, 또 봐요, 아를레트!"

자동차가 한 대 오솔길 끄트머리에 정차했다. 파즈로와 데느리스는 또다시 서로 굳은 악수를 나눴고, 아를레트는 약혼자와 함께 차에 탄 뒤 멀어져 갔다.

그 모습을 씁쓸히 지켜보며 장은 속으로 중얼거렸다.

'일단 가거라, 이 자식아. 너보다 훨씬 힘든 상대도 여지없이 꺾었던 이 몸이시다. 내 신께 맹세컨대 네놈은 결코 내가 사랑하는 여인과 결혼할 수 없으며, 멜라마르가의 저택에서 살 수도 없거니와, 다이아몬드 가슴받이를 결국에는 게워내고야 말 것이다.'

그로부터 10여 분이 지난 다음, 같은 장소에서 뭔가 깊은 생각에 잠겨 있는 데느리스를 발견한 건 베슈였다. 반장은 헐레벌떡 달려왔는데, 부하 두 명을 동반한 상태였다.

"정보를 하나 가져왔네. 라파예트 가에서 로랑스 마르탱이 이 근처 어딘가 자신이 임차해놓은 장소로 왔다고 하네. 무슨 창고 같은 데라는데, 시간은 얼마 되지 않았어."

"자네 정말 대단한 솜씨야, 베슈."

데느리스가 시큰둥하게 대꾸했다.

"또 왜 이러나?"

"왜 이러긴, 항상 정확한 목표에 도달하고야 마니까 그렇지. 한발 늦는 게 문제지만, 그래도 도달한 건 도달한 거야."

"무슨 말을 하는 거야?"

"아무것도 아닐세. 단지 자네 정말 쉬지 않고 그들을 뒤쫓아 다녀야겠다는 것뿐이야, 베슈. 그래야 놈들의 우두머리가 누구인지 밝혀낼 수가 있다는 거지."

"그들한테 우두머리가 따로 있나?"

"그렇다네, 베슈. 정말이지 대단한 무기를 갖춘 놈이지."

"무기라니?"

"응, 그럴싸하게 점잖은 낯짝 말이네!"

"앙투안 파즈로를 말하는 건가? 그럼 역시 놈을 의심하는 거야?"

"의심하는 것 이상이라 할 수 있지, 베슈."

"그렇다면 이 베슈 반장이 지금 이 자리에서 분명히 못 박는데, 자네 지금 큰 실수하는 거네. 자고로 내가 사람 관상 하나 보는 데는 틀린 적이 없다니까."

"어련하시겠나. 내 관상을 보는 것도 틀림없을 테니까."

데느리스는 그렇게 빈정대더니 훌쩍 자리를 떠버렸다.

시의원 르쿠르쇠 살해사건과 그것이 발생하게 된 정황은 곧 여론을 들쑤시기에 이르렀다. 이번 살인사건이 다이아몬드 가슴받이 도난사건과 밀접한 관련이 있으며, 지금 수배 중인 방물장수 가게의 실제 세입자가 실은 로랑스 마르탱이라는 이름의 여인이라는 점, 그런데 그 로랑스 마르탱이 다름 아닌 르쿠르쇠 씨와 면담을 갖기로 한 당사자라는 사실 등이 베슈에 의해 차근차근 해명되면서 잠시 주춤하던 세간의 관심이 다시금 기지개를 켜기 시작한 것이다.

이제 사람들은 로랑스 마르탱이라는 이름과 그 공범이자 살인용의자인 절름발이 늙은이에 관해서만 떠들썩했다. 그러면서도 살인동기만은 도무지 해명되지 않고 있었다. 무엇보다 로랑스 마르탱이 뇌물을 동원하면서까지 어떤 보고서의 작성에 영향력을 행사하려 했는지를 알 수가 없었다. 다만 그 모든 것이 워낙 치밀하게 짜여진 면모를 보이는 데다, 범죄행위에 아주 숙달된 자들의 소행이라는 느낌이 짙은 나머지, 이번 사건의 용의자들 역시 저번 다이아몬드 가슴받이 도난사건을 저지른 자들과 동일인물이며, 나아가 멜라마르 백작 남매한테 수상쩍은 모함을 꾸며대던 장본인들일 거라는 데는 그 누구도 이의를 달지 않는 분위기였다. 이러다 보니 로랑스와 늙은이, 그리고 방물장수로 이루어진 악명 높은 삼인조는 단 수일 만에 유명인사의 반열에 오르게 되었다. 요컨대 점점 그들의 체포가 임박한 셈이었다.

데느리스는 멜라마르 저택에서 매일 아를레트를 보았다. 한편 질베르트는 절체절명의 순간에 자신을 탈출시킨 장의 대범함과 그 고마운 역할을 아직 잊지 않고 있었다. 결국 아를레트의 요청도 있어서 데느리스는 백작 남매로부터 지극한 환대를 받았다.

백작 남매는 비록 저택을 처분하고 파리를 떠나겠다는 결심은 확고했지만 다시금 삶에 대한 자신감을 회복한 듯했다. 물론 이곳을 떠야겠다는 절박함과 더불어 사악한 악운을 떨치기 위해 가문의 유서 깊은 저택을 희생해야만 한다는 것은 이제 어쩌지 못할 기정사실이나 다름없었다.

하지만 그토록 지긋지긋하게 시달려온 불안감의 잔재가 남아 있으면서도, 젊은 아가씨와 친구 파즈로를 가까이 접함으로써 한결 가뿐해진 기분이 드는 게 요즘 백작 남매의 심경이었다. 이를테면 1세기 동안이나 불행 속에 방치되어 왔던 이 저택에 아를레트는 자신의 젊음과 매력, 눈부신 금발의 광채와 균형 잡힌 성품, 그리고 생기발랄한 열정을 선물처럼 가져온 셈이었다. 그녀는 자신도 의식하지 못하는 사이에 사람들의 사랑을 독차지하는 존재가 되어 있었다. 물론 질베르트와 백작의 입장에서는, 이 젊은 아가씨의 행복을 빌어준다는 것 자체가 그들의 은인이기도 한 파즈로의 의도에 호응하여 선행을 쌓는 일이라는 사실을 데느리스는 잘 이해하고 있었다.

파즈로를 보자면, 늘 기분이 좋고 활달하기 그지없는 태도로 아를레트는 물론 두 남매 모두에게 지대한 영향력을 행사했다. 정말이지 전혀 뒤끝이 없는 데다 전적인 믿음을 담보로 삶 자체에 완전히 자신을 내맡기는 부류로 보였다.

그럴수록 데느리스가 얼마나 걱정스러운 심정으로 젊은 여자의 동태를 관찰하는지! 르발루아의 창고에서 제아무리 정감 어린 대화를 나누었다 해도 그와 여자 사이에는 일종의 어색한 기운이 맴돌았고, 데느리스는 굳이 그것을 떨치려 하지 않았다. 아울러 그는 아를레트 역시 자기도 모르게 그와 똑같은 어색함을 감지하리라 고집스레 믿었으며, 사랑을 체험해 결혼으로 골인하는 보통 여자에게나 어울릴 자연스러운 행복 속으로 쉬이 휩쓸리지는 않을 거라고 생각했다.

실제로 아를레트는 그와 같은 관점으로 미래를 내다보지는 않는 듯했고, 이제 얼마 안 있으면 들어가 살 멜라마르 저택조차 신접살림을 꾸려갈 보금자리로는 미처 보지 않는 것 같았다. 그 문제에 관해 파즈로와 대화를 나누면서도—얘기의 주제는 거의 대부분 그 문제였다—둘 다 마치 자선사업의 거점을 다루듯이 하고 있었다. 실제로 아를레트의 계획에 의하면 멜라마르 저택은 '지참금재단'의 본부가 될 터였다. 향후 이사회가 소집될 장소로 보고 있는 셈이었다. 멜라마르 저택은 앞으로 아를레트가 후원하는 젊은 여성들의 교습소가 될 운명이었다. 바야흐로 셰르니츠 메종의 모델 출신 아를레트의 꿈이 이루어지는 것이다. 더 이상 풋내기 아가씨 아를레트의 설익은 몽상들이 아니고 말이다.

파즈로는 그런 계획에 대해 웃음을 터뜨렸다.

"허허, 이거 내가 사회사업과 결혼을 하겠군! 아무래도 난 남편이 아니라 공동출자자로 나서는 꼴이야."

공동출자자라니! 바로 그 단어야말로 데느리스의 머릿속에서 앙투안 파즈로에 관한 모든 생각의 전개 방향을 일거에 점령해버렸다. 그처럼 광대한 계획, 저택의 매입과 합자회사 설립, 여러 시설설비 문제 등, 그러고 보니 엄청난 자산이 돌고 도는 문제였던 것이다. 도대체 그 많은 자산이 어디서 난단 말인가? 베슈 반장이 아르헨티나 공사관 및 영사관을 통해 입수한 정보에 의하면, 파즈로 가문은 약 20여 년 전에 부에노스아이레스에 정착했고, 파즈로의 부모는 10년쯤 후에 모두 사망했다. 그런데 워낙에 가진 게 없는 집안이라 당시 아직 어린 소년에 불과한 아들 앙투안을 본국으로 되돌려 보내야만 했다. 그 이후 멜라마르 남매가 알기에도 아주 가난한 편이었던 앙투안이 어떻게 난데없는 부자로 탈바꿈할 수 있었을까? 최근 반 우벤의 다이아몬드를 도둑질한 게 아니라면 과연 어떻게?

어쨌든 매일 오후와 저녁 내내 데느리스와 파즈로는 자리를 함께하면서 차를 마셨다. 두 사람 다 활기찬 태도와 경쾌한 입담을 과시하면서 서로의 공감과 우정을 마구 드러냈고, 이따금 적절하게 반말도 섞어가면서 상대방을 한껏 치켜세웠다. 하지만 그러는 와중에도 데느리스의 민첩한 시선은 자신의 연적을 얼마나 집요하게 훑어나갔던가! 아울러 파즈로의 날카로운 눈빛이 영혼의 밑바닥까지 휘젓는 듯한 불쾌한 느낌도 이따금 뜨끔뜨끔 느껴지는 것이었다!

그들 사이에서는 사업 얘기 같은 건 안중에도 없었다. 그런 유의 협력에 관한 얘기는 데느리스 쪽에서부터 단 한 마디도 꺼내지 않았지만, 혹시 상대가 말을 걸어와도 그냥 무시해버렸을 터였다. 대신 눈에 보이지 않는 도발들과 은연중에 치고 나오는 응수들, 속임수 섞인 동작들과 막상막하로 절제된 증오심 등이 한데 어우러져, 그야말로 돌이킬 수 없는 결투가 진행되고 있었다.

하루는 아침에 라보르드 광장 근처에서 사이좋게 어깨동무를 하고 걷는 파즈로와 반 우벤의 모습이 데느리스의 눈에 들어왔다. 두 사람은 라보르드 가를 따라 걷다가 어느 잠긴 가게 문 앞에 멈춰 섰다. 반 우벤이 손가락으로 간판을 가리켰다.

바네트 탐정사무소

그러고는 키득거리면서 발걸음을 뗐다.

장은 속으로 중얼거렸다.

'그렇게 됐군. 음흉한 두 놈끼리 서로 붙었어. 반 우벤은 분명히 내 정체를 냄새 맡고 파즈로에게 낱낱이 일러바치는 거겠지. 데느리스는 다름 아닌 전직 바네트 사설탐정이었다고 말이야. 아마도 파즈로 정도 되는 인간이라면 잠깐만 머리를 굴려도 바네트와 아르센 뤼팽을 연결시키는 게 어려운 일은 아니겠지. 그럴 경우, 놈은 나를 고발해버릴 거야. 자, 뤼팽과 파즈로, 과연 누가 누굴 무너뜨릴 것인가?'

한편 질베르트는 이사할 준비에 여념이 없었다. 4월 28일 목요일(지금은 4월 15일이다), 멜라마르 남매는 그들이 살던 집을 비워주어야 하는 것이다. 멜라마르 씨는 계약서에 서명을 할 것이고, 앙투안은 수표를 지불할 것이다. 아를레트는 결국 어머니에게 모든 사실을 알릴 것이며, 결혼 공시가 이루어지고 나서 한 5월 중순쯤 식을 올리게 될 것이다.

시간은 그렇게 흐르고 있었다. 데느리스와 파즈로는 서로를 향한 증오심이 워낙에 격렬했기에 아무리 우정을 가장한다 해도 한결같이 원만한 관계를 보여주는 건 아니었다. 둘 다 자기들도 의식하지 못하는 가운데, 이따금 서로에 대한 적대적인 태도가 불거져 나오곤 했다. 이를테면 파즈로가 뻔뻔하게도 반 우벤을 멜라마르가의 티타임에 데려오기도 했는데, 이자가 장에 대해 노골적으로 쌀쌀맞은 태도를 취하는 것이었다. 그는 여전히 자기 다이아몬드에 관해 얘기를 늘어놓았는데, 앙투안 파즈로가 도둑놈의 냄새를 추적 중이라며 호언장담을 했다. 그 말투가 어찌나 도발적인지 파즈로가 슬슬 자신을 물고 늘어질 계략을 구체화하고 있다는 느낌이 데느리스의 가슴을 파고들었다.

이제 상황은 더 이상 싸움을 미룰 수만은 없게 되어갔다. 점점 확고부동해지는 현실에 근거해서 사고를 거듭해온 데느리스는 사실 날짜와 시각을 이미 정해놓은 터였다. 문제는 이러다가 혹시 또 선수를 당하는 게 아닐까 하는 점이었다. 바로 그런 점에서 일종의 불길한 징조로 해석될 만한 기막힌 사건 하나가 또 터지고 말았다.

애당초 데느리스는 파즈로가 머물고 있는 몽디알 팔라스 호텔의 짐꾼을 정보원으로 매수한 데다, 이런 유의 감시업무라면 결코 빠지지 않는 베슈의 도움까지 합해서 파즈로의 행태에 관한 정보를 얻고 있었는데, 그동안 이자가 편지나 방문객을 들인 적은 한 번도 없었다. 그러던 어느 날 아침, 파즈로와 어떤 여자 사이에 주고받은 아주 짤막한 전화통화 내용이 데느리스에게 입수되었다. 밤 11시 반에 샹드마르스 공원(에펠탑 아래의 공원지대—옮긴이) 안, '지난번과 같은 지점'에서 만날 약속을 하는 내용이었다.

그날 밤 11시, 장 데느리스는 에펠탑 아래와 주변 공원을 어슬렁거렸다. 그야말로 별도 달도 없는 칠흑 같은 밤이었다. 한참 동안 눈을 부라렸지만 파즈로의 모습은 찾을 수가 없었다. 그러다가 자정이 거의 다 되어서 데느리스의 눈에 띈 것은 머리를 무릎 사이에 묻고 벤치에 완전히 쪼그려 앉은 웬 여자의 윤곽이었다.

"저런, 이런 노천에서 그러고 잠을 청하면 안 되지! 이봐요, 비라도

내리면 어쩌려고."

소리를 쳐보았지만 여자는 꼼짝도 하지 않았다. 허리를 숙이고 손전등을 들이대자, 모자를 쓰지 않은 회색빛 머리채와 모래 바닥에 끌릴 정도로 축 늘어진 소매 없는 망토가 눈에 들어왔다. 고개를 억지로 들어보았지만 금세 다시 떨구어졌다. 하지만 그 짧은 순간 동안에도 데느리스는 죽은 시체의 백지장처럼 변한 얼굴만큼은 알아보았다. 다름 아닌 방물장수, 즉 로랑스 마르탱의 언니였다!

현장은 중앙 오솔길들로부터 동떨어진 숲 한복판이었지만, 근처 육군사관학교 건물에서는 그리 떨어져 있지 않았다. 마침 가도에 두 명의 자전거경찰관들이 지나가고 있었고, 데느리스는 휘파람을 불어 도움을 요청했다.

하지만 곧바로 이런 생각이 들었다.

'내 참, 바보 같은 짓을 했어. 이런 식으로 내가 관여해서 득 될 일이 뭐란 말인가?'

경찰관들이 다가오자, 그는 시체를 발견한 상황 설명을 하기 시작했다. 일단 여자의 옷을 걷어보니 어깨 아래 깊숙이 박힌 단도의 손잡이가 드러났다. 여자의 손은 이미 얼음장처럼 차가웠다. 사망 시각은 대략 30~40분 전으로 거슬러 올라갔다. 주변의 모래 바닥에는 희생자가 저항을 한 듯 여지저기 신발 자국이 어지러웠다. 하지만 느닷없이 내리치기 시작한 빗줄기 때문에 그나마 깡그리 지워지고 있었다.

"자동차가 있어야겠어. 일단 서까지 시체를 옮기자."

경찰관 중 한 명의 말에 데느리스가 선뜻 제안을 내놓았다.

"일단 가도까지만 옮겨놓으시오. 그다음에 내가 차를 타고 돌아오겠소. 택시 정류장이 가까운 곳에 있습니다."

데느리스는 곧장 내달렸다. 정류장에서 택시를 붙잡자 올라타는 대신, 운전기사에게 장소만 알려준 뒤 그대로 경찰관들이 기다리고 있을 곳으로 보냈다. 물론 자신은 그와는 정반대 방향으로 부지런히 멀어져 갔다.

속으로는 연신 이렇게 중얼거리면서 말이다.

'공연히 열 낼 필요는 없지. 일단 저들은 내 이름부터 물을 테고, 그러다 보면 예심에도 소환될 게 뻔해. 조용히 살고자 하는 사내한테 그만큼 난감한 일도 또 없지! 그나저나 저 방물장수는 누가 죽인 거야? 만날 약속을 한 앙투안 파즈로일까? 굼뜬 언니를 떨쳐버리려고 로랑스 마르탱이 해치운 걸까? 아무튼 점점 확실해지는 사실은 공범들 간에 분란이 일어나고 있다는 거야. 이런 가설하에서라면 모든 게 술술 풀리지. 파즈로의 행태나 계획 등 모든 게 다 말이야.'

다음 날, 신문들은 샹드마르스 공원에서의 노파 살인사건을 불과 몇 줄로 간략히 보도했다. 그런데 저녁이 되자, 더더욱 엄청난 사실이 공개되었다. 희생자의 신원이야 생드니 가에서 방물장사를 하는 노파로 밝혀졌고, 로랑스 마르탱과 절름발이 늙은이의 공범임이 확실하다고 쳐도, 그녀 옷의 호주머니 속에서 분명 위조한 티가 역력하게 드러나는 서툰 필체로 이런 이름이 적힌 종이쪽지가 발견될 게 대체 뭐란 말인가!

아르센 뤼팽

게다가 시체 곁에서 서성대다가 주도면밀하게 빠져 달아난 한 남자의 얘기가 자전거경찰관들 입을 통해 알려졌다. 이렇게 되자, 아르센 뤼팽이 다이아몬드 가슴받이 도난사건에 직접 연루되어 있다는 것이 마치 기정사실처럼 떠돌았다!

그러나 대중의 눈에 이건 좀 이상한 얘기였고, 즉각적으로 반론이 들끓기 시작했다. 즉, 아르센 뤼팽은 사람을 죽이지 않는다는 것이다. 그러니 어느 비열한 자식이 아르센 뤼팽이라는 이름을 아무 데나 휘갈기고 다니지 말란 법은 없지 않겠냐는 얘기였다. 어쨌든 이것은 장 데느리스의 입장에서 대단히 중대한 징조로 받아들여졌다. 이 마당에 난데없이 뤼팽의 실루엣을 환기했다는 사실은 그 자체만으로도 보통 일이 아닌 것이다. 이건 매우 직접적인 위협이 도사린다는 징표였다. '게임을 포기하라. 그리고 나를 내버려둬라. 그렇지 않으면 그대를 고발할 터. 데느리스에서 바네트까지, 또 바네트에서 뤼팽에 이르기까지 역추적할 수 있는 온갖 증거가 이 손안에 있으니.' 뭐 이런 뜻 아니겠는가?

그 정도까지는 아니라 해도, 당장 베슈 반장에게 얘기가 흘러드는 것만으로도 효과는 충분할 터였다. 즉, 그동안 마지못해 데느리스의 위압적인 카리스마에 늘 짓눌려 지내온 그로서는 이것이야말로 대단한 앙갚음의 기회가 아니겠는가.

결국 사정은 그런 식으로 흘러갔다. 다이아몬드와 관련한 조사를 추진한다는 미명하에 앙투안 파즈로는 반 우벤을 데려온 것과 마찬가지로 이번엔 베슈를 멜라마르가로 초대했는데, 데느리스 앞에서 유난히 어색하고 서먹한 베슈의 태도로 볼 때 역시 더는 긴가민가할 여지조차 없다는 게 명백해졌다. 지금 베슈에게 데느리스는 별안간 뤼팽으로 돌변한 셈이다. 오로지 뤼팽만이 지금껏 바네트가 선보인 것과 같은 활약상을 보여줄 수 있으며, 베슈가 당한 것 같은 일들을 가능하게 할 것이기 때문이다. 베슈는 분명 파리 경시청장의 재가를 받고 장 데느리스의 체포 준비에 들어갔음이 분명했다.

상황은 나날이 데느리스에게 불리하게 전개되었다. 샹드마르스 사건 이후 왠지 불안하고 황망하게만 보이던 파즈로는 점점 평상시의 기분을 되찾았고, 장에 대해 허물없는 태도를 유지하면서도 의도적인지 아닌지 가끔씩 무례한 기색마저 내비쳤다. 누가 보더라도 의기양양한 모습이었으며, 마치 손가락 하나만 까딱하면 결정적인 승리를 향한 작전이 일거에 가동되기라도 할 거라는 분위기였다.

마침내 부동산 매각이 있기 전 토요일, 파즈로가 한쪽 구석으로 데느리스를 몰아세우며 말했다.

"자, 이 모든 일에 관해 당신 생각은 어떠신지?"

"이 모든 일이라니?"

"그래요, 다시 말해 뤼팽이 개입한 일에 대해서 말이오."

"아, 그거! 그 점에 대해서는 좀 회의적인 생각입니다."

"하지만 그자에 대해 불리한 증언들이 제기되고 있는 게 사실이고, 아마 지금쯤 아주 바짝 따라붙고 있어서 붙잡아내는 일도 시간문제인 상황인데."

"그야 알 수 없는 일이죠. 워낙에 약삭빠른 인물인지라."

"제아무리 약삭빠르다 해도 과연 잘 모면할 수 있을지 난 잘 모르겠네요."

"솔직히 그러거나 말거나 내가 알 바 아니지요."

"오, 그야 나도 마찬가집니다. 완전히 관망자의 입장에서 그냥 해보는 소리니까. 근데 내가 만약 그자 입장이라면……."

"그자 입장이라면?"

"외국으로 몰래 도망치겠소."

"그건 아르센 뤼팽다운 짓이 아니지."

"아니면 타협을 하든지……."

데느리스는 흠칫했다.

"누구와 무엇을 가지고 타협한단 말이오?"

"다이아몬드를 가지고 있는 자와 타협을 하는 거죠."

그러자 데느리스는 히죽 웃으며 말했다.

"오호라, 뤼팽에 관해 알려진 바에 따르면 타협의 전제만큼은 결정하기가 그리 어렵진 않겠군요."

"어떤 전제가 될까요?"

"그야 다 내 것이고, 네 것은 없다지!"

이 말을 직접 자기를 상대로 한 걸로 받아들인 파즈로는 소스라치지 않을 수 없었다.

"아니, 뭐라고? 지금 무슨 말을 하는 거요?"

"오, 그저 뤼팽이 늘 하던 말투에 걸맞은 표현을 빌려 답변을 만들어보았을 뿐이오. 뤼팽이 다 차지하고 타인의 것은 하나도 없다는 얘기지!"

이번에는 파즈로가 대차게 웃음을 터뜨렸는데, 그 표정이 하도 진짜 같아서 데느리스는 울컥 짜증이 치밀었다. 저 '넉살 좋은' 표정, 젊은이 특유의 활짝 핀 얼굴만큼 지금 데느리스에게 보기 싫은 것이 없었다. 파즈로가 도발을 노려볼 만큼 스스로 여유만만하다고 판단한 바로 그 순간, 데느리스의 마음은 심하게 뒤틀린 것이었다. 이제 지체 없이 무기를 들어야겠다고 판단한 데느리스는 농담조에서 벗어나 갑작스럽게 거친 말투로 내뱉었다.

"더 이상 우리 사이에 여러 말 할 것 없소. 최소한의 할 말만 하는 거요. 한 서너 마디면 충분해. 나는 아를레트를 사랑하오. 당신도 마찬가지지. 기어이 그녀와 결혼을 하겠다면 내가 당신을 가만두지 않아."

갑작스러운 윽박에 앙투안은 어안이 벙벙해졌다. 그러나 이내 정신을 추스르며 대꾸했다.

"나는 아를레트를 사랑하고, 반드시 결혼할 거요."

"그러니까 역으로 가겠다?"

"그렇소. 아무 권리도 없는 당신이 마음대로 내뱉는 지시에 내가 굳이 따를 이유는 어디에도 없으니까."

"좋아. 그럼 이제 회동 날짜만 정하면 되겠네. 매매계약서 서명은 다음 수요일에 있는 거 맞죠?"

"그렇소. 오후 6시 반이오."

"내 반드시 참석하리다."

"무슨 자격으로?"

"멜라마르 남매가 바로 다음 날 떠날 테니 작별인사를 하러 가겠다는 거요."

"오, 그렇다면야 당연히 오셔야지."

"그럼 수요일에 봅시다."

대화를 끝내면서 데느리스는 조금도 머뭇대지 않았다. 이제 남은 시간은 나흘. 어떤 일이 있어도 그 기간 동안은 섣부른 처신을 하지 않으리라. 그는 암흑 속으로 '잠수'를 감행했다. 이 세상 어디에서도 그를 보았다는 사람이 없었다. 치안국 형사 두 명이 그의 숙소 1층에서 어슬렁거렸고, 일부는 아를레트 마졸의 집, 또 다른 일부는 레진 오브리의 집, 그러고도 남은 인력은 멜라마르 저택의 정원에 인접한 거리에서 진을 쳤지만, 그 누구도 장 데느리스의 자취를 목격했다는 보고를 하지 못했다.

하지만 파리에 소재한 잘 정돈된 은신처에 꼭꼭 틀어박혀 있건, 아니면 그만이 할 수 있는 경지의 변장술의 도움을 얻어 돌아다니건, 나흘이라는 시간 속에서 데느리스는 미처 간명하게 파악되지 못한 점들에 유념하고, 신중을 기해 처신하면서 최후의 결전을 대비하는 일에만 온 신경과 열정을 쏟아부었다. 이전 어느 때보다도 완벽한 준비를 갖출 필요성을 절감했고, 강적에 맞서 최악의 결과마저 각오하는 마음 자세를 다졌다.

그러던 중, 이틀 밤에 걸친 암행으로 그동안 부족했던 정보까지 완벽하게 갖추어졌다. 사태들의 연결 고리와 전체 사건의 심리학적 본질에 관해 그는 점점 분명한 윤곽을 잡아나가고 있었다. 소위 멜라마르가의 비밀이라 불리는 것, 멜라마르 남매가 빙산의 일각밖에는 감을 잡지 못하고 있던 정체에 관해서도 알게 되었다. 백작 남매의 적들을 그토록 위력적으로 만들어준 불가사의한 요인도 마침내 파악되었다. 무엇보다 앙투안 파즈로의 역할이 무엇인지 분명히 깨닫게 되었다.

수요일 아침 잠에서 깨어난 데느리스가 외쳤다.

"바로 그거야! 하지만 상대 역시 자리에서 눈을 뜨면서 나처럼 외치고 있을지도 모른다는 점을 명심해야지. 예상치 못한 위험에 부닥칠 수도 있다는 걸 말이야. 아무튼 덤비라고!"

그는 일찍 점심을 들고 나서 산책을 나갔다. 그러면서도 머릿속은 여전히 생각이 꼬리를 물고 있었다. 센 강을 건너면서 조간신문 하나를 사서 기계적으로 펼쳐 들었다. 아주 자극적인 제목을 내세운 어느 기사 하나가 번쩍 눈길을 붙잡았다. 그는 걸음을 멈춘 채 읽어 내려갔다.

아르센 뤼팽을 향한 포위망은 서서히 좁혀 들고 있다. 이제 사건은 최근에 일어난 일련의 사태들로 인해 새로운 방향으로 전개되는 중이다. 지금까지 알려진 바로는 우아한 차림새의 어떤 젊은 신사가 몇 주 전부터 방물장수의 행방을 찾아 헤매며 이런저런 정보를 모으러 다녔다고 한다. 그런데 그가 파악하고 있는 주소의 거주자는 다름 아닌 생드니 가의 바로 그 방물장수라는 것이다. 아울러 그 신사의 인상착의가 샹드마르스에서 사체와 함께 있는 걸 자전거경찰관들이 보았다는 바로 그 남자와 일치하는 데다, 당사자는 이후 완전히 종적을 감추었다고 한다. 이에 파리 경시청은 바로 그 의문의 신사야말로 아르센 뤼팽이라는 입장이다(3면에 이어짐).

3면을 펴보자, 마감기사란에 「열심독자」라는 코너로 이런 단평기사가 게재되어 있었다.

일련의 정보에 의하면 현재 추적 중인 우아한 신사의 이름은 데느리스라고 한다. 그렇다면 장 데느리스 자작이 바로 그자란 말인가? 자칭 모터보트 한 대에 몸을 싣고 세계 일주를 성공리에 완수해서, 작년 모든 이들의 성대한 환영을 받았던 장 데느리스 자작 말이다. 한편 바네트 탐정사무소의 저 유명인사 짐 바네트 또한 아르센 뤼팽과 동일인물이라는 강력한 설이 떠돌고 있다. 만약 이 모든 게 사실이라면, 뤼팽-바네트-데느리스로 이어지는 절묘한 삼위일체가 조만간 수사의 포위망에 걸려들리라는 기대를 해볼 수도 있을 것이며, 이 감당키 힘든 존재를 영원히 우리 사회에서 제거할 가능성 또한 점쳐볼 수 있을 것이다. 이를 위해 우리는 베슈 반장에게 모든 힘을 실어주어야 하리라.

데느리스는 신문지를 거칠게 구겨버렸다. 「열심독자」 코너의 논조가 앙투안 파즈로의 머리에서 나온 것임에 조금도 의심의 여지가 없었던 것이다. 전체 사건의 모든 끄나풀들을 한 손에 틀어쥐고서 베슈 반장을 제멋대로 부리고 있는 그가 아니라면 이런 대담한 기사를 기고할 리 만무하다.

그는 이를 갈며 중얼거렸다.

"이놈, 어디 두고 보자! 아주 톡톡히 값을 치르게 해주겠다!"

왠지 기분이 안 좋았고 움직이는 것조차 불편했다. 마치 벌써부터 올가미에 붙잡힌 느낌이었다. 지나가는 행인들이 모두 자신을 감시하는 경찰들처럼 보이기까지 했다. 차라리 파즈로가 권한 것처럼 줄행랑이나 쳐버릴까?

데느리스는 평소 언제든 동원 가능한 도피 수단 세 가지를 머릿속에 떠올렸다. 비행기, 자동차, 그리고 지금으로선 가장 가까운 수단인 센강 위의 낡은 바지선!

그는 속으로 중얼거렸다.

'아니지, 너무 어리석은 짓이야. 나 같은 인간은 행동에 나서야 할 순간에 그따위로 수그러들지 않아. 단지 화나는 건, 이제 언제든 데느리스라는 멋진 이름을 버려야 할지도 모른다는 점이지. 우라질! 정말 경쾌하면서도 극히 프랑스적인 이름인데! 그뿐만 아니라, '마도로스 신사'라는 멋들어진 별명도 이젠 끝장이잖아!'

그는 본능적으로 공원에 인접한 거리를 기웃거렸다. 아무도 없었고, 경찰은 더더욱 보이지 않았다. 그는 저택을 중심으로 빙 돌며 어슬렁거려보았다. 뒤르페 가 주위 어디에도 수상한 기색은 전혀 없었다. 가만보니 베슈와 파즈로는 지금, 이 인간이 설마 자진해서 위험에 뛰어들겠느냐는 생각을 하고 있든지—아마도 파즈로의 은밀한 바람은 그쪽이었을 것이다—아니면 모든 걸 대비해 저택 안에서 만반의 준비를 갖추고 있든지 둘 중 하나였다.

그러다 보니 문득 오기가 치솟았다. 다른 건 몰라도 비겁하다는 평가는 참을 수 없는 그였다. 얼른 호주머니를 뒤져보았다. 무심코 권총이나 단도 같은, 평소 백해무익한 것으로 여기는 도구들을 가지고 오지 않았나 확인하기 위해서였다. 그러고 나서야 데느리스는 가뿐한 발걸음으로 마차가 드나드는 대문을 향해 뚜벅뚜벅 걸어갔다.

그러나 마지막에 가서는 살짝 주저할 수밖에 없었다. 부속 건물들의 침울하고 우중충한 벽면이 왠지 감옥의 장벽을 연상시켰기 때문이다. 아울러 아를레트의 순수하고도 화사한 이미지도 순간적으로 머릿속을 가르고 지나갔다. 과연 그런 아가씨를 보호하지 않고 이대로 물러날 것인가?

그는 속으로 중얼거렸다.

'아니지, 뤼팽. 괜히 마음 변할 생각일랑 접어둬. 지금 아를레트를 지켜주는 방법은 단 하나, 이대로 덫 안으로 걸어 들어가서 너의 소중한 자유를 내거는 길뿐이야. 아니, 그것도 아니지. 그저 백작에게 짤막한 편지를 써서 멜라마르 가문의 진짜 비밀이 무엇이며, 앙투안 파즈로가 그 안에서 어떤 역할을 맡고 있는지 공개하겠다고만 해도 돼. 단 네 줄이면 끝나지. 더는 필요 없어. 따지고 보면, 아무 이유나 단순히 들이대면서 이 문의 초인종을 누른다 한들 무슨 큰일이 나는 것도 아니야. 일단 그 자체가 네가 좋아하는 모험이잖아? 네가 늘 찾던 싸움거리고 말이야. 네가 원하는 게 파즈로와 일대일로 붙는 것 아니었나? 어쩌면 이 일로 낭패를 볼지도 몰라.—왜냐하면 놈들은 이미 널 맞을 준비를 해놓은 상태일 테니까. 불한당 같은 놈들!—하지만 다 떠나서 무기 하나 없이 단신으로 적진 깊숙이 들어가, 입가엔 그럴듯한 미소를 띤 채 멋진 한판 승부를 벌이는 일에 넌 늘 열광했잖아.'

장 데느리스는 초인종을 울렸다.

10
주먹질

"잘 있었소, 프랑수아!"

경쾌한 걸음걸이로 뜰 안을 통과하며 그가 말했다.

"안녕하십니까, 므슈. 요즘 통 안보이신다 했습니다."

늙은 하인의 말에 종종 그와 농담을 주고받는 장은 이자가 자기에 대한 나쁜 소문을 아직 접하지 못했다는 판단을 하고 호들갑스레 되받았다.

"맙소사, 그렇게 됐어요! 그렇게 됐어! 집안일이 좀 있어서. 시골에 있는 삼촌의 유산상속 문제였지요. 뭐 소소하게 한 100만 프랑 규모로……."

"그것참 축하드립니다, 므슈."

"쳇, 아직은 상속하기로 결정한 건 아니오."

"아니, 그게 무슨 말씀입니까?"

"그 100만 프랑이 사실은 빚상속이라서……."

천진난만한 익살이 저도 모르게 튀어나오자, 장은 그래도 아직 사고력에 탄력이 있다는 걸 느끼며 만족했다. 하지만 바로 그 순간, 그의 시야에 저택의 창문들을 가린 명주 커튼 중 하나가 은연중에 살그머니 술렁이는 게 포착되었다. 그다지 순식간의 현상은 아니어서 다행히 베슈 반장의 얼굴이 그 뒤로 스쳐 사라지는 걸 분간할 수 있었다. 반장은 지금까지 대기실로 사용되는 어느 방에서 1층 전체를 감시하고 있었던 것이다.

장은 아무렇지도 않게 말했다.

"반장이 근무를 서는 모양이로군. 여전히 다이아몬드 사건조사 때문이겠죠?"

"늘 그렇죠, 므슈. 어쩌면 조만간 무슨 소식이 있을 것 같긴 합니다. 반장이 무려 세 명이나 배치시켰거든요."

장은 속으로 쾌재를 불렀다. 개중 단단한 친구들 가운데 뽑은 세 명일 터였다. 그만하면 경비는 충분한 셈이니 행운이 아니고 무엇이랴! 잔뜩 조심을 하고 있을수록 이쪽의 준비태세도 효력을 얻을 것이다. 공권력이 나서주지 않는다면 애당초 세운 계획도 부질없이 허물어질 따름이다.

그는 여섯 개의 현관 앞 계단을 밟고 올라가 곧장 중앙 계단으로 향했다. 응접실에는 백작 남매와 아를레트, 파즈로, 그리고 반 우벤까지 작별인사를 하러 와 있었다. 분위기는 무척 평온했고, 모두들 화기애애한 기색이었다. 그러한 분위기가 불과 앞으로 2~3분 안에 산산조각 날 생각을 하자, 데느리스는 약간 망설여지기까지 했다.

질베르트 드 멜라마르는 더없이 싹싹한 태도로 그를 맞이했다. 백작도 악수를 청해왔고, 약간 떨어져서 담소를 나누고 있던 아를레트 역시 반가운 기색으로 다가왔다. 그제야 데느리스는 이 세 사람만큼은 신문지상에 게재된 마감뉴스에 관해 아직 깜깜하다는 걸 확신했다. 그들은 지금 그의 호주머니 속에 꽂힌 구깃구깃한 신문을 보지 못했으며, 그에 대해 어떤 공세가 취해지고 있는지, 또 그것에 맞설 어떤 결투가 준비 중인지 전혀 상상도 못하고 있을 것이었다.

그 대신 반 우벤과 나눈 악수는 얼음장처럼 차가웠다. 결국 이자는 알고 있다는 얘기였다. 파즈로로 말하자면 아예 꼼짝하지 않고, 두 창문 사이 의자에 앉아 사진첩만 열심히 뒤적였다. 워낙에 따뜻한 환대와 냉랭한 적의가 혼재하는 분위기라, 장 데느리스는 사태를 서둘러 진행시키기로 마음먹고는 이렇게 외쳤다.

"파즈로 선생께서는 행복에 푹 빠지셔서 그런지 아예 내게는 눈길조차 주지 않는군! 아마 보고 싶지도 않은가 봐."

파즈로는 흡사 당장은 결투를 벌이지 않는다는 데 동의한다는 듯 마지못해 슬그머니 몸짓을 취했다. 하지만 장은 그 모호한 몸짓을 그런 뜻으로 이해하지 않았고, 당연히 미리부터 준비해둔 말과 행동을 터뜨리는 데 전혀 거리낌을 느끼지 않았다. 마치 전쟁에 임하는 대장처럼 그는 무엇보다 기습의 효과를 최대한 살려야 하고, 적의 계획을 먼저 좌절시키는 게 중요하다는 생각뿐이었다. 선공을 하는 걸로 승리의 반은 이미 선취된 거나 다름없다는 생각이라고나 할까.

우선 그동안 통 모습을 보이지 않았던 데 대한 해명부터 하고, 백작 남매의 이주계획에 관해 얘기를 들은 뒤 그는 다짜고짜 아를레트의 두 손을 와락 붙들며 말했다.

"그래, 아를레트. 당신은 행복한가? 정말로 행복하냐고! 아무런 뒷생각 없이, 회한도 없이 행복하냔 말이야. 당신한테 마땅히 돌아가야 할 그 행복을 느끼고 있는 거야?"

지금과 같은 상황에서 이처럼 엉뚱한 반말투부터가 사람들을 어안이 벙벙하게 했다. 모두들 데느리스가 결코 평화롭지 않은 의도를 아예 작정하고 이런다는 걸 느꼈다.

갑작스러운 기습공격에 당황한 파즈로는 자리에서 벌떡 일어섰다. 자기 쪽에서 선택한 시점을 기해 미리 고안해둔 공세를 취할 생각이었던 만큼 그의 낯빛은 백지장처럼 하얗게 질려 있었다.

백작과 질베르트 역시 몸이 들썩할 만큼 놀란 건 마찬가지였다. 반 우벤은 아예 욕까지 내뱉었다. 세 사람은 뭔가 수습하러 나서기 전에 아를레트의 표정부터 일제히 살폈다. 그런데 정작 아를레트는 전혀 기분 상한 인상이 아니었다. 오히려 눈웃음을 지으며 장을 올려다보았다. 그 눈빛은 개인적으로 특별한 권한을 부여한 친구를 바라볼 때의 그 눈빛이었다.

그녀가 대답했다.

"나는 행복해요. 내 모든 계획들이 이루어질 테니까요, 덕분에 수많은 내 친구들이 원하는 혼처를 골라 결혼을 할 수 있게 될 거예요."

이 정도의 태평한 대답에 안주하자고 데느리스가 처음부터 적의를 노골적으로 드러낸 건 아니었다. 그는 더 나아갔다.

"지금 당신 친구들이 문제가 아니야, 이 철없는 아가씨야. 문제는 지금 아를레트, 당신이라고! 정말 마음이 내켜 결혼을 하는 건지 그것이 문제란 말이야. 정말 그런 건가, 아를레트?"

여자는 마침내 얼굴을 붉혔고, 아무 대답도 못했다.

백작이 큰 소리로 끼어들었다.

"정말 그런 질문을 하시다니 놀랍군요! 이건 오로지 앙투안과 그의 약혼녀, 둘 사이의 문제라고 봅니다만."

"이건 정말 말도 안 되는……."

반 우벤이 즉각 거들려는 걸 데느리스는 부드럽게 막아서며 얘기를 이어갔다.

“정작 더 말이 안 되는 일은 아를레트가 순전히 남을 위한 생각에 자신의 인생을 희생해서 사랑 없는 결혼을 서두르고 있다는 사실입니다. 실제 지금 벌어지고 있는 상황이 그래요. 아직은 시간이 있으니 므슈 드 멜라마르도 꼭 알아야만 합니다. 아를레트는 앙투안 파즈로를 사랑하지 않아요! 사랑은커녕 그에 관해서는 그저 미적지근한 호감밖에는 가지고 있지 않습니다. 그렇지 않은가, 아를레트?”

아를레트는 다른 말 없이 그저 고개만 살며시 숙였다. 백작은 팔짱을 낀 채 당혹스러운 기분을 애써 달랬다. 어떻게 저 반듯하고도 신중하기 이를 데 없는 데느리스가 이런 몰상식한 태도를 보일 수 있단 말인가!

하지만 앙투안 파즈로는 가만히 있지 않았다. 그는 장 데느리스 앞으로 불쑥 다가섰는데, 무사태평하고 넉살 좋은 표정은 온데간데없었다. 치미는 분노와 혼란스러운 두려움이 묘하게 뒤섞인 가운데, 평소 그로서는 전혀 뜻밖의 표독스러운 태도를 취하는 것이었다.

“지금 어딜 끼어드는 거요?”

“나와 관련된 일이니 하는 수 없지.”

“나를 향한 아를레트의 감정이 당신과 관련 있다는 거요?”

“물론이오. 그녀의 행복이 달린 문제이니까.”

“결국 당신 말은 그녀가 날 사랑하지 않는다는 얘기?”

“결코 그런 일은 있을 수 없지.”

“그래서 당신이 원하는 게 뭐지?”

“이 결혼을 깨뜨리는 것.”

앙투안은 마침내 펄쩍 뛰었다.

“아, 기어이…… 좋아, 정 그렇게 나오겠다면 나도 가만히 있을 순 없어! 더 이상 인정사정 볼 것 없다고! 어디 해보잔 말이야.”

그는 데느리스의 호주머니에 쑤셔 박힌 신문을 후닥닥 빼 들어 눈 깜짝할 사이에 백작의 눈앞에 쫙 펼치고는 소리쳤다.

"자, 여길 한번 읽어보십시오! 그러면 이 신사분께서 과연 어떤 존재인지 환히 알 수 있을 겁니다. 특히 3면의 기사를 좀 들여다봐요. 아주 확실하게 나와 있어요."

평소 느긋하기만 하던 태도와는 완전히 다른, 길길이 날뛰는 모습으로 그는 「열심독자」 코너에 실린 무자비한 기사 한 토막을 단숨에 읽어 내려갔다.

백작 남매는 혼란스러운 표정으로 잠자코 귀를 기울였고, 아를레트는 휘둥그레진 눈으로 장 데느리스를 바라보았다.

당사자는 침묵 속에서 꿈쩍도 하지 않았다. 그저 호들갑스러운 낭독 중간에 툭 던지듯 말했을 뿐이었다.

"그렇게 애써 읽을 필요 없네, 앙투안. 그냥 외운 대로 줄줄이 나불대도 될 것을, 뭐하러 스스로 작성한 알량한 논고를 굳이 읽는 건가?"

그러나 파즈로는 무슨 선언이라도 하는 듯한 어조로 마무리까지 강행했다. 손가락은 장을 향해 도발적으로 치켜들었다.

> 한편 바네트 탐정사무소의 저 유명인사 짐 바네트 또한 아르센 뤼팽과 동일인물이라는 강력한 설이 떠돌고 있다. 만약 이 모든 게 사실이라면, 뤼팽-바네트-데느리스로 이어지는 절묘한 삼위일체가 조만간 수사의 포위망에 걸려들리라는 기대를 해볼 수도 있을 것이며, 이 감당키 힘든 존재를 영원히 우리 사회에서 제거할 가능성 또한 점쳐볼 수 있을 것이다. 이를 위해 우리는 베슈 반장에게 모든 힘을 실어주어야 하리라.

엄숙한 적막이 뒤를 이었다. 방금 폭로된 내용은 백작 남매의 심기를 후려치듯 놀라게 했다. 잠시 후, 장이 빙그레 웃으며 말했다.

"자, 어서 자네의 그 베슈 반장을 부르게나. 그래야 므슈 드 멜라마르께서도 저 앙투안 선생이 베슈와 경관 나부랭이를 끌어들인 게 오로지 나 하나 때문임을 알게 될 것 아닌가. 난 어디까지나 내가 방문할 거라고 미리 얘기했었지. 내가 약속에 충실하다는 건 누구나 다 알아. 그러니 그만 들어오게나, 베슈, 이 친구야! 거기 흡사 폴로니어스(『햄릿』에 나오는 인물. 『수정마개』 51쪽의 장면 참조—옮긴이)라도 되듯 태피스트리 뒤에서 꼼지락거리는 거 다 알거든. 지금 그러고 있는 건 아무래도 자네처럼 뛰어난 경찰한텐 안 어울려!"

그 순간, 장식용 양탄자가 활짝 젖혀지더니 아주 단호한 표정의 베슈가 불쑥 모습을 나타냈다. 전권을 행사하되 가장 적절한 때를 기다리겠다는 태도가 배어 있었다.

안달이 나서 안절부절못하던 반 우벤이 득달같이 그에게 다가가 다그쳤다.

"당장 받아치시오, 베슈! 이자를 체포해요! 다이아몬드 도둑입니다. 죄다 게워내게 해야 하오. 어쨌든 여기선 당신이 제일 막강하지 않소!"

그때 멜라마르 씨가 은근슬쩍 끼어들며 말했다.

"잠깐만요. 일단 내 집에 발을 들인 이상 모든 문제는 조용하고 원만하게 해결되었으면 합니다."

이어서 그는 데느리스를 향해 덧붙였다.

"당신은 도대체 누구시오? 이 기사의 공격적인 논조에 일일이 대항을 하라는 게 아니라, 내가 당신을 지금까지 알던 대로 생각해도 되는지 솔직하게 말해달라는 겁니다. 장 데느리스인지……."

"아니면 괴도 아르센 뤼팽인지를 말이죠?"

데느리스는 지그시 웃으며 말을 막더니 다시 젊은 여자 쪽을 돌아보며 말했다.

"나의 아를레트, 일단 앉도록 하지. 지금 아주 정신이 없을 거야. 하지만 그럴 필요는 없어. 자, 어서 앉으라고. 그리고 무슨 일이 닥친다 해도 모든 게 다 잘될 거라는 걸 믿어요. 왜냐하면 지금 내가 이러는 게 모두 당신을 위해서이거든."

그러고 나서 백작을 향해 말했다.

"일단 므슈 드 멜라마르, 당신의 질문에 대해서는 굳이 대답하지 않겠습니다. 그 이유는 지금 내가 누구인지 그게 문제가 아니라, 여기 이 앙투안 파즈로가 과연 어떤 인물인가를 깨닫는 게 중요하기 때문이지요."

백작은 발끈하려는 파즈로와 오로지 자기 다이아몬드 얘기만 떠벌리려는 반 우벤을 얼른 제지했고, 장은 얘기를 계속했다.

"내가 굳이 이렇게 불리한 기사가 실린 신문을 호주머니에 꽂고, 게다가 파즈로가 불러들인 베슈까지 영장을 갖춘 채 대기하고 있는 이곳으로 걸어 들어온 건, 그렇게 해서 내가 감당해야 할 위험보다는 가만히 방치할 경우 우리의 사랑하는 아를레트가 감수할 위험이 훨씬 막중하다고 판단했기 때문입니다. 그뿐만 아니라, 당신 두 남매가 겪어야 할 위험도 마찬가지지요. 내가 누구인지는 베슈와 나 사이의 문제입니다. 그건 나중에 따로 해결을 보도록 할 거고요. 지금 정작 해결이 급한 건 저 앙투안 파즈로가 어떤 존재냐 하는 겁니다."

이번만큼은 길길이 악을 쓰는 파즈로의 방해를 멜라마르 씨도 막지 못했다.

"그래, 내가 누군데? 어서 대답해보시지! 대답해보란 말이야! 내가 누구지? 네놈 생각엔 내가 누구로 보여?"

장은 마치 손가락으로 셈을 하듯 읊조리기 시작했다.

"그게 그러니까…… 자네는 가슴받이를 훔친 도둑인 데다……."

역시 앙투안은 가만있지 않았다.

"거짓말! 내가 가슴받이를 훔쳤다니!"

장은 전혀 흔들림 없이 계속했다.

"응접실 물건들을 훔친 자이며……."

"거짓말!"

"샹드마르스 공원의 벤치에서 살해당한 방물장수의 공범이자……."

"거짓말 마!"

"로랑스 마르탱과 그녀 아버지와도 한패지."

"거짓말이라니까!"

"요컨대 자네는 무려 75년에 걸쳐 멜라마르 가문을 괴롭혀온 잔인무도한 혈통의 계승자야!"

그쯤 되자, 앙투안의 흥분은 극에 달했다. 매번 폭로가 거듭될수록 부르르 몸을 떨고 목청은 더더욱 높아졌다.

"거짓말! 거짓말! 거짓말!"

마침내 데느리스의 얘기가 다 끝나자, 그는 바로 앞에 떡 버티고 선 채 위협적인 몸짓을 섞어가면서 험악한 목소리로 더듬대기 시작했다.

"지금 넌 거짓말을 하고 있어! 되는대로 지껄이는 거라고. 아를레트를 좋아하니까 질투심에 사무쳐서 그러는 거야. 네 그 증오심의 원인은 바로 거기에 있어. 처음부터 노는 꼴을 보아하니 그렇더라고. 넌 두려운 거야. 그래, 맞아. 내가 증거를 가지고 있다는 걸 어렴풋이 짐작하고는 겁을 내고 있는 거야. 가능한 모든 증거가 여기에 있지(그러면서 그는 지갑을 넣어둔 재킷 부위를 손으로 툭툭 두드렸다), 바네트와 데느리스가 결국 아르센 뤼팽이라는 증거 말이야. 그래, 아르센 뤼팽! 아르센 뤼팽이라고!"

아르센 뤼팽이라는 이름을 부르면서 그는 완전히 이성을 잃고 격분한 상태가 되었다. 점점 더 목소리가 커지면서 한 손은 데느리스의 어깨를 움켜잡기까지 했다.

데느리스는 한 발짝도 물러서지 않은 채 조용히 타일렀다.

"자네 때문에 우리 모두 귀청이 떨어지겠어, 앙투안. 이래가지고서야 견딜 수가 없지."

그러고도 잠시 뜸을 들였지만, 상대는 고함을 멈출 생각을 하지 않았다.

마침내 장이 말했다.

"정말 유감이로군. 자, 이제 마지막으로 경고하네. 목소리를 낮춰. 그러지 않으면 정말 안 좋은 일이 자네한테 일어날 거야. 그래도 고집을 피우겠다? 알았어, 정말 소원이 그런 모양이니 하는 수 없지. 난 분명히 참을 만큼 참았다는 걸 자네가 알아주길 바라네. 자, 조심해!"

두 사나이는 서로 너무 바짝 붙어 서서 몸통끼리 부딪칠 것만 같을 정도였다. 그런 것을 데느리스의 주먹이 마치 총탄처럼 난데없이 튀어 오르는가 싶더니, 파즈로의 턱주가리 끝에 정확히 명중하는 게 아닌가!

파즈로는 다친 짐승처럼 비틀비틀 다리를 휘청이더니 무릎을 털썩 꿇고 길게 널브러졌다.

방 안은 졸지에 아수라장이 되면서 백작과 반 우벤은 장을 붙들려고 호들갑이었고, 질베르트와 아를레트는 쓰러진 앙투안을 살피느라 난리였다. 데느리스는 양쪽 팔을 활짝 뻗어 네 명 모두를 떼어놓은 뒤 다급한 목소리로 베슈를 불렀다.

"날 좀 도와주게, 베슈! 어서 좀 와서 도와줘, 나의 전우여. 내가 활동하는 걸 종종 보아온 자네라면, 내가 결코 제멋대로 행동하는 법이 없고, 웬만한 이유 가지고는 절대로 소란을 떨지 않는다는 것을 잘 알

거야. 이번 사건에선 내 입장이 곧 자네 입장이야. 그러니 날 돕게나, 베슈."

반장은 한 치의 동요 없이 이 모든 광경을 지켜보고 있었다. 그 태도는 마치 싸움을 관장하되, 원인을 알고 나서 판결을 내리겠다는 심판의 그것과도 같았다. 결국 그의 입장에서는 양쪽 편 모두에게서 이득을 끌어낼 수 있게끔 사태가 흘러간 것이며, 방금 벌어진 지독한 결투조차 두 명 다 꼼짝 못하게 옭아맬 건수처럼 보였다. 그러니 아무리 '전우'라는 호칭으로 부른다 한들 마음이 흔들릴 이유가 없었다. 베슈는 지극히 현실주의자로서 처신하기로 마음을 다져먹었다.

그는 데느리스에게 말했다.

"아래층에 세 명을 데리고 온 것 알지?"

"알고 있네. 자넬 믿네만, 부디 그들을 이 협잡꾼 도당을 소통하는 데 동원해주게나."

"아마 자네도 그 안에 포함되겠지?"

베슈가 빈정대는 투로 꼬집자, 데느리스는 시원스레 받아넘겼다.

"자네 마음이 그렇다면 그런 거겠지. 오늘은 자네가 모든 상수패를 쥐고 있어. 자네 내키는 대로 게임을 해보게. 그게 자네의 권리이자, 또 의무이니까."

이제 베슈는 사실상 데느리스의 의지에 영향을 받았으면서도, 자신의 사고에 따라 얘기하는 것처럼 굴기 시작했다.

"멜라마르 백작님, 사법당국의 입장에서 부탁드리건대 일단 인내심을 갖고 지켜봐주십시오. 만약 앙투안 파즈로에 대한 고발 내용이 잘못된 거라면 조만간 파악이 가능할 것입니다. 아무튼 앞으로 일어나는 모든 사태는 전적으로 제가 책임을 지도록 하겠습니다."

이는 분명 데느리스에게 모든 재량권을 넘겨준다는 얘기였다. 이런 기회를 놓칠 리 없는 데느리스는 너무나도 뜻밖의 과감한 행동에 즉각 돌입했다. 즉, 호주머니 속에서 갈색 물약이 든 자그마한 약병을 꺼내더니 미리 준비한 습포에다 절반쯤 내용물을 쏟아부었다. 순간 클로로포름 냄새가 확 퍼져나왔다. 데느리스는 그것을 앙투안의 얼굴에 갖다 대고는, 끈으로 목덜미를 말아 그대로 고정시켰다.

이건 백작이 허용할 수 있는 범위를 훌쩍 뛰어넘는 과도한 행위였기에 베슈는 다시 한번 멜라마르 남매를 진정시켜야만 했다. 아를레트도 아무 말 못한 채 눈물을 글썽글썽, 생각만 굴릴 뿐이었다. 오로지 반 우벤만 펄쩍펄쩍 뛰고 난리였다.

더 이상 곱게만 타이를 수 없게 된 베슈도 강하게 윽박지르지 않을 수 없었다.

"이봐요, 백작님. 저자는 내가 알고 있습니다. 그래서 말씀인데, 우린 지금 잠자코 두고 보는 게 옳아요."

한편 앙투안에 대한 비상조치를 끝낸 장은 자리를 털고 일어나 멜라마르 씨에게 다가와 말했다.

"진심으로 양해 말씀부터 드립니다, 므슈. 정말 부탁입니다만, 현재 내 입장에서 불필요한 폭력이나 장난을 범하고 있는 게 아니라는 점만은 분명히 아셔야 합니다. 자고로 진실이란 종종 특수한 과정을 통해서 밝혀져야 하는 경우도 있는 법입니다. 그런데 지금 문제가 되는 진실은, 다름 아닌 당신은 물론 당신의 가문 전체에 그동안 해독을 끼쳐왔던 일련의 음모와 관련한 비밀이라는 말씀입니다. 그걸 두고 세간에선 멜라마르가의 비밀이라 불러왔지요. 그 정체를 나는 알고 있습니다. 이제 그것을 까발리고 저주를 푸는 건 오로지 당신한테 달린 일입니다. 그러니 내게 필요한 당신의 신뢰를 20분 동안만 허락해주실 수 없겠는지요? 더도 말고 딱 20분입니다."

데느리스는 멜라마르 씨의 대답은 기다리지도 않았다. 그만큼 그의 제안은 거부하기 어려운 것이었다. 그는 반 우벤 쪽을 홱 돌아보며 카랑카랑한 목소리를 내질렀다.

"자넨 날 배신했어. 하지만 좋아. 그건 넘어가도록 하지. 자네 그러고도 이자가 도둑질해간 다이아몬드를 오늘 돌려받고 싶겠지? 만약 그렇다면 그만 칭얼대는 게 좋을 거야. 놈이 곧 돌려줄 테니까."

이제는 베슈 차례였다. 데느리스는 그를 향해 입을 열었다.

"자, 이제 자네 차례로군, 베슈. 자네 몫의 전리품도 물론 있어. 우선 진실을 제공해주겠네. 그동안 파리 경시청의 모든 사람들이 자네를 통해 얻어내려고 헛수고만 되풀이해온 따끈따끈한 진실을 이제야말로 자네 손으로 당당하게 갖다 바치는 거야. 그다음으로 앙투안 파즈로의 신병도 자네한테 인계하겠네. 지금으로선 제대로 걸을 수도 없을 테니 흡사 시체를 건네주는 꼴이 되겠군. 마지막으로는 이자의 두 공범인 로랑스 마르탱과 그녀의 아비를 넘겨주지. 지금이 4시니까 정각 6시에는 그들의 신병을 확보할 수 있을 것이네. 자, 어떤가?"

"괜찮구먼."

"그럼 타협이 된 거로군. 다만……."

"다만, 뭐지?"

"끝까지 내 편이 되어주어야만 하네. 만약 그렇게 해서 저녁 7시까지 내가 모든 약속을 지키지 못한다면, 다시 말해 멜라마르가의 비밀을 밝혀내고 전체 사건을 시원스레 해결해서 범인들을 넘기지 못한다면 말일세. 그땐 맹세컨대 나 스스로 강철 수갑 속에 이 두 손목을 밀어 넣고, 내가 과연 데느리스인지 바네트인지, 아니면 아르센 뤼팽인지 자네가 알아낼 수 있도록 적극 협조하겠네. 그러나 일단은 모든 이를 휘몰아온 이 비극적인 상황을 해결할 권한과 수단이 몽땅 내 손안에 있는 거야. 자, 베슈, 이 근처에 혹시 경시청에서 가지고 나온 차량 대기시켜 놓은 것 있나?"

"바로 이 근처에 있네."

"가서 이쪽으로 붙여놓게. 그리고 반 우벤, 자동차 가지고 왔나?"

"4시에 와 있으라고 운전기사한테 말해두었소."

"몇 사람 탈 수 있지?"

"다섯 사람."

"자네 운전기사는 필요 없네. 오거든 그 친구는 그냥 보내. 자네가 대신 운전하도록 하고."

마지막으로 데느리스는 앙투안 파즈로에게 돌아가 이리저리 검사하고 청진해보았다. 심장박동에는 문제가 없었다. 호흡도 규칙적이었고 안색도 정상이었다. 그는 습포를 보다 단단히 고정시킨 뒤 말했다.

"20분 후면 깨어날 거야. 나한테 딱 필요한 시간이지."

그러자 베슈가 물었다.

"그동안 무얼 하려고?"

"우리 모두가 달성해야 할 일!"

"이를테면?"

"두고 보면 알아. 자, 가세나!"

그 누구도 더는 이론을 제기하지 않았다. 어느새 데느리스의 권위가 모두를 압도해버린 것이었다. 하지만 더 나아가보면, 그들 모두 아르센 뤼팽이라는 인물의 엄청난 활동력에 휩쓸리는 것이나 다름없었다. 저 유명한 협객의 전설적인 행적들, 그 기적 같은 활약상이 지금 데느리스라는 사람의 마력적인 흡인력에 알게 모르게 섞여 들어가는 것이었다. 하나가 다른 하나와 뒤섞이면서 그 두 존재는 온갖 기적을 행할 수 있는 막강한 하나의 힘이 되어버렸다.

아를레트는 눈을 휘둥그레 뜨고 이 묘한 인간을 바라보았다.

백작 남매 모두 흥분된 기대감으로 가슴이 벅차 올랐다.

반 우벤마저 갑자기 홱 돌아보더니 이젠 이렇게 얘기했다.

"이보시오, 데느리스. 내 생각은 여전하답니다. 내가 도둑맞은 물건을 돌려줄 사람은 오직 당신뿐이오!"

자동차 한 대가 막 안뜰로 들어왔다. 거기 파즈로를 태운 뒤 세 명의 경찰관이 에워쌌다. 베슈는 나직한 목소리로 그들에게 일렀다.

"바짝 경계해야 해. 이자는 물론, 적당한 때가 오면 데느리스한테도 말이야. 단단히 붙드는 거야. 절대로 놔줘선 안 돼, 알겠는가?"

그러고 나서 베슈는 데느리스와 합류했다. 한편 멜라마르 씨는 전화를 걸어 공증인과의 약속을 취소했고, 질베르트도 부랴부랴 망토와 모자를 챙겼다. 마침내 그들 모두가 아를레트와 더불어 반 우벤의 차에 올라탔다.

곧장 장의 지시가 떨어졌다.

"튈르리 공원 끄트머리쯤에서 센 강을 건너게. 그런 다음 곧장 우회전해서 리볼리 가를 타는 거야."

모두 쥐 죽은 듯 잠잠했다. 그러는 가운데 질베르트와 아드리앵 남매는 얼마나 불안 섞인 흥분감을 달래며 사태의 추이를 지켜보고 있었는지! 도대체 이 드라이브의 목적은 무어란 말인가? 대체 어디로 가고 있는 건가? 진실의 베일은 과연 어떤 식으로 벗겨질 것인가?

문득 데느리스의 입에서 다른 사람에게 뭘 얘기한다기보다는 스스로에게 혼잣말을 중얼거리는 듯한 숨죽인 목소리가 새어나왔다.

"멜라마르가의 비밀이라! 그동안 얼마나 고심해왔던가! 처음 레진과 아를레트가 납치당했을 때부터 나는 직감적으로 느꼈어. 지금 우리는 머나면 과거를 통해서만 현재가 제대로 해명되는 문제들에 직면해 있는 거라고. 따지고 보면, 그런 종류의 문제들일수록 그동안 얼마나 마음을 빼앗겨왔는지! 해결한 것도 숱하게 많지! 아무튼 이번 경우에도 딱 한 가지 요점이 이론의 여지가 없는 걸로 떠오르더군. 즉, 멜라마르 남매는 결코 범인일 수가 없다는 사실! 한데 그렇다고 해서 누군가 남매의 저택을, 모종의 음모를 실행에 옮기는 무대로 활용했다고 생각해야만 하는 걸까? 그것이 실은 앙투안 파즈로의 논조였지. 그런데 가만히 보니 사람들이 그런 식으로 믿고 사법당국도 그쪽 방향으로 수사를 진행함으로써 파즈로에게 엉뚱한 실익이 돌아갔지. 또 하나 의문인 건, 과연 아를레트와 레진이 멜라마르 남매와 프랑수아 부부의 주의를 끌지 않고도 응접실까지 이끌려 들어갔다는 사실을 인정해야겠느냐는 문제였지."

거기서 그는 잠시 숨을 골랐다. 아드리앵 드 멜라마르가 잔뜩 몸을 기울이고 긴장된 얼굴로 속삭였다.

"어서 계속해보시오. 어서요! 제발 부탁입니다."

하지만 데느리스의 대꾸하는 태도는 느긋하기만 했다.

"아니요. 얘기를 한다고 해서 당신들이 진실을 파악할 수 있는 건 아닙니다. 그러니 다그치지 마십시오."

그러고는 이야기를 이어나갔다.

"사실은 너무도 간단해! 정말이지 그동안 진실을 찾아 헤매온 자들이, 흡사 종잡을 수 없는 그림자라도 되듯 어떻게 그것을 붙잡지 못했는지 의문이라니까! 나로 말하자면, 기억 속에 떠올린 몇 가지 사실들이 서로 부닥치면서 진실의 섬광이 퍼뜩 일어나던데 말이야. 아참, 그런 사실 중엔 당신이 당했다던 그 괴이한 도난사건도 포함된답니다. 하필 그런 하찮은 물건들이 사라졌다는 사실 자체가 정말 불가사의한 데다, 실로 심상치 않은 의미를 내포하는 걸로 다가오더군요. 누군가 일반적으로 가치가 없는 물건들을 훔쳤다면, 그건 곧 그 물건들이 훔친 자들에게만 해당하는 특별한 가치를 가지고 있다는 얘기가 되거든!"

데느리스는 다시 말을 끊었다. 듣고 있던 백작은 더 이상 참기 어려울 만큼 안달이 났다. 진실을 확인하는 바로 그 순간조차 좀 더 빨리 깨닫고 싶어 하는 욕망이 속을 들쑤시는 것이었다. 답답한 건 질베르트도 마찬가지였다. 데느리스는 그들을 바라보며 말했다.

"부탁입니다. 멜라마르 가문은 100년 이상을 기다려왔어요. 이제 몇 분만 더 기다리면 됩니다. 이 세상에 당신들 가문과 당신들을 완전히 해방시킬 진실 사이를 가로막을 존재는 아무것도 없어요."

데느리스는 또 난데없이 베슈를 돌아보며 농을 던지기도 했다.

"어때, 베슈, 이 친구야? 자넨 슬슬 감을 잡기 시작했겠지? 아니면 일말의 서광이라도 얼추 느끼지 않았어? 아직 아니라고? 거 유감이로군. 하긴 이건 그야말로 지극히 독특하고, 매력적인 데다, 보통 난해한 비밀이 아니지. 마치 수정처럼 영롱하면서도 밤처럼 어두컴컴해. 하지만 기막힌 비밀일수록 뒤집어 보면 바로 콜럼버스의 달걀이 아니겠느냐고. 그러니 생각해볼 문제지. 좌회전하게, 반 우벤. 이제 다 와가."

그다음에도 얼기설기 복잡하게 꼬이고 엮인 좁다란 길들을 따라 몇 차례를 더 돌아들었다. 상점과 소규모 공장들, 보세 창고들과 낡은 건물들에 자리한 공방들로 빽빽한 오래된 구역이었다. 철로 주조한 발코니와 높다란 창문들, 큼직한 문들마다 참나무 난간을 갖춘 널찍한 층계들도 이따금 눈에 띄었다.

"속도를 줄이게, 반 우벤. 좋아. 이제 천천히 오른쪽 보도 옆에 가지런히 차를 세워. 몇 미터만 더. 자, 이제 다 왔네."

그는 먼저 차에서 내린 뒤 질베르트와 아를레트를 부축해 내려주었다.

경찰차는 반 우벤이 몰고 온 차 바로 뒤에 붙어 세웠다.

장이 베슈에게 일렀다.

"저 친구들은 아직 움직일 때가 아니네. 당장은 앙투안이 깨어나는지만 감시하고 있게. 한 2~3분 후에는 그를 데려가게 될 테니까."

서쪽에서 동쪽으로 뻗은 다소 음산한 거리였다. 좌측으로는 밀가루와 통조림 공장들에 속한 창고 건물들이 열 지어 들어서 있었다. 우측으로는 네 채의 소형 주택들이 나란히 있었는데, 모두가 고만고만하게 초라한 데다, 창문에는 커튼도 없고 창틀은 지저분한 게 아무래도 사람은 살고 있지 않아 보였다. 원래는 초록으로 칠이 되어 있었으나 지금은 거의 색이 벗겨진 채 방치된 단지의 대문에는 선거용 벽보가 너덜너덜 붙어 있었고, 그 한 귀퉁이에는 쪽문이 하나 나지막하게 뚫려 있었다.

백작과 질베르트는 어리둥절하면서도 불안한 마음으로 그 모든 걸 바라보고 있었다. 여기서 대체 무얼 하겠다는 것인지? 누굴 찾으려고 온 건지? 하필 이런 장소에서, 누구도 지나다닌 적이 없을 것 같은 바로 이 문 뒤에 과연 수수께끼의 해답이 존재한다는 얘기인가?

데느리스는 호주머니에서 현대식 공정으로 만든 기다랗고 가느다라며 반짝거리는 열쇠를 빼 들고는, 안전빗장이 위치한 곳 부근의 틈새로 밀어 넣었다.

아울러 그는 동행인들을 힐끔 바라보며 빙그레 웃었다. 네 명 모두 창백하게 긴장한 얼굴이었다. 정말이지 그들의 삶은 이제 그 위에 군림하는 이 남자의 일거수일투족에 달려 있는 셈이었다. 정당한 이유도 없이 그들은 뭔가 기발한 사태를 기대했다. 말하자면 실제로 그렇게 되리라고는 생각할 수 없으면서도, 아르센 뤼팽이 미지의 광경을 가린 장막을 손에 쥐고 있는 만큼 어쩔 수 없는 기대감에 몸을 내맡기는 것이었다.

마침내 열쇠를 돌린 데느리스는 눈앞에서 홀쩍 사라지는가 싶더니 일거에 일행 모두를 안으로 불러들였다.

다음 순간, 질베르트는 기겁을 하며 비명을 내질렀고 오빠에게 몸을 기댔다. 하지만 휘청대기는 오빠도 마찬가지였다.

결국 장 데느리스가 남매 모두를 부축해야만 했다.

11
애첩 발네리

불가사의한 기적이었다! 멜라마르 저택의 안뜰을 벗어난 지 10여 분 만에 또다시 멜라마르 저택의 안뜰에 와 있는 것이다! 분명 센 강을 건넜고, 그것도 딱 한 차례 건넜다! 그렇다고 출발점으로 돌아갈 수 있게끔 무슨 원을 그린 것도 아니었다. 뒤르페 가를 벗어나서 무려 3킬로미터 정도의 거리를 훌쩍 지나왔는데도 불구하고(3킬로미터라면 옛날 파리 시가지로 볼 때, 앵발리드에서 레 보즈 광장에 이르는 거리이다—옮긴이), 지금 멜라마르 저택의 안뜰에 들어서 있는 것이다!

그렇다, 기적이었다! 망막에 찍힌 두 개의 영상을 각각 별개로 나누고, 서로 다른 두 장소일 뿐이라며 따로따로 정신을 추스른다는 것은 논리와 이성의 각별한 노력이 요구되는 일이다. 반면 그냥 눈으로 척 보고 본능적인 사고를 들이댔을 경우, 두 개의 광경은 동일한 하나로 볼 수밖에 달리 도리가 없었다. 저곳과 이곳, 앵발리드 근처와 레 보즈 광장 근처에 동시에 존재하는 하나의 광경으로 말이다.

이는 단지 사물들끼리 일치한다는 것, 즉 두 안뜰 저만치 세워진 건물의 두 전면 생김새와 색깔, 윤곽 등이 완전히 일치한다는 사실 때문만이 아니었다. 세월의 힘만이 만들어낼 수 있는 분위기, 근처 강물로부터 실려온 습한 공기를 머금은, 제한된 장방형 벽체들 사이를 감도는 뭔지 모를 기운마저 똑같다는 점에서 정말이지 놀라운 기적이었다.

분명 똑같은 채석장에서 똑같은 크기로 깎아 대령한 건축용 석재들이었을 뿐만 아니라, 그 위에 아스라이 묻어난 세월의 때도 완벽하게 똑같았다. 똑같은 포석들과 군데군데 그걸 에워싸고 돋아난 잡풀들에 끼친 악천후의 영향도 똑같은 세월의 무게를 느끼게 했고, 지붕을 이는 석재들에도 마찬가지로 푸르죽죽한 빛깔들이 뒤덮여 있었다.

질베르트는 완전히 혼미해져서 중얼거렸다.

"오, 하느님! 어쩜 이럴 수가!"

그와 더불어 그동안 악운에 시달려온 가문의 역사가 아드리앵 드 멜라마르의 눈앞에 주마등처럼 스쳐 지나는 것이었다.

데느리스는 그들을 이끌고 현관 계단 쪽으로 다가갔다.

"이봐요, 아를레트. 내가 당신을 멜라마르 저택의 안뜰로 처음 데려다주었을 때, 얼마나 놀랐는지 기억해봐요. 레진과 더불어 누군가한테 끌려 올라갔었던 여섯 계단을 당신은 즉각 알아보았지. 여기가 바로 그 안뜰이고, 이게 그 계단이오."

"정말이지 똑같아요!"

아를레트도 맞장구를 쳤다.

의심할 여지없이 둘 다 똑같은 현관 앞 계단이었다. 여섯 개의 계단과 그 위에 드리워진, 짝이 맞지 않는 유리 차양도 뒤르페 가의 그것과 정확히 일치했다. 마침내 불가사의한 저택 내부로 발을 들여놓자, 역시 생산지와 무늬가 모두 똑같은 타일 바닥의 똑같은 현관이 펼쳐지는 것이었다.

"발소리까지 똑같네."

현관을 걸어 들어가며 중얼거리는 백작의 목소리마저도, 자기 집을 걸어 들어갈 때 실내 가득 울려 퍼졌던 그 목소리와 똑같은 울림을 내고 있었다.

시간만 허락된다면 당장이라도 1층의 다른 방들을 죄다 둘러보고 싶었을 터였다. 하지만 데느리스는 별로 여유가 없다면서 역시 똑같은 무쇠 난간에 똑같은 양탄자를 갖춘, 마찬가지로 스물다섯 개의 중앙 계단을 서둘러 올라가도록 재촉했다. 이어서 나타난 똑같은 층계참…… 집에서와 마찬가지로 정면에 문이 세 개 나 있고…… 응접실로 이어진 것까지 똑같은 구조.

뒤이은 일행의 놀람은 안뜰에서보다 훨씬 더했다. 이건 그저 방 구석구석 켜켜이 쌓인 분위기만 그럴싸하게 동일한 것이 아니라 가구나 골동품들, 여기저기 낡아빠진 천 벽지, 태피스트리의 색 바랜 상태, 바닥의 무늬들, 샹들리에, 가지 달린 촛대, 서랍장 손잡이, 촛농받이와 반 토막 남은 호출벨 손잡이 등 뭐 하나 나무랄 데 없이 똑같은 상태를 보이는 것이었다.

"아를레트, 당신이 감금되었던 곳이 바로 여기지? 이런 걸 어떻게 착각할 수가 있었겠어?"

장의 말에 아를레트가 화답했다.

"우리가 떠나온 그곳과 이곳 모두, 내가 감금되었던 곳과 아주 똑같아요."

"아를레트, 바로 이곳이오. 당신이 올라갔다던 맨틀피스와 엎드려 있었던 서가…… 자, 저기 당신이 빠져 달아났던 창문이 있소."

데느리스는 여자를 창가로 직접 데리고 가서 관목들과 함께 높은 담벼락이 둘러쳐진 정원을 보여주었다. 아니나 다를까, 그 끄트머리쯤에 버려진 별채가 있고, 좀 더 나직한 담장이 이어지면서 아를레트가 열었던 쪽문이 뚫려 있었다.

데느리스의 지시가 떨어졌다.

"베슈, 파즈로를 이리로 데려오게. 그리고 자네 자동차를 현관 앞에 붙여놓는 게 낫겠어. 경찰관들도 계속 대기시키고. 조만간 그들이 필요할 것이네."

베슈는 부랴부랴 서둘렀다. 곧이어 들려온 대문 삐걱거리는 소리도 영락없는 뒤르페 가의 그 저택 대문 소리였다. 심지어 그리로 들어서는 자동차 소리마저 똑같게 들려왔다.

현관 계단을 오르다 말고 베슈는 부하들 중 한 명에게 말했다.

"자네 동료 두 명은 여기 현관에서 대기시키고, 자네는 즉시 경시청으로 가서 지원 인력 세 명을 요청하게. 그냥 급한 업무라고만 하고. 자네가 직접 인솔해와서 저기 문이 보이는 지하실 계단 입구에 배치시켜 놓게. 어쩌면 그들 도움까지는 불필요할지도 몰라. 하지만 만반의 준비를 갖춰놓을 필요는 있지. 무엇보다 경시청에 자세한 얘긴 할 것 없네. 대어를 낚을 기회만큼은 온전히 우리 몫으로 하자는 거야. 내 말 알겠지?"

끌고 들어온 파즈로는 안락의자에 앉혀졌고, 데느리스는 문을 닫았다.

처음 요구했던 20분이라는 유예 시간이 아직 그리 많이 초과한 상태는 아니었다. 앙투안은 서서히 몸을 들썩이기 시작했다. 데느리스는 입마개를 떼어내 창문 밖으로 훌렁 던지고 나서 질베르트를 향해 말했다.

"미안하지만 당신의 그 모자와 망토를 치워주셨으면 합니다. 아울러 이곳에 있는 게 아니라 뒤르페 가에 위치한 저택에 그대로 있는 것처럼 행동해야 하고요. 앙투안 파즈로가 보기에 우리가 뒤르페 가를 떠난 걸로 느껴져선 안 됩니다. 무엇보다 강조하고 싶은 건, 지금부터 내가 말하는 것과 배치되는 발언은 어느 누구도 해서는 안 된다는 겁니다. 따지고 보면 당신들 모두, 지금 추구하는 목표 달성에 나보다 훨씬 더 절실한 이해관계가 걸려 있다는 점을 잊지 마십시오."

그즈음 앙투안의 호흡이 좀 더 깊어졌다. 그러더니 갑자기 엄습한 졸음을 이제는 쫓으려는 듯 손으로 이마를 짚어보았다. 데느리스는 그에게서 시선을 떼지 않고 있었다. 백작은 도저히 이렇게 묻지 않을 수 없었다.

"그럼 정녕 이자가 당신이 언급한 그 가계의 후손이란 말인가요?"

데느리스는 선뜻 대답해주었다.

"그렇습니다. 당신도 항상 예감은 하고 있었던 바로 그 가계의 자손이지요. 생각해보십시오. 한쪽에는 멜라마르 가문이 있고, 그 반대쪽에는 알려지지 않고 정체도 모를 원수의 가문이 버티고 있습니다. 그걸로 이미 어느 정도는 맞아떨어지지만, 아직 충분한 건 아니지요. 수수께끼가 완전해지고 결국 앞뒤가 정확히 맞물리려면, 사건에 대한 해석도 이중으로 나뉠 뿐만 아니라, 그 사건을 장식하는 장치들, 이러한 방들과 가구들까지 과감하게 중복시켜봐야만 합니다. 아를레트와 레진이 당신 응접실에 있는 사물들을 목격한 건 사실이지만, 그와 동시에 이곳에 있는 똑같은 물건들을 목격한 것 또한 사실이라는 거지요."

거기서 잠시 말을 멈춘 데느리스는 분위기가 자신이 의도한 대로 움직이고 있는지 확인하려는 듯 좌중을 휘 둘러보았다. 자의든 타의든 간에 일정한 정신 상태가 모두에게 갖춰졌고, 전체가 긴장된 분위기를 이루는 동안 앙투안 파즈로는 천천히 마비에서 깨어나고 있었다. 사실 클로로포름의 농도가 그리 독한 편은 아니었다. 잠시 후, 그는 생생한 의식을 회복했고 적어도 무슨 일이 있었는지 생각을 되짚어볼 수 있을 만큼은 되었다. 제일 먼저 머릿속에 떠오른 건 호된 주먹 한 방이었다. 물론 그 이후로는 온통 암흑뿐이었고, 무슨 일이 있었는지, 어떻게 잠에 빠져들었는지조차 알 수가 없었다.

그는 어눌한 발음으로 꿈꾸듯 중얼거렸다.

"무슨 일이지? 갑자기 기절한 것 같은데. 아주 오랜 시간이 흐른 것 같아."

데느리스는 지그시 웃으며 대꾸해주었다.

"오, 그건 아니라네. 기껏해야 10분쯤 지났을까! 그나저나 지금 모두들 의외라고 생각하는 중이야. 복싱 챔피언이 같잖은 주먹 한 방 맞고 링 위에 10분 동안 뻗어 있는 꼴 아닌가! 아무튼 미안하이. 그렇게 세게 치려던 건 아니었어."

앙투안은 곧바로 험악한 시선을 내쏘았다.

"그래, 기억나는군. 자네의 그 가면 뒤에서 내가 뤼팽의 정체를 까발리자 노발대발했지."

데느리스는 씁쓸한 얼굴로 되받았다.

"맙소사, 아직도 그 얘기인가? 자네가 10분 동안 곯아떨어져 있는 동안에 사태가 많이 진전되었다고. 뤼팽이건 바네트이건, 다 고리타분한 얘기일 뿐이야! 여기 아무도 더는 그런 멍청한 소리에는 관심이 없어!"

"그럼 무엇에 관심이 있지?"

앙투안은 분명 좀 전까지 자기 친구들이었던 사람들의 냉담한 표정들과 슬금슬금 피하는 눈빛들을 추궁하듯 두리번거리며 캐물었다.

"무엇에 관심 있냐고? 그야 자네의 내력에 관해서지! 오로지 자네의 내력과 멜라마르가의 내력! 왜냐하면 그 둘이 결국엔 하나로 겹쳐지거든."

"하나로 겹쳐지다니?"

"그렇다니까! 아마 자네도 무척 듣고 싶은 얘기가 될걸. 부분적으로만 알 뿐, 그 전체는 자네도 잘 모르고 있을 테니까 말이야."

두 사내가 얘기를 나누는 동안 다른 사람들은 데느리스가 요구한 대로 철저한 침묵과 수용적인 자세를 유지했다. 말하자면 모두가 데느리스와 한패인 셈이었고, 뒤르페 가를 어느 누구도 벗어난 적이 없는 분위기였다. 만에 하나 일말의 의심이 앙투안 파즈로의 뇌리에 스며들었다 해도, 질베르트와 그 오빠의 태연자약한 모습을 힐끗 보는 것만으로도 여기가 멜라마르 자택의 응접실 안이라는 확신을 회복했을 것이다.

결국 앙투안은 말했다.

"좋아, 어디 시작해보게. 무엇보다 일단 자네가 나의 내력을 어떤 식으로 이해하고 해석하는지 보고 싶군. 단, 그다음은 내가 자넬 해부할 차례일세."

"오, 나의 내력도 줄줄이 꿰차시겠다?"

"두말하면 잔소리지."

"자네 호주머니 속에 든 그 서류들에 의해서?"

"물론이지."

"하지만 지금은 거기 없을 텐데."

앙투안은 허겁지겁 지갑을 뒤져보더니 다짜고짜 욕을 내뱉었다.

"이 망나니 같으니! 그걸 훔치다니!"

"그래서 내가 미리 말했지 않은가. 여기 모인 우리는 내 문제 갖고 신경 쓸 여유가 없다고. 문제는 오로지 자네 하나뿐이야. 그걸로도 충분해. 자, 그러니 이제 입이나 다물고 있게."

앙투안은 일단 자제했다. 팔짱을 낀 채 일부러 아를레트를 보지 않으려고 고개를 돌렸는데, 다분히 거만하고 무관심한 태도를 가장하는 눈치였다.

하지만 그때부터 정작 앙투안이야말로 데니리스에게 거의 존재하지 않는 사람이나 마찬가지였다. 오로지 질베르트와 그의 오빠를 상대로 얘기가 진행되었다. 바야흐로 멜라마르가의 비밀이 그 전체와 세부에 걸쳐 온전히 공개되는 순간이었다. 데니리스는 군더더기 하나 없는 문장으로 정확한 표현을 써가며 얘기를 이끌어갔는데, 그냥 이리저리 해석된 사실들에 근거해서 가설들을 늘어놓는 게 아니라, 어떤 확고부동한 자료를 바탕으로 있는 사실 그대로를 서술하는 것처럼 이야기하는 것이었다.

"일단 당신들 가문의 연대기를 따라 다소 먼 곳까지 거슬러 올라가는 점 양해 부탁드립니다. 워낙에 악의 근원이 당신들이 생각하는 것 이상으로 오래되어놔서 별수가 없군요. 당신들은 결백한 선조 두 분께서 비명횡사했던 불길한 두 날짜에만 사로잡혀 있겠지만, 사실 그 두 날짜가 저 18세기가 4분의 3 정도 지난 시점에 발생한, 어떤 치정사건을 통해서 이미 결정 났었다는 건 까마득히 모르고 있을 겁니다. 그러니까 당신 가문의 저택이 세워진 지 이미 25년이 지난 시점의 일이지요."

백작은 곧장 호응하는 빛을 보였다.

"맞아요! 건물 전면의 돌 중 하나에 1750이라는 연도가 새겨져 있더군요."

"아울러 장군이면서 대사를 지냈던 분의 부친이자, 감방에서 사망한 분의 조부가 되시는 프랑수아 드 멜라마르께서 저택의 가구들을 정확히 오늘날의 모습대로 갖춰놓으신 게 아마 1772년의 일일 겁니다. 그렇지 않나요?"

"맞습니다. 그 당시 총공정에 대한 견적서가 아직도 내 수중에 있지요."

"그 당시 프랑수아 드 멜라마르는 어느 부유한 재정가의 여식인 앙리에트라는 아리따운 여성과 혼인을 한 상태였습니다. 둘은 서로 미칠 듯이 사랑을 했고, 남자는 사랑하는 여인한테 걸맞은 환경을 갖추어주고 싶어 했죠. 그래서 내부 장식에 새로 비용을 쏟아부었던 건데, 그렇다고 공연한 호사를 부린 것은 아니고, 어디까지나 세련된 안목을 지키면서 최고의 예술가들에게만 의뢰를 했었답니다. 아무튼 프랑수아와 (그 자신의 표현을 빌리면) '다정한' 앙리에트는 함께 무척이나 행복한 커플을 이루었지요. 그 어떤 여자도 이 젊은 남편의 눈에 아내보다 더 예뻐 보이지가 않았다고 합니다. 아울러 내부 장식으로 선택하고 주문한 가구들과 예술품들 또한 그의 눈에는 더없이 근사하고 매혹적으로 다가왔지요. 그는 대부분의 시간을 그것들을 정돈하고 목록을 만드는 데 할애할 정도였습니다. 이처럼 평온하면서 아늑한 즐거움으로 가득했던 삶이, 아이 교육에 온통 열중하는 부인 쪽으로 보면 여전했지만, 남편 프랑수아 드 멜라마르에게는 조금씩 뒤틀리기 시작하고 맙니다. 악운의 심술인지는 모르겠으나, 남자가 발네리라는 어느 여배우한테 홀딱 넘어가는 일이 벌어진 겁니다. 그녀는 아주 젊고 예쁘장한 외모에 기지가 충만한 여자였는데, 보잘것없는 재능에 비해 야심 하나는 엄청난 위인이었지요. 겉으로만 봐서는 별다른 변화가 느껴지지 않았습니다. 프랑수아 드 멜라마르는 여전히 아내에 대해 끔찍한 애정을 보였고 각별히 존중해주었지요. 심지어 자기 존재의 8분의 7을 차지하는 여인이라는 칭찬을 입에 달고 다녔으니까요. 다만 매일 아침 10시에서 오후 1시까지 산책을 한다거나 유명 화가들의 아틀리에를 방문한다는 핑계를 대면서 밖으로 나와, 정부와 식사를 함께하는 것이었습니다. 그러면서도 워낙에 조심을 기한지라, '다정한' 앙리에트는 꿈에도 의심하지 않고 지냈지요. 딱 하나, 이 바람기 있는 남편의 심기를 눈에 띄게 흩어놓는 것이 있다면, 포부르 생제르맹 지역의 한복판에 있는 뒤르페 가의 저택과 그에 속한 일체의 정든 골동품들을 떠나, 하나 볼품없는 속물적인 집에 드나들어야 한다는 사실이었습니다. 자기 아내한테는 아무런 가책 없이 배신행위를 저지르던 그가, 자기가 사는 집에 대해서만큼은 그렇게 하는 것이 괴로운 일이었나 봅니다. 결국 그는 당시 파리 시가지의 반대편 끝, 예전엔 늪지였던 곳을 개간해서 주로 돈 많은 부르주아들과 귀족 나리들이 전원풍 주택을 짓고 사는 지역에다, 뒤르페 가의 저택과 똑같은 집을 짓게 했답니다. 물론 가구들 역시 한 치의 오차도 없이 똑같은 걸로 구비했죠. 다만 건물과 안뜰을 제외한 외부 환경만큼은 완전히 다르게 해서, 그 누구도 언뜻 보아서는 이 신사 양반의 엉뚱한 망상을 눈치채지 못하게 했습니다. 하지만 일단 그가 이 새로운 거처에 붙인 이름대로 폴리발네리(Folie-Valnérie. 폴리(Folie)는 17~18세기의 호화별장을 일컫는 명칭이다—옮긴이)의 안뜰로 들어서기만 하면, 그때부터 자신의 인생이 기존의 정돈된 환경 속에서 내용만 완전히 새롭게 다시 시작한다는 환상을 유지할 수 있게 되는 거죠. 이를 위해서 심지어 문이 닫힐 때조차 원래의 집과 똑같은 소리를 내게 조치를 취해놓았답니다. 안뜰은 그곳에 발을 들여놓은 집주인에게 똑같은 생산지에서 나온 포석의 느낌을 주어야 했고, 현관 앞 계단도, 현관의 타일도, 각 방의 가구들과 물건들도 모두 기존의 것과 동일해야만 했습니다. 그렇게 해서 취향이나 습관 어느 면에서도 심경을 흩뜨리는 게 없도록 한 것이죠. 한마디로 공간만 이동했지 다시 자기 집에 들어와 사는 것과 같았습니다. 당연히 집 관리도 똑같은 방식으로 했지요. 분류하고 목록을 작성하는 일도 여전했습니다. 그런 작업은 점점 괴벽처럼 집요해져서 아무리 사소한 물건이라도 늘 있던 곳에 놓여 있지 않으면 도저히 참지 못하는 지경이 되고 말았지요. 어떻게 보면 지극히 세련된 취향이자, 섬세한 즐거움의 원천이 될 수도 있었을 버릇이지만, 맙소사! 애석하게도 그것은 본인 자신을 파멸로 유도했을 뿐 아니라, 수 세대에 걸쳐 가문의 운명을 비극으로 몰아가게 됩니다. 사정인즉슨 날이 갈수록 이에 관련된 일화가 입에서 입으로 전해지고, 살롱에서 저잣거리로 살금살금 새어나가기 시작한 겁니다. 사람들이 여기저기서 쑥덕대기 시작한 거죠. 마르몽텔(1723~1799. 계몽주의 작가로서 백과전서파의 한 사람—옮긴이)이라든가, 갈리아니 신부(1728~1787. 이탈리아 작가—옮긴이), 배우인 플뢰리(1750~1822—옮긴이) 같은 유명인사들이 각각 회고록이나 편지에서 은근히 윤색한 표현들을 통해 그런 얘기들을 남겼답니다. 결국 그때까지만 해도 실상을 까마득히 모르도록 프랑수아가 용케 관리해오던 발네리마저 모든 것을 알게 되었답니다. 애인에 대해 무한정한 지배권을 누리고 있다 믿었던 그녀로서는 무척 당혹스러운 일이었지요. 급기야 그녀는 남자에게 선택을 요구했습니다. 두 여자 중 하나를 선택하라는 게 아니라, 두 채의 저택 중 하나를 선택하라는 것이었습니다. 프랑수아는 조금도 머뭇거리지 않았지요. 두말할 것 없이 뒤르페 가의 저택을 선택했고 정부에게는 따로 쪽지를 보냈다는데, 그 앙증맞은 내용이 그림(유명한 그림형제 중 한 명이라는 설과 『문학서한집』을 남긴 같은 독일 출신의 비평가 프레데릭 멜키오르 그림(1723~1807)을 지칭한다는 설이 있다—옮긴이)의 글을 통해 전해지고 있지요.

나는 10년을 더 산 것이오.
어여쁜 플로랭드, 그건 당신도 마찬가지일 거요.
결국 우리의 관계가 20년을 지나온 셈이지.
20년이나 지냈으면 이젠 헤어질 때도 되지 않았겠소?

그는 비에유데마레 가의 저택을 고스란히 물려줌으로써 발네리와는 결별을 고했답니다. 결국 그 집에 속한 골동품들과는, 원래의 자기 집에 똑같은 것들이 있는 만큼 보다 덜 섭섭해하며 단념하게 된 것이죠. 물론 집에서는 앙리에트를 전혀 의식할 필요 없이 애장품들을 실컷 아껴줄 수 있을 테고 말입니다. 하지만 내심 이런 결별을 기대한 게 아니었던 발네리는 화가 머리끝까지 치솟았지요. 그러다 급기야는 뒤르페가의 저택까지 난입해 들어왔는데, 그나마 다행히 앙리에트가 부재중이긴 했지만, 난동을 피우는 애첩을 프랑수아도 가만히 두고 보지만은 않았습니다. 온갖 욕설과 완력을 불사하면서 거칠게 내쫓아버렸어요. 그때부터 여자는 오로지 복수만을 생각하게 되었답니다. 그로부터 3년 뒤 대혁명이 터졌지요. 이미 많이 거칠고 추해졌지만 돈은 여전히 많았던 발네리는 혁명 과정에서 일정 역할을 해냈고, 그에 힘입어 푸키에탱빌(1746~1795. 프랑스 대혁명과 공포정치 시절 악명을 날리던 정치가—옮긴이)의 측근 중 한 사람인 마르탱 선생과 결혼까지 하게 되었지요. 이어서 그때까지도 미처 도피를 하지 못한 멜라마르 백작을 고발해, 테르미도르 반동이 일어나기 불과 며칠 전 교수대에 올리는 데 성공합니다. 물론 '다정한' 앙리에트도 마찬가지의 최후를 맞았고요."

여기서 데느리스는 일단 말을 멈추었다. 모두가 강렬한 호기심을 보이며 귀를 기울였지만, 파즈로만은 도통 무관심한 눈치였다. 멜라마르 백작이 말했다.

"선조의 내밀한 사연들은 우리 대까지 공식적으로 전해진 바가 없습니다. 단지 발네리라고 하는 삼류 여배우가 우리 증조부와 증조모를 고발했다는 얘기만 구전을 통해 어렴풋이 알고 있었지요. 그 외에는 혁명의 혼란 중에 모두 흩어져 사라지고, 가문 대대로 내려오는 자료라고 해봐야 세세한 물품 목록들과 장부들뿐이랍니다."

데느리스는 다시금 얘기를 이어갔다.

"하지만 비밀은 마르탱 부인의 기억 속에서 생생히 살아 있었답니다. 과부가 된 그녀는(푸키에탱빌의 측근이었던 남편 역시 기요틴에 희생되었던 거죠), 왕년의 폴리발네리에 정착해서 지극히 은둔적인 삶을 이어갔지요. 결혼생활에서 낳은 아들이 한 명 있었는데, 그녀는 멜라마르라는 성에 대한 본능적인 증오심을 어려서부터 아이에게 심어주었습니다. 원래 프랑수아와 그 아내의 죽음만으로는 성이 풀리지 않았던 그녀는 멜라마르 가문의 장자인 쥘 드 멜라마르가 나폴레옹 군대에서 활약하고, 왕정복고 시대의 굵직굵직한 외교관직을 역임하면서 차츰차츰 가문의 명예를 되찾는 걸 보고는, 불에 기름이 부어지듯 증오와 앙심이 새롭게 불붙어 올랐지요. 여자는 그야말로 평생을 그 가문의 몰락에 매달리게 됩니다, 결국 쥘 드 멜라마르는 나라가 인정하는 수훈자가 되어 뒤르페 가의 옛 집을 다시 복구하는 데 성공했고, 그때부터 여자는 무시무시한 음모를 차근차근 구체화시켜 가기 시작했습니다. 그 결과, 쥘 드 멜라마르는 자신을 겨냥한 엄청난 혐의들과 그를 뒷받침하는 증거들에 허물어지고 맙니다. 말하자면 자신이 저지르지 않은 범행으로 인해 고발당하는 일이 부지기수였는데, 자기 집 응접실과 그 가구들, 태피스트리를 정확히 묘사하는 피해자들의 증언에 의해 실제로 자기 집 안에서 범행을 저지른 것처럼 몰리게 된 것이지요. 요컨대 두 번씩이나 발네리의 복수가 성공을 거둔 셈이었습니다. 그로부터 22년 후, 그녀는 거의 100살이 되어 세상을 하직합니다. 아들은 그보다 먼저 저세상으로 떠났고요. 그런데 그 아래로 또 열다섯 살 정도 된 손자가 다행히 남아 있었답니다. 도미니크 마르탱이라는 소년이었는데, 그 역시 할머니에 의해 증오심에 가득 찬 범죄형으로 키워졌었지요. 두 채의 똑같은 멜라마르 저택에 얽힌 비밀로 어떤 나쁜 짓을 할 수 있는지에 대해 교육을 받은 건 물론입니다. 이 소년은 성장하자마자 지극히 능숙한 솜씨로 교묘한 음모를 꾸려가더니, 결국에는 나폴레옹 3세 휘하의 전속부관인 알퐁스 드 멜라마르를 두 명의 여자 살해용의자로 몰락하게 만들어버립니다. 범행이 일어난 장소가 영락없는 뒤르페 가의 저택 응접실로 판명이 나자 무고한 장교는 그만 자살을 하고 만 것이지요. 문제는 그 도미니크 마르탱이, 현재 사법당국에 의해 수배 중이자, 로랑스 마르탱의 아버지인 바로 그 비참한 노인이라는 사실입니다. 자, 진짜 드라마는 정작 이제부터 시작이지요."

데느리스의 표현대로 진짜 드라마는 이제부터 본격적으로 시작되는 셈이었다. 그 이전은 서론과 준비 단계에 불과했다. 얼핏 전설적인 분위기까지 두른 케케묵은 내력에서 벗어나 작금의 현실 안으로 들어서는 것과 같으니 왜 안 그렇겠는가! 배우들도 여전히 그대로이고, 그들이 자행한 악행의 직접적인 상흔이 피부로 느껴지는 단계에 접어들었다.

데느리스는 얘기를 계속 진행했다.

"바야흐로 두 존재만이 악착같이 18세기 마지막 25년의 상황을 20세기 초반까지 끌고 오게 됩니다. 100년이라는 세월을 훌쩍 뛰어넘어서까지 프랑수아 드 멜라마르의 정부가 시의원 르쿠르쇠의 살해자에게 영향을 미쳤으니 말입니다. 그 여자가 살인자에게 지령을 내린 것이며, 자신의 증오를 불어넣어준 것과 같으니까요. 아울러 새로운 충동이 이에 가세합니다. 속에서 끓어오르는 증오심은 물론 여전합니다. 단, 격세유전적이고 본능적인 앙심뿐이었던 것이 이제는 새로운 변수와 결합하게 되는데, 그것이 바로 지금까지는 전혀 해당이 되지 않았던 금전에 대한 욕구입니다. 황제의 전속 부관이었던 알퐁스 드 멜라마르를 지독한 복수심에서 겨냥했던 공격이 이제는 약탈과 사기행위로까지 새끼를 치는 셈이지요. 물론 나름대로 얼마간 거둬들인 금리소득과 선대로부터의 유산이 있었지만, 도미니크는 얼마 되지 않아 그 모든 것을 깨끗이 탕진해버렸답니다. 따라서 그는 어차피 살기 위해 온갖 악랄한 짓거리나 도둑질까지 마다 않는 입장이었습니다. 단지 그 와중에는 뒤르페 가의 저택과 관련한 일종의 알리바이 작전을 써먹지 않은 게 그나마 다행이라면 다행이었을까요. 그 저택은 한 세대 이상 멜라마르 가문이 시골에 은거해 사는 바람에 완전히 폐쇄된 거나 다름없었거든요. 도미니크로서는 뭐 하나 그럴듯한 사업도 일으키지 못하고, 그렇다고 대대로 이어오는 원수들을 괴롭히지도 못하는 답답한 삶을 살아온 것이죠. 그 시절, 도미니크가 무엇을 하며 목숨을 연명했는지, 그나마 자기 휘하의 몇몇 친구들에 의해 수행된 별 볼 일 없는 수작들이 어땠는지, 정확히 짚어 말씀드릴 만한 건 없습니다. 단지 초기에 아주 정숙한 여인과 결혼을 했고, 결국 상심 끝에 먼저 세상을 떠난 그 여자와의 사이에 세 명의 딸, 빅토린, 로랑스, 그리고 펠리시테가 있다는 사실밖에는요. 그들은 폴리발네리에서 무럭무럭 성장했답니다. 그중 빅토린과 로랑스는 일찍부터 아버지의 못된 짓거리들을 돕기 시작했지만, 어머니로부터 정직한 성품을 물려받은 펠리시테만은 그런 일에 따르기를 거부했습니다. 그리고 파즈로라고 하는 어느 선량한 사내를 만나 결혼해서 미국으로 건너갑니다. 그 후, 15년이라는 세월이 흘렀지만 마르탱 가의 형편은 조금도 나아지지 않았답니다. 하지만 도미니크와 그 두 딸은 마지막 유산인 낡은 저택만은 팔려 하지 않았습니다. 저당도 양도도 철저히 거부했지요. 일단 배는 곯아도 마음은 자유로워야 했고, 어디까지나 자기 집에 살아야만 했으니까요. 더군다나 언제 올지 모를 기회를 단념할 수는 없었지요. 하긴 어찌 그 욕심과 기대를 쉽게 버리겠습니까? 아니나 다를까, 드디어 뒤르페 가에 위치한 또 다른 저택이 문을 활짝 개장하는 날이 오고야 말았답니다! 아드리앵 드 멜라마르 백작과 그 누이동생 질베르트가 과거의 끔찍한 교훈을 완전히 잊은 채 파리에 살기 위해 온 것이지요. 그러니 어찌 이 기회를 살리지 않을 것이며, 쥘과 알퐁스 드 멜라마르에게 공히 써먹었던 수법을 다시 들이대지 않을 수 있겠습니까! 그때부터 암울한 운명은 다시 기지개를 켜기 시작합니다. 미국으로 도망치듯 떠났던 도미니크의 딸 펠리시테가 그만 부에노스아이레스에서 죽었고, 남편도 뒤이어 세상을 하직합니다. 그들 사이엔 아들이 하나 있었는데, 당시 열일곱 살이었지요. 당연히 동전 한 푼 없는 상태였고요. 무얼 할 수 있었겠습니까? 그 아이는 일단 파리라는 세계를 알고 싶어 했답니다. 어느 화창한 날, 누구도 위험하다는 경고를 해주지 않은 이 아이는 뭣도 모른 채 할아버지와 이모들이 사는 집 초인종을 누르게 되지요. 문이 반짝 열립니다. '누구십니까?', '앙투안 파즈로입니다.'"

느닷없이 자신의 이름이 호명되자, 그러지 않아도 자기 가계의 어두운 내력에 관한 이야기에 점점 주의가 끌리는 걸 간신히 참던 앙투안 파즈로는 고개를 살짝 돌리더니 어깨를 으쓱하며 비아냥댔다.

"무슨 잡소리가 그리 장황한가? 그런 말도 안 되는 험담은 다 어디서 주워들은 거야? 발네리라고? 비에유데마레의 저택? 두 개의 집이 뭐 어째? 세상 그런 머저리 같은 소리는 처음 들어보는군! 아무튼 자네의 상상력 하나는 알아줘야겠어!"

데느리스는 앙투안의 딴죽에 일일이 응수하지 않고 절도 있게 다음 얘기로 넘어갔다.

"당시 앙투안 파즈로는 으레 해줄 수 있는 얘기를 통해서만 과거사에 대해 알고 있는 상태로 프랑스에 온 것이었죠. 다시 말해, 별로 아는 게 없는 처지였단 뜻입니다. 그는 명민한 젊은이였고, 자기 어머니를 존경하는 선량한 청년이었습니다. 인생에 있어서도 어머니가 가르쳐준 원칙에 입각해서만 바라보는 입장이었죠. 그래서 그의 할아버지와 이모들 또한 정면으로 그런 입장에 손을 대지 않도록 처음에는 무척 유의했습니다. 그러던 중, 젊은이가 제아무리 번듯하다 해도 다소 게으르고 무사태평하며 낭비벽이 있다는 사실을 재빨리 파악함으로써 음흉한 할아버지와 이모들은 시간을 벌게 됩니다. 아하, 이 단계에서는 휘어잡을 게 아니라 오히려 잔뜩 키워주는 게 낫겠구나! 하고 판단한 거죠. '얘야, 실컷 즐기려무나. 사교계에도 나가보고, 그럴듯한 친분도 쌓아야지. 돈은 마음껏 써라. 어차피 돈이라는 건 써야 생기는 법이지.' 이런 식이었겠죠. 결국 앙투안은 돈 쓰고 노름하고 빚을 지는 게 일이 되었습니다. 그러다 보니 자기도 모르는 사이에 점점 양심과 원칙에서 벗어나는 구렁텅이로 미끄러지는 거야 당연했죠. 그러던 어느 날, 이모들이 그를 불러 선고합니다. '이제 파산지경이다. 지금부터는 일을 해야만 한다. 두 이모 중 웃어른인 빅토린도 일을 하고 있지 않니? 생드니 가의 가게에서 말이다.' 앙투안은 당장 투덜댔습니다. 일을 하다니? 나이도 창창한 스물넷인 데다, 그처럼 재주 좋고 호감 어린 청년에게 그보다야 더 멋진 일이 있지 않겠는가? 이제 어느 정도 살다 보니 웬만한 소심증 따윈 다 떨어버린 상태인데! 두 이모는 기다렸다는 듯이 과거 얘기를 꺼냈지요. 프랑수아 드 멜라마르와 발네리의 사연, 두 개의 닮은꼴 집에 얽힌 비밀, 그리고 살인에 관해서는 살짝 비껴가면서 얼마나 짭짤한 일거리가 가능한지에 대해 신나게 늘어놓았습니다. 그로부터 두 달 뒤, 앙투안은 교묘한 수완을 부린 끝에 멜라마르 백작 남매 앞에 자신을 소개하는 데 성공했고, 지극히 호의적인 조건하에 뒤르페 가의 저택을 드나들 수 있는 특권을 부여받기에 이르렀답니다. 바로 그 순간, 호박이 넝쿨째 굴러 들어온 것과 마찬가지지요. 질베르트는 최근에 이혼한 처지. 아직은 예쁘고 부자인 그녀와 결혼하려 들지 않을 이유가 없는 겁니다."

이 대목에 이르자, 파즈로는 격하게 들고일어났다.

"이제까지의 바보 같은 중상모략 따위엔 내 일일이 대꾸하지 않았다. 그러면 오히려 나만 더러워질 것 같아서였어. 하지만 단 하나, 도저히 묵과할 수 없는 게 있다. 질베르트 드 멜라마르를 향해 가졌던 내 감정을 왜곡하는 것만큼은 그냥 봐줄 수 없어!"

장은 즉답은 피한 채 다소 인정하는 투로 말했다.

"아니라고는 말 안 하겠습니다. 젊은 파즈로는 경우에 따라 진실되고 낭만적인 면도 없진 않았으니까. 어쨌든 이건 그에게 차근차근 앞을 내다보며 접근해야 할 일이었습니다. 일단 개길 만큼은 개겨야 할 테니 웬만큼은 사는 것처럼 보여야 할 것이고, 그러려면 우선 두둑한 지갑을 가지고 다녀야 할 터였죠. 그는 곧장 이모들을 졸라 발네리 여배우의 소장 가구들 중 몇 가지라도 팔아서 돈을 마련해달라고 했습니다. 당연히 도미니크 할아버지는 노발대발이었죠. 그렇게 1년 동안 조심조심 질베르트를 향한 구애공세가 진행됩니다. 하지만 번번이 헛수고였죠. 게다가 그즈음 멜라마르 백작은 젊은이에 대해 크게 신뢰감이 없었습니다. 엎친 데 덮친 격으로 어느 날, 젊은이의 지나친 태도에 질린 질베르트 드 멜라마르는 호출벨을 울려 하인을 부르고는 즉시 손님을 문밖으로 내치기에 이르렀지요. 젊은이의 꿈이 일거에 허물어지는 순간이었습니다. 모든 게 참담해진 처지에서 다시 처음부터 시작해야 하다니! 이 비참한 지경을 어떻게 벗어날 수 있을까? 문제는 굴욕감과 원한 섞인 감정이 그의 안에 남아 있던 어머니의 영향력을 송두리째 무너뜨렸는가 하면, 그 틈새로 발네리 혈통의 온갖 사악한 본능이 물밀듯이 스며들었다는 점입니다. 마침내 그는 복수를 맹세하게 됩니다. 일단 여기저기 온갖 잡일을 하며 돌아다녔고, 각종 협잡질에 재미를 붙이곤 했지요. 어쩌다 파리를 들를 때면 지갑은 늘 납작한 상태였고, 그때마다 할아버지와 지독한 말싸움을 벌이면서까지 가구들을 몇 점씩 처분해서 돈을 빼가곤 했습니다. 예컨대 샤퓌의 서명이 담긴 가구들이 팔려서 외국으로 빠져나간 사실이 베슈와 나에 의해 어느 골동품 상점에서 확인되기도 했지요. 결국 그렇게 저택은 조금씩, 조금씩 비워져갔습니다. 하긴 뭐가 대수이겠습니까? 중요한 건 건물을 그대로 지키면서 응접실과 중앙 계단, 현관, 그리고 안뜰만큼은 손대지 않는 것이니까요. 오, 그 점에 한해서는 당연히 마르탱 자매 역시 한 치의 물러섬이 없었습니다. 적어도 두 개의 응접실은 완벽하게 똑같아야 했지요. 그렇지 않으면 언제라도 덫을 놓을 경우에 모든 게 탄로 날 수 있으니까요. 그들에게는 마침 프랑수아 드 멜라마르가 작성해놓은 가구와 물품 목록 사본이 있었지요. 그러니 단 하나의 물건이라도 빠뜨리지 않을 수가 있었던 겁니다. 특히 로랑스 마르탱은 악착같았습니다. 그녀에겐 발네리와 아버지에 이어 내려온 뒤르페 가의 저택 열쇠까지 있었습니다. 수차례에 걸쳐 밤을 이용한 침투작전이 이루어졌지요. 그렇게 해서 어느 날, 뒤르페 가의 저택에 사소한 물건들이 사라지고 없는 게 므슈 드 멜라마르의 눈에까지 들어오기에 이른 겁니다. 사정인즉슨 자기 집에 반쯤 분실되고 없는 종 손잡이띠와 일치하게끔 뒤르페 가의 저택 종 손잡이띠도 반을 잘라냈고, 촛농받이와 서랍장 손잡이도 자기 집의 것이 분실되어 없으니, 마찬가지로 여기 것도 없애버린 것이지요. 그 모든 물건들이 하찮은 것들이라고요? 물론 내부인이 보기에는 그럴지도 모릅니다. 하지만 방물장수를 하는 빅토린에게는 하찮은 물건이란 없지요. 그녀는 그들 중 일부를 내가 우연히 구경 나간 벼룩시장에 내다 팔았고, 나머지는 자기 가게에 비치해두었습니다. 그런데 그 가게에마저 내가 조사차 들렀다가 그만 여기 이 파즈로와 맞닥뜨리게 된 겁니다. 그즈음 마르탱 가는 최악의 상황이었습니다. 수중에 땡전 한 푼 없었고, 제대로 먹을 것도 충분치 않았습니다. 더 이상 마땅히 내다 팔 것도 없었고, 웬만한 것은 할아버지가 완강하게 지키고 앉아 있었습니다. 이제 어떻게 되는 걸까요? 바로 그때, 오페라극장에서 공권력까지 요청된 상태로 대규모 자선행사가 열리게 됩니다. 워낙에 회전이 빠른 로랑스 마르탱의 머릿속에 순간적으로 아주 대담한 아이디어가 움튼 것도 그때이지요. 즉, 다이아몬드 가슴받이를 훔쳐내자는 겁니다. '아하, 그거 기막힌 생각이다!' 앙투안 파즈로는 대번에 후끈 달아올랐지요. 불과 스물네 시간 안에 모든 준비가 완료되었습니다. 당일 저녁이 되자 그는 무대 뒤로 잠입해 조화 다발에 불을 놓았고, 쏜살같이 레진 오브리를 납치해 훔친 자동차에 던지듯 태웠습니다. 만약 그 차 안에서 가슴받이만 빼앗고 나머지 군더더기를 저지르지만 않았다면 아주 신출귀몰한 작전이 될 수도 있었을 겁니다. 그러나 로랑스 마르탱은 그 이상을 원했지요. 발네리 양의 증손녀로서 과거의 원한을 고스란히 가슴속에 묻고 있었던 겁니다. 이 사건 자체에 대대로 내려오는 어떤 심각한 의미를 부여하는 뜻에서, 그녀는 노략질이 비에유데마레 가의 저택 응접실에서 이루어질 것을 요구했습니다. 멜라마르 저택의 응접실과 똑같은 바로 그 장소에서 말이죠. 그래야 발각된다 하더라도 오히려 뒤르페 가의 저택을 대상으로 조사가 추진될 것이요, 잘하면 쥘과 알퐁스 드 멜라마르한테 성공적으로 가해졌던 앙갚음이 현재의 백작에게 다시금 가해질 게 아니겠습니까? 결국 발네리의 응접실에서 범행이 자행되었습니다. 마치 자신이 질베르트인 것처럼 로랑스는 손가락에 삼각형으로 진주 세 알이 배열된 반지를 은근슬쩍 내보였지요. 아울러 똑같은 속셈으로 갖춰 입은 검은 벨벳 무늬가 가미된 짙은 자줏빛 드레스도 일부러 과시하듯 보여줬고요. 앙투안 파즈로 역시 마치 멜라마르 백작이라도 된 듯 밝은색 계통의 각반을 착용하고 있었습니다. 일을 끝마친 두 시간 뒤,

로랑스 마르탱은 다시 멜라마르 저택으로 잠입해 서가의 책들 속에다 은빛 튜닉을 감춰두었지요. 몇 주가 지난 다음, 나와 함께 달려간 베슈가 결정적인 범행증거라며 호들갑스레 찾아낸 바로 그 옷 말입니다. 백작은 즉각 체포되었죠. 누이동생은 도망쳤고요. 멜라마르 가문이 세 번째로 망신을 당하게 된 겁니다. 그야말로 추잡한 사건이었고, 감옥과 그에 뒤이은 자살이 예견되는 상황이었으며, 발네리의 자손들 입장에서는 엄청난 범죄를 저지르고도 멀쩡한 상태를 기대할 참이었습니다."

장의 해명을 가로막는 이는 아무도 없었다. 손동작으로 문장을 또박또박 끊어가면서 점점 더 간명하고 카랑카랑해지는 어조로 얘기를 풀어나갔고, 논리정연함 속에서 처절하게 전개되는 이 암울한 내력을 모두들 몸소 체험하는 분위기였다.

별안간 앙투안의 너털웃음이 터져나왔는데, 제법 자연스러운 웃음이었다.

"허허허, 그것참 재미있군! 앞뒤가 그럴듯하게 맞아 돌아가. 군데군데 반전과 기발한 장치까지 갖춘 아주 멋진 연재소설이야! 정말 감탄했네, 데느리스! 그저 유감이라면, 나에 관한 대목들뿐이랄까. 마르탱 가문과 내가 전혀 무관하다는 건 굳이 강변할 필요도 없겠고. 자네의 탁월한 상상 속에서만 존재할 그 쌍둥이 저택인가 뭔가 하는 거야말로 나로선 태어나서 듣지도 보지도 못한 희한한 얘기일세. 아울러 지금 자네가 내게 덮어씌운 악역 또한 진짜 내 역할과는 정반대라는 사실도 몹시 유감스러운 일이지. 나는 사람을 납치한 일이 없으며, 다이아몬드 가슴받이를 훔친 일 또한 전혀 없다네. 멜라마르가의 친구들과 아를레트, 베슈, 심지어 자네조차 그동안 내 행동에서 보아온 것들은 오로지 정직함이나 이해득실에 무관심한 면, 헌신과 우애가 전부일 터. 이보게, 데느리스, 자네 잘못 짚은 거야!"

어떤 점에선 정당한 반박이었고, 최소한 백작 남매를 찔끔하게 만들기엔 부족함이 없었다. 파즈로의 행동거지는 겉으로 보기에 전혀 나무랄 데가 없었던 것이다. 게다가 정말로 그는 이 두 번째 저택의 존재에 관해서 전혀 모를 수도 있었다. 데느리스는 회피하지 않고 반응했지만, 여전히 간접적인 표현을 썼다.

"세상에는 사람을 속이는 표정이나 상대방의 판단을 흐리게 하는 태도가 있는 법입니다. 나로 말하자면, 단 한 번도 파즈로 선생의 그 허울 좋은 성실한 태도에 나 자신을 혹하게 내버려둔 적이 없었습니다. 처음 빅토린 이모의 가게에서 그와 마주쳤을 때부터 난 단박에 적이라 생각했고, 베슈와 더불어 태피스트리 뒤에 숨어 엿들었던 저녁에는 그런 생각이 마침내 확신으로 굳어졌지요. 파즈로 선생은 연기를 하고 있었던 겁니다. 단, 솔직히 말해서 처음 본 날 이후부터 그자의 행동이 날 항상 어리둥절하게 만든 점은 있었습니다. 즉, 스스로 약간 모순된 행동을 보이거나, 적어도 내가 짐작하고 있던 계획을 자진해서 파기하고 나오는 경우들이 있었단 얘깁니다. 예컨대 멜라마르 남매를 공격하리라고 본 시점에 돌연 옹호를 하고 나서는 등 진영을 제멋대로 옮기는 듯한 느낌이 없지 않아 있었죠. 대체 무슨 일이 일어났던 걸까요? 오, 실은 무척이나 간단한 문제였답니다! 우리의 어여쁘고 다정다감한 아를레트가 그의 인생에 비집고 들어왔던 것이죠."

앙투안은 어깨를 으쓱하며 픽 웃었다.

"쳇, 이거야 갈수록 태산이로군! 이것 봐, 데느리스. 과연 아를레트가 내 본성을 바꿀 수 있었을까? 자네보다 먼저 쫓기 시작했고, 결국 내 손으로 바짝 몰아세운 악당들과 내가 한패라고?"

데느리스는 여전히 상대를 제삼자처럼 제쳐두는 방식으로 응수했다.

"아를레트가 그의 삶 속에 자리를 차지하고 들어선 지는 이미 어느 정도 됐습니다. 므슈 드 멜라마르, 기억하십니까? 당신의 죽은 딸과 너무도 흡사한 외모에 이끌려 몇 차례 아를레트의 뒤를 따라가보았던 일 말입니다. 당신을 예의 주시하고 있던 앙투안은 직접, 아니면 이모들을 통해서 당신이 따라다니는 여자의 정체를 파악할 수 있었고, 자기도 멀찌감치 그녀를 따라 집 근처까지 접근하거나 어둠 속을 배회해왔답니다. 심지어 어느 저녁에는 그녀가 밖으로 나오기를 기다렸다가 직접 다가들려 하기도 했지요. 처음의 호기심이 어쩌다 보니 좀 더 강렬한 감정으로 변하고, 보면 볼수록 그 강도가 심해졌던 겁니다. 여기서 잊지 말아야 할 것은, 앙투안이라는 인간은 원래부터 자기만의 상념에다 황당무계하고 낭만적인 몽상을 마구 뒤섞을 수 있는, 지극히 감상적인 성격의 소유자라는 점입니다. 아울러 도중에서 포기하는 법이 없는 저돌적인 껄떡쇠 타입이기도 하죠. 일단 레진을 납치하는 일도 해냈겠다, 간덩이가 부은 그는 조금도 망설이지 않았습니다. 로랑스 마르탱이 위험한 일이라며 충고했지만 그는 밀어붙였고, 마침내 이모의 승인하에 아를레트까지 납치하기에 이르렀지요. 사실 그는 여자를 가둬놓고 제 마음대로 주물러서 지친 여자가 체념에 이르기를 기다렸다가 본격적인 공략에 들어갈 계산이었습니다. 하지만 헛된 희망에 불과했지요. 아를레트가 도망쳤거든요. 그때 그는 정말 심각한 절망에 빠졌습니다. 며칠 동안 혹독한 고통에 시달렸어요. 더 이상 그녀 없이는 살 수도 없었습니다. 보고 싶었죠. 그녀의 사랑을 받는 남자가 되고 싶었습니다. 그러던 어느 날 저녁, 지금까지의 모든 사악한 계획들을 단번에 뒤집어엎고, 다짜고짜 아를레트 모녀를 만나러 나타난 겁니다. 자신을 멜라마르 백작의 죽마고우라 소개하면서요. 그는 백작 남매는 결백하다고 단언했습니다. 그러니 아를레트의 입장에서 그 결백이 증명될 수 있도록 어찌 이 낯선 사내를 돕고 싶어 하지 않을 수 있겠습니까? 므슈 드 멜라마르, 이제 당신은 그자가 이 새로운 게임에서 어떤 이득을 얻어낼 것이며, 무슨 수로 깨끗이 해치울지 알 만할 겁니다. 일단 단번에 아를레트의 환심을 사게 되지요. 자신의 실수를 돌이킬 수 있다는 걸 다행이라 생각한 그녀는 적극적으로 남자에게 협조할 겁니다. 또한 당신 누이동생으로부터 극진한 감사의 뜻을 이끌어내겠죠. 그녀로 하여금 사법당국에 자진출두하도록 설득한 뒤, 변론의 각본을 미리 제시해서 그녀는 물론 오빠까지 구해낼 테니까요. 그뿐만 아니라, 당황한 내가 곰곰이 생각을 정리하느라 시간을 보내는 동안, 그는 당신 응접실에 느긋하게 한 자리를 차지하고 말죠. 마치 수호천사라도 되듯 모두의 환영을 받는 가운데 말입니다. 여기서 더 나아가 그는 아를레트의 기특한 야망을 구체화시켜주기 위해서 수백만 프랑의 자금 지원을 제시합니다(하긴 다이아몬드 도둑인 그에게 그 정도는 돈도 아니지요). 결국 자기 덕분에 나락에서 간신히 살아난 사람들의 절대적인 지지를 받아, 그는 아를레트에게서 결혼 약속까지 받아내고야 맙니다!"

12
아르센 뤼팽

앙투안이 조용히 다가왔다. 모든 행적이 더없이 적나라하게 까발려져서 어느 하나 감춰진 것이 없었기에, 그의 빈정대는 듯 무관심한 태도마저 이제는 서서히 무너지기 시작하고 있었다. 나아가 클로로포름에 의해 육체가 마비됐었고, 신경체계마저 교란당했으며, 무엇보다도 힘과 정보 면에서 더는 무시할 수 없는 강적한테 대항하고 있다는 사실을 그는 깨닫지 않을 수 없었다. 코앞에서 장을 바라보며 선 그는 차마 표출할 수 없는 분노로 몸서리를 치면서도, 자신보다 월등한 힘에 압도당해 어쩔 수 없이 이야기를 끝까지 들어야만 하는 입장이었다. 간혹 입에서 새어나오는 대꾸라고 해봐야 이런 꺼칠한 중얼거림뿐이었다.

"거짓말! 너는 비겁한 놈일 뿐이야! 나한테 이러는 건 단지 질투심 때문이라고."

데느리스는 지금까지 일부러 외면해왔던 태도를 버리고, 마치 도전에 응하듯 고개를 홱 돌려 정면으로 노려보며 외쳤다.

"그럴지도 모르지! 아마 나 역시 아를레트를 좋아해서 이러는 건지도 몰라! 하지만 이제 자네의 적은 나뿐만이 아니야! 자네의 진짜 적은 왕년에 자네의 공범이었던 자들이라고. 갱생해보려고 발버둥을 치는 자네의 적은 여전히 흔들림 없이 과거에 매달려 있는 자네의 할아버지와 이모들이란 말일세."

"난 그들을 몰라! 아니, 척결해야 할 적으로서 그들을 알았을 뿐이야. 나는 그들을 떨쳐버리려고 싸워왔다고!"

앙투안 파즈로가 발끈하며 소리치는 걸 데느리스는 차분하게 타일렀다.

"그래, 그들이 자넬 붙잡고 늘어지기에 싸워온 거지. 그들 때문에 한통속으로 연루될까 봐 두려웠던 거야. 가능하다면 그들을 무력화시키고도 싶었어. 하지만 그들 같은 악인들, 아니 정신병자들은 결코 완전히 무장해제 시킬 수가 없는 법이라네. 예컨대 시의회에서 속칭 마레지구라고 하는 곳에, 비에유데마레 가를 포함한 몇 개의 도로 확장 공사 계획이 있었지. 만약 그 계획이 실현된다면 새 길이 다름 아닌 발네리의 저택을 지나도록 되어 있었어. 그런데 이건 도미니크 마르탱도, 그 두 딸도 결코 용납할 수 없는 일이지. 그 낡은 저택은 그들에겐 신성불가침이었으니까. 그것은 마치 그들의 살이요, 피와도 같다고 할 수 있어. 신성모독이나 다름없는 건물 파손만 피할 수 있다면 그들은 무슨 짓이든 할 수 있었어. 로랑스 마르탱은 이 문제를 놓고 평판이 다소 수상쩍은 시의원 한 명과 흥정을 시도했다네. 하지만 함정이 쳐진 걸 눈치챘고, 곧장 줄행랑을 쳤지. 대신 도미니크 영감이 므슈 르쿠르쇠를 권총 한 방으로 끝장냈고 말이야."

"그걸 내가 알게 뭐란 말인가? 살인사건을 내게 알려준 게 바로 자네 아닌가."

앙투안은 여전히 뻣뻣했다.

"그렇다고 쳐. 그래도 살인자는 자네 할아버지와 공범인 로랑스 마르탱이라는 사실엔 변함이 없어. 그리고 바로 당일, 그들은 자네가 좋아하지만 자기들은 죽이기로 작정한 여자를 대상으로 공격을 감행했지. 사실 자네가 아를레트라는 여자를 애당초 몰랐다거나, 설사 알았어도 그들의 뜻을 꺾어가면서까지 그 여자와 결혼할 생각을 안 했다면, 오늘처럼 자네가 집안을 배신하는 상황까지 오지는 않았을 거야. 아무튼 아를레트로선 유감스러운 일이지. 누구든 방해가 되는 자가 있으면 없애고 보는 게 그들의 방식이니까. 외딴 창고로 유인된 아를레트는 그때 만약 자네가 제때에 나타나주지만 않았어도, 그들이 붙인 불에 산 채로 타 죽었을 것이네."

파즈로는 모처럼 낭랑한 목소리로 외쳤다.

"그러기에 내가 아를레트 편이고, 그 불한당 같은 작자들의 적이라지 않은가!"

"맞는 말이야. 하지만 그 '불한당 같은 작자들'은 또한 자네 가족이기도 하지."

"거짓말!"

"자네 가족이야. 내게 증거도 있지. 같은 날 저녁, 그들과 언쟁을 벌이면서까지 범죄행각을 비난하고, 살인엔 반대한다고 악을 썼지만 소용이 없었어. 아를레트의 머리카락 하나 손대지 말라고 엄포를 암만 놓았다 해도 다 소용 없는 짓이라고. 어차피 자네는 자네 할아버지와 이모들과 함께 연대책임을 갖기 때문이지."

"떼강도들과는 연대책임 안 져!"

파즈로는 자신을 겨냥한 공세가 가열될수록 알게 모르게 후퇴하는 기색이 엿보였다.

"아니야. 적어도 예전엔 그들과 공범이었고, 그들과 협력해서 도둑질을 했으니 책임져야지."

"난 도둑질 안 했어!"

"자넨 다이아몬드를 도둑질했어. 그리고 더 나쁜 건 그걸 지금도 독차지한 채 꼭꼭 숨겨두고 있다는 점이야. 그들이 자기들 몫으로 전리품 분배를 요구하자, 자넨 일언지하에 거절했지. 바로 그 점 때문에도 자네와 가족 모두가 마치 광기에 휩싸인 것처럼 서로 찢어져서 난리를 쳤던 거야. 한 집안 식구끼리 죽기를 각오한 전쟁이 벌어진 거라고. 사법당국의 추적을 받는 데다, 언제 자네 손에 의해 넘겨질지 몰라 전전긍긍하느라 그들은 저택도 버리고 교외에 한 채 소유하고 있는 별장으로 피신 중이지. 하지만 그런다고 단념할 그들이 아니야. 그들은 다이아몬드를 원해! 아울러 가문의 처소를 수호하고 싶어 하지! 그래서 자네한테 줄기차게 편지질을 하고 전화질을 해온 거야. 결국 이틀 밤이 지나고 나서야 샹드마르스 공원에서 약속이 이루어졌지. 근데 역시나 뭔가 안 맞아 돌아갔어. 물론 자네가 전리품도 나누려 하지 않고, 결혼도 포기 못하겠다고 버텼기 때문이지. 그래서 가족들 셋이 모여 최종 토론을 벌였어. 자네를 아예 죽여버릴 방법을 모색했지. 공원의 캄캄한 어둠 속에서의 싸움은 냉혹할 수밖에 없는 법. 좀 더 젊고, 힘이 센 자네가 승자가 될 수밖에. 빅토린 마르탱이 너무 가깝게 거리를 주면서 붙들고 늘어지기에 자네는 단도 한 방으로 떨쳐내버린 거지."

앙투안은 창백하게 질려 비틀거렸다. 그 끔찍했던 순간이 낱낱이 환기되자, 완전히 혼비백산한 모양이었다. 이마에는 땀방울이 방울졌다.

"그때부터 자네는 더 이상 두려울 게 없는 사나이 같았지. 모두에게 호감을 얻고 있고, 멜라마르 남매와는 속내를 터놓는 사이인 데다, 반우벤과도 친구이고, 베슈의 조언자로서 아주 상황을 완전히 통제하셨어! 자, 그러는 자네의 진짜 의도는 뭘까? 그야 발네리 저택이 국고로 환원되고 파괴당하게 놔둠으로써 은근슬쩍 자신의 과거로부터도 도망치겠다는 거겠지. 일단 마르탱 가와는 결정적으로 단절한 뒤, 나중의 적당한 시기에 적절하게 배상하겠다는 거야. 다시금 정직한 사람이 되어 아를레트와 결혼하고, 뒤르페 가의 저택을 사들인다…… 그렇게 해서 자네를 통해 두 적대적인 원수 가문이 화합을 하면, 더 이상 '닮은 꼴'이라는 것을 빌미로 도둑질이나 사기가 일어나지 않는 명실상부한 저택의 주인으로서, 회한도 두려움도 없이 안락한 삶을 누리시겠다는 거였지! 그런데 단 하나 훼방꾼이 바로 나였어. 자신에 대한 적개심을 가진 건 알겠지만, 아를레트한테 어떤 감정을 가진지는 전혀 모르는 바로 이 사람 말이야. 워낙에 신중이 지나쳐 그 무엇도 소홀히 넘기지 않으려고 해서인지 자네는 주도면밀하게도 나까지 올가미를 씌워 꼼짝 못하게 만들려고 했어. 그렇게 하는 게 물론 자네로선 가장 확실한 방법이었겠지, 안 그래? 굳이 공세를 벌인다기보다는 자네 스스로를 방어하려는 뜻 아니었을까? 그래, 자네는 세심하게도 아르센 뤼팽이라는 이름을 끄집어 쪽지에 휘갈겨 쓰고는 방물장수의 호주머니 속에 밀어 넣었지. 말하자면 새로운 줄타기 곡예를 벌이기 시작한 거야. 즉, 아르센 뤼팽이 바로 장 데느리스라는 거지. 아주 신문들마다 찾아다니며 떠벌려놓았더군. 베슈까지 동원해서 나를 몰아세우려고 했지. 자, 그렇다면 이제 우리 둘 중 누가 유리한 고지를 선점한 걸까? 둘 중 누가 먼저 상대를 옭아매는 데 성공할까? 당연히 자네 아니겠어? 그만큼 승리에 대한 자신이 있으니 내게 노골적으로 도전한 것 아니겠냐고! 슬슬 대단원이 가까이 다가오고 있었네. 그야말로 시간 문제, 아니 분초를 다투는 문제라고 할 수 있었어. 우린 둘이 서로를 마주 보고 있었지. 경찰까지 우리 둘을 지켜보는 가운데 말이야. 베슈는 우리 둘 중 한 명을 선택하기만 하면 되었어. 나로 말하자면, 위험이 너무도 강렬하게 느껴져서 시쳇말로 대번에 기선을 제압해버릴 필요성이 절실했던 거야. 당장에 자네 턱주가리에 주먹이라도 한 방 날리지 않으면 안 될 처지였다니까."

앙투안 파즈로는 동정이든 지원이든 바라는 얼굴로 주위를 두리번거렸다. 하지만 백작 남매도 반 우벤도 호된 눈초리로 쏘아보았고, 아를레트는 아예 딴전을 피웠으며, 베슈는 금방이라도 먹잇감을 덮치려는 경찰관 특유의 단호한 태도였다.

그는 부르르 몸서리를 치면서도 여전히 적과 맞서보려는 듯 상체를 곧추세웠다.

"그래, 증거는 가지고 있나?"

"충분하지. 지난 일주일 동안 나는 마르탱 가의 그림자 속에서 살다시피 했다네. 로랑스와 자네가 교환한 편지들을 입수했지. 이런저런 잡다한 장부와 수첩들, 그리고 방물장수인 빅토린 마르탱이 발네리를 비롯한 자네 집안 모두의 내력을 기록해둔 일종의 비망록까지 죄다 내 수중에 들어와 있다네."

"그, 그렇다면 왜 아직 그 모든 걸 경찰에 넘기지 않은 거지?"

앙투안은 베슈를 손가락으로 가리키며 더듬거렸다.

"먼저 모든 사람들이 보는 앞에서 자네의 음흉함과 비열함을 납득시키고 싶었고, 아울러 자네한테 마지막으로 구원받을 수단을 남겨주기 위해서였지."

"그게 뭔데?"

"다이아몬드를 내놓는 것."

앙투안 파즈로는 펄쩍 뛰며 외쳤다.

"그건 내가 가지고 있지 않다니까!"

"아니야, 가지고 있어. 로랑스 마르탱이 분명 널 지목했어. 다이아몬드를 숨겨놓았다고 말이야."

"어디 말인가?"

"발네리 저택 안에."

앙투안은 한층 더 길길이 날뛰었다.

"그 있지도 않은 건물에 대해 잘 아시나 보지? 그 불가사의하고 황당무계한 저택에 대해서 잘 알아?"

"그야 여부가 있나. 로랑스가 시의원을 매수하려 했던 날, 나는 문제의 보고서 내용이 도로확장에 관한 사안이라는 걸 알게 되었어. 일단 그다음부터는 쉽더군. 그 거리는 나도 잘 알아서, 앞에는 뜨락이 있고 뒤로도 정원을 갖춘 넉넉한 저택 부지만 찾으면 그만이었으니까."

"그렇다면 이참에 우릴 그곳으로 데려가주는 게 어때? 자네 의도가 나를 당황하게 해서 숨겨둔 다이아몬드를 토해내게 만드는 거라면, 왜 시원스레 발네리 저택으로 우릴 대령하지 않느냐는 말이야!"

"그러지 않아도 지금 와 있다네."

데느리스가 지그시 눌러 말했다.

"뭐? 지금 뭐라고 했어?"

"말하자면 약간의 클로로포름만으로도 자넬 쉽사리 잠재웠고, 그다음 멜라마르 백작 남매와 함께 이곳으로 데려온 상태라는 거지."

"이곳이라면?"

"그래, 발네리 저택 말이야."

"그럴 리가! 우린 지금 발네리 저택이 아니라, 뒤르페 가의 저택에 있는 거야!"

"우린 지금 자네가 레진의 물건을 강탈하고, 그것도 모자라 아를레트까지 납치해온 바로 그 응접실에 와 있다네."

"사실이 아니야. 사실이 아니라고."

앙투안 파즈로는 넋 나간 표정으로 더듬댔고, 데느리스는 한층 빈정대는 투로 말했다.

"뭐야, 도대체? 두 집이 얼마나 똑같으면 발네리의 증손자이자, 도미니크 마르탱의 손자뻘 되시는 자네조차 정신이 휘딱한단 말인가!"

"거짓말! 사실이 아니야! 그럴 리가 없다고!"

앙투안 파즈로는 눈에 보이는 사물들에서 조금이라도 다른 점을 찾아내기 위해 안간힘을 다하는 눈치였다.

장은 그 모습을 싸늘한 눈초리로 바라보며 말했다.

"글쎄, 여기라니까! 자네가 마르탱 가 사람들과 함께 살았던 곳이라고! 지금은 건물의 대부분이 텅 비어 있지. 단, 이 방만은 모든 가구들이 그대로야. 물론 계단과 안뜰도 그 유구한 모습을 그대로 간직하고 있고. 분명히 말하지만 여긴 발네리의 저택일세."

"거, 거짓말! 거짓말을 하고 있어!"

고통에 몸부림까지 치면서 앙투안은 더듬거렸다.

"저택은 현재 완전 포위되어 있네. 베슈도 이곳으로 우리와 함께 와 있지. 경찰관들이 안뜰과 지하실에 대기 중이고. 앙투안 파즈로, 바로 여기라니까! 숙명적인 이 고가(古家)에 완전히 사로잡힌 도미니크 마르탱과 로랑스 마르탱이 조만간 다시 여기로 고개를 내밀 거야. 그들을 만나보고 싶나? 응, 그들이 끝내 체포되는 광경을 보고 싶냐고?"

"정말 그들을 말인가?"

"맙소사! 자네 두 눈으로 그들이 이곳에 나타나는 걸 보게 된다면, 분명 자기들 집에 드나드는 셈이니 우리가 현재 뒤르페 가가 아니라, 비에유데마레 가에 와 있다는 걸 인정할 것 아닌가?"

"그래서 결국 그들을 체포할 거라고?"

"베슈가 싫다고만 하지 않는다면 말이지."

그런 농을 툭 던지는데, 문득 맨틀피스 위의 추시계에서 자그마한 쇳소리로 6시를 알리는 소리가 들려왔다. 데느리스는 정색을 하고 외쳤다.

"6시로군! 자네도 알다시피 그들은 시간을 정확하게 지키지. 실은 어느 날 밤에 그들끼리 쑥덕대는 얘기를 엿들었는데, 정각 6시에 자기들 집을 한 번씩 돌아보자고 다짐을 하더군. 자, 창문을 보게, 앙투안. 그들은 항상 정원 저 구석에서 모습을 드러낸다니까. 잘 봐."

앙투안은 창가로 다가가 자기도 모르게 얇은 망사 커튼 너머로 밖을 내다보았다. 다른 사람들도 저마다 초조한 기색으로 의자 위로 잔뜩 몸을 기울이며 눈을 치떴다.

잠시 후, 버려진 별채 근처의 아를레트가 도망쳤던 쪽문이 천천히 밀리는 게 느껴졌다. 먼저 도미니크가 불쑥 들어섰고, 그다음으로 로랑스의 모습이 보였다.

"아, 끔찍해라. 이런 악몽이 있나."

앙투안이 저도 모르게 속삭이자, 데느리스가 놀리듯 꼬집었다.

"이건 악몽이 아닐세. 그냥 현실이지. 므슈 마르탱과 마드무아젤 마르탱께서 자신들의 영지를 둘러보는 것뿐이야. 이보게, 베슈. 미안하지만 자네 부하들을 이 방 바로 아래에 배치시켜주겠나? 왜 있지, 오래된 화분이 있는 방 말이네. 절대 소리를 내선 안 돼. 조금만 이상한 낌새가 있어도 마르탱 부녀께서 그림자처럼 사라지고 말 테니까. 내 미리 경고하네만, 이 저택에는 곳곳에 속임수가 숨겨져 있어. 이를테면 정원 아래로 별도의 비밀통로가 있어서 한적한 옆길 가 마구간 안으로 빠져나가도록 되어 있지. 따라서 저들이 이 창문 앞 열 걸음 정도로 다가올 때까지 기다려야 해. 그때 부하들과 함께 달려든 다음, 꽁꽁 묶어 이리로 대령하면 되는 것이네."

베슈는 부랴부랴 밖으로 튀어나갔다. 곧이어 아래층에서 시끄러운 소음이 들리더니 금세 잠잠해졌다.

한편 저만치 두 부녀는 자로 잰 듯한 걸음걸이로 살금살금 다가오고 있었다. 딱히 불안감이라고는 말할 수 없지만, 분명 눈과 귀, 그리고 온 신경계통이 바짝 긴장한 게 습관이 되다시피 한 경계태세를 갖춘, 일종의 범죄자다운 걸음걸이였다.

"오, 이런 끔찍한 일이 있나."

앙투안은 연신 중얼거렸다.

하지만 무엇보다 가장 두드러진 건 질베르트의 흥분하는 기색이었다. 그녀는 두 악당들의 은밀한 걸음걸이를 뭐라 형언할 수 없는 불안감 속에서 바라보았다. 뒤르페 가의 자기 집 응접실에 있는 걸로 잠깐 착각할 수도 있을 멜라마르 백작 남매의 입장에서는, 도미니크와 로랑스야말로 오늘날까지 그토록 자신들을 괴롭혀온 지긋지긋한 가계의 대표자들이나 마찬가지였다. 저 사악한 부녀는 마치 캄캄한 과거로부터 불쑥 솟아나서, 마지막으로 다시 한번 더 멜라마르 가문을 공격해 치욕과 자살에의 충동으로 꼼짝 못하게 몰아넣으려 하고 있는 것처럼 보였다.

질베르트는 그만 의자에서 슬그머니 미끄러져 무릎을 꿇었다. 백작은 치미는 분노로 두 주먹을 불끈 쥐었다.

데느리스는 얼른 충고했다.

"재차 말하건대 움직이지 마십시오. 자네도 마찬가지야, 파즈로!"

파즈로는 슬슬 애원하기 시작했다.

"저들을 봐주게나! 일단 감옥에 갇히면 자살을 할 거라고 내게 누차 얘기하곤 했어."

"그게 뭐가 어때서? 이미 충분한 잘못을 저지른 자들 아닌가?"

어느덧 부녀는 바로 정면, 한 열다섯에서 스무 걸음 정도 떨어져 있었다. 둘 다 엄숙한 표정이었는데, 딸 쪽 얼굴이 훨씬 더 잔인해 보였고, 아비 쪽은 인간미라고는 완전히 몰수된 듯한 각지고 나이를 짐작키 어려운 인상이었다.

갑자기 부녀의 발길이 멎었다. 무슨 소리가 들렸나? 무언가 어디서 꼼지락거리기라도 했단 말인가? 그것도 아니라면 그냥 위험을 감지하는 본능적인 감각?

잠시 후, 부녀는 안심이 되었는지 다시 걸음을 계속했다.

그 찰나, 별안간 한 무리의 사냥개가 먹잇감에 덮치는 것과 같은 광경이 우르르 펼쳐졌다.

세 명의 건장한 사내들이 득달같이 튀어나가는가 싶더니 부녀가 몸을 빼 도망치거나 저항할 생각조차 해볼 겨를 없이 목덜미와 손목을 거칠게 낚아채는 것이었다. 비명 한 번 솟구치지 않았다. 몇 초 후, 그들 모두는 지하실로 끌려가 자취를 감췄다. 숱한 범죄행위를 저지르고도 벌 한 번 받지 않고 지내온 악행의 상속자, 도미니크와 로랑스 부녀는 지긋지긋하게도 추적을 당해오더니 이제야 사법당국의 손에 넘겨진 것이다.

한동안 침묵이 흘렀다. 질베르트는 여전히 무릎을 꿇은 채 기도 중이었고, 아드리앵 드 멜라마르는 묘석이 저절로 들어 올려져서 모처럼 양껏 심호흡을 할 수 있게 된 기분이었다. 데느리스는 앙투안 파즈로에게 몸을 기울여 어깨를 덥석 붙들었다.

"이제 자네 차례일세, 파즈로. 자네는 저주받은 혈통의 마지막 계승자야. 다른 두 사람처럼 자네 역시 세월의 빚을 갚아야만 해."

이제 앙투안 파즈로에게선 예전처럼 아무 근심 없이 행복에 겨운 모습은 남아 있지 않았다. 불과 몇 시간 만에 그의 얼굴은 파멸과 절망 그 자체가 되어버렸고, 두려움에 벌벌 떨고 있었다.

아를레트가 살며시 다가오더니 데느리스에게 말했다.

"제발 그를 구해주세요."

"그는 빠져나갈 수가 없소. 베슈가 지켜보고 있거든."

데느리스가 난색을 표하는데도 젊은 아가씨는 간절했다.

"제발 부탁드려요. 당신이 원하기만 하면 돼요."

"그렇다 해도 자기 자신이 원하지를 않는걸, 아를레트. 한마디만 하면 되는데, 저렇게 거부하고 있질 않소."

바로 그때였다. 갑자기 앙투안이 벌떡 일어서며 외쳤다.

"내가 뭘 어쩌면 되겠나?"

"다이아몬드가 있는 곳을 대."

앙투안이 머뭇거리자, 반 우벤이 난리를 치며 달려들었다.

"당장 다이아몬드 내놔! 그렇지 않으면 내가 널 가만두지 않겠어!"

데느리스도 다그치기는 마찬가지였다.

"시간 낭비하지 말게, 앙투안. 다시 말하지만 이곳은 완전 포위되었어. 베슈가 인원을 다시 배치시키고 있는데, 자네 생각보다 훨씬 숫자가 많을 거야. 그의 손에서 자넬 빼주길 원한다면 내게 말을 해야만 해. 자, 다이아몬드 어디 있어?"

어쩌다 보니 데느리스가 앙투안의 한쪽 팔을, 반 우벤은 나머지 팔을 붙들고 보채는 꼴이 되었다. 앙투안이 물었다.

"내가 풀려날 수 있단 말인가?"

"약속하지."

"구체적으로 어떻게 되는 건가?"

"자넨 미국으로 떠나게 될 걸세. 반 우벤이 자네 몫으로 부에노스아이레스에 1만 프랑을 송금해줄 것이야."

"1만 프랑이라니! 2만 프랑! 아니, 3만 프랑이라도 보내주지!"

반 우벤은 지키는 건 둘째 치고 일단 약속부터 하고 보자는 심보로 마구 외쳐댔다.

앙투안은 그래도 망설였다.

"베슈를 부를까?"

데느리스가 은근히 떠보았다.

"아니, 아니야. 기다리게. 그러니까…… 에잇, 좋아! 알겠네."

"자, 말해봐."

앙투안은 목소리를 한껏 낮췄다.

"바로 옆, 규방 안이네."

"농담 말게! 그 방은 텅텅 비었어! 모든 가구를 다 팔아치웠단 말이야."

"샹들리에만은 그대로이지. 마르탱 영감이 다른 무엇보다 애지중지했거든."

"그럼 그 샹들리에 속에 다이아몬드를 감췄단 말인가?"

"감췄다기보다는, 샹들리에의 수정 장식들 중 작은 것들 일부를 교체했다고나 할까. 정확히 둘에 하나꼴로 말일세. 가느다란 철사줄에 다이아몬드를 매어서 대신 달아놓았지. 누가 봐도 그냥 평범한 샹들리에 수정 장식들로 보이도록 말이야."

"맙소사! 정말 그럴듯하게도 해놓았군, 자네! 정말이지 사람 다시 봐야겠어."

데느리스는 감탄을 금치 못하겠다는 듯 소리쳤다.

반 우벤과 함께 그는 옆방으로 통하는 문 앞 태피스트리를 거두어내고 문을 개방했다. 실제로 규방은 텅 비어 있었다. 오로지 천장에 세공

된 크리스털 장식들을 주렁주렁 매단 18세기풍의 샹들리에만이 자리를 지킬 뿐이었다.

데느리스는 눈을 휘둥그레 뜨고 중얼거렸다.

"어라, 이게 뭐야? 대체 어디 있다는 거지?"

셋 모두 고개를 잔뜩 쳐들고 이리저리 눈으로 훑기 시작했다. 마침내 반 우벤이 지친 목소리로 내뱉었다.

"아무래도 못 찾겠어. 그저 사슬들이 군데군데 빠진 게 있다는 것밖에는."

"이를 어쩐다?"

장도 난감한 모양이었다.

반 우벤은 부랴부랴 응접실로 건너갔다가 의자를 들고 와서 샹들리에 아래 놓은 뒤 올라섰다. 그런데 잠시 후, 균형을 잃고 보기 좋게 나뒹구는 것이었다. 어이없게도 입으로는 이렇게 호들갑을 떨면서 말이다.

"빼갔어! 저기서 다시 또 빼가버렸단 말이야!"

"아니, 그럴 리가 없소. 설마 로랑스가 눈치챘을라고."

앙투안 파즈로가 기가 막히다는 표정을 짓자, 반 우벤은 말하기조차 힘겨운 듯 신음 섞인 목소리로 내뱉었다.

"젠장, 그렇다니까! 다이아몬드를 두 자리 건너 하나씩 매달았다고 하지 않았소?"

"그래요, 맹세합니다."

"그것 봐요. 마르탱 부녀가 모조리 빼간 거라고. 자, 봐요! 철사가 집게로 하나하나 잘려 있소. 이제 완전히 망했다고! 세상에 이런 일은 두 번 다시 없어! 이제 겨우 뭔가 풀리는가 싶은 순간에 도대체……."

갑자기 반 우벤은 몸을 추스르더니 현관 쪽으로 냅다 달려가며 고래고래 소리를 질렀다.

"도둑이야! 도둑이야! 큰일입니다, 베슈! 그들이 내 다이아몬드를 가지고 있어요! 어떻게든 그 불한당 놈들을 실토하게 만들어야 합니다! 그냥 손목을 비틀어버리든지 집게로 엄지를 으스러뜨리기만 해도 금세 불 겁니다."

한편 데느리스는 다시 응접실로 건너와 태피스트리를 내린 뒤 은근한 눈초리로 앙투안을 흘겨보며 물었다.

"분명히 그 장소에 다이아몬드를 걸어놓았다고 했겠다?"

"손에 넣은 바로 당일 밤에 그랬지. 더군다나 일주일 전, 부녀가 외출하고 없는 틈을 타서 마지막으로 이곳에 들렀을 때도 모두 제자리에 얌전히 있었다고!"

아를레트가 또다시 다가와 중얼거렸다.

"장, 저 사람 말을 믿으세요. 진실을 얘기한다고 난 확신해요. 어쨌든 그는 약속한 대로 했으니 이젠 당신이 약속을 지킬 차례예요. 그를 놓아주세요."

데느리스는 묵묵부답이었다. 보석이 사라지고 없어서 기분이 완전히 잡친 듯했고, 그저 잇새로 연신 으르렁댈 뿐이었다.

"거참 이상하다. 도무지 이해할 수 없는 일이야. 저들이 다이아몬드를 차지했다면 왜 또 돌아온 거지? 숨기기는 또 어디에다 숨긴 거고?"

하지만 더 이상 이 대목에만 정신을 쏟을 수도 없었고, 멜라마르 백작 남매까지 아를레트 못지않은 열성을 드러내며 앙투안에 대한 선처를 호소하고 있어, 그는 얼른 표정을 풀고 지그시 웃는 낯으로 말했다.

"저런, 그러고 보니 우리 파즈로 선생께서 아직도 당신들한테는 호감 어린 인물인 모양이로군요! 하지만 그다지 훌륭한 인간은 못 되는 걸. 아무튼 좋아. 기운 차리게, 이 친구야! 마치 사형수 같은 꼴을 하고 있군. 베슈가 무서워서 그런가? 쯧쯧, 어떻게 하면 그 안쓰러운 베슈를 따돌릴 수 있는지 내가 가르쳐줄까? 어떻게 하면 그물 사이를 요리조리 빠져 달아나고, 감옥으로 가는 대신 벨기에로 잠적해 편안한 침대에서 느긋한 단잠에 취할 수 있는지 이 몸이 가르쳐줘?"

데느리스는 양 손바닥을 모양 좋게 비벼댔다.

"그래, 벨기에 말이네! 오늘 밤, 당장! 어때, 구미가 당기는 계획 아닌가? 좋았어, 이제 내가 발을 세 번 구를 테니 잘 봐."

그는 구둣발로 바닥을 두드리기 시작했다. 세 번째 쿵 소리가 남과 동시에 느닷없이 문이 활짝 열리더니 베슈가 버럭 고함을 지르면서 들어서는 게 아닌가!

"꼼짝 마라!"

미리 약속된 신호에 맞춰 베슈가 불쑥 얼굴을 들이민 게 데느리스에게는 무척이나 우스꽝스러운 장난이었고, 또 그 때문에 키득거리며 웃기도 했지만, 어리둥절한 나머지 사람들은 전혀 그런 분위기가 아니었다.

베슈는 문을 닫고, 이런 대목에선 늘 그렇듯 잔뜩 비극적이고도 엄숙하기 그지없는 표정으로 말했다.

"이건 절대적인 명령이오! 내 허락 없이는 이제부터 아무도 이 저택 밖으로 나갈 수 없소!"

데느리스는 느긋하게 의자를 골라 앉으면서 맞장구를 쳐주었다.

"잘했어! 이래서 난 정말이지 공권력이 마음에 들어. 비록 내용은 멍청한 말이라도 아주 확신에 차서 내뱉거든. 파즈로, 자네도 들었겠지? 어디 산책이라도 나갈 생각이거든, 먼저 손을 들고 나가도 되냐고 반장한테 허락을 구하라고."

베슈는 즉각 화를 내며 외쳤다.

"제발 실없는 농담 좀 그만하게! 당장 함께 머리를 맞대고 해결해야 할 문제가 있단 말이야. 자네가 생각하듯 그리 시시한 게 아니라고."

데느리스는 갑자기 웃음을 터뜨리며 말을 받았다.

"하하하하. 이보게, 베슈. 자네 참 별난 친구일세! 지금 자네가 나타나는 바람에 상황이 얼마나 재미있게 됐는데, 뭐하러 이 모든 것을 심각하게 몰아가려고만 하는가? 파즈로와 나 사이에는 이미 계산이 끝났다네. 요컨대 자네가 더 이상 근엄한 경찰관 행세를 하면서 영장이나 흔들어댈 필요가 없어졌다는 말이지."

"지금 무슨 헛소리를 하는 거야? 무슨 계산이 어떻게 끝났다는 거냐고?"

"모조리 다. 비록 파즈로가 우리에게 당장 다이아몬드를 내놓는 데엔 실패했지만, 마르탱 부녀가 사법당국의 손아귀에 넘어간 이상 되찾을 수 있는 것만은 확실해."

그러자 베슈는 버럭 소리를 내질렀다.

"그깟 다이아몬드는 나가 뒈지라고 해!"

"저런, 상스럽기는! 그따위 험한 표현을 숙녀들 앞에서 내뱉다니! 아무튼 여기 모인 우리는 다 합의가 되었네. 이제 다이아몬드는 더 이상 문제가 되지 않아. 게다가 멜라마르 백작 남매와 아를레트의 요청을 받아들여 나는 파즈로를 선처해주기로 결정했다네."

베슈는 당장에 꼬집었다.

"자네가 그자에 대해 뭐라고 실컷 떠들 땐 언제고? 기껏 정체를 폭로해서 완전히 허물어뜨리고 나서 그게 무슨 소리야?"

"그럼 어쩌란 말인가? 일전에 그는 내 목숨을 구해주었어. 그런 걸 잊으면 못 쓰지. 게다가 알고 봤더니 그리 나쁜 친구는 아니더군."

"그래도 강도야!"

"오, 기껏해야 반만 강도지. 약삭빠를 뿐 무슨 거물급도 아니고, 재주가 많지만 천재도 아니야. 그저 덧없이 시류에 맞서고 있을 뿐이지. 한마디로 말해 아직은 정직한 사람 후보가 될 가망성이 농후해. 그러니 차라리 도와주자고, 베슈. 반 우벤은 그에게 1만 프랑을 제공한 데다, 나 역시 그를 위해 미국의 은행에 출납계원 자리나 하나 마련해줄까 하고 있어."

베슈는 어깨만 으쓱할 뿐이었다.

"실없는 소리들! 마르탱 부녀를 지금 경시청 유치장에 끌어다 넣을 텐데, 마침 내 차에 자리가 두 개 남아돌고 있네."

"잘됐군! 자네가 좀 더 편하게 갈 수 있겠어."

"파즈로를……."

"손끝 하나 대기만 해봐. 무엇보다 아를레트 주변이 소란스러워져. 내가 싫단 말일세. 우릴 그냥 내버려두게나."

"아, 이런!"

베슈는 점점 더 짜증을 내며 소리쳤다.

"내가 한 말 못 알아들었나? 마르탱 부녀 말고도 자리가 두 개 비었단 말일세. 자동차를 꽉 채워서 경시청으로 직행해야겠다는 말이네!"

"그럼 기어이 파즈로를 데려가겠다고?"

"그렇지."

"그리고 또 누구?"

"바로 자네."

"나? 지금 나를 체포하겠다는 건가?"

"두말하면 잔소리지!"

베슈는 투박한 손을 상대의 어깨 위에 턱 올려놓으며 답했다.

데느리스는 경악을 금치 못하는 시늉을 했다.

"이 사람 돌았네! 이자야말로 데려다 가둬야겠어! 아니, 이럴 수가!

내가 사건 전부를 해결했거늘. 마치 도형수처럼 뼈 빠지게 일한 게 누군데? 내가 온갖 배려를 해주고, 도미니크 마르탱과 로랑스 마르탱을 고스란히 넘겨준 데다, 멜라마르 가문의 비밀도 알려주었고, 자자해질 평판도 미리 선물로 안겨주었더니만. 자기 혼자 모든 걸 밝혀냈다고 말할 수 있게끔 허락도 해줬고, 직급도 오를 수 있게 해줘서, 이를테면 '특급반장' 정도는 노려볼 수 있게 해주었더니. 이런 게 자네가 은혜를 갚는 방법이란 말인가?"

멜라마르 남매는 아무 소리 안 하고 가만히 듣고만 있었다. 도대체 이 종잡을 수 없는 인물이 뭘 어쩌자는 것일까? 언뜻 농을 하는 것처럼 보이지만, 그럴 만한 이유가 있어서 그러는 것 아니겠는가? 앙투안은 남매보다 오히려 덜 초조한 기색이었다. 아를레트는 약간은 불안하면서도 왠지 당장이라도 웃을 것 같은 분위기였다.

마침내 베슈가 과장된 어조로 입을 열었다.

"마르탱 부녀가 어떤 꼴인지 아는가? 경찰관 한 명과 반 우벤이 한시도 눈을 떼지 않고 철저히 지키고 있지! 저 아래 현관에는 가장 단단한 부하들 셋이 포진해 있어. 정원에도 마찬가지로 단단한 친구 세 명이 버르고 있다네. 와서 그들 얼굴이나 한번 보게나. 결코 말랑말랑한 친구들은 아니라는 걸 알 수 있을 걸세. 그들 모두가, 만에 하나 자네가 도망칠 기색이라도 보이면 개처럼 두드려 잡아들이라는 지시를 받은 처지라고. 그것 역시 절대적인 명령이지. 내가 호각만 불면 우르르 몰려오게 되어 있어. 일단 그렇게 되면 자네한텐 말 대신 권총부터 들이밀게 될 거야."

데느리스는 고개를 가로저으며 도무지 갈피를 못 잡겠다는 듯 떠들어댔다.

"나를 체포한다니! 자네가 데느리스라는 이 신사를, 그 유명한 마도로스를 붙잡아 가두겠다니!"

"아니, 데느리스가 아니지."

"그럼 누군데? 짐 바네트?"

"그것도 아니야."

"그렇다면?"

"아르센 뤼팽!"

순간 데느리스의 입가로 막힌 듯한 웃음이 새어나왔다.

"푸하! 자네가 아르센 뤼팽을 잡아? 아, 그것참 웃기는 얘기로군! 이보게, 아르센 뤼팽은 절대로 잡히지 않아. 혹시나 데느리스가 붙잡히거나, 정 부득이할 경우엔 짐 바네트가 덜미를 붙들릴 수는 있겠지. 하지만 뤼팽은! 어허, 이보게, 베슈. 자넨 뤼팽이라는 이름이 무얼 의미하는지 곰곰이 생각해본 적도 없단 말인가?"

"다른 사람과 다를 바 하나 없는 건달을 뜻하지. 거기에 맞게 취급해주면 되는 것이고."

베슈가 고집스레 소리치자, 데느리스는 좀 더 강하게 밀어붙였다.

"그게 뭘 의미하느냐 하면, 어느 누구한테도 귀찮게 시달림을 당해본 적이 없는 사나이를 의미한다는 거지. 특히나 자네 같은 무능력한 존재한테는 더더욱 그렇지. 아울러 오직 자신의 의지에만 따르고, 자기 마음에 내키는 대로 즐기고 살며, 이따금 사법당국에 협조하기도 하지만, 그것도 자기 입맛에 맞는 방식대로 하는 자라는 말이야! 그러니 이만 꺼져."

이제 베슈의 얼굴은 완전히 진홍빛으로 물들었다. 아예 분노로 몸까지 부들부들 떨었다.

"그만하면 실컷 떠들었다. 자, 둘 다 따라와."

"오, 안 될 말씀."

"부하들을 부를까?"

"그들은 이 방 안에 못 들어와."

"어디 두고 보지."

"이곳은 떼강도의 은신처였다는 점을 명심하게. 집 전체가 수수께끼 덩어리라고. 증거를 원하는 모양이지?"

그는 난데없이 벽의 목재 패널에 부착된 장미꽃 모양의 장식을 돌렸다.

"이 장미 장식을 돌리기만 하면 자물쇠가 잠기게 되어 있지. 자네의 명령은 아무도 못 나가는 거라지만, 나의 명령은 아무도 못 들어오는 거야."

"부하들이 문을 부술 것이다! 모조리 쳐부술 거야!"

베슈는 길길이 악을 써댔다.

"어디 한번 불러보시지."

베슈는 호주머니에서 자전거경찰관용 호각을 얼른 빼 들었다.

"자네의 그 호각은 아마 말을 듣지 않을걸."

데느리스가 내뱉듯 말했다.

베슈는 있는 힘껏 호각을 불었다. 아무 소리도 나지 않았다. 구멍 틈새로 빠져 달아나는 바람 소리가 고작이었다.

데느리스는 점점 유쾌한 기색을 드러내며 말했다.

"맙소사! 정말이지 우스워 죽겠어! 그러면서도 싸우겠다고? 이보게, 친구. 자네 말대로 내가 정말 뤼팽이라면, 설마 경찰관을 떼거지로 동반하고 예까지 왔으면서 아무런 대비책도 세워놓지 않았을 것 같은가? 자네의 그 배은망덕한 배신행위 정도를 미리 내다보지 못했으리라고 보는 거야? 이 친구야, 아까도 말했지만 이 집은 온통 수수께끼 같은 장치들로 가득 차 있어. 물론 나는 그 모든 작동원리를 훤히 꿰고 있지."

그는 베슈의 면상에다 내뱉듯이 대차게 소리를 내질렀다.

"멍청이! 아무 일에나 정신 나간 사람처럼 대들더니만! 자네 주위로 사람 머릿수만 늘려놓으면 나를 잡을 거라 생각하다니! 내가 좀 전에 내비쳤던 비밀통로는 괜히 있는 줄 아나? 발네리와 마르탱 가문의 대대로 내려오는 그 통로야말로 아무도 모르지. 심지어 파즈로조차 까마득히 모르는 거야. 내가 유일하게 발견해낸 거거든. 그러니 나는 언제든 마음만 먹으면 여길 자유롭게 뜰 수가 있어. 파즈로와 함께 말이야. 그걸 막을 수 있는 방법은 아무것도 없어."

계속해서 베슈를 정면으로 쏘아보면서, 데느리스는 파즈로를 자기 뒤로 끌어당겨 맨틀피스와 창문 사이 벽 쪽으로 밀쳤다.

"옛날 알코브로 이용하던 구석으로 들어가게나, 앙투안. 오른쪽을 한번 더듬어봐. 아마 오래된 부조 장식이 갖춰진 패널이 있을 것이네. 그것 전체가 움직이게 되어 있어…… 찾았나?"

그러면서도 데느리스의 시선은 베슈를 놓치지 않았다. 반장은 마침내 권총을 사용할 기색이었고, 데느리스는 얼른 그의 팔을 움켜잡았다.

"오, 심각하게 굴지 말자고! 차라리 웃겨봐! 정말 웃긴단 말이야! 아무것도 예견하지 못하다니. 비밀통로의 존재도 몰랐고, 내가 자전거경찰관용 호각을 다른 걸로 슬쩍 바꿔치기한 사실도 까마득히 몰랐지. 자, 자네 것은 여기 있어. 보라고, 이젠 실컷 불어도 괜찮아!"

말을 마치자마자 데느리스는 그 자리에서 한 바퀴 핑그르르 돌더니 감쪽같이 모습을 감췄다. 베슈는 칸막이 벽으로 득달같이 달려들었고 패널을 주먹으로 마구 두드려댔다. 하지만 반응이라고는 대찬 웃음소리뿐이었다. 그러다 어느 순간, 뭔가 진짜 작동되기라도 하듯 삐걱거리는 소리가 새어나왔다.

보통 어리둥절할 상황이 아니었지만, 베슈는 조금도 머뭇대지 않았다. 공연히 시간만 낭비해봤자 제 주먹만 상할 뿐이었다. 부리나케 제대로 된 호각을 집어 든 그는, 창가로 달려가 창문을 활짝 열고는 훌쩍 뛰어내렸다.

정원에서 부하들에 둘러싸인 그는 있는 힘껏 호각을 불어대면서 비밀통로의 출구가 있다는 한산한 거리 쪽 외딴 별채를 향해 달음박질쳐 갔다. 달리면서도 죽어라 불어대는 호각 소리가 공기를 날카롭게 찢어대고 있었다.

창가에서는 멜라마르 남매가 고개를 내밀고 주의 깊게 그 광경을 지켜보고 있었다.

"붙잡진 못하겠죠? 아, 제발!"

문득 아를레트가 한숨처럼 내뱉자, 마찬가지로 불안한 기색의 질베르트가 화답했다.

"그럼요. 그렇진 않을 거예요. 이제 밤이 내리기 시작하고 있어요. 지금 붙잡는다는 건 불가능해요."

셋 모두 두 사내가 무사하기만을 빌고 또 빌었다. 도둑이자 강도이긴 하지만 파즈로가 무사하기를. 그리고 그 정체가 이제는 너무도 뻔한 낯선 모험가 데느리스 역시 무사하기를 말이다. 특히 후자 쪽은 이번 사건에서의 활약 덕분에 그 누구라도 경찰이 아닌 그의 편에 설 수밖에 없는 상황이었다.

기껏해야 한 1분쯤 지났을까, 아를레트가 다시 입을 열었다.

"저들이 붙잡힌다면 정말 큰일이에요. 하지만 그럴 리는 없겠죠?"

바로 그때였다.

"당연히 그럴 리는 없지!"

여자의 등 뒤에서 무척 유쾌하게 들리는 목소리가 울려나오는 게 아닌가!

"있지도 않은 지하통로를 결코 찾을 수 없는 것과 마찬가지로 그들을 붙잡을 가능성은 전무하다오!"

그들이 바라보니 옛날 알코브로 쓰던 구석에서 데느리스와 파즈로가 여유 있게 걸어나오는 것이었다.

데느리스에게선 여느 때와 다름없는 웃음이 얼굴 가득 피어나 있었다.

"비밀통로라는 건 없어요! 패널이 움직이는 것도 아니고! 자물쇠가 저절로 잠긴다는 것도 순 엉터리지! 이 세상 그 어느 낡은 건물보다 더 평범하면 평범했지, 요상한 구석이라곤 전혀 없다는 말씀! 나는 단지 베슈의 신경을 과도하게 긁어서 뭘 냉철하게 생각하지 못하고 남의 말에 쉽사리 흔들리게끔 만들어놓았을 뿐입니다."

그는 매우 정돈된 어조로 앙투안을 향해 덧붙였다.

"자네도 알아두게, 파즈로. 이건 마치 한 편의 연극과도 같은 거야. 먼저 사전 준비부터 철저히 하는 게 중요해. 일단 준비가 완료되면, 그 때부턴 과감하고 열정적으로 밀어붙일 따름이지. 그렇게 하니까 베슈도 마치 잔뜩 감긴 용수철이 튕겨나가듯, 내가 암시한 방향으로 득달같이 내달리는 것 아니겠어. 경찰 역시 이웃하는 마구간에 쳐들어가 부랴부랴 애꿎은 문부터 박살 내겠지. 저기 잔디밭을 열심히 달려가는 모습들 좀 보라고. 자, 가세나, 파즈로. 더 이상 우리도 이러고 있을 시간이 없어."

데느리스의 말하는 태도가 어찌나 침착하고 확신에 가득 차 있는지, 적어도 그의 주위로는 모든 소란이 가라앉은 기분이었다. 어떤 위협도 이제는 남아 있지 않았다. 어느새 거리를 달려가서 마구간 문을 부수는 베슈와 나머지 형사들의 어리석은 모습만이 뇌리에 어른거렸다.

마침내 백작은 데느리스의 손을 지그시 잡으며 물었다.

"내가 필요하진 않으십니까?"

"아닙니다. 아직 1~2분 정도까지는 퇴로가 자유로울 겁니다."

질베르트 역시 자기 앞에서 깍듯이 허리를 숙여 인사하는 사내에게 악수를 건네며 말했다.

"우리를 위해 해주신 일은 정말 아무리 감사를 드려도 충분치 않을 거예요."

그러자 백작도 거들었다.

"우리 가문의 명예를 걸고, 충심을 다해 감사드립니다."

데느리스는 아를레트를 보며 말했다.

"또 봐요, 나의 아를레트. 그리고 파즈로, 자네도 어서 작별인사를 하게. 아를레트가 편지는 할 것이네. 부에노스아이레스 은행 현금출납원, 앙투안 파즈로 앞으로 말이야."

그는 어느 책상 서랍에서 고무로 봉인된 판지상자를 집어 들더니, 거기에 대해 아무런 설명도 없이 마지막으로 꾸벅 인사를 한 다음 파즈로를 데리고 방을 빠져나갔다. 멜라마르 남매와 젊은 여자는 그들의 뒷모습만 물끄러미 눈으로 좇았다.

현관엔 아무도 없었다. 안뜰 한복판, 점점 짙어가는 어둠 속에 자동차 두 대의 윤곽이 보였다. 그중 경시청 소속 차량에는 마르탱 영감과 그의 딸이 묶여 있었고, 반 우벤이 권총을 손에 쥔 채 운전기사와 더불어 지키고 있었다.

데느리스는 다짜고짜 그에게 다가가며 외쳤다.

"만세! 알고 보니 공범 한 명이 벽장 속에 숨어 있더군! 다이아몬드를 슬쩍한 놈이지. 베슈와 그의 부하들이 지금 도망치는 놈을 쫓고 있는 중이라네!"

조금도 의심치 않은 반 우벤이 허겁지겁 물었다.

"그럼 다이아몬드는?"

"파즈로가 다시 찾아냈지."

"어디서? 그래, 지금 가지고 있나?"

"물론이지."

데느리스는 책상에서 가지고 나온 판지상자를 쓱 내보이며 뚜껑을 반쯤 개봉했다.

"오, 하느님! 내 다이아몬드! 어서 내놔!"

"물론 그래야지. 단, 먼저 우리가 앙투안을 구해주기로 하세. 그게 조건이라네. 자, 우릴 자네 차에 좀 태워줘."

일단 다이아몬드를 되찾았다고 한 순간부터 반 우벤은 무슨 짓이든 거들 태세가 되어 있었다. 세 남자는 다른 자동차에 후닥닥 올라탔고 반 우벤이 즉시 시동을 걸었다.

"어디로 갈 거지?"

"벨기에! 시속 100킬로미터로 밟게!"

"좋았어!"

반 우벤이 판지상자를 얼른 낚아채 호주머니에 챙겨 넣자, 데느리스가 말했다.

"정 원한다면 가져가. 다만 경시청으로부터 발신된 전보가 도착하기 전에 우리가 국경선을 넘지 못할 경우엔 도로 회수할 거야. 이미 경고했어."

일단 다이아몬드가 호주머니 속에 들어 있다는 생각과 자칫 그걸 도로 잃을지도 모른다는 걱정, 데느리스한테 압도된 정신 상태 등 모든 요인들이 반 우벤의 판단력을 멍하게 만들었다. 이제 그는 최고 속도를 유지해야 한다는 생각밖엔 없었고, 심지어 마을 한복판을 지날 때조차 전혀 속도를 늦추지 않고 오로지 국경선을 향해 달리고 또 달렸다.

결국 자정이 조금 지나서 국경선에 다다랐다.

장이 말했다.

"세관에서 200여 미터 못 간 지점에 차를 세우게. 파즈로가 불안해하지 않도록 내가 길을 안내할 거야. 그러고 나서 한 시간쯤 후에 다시 돌아오겠네. 그다음엔 곧장 파리로 직행하는 거야."

그 후, 반 우벤은 한 시간을 기다렸고, 두 시간을 기다렸다. 그쯤 되자, 어떤 의혹이 마치 비수처럼 뇌리를 파고드는 것이었다. 처음 출발했을 때부터 사실 그는 현재 벌어지고 있는 상황을 가능한 모든 각도에서 가늠해보고 있었다. 무엇 때문에 데느리스가 이런 식으로 행동하는 건지, 만약 상자를 다시 빼앗으려 할 경우 어떻게 반발할 것인지 반 우벤은 곰곰이 머리를 굴리고 있었다. 하지만 그러면서도 단 한순간조차 혹시 상자 안의 물건들이 다이아몬드가 아닌 다른 것일 수도 있다는 생각은 털끝만큼도 한 적이 없었다.

그는 전조등 불빛 앞에서 덜덜 떠는 손으로 확인 절차에 들어갔다. 아니나 다를까, 상자 안에는 망가진 샹들리에에서 떼어낸 게 분명한 수정 장식 알들이 10여 개 정도 빼곡이 들어차 있는 게 아닌가!

반 우벤은 그 즉시 방향을 파리로 돌려 똑같이 전속력으로 차를 몰았다. 데느리스와 파즈로의 농간에 보기 좋게 넘어가 결국 그들을 프랑스 밖으로 빼내준 것밖에 한 일이 없다는 걸 깨달은 그는, 이제 다이아몬드를 되찾기 위해선 마르탱 부녀를 추궁하는 길밖에 더는 희망이 없다는 판단을 한 것이다.

하지만 파리에 도착하자마자 읽은 신문에는 간밤에 마르탱 영감은 스스로 목을 맸고, 그의 딸 로랑스는 독약을 삼켰다는 기사가 실려 있었다.

에필로그: 아를레트와 장

여러 비장한 사건들이 꼬리를 물었던 그 답답한 하루 나절의 마지막을 장식한 두 건의 자살이 얼마나 엄청난 반향을 불러일으켰는지 기억에 생생할 것이다. 사건들 대부분이 일반 대중에게 다 알려졌고, 그렇지 못한 일부도 사람들의 호기심을 자극하면서 뭔지 알려고 드는 사람들이 부지기수였다. 마르탱 가의 부녀 자살사건은 지난 몇 주간 사람들의 관심을 뜨겁게 달궜던 수수께끼의 종언을 고한 것이나 다름없으며, 지난 수백 년 동안 매우 혼란한 조건 속에 여러 차례 부각되었던 수수께끼가 해결되었음을 의미했다. 물론 그건 무엇보다도 운명의 장난으로 멜라마르 가문이 끊임없이 시달려오던 고통이 일거에 해소되었다는 걸 뜻했다.

한 가지, 당연하면서도 의외였던 점은 마땅히 그날 하루의 사건 경과를 통해 직업적, 정신적 이득을 가장 많이 취할 거라 보였던 베슈 반장이 실상은 그러지 못했다는 사실이다. 반면 모든 관심은 데느리스, 즉 아르센 뤼팽한테만 집중되었다. 결국 언론과 경찰에서는 동일한 하나의 인물이 두 개의 이름을 달고 다니는 걸로 보았던 것이다. 뤼팽은 바야흐로 이번 사건의 주인공이 되었는데, 유구한 역사의 수수께끼를 해결한 데다, 서로 똑같이 생긴 두 저택에 얽힌 비밀을 밝혀냈고, 발네리의 내력을 온통 까발려서 멜라마르 가문을 구해냈을 뿐만 아니라, 범인들을 사법당국에 넘기는 등 정말이지 눈부신 활약상을 유감없이 보여준 영웅이었다. 반면 베슈는 그저 한심스러운 단역으로서 뤼팽한테 놀림만 당한 걸로 그 위상이 형편없이 축소되고 말았다. 아울러 극히 부정적인 평가를 받은 반 우벤도 순진하게시리 뤼팽을 벨기에 국경 너머로 신나게 도망칠 수 있게 만들어준 장본인 중 하나로 이름이 오르내리게 되었다.

그런데 여기서 언론이나 경찰보다 일반 대중의 견해가 더욱 혁신적인 것은, 문제의 다이아몬드가 사라진 것 또한 아르센 뤼팽의 소행으로 보았다는 점이었다. 아르센 뤼팽이 모든 것을 준비했으며, 모든 것을 이루어냈기에, 결국 모든 것을 챙겼으리라고 보는 건 어쩌면 지극히 당연한 흐름인지도 몰랐다. 말하자면 베슈도, 반 우벤도, 멜라마르 남매도 전혀 눈치채지 못한 것을 일반 대중은 즉각 기정사실로 인정한 셈이었다. 그것이 극히 논리적인 귀결이기도 했지만, 솔직히 마지막 순간 뤼팽이 다이아몬드를 요술처럼 빼돌렸으리라는 것보다 더 재미있는 결론을 찾아내기 힘들다는 것도 대중이 그렇게 보는 이유였다.

어쨌든 베슈의 분노는 거의 발작 수준이었다. 그는 자기의 총명함이 턱없이 모자랐다는 것을 인정하지 않기에는 너무 사리가 밝았고, 그 때문에 대중이 즉각 밝히라고 요구하는 진실 앞에서 도망칠 생각은 단 한 순간도 하지 않았다. 대신 그는 넘치는 울화통을 참지 못하고 반 우벤의 집에 들이닥쳐 다짜고짜 온갖 비난과 독설을 퍼부어댔다.

"이것 보시오! 내가 처음부터 얼마나 귀가 따갑게 얘기했소! 그 악마 같은 놈은 반드시 다이아몬드를 되찾을 것이며, 반 우벤 당신은 결코 그중 한 알도 다시는 보지 못할 것이오! 늘 그렇듯이 우리의 모든 노고는 오로지 그를 이롭게 하는 데 들어가버렸소. 처음에는 경찰과 힘을 합하는 척 일도 같이 하고, 덕분에 공권력의 온갖 도움을 받아가며 활짝 열린 문으로 못 가는 데 없이 나다녔지요. 하지만 결정적으로 목표가 달성되었다 싶자, 그 자리에서 180도 회전해 판돈을 낚아채 줄행랑을 쳐버린 것입니다."

이에 대해 기진맥진한 데다 병까지 걸려 침대 신세를 지고 있어야 하는 반 우벤은 간신히 더듬댈 뿐이었다.

"제기랄! 그러니 어쩔 셈이오? 더 이상 발버둥쳐봐야 소용없단 말이오?"

베슈는 솔직하게 자신의 절망감을 토로했고, 약간은 점잖은 투로 굴복하는 내심을 드러냈다.

"단념하는 게 좋습니다. 그자에 대항해서는 할 수 있는 일이 아무것도 없어요. 그는 자신의 계획을 실행에 옮기는 데 있어 전혀 고갈되지 않는 활력과 기발한 수완이 무진장한 존재입니다. 마르탱 가의 저택에서 내 머릿속에 비밀통로에 대한 생각을 불어넣었던 방식이나 손 하나 까딱 않고 나를 한쪽으로 나가게 해서 다른 쪽으로 빠져 달아난 수법 등 정말 천재적이라고밖엔 할 수 없습니다. 맞붙어 싸운다는 건 말도 안 돼요. 나는 포기하렵니다."

"그렇지만 나는 아니오!"

반 우벤이 벌떡 몸을 일으키며 소리쳤다.

베슈가 다시 덧붙였다.

"내 한마디만 더 하죠, 므슈 반 우벤. 당신, 다이아몬드를 잃어서 완전히 파산할 지경입니까?"

"그렇지는 않소."

"그럼 남은 것만으로 만족을 하십시오. 제발 내 말대로 다이아몬드는 잊어버려요. 결코 다시는 당신 눈앞에 나타나지 않을 겁니다."

"내 다이아몬드를 포기하라고? 그걸 다시는 보지 못한단 말이오? 그런 생각만 해도 끔찍한 일을! 이것 봐요, 지금 경찰은 수사를 하고 있긴 한 거요?"

"그저 건성으로 할 뿐입니다."

"그럼 당신은?"

"나도 더 이상 관여하지 않고 있소."

"수사판사는 어떻소?"

"조만간 사건을 정리할 것이오."

"저런 가증스러운…… 아니, 무슨 권리로 그런단 말이오?"

"마르탱 가 사람들이 모두 죽었고, 파즈로에 대한 정확한 고소도 없는 상태이니 그럴 수밖에요."

"도대체 뤼팽에 대해서 파고들지 않는단 말이오?"

"그래봤자 뭐합니까?"

"그래야 놈을 붙잡든지 할 것 아닙니까?"

"뤼팽은 붙잡을 수가 없습니다."

"만약 아를레트 마졸을 추궁한다면? 뤼팽이 그 여자에게 후끈 달아올라 있으니까 말이오. 그 여자 집 근처를 배회하고 있을 게 분명합니다."

"그 점도 생각해보았습니다. 혹시나 해서 형사들이 잠복은 하고 있죠."

"단지 그뿐이오?"

"아를레트가 도망쳐버렸답니다. 아마도 프랑스 밖 어딘가에서 뤼팽과 만났을 거라 추정하고 있습니다."

"이런 제기랄! 운 한번 더럽게 없구먼!"

마침내 반 우벤은 탄식처럼 외치고 말았다.

사실 아를레트는 도망친 게 아니었다. 뤼팽을 만난 것 역시 아니었다. 다만 그동안의 격정으로 지친 데다, 아직은 일터로 돌아갈 수 없을 것 같아서, 파리 근교의 숲으로 둘러싸이고 꽃이 만발한 성토층들로 센 강까지 정원이 뻗어나간 어느 아담한 별장에서 휴식을 취하고 있을 뿐이었다.

사정인즉슨 언젠가 저녁때 레진 오브리에게 화를 냈던 일을 사과할 겸, 아를레트는 이제 매우 유명해진 아름다운 여배우가 대단한 시사회극의 진행자 역할을 준비하는 걸 보러 갔었다. 두 젊은 여자는 서로를 부둥켜안았는데, 그때 아를레트의 안색이 몹시 창백하고 수심이 가득한 걸 본 레진은 이유를 추궁하는 대신, 자기 소유의 그 별장에 내려가서 요양을 좀 해보는 게 어떻겠냐고 제의를 했던 것이다.

아를레트는 즉각 응했고, 어머니에게도 알렸다. 다음 날, 그녀는 멜라마르 남매한테 안부인사나 할 겸 들렀고, 거기서 장 데느리스 덕분에 수수께끼의 어둠 속에 휩싸여 신음하던 과거로부터 깨끗하게 해방되어 더없이 행복하고 쾌활해 보이는 남매의 모습과 마주했다. 그들은 벌써부터 뒤르페 가의 낡은 저택을 새롭게 단장해서 보다 생기 넘치게 일신하려는 계획을 세우고 있었다. 바로 그날 저녁, 아를레트는 아무한테도 따로 알리지 않은 상태에서 자동차를 타고 길을 떠났다.

그로부터 2주가 무사태평함 속에 흘러갔다. 아를레트는 그 고요하고 호젓한 분위기와 7월의 화창한 햇살 속에서,싱싱한 혈색을 되찾으며 다시 태어나고 있었다. 믿을 만한 하인들의 시중을 받으며 그녀는 정원 밖으로는 단 한 발짝도 내밀지 않았고, 화사하게 꽃핀 참피나무 아래 벤치에 앉아 강가 풍경을 꿈꾸듯 음미하곤 했다.

그러면 이따금 여인을 태운 보트가 물살을 가르며 유유히 지나갔다. 또 한 늙은 촌부가 바로 옆 제방의 진흙으로 번들번들한 바위틈에 매어 놓은 배로 거의 매일 와서 고기를 낚기도 했다. 아를레트는 잔물결에 춤을 추는 코르크 찌를 눈으로 좇으며 그와 담소를 나누었고, 종 모양의 커다란 밀짚 모자 아래 매부리 콧날과 짚단처럼 까칠한 턱수염이 잘 어울리는 남자의 옆모습을 물끄러미 바라보았다.

그러던 어느 날 오후, 여자가 무심코 다가가자 남자는 아무 말 하지 말라는 신호를 보냈고, 아를레트는 다소곳이 그의 곁에 앉았다. 기다란 낚싯대 끝에서 찌가 올라왔다 가라앉았다를 반복했다. 아무래도 물고기 한 놈이 입질을 하는 모양이었다. 그러나 결국 경계심을 풀지 않았는지 더 이상 찌는 움직이지 않았다. 그제야 아를레트는 쾌활한 목소리로 말했다.

"오늘은 잘 안 될 모양이네요! 또 실패예요."

"웬걸, 아주 월척인걸요, 마드무아젤."

남자가 중얼중얼 대꾸하자, 아를레트는 비탈에 놓인 어망이 텅 빈 것을 가리키며 다시 말했다.

"하지만 뭐 하나 잡은 게 없잖아요?"

"왜요, 있지요."

"그게 뭔데요?"

"아주 어여쁜 아를레트……."

여자는 처음엔 무슨 말인지 잘 알아듣지 못했고, '아블레트'라고 해야 할 것을 '아를레트'라고 한 줄로만 알았다(프랑스어로 '아블레트(ablette)'는 '잉어'라는 뜻이다—옮긴이). 어떻게 이름까지 알고 있는 걸까?

남자가 이렇게 덧붙이는 걸 보면 잘못 발음한 게 아님은 분명했다.

"아주 어여쁜 아를레트가 다가와서 나의 낚싯밥을 물었거든요."

그 순간, 아를레트의 뇌리에 번뜩 스치는 이름이 있었으니 바로 장 데느리스였다! 분명히 원래의 그 늙은 촌부와 타협을 본 뒤 하루만 자리를 빈 것이 분명했다.

여자는 어안이 벙벙한 채 더듬거렸다.

"다, 당신! 그만 가세요. 오, 제발 부탁입니다, 가주세요!"

남자는 큼직한 종 모양의 밀짚 모자를 벗어서 얼굴을 드러내고는 환하게 웃으며 말했다.

"왜 나더러 가라고 하는 거지, 아를레트?"

"두려워서 그래요. 제발……."

"뭐가 두렵다는 거요?"

"당신을 찾는 사람들 말이에요! 파리의 우리 집 주변을 어슬렁대는 사람들."

"그래서 당신도 종적을 감춘 건가?"

"네, 그 때문이에요. 너무나 두려워요! 나 때문에 당신이 함정에 빠지는 건 정말 원치 않는단 말이에요! 그러니 어서 여길 떠나세요!"

여자는 눈물까지 그렁그렁 맺혀 있었다. 남자의 손을 부여잡은 채 아를레트는 눈물로 글썽거리는 눈동자를 깜박였다. 남자는 부드럽게 말했다.

"진정해요, 아를레트. 나를 찾을 희망이 거의 없기 때문에 아마 찾으려는 노력도 하지 않고 있을 거요."

"나와 가까이 있으면 그렇지도 않아요."

"왜 나를 당신 가까이에서 찾으려 할까?"

"그건…… 왜냐하면 사람들이……."

순간 아를레트의 얼굴이 붉어졌다. 남자는 얘기를 마무리했다.

"왜냐하면 사람들이, 내가 당신을 사랑하고, 당신을 보지 않고는 살 수 없어 한다는 걸 잘 알고 있기 때문 아니겠소?"

여자는 벤치로 물러나 앉았다. 그리고 장의 침착한 태도에 이제 걱정보다는 안심이 된 듯 말했다.

"알았으니 이제 아무 말 말아요. 그런 얘기는 그만하고요. 그렇지 않으면 나 갈래요."

두 사람은 서로를 가만히 마주 보았다. 특히 남자가 예전보다 훨씬 젊어 보인다는 사실에 여자는 내심 놀라고 있었다. 늙은 촌부의 푸른빛 셔츠에 목을 드러낸 차림의 그는 심지어 아를레트 자신과 비슷한 또래처럼 보이기까지 했다. 데느리스는 자신을 뚫어져라 바라보는 진지한 눈빛 앞에서 잠시 수줍음을 느끼며 머뭇거렸다. 여자가 대체 무슨 생각을 저리 하는 걸까?

"무슨 일이에요, 아를레트? 나를 보는 기분이 왠지 언짢은 것 같소."

여자의 대답이 없자, 남자가 덧붙였다.

"말해봐요. 내가 예상하지 못한 뭔가가 우리 사이를 불편하게 하고 있는 것 같은데."

마침내 평소 예쁘장한 아를레트와는 좀 다른, 보다 사려 깊고 경계심이 단단한 여자의 신중한 목소리가 새어나왔다.

"질문 하나만 할게요. 여긴 왜 오신 거죠?"

"당신을 보려고."

"분명 다른 이유도 있을 거예요."

잠시 뜸을 들이던 남자는 솔직히 털어놓았다.

"좋아요, 아를레트. 실은 그것 말고 다른 이유도 있지. 아마 당신도 이해할 거요. 내가 파즈로의 정체를 까발리긴 했으나 그 때문에 당신의 계획도 망쳐버렸지. 용기 있는 여성으로서 당신이 품고 있던 그 모든 멋진 계획들과 돈을 모으려는 포부도 말이오. 그래, 당신이 계속해서 노력하게끔 수단을 제공하는 것이 나의 의무라는 생각이 들었소."

여자는 왠지 건성으로 듣는 분위기였다. 기다리던 내용이 아니라는 태도였다.

결국 여자의 입에서 이런 질문이 튀어나왔다.

"다이아몬드를 가지고 있는 사람이 당신 맞죠?"

남자는 잇새로 중얼거렸다.

"아, 거기에 관심이 있었던 건가, 아를레트? 왜, 진작 말하지 않고서……."

그러면서 다소 애매한 미소가 입가에 번졌는데, 그의 천성이 다시금 흠뻑 녹아드는 분위기였다.

"그렇소, 나요. 사실은 전날 샹들리에에서 그것들을 발견했다오. 일단 아무도 모르는 상태에서 마르탱 부녀한테 혐의가 가는 것이 낫겠다 싶었지. 이번 사건에서의 나의 역할은 지극히 간단한 것일 수도 있었는데 말이오. 설마 일반 대중들이 진실을 가늠하리라고는 전혀 생각지 못했거든. 아를레트, 당신 생각에는 그 진실이 마음에 안 들겠지?"

대답 대신 여자는 질문을 계속했다.

"그 다이아몬드들은 돌려줄 건가요?"

"누구한테 말이오?"

"반 우벤한테요."

"반 우벤한테? 어림없는 소리!"

"하지만 그 사람 물건이에요."

"아니야."

"하지만……."

“반 우벤은 몇 년 전, 여행하던 중에 콘스탄티노플의 어느 늙은 유대인한테서 그것들을 훔쳤소. 증거도 있어요.”

“그렇다면 그 유대인의 소유이겠네요.”

“그 당시 절망감에 시달리다 죽어버렸지.”

“그럼 그의 가족 소유이겠고요.”

“그에겐 가족이 없었소. 실은 그의 이름도 모르고, 출신지도 알려진 바가 없어요.”

“그러면 결국 당신이 모두 차지하겠다는 건가요?”

데느리스는 가능하면 계속해서 활짝 웃는 낯으로 이렇게 말하고 싶었다.

‘당연하지! 나한테 어느 정도는 권리가 있는 것 아닐까?’

정작 튀어나온 말은 그게 아니었다.

“아를레트, 이번 사건에서 내가 추구한 것은 오로지 진실을 밝히는 것과 멜라마르 남매를 홀가분하게 해방시키는 것, 그리고 앙투안을 패퇴시켜 당신에게서 떨어져 나가게 만드는 것이었소. 그 외에 다이아몬드 문제는 당신이 하는 일과 당신이 지목하는 모든 일에 투자될 것이오.”

하지만 여자는 고개를 가로저으며 분명히 말했다.

“난 싫어요. 아무것도 원치 않아요.”

“이유가 대체 뭐지?”

“지금은 내 모든 야심을 거두었기 때문이에요.”

“그럴 리가? 의기소침해져서 그런 거요, 당신?”

“아니에요. 단지 생각을 많이 해보았을 뿐이에요. 문득 내가 너무 빨리 가고자 하는 게 아닌가라는 생각이 들더라고요. 별것 아닌 성공들에 잔뜩 취한 나머지, 보다 큰 걸 이루기 위해선 무조건 사업을 일으키는 길밖엔 없다고 생각한 거예요.”

"그런데 왜 생각이 달라진 거지?"

"아직은 너무 젊어서 그래요. 우선 일부터 열심히 해서 재산을 모아도 될 만큼 성숙해지는 게 중요하다는 생각이에요. 지금 내 나이는 아직 그럴 권리가 없죠."

장은 살며시 다가가 말했다.

"아를레트, 당신이 내 제안을 거절하는 것은 아마도 그런 돈을 원치 않기 때문일 거요. 나를 옳지 않다고 생각하기 때문이겠지. 당신 생각이 옳아요. 당신처럼 올곧은 성품이라면 당연히 나에 관해서 세간에 떠도는 어떤 말들로 인해 기분이 상했을 테지. 더구나 내가 부인하는 것도 아니니."

여자는 갑자기 버럭 소리쳤다.

"제발 부탁이니 부인하지는 마세요! 나는 아무것도 모르고, 또 알고 싶은 마음도 없어요."

아마도 장의 비밀스러운 인생이 그녀의 머릿속을 가득 채우고, 괴롭히는 게 틀림없었다. 무척이나 진실을 알고 싶어 하면서도, 자신을 끌어당김과 동시에 두렵게 만드는 비밀을 들여다보고 싶지 않은 마음이 그보다는 훨씬 강했다.

"당신은 내가 누군지 알고 싶지 않소?"

"당신이 누구인지는 잘 알아요, 장."

"내가 누구지?"

"당신은 어느 날 저녁 집까지 나를 데려다준 뒤 볼에다 입을 맞춰준 남자예요. 너무 부드럽고 특이한 그 느낌을 결코 잊을 수가 없었지요."

데느리스는 감정이 복받치는 걸 느끼며 외쳤다.

"아를레트, 그게 무슨 말이오?"

여자의 얼굴이 다시금 홍조로 발갛게 물들었다. 하지만 눈은 내리깔지 않았고, 곧이어 이렇게 대답했다.

"내가 도저히 감출 수 없는 걸 말하고 있는 거예요. 나의 온 삶을 지배하고 있는 것, 하지만 진실이기에 전혀 부끄럽지 않은 것을 말이에요. 네, 당신은 나한테 그런 사람이에요. 나머지는 하나도 중요하지 않지요. 당신은 장이에요."

"그럼, 아를레트…… 당신 나를 사랑하는 거요?"

남자가 더듬더듬 묻자 여자가 대답했다.

"네……."

데느리스는 솔직히 이 고백에 내심 당황하면서 그 말의 진의를 파악하느라 자꾸만 입으로 되뇌었다.

"당신이 나를 사랑한다고…… 나를 사랑한다고…… 당신이…… 나를 사랑해…… 그럼…… 당신한테서 느껴졌던 비밀도 바로 그거였소(9장 「아를레트의 약혼」 참조—옮긴이)?"

여자는 지그시 웃으며 말했다.

"물론이죠. 멜라마르 가문에 엄청난 비밀이 있었듯이, 당신 입으로 '알다가도 모르겠는' 아를레트에게도 비밀이 있었죠. 근데 그 비밀은 아주 단순한 거였어요. 바로 '사랑'요."

"그런데도 왜 진작에 고백해주지 않았소?"

"당신을 믿을 수가 없었어요. 레진한테도 그토록 다정하게 대하고, 심지어 마담 멜라마르한테도! 레진한테 특히 더했죠. 그녀한테 너무 질투가 나는 데다 자존심도 상하고 너무 괴로워서 죽을 지경이었단 말이에요. 그래서 딱 한 번이지만 그녀에게 매몰차게 군 적도 있어요. 레진은 영문을 모르겠다는 눈치더라고요. 하긴 장, 당신도 마찬가지죠."

"오, 나는 레진을 마음에 두었던 적이 전혀 없어요!"

"하지만 나는 그럴 거라 생각하고 있었죠. 때문에 너무 슬퍼서 앙투안 파즈로의 청혼을 받아들인 거고요. 그저 욱하는 심정에서…… 그저 홧김에 말이에요! 더군다나 그 사람이 당신과 레진에 관해서 온갖 거짓말을 늘어놓는 거예요. 그러다가 멜라마르 저택에서 당신을 다시 만나고 나서야 차츰차츰 이해가 되더라고요."

"내가 당신을 사랑하고 있다는 걸 말이죠, 아를레트?"

"그래요. 실은 그 전에도 몇 차례 그런 기미를 느끼기는 했지만…… 그때 당신은 사람들 앞에서 대놓고 얘기를 했었죠. 이건 진실이라는 느낌이 팍 오더군요. 아울러 당신의 모든 노력과 당신이 무릅쓰고 있는 위험들 모두가 전부 나 때문이라는 생각이 드는 거예요. 당신 입장에서는 앙투안의 품에서 나를 해방시키는 게 곧 나를 정복하는 게 될 테니까요. 하지만 그 당시엔 너무 때가 늦었죠. 일련의 사태들이 내 바람과는 무관하게 나 자신을 휩쓸어가고 있었거든요."

지극히 감미롭고도 다정다감한 음성에 실려나오는 이 고백은 장의 감정을 걷잡을 수 없이 들뜨게 만들었다.

"아를레트, 이제는 내가 두려워해야 할 차례인 것 같아."

"뭐가 두려운데요, 장?"

"내 이 행복이 두려워. 당신이 나만큼 행복하지 않을까 두렵기도 하고, 아를레트!"

"왜 내가 행복하지 못할 것 같아요?"

"오, 나의 아를레트, 왜냐하면 당신한테 합당한 것을 내가 주지 못하니까 그렇지."

그는 더욱 나지막한 목소리로 덧붙였다.

"데느리스와는 아무도 결혼하지 않지. 바네트와도 그렇고. 또……."

여자는 손가락을 들어 얼른 남자의 입술을 막았다. 아르센 뤼팽이라는 그 이름까지는 듣고 싶지 않았던 것이다. 실은 바네트라는 이름도 약간은 껄끄러웠고, 아마 데느리스라는 이름 또한 그리 편하지만은 않았을 것이다. 그녀에게 이 남자의 이름은 그냥 장일 뿐이었다.

여자가 입을 열었다.

"아를레트 마졸과 결혼하는 사람도 없답니다."

"아니요! 그건 아니야! 당신은 더없이 사랑스러운 여자요! 당신 인생까지 그르치게 할 권리가 내겐 없어!"

"당신은 내 인생을 그르치게 만들지 않아요, 장. 언젠가 나한테 무슨 일이 일어날지는 하나도 중요한 게 아니에요. 그러니 미래에 대해서는 우리 아무 말 말아요. 일정한 시간 너머, 우리 주위로 그릴 수 있는 일정한 동그라미 너머를 자꾸만 바라보려 하지 말자고요. 우리의 우정 너머를 말이에요."

"이왕이면 우리의 사랑 너머라고 해주지."

하지만 여자는 힘주어 말했다.

"우리 더 이상 사랑에 대해서는 말하지 않기로 해요."

"그럼 뭐에 대해서 얘기해야 하지? 그것 말고 무엇에 관해 말을 할까? 내가 어떻게 했으면 좋겠어?"

데느리스는 불안한 미소를 지으며 다그쳐 물었다. 그만큼 이제 아를레트의 말 한마디가 고통이 될 수도, 환희가 될 수도 있는 것이었다.

여자는 조용히 속삭였다.

"먼저 이 얘기부터 해요, 장. 더 이상 내게 편한 말투를 쓰지 마세요."

"그게 또 무슨 소린가?"

"그래요. 말을 편히 놓는다는 건 그만큼 친근하다는 뜻이죠. 그런데 나는……."

"당신은 우리 둘이 서로 소원해지기를 바란다는 건가, 아를레트?"

가슴이 미어지는 걸 느끼며 장이 물었다.

"그 반대예요. 우린 서로 가깝게 지내야 해요, 장. 다만 서로 말을 놓지 않는 친구. 말 놓을 권리도 없고, 앞으로도 그럴 친구로 말이에요."

남자는 한숨을 내쉬었다.

"정말 어려운 일을 요구하는군요! 이제 더 이상 당신은 나의 어여쁜 아를레트가 아니란 말……인가요? 정 그렇다면 노력해보겠습니다. 그리고 또 바라는 걸 말해보세요, 아를레트."

"이건 좀 주제넘은 부탁일지 모르는데."

"말해요."

"몇 주 동안 당신이 있어주는 거예요, 장. 두 달이나, 어쩜 석 달이라도 탁 트인 자유 속에서요. 불가능하겠죠? 두 친구가 아름다운 풍경 속으로 함께 하염없이 여행을 떠나는 것 말이에요. 이 휴가 기간이 끝나면 나는 일터로 돌아가야만 해요. 지금의 이 행복과도 이별인 셈이죠."

"오, 나의 어여쁜 아를레트!"

"설마 비웃는 건 아니죠, 장? 사실 걱정이었어요. 지금 내가 당신한테 너무 하찮은 일손만 구하는 꼴이 아닐까 해서 말이에요! 그렇지 않나요? 당신은 밝은 달밤이나, 지는 석양빛 아래에서 나와 더불어 완벽한 우정을 짜나가기 위해 당신 시간을 낭비하려 들진 않겠죠?"

데느리스의 얼굴은 창백해졌다. 그는 젊은 여자의 촉촉한 입술과 장밋빛 볼, 아담한 어깨, 그리고 유연한 허리선을 잠자코 바라보았다. 과연 기대감 속에서 느끼는 감미로움을 포기해야 할 것인가? 아를레트의 맑은 눈동자 속에서 그는 두 연인 사이에서는 실현 가능성이 극히 희박한, 순수한 우정의 아름다운 꿈을 보고 있었다. 그런가 하면 이 여자는 너무 생각을 많이 하거나, 자신이 무엇을 하려는지에 대해 너무 깊이 알기를 싫어한다는 것을 느꼈다. 그러면서도 여자가 자신의 요구에 너무도 순수하고 진실되게 매달리는 바람에 남자 역시 이제 곧 닥칠 미래의 비밀스러운 베일을 지금 굳이 걷어버리려 하지는 않았다.

"무슨 생각을 하세요?"

여자가 조용히 물었다.

"두 가지를 생각하고 있었소. 우선 다이아몬드에 관한 것. 내가 그것을 차지하는 게 당신은 싫겠죠?"

"많이 싫어요."

"그럼 모든 걸 베슈에게 보내겠습니다. 발견한 공로라도 그가 차지할 수 있게 말이오. 그 정도 보상을 해줄 만큼은 신세를 지긴 했으니까."

여자는 이에 대해 살짝 고마움을 표한 뒤 덧붙여 물었다.

"또 다른 하나는 무엇이죠, 장?"

남자는 아까보다 진지한 어조로 말했다.

"이건 좀 심각한 문제랍니다, 아를레트."

"뭔데요? 벌써부터 정신이 다 없네요. 무슨 큰일인가요?"

"아니, 꼭 그렇다는 건 아니고…… 해결해야 할 난제가 남아 있어요."

"무엇에 관한 문제인데요?"

"우리의 여행에 관한 문제예요."

"무슨 말이죠? 여행이 불가능하다는 얘긴가요?"

"그게 아니라……."

"오, 어서 말해주세요!"

"좋아요, 아를레트. 잘 들어요. 내 큰맘 먹고 말해주리다. 옷은 무얼 입고 떠나죠? 보시다시피 나는 플란넬 천 셔츠에다 청색 작업 바지 그리고 남루한 밀짚 모자 차림인걸. 아를레트, 당신 또한 마치 아코디언처럼 볼썽사납게 주름진 드레스가 전부 아니오?"

여자는 모처럼 떠나갈 듯이 웃음을 터뜨렸다.

"오, 장! 바로 그런 부분이 내가 당신을 좋아하는 점이에요. 당신의 그 유쾌함! 가끔은 당신을 가만히 쳐다보면서 이런 생각이 들 때도 있어요. '사람이 참 어둡고 복잡하구나.' 그래서 약간 두렵기도 하고요. 그런데 당신이 한번 웃기 시작하면 그 모든 생각이 언제 그랬냐는 듯 깨끗이 날아가버리죠! 지금처럼 난데없이 불쑥불쑥 튀어나오는 유쾌한 모습 속에 진짜 당신이 있다고요!"

데느리스는 여자 앞에 깍듯이 허리를 숙여 손끝에 입맞춤하고는 말했다.

"자, 어여쁜 내 친구 아를레트여, 드디어 우리의 여행이 시작되었나이다!"

순간 여자는 깜짝 놀라지 않을 수 없었다. 갑자기 강가에 늘어선 나무들이 이쪽으로 미끄러지듯 움직이는 것이 아닌가! 여자가 모르는 사이에 장은 어느새 닻줄을 풀었고, 배가 서서히 물결을 타며 떠내려가기 시작하고 있었던 것이다.

"오, 우리 지금 어디로 가는 거죠?"

"멀리, 아주 멀리!"

"그럴 순 없어요! 내가 집에 돌아오지 않으면 사람들이 뭐라고 하겠어요! 레진은 또 얼마나 걱정을 하고요. 더구나 이 배도 우리 것이 아니잖아요?"

"아무 걱정 마세요. 그냥 인생에 자신을 내맡겨봐요. 당신의 은둔처를 가르쳐준 것도 레진이랍니다. 이 배하고 밀짚 모자와 푸른 작업복 모두 내가 돈 주고 정정당당하게 산 것이고요. 모든 게 다 잘될 겁니다. 휴가를 원한다면서 무엇하러 지체한단 말입니까?"

여자는 더 이상 아무 말도 하지 않았다. 그녀는 뒤로 나른하게 드러누워 하늘을 쳐다보았다. 노는 물론 남자가 잡았다. 그로부터 한 시간 뒤, 어느 바지선 가까이 배를 댔는데 거기에서 두 사람을 반갑게 맞이

한 나이 든 여인을 장이 소개했다.

"여기는 빅투아르, 내 어릴 적 유모랍니다."

바지선의 내부에는 깔끔하고 세련되게 정돈한 별도의 선실이 두 개 자리 잡고 있었다.

"그저 내 집이라 생각하세요, 아를레트."

세 사람이 함께 옹기종기 모여 저녁을 든 다음 장은 닻을 올리라고 지시했다. 그와 더불어 모터 돌아가는 소리가 나지막이 울려 퍼지기 시작했다. 그렇게 바지선은 여러 갈래 강의 지류와 수로를 거쳐서 프랑스의 고풍스러운 도시들과 아름다운 풍경 속으로 유유히 나아갔다.

밤늦은 시각, 아를레트는 갑판 위에 혼자 느긋하게 누워 있었다. 그리고 저 하늘 위 달과 별들을 향해 장엄하고도 고요한 기쁨으로 가득 찬 꿈들과 감미로운 생각들을 남몰래 속삭였다.

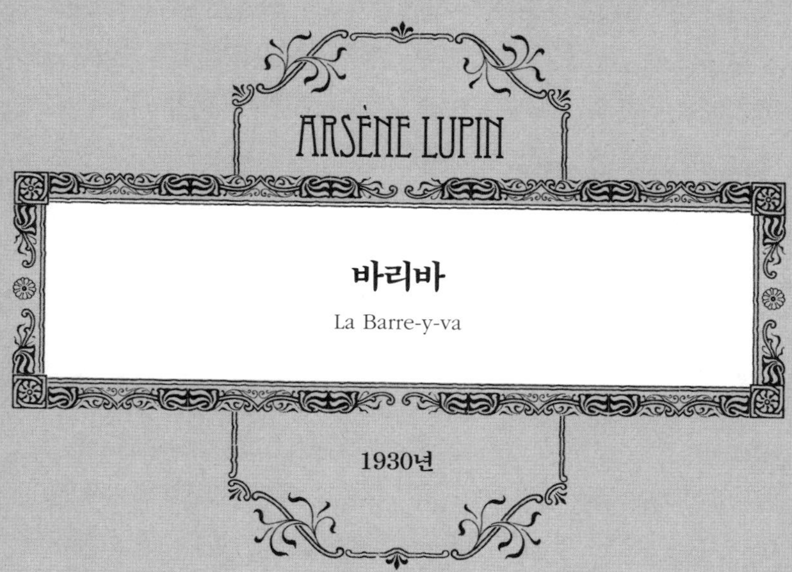

바리바

La Barre-y-va

1930년

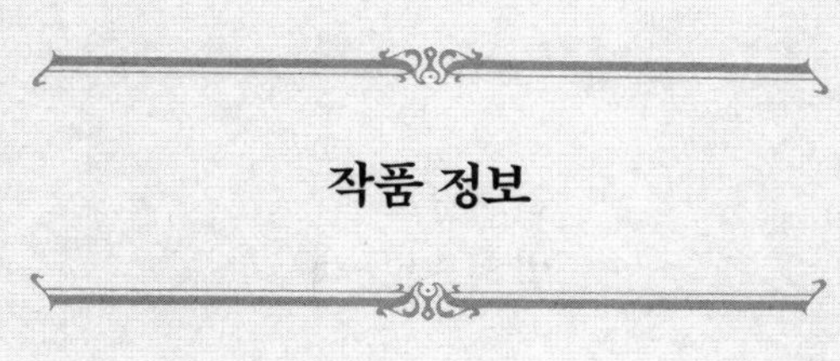

작품 정보

『바리바(La Barre-y-va)』(1930. 8. 8~9. 15)는, 『기암성』의 무대였기도 한 페이드코(Pays de Caux)의 풍물과 역사에 대한 모리스 르블랑의 각별한 애정이 이끌어가는 작품이다. 뤼팽 시리즈 장편들의 현저한 특징인 상상력의 장대한 스케일은 이 작품에서도 유감없이 발휘된다. 센강 하류 계곡지대의 기이한 자연현상을 둘러싼 서스펜스가 뤼팽 특유의 대담하면서 세련된 기지를 동반하는 가운데 독자의 상상력을 쉼 없이 몰아친다. 수수께끼 요소의 대거 등장, 암호문을 실마리로 삼는 추리의 과정, 작품 후반에 이르도록 범인의 정체를 베일로 가려두는 수법 등이, 『호랑이 이빨』 이후 간만에 반가운 테크닉이다. 특히 그 모든 것이 아득한 고대전설에 기초한 시정(詩情)을 두르고 전개된다는 점에서, 르블랑만의 작가적 매력을 다시 한번 확인할 수 있다. 『르 주르날』에 한 달 남짓 연재된 후, 이듬해 6월 17일 단행본으로 출간되었다.

1
밤의 방문객

극장의 저녁 공연이 끝난 뒤, 라울 다브낙은 집으로 돌아와 현관의 거울 앞에 멈춰 섰다. 거기서 그는 우아한 실루엣과 떡 벌어진 어깨, 셔츠 가슴받이를 힘차게 부풀리고 있는 당당한 가슴팍 등 고급 재봉사의 솜씨가 고스란히 밴 의복 차림의 멋진 몸매를 한동안 뿌듯한 기분으로 들여다보았다.

현관만 해도 그 규모나 정돈 상태가 취향과 습관 면에서 값비싼 변덕을 충족시킬 만한 수단을 갖춘 남자 아니면 지내기 어려울 것 같은, 호화스럽고 안락한 독신자용 아파트를 미리부터 떠올리게 했다. 라울은 여느 밤 시간처럼 서재에서 맛 좋은 담배를 즐기거나 넉넉한 가죽 안락의자에 깊숙이 몸을 파묻고 스스로 맛보기 수면이라 부르는 달콤한 휴식을 취할 생각에 벌써부터 기분이 좋아졌다. 일단 그렇게 되면 머릿속의 모든 불편한 잡념들은 깨끗하게 가시고, 지난 낮의 기억들과 다음날 해야 할 일의 계획들이 나른한 몽환 속을 이리저리 부유하는 가운데, 어느새 편안한 잠의 세계로 빠져들겠지.

막상 문을 열려는 순간 그는 멈칫했다. 그제야 현관 불을 켠 게 자신이 아니며, 이미 도착했을 당시부터 샹들리에의 세 개 등불에서 일제히 빛이 뿌려지고 있다는 걸 문득 깨달은 것이다.

'거 이상한 일이로군. 내가 집을 나선 이후로는 누구도 발을 들여놓을 수 없었을 텐데. 하인들도 다 휴가 중이 아닌가. 그렇다고 집을 나설 때 내가 불을 끄지 않았었다고 억지로 생각해야 할까?'

속으로 중얼거리기는 했지만 사실 다브낙은 빈틈이라곤 별로 찾아볼 수 없는 사내였다. 아울러 이처럼 우연스럽고 사소한 문제들, 결국에는 상황 속에서 가장 자연스러운 해답을 저절로 얻을 문제들을 억지로 풀기 위해 자기 시간을 낭비하는 타입도 아니었다.

결국 그는 툭 내뱉었다.

"수수께끼란 우리 스스로가 마음속에서 만들어낼 뿐이지. 인생이란 생각보다 훨씬 덜 복잡한 거야. 언뜻 보기엔 복잡다단하게 얽힌 문제들도 때로는 손쉽게 풀어내 보여주거든."

실제로 그는 코앞의 현관 문턱을 넘어섬과 동시에 웬 젊은 여인이 방구석 외발탁자에 기대서 있는 모습을 보고도 그리 놀라지 않았다.

그저 이렇게 외쳤을 뿐이다.

"맙소사! 이게 웬 근사한 광경이람!"

현관과 마찬가지로 방 안 역시 그 근사한 광경의 주인공에 의해 환하게 밝혀진 게 분명했다. 약간은 고리타분한 의상을 걸친 늘씬한 신장에 다소 야윈 듯하면서도 균형 잡힌 몸매, 금발의 웨이브 진 머리를 후광처럼 두른 어여쁜 여인의 얼굴을 라울 다브낙은 태연히 감상했다. 반면 여자의 눈빛은 어딘지 불안해 보였고, 얼굴은 격한 감정으로 다소 긴장된 분위기였다.

항상 여자들이 표하는 호감에 뿌듯하게 길들여진 라울 다브낙은 이번 역시 속으로는 자신만만한 기분이었다. 그는 늘 자신의 행운을 믿었으며, 지금까지 항상 그래왔던 것처럼 별달리 추구하지도 않았는데 굴러 들어온 재미난 건수라도 되듯 눈앞의 상황을 온몸으로 받아들였다.

"내가 당신을 모르지요, 마담? 지금이 초면인 듯 합니다만?"

남자가 먼저 은근한 미소로 운을 떼자, 여자는 간단한 몸짓으로 그렇다는 뜻을 표했다.

"그나저나 어떻게 여길 들어올 수 있었습니까?"

남자의 질문에 여자는 또 대답 대신 열쇠를 보여주었다.

"저런, 내 아파트 열쇠를 갖고 계시군! 이거 정말 재미있어지는데요!"

라울 다브낙은 자기도 모르는 사이에 이 아리따운 방문객한테 끌린다는 느낌이 들었고, 마치 손쉬운 먹잇감처럼 여자가 자진해서 뭔가 색다른 경험을 원한 나머지, 스스로를 내던지는 심정으로 여기까지 찾아온 게 아닐까 하는 생각마저 들었다.

그는 이럴 때 어울리는 평소의 확신대로 여자에게 천천히 다가갔다. 이토록 아름다운 모습으로 눈앞에 놓여진 기막힌 기회를 절대로 그냥 놓치지는 않겠다는 심보였다. 하지만 기대와는 전혀 딴판으로, 젊은 여자가 뒷걸음질을 치면서 뻣뻣한 두 팔을 기겁을 하며 내젓는 것이었다.

"가까이 오지 말아요! 더 이상 접근하지 말라고요. 당신한테 그럴 권리는 없습니다."

졸지에 여자의 인상이 공포로 일그러지는 것을 바라보며 라울은 보통 당혹스러운 게 아니었다. 그뿐만 아니라, 거의 동시에 여자가 난데없는 웃음을 터뜨리는가 하면, 발작적으로 몸을 들썩여가며 몹시 흥분한 상태로 흐느껴 울기 시작했다.

남자는 부드럽게 말을 건네보았다.

"제발 진정하십시오. 당신한테 아무런 해도 끼치지 않을 겁니다. 설마 이 집에 도둑질을 하러 들어온 건 아닐 테죠? 아니면 권총으로 나를 쓰러뜨리기 위해서도 아니고요. 그런데 내가 왜 당신한테 해를 끼치겠습니까? 자자, 이제 그만 대답 좀 해보세요. 내게서 원하는 게 뭡니까?"

그제야 여자는 억지로 마음을 추스르며 중얼거렸다.

"도움을 요청하러 왔어요."

"하지만 내 직업은 남을 돕는 일이 아닌걸요."

"하지만 제가 보기엔 그래요. 당신이 시도하기만 하면 안 되는 일이 없을 것 같고요."

"맙소사! 정말이지 대단히 뿌듯한 특권을 내게 부여해주시는군요. 그렇다면 내가 당신을 품에 안으려고 시도만 하면 그 역시 성공하겠군요? 자, 한번 생각해보십시오. 지금처럼 이른 새벽에 한 숙녀가 신사의 처소에 잠입해 들어온다면. 더군다나 당신처럼 어여쁘고 매혹적인 여성이 그런다면. 굳이 자만해서가 아니라 나로서는 혹할 만한 그림을 머릿속에 그려볼 수도……."

남자는 다시금 접근을 시도했고, 이번에는 여자의 별다른 저항 없이 손까지 지그시 잡아볼 수 있었다. 그는 천천히 여자의 손목을 쓰다듬었고, 점점 거슬러 올라가 맨살의 팔뚝까지 어루만져보았다. 문득 이대로 품 안에 끌어안는다면 여자가 결코 거부하지는 않을 거라는 느낌이 강하게 들었다. 그만큼 여자의 감정이 약해져 있는 것이다.

다소 도취된 기분으로 그는 마침내 동작에 들어갔는데, 그나마 아주 조심스레 여자의 허리를 팔로 감아 안으며 천천히 끌어당겼다. 바로 그때였다. 문득 뚫어져라 바라본 여자의 얼굴에서 절망과 애원의 처절한 심정이 물씬 배어났고, 두 눈동자는 잔뜩 겁에 질려 어쩔 줄 몰라 하는 빛이 역력한 게 아닌가! 그는 아차 싶은 나머지 동작을 멈추고 불쑥 내뱉지 않을 수 없었다.

"용서하십시오, 마담."

여자가 나직한 목소리로 화답했다.

"마담이 아닙니다. 마드무아젤이에요."

그러고는 계속해서 속삭였다.

"당신 말도 맞아요. 이런 시간에 제 행동이…… 당신이 이런 식으로 오해를 하는 것도 당연하죠."

남자는 얼른 농담조로 얼버무렸다.

"오! 정말 오해를 했었습니다. 자정이 지나면서부터는 원래 여자에 대한 생각이 약간 변하기 일쑤인데, 방금 전에도 그런 식으로 엉뚱한 생각을 굴리는 바람에 점잖지 못한 행동을 저지르고 만 것입니다. 다시 한번 용서를 구하겠습니다. 제 행동이 옳지 못했지요. 다 떨어버리신 거죠? 더 이상 기분 상해하지 않는 거죠?"

"네."

여자의 대답에 남자는 한숨을 내쉬며 말했다.

"세상, 참! 하긴 당신이 너무도 매력적이라 내가 생각했던 것과는 전혀 다른 용건으로 찾아 와주셨다는 게 못내 아쉬울 정도랍니다! 그러니까 마치 사람들이 셜록 홈스를 찾아 베이커 스트리트의 그의 집을 찾아가는 것과 마찬가지로 당신도 이곳을 찾아온 거라는 말씀이죠? 알겠습니다. 이제 필요한 모든 얘기를 차분히 털어놓으시기 바랍니다, 마드무아젤. 성심껏 도와드리도록 하지요. 자, 어서 말씀해보십시오."

남자는 먼저 의자부터 정중히 권했다. 그런데 라울의 예의 바르고 상냥한 태도 덕분에 많이 안정을 되찾았음에도 불구하고, 여자의 안색은 상당히 창백했다. 그뿐만 아니라, 아이처럼 싱싱하면서 우아한 선을 그리고 있는 입술까지 이따금 눈에 띄게 일그러졌다. 다만 그 가운데서도 눈빛만큼은 차분한 신뢰감을 담고 있었다.

여자는 메마른 음성으로 말했다.

"미안합니다만, 아마 이렇게 찾아온 용건이 딱히 없는지도 모릅니다. 단지 뭔가, 뭔가 풀리지 않는 문제들이 있다는 것만 어렴풋이 알고 있어요. 그리고 앞으로 닥칠 두려운 일들도 있고요. 그래요, 이유는 모르지만 미리부터 두려워할 만한 문제입니다. 실제로 일어날지 안 일어날지 그 누구도 모르는 일이거든요. 오, 하느님! 얼마나 끔찍한 일인지! 너무 괴롭답니다!"

여자는 마치 자신을 괴롭히는 일련의 생각들을 억지로 내치려는 듯 힘겹게 손으로 이마를 훔쳤다. 라울은 진심으로 여자의 모습이 안쓰러웠고, 조금이나마 진정시킬 수 있을까 하는 마음에 무작정 웃음부터 터뜨렸다.

"하하하, 정말 예민해 보이시는군요! 하지만 그럴 필요 없습니다. 공연히 미리부터 걱정해봤자 아무 소용없어요. 자자, 용기를 가져보세요. 일단 나에게 도움을 요청하러 온 이상 조금도 두려워할 필요가 없습니다. 그나저나 당신은 지금 지방에서 올라오시는 길이죠?"

"그래요. 오늘 아침 집에서 출발해 오후가 저물 무렵에야 도착했답니다. 그 즉시 자동차를 잡아타고 이곳까지 달려온 거죠. 관리인은 당신이 있는 줄 알고 집을 가르쳐주더군요. 벨을 울렸지만, 아무도 응답이 없기에……."

"그랬겠지요. 하인들은 모조리 휴가를 떠났고, 저녁식사마저 근처 식당에서 때웠으니까요."

"그래서 그만 이 열쇠의 도움을 받아야만 했어요."

"그건 누가 쥐여준 겁니까?"

"그냥 훔친 거예요."

"누구한테서 말입니까?"

"차차 설명을 드리겠습니다."

"너무 늦지는 마십시오. 그게 누구인지 알고 싶어 벌써 안달이 나니까요. 그런데 잠깐만! 생각해보니 오늘 아침부터 아무것도 먹지 못해 당장이라도 배고파 죽을 지경일 것 같은데, 어떻습니까?"

"오, 그렇지는 않아요. 저기 탁자 위에서 코코아를 찾아냈거든요."

"잘하셨습니다! 하지만 코코아 말고 다른 것들도 있는데. 내가 일단 좀 갖다드리지요. 얘기는 그 뒤에나 합시다. 어때요? 그나저나 당신 정말이지 젊어 보이는군요. 마치 어린애 같아요! 내가 어떻게 당신을 다 큰 숙녀로 볼 수 있었는지 의아할 정도입니다!"

그는 자신은 물론 여자까지 웃게 만들려고 애를 썼고, 찬장을 열어 비스킷과 단맛이 가미된 포도주를 꺼내왔다.

"내가 당신을 뭐라고 불러야 합니까? 최소한 그 정도는 알고 넘어가야지."

"나중에요. 나중에 죄다 말씀드릴게요."

"알겠습니다. 음식을 대접하는데 굳이 이름을 알 필요는 없을 테니까. 잼을 드시렵니까? 아니면 꿀을? 그렇지, 당신의 그 아리따운 입술에는 꿀이 어울리겠군요. 찬방에 그렇지 않아도 기막힌 꿀이 있지요. 당장 가서……."

막 방을 나서려는데, 느닷없이 전화벨이 울렸다.

"거참 이상하다. 지금 이 시각에 웬 전화? 잠시 실례하겠습니다, 마드무아젤."

그는 얼른 수화기를 들어 목소리를 가볍게 정돈한 뒤 통화를 시작했다.

"여보세요, 여보세요."

거리가 멀게 느껴지는 목소리가 얼른 화답했다.

"자넨가?"

"나일세."

"어휴, 이번엔 운이 좋군! 그동안 얼마나 전화를 해댔는지!"

"미안하네. 극장에 가 있었다네."

"그래, 이제 돌아온 건가?"

"대충 그런 것 같네."

"그거 안심이로군."

"나도 그래!"

라울은 시치미 뗀 목소리로 계속 대화를 이어갔다.

"그런데 말이야, 나한테 한 가지만 알려줄 수 있겠나? 아주 사소한 문제인데?"

"어서 말해보게."

"자네, 대체 누군가?"

"뭐라고? 날 못 알아보겠다는 건가?"

"솔직히 말해서 지금까지는……."

"나 베슈일세. 테오도르 베슈."

라울 다브낙은 움찔하다 말고 천연덕스럽게 내뱉었다.

"모르는 사람이로군!"

그러자 상대방의 발끈하는 목소리가 튀어나왔다.

"그럴 리가! 베슈 형사란 말이야. 치안국 반장 베슈."

"오, 명성은 익히 들어 알지만, 유감스럽게도 아직까지 직접은……."

"이봐, 농담 좀 그만하게! 우리 둘이 함께 헤쳐온 일들이 어디 한두 가지인가! '바카라 게임' 생각 안 나? '금이빨을 한 사나이'는 또 어떻고! '아프리카 주식' 건도 있지 않은가(『바네트 탐정사무소』 참조—옮긴이)?

얼마나 통쾌한 일들이 많았는데. 함께 힘을 합쳐 승리를 거머쥔 사건들 말일세."

"아무래도 착각을 한 것 같아. 지금 누구를 상대로 통화를 한다고 생각하는 건가?"

"그야 물론 자네지, 이 사람아!"

"내가 누군데?"

"라울 다브낙 자작 아닌가!"

"이름은 맞군. 하지만 단언하건대 라울 다브낙은 자네를 모르네."

"그럴지도 모르지. 하지만 라울 다브낙이 다른 이름을 내걸 때는 아마 나를 모른다고 못할걸!"

"제기랄! 다른 이름이라니?"

"예를 들자면 '바네트 탐정사무소'의 짐 바네트라든가, '불가사의한 저택'의 장 데느리스, 여기에 더해 자네의 진짜 본명을 나더러 꼭 대란 말인가?"

"어서 해보시지. 눈 하나 깜짝하지 않을 테니. 오히려 그 반대지."

"아르센 뤼팽!"

"말 한번 잘하셨네! 이제야 뭔가 뜻이 통하는군! 그만하면 모든 게 가뿐해졌어. 실제로 나는 그 이름으로 가장 폼 나게 알려진 사람이지. 자, 이 친구야, 그래 용건이 뭔가?"

"지금 당장 자네의 도움이 필요해."

"내 도움? 자네도 말인가?"

"그건 또 무슨 뜻이야?"

"아, 아닐세. 도와주는 거야 언제든 어렵지 않지. 그래, 지금 어딘가?"

"르아브르."

"거기서 뭐하는데? 안개라도 관측하는 중이신가?"

"그게 아니고, 자네한테 전화하러 온 거네."

"친절도 하군. 르아브르에서 나한테 전화를 하려고 파리를 떠났다는 건가?"

그런데 무심코 라울이 말한 도시 이름에 젊은 여자가 갑자기 당황하며 속삭였다.

"르아브르라면…… 지금 누가 그곳에서 전화하는 건가요? 참 이상한 일이군요. 누구 전화입니까? 저도 좀 듣게 해주세요."

라울의 다소 거북스러운 눈치에도 불구하고, 여자는 즉시 또 다른 수화기를 귀에다 갖다 대 저 너머에서 울려오는 베슈의 다음 목소리를 듣기 시작했다.

"그래서 그런 게 아니고…… 지방에 있었기 때문에…… 자네도 알다시피 야간전화가 불가능하지 않은가. 하는 수 없이 차를 동원해 이곳 르아브르까지 달려온 것이네. 이젠 숙소로 돌아갈 생각이고."

"숙소라면?"

다브낙은 툭 던지듯 물었다.

"자네, 라디카텔이라고 아는가?"

"여부가 있나! 하구(河口)에서 그리 멀지 않은 센 강 한복판의 모래섬 아닌가!"

"그렇다네. 릴본과 탕카르빌 중간쯤이고, 르아브르에서는 한 30킬로미터쯤 떨어져 있지."

"지금 나더러 거길 아냐고 물어보는 거야? 센 강 어귀 일대야 두말하면 잔소리지! 페이드코라…… 나의 모든 인생이 바로 거기에 있어! 말하자면 현대사의 요람인 셈이지(페이드코(Pays de Caux)는 루앙-르아브르-디에프로 이어지는 삼각형의 지역을 말하며, 아르센 뤼팽 모험담의 대다수가 이 지역을 중심으로 전개된다고 해도 과언이 아니다. 2권 174쪽 지도 참조—옮긴이).

그래, 거기 자빠져서 잠이라도 퍼 자고 있단 얘긴가?"

"무슨 뚱딴지 같은 소린가?"

"그 모래톱에서 아예 사는 거냐고?"

"실은 그 바로 맞은편에 아주 매혹적인 마을이 하나 있다네. 라디카텔이라는 이름도 사실 그 마을에서 따온 거지. 나는 몇 달 전부터 그곳에서 요양이나 할 겸, 아담한 별장 한 채를 빌려서 지내고 있네."

"애인이라도 대동하고?"

"아니, 대신 자네를 생각해서 친구가 쓸 방을 하나 마련해두었지."

"뭐하러 그리 섬세한 배려까지?"

"아주 복잡하고 흥미로운 사건이 하나 있는데, 이왕이면 자네와 더불어 풀어볼까 하고."

"그러니까 이 친구야, 바꿔 말하면 혼자서 헤쳐나가기가 버거운 문제가 생겼다는 거겠지?"

라울은 기분이 점점 더 혼란스러워지다 못해 지금은 거의 고통의 수준까지 가버린 여자의 표정을 유심히 살피며 말했다. 그는 여자 손에서 수화기를 빼앗으려고 했다. 하지만 여자는 악착같이 붙들었고, 수화기 저 너머로는 베슈의 다급한 목소리가 계속해서 들려왔다.

"급한 일일세. 다른 것보다도 오늘 어느 젊은 여자가 실종되었어."

"그야 매일 있는 일 아닌가! 그런 것 가지고 이 난리를 피울 것까진 없지."

"그런 게 아니네. 몇 가지 문제가 좀 신경이 쓰여. 게다가……."

"게다가 뭔가?"

라울도 다소 안달이 나기 시작하는지 다그쳐 물었다.

"실은 이미 2시쯤에 살인사건이 있었네. 그 젊은 여자의 형부 되는 사람이 개천을 따라 공원으로 여자를 찾아 나섰다가 그만 권총으로 살해된 채 발견되었지. 그러니 자네가 아침 8시 특급열차를 타고 와준다면…….”

범죄 이야기가 언급되자 여자가 벌떡 일어섰다. 그 바람에 손에 쥐고 있던 수화기가 굴러떨어졌다. 뭔가를 말하려고 애를 썼지만 나오는 건 깊은 한숨뿐이었고, 급기야 비틀비틀하더니 안락의자 팔걸이 위에 털썩 쓰러졌다.

라울 다브낙은 즉각 베슈를 향해 거친 목소리로 윽박질러댔다.

“자넨 정말 바보로군! 정말이지 광고 한번 잘했어! 그래, 뭐야? 여태 아무것도 알아낸 게 없단 말인가, 멍청이?”

그는 얼른 전화기를 내려놓고 여자를 소파 위에 편히 누인 다음 각성제를 들이마시게 하며 말했다.

“대체 무슨 일입니까? 베슈가 한 말은 하나도 중요하지 않습니다. 왜냐하면 실종되었다는 여자가 바로 당신이니까 말입니다. 게다가 당신도 베슈 그 친구를 알고 있죠. 결코 일류급이 못 된다는 사실도 알고요. 그러니 제발 부탁입니다. 어서 정신 차리고 나와 함께 상황을 차근차근 짚어보도록 합시다.”

하지만 라울은 어떤 노력을 다해도 지금 당장 상황을 해명하기는 어렵다는 사실을 곧 깨달았다. 그가 모르는 일련의 사태를 거치는 동안 여자는 이미 과도한 충격을 받을 대로 받았고, 거기에 더해 칠칠치 못한 범죄 소식까지 접하자 쉽게 정신을 가다듬을 수 없을 만큼 타격을 입은 모양이었다. 이런 상황에선 행동에 나설 적기가 올 때까지 참고 기다리는 수밖에 없었다.

잠시 생각을 굴리던 라울은 마침내 결정을 내렸다. 일단 얼굴 자체보다는 전체적인 인상에 변화를 주는 혼합약물을 사용해 거울 앞에서 얼굴을 매만졌다. 그리고 옆방으로 건너가 옷을 갈아입고 나서 벽장 속에 항상 준비되어 있는 가방을 낚아채 곧장 밖으로 나가 차고로 달려갔다.

차를 끌고 돌아온 라울은 부리나케 집 안으로 다시 올라갔다. 젊은 여자는 정신이 깨어나긴 했지만 전혀 움직일 수 없이 뻗어 있는 상태였다. 당연히 남자가 끌어안는 대로 가만히 있었고, 라울은 조심조심 여자를 자동차에 태워 가능한 한 편안한 자세를 취하게 했다.

마지막으로 몸을 숙여 여자의 귓가에 속삭여주었다.

"베슈와 통화한 바에 의하면 당신도 라디카텔에 머무는 모양인데, 맞습니까?"

"네, 라디카텔에요."

"지금 그리로 가는 겁니다."

여자는 화들짝 놀라는 눈치였고, 이내 머리끝에서 발끝까지 부들부들 떠는 기운이 고스란히 느껴졌다. 하지만 남자는 나지막한 목소리로 달래듯이 뭔가를 중얼거렸고, 여자는 더 이상 거부할 생각도 하지 못한 채 하염없이 눈물만 흘렸다.

수도로부터 라디카텔이라는 노르망디 지방의 한 마을까지 무려 175킬로미터 정도의 거리를 주파하는 데 라울은 딱 세 시간이면 충분했다. 그동안 두 남녀 사이에는 단 한 마디도 오가지 않았다. 게다가 여자는 얼마 못 가서 곯아떨어졌는데, 자꾸만 남자의 어깨 위로 떨어지는 고개를 라울은 부드럽게 제 위치로 들어 올려주곤 했다. 이마가 불덩이 같았고, 잇새로는 알아들을 수 없는 말들이 쉴 새 없이 흘러나왔다.

센 강으로 굽이굽이 합류하는 가느다란 개천 가까이, 그리고 페이드코 벼랑지대로 이어지는 협곡의 발치쯤, 갓 싹트기 시작한 녹지 속에 어느 아담한 성당 건물이 웅크리듯 자리 잡고 있었다. 라울이 모는 자동차가 그 매력적인 건물을 마주 보며 접근할 무렵 여명이 서서히 밝아왔다. 뒤쪽으로는 광대한 초원지대와 키유뵈프를 휘감아 도는 넉넉한 강의 수면 위로, 점점 더 붉어지는 장밋빛 구름들이 나른하게 늘어져 태양의 임박한 출현을 예고했다.

아직 단잠에서 미처 깨어나지 않은 마을은 인적 하나 느껴지지 않았다. 라울이 중얼거렸다.

"당신 집은 아직 멉니까?"

"거의 다 왔어요. 저기, 맞은편에……."

앞에는 네 줄로 열 지어 선 참나무 고목들 사이로 근사한 오솔길이 개천과 나란히 뻗어 있었고, 철책 너머로 언뜻 보이는 소규모 장원에까지 이르고 있었다. 개천은 이쯤에서 살짝 옆으로 비껴가서 둑 밑을 통과하는가 싶더니, 이내 쇠창살이 설치된 도랑을 가득 채우며 타고 흐르다가 한 번 더 우회한 다음, 깎아지를 듯 치솟은 돌담 울타리 안의 영지로 새어 들고 있었다.

여자는 또다시 공포감에 질린 듯 움찔했는데, 라울이 보기에 아마도 극심한 고통을 겪은 장소로 돌아가느니 이쯤에서 달아나고 싶은 모양이었다. 하지만 이내 마음을 추슬렀는지 여자가 말했다.

"내가 돌아오는 걸 아무도 봐서는 안 됩니다. 가까운 곳에 쪽문이 하나 있는데, 내가 그 문 열쇠를 가지고 있다는 걸 아는 사람이 하나도 없어요."

"그럼 걸을 수 있겠습니까?"

"네. 잠깐은 괜찮아요."

"아침 공기가 벌써 따뜻해져 오는군요. 춥지는 않죠?"

"춥지 않아요."

오솔길은 둑의 우측을 따라 이어지면서 도랑의 끄트머리를 가로질러 높은 담벼락과 과수원 사이로 뻗어나갔다. 라울은 기진맥진한 여자의 팔을 붙들어 부축하며 걸었다.

문 앞에 다다르자 그가 말했다.

"실은 공연히 질문해봤자 당신만 더욱 피곤하게 만들 뿐이라 판단하고 있답니다. 뭐 이따가 베슈를 만나면 상세하게 들을 것이고, 어차피 우리는 다시 만날 테니 상관은 없습니다만. 딱 한 가지는 지금 꼭 확인해봐야 하겠습니다. 내 아파트 열쇠는 베슈한테서 얻어낸 건가요?"

"그렇기도 하고 아니기도 해요. 그에게서 당신 얘기를 숱하게 들어오다가 우연히 그의 방 추시계 아래에 당신 집 열쇠가 있다는 사실을 알게 되었지요. 결국 며칠 전, 그 모르게 열쇠를 훔쳤어요."

"그걸 내게 돌려주시겠습니까? 몰래 원래의 장소에 갖다 놓으면 전혀 눈치채지 못할 겁니다. 사실 그뿐만 아니라 다른 누구도 알아서는 안 되며, 당신이 파리에 왔다가 내가 도로 데려왔다는 사실, 심지어 우리 둘이 만난 적이 있다는 사실까지 아무도 알아서는 안 됩니다."

"아무도 모를 거예요."

"한마디만 더 하지요. 어떻게 일이 진행되다 보니 우리 두 사람은 서로를 전혀 모르는 상태에서 예기치 않게 행동을 같이하게 되었습니다. 이왕 이렇게 되었으니 당신은 내 조언을 그대로 따를 것이며, 나를 제쳐두고 독단적으로 행동하는 일은 절대 없도록 해야 합니다. 알겠습니까?"

"알겠어요."

"그럼 여기 서명하십시오."

라울은 지갑에서 얼른 백지 한 장을 꺼내 만년필로 휘갈겨 썼다.

> 나는 앞으로 진실을 밝히는 일과 나를 위한 행동 결정의 모든 권한을 므슈 라울 다브낙에게 일임하는 바이다.

여자는 거침없이 서명을 했다.

"좋습니다. 이제 당신은 무사합니다."

라울은 서명을 유심히 살피면서 중얼거렸다.

"카트린이라…… 이름이 카트린이군요. 기분이 좋은걸요. 내가 좋아하는 이름이거든요. 자, 이제 쉬세요. 또 봅시다!"

여자는 안으로 들어갔다.

남자는 담벼락 너머 답답하게 멀어져 가는 발소리를 가만히 듣고 있었다. 곧이어 그마저 끊기고 적막이 자리 잡았다. 점점 주위가 밝아왔다. 여자는 쪽문으로 들어가기 전, 베슈가 임차해놓았다는 별장의 지붕을 손으로 가리켜주었다. 라울은 다시 오솔길을 따라 돌아나와 마을을 벗어났고, 자동차를 야외 주차장에 주차시켰다. 바로 그 근처, 과일나무들이 심어지고 가시나무 울타리가 둘러쳐진 아담한 마당 안에 목골(木骨) 공법으로 지은 한 채의 낡은 건물이 덩그러니 서 있었다. 포석으로 단장한 그 앞에는 반들반들 때가 탄 낡은 벤치도 놓여 있는 게 눈에 들어왔다.

지붕을 덮은 이엉 아래로 창문 하나가 반쯤 열린 채 방치되어 있었다. 라울은 건물 벽을 타고 올라갔고, 침대에 널브러져 자고 있는 사람이 깨지 않도록 조심조심 추시계 밑에 열쇠를 밀어 넣은 뒤 방과 벽장을 샅샅이 살펴보았다. 이런 경우 충분히 가정해볼 수 있는 함정이 전혀 존재하지 않는다는 것을 확인한 뒤에야 그는 아래로 내려왔다.

별장의 문은 잠겨 있지 않았다. 1층은 큼직한 방 하나가 점유했는데, 부엌 겸 거실로서 한쪽 구석에는 알코브까지 갖춰져 있었다.

라울은 가방을 풀고 옷을 벗어 갠 다음 의자 위에 차곡차곡 정돈해놓았다. 그리고 다음과 같이 쓴 종이 한 장을 핀으로 잘 보이게 꽂아두었다.

부디 나의 잠을 깨우지 마시오.

마침내 호사스러운 파자마를 걸치자, 큼직한 괘종시계가 5시를 알리기 시작했다.

라울은 속으로 중얼거렸다.

'앞으로 3분 이내에 잠에 빠져들 거야. 이번에는 문제를 풀기 위해서가 아니라 그저 단순히 쉴 동안만큼의 시간이면 충분하지. 자, 도대체 운명이 또 어떤 새롭고도 흥미진진한 모험으로 나를 데려가는 것일까?'

지금 이 순간, 그의 머릿속에 떠오르는 운명의 형상은 화사한 금발 머리에 열에 들뜬 두 눈동자, 그리고 어린아이 같은 입술을 갖추고 있었다.

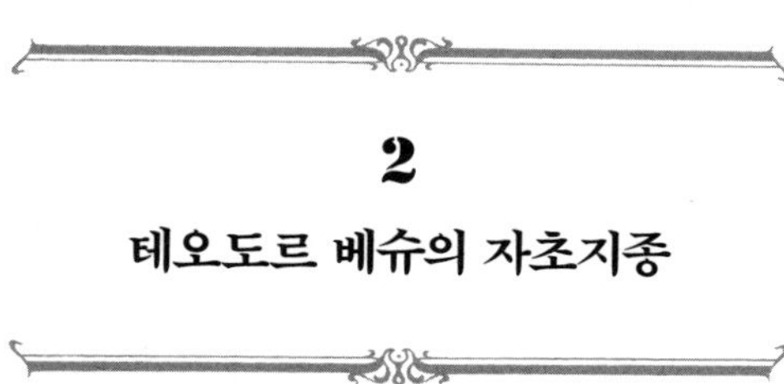

2
테오도르 베슈의 자초지종

라울 다브낙은 침대에서 튕기듯 일어나 다짜고짜 베슈의 목덜미를 움켜쥐며 소리쳤다.

"나를 가만 놔두라고 했잖나! 감히 곤한 잠을 깨워!"

베슈가 앓는 소리를 했다.

"아닐세, 그게 아니야. 그저 누가 자고 있거니 했을 뿐, 그게 자네인 줄은 몰랐네. 혈색이 어째 더 갈색이지 않은가. 아예 불그스레해 보여. 저 남쪽에서 올라온 사람 같아."

"이렇게 된 지 한 며칠 되지. 자고로 페리고르(프랑스 남서쪽 지방 이름—옮긴이) 출신의 유서 깊은 귀족 가문처럼 보이려면 낡은 벽돌색 색조를 뒤집어쓰는 게 제격이지."

그제야 두 사람은 다시 만난 것을 기뻐하며 따뜻하게 악수를 나누었다. 하긴 그동안 둘이 함께 얼마나 멋진 활약을 해왔던가! 그 얼마나 신나는 모험들이었던가!

라울 다브낙이 감회에 젖어 입을 열었다.

"이봐, 기억나나? 내가 짐 바네트라는 이름으로 사설 탐정사무소를 운영하던 시절 말이야. 자네의 증권 다발을 보기 좋게 날치기해주던 그 날을 기억하느냔 말일세! 내가 자네 전처와 더불어 밀월여행을 떠난 일 기억나? 아차, 그나저나 그 여자는 잘 지내는가? 자넨 여전히 그녀와는 결별 상태야?"

"늘 그렇지."

"아하, 정말이지 좋은 시절이었어!"

베슈도 어느새 감상에 젖은 표정으로 맞장구를 쳤다.

"좋은 시설이었고말고! 불가사의한 저택 이야기는 또 어떻고, 자네 기억나?"

"기억나다마다! 자네 코앞에서 다이아몬드를 감쪽같이 빼돌린 이야기 아닌가!"

"그로부터 불과 2년도 채 지나지 않았네."

베슈의 목소리에 금세 울먹임이 섞였다.

"그런데 어떻게 나를 찾아낸 건가? 내가 요즘 라울 다브낙으로 행세하는지 어떻게 알아냈어?"

"그저 우연히…… 경시청에 자네 부하들 중 한 명이 흘러 들어온 걸 내가 중간에서 빼돌렸지. 그자가 살짝 귀띔을 해주더군."

다브낙은 느닷없이 상대를 와락 끌어안더니 말했다.

"테오도르 베슈, 자넨 내 형제야! 나를 그냥 라울이라 불러도 괜찮네. 그래, 우린 형제이니까. 그 일에 대해선 내가 충분히 은혜를 갚겠네. 그렇지, 이럴 게 아니라 자네 지갑 비밀주머니 속에 있던 3000프랑을 지금 당장 돌려주는 게 나을 것 같군."

이제는 베슈가 친구의 목덜미를 움켜쥘 차례였다. 그는 노발대발 난리였다.

"이 도둑놈! 사기꾼 같으니! 간밤에 내 방까지 올라왔었어! 그리고 내 지갑을 털었을 테고! 어찌 그리도 구제불능인가!"

라울은 실성한 듯 웃어댔다.

"우하하하하. 난들 어쩌란 말인가, 이 친구야? 잠을 자면서 창문을 열어둔 게 잘못이지. 난 그저 자네한테 이런 위험이 있을 수 있다는 걸 보여주려 했을 뿐이네. 그것도 자네 베개 밑에 있는 걸 빼낸 거야. 정말 기막힌 일 아닌가?"

라울의 유쾌한 태도에 베슈는 금세 마음을 풀고 맞장구를 쳤다. 처음에는 화가 벌컥 났지만, 나중에는 아무런 사심 없이 자신도 너털웃음을 터뜨리는 것이었다.

"내 참, 허허허! 이런 골칫덩이 뤼팽! 자넨 언제나 한결같을 거야! 사람이 조금도 진지한 데라곤 없어! 대체 그 나이에 부끄럽지도 않은가?"

"영 켕기면 날 집어넣지 그러나!"

베슈는 한숨을 내쉬며 말을 받았다.

"그건 불가능해. 그래봤자 또 도망쳐 나올 테니까. 솔직히 누구도 자네를 막지 못해. 또한 그런 일은 나 스스로 내키지 않기도 하고. 자넨 그동안 내게 너무 많은 도움을 주었거든."

"그건 앞으로 더 그럴 거야. 지금도 보게나. 자네의 전화 한 통으로 득달같이 달려와 얌전히 자네 침대에서 쉬고, 또 자네 아침식사까지 대신 실례하려고 하지 않나!"

실제로 베슈의 뒷바라지를 맡아 해주는 이웃집 아줌마가 방금 가져다 놓은 커피와 빵, 버터로 라울은 맛 좋게 배를 채우고는 커피까지 홀랑 비웠던 것이다. 연이어 그는 차가운 물 한 통만으로 바깥에서 깔끔하게 면도와 세수를 마친 다음, 생생하게 원기를 되찾은 모습으로 난데없이 베슈의 복부에다 듬직한 주먹을 한 방 먹이며 말했다.

"자, 이제 어디 한번 자네 얘기를 들어볼까, 베슈? 간단하면서도 세밀하게, 간명하면서도 웅변적으로, 또 치밀하면서도 요란스럽게 한번 풀어내보게나. 세부사항 하나 놓치지 말되, 불필요한 군더더기는 일체 사절이네. 아니, 그보다 우선 자네를 좀 찬찬히 들여다봐야겠어!"

그는 두 손으로 어깨를 덥석 짚고 상대를 유심히 관찰하기 시작했다.

"음, 여전하네. 하나도 변하지 않았어. 팔은 너무 길쭉하고, 사람 좋게 생겼으면서도 고집불통 얼굴, 꽤나 거드름 피울 것 같은 데다 까다로울 듯한 분위기. 카페 종업원 스타일의 이 우아함. 그래, 이만하면 그럴듯한 편이지. 자, 이제 지껄여보라고. 더는 막지 않을 테니까."

베슈는 잠시 생각을 정리한 뒤 입을 열었다.

"이웃에 있는 저택 말인데……."

"잠깐, 한마디만 더!"

라울이 불쑥 끼어들었다.

"도대체 이번 사건에는 무슨 명목으로 관여하게 된 건가? 치안국 반장 자격인가? "

"아닐세. 그저 두 달 전부터 그 집에 친숙한 처지라서. 그러니까 요양도 할 겸, 이곳 라디카텔에 온 게 4월이었지. 워낙에 폐렴기가 심해서 자칫……."

"아, 그건 흥미 없고. 자, 얘기나 계속하지. 더 이상 묻지 않을 테니."

"그러니까 내 얘기는 저 바리바 영지가……."

"그거 이름 한번 재미있군!"

라울 다브낙이 역시나 버럭 외치며 딴죽을 걸었다.

"저 코드백 근처 언덕에 둥지를 틀고 서 있는 아담한 성당 이름하고 똑같지 않은가! 그곳에선 특히 춘분이나 추분을 기해 하루에 두 번씩 만조 때의 해소(海嘯)가 센 강을 거슬러 하구로 밀려들곤 하지. 요컨대 상당한 높이에도 불구하고, '바다의 조류가 그곳까지 밀려온다' 해서 '바리바(Barre-y-va)'라고 이름 붙여진 것 아닌가('바르(Barre)'는 '만조 때 강어귀로 밀려드는 높은 파도', 즉 '해소'를 의미하며 '이 바(y va)'는 '그곳에 가 닿다'라는 의미. 즉, 연음하여 '바리바'가 된다—옮긴이)?"

"그렇지. 하지만 이 지역에서는 엄밀히 말해 센 강이 마을까지 밀려든다고 하지는 않네. 자네도 눈여겨보았을지 모르지만, 오렐이라는 개천이 하나 있어서 센 강으로 흘러들도록 되어 있지. 바로 그놈이 만조 때가 되면 다소 격렬한 파도를 동반하면서 역류해 들어온다네."

"아, 참! 거 얘기 되게 질질 끄네!"

라울은 또 난데없는 하품이었다.

"아무튼 어제 정오에 말일세. 이곳 장원에서 누가 나를 찾으러 온 거야."

"이곳 장원이라니?"

"바리바에 있는 저택."

"아, 거기 그런 것도 있었어?"

"물론이지. 아담한 성채인데, 자매 둘이 함께 살고 있지."

"무슨 도라도 닦는다던가?"

"무슨 소리야?"

"자매가 함께 산다면서? 그러니 혹시 '빈자의 작은 수녀회'(1842년 설립된 종교단체로 주로 병자와 노인들을 대상으로 구호활동을 펼친다—옮긴이)라도 아니신가 해서 묻는 말이네. 그게 아니면 '성모방문회'(1610년 설립된 수녀회—옮긴이)라도 차렸다는 거야? 어디 설명 좀 해보라고!"

"쳇! 뭐라고 말을 못하겠네."

"좋아, 그럼 이제 내가 자네 이야기를 대신 풀어내줄까? 만약 내가 틀리거든 그때그때 잡아내도록 하게. 물론 전혀 그럴 일은 없을 테지만 말이야. 아주 기초적인 얘기야. 잘 들어보게나. 바리바의 장원은 옛날에 바슴가의 영지에 속했었는데, 19세기 중엽에 이르러 르아브르의 어떤 선주(船主)한테 매각됐지. 그의 아들인 미셸 몽테시외는 바로 거기서 성장해서 결혼도 했지만, 아내와 딸을 차례차례 여의고 나서 결국 베르트랑드와 카트린이라는 손녀 둘과 더불어 독신으로 살았다네. 지금 자네가 얘기한 두 명의 자매가 바로 그들인 셈이지. 할아버지는 마음 둘 곳을 못 찾아서인지 파리로 이사해 정착하지만, 1년에 두 번씩은 항상 이곳을 찾는다고 하네. 부활절을 즈음해서 한 달 정도, 그리고 사냥철이 되어 또 한 달을 머물다 간다는 거야. 손녀 중 맏이인 베르트랑드는 비교적 일찍 결혼을 했는데, 상대는 파리에 터를 잡은 실업가이면서 미국에서도 대규모 사업을 운영하는 므슈 게르생. 어때, 여기까지 동의하나?"

"동의하네."

"한편 어린 카트린은 미셸 몽테시외와 또 한 명, 아직 나이는 어리지만 주인한테 매우 충직한 하인 아르놀드—자기들끼리는 므슈 아르놀드라고 부른다더군—이렇게 셋이서 살았다네. 그녀는 자라나면서 공부는 그럭저럭만 하는 대신, 워낙에 성품 자체가 구속을 싫어하고 자유분방한 데다, 약간은 몽상적이고 황당무계하며, 운동과 독서에 열광하는 타입이었지. 그래서인지 오직 바리바 같은 곳에서만 마음을 활짝 폈고, 오렐 천의 차가운 물속에 뛰어들어 수영을 하고 나서 풀숲, 사과나무 고목 아래에 벌러덩 드러누워 몸을 말리는 게 유일한 낙이었다고 하네. 할아버지는 그런 손녀를 무척 사랑하셨다는데, 그 양반 역시 성격이 보통 과묵하고 괴팍한 게 아니라서 평소에는 화학이나 심지어 연금술 같은 신비주의 학문에만 몰두했다는 거야. 어때, 내 얘기 따라오기는 하는 건가?"

"여부가 있나!"

"그러던 중 벌써 스무 달이나 된 얘기인데, 그때가 9월 말 정도였다고 하지. 평상시와 마찬가지로 그 무렵이면 한 번씩 머물다 오는 노르망디에서 떠났던 날 저녁, 몽테시외 할아버지가 그만 파리의 아파트에서 세상을 떠나고 만 거야. 그 당시 언니인 베르트랑드는 남편과 함께 보르도에 있었지. 하지만 즉시 돌아와서 그때부터 두 자매가 함께 살고 있다는군. 할아버지는 생각보다 적은 유산을 물려주었고, 별다른 유언 한마디 남기지 않았지. 결국 바리바 영지는 그때부터 거의 방치되다시피 한 거야. 장원의 철책들과 정문은 열쇠로 단단히 걸어 잠가둔 상태로 말이야. 아무도 더는 그곳을 드나들 수가 없게 된 거지."

"맞아, 아무도 들어갈 수 없지."

베슈가 맞장구를 쳤다.

"그런데 올해 들어와 갑자기 두 자매는 여름을 그곳에서 보내기로 작정했어. 베르트랑드의 남편인 므슈 게르생마저 프랑스로 돌아온 다음, 다시 떠났다가 또 이번에 돌아와서 두 자매와 상봉을 하기로 했다네. 두 자매는 그곳으로 가면서 므슈 아르놀드는 물론, 베르트랑드를 지난 수년간 시중들어온 요리사 겸 하녀 한 명도 함께 데려가기로 했지. 그뿐만 아니라, 마을에 들러 임시로 두 명의 현지 소녀를 더 고용해서 이참에 모두 팔을 걷어붙이고 저택 청소와 정원 다듬기에 나섰던 거야. 그 결과 장원 일대가 그야말로 진짜 파라두(Paradou. 에밀 졸라(1840~1902)의 소설 『무레 신부의 과오』의 배경으로 등장하는 정원 이름. 모리스 르블랑은 이 자연주의 소설의 대가가 드레퓌스 사건과 관련하여 저 유명한 「나는 고발한다!」를 발표했을 때, 열광적인 편지를 보냈을 정도로 졸라를 흠모한 바 있다—옮긴이)도 저리 가라가 된 거라네! 어떤가, 내 얘기에 동의하나?"

사실 베슈는 아까부터 무척 어리둥절한 표정으로 라울의 얘기에 귀를 기울이고 있었다. 그 속에서 베슈는 자신이 꼬박꼬박 끌어모은 정보들, 공책에다 직접 꼼꼼히 요약해서 기록해둔 다음에 자기 방 벽장 속의 낡은 서류 더미 속에 살짝 밀어 넣었던 내용이 고스란히 담겨 있다는 걸 서서히 깨달았다. 그렇다면 밤에 몰래 쳐들어온 라울 다브낙이 그것들을 발견해서 샅샅이 훑을 여유까지 가졌었다는 얘긴가?

결국 뭐라 할 말을 잃은 베슈는 푸념하듯 내뱉었다.

"동의하네."

"자, 그렇다면 이제야말로 어디 속 시원히 털어놔 보게. 자네의 비밀 공책에는 어제 하루 일어난 일에 대해서는 한마디도 기록되어 있지 않더군. 카트린 몽테시외의 실종이나 피해자가 누구인지는 몰라도 살인 사건 등등 말이네. 어서 털어놓으라고!"

간신히 마음을 추스른 베슈가 힘겹게 말을 이어갔다.

"그게 이렇게 된 거라네. 모든 사건들이 어제 불과 몇 시간 안에 다 일어났어. 일단 무엇보다 먼저 자네가 알아야 할 것은 베르트랑드의 남편인 게르생 선생이 그 전날 귀국했다는 거야. 그 게르생이라는 친구, 아주 사람 좋고 활달한 사내지. 배짱도 두둑하고 신체 건강한, 전형적인 사업가 타입이야. 어쨌든 나도 참석했었지만, 무척이나 유쾌한 분위기 속에서 저녁 연회가 벌어졌지, 카트린은 얼마 전 속을 발칵 뒤집어 놓은 일련의 심각한 사태 때문에 여전히 우울한 기분이었을 텐데도 의외로 밝게 웃더군. 그날 나는 밤 10시 30분쯤에 숙소로 돌아와 잠을 청했다네. 밤새 별다른 일은 없었어. 뭔가 수상쩍은 소리 하나 없었지. 그런데 해가 중천에 뜬 정오가 돼서야 베르트랑드의 시중을 드는 샤를로트가 헐레벌떡 달려와 외치는 게 아니겠나! '마드무아젤이 사라졌습니다. 아무래도 개천에 빠지신 것 같아요.'"

라울 다브낙은 얼른 베슈의 말을 막았다.

"거의 신빙성이 없는 추측이네, 테오도르. 자네 말대로라면 아주 능란한 수영 솜씨를 가진 여자인 것 같은데."

"그야 누가 알겠나? 뭐가 잘못되거나 실수할 수도 있겠지. 아무튼 부랴부랴 장원으로 달려갔을 땐, 언니는 기겁을 한 상태이고, 형부와 하인 아르놀드도 어쩔 줄 몰라 하고 있었던 건 사실이네. 그들은 나를 정원 끄트머리까지 데려가더니 카트린이 보통 물에 들어가기 전에 디디고 섰던 두 개의 바위틈에 그녀의 가운이 팽개쳐져 있는 걸 보여줬어."

"그 정도 가지고."

"그 정도면 뭔가를 증명하고 있다 봐야지. 게다가 아까도 얘기했지만, 지난 몇 주 동안 그녀는 내내 어딘지 불안한 기색이었어. 그러니 어쩔 수 없이 떠오르는 생각이라는 게……."

"자살이라도 했다는 건가?"

라울이 태연하게 물었다.

"최소한 딱한 언니의 걱정은 그런 쪽이었지."

"그럴 만한 이유가 있다는 얘긴가?"

"아마도. 약혼을 하긴 했지만, 결혼이……."

라울은 갑자기 흥분해서 외쳤다.

"뭐, 뭐라고? 약혼을 했어? 누구, 사랑하는 사람이 있다는 말인가?"

"그렇다네. 지난겨울 파리에서 알게 된 젊은이인데, 두 자매가 모처럼 장원에 돌아와 조용히 지낼 생각을 한 것도 다 그 때문이었지. 상대는 다름 아닌 피에르 드 바슴 백작이야. 그는 홀어머니와 더불어 저 고원지대에 자리 잡은 바슴 성에 살고 있는데, 옛날에는 장원도 그곳 영지 내에 속했지. 옳지, 여기서도 보이는군그래."

"그런데 두 사람 결혼에 장해가 있었던 모양이로군?"

"아들이 돈도 없고 신분도 별 볼 일 없는 여자와 결혼하는 걸 백작의 어머니가 싫어하셨지. 그러던 중 어제 아침 피에르 드 바슴의 편지가 카트린에게 배달되었네. 우리가 나중에 확인한 바로는, 자기는 곧 떠날 예정이라는 내용이더군. 자기 어머니가 억지로 6개월간의 장기여행을 명하셨다는 거야. 잔뜩 의기소침해서 떠나긴 하지만, 제발 자기를 잊지 말고 꼭 기다려달라고 카트린에게 간청을 하는 편지였네. 그로부터 한 시간 뒤, 즉 아침 10시에 카트린은 집을 나섰고 그 후론 아무도 본 적이 없는 거야."

"아마 아무도 모르게 이곳을 벗어났을 수도 있었겠지."

"절대 그럴 리는 없네."

"그럼 자네도 역시 자살에 비중을 두는 건가?"

베슈는 간명하게 대꾸했다.

"나로 말하자면, 그보다는 살해당했다고 생각하네."

"맙소사! 그건 또 왜 그런데?"

"그간 조사를 진행하던 중에 정말이지 명확한 물질적 증거 하나를 확보했거든. 실은 이곳의 울타리 내부, 즉 정원 어딘가에 예나 지금이나 분명 사방을 배회하면서 사람 목숨까지 앗아가는 강도가 한 명 살고 있네."

"그자를 보기라도 했는가?"

"아니. 하지만 그가 두 번째로 일을 저질렀어."

"살인을 했나?"

"응, 살인이었지. 어제 자네한테 전화로도 대충 얘기는 했지만 살인 사건이 터졌다고. 어제 오후 3시 종이 울릴 때쯤, 내가 보는 앞에서 므슈 게르생은 개천을 따라 걸어가다가 벌레 먹은 낡은 다리를 건너고 있었네."

"잠깐!"

"왜 또 그런가? 이제 막 시작인걸."

"글쎄, 멈추라니까!"

"거참 이상하군! 자네한테 사건 전반에 걸친 모든 정보를 전해줄 생각인데 말이야. 그것도 우리가 일일이 확인을 거친 정보들 말이네. 그런데 사실 파악을 거부한다면, 대체 어쩔 셈인가?"

"사실 파악을 거부하는 것이 아니라 똑같은 이야기를 두 번씩이나 듣기 거부하는 거네. 조금 있으면 검찰청에서 나온 양반들 앞에 이와 똑같은 얘기를 차근차근 설명까지 붙여가며 늘어놓을 텐데, 나한테까지 별도로 주절대느라 괜히 자네 기운만 뺄 필요는 없지 않겠어?"

"하지만……."

"아닐세, 친구. 자네가 이야기를 늘어놓기 시작할 때면, 으레 어마어마한 권태감이 주위에 만연한다고. 그러니 나도 숨 좀 돌리게 해줘."

"그럼 이제 어쩌자는 건가?"

"나를 데리고 정원을 구경시켜줘. 단, 그러는 동안 아무 말도 지껄이지 말고. 알다시피 베슈, 자넨 엄청난 단점이 있어. 너무 말이 많다는 거지. 자네의 오랜 친구인 뤼팽을 좀 본받게나. 그 친구는 항상 진중하고 말을 삼가는 사람이지. 무슨 까치처럼 아무 때나 되는대로 지껄여대지를 않아! 자고로 사람은 입을 다물고 자신의 생각을 골똘히 대면하고 있을 때에만 진정 깊은 사고를 이끌어낼 수가 있는 법이네. 무슨 묵주알을 굴리듯 줄줄이 말을 뱉어내는 수다쟁이의 쓸모없는 생각에 방해를 받지 않고 말이야."

베슈는 지금 이것이 바로 자기를 두고 하는 얘기이며, 아무 때나 지껄여대는 수다쟁이도 자신을 지목하는 거라고 멍하니 생각했다. 그럼에도 불구하고, 워낙에 단단한 우정으로 맺어진 옛 친구들처럼 서로 팔을 낀 채 밖으로 나선 김에 그는 이번이 정말 마지막 질문이라면서 조심스레 사정했다.

"어디 해보게."

"진지하게 대답해줄 건가?"

"그러지."

"좋아. 각설하고, 이 이중의 수수께끼에 대해 자네 견해는 어떤가?"

"이중이라고 보진 않네."

"천만에! 엄연히 두 가지 사건이 일어났지 않은가! 우선 카트린이 실종되었고, 그다음에 므슈 게르생이 살해당했으니까 말이야."

"그러니까 살해당한 자가 므슈 게르생이란 말인가?"

"그렇다네."

"그렇다면야 정말 수수께끼로군. 그리고 다른 하나는 뭐지?"

"방금 말했지 않은가! 카트린의 실종."

"카트린은 실종되지 않았네."

"그럼 어디 있는데?"

"지금 자기 방에서 곤히 잠을 자고 있지."

베슈는 이 오랜 친구를 힐끔 흘겨보고는 깊은 한숨을 내쉬었다. 분명 이 짓궂은 친구는 진지할 생각이 전혀 없다고 판단한 듯했다.

그쯤 해서 두 사람은 철책에 다가가고 있었는데, 저만치 갈색 머리의 키 큰 여인 한 명이 헌병이 지키는 영지를 벗어날 수가 없어서 철책에 붙어 선 채 이쪽을 향해 다급히 손짓하는 모습이 보였다.

베슈는 즉각 불안한 얼굴로 중얼거렸다.

"베르트랑드 게르생의 하녀일세. 어제 나한테 달려와서 카트린의 실종 소식을 전할 때와 똑같은 분위기로군. 대체 또 무슨 일일까?"

그가 곧장 내달리자, 라울도 부랴부랴 뒤를 따랐다.

마침내 철책까지 당도한 그는 여자를 한쪽으로 데리고 가며 물었다.

"그래, 이번엔 또 무슨 일이오, 샤를로트? 설마 별일은 아니겠지?"

"마드무아젤 카트린에 관한 일이에요. 마님이 말씀을 전하라고 저를 보내셨고요."

"어서 말해보시오! 뭐 안 좋은 일인가요?"

"오, 그 반대예요! 간밤에 돌아오셨답니다!"

"간밤에 말이오?"

"네, 글쎄 마님이 바깥어른 침대 머리맡에서 기도를 하고 계셨는데, 마드무아젤이 눈물을 글썽이며 다가오더라는 거예요. 아주 기진맥진한 모습이었답니다. 곧바로 자리에 누이고 돌보아야 할 정도로요."

"그래, 지금은 어떻게 하고 있소?"

"방에서 잠을 자고 있어요."

베슈는 새삼 라울을 바라보며 호들갑스레 외쳤다.

"세상에, 이럴 수가! 정말 이럴 수가 있나! 그녀가 방에 얌전히 누워서 잠을 자고 있다네! 이럴 수가!"

라울 다브낙은 이런 뜻이 분명한 몸짓만을 슬쩍 취할 뿐이었다.

'그래, 내가 뭐라고 했나! 항상 내 말은 옳다라는 걸 자넨 언제야 인정하겠어?'

"세상에! 세상에, 이럴 수가!"

놀라움과 찬탄의 심정을 달리 표현할 말을 찾지 못한 듯 베슈는 연신 혼잣말처럼 되뇌고 있었다.

3
살인사건

약 1만 5000평 정도 면적의 바리바 영지는 전체적으로 길쭉한 장방형의 형태이면서 엇비스듬하게 오렐 천이 가로지르고 있었다. 개천은 담장 밖 어느 곳에서부터인가 비롯되어 영지를 길게 가로질러 흘렀다.

그 개천을 중심으로 우측으로는 비교적 평평한 지면이 형성되어 있었다. 맨 먼저 다채롭고 싱싱한 초목이 어우러진 아담한 정원이 자리잡았고, 그다음이 장원, 그 뒤에 영국식의 멋진 잔디밭이 펼쳐져 있었다. 좌측으로는 지금은 버려진 사냥용 별장이 한 채 있고, 그로부터 기복이 심한 영지가 펼쳐지는데, 점점 그 황량함이 더해가면서 전나무가 무성한 가운데 바윗덩어리들이 즐비하게 널려 있었다. 사유지를 표시하는 담장이 전체를 아우르며 세워져 있긴 하지만, 주변 구릉지대의 조금 높은 언덕 돌출된 지점에선 그 안을 속속들이 내려다볼 수가 있었다.

개천 한복판에는 작은 섬이 있고, 아치형의 목재 다리로 양쪽 기슭에 연결되어 있는데, 다리라고는 하지만 널찍한 나무판자들이 죄다 썩어 문드러져서 거길 건너다닌다는 건 극히 위험한 일이었다. 그 섬에는 탑 모양으로 치솟은 낡은 비둘기집(프랑스 시골 지역에서 볼 수 있는 옛날 비둘기집. 소위 '피조니에(pigeonnier)'라고 부르는 '비둘기집'은 흔히 우리가 말하는 소박한 의미의 '새집'이 아니라, 옛날 유럽의 시골 지역에서 비둘기 배설물을 거름으로 활용하기 위해 커다란 탑 모양을 구축하고 여러 개의 구멍을 낸 건축물의 개념이다—옮긴이)이 완전히 허물어지다시피 하고 있었다.

라울은 사방을 어슬렁거렸는데, 바람이 어디서 불어오는지 킁킁거리며 이리저리 쑤시고 다니는 사냥개 유형의 탐정 같은 인상은 철저히 배제한 채, 마치 눈에 부닥치는 풍경에 매료되어 정처 없이 발길을 옮기며 그저 길목길목을 눈에 담아두는 산보자의 자세를 유지했다.

마침내 베슈가 물었다.

"그래, 정리는 됐나?"

"응. 아주 다채롭고 아기자기한 영지야. 맘에 쏙 들어."

"그 얘기가 아닐세."

"그럼 뭔가?"

"므슈 게르생 살해사건 말이야."

"아, 정말 되게 귀찮게 구는군! 어련히 때가 되면 얘기가 나올까!"

"하지만 때는 이미 되었네."

"좋아, 정 그렇다면 장원으로 들어가보지."

말이 장원이지 그리 거창한 규모는 아니었다. 그냥 나지막한 단순 가옥에 양쪽으로 익랑채가 붙어 있고, 흰색 초벌 바른 벽체에 너무 단출한 지붕을 얹은 건물이었다.

문과 창문가에는 두 명의 헌병이 어슬렁거렸다.

현관은 널찍했고, 그로부터 뻗어 올라간 주철 난간이 달린 층계는 두 개의 거실과 당구실을 다른 쪽 식당과 구분 지었다. 살인사건이 일어나자 피해자는 발견 즉시 이 두 거실 중 하나로 옮겨졌고, 지금은 수의에 덮여 두 명의 현지 아낙네와 촛불들에 둘러싸여 있었다. 베르트랑드 게르생은 검은색 복장에 무릎을 꿇고 기도 중이었다.

베슈가 다가가 몇 마디 귀에다 흘려 넣었다. 베르트랑드는 다른 거실로 건너갔고, 거기서 라울 다브낙을 소개받았다.

"내 가장 친한 친구입니다. 자주 말씀드린 바가 있지요. 우릴 돕기 위해 이곳에 온 사람입니다."

여자는 카트린과 비슷한 생김새에 버금가는 매력을 지닌, 심지어 조금 더 예쁘다고 할 만한 인상이었다. 다만 이미 겪은 고통들 때문에 다소 얼굴이 상한 듯했으며, 비장한 눈빛 속에서는 범행에 대해 놀라고 두려워하는 기분이 충분히 감지되었다.

라울은 허리를 깍듯이 숙이며 말했다.

"범인은 반드시 밝혀져서 벌을 받게 될 겁니다. 그렇게 마음을 잡수셔야 그나마 현재의 고통이 덜어질 수 있을 거예요."

여자는 나직이 화답했다.

"그러기를 간절히 바라고는 있습니다. 저도 힘닿는 데까지 무엇이든 도울 겁니다. 여기 있는 사람들 모두 그렇지요. 안 그래, 샤를로트?"

하녀는 마치 신성한 서약을 할 때처럼 한쪽 손을 쓱 내밀기까지 하며 진지하게 대꾸했다.

"저를 믿으세요, 마담."

순간 바깥에서 엔진 소리가 들려왔다. 철책문이 활짝 열리고, 자동차 두 대가 한꺼번에 들어오고 있었다.

곧이어 아르놀드가 부리나케 달려 들어왔다. 쉰 줄은 되어 보이는 남자였는데, 야윈 체격에 혈색이 아주 가무잡잡한 데다, 복장은 가정집 하인이기보단 무슨 경비원 같았다.

그는 다짜고짜 베슈를 붙잡고 말했다.

"사법관들이 당도했습니다. 의사도 두 명 동행했고요. 릴본에서 어제 이곳에 왔다는 한 명과 법의학자 한 명 말입니다. 마님이 이곳에서 맞아야 할까요?"

대답은 간명하고 명쾌한 목소리로 라울이 대신했다.

"잠깐만. 지금 우리 앞에 문제는 두 개입니다. 우선 므슈 게르생이 당한 문제는 사법당국에게 전권을 일임해서 수사가 진행되도록 하는 게 나을 겁니다. 하지만 마담, 당신 동생에 관한 문제는 최대한 신중을 기해야 할 것입니다. 어제 헌병대에다 실종신고를 한 겁니까?"

이번에는 베슈가 나서서 대답했다.

"어쩔 수가 없었네. 이번 실종이 우리에겐 살인사건으로 보였으니까. 지금까지의 조사도 므슈 게르생 살해범과 이 실종사건의 범인을 동일 인물로 보는 방향으로 추진되었지."

"그럼 오늘 아침 실종되었다던 여자가 버젓이 돌아오는 걸 보고, 헌병대 쪽에서도 엄청 놀랐겠군?"

"아닐세. 카트린 얘기가, 자기가 들어온 정원 쪽문 열쇠를 가지고 있었던 데다, 1층의 창문을 통해 안으로 파고들 때도 전혀 남의 눈에 띄지 않았었다고 하더군."

"그럼 여자가 돌아온 것에 대해 아직 깜깜한 상태란 말인가?"

"아닙니다."

하인 아르놀드가 답했다.

"방금 전에 제가 헌병반장한테 가서 우리 쪽 우려가 공연한 것이었다고 알려주었지요. 마드무아젤이 다소 몸이 불편했는지 어제 그만 동떨어진 방에서 곯아떨어졌던 거라고요. 저녁 연회 때 입었던 옷차림 그대로 말이죠."

라울이 마침내 정리하듯 말했다.

"좋아요. 일단 얘기는 그럭저럭 넘어갔어도 우리가 일관성 있게 나아가야 합니다. 그러니 당신 동생과 함께 말을 맞춰주시길 바랍니다. 그녀가 낮에 무엇을 했으며, 어떻게 되었는지는 사법당국과 전혀 무관한 일입니다. 현재 발생한 사건은 오로지 살인사건 하나입니다. 절대로 우리가 그어놓은 테두리 넘어 수사가 진행되게 해선 안 돼요. 자네 생각도 그렇지, 베슈?"

"상황을 바라보는 시각이 나와 똑같군."

베슈도 자못 진중한 태도로 대답했다.

의사 두 명이 사체를 살펴보는 동안, 식당에서는 장원의 주인들과 사법관들 사이의 첫 대면이 이루어졌다. 헌병 한 명이 보고서를 읽어주었다. 수사판사(그는 므슈 베르티예로 불렸다)와 검사보가 몇 가지 질문을 던졌다. 수사의 모든 초점은 일단 베슈의 진술에 절대적으로 의존하는 상황이었다. 사법관들 사이에서도 꽤 알려진 그가 지금 하는 얘기는 경찰로서가 아니라, 직접 목격했던 사건의 증인으로서 그 무엇보다 생생하게 받아들여졌던 것이다.

이어서 베슈는 천만다행으로 현재 자기와 숙소를 함께 쓰고 있는 친구라며 라울 다브낙을 소개한 다음, 일부러 취사선택한 용어를 아주 천천히 동원하는가 하면, 말 중간중간에 보충 설명을 장황하게 삽입해가면서 마치 반드시 알고 있는 사실만을 말하되, 매번 이것만은 꼭 짚고 넘어가야 한다는 투로 다음과 같은 설명을 늘어놓았다.

"우선 어제 장원에서 우리가—오, 내가 굳이 '우리'라는 표현을 쓰는 이유는 두 분 숙녀께서 지난 두 달 동안 이 몸을 마치 한 가족처럼 대해주셨기 때문입니다—별다른 이유도 없이 아주 이상한 불안감에 사로잡혀 있었다는 점을 분명히 해두어야 할 것 같습니다. 뭐 그다지 비중

둘 것까진 없는 몇 가지 이유들 때문에 우리는 마드무아젤 몽테시외한테 모종의 사고가 일어났다는 생각을 하고 있었고, 솔직히 말해 나조차도 경험상 충분히 경계했어야 할 착각을 일으키는 바람에 그만 현실과는 전혀 맞지 않는 걱정에 완전히 사로잡히게 된 것입니다. 사실 카트린 몽테시외는 개천에서 멱을 감은 뒤 몸 상태도 나쁜 데다 피로가 겹쳐, 이곳 장원 사람들이—당시에는 내가 자리를 뜬 상태였지요—전혀 모르는 가운데 방에 돌아와 푹 쉬었는데 말입니다. 물론 개천가 바위 위에 가운을 놔두고 오는 바람에 우리는 그만…….”

베슈는 질질 끌어가는 자기 진술에 스스로 발이 걸려 넘어지듯 도중에 말을 끊었다. 그리고 이렇게 말하듯 라울을 향해 의미 있는 눈빛을 슬쩍 던졌다.

‘이만하면 카트린은 제외시킨 거지.’

그는 전혀 거리낌 없이 다시 얘기를 이어갔다.

“아무튼 때는 오후 3시였습니다. 허겁지겁 장원으로부터 전갈이 왔기에 나는 급하게 달려가 온갖 쓸데없는 조사를 함께 진행했고, 아까 말씀드렸다시피 몹시 우려하는 분위기 속에서 점심을 들었습니다. 우려하는 분위기라고는 했지만 그 안에는 약간의 희망도 섞여 있었지요. 이런 생각이 들었거든요. ‘아무 단서도 발견 못했으니 결국엔 저절로 밝혀질 어떤 오해가 개입했을 가능성은 남아 있는 셈이지.’ 어쨌든 다소 진정이 된 마담 게르생은 위층 침실로 올라갔지요. 아르놀드와 샤를로트는 부엌에서 마저 식사를 하고 있었습니다.—다들 아시겠지만 바로 그 부엌의 위치가 건물 오른쪽 끄트머리인데, 곧장 바깥으로 통하게 되어 있지요—한편 므슈 게르생과 나는 사태를 이리저리 검토하면서 적절하게 정리를 하느라 머리를 맞대고 있었답니다. 그때 므슈 게르생이 말했죠. ‘요컨대 우리는 아직 섬만은 가보지 않았습니다.’ 난 말했습니다. '거긴 뭐하러 갑니까?' 수사판사님, 주지시켜드리건대 므슈 게르생은 이곳에 그 바로 이틀 전에 도착한 상태인 데다, 지난 수년간 바리바 영지 내에 발길을 들여놓은 적이 한 번도 없는 처지였습니다. 그러니 두 달 동안 이곳에서 지내온 우리들과는 달리 이곳의 세부적 지리나 사정에 대해 전혀 모를 수밖에 없지요. 아무튼 나는 뭐하러 거길 가야 하느냐고 물었습니다. 더군다나 다리가 거의 허물어진 상태라서 아주 긴급한 상황이 아니면 거길 건너다닐 일은 없을 거라고도 했지요. 그러자 므슈 게르생이 말하더군요. '그럼 건너편 기슭으로는 어떻게 가야 합니까?' 난 이랬죠. '그러니까 거의 가지 않는 편이랍니다. 마드무아젤 카트린이 멱을 감고 나서 섬이나 반대편 기슭으로 건너가 공연히 산책이나 하려 들 이유는 어디에도 없다는 말씀이죠.' 므슈 게르생도 그 말에 중얼중얼 대답하더군요. '그건 그렇군요. 하지만 그래도 난 한 번쯤 거길 돌아볼 생각입니다.'"

다시 말을 멈춘 베슈는 문턱까지 나아가 1층 가장자리를 죽 따라 돌아가는 협소한 테라스로 므슈 베르티에와 검사보를 불러냈다.

"방금의 대화는 바로 이 지점에서 나눈 것입니다, 수사판사님. 나는 저기 있는 저 강철 의자에서 꼼짝도 하지 않았고, 므슈 게르생은 어느새 저만치 멀어져 가고 있었습니다. 이만하면 장소나 거리에 대해 충분히 납득을 하시겠지요? 아마도 여기 테라스에서 저 다리 초입까지 직선거리가 기껏해야 80미터 정도 될 것입니다. 이는 다시 말해서,—실제로 확인해보시면 알 겁니다—이 테라스에 서 있는 어떤 사람도 저기 다리의 첫째 아치 위에서 벌어지는 일은 물론이요, 그 너머로 걸쳐 있는 두 번째 아치 위에서 벌어지는 일이나 작은 섬 위에서 일어나는 모든 상황을 뚜렷하게 바라볼 수가 있다는 얘기이지요. 나무는커녕 자그마한 관목조차 없으니까요. 단 하나 시야에 방해가 되는 거라면 탑 모양의 낡은 비둘기집뿐입니다. 하지만 사건이 발생한 장소, 즉 저 탑의 앞쪽만큼은 완전히 헐벗은 전망뿐이라는 건 분명합니다. 아무도 그곳에 숨어 있을 수가 없어요. 다시 강조합니다만, 아무도 말입니다!"

"탑의 내부만 제외한다면 말이겠죠."

므슈 베르티예가 한마디 짚고 넘어가자, 베슈가 곧장 인정했다.

"탑의 내부만 빼고 말이죠. 그 문제는 차차 얘기해보십시다. 하여튼 므슈 게르생은 저기 잔디밭을 우회하도록 나 있는 좌측 통로를 거쳐서, 거의 사용되지 않아 관리가 엉망인 오솔길을 따라 다리까지 나아갔습니다. 그러고는 마침내 나무판자 위에 첫 발걸음을 내디뎠지요. 손으로는 후들거리는 난간을 부여잡은 채 무척이나 경계하면서 한 발 한 발 내딛는 모습이 역력했습니다. 그러더니 점차 속도까지 붙여가며 걸어 나가 결국 섬에 당도하더군요. 그제야 나는 므슈 게르생이 왜 그곳까지 나서려 했는지를 알게 되었죠. 그는 곧장 비둘기집 문으로 다가가는 것이었습니다."

"우리도 한번 가볼 수 있을까요?"

므슈 베르티예의 질문에 베슈는 호들갑스레 외쳤다.

"오, 천만의 말씀입니다! 이곳에서 사건을 바라봐야만 해요. 수사판사님, 여기 그 당시와 똑같은 장소, 똑같은 각도에서 내가 봤던 그대로를 머릿속에 떠올려봐야만 하는 겁니다. 똑같은 각도 말입니다!"

베슈는 자신의 어휘 선택에 매우 흡족해하며 거듭 그 말을 강조했다.

"게다가 한 가지 더 말씀드릴 것은 사건 목격자가 비단 나 혼자만이 아니라는 사실입니다. 때마침 점심식사를 끝낸 므슈 아르놀드도 이곳에서 우측으로 한 20여 미터 떨어진 부엌 앞 테라스로 나와 담배를 한 대 피웠단 말입니다. 그 역시 눈으로 므슈 게르생을 좇았습니다. 어떻습니까? 이만하면 머릿속에 상황이 선명하게 떠오르지 않나요, 수사판사님?"

"계속하시죠, 므슈 베슈."

의기양양한 베슈가 말을 이어갔다.

"섬의 땅바닥 일대는 온통 가시덤불과 쐐기풀 따위의 덩굴식물들로 북새통을 이루어서 계단까지 거의 뒤덮인 상황인데, 무슨 이유로 므슈 게르생이 굳이 비둘기집으로 향하는 건지, 나는 계속 의아해하며 바라보고 있었지요. 마드무아젤 카트린이 그곳에 피신해 있을 가능성은 전무한데 말입니다. 과연 왜였을까요? 단순한 호기심 때문이었을까요? 뭔가를 알아내기 위해? 아무튼 므슈 게르생은 문에서 한 서너 발짝 떨어진 곳까지 다가갔습니다. 저기, 문 또렷이 보이시죠? 우리와 바로 정면으로 마주 보고 있지요. 큼직한 석재 토대 위에 둥그스름한 벽이 올라가고, 그 안에 나지막한 아치형으로 말입니다. 맹꽁이자물쇠 하나와 두 개의 넉넉한 빗장으로 문이 채워져 있을 겁니다. 므슈 게르생은 허리를 수그려 맹꽁이자물쇠를 쉽게 풀어냈답니다. 그 이유야 나중에 직접 확인해보면 아시겠지만 무척 간단하지요. 꼬챙이 중 하나가 쉽사리 빠져나오거든요. 남은 건 두 개의 빗장인 셈이죠. 므슈 게르생은 위의 것과 아래 것을 차례차례 손보았습니다. 이내 그는 걸쇠를 부여잡더니 문짝을 자기 쪽으로 끌어당기더군요. 바로 그때, 엄청난 사건이 일어난 겁니다! 팔을 들어 막거나 뒷걸음질로 피할 시간적 여유도 없이, 아니 심지어 그런 도발이 일어나는 걸 분간할 틈도 없이 난데없는 총탄이 발사된 것입니다! 총성과 함께 맥없이 뒹구는 므슈 게르생의 모습이 보이더군요."

베슈는 거기서 입을 다물었다. 대차게 지껄여온 그의 이야기는 바로 전날 직접 경험했던 놀라운 심정을 너무도 선명히 담아내고 있어, 그를 듣고 있는 사람들한테도 상당한 효력을 발휘했다. 우선 마담 게르생이 울고 있었고, 잔뜩 달아오른 사법관들도 다음 설명에 목을 뺐다. 라울 다브낙도 표정은 없었지만 얘기에 귀를 기울이는 것만은 분명했다. 긴장된 침묵 속에서 청중을 휘어잡은 주인공 베슈가 마무리에 나섰다.

"수사판사님, 고로 총이 발사된 건 탑의 내부라는 점엔 전혀 의심의 여지가 없습니다. 증거야 부지기수로 들 수도 있습니다만, 일단 두 가지만 꼽겠습니다. 우선 그곳 일대에 도저히 사람아 숨을 만한 곳이 없을 뿐만 아니라, 하얀 포연이 분명 문을 통해 안쪽으로부터 새어나와 벽을 타고 올라갔다는 점입니다. 물론 이건 사태가 발생하자마자 들었던 확신입니다. 즉시 박차고 달려나간 내 옆으로 므슈 아르놀드가 따라붙었고, 약간 뒤처져서 하녀도 달려나왔답니다. 나는 계속해서 이런 생각을 하고 있었죠. '살인자가 저 문 뒤에 있다. 한데 놈이 총을 가지고 있으니 자칫 나 또한 당할 수도 있겠어.' 비록 문짝에 가려 총을 쏜 당사자가 보이지는 않았지만, 그 당시 내 확신을 흔들 만한 요인은 어딜 봐도 없었습니다. 그런데 말입니다. 므슈 아르놀드와 내가 허겁지겁 다리를 건너가서—아차, 수사판사님, 우리 둘 다 아무 경황없이 무턱대고 저 다리를 건넜답니다—빼꼼히 열린 문 앞에 당도했을 때엔 아무도 없는 게 아니겠습니까! 권총을 쥔 범인의 모습이 온데간데없는 거예요!"

"탑 안 어딘가로 숨어든 모양이로군요."

므슈 베르티예의 말에 베슈가 대답했다.

"나도 분명 그러리라 생각했지요. 나는 일단 므슈 아르놀드와 샤를로트에게 탑 뒤편으로 돌아가 창문이나 뒷문이 없는지 감시하라고 지시한 다음, 므슈 게르생 앞에 무릎을 꿇고 살펴보았습니다. 횡설수설 알아들을 수 없는 말만 흘릴 뿐 단말마의 숨을 몰아쉬는 지경이었지요. 나는 그의 넥타이와 칼라를 풀어주었고, 온통 선혈로 뒤범벅인 셔츠 앞섶을 헤쳐주었습니다. 그제야 총성을 듣고 달려나온 마담 게르생이 내

옆으로 다가왔지요. 남편은 그녀의 품 안에서 눈을 감았습니다."

또다시 침묵이 흘렀다. 두 명의 사법관만 나지막한 목소리로 뭔가 얘기를 나누었다. 라울 다브낙은 깊은 생각에 잠겨 있었다.

"자, 이제 나를 따라오시면 즉시 이를 보충할 만한 정보를 제공하겠습니다, 수사판사님."

베슈의 말에 므슈 베르티예는 선뜻 따라나섰다. 점점 자신이 중요한 사람이라는 생각에 부풀 대로 부푼 베슈는 한껏 엄숙한 티를 내며 길을 가리켰다. 그들이 다가간 목조 다리는 얼추 확인한 결과, 생각만큼 약하지는 않았다. 약간 흔들리는 감은 없지 않았지만, 대부분의 나무판자와 다리 밑을 가로지른 장선(長線)은 아주 양호한 상태여서 아무런 위험 없이 건너다닐 수가 있었다.

낡은 비둘기집은 땅딸막한 탑 모양이었는데, 체스판 무늬로 배열된 흰색과 검은색의 자갈들과 새빨간 소형 벽돌들을 맞물리게 열 지어 쌓은 건조물이었다. 옛날에는 비둘기들이 드나드는 둥지 구실을 했을 구멍들은 모두 시멘트로 막혀 있었다. 지붕 부분은 날아가 없었고, 맨 꼭대기 벽체 일부까지 허물어져 있었다.

일행은 안으로 들어갔다. 저 위쪽, 지붕을 이루는 슬레이트 하나 얹혀 있지 않은 들보들 사이로 빛이 새어 들었다. 바닥은 진흙 천지에다 여기저기 검은 물이 고인 가운데, 온갖 쓰레기와 파편 조각들이 흩어져 있었다.

"여기 와서 한 번이라도 조사는 해본 겁니까, 베슈?"

므슈 베르티예의 질문에 반장은 그 누구보다 철저하게 할 일은 이미 다 해보았다는 티를 강조하며 대꾸했다.

"그럼요. 여부가 있습니까, 수사판사님. 첫눈에 살인자가 눈앞에 펼쳐진 어디에도 없다는 것쯤 어렵지 않게 파악이 끝났죠. 그런데 마담 게르생한테 물어보니 이 안에는 사다리로 내려갈 수 있는 아래층이 하나 있다는 거였습니다. 어렸을 적에 할아버지를 따라 종종 드나든 기억이 난다는 거예요. 나는 중요한 단서가 될 만한 것에 사람 손이 안 닿게 하기 위해, 므슈 아르놀드에게 즉시 자전거를 타고 가서 릴본의 의사 한 명과 헌병대에 연락을 하라고 지시했습니다. 아울러 마담 게르생이 죽은 남편 곁에서 기도를 올리고, 샤를로트가 사체를 덮을 담요를 찾으러 간 동안, 내 나름대로 조사를 시작했답니다."

"혼자서 말이오?"

"혼자서 말입니다!"

이 말을 입 밖으로 내뱉으면서 베슈는 그야말로 자신이 마치 경찰 및 모든 사법당국의 권위를 대표하기라도 한 것처럼 엄청나게 위엄을 떨었다.

"그래, 오래 걸렸나요?"

"오, 간단했습니다, 수사판사님. 먼저 여기 이 바닥의 물웅덩이에서 범죄에 사용된 무기를 발견했지요. 7연발 브라우닝 권총이었습니다. 지금도 확인하실 수 있을 겁니다. 다음으로는 저 돌무더기 아래에서 뚜껑문 하나를 찾아냈지요. 얼른 열어보니 나선형으로 돌아가는 소형 목재 계단이 마담 게르생의 기억 속에 남아 있는 아래층 공간으로 이어지더군요. 안은 텅 비어 있었습니다. 어떻습니까? 같이 내려가 보시겠습니까, 수사판사님?"

베슈는 손전등을 호주머니에서 꺼내 불을 켠 뒤 사법관들을 인도했다. 물론 라울도 뒤를 따랐다.

안은 탑의 굽은 내벽을 파서 정방형으로 다듬은 방이었는데, 천장은 둥그스름하게 낮았고, 전체 규모는 대략 가로세로 각각 5미터 정도는 되어 보였다. 위층의 물기가 천장의 균열을 타고 내려와 발바닥에 찰싹

일 정도로 고여 있었다. 베슈가 주지시킨 대로 전선과 그와 관련한 설비가 여전한 걸 보면, 예전에는 이곳도 전등으로 조명이 되었던 듯했다. 그 밖에 습기와 그로 인해 썩는 악취는 목이 메게 할 정도였다.

"므슈 베슈, 그러니까 이곳으로도 누구 하나 피신해 들어오지 않았다는 말이죠?"

베르티예 씨가 물었다.

"그렇습니다."

"어디 숨을 만한 곳이 없던가요?"

"이곳을 두 번째 들어와봤을 때는 헌병도 한 명 대동했었는데, 사람 숨을 만한 구석은 한 군데도 없다는 걸 금세 확인할 수 있었습니다. 하긴 이처럼 지하로 푹 꺼진 퀴퀴한 구석에서 어떻게 숨이나 제대로 쉴 수 있겠습니까? 바로 그 점이 이 지하실과 관련해서 내가 무척이나 애를 먹었던 수수께끼였지요."

"그래, 그 수수께끼를 풀긴 했고요?"

"네. 알고 보니 여기 천장에서 탑의 토대까지 가로지르도록 일종의 통풍관이 설치되어 있었고, 그 끄트머리는 만조가 극에 이르렀을 때의 수면보다 높은 위치에서 열려 있도록 뻗어나가 있더군요. 이따가 나가면 비둘기집 뒤편에서 보여드리겠습니다. 현재는 반쯤 막혀 있는 상태입니다만."

"므슈 베슈, 그럼 이제 당신의 결론은 무엇입니까?"

"내가 내린 결론은 없습니다, 수사판사님. 겸손하게 말씀드려서 이렇다 할 결론을 내리지 못했어요. 므슈 게르생이 탑 안에 있던 누군가에 의해 살해당했다는 것만 알 뿐, 그 누군가가 다음에 어떻게 되었는지는 전혀 모릅니다. 그리고 므슈 게르생을 왜 살해했는지도요. 피해자를 계속해서 노리고 있다가 저지른 걸까요? 아니면 자기도 모르게 우발적으로 저지른 짓이었을까요? 원한에 사무친 복수극이었을까요, 탐욕이 부른 범죄였을까요? 그도 아니면 그냥 우연에 의한 실수였을까요? 모릅니다. 다시 말씀드리지만 이 탑 안, 문 뒤에 있던 누군가가 총을 발사했습니다. 어떤 새로운 변수가 나타나기 전까지는 이상이 말씀드릴 수 있는 모든 것입니다, 수사판사님. 아울러 헌병대에서의 후속조사 결과 역시 그 정도 수준의 진실을 밝히는 데서 그쳤을 뿐입니다."

베슈가 어찌나 단정적이고 확고부동하게 진술을 마무리했는지, 진짜로 더 이상의 진전이 불가능한 막다른 길목에 부닥쳤다는 느낌이 강하게 들었다. 베르티예 씨의 약간은 빈정대는 듯한 말투 속에 배어 있는 것도 바로 그런 답답한 느낌이었다.

"하지만 살인자가 어디든 반드시 존재해야만 합니다. 땅으로 갑자기 푹 꺼지든지 하늘로 솟아 올라간 게 아니라면, 당신 이야기대로 그렇게 감쪽같이 자취가 사라져버렸다는 건 도무지 있을 수 없는 일이에요!"

"그러니까 수사판사님께서 직접 찾아보시라는 것 아닙니까!"

베슈가 다소 샐쭉한 어조로 내뱉었다.

"물론 그럴 겁니다, 반장. 우리의 협조가 가세하면 분명 흡족한 성과가 있으리라 확신해요. 자고로 범죄와 관련한 문제에서 기적이란 없는 법입니다. 그저 다소간 교묘한 속임수나 비법이 있을 뿐이지요. 그것들을 이제 우리가 밝혀낼 겁니다."

베슈는 자신이 더 이상 필요 없는 존재가 되었으며, 증인으로서의 역할은 이로써 끝났다고 느꼈다. 그는 라울 다브낙의 팔을 붙들고 한쪽으로 끌어내며 말했다.

"자넨 어떻게 생각하나?"

"나? 아무 생각 없어."

"그래도 무슨 생각이 있을 것 아닌가?"

"뭐에 관해서 말인가?"

"살인자 말이네. 범인이 어떻게 빠져나갔는지 말이야!"

"고만고만한 생각들이야 많지."

"이거 왜 이러나. 줄곧 자네를 주시하고 있었네. 뭔가 색다른 걸 생각하는 눈치였어. 뭔가 골치 아픈 걸로 말이야."

"골치 아팠던 건 바로 자네의 그 지루한 이야기였네, 베슈. 세상에, 그렇게 지겹고 군소리가 많은 진술은 난생처음 들었네!"

베슈는 당장 발끈했다.

"나의 진술은 간결, 명료함의 표본이었네! 나는 더도 말고 반드시 말해야 하는 내용만을 말했을 뿐이야. 지금까지 해야 할 일은 깔끔하게 챙겨서 했던 것처럼 말일세!"

"자넨 해야 할 일을 다 한 게 결코 아니야. 왜냐하면 목표를 달성하지 못했으니까."

"그러는 자네는? 자네 역시 나보다 그리 나을 것도 없는 게 사실 아닌가?"

"나아도 한참 낫지."

"어떤 점에서? 아까는 아무것도 모른다고 실토하지 않았나?"

"아무것도 모르고, 또 모든 것을 다 알지."

"무슨 뜻이야?"

"일이 어떻게 벌어진 건지를 안다는 말이네."

"뭐라고?"

"어떻게 돌아간 건지 안다는 게 얼마나 대단한 일인지 솔직하게 인정하게나."

"대단해. 대단하고말고."

베슈는 완고하던 태도가 단번에 허물어지면서 더듬거렸고, 언제나처럼 휘둥그레진 눈으로 상대를 바라보았다.

"제발, 내게 말해줄 수 있겠는가?"

"아, 그건 말이야…… 안 되겠어!"

"아니, 또 왜?"

"말해도 자넨 이해 못할 테니까."

4
습격

베슈는 그 말에 반론을 제기하지도 않았고, 화를 낼 생각은 꿈에도 못했다. 그가 알고 있는 라울이라는 사람은, 특히 이런 수수께끼 같은 경우에 부닥쳤을 때 다른 그 누구보다도 사태를 명확하게 간파하는 능력을 가진 존재였다. 그러니 자기가 좀 전에 수사판사나 검사보를 대한 것보다 지금 저 라울이 자신을 덜 존중해준다고 해서 인상을 구길 이유가 무엇이겠는가?

하지만 여전히 그는 친구의 팔을 붙잡고 늘어졌다. 정원을 가로질러 걸어오는 동안, 사건 정황에 대한 장광설을 늘어놓으면서 혹시라도 진지하게 품어왔던 의문점들에 대한 해답을 얻을 수 있지 않을까 기를 쓰는 것이었다.

"얼마나 불가사의한 점이 많은지! 밝혀내야 할 문제투성이라고! 자네한테 일일이 열거할 필요도 없겠지? 자네도 아마 나처럼 명확히 인식하고 있을 거야. 예컨대 탑 안에 숨어 있던 자가 범행 이후에도 계속 그 안에 머물지는 않았을 거라는 점 말이네. 왜냐하면 그 안에서 우리가 찾아내지 못했으니까. 더군다나 직후에 도망쳤다고도 생각할 수가 없지. 빠져나오는 것도 못 봤거든! 그럼 대체 어찌 된 일이란 말이야! 범행동기는 또 뭐고? 맙소사! 므슈 게르생이 이곳에 온 지 겨우 하루 되었는데, 그를 제거하려는 자가—죽이는 거나 제거하는 거나—설마하니 므슈 게르생이 바로 그때 다리를 건너와 비둘기집의 문을 열어젖힐 거라고 어찌 예상할 수 있었겠는가? 말도 안 되는 얘기지!"

베슈는 잠시 말을 멈춘 뒤 친구의 표정을 유심히 관찰했다. 라울은 꿈쩍도 하지 않았고, 베슈의 장광설이 다시 이어졌다.

"그래, 나도 알 만하네. 자넨 아마도 반박하겠지. 이건 아마도 우연의 결과일 뿐이라고 말이야. 므슈 게르생이 재수 없게 강도의 소굴로 불쑥 들이닥쳤기 때문에 발생한 불상사라고. 하지만 그것도 정말 어처구니없는 가설일 뿐이네(베슈는 잔뜩 비꼬는 억양에 실어 그 말을 반복했다. 마치 실제로 라울이 그런 가설을 생각하고 있고, 자신은 당연히 그걸 지적하기라도 하듯이). 그래, 어처구니없는 가설이야! 왜냐하면 므슈 게르생은 맹꽁이자물쇠를 해체하느라 적어도 2~3분가량은 소비했으니, 범인으로 보자면 아래층 공간 속으로 열두 번도 더 숨어들 수 있었을 것 아니겠는가! 자네도 솔직히 나의 이 추론에는 도저히 반박할 수 없다는 걸 인정해야 할 걸세. 정 뭣하면 또 다른 반론을 들이대든가!"

하지만 라울은 전혀 반론을 들먹일 생각이 없는 듯했다. 그냥 굳게 입을 다물고 있을 뿐이었다.

베슈는 전략을 살짝 바꿔서 또 다른 문제를 물고 늘어지기로 했다.

"따지고 보면 카트린 몽테시외의 경우도 마찬가지지. 그 문제도 영 오리무중이라고. 도대체 어제 낮 동안 그녀는 무얼 하고 있었던 거지? 어디로 감쪽같이 사라졌던 거야? 그리고 무슨 수로 돌아왔으며, 몇 시에 돌아온 거냐고? 수수께끼야. 더군다나 과거 내력이나 어딘지 심상치 않은 걱정거리, 변덕스러운 생각들 등 그 여자에 대해 아는 게 하나도 없는 자네에겐 나 이상으로 수수께끼일 거야."

"그야 까마득히 모르는 건 사실이지."

"실은 나 역시 안다고 할 순 없네. 하지만 몇 가지 중요한 사항들에 관해선 내가 자네한테 정보를 줄 수도 있을 것이네."

"당장은 별로 관심 없어."

베슈는 안달이 나는 모양이었다.

"아, 이런 제기랄! 관심이 없단 말인가? 도대체 자넨 무슨 생각을 하고 있는 거야?"

"자네 생각."

"내 생각?"

"그래."

"도대체 어떤 생각 말인가?"

"자네를 생각할 때면 늘 떠오르는 그런 생각들."

"그러니까 결국 바보 같다는 생각 말이로군!"

"오, 천만에. 탁월하게 논리적이고도, 정말이지 분별력 있게 행동하는 존재로 생각하지."

"그래서?"

"그래서 오늘 아침부터 나는 줄곧 자네가 왜 라디카텔에 와 있는가 궁금해했다네."

"그건 말했지 않은가. 늑막염 후유증 때문에 요양 좀 할까 해서 왔노라고 말이야."

"건강을 돌보겠다는 생각은 잘한 거네만, 다른 곳에서도 얼마든지 돌볼 수 있지 않겠나? 예컨대 팡탱이든 샤랑통이든 말이야. 그런데도 왜 하필 이 시골을 택했는가? 자네의 유년시절 추억이라도 깃든 곳인가?"

베슈는 문득 당혹스러워하면서 더듬거렸다.

"아, 그건 아니고. 여기 친구 소유의 별장이 있어서. 그리고……."

"거짓말!"

"나 이거야 원."

"자네 시계 좀 보여주게나, 베슈."

반장은 조끼 호주머니 속에서 낡은 은시계를 꺼내 라울에게 내밀었다.

"어디 보자. 여기 이 케이스 밑에 무엇이 있는지 내 입으로 말해줄까?"

"그야, 아무것도 없지."

베슈는 점점 불편해하는 기색을 드러내며 내뱉었다.

"천만에. 자그마한 판지 안에 자네 정부의 사진이 들어 있지."

"내 정부?"

"그래. 바로 요리사 말이야."

"지금 무슨 소리 하는 거야?"

"자네가 바로 샤를로트의 애인이라는 얘기일세."

"샤를로트는 요리사가 아니야. 엄연히 간병인이란 말일세!"

"그래, 맞아. 요리도 하고, 때론 자네 정부 노릇도 하는 간병인이지."

"자네, 미쳤군!"

"어쨌든 자넨 그 여자를 좋아해."

"난 좋아하지 않아."

"그럼 왜 사진을 그렇게 품에 꼭 간직하고 다니는 건가?"

"그걸 자네가 어떻게 아나?"

"그야 간밤 자네 베개 밑에 있던 시계를 슬쩍 살펴보았으니 알지."

"이런, 빌어먹을!"

베슈는 또다시 뒤통수를 맞고 라울한테 놀림감이 되었다는 생각에 속이 부글부글 끓었다. 요리사의 애인이라니!

그는 또박또박 끊어가며 말했다.

"다시 말하지만 샤를로트는 요리사가 아닐세. 엄연히 간병인이고, 마담 게르생 곁에서 책을 읽어주기도 해. 거의 친구라 할 수 있을 정도라고. 마담도 그녀의 지적 수준과 성품에 대해 높이 평가하고 있단 말일세. 사실 파리에서 그녀를 알게 된 게 얼마나 다행인지 몰라. 내가 회복기에 들어서자 그녀는 이곳 임대용 별장에 대한 얘기를 해주었고, 라디카텔의 맑은 공기에 대해서도 정보를 주었지. 그 뒤 내가 이곳에 당도하자마자 그녀는 여기 숙녀분들에게까지 나를 소개해주었고, 가족처럼 환영받을 수 있게 배려해주었네. 이상이 내 이야기 전부야. 그녀는 정말이지 신뢰할 수 있는 미덕을 지닌 여자라고. 내가 그녀의 애인으로 행세하며 거들먹거리기엔 그녀에 대한 내 존중하는 마음이 너무 크네."

"그럼 아예 남편으로 나서면 어떨까?"

"그렇다면 문제가 다르지."

"아무렴! 그런데 말이야, 그토록 지적이고 도량도 넓은 간병인이 어떻게 집안 하인과 같은 취급을 받으며 지내겠다고 나선 것일까?"

"므슈 아르놀드는 평범한 하인이 아니야. 누구나 나름대로 격을 가지고 대해야 하는 그 집안 집사일세. 자기 위치를 분명히 자리매김할 줄 아는 사람이란 말이야."

라울은 유쾌한 태도로 외쳤다.

"이보게, 베슈! 그러고 보면 자넨 현명할 뿐만 아니라 정말 행운아이기도 해! 앞으로 마담 베슈는 자네한테 아주 별미 요리만 대접할 테고, 나도 종종 자네 집에 신세를 져야 할 것 같네! 자네의 배필은 내가 보기에도 정말 그만이거든. 그 걸음걸이와 요염한 매력, 고 앙증맞도록 토실토실한 살집! 그럼 그렇지, 자네도 알다시피 내가 그 방면 전문가 아닌가."

베슈는 입술을 깨물었다. 워낙에 그런 유의 농을 마음에 들어 하지 않는 데다, 라울이 종종 그와 같은 식의 빈정대는 듯한 우월감을 과시하며 약을 올렸던 때가 기억에 떠올랐던 것이다.

베슈는 차라리 얘기를 끊는 게 낫겠다고 생각했다.

"좌우간 그쯤 해두세. 이제 곧 마드무아젤 몽테시외를 만나볼 텐데, 이따위 주제는 그녀도 별로 탐탁지 않아 할 거야."

둘은 장원으로 돌아갔다. 한 시간 전만 해도 마담 게르생이 지키고 있던 방에 지금은 카트린이 창백하고 황망해하는 모습으로 와 있었다. 베슈가 얼른 다가가 친구라며 소개하기가 무섭게 라울은 고개를 넙죽 숙이며 여자의 손등에 입을 맞춘 다음 다정다감한 목소리로 말했다.

"안녕하시오, 카트린. 그동안 잘 지냈소?"

베슈는 어리둥절한 얼굴로 즉각 물어왔다.

"어라! 이건 또 무슨 소리야? 자네 이분을 알고 있는가?"

"아니. 하지만 워낙에 자네가 많은 얘기를 해주지 않았는가!"

베슈는 두 사람을 번갈아 바라보더니 골똘한 생각에 잠겼다. 도대체 이건 무슨 조화란 말인가? 라울이 벌써 마드무아젤 몽테시외와 안면을 텄다는 얘기인가? 또다시 이 베슈 반장을 농락하면서 끼어들어와 자기 실속을 이미 다 차렸다는 말인가? 하지만 그런 가능성들은 생각하기에도 너무 복잡하고, 있을 법하지도 않았다. 진실을 규명하기에는 너무도 부족한 정보가 많았다. 결국 그는 잔뜩 골이 난 상태로 라울에게 등을 돌린 뒤 씩씩대면서 걸어나가버렸다.

라울 다브낙은 즉시 여자에게 양해를 구하며 다시 정중히 인사했다.

"갑자기 지나치게 친근하게 군 점 용서해주시기 바랍니다, 마드무아젤. 솔직히 말해서 저 베슈라는 인간을 항상 내리누르기 위해서는 약간은 유치한 깜짝쇼를 동원해서라도 늘 경황이 없도록 만들어놓아야 한답니다. 물론 저자에게는 마치 기적처럼 보이고, 내 행동거지 하나하나가 무슨 마법사나 악마의 조화처럼 비치겠지요. 결국 저렇게 폭발하고서야 나를 조용히 내버려두고 자리를 피해준답니다. 나도 좀 침착하고 냉정한 정신 상태를 가져야지만 이번 사건을 풀 수가 있거든요."

그는 자신이 하는 행동, 아니 앞으로 해나갈 일들 모두가 이 아가씨의 적극적인 지지를 받을 것임을 어렴풋이 느꼈다. 사실 처음부터 그녀는 남자의 매력과 권위에 완전히 사로잡힌 것과 다름없었다.

여자는 남자에게 손을 내밀며 말했다.

"당신 좋으실 대로 행동하세요, 므슈."

여자가 너무 지쳐 보이기에 라울은 떠밀다시피 해서 조용한 곳으로 피하도록 했고, 가능한 한 수사판사의 신문에 부닥치지 말도록 충고했다.

"당신 침실에서 한 발짝도 벗어나지 마십시오. 내가 사태를 좀 더 명확히 파악하기 전까지는 우리 둘 다 언제 어떻게 들이닥칠지 모르는 도발을 철저하게 경계해야만 합니다."

"당신도 두려운 게 있나요?"

여자는 흔들리는 목소리로 물었다.

"천만에요. 다만 애매모호하고 점칠 수 없는 모든 것을 경계할 뿐입니다."

그는 카트린은 물론 마담 게르생에게도 부탁해 장원의 밑바닥에서 꼭대기까지 샅샅이 훑어볼 수 있게 허락을 얻어냈다. 아르놀드 씨가 조사활동을 함께하기로 했다. 그는 맨 처음 지하실부터 시작해 1층을 둘러보았고, 모든 방들이 복도를 면해 배치되어 있는 2층으로 올라갔다. 방들은 전부 천장이 낮고 아담했는데, 여기저기 알코브나 탈의실 등으로 쓰일 만한 구석구석 후미진 굴곡이 많아 상당히 난잡한 구조를 취하고 있었다. 하나같이 18세기풍 나무 패널로 내장된 데다, 벽거울이나 낡은 수제 융단으로 싼 의자와 소파 등이 가구의 구색을 갖추었다. 그중 베르트랑드와 카트린의 숙소는 층계 하나를 사이에 두고 면해 있었다.

층계를 따라 3층으로 올라가면 온갖 고물 집기들로 어수선한 대형 다락이 나타나는데, 그 좌우측으로는 지금은 쓰지 않아 가구도 거의 없는 하인 전용 지붕 밑 방들이 도열해 있었다. 그러고 보니 우측의 방들 중에서 카트린의 방 바로 윗방이 샤를로트가 생활하는 공간이었고, 반대로 좌측 베르트랑드의 침실 바로 윗방이 아르놀드 씨가 잠을 자는 방이었다. 두 개 층의 모든 창문들은 정원을 향했다.

면밀한 조사가 끝나자, 라울은 다시 밖으로 나갔다. 사법관들은 베슈를 동반한 채로 수사를 계속하고 있었다. 그들이 장원으로 돌아오는 것을 몰래 살피면서 라울은 아침에 카트린이 영지로 돌아오기 위해 사용했던 쪽문 방향 담장으로 살짝 방향을 틀었다. 정원에서도 그쪽 부분은 지저분한 관목숲과 허물어진 온실의 잔해가 송악으로 뒤덮여 완전히 아수라장을 방불케 하는 곳이었다. 라울에겐 열쇠가 있었고, 누구의 눈에도 띄지 않은 채 빠져나갈 수가 있었다.

바깥의 담장을 따라 계속해서 이어진 오솔길은 구릉지대의 처음 비탈들로 거슬러 올라갔다. 그렇게 바리바를 벗어나 영지 전체를 굽어볼 위치에 오른 라울은 과수원과 숲의 가장자리 사이로 파고들면서 첫 번째 나타난 고지대에 도착했다. 거기엔 바슴 성이 굽어보는 가옥들이 20여 채 정도 모여 있었다.

네 개의 작은 망루로 에워싸인 본채 건물은 그 윤곽이 장원의 저택과 놀랄 만큼 유사했고, 심지어 방금 떠나온 건물이 이 성채의 축소판이 아닐까 생각되기도 했다. 바로 이곳에 자기 아들 피에르와 카트린의 결혼을 반대하고, 급기야는 약혼까지 한 두 남녀를 갈라서게 만든 바슴 백작부인이 살고 있었다. 라울은 한 바퀴 휘 둘러본 뒤 부락의 주막에서 점심을 때우며 현지 촌부들과 수다를 떨었다. 젊은 남녀의 좌절된 사랑 이야기는 그곳에 모르는 사람이 없을 정도였다. 두 남녀가 인근 숲 속에서 만나 팔짱을 낀 채 나란히 앉아 있는 모습은 사람들 눈에 한두 번 목격된 게 아니었다. 그러다 며칠 전부터 두 사람 다 전혀 보이지 않게 된 것이다.

라울은 생각했다.

'모든 게 명확해지는군. 백작부인은 아들에게서 여행을 떠나겠다는 약속을 받아놓은 상태이니, 두 연인 간의 약속은 공중에 뜬 격이었겠지. 어제 아침, 난데없이 젊은이의 작별 편지가 카트린에게 배달되었고, 기겁을 한 카트린은 바리바를 벗어나 평상시 밀회를 나누던 장소로 무턱대고 달려온 거야. 물론 피에르 드 바슴 백작은 그곳에 있을 리가 없었지.'

라울 다브낙은 아까 올라오면서 지나친 숲으로 다시 내려간 다음, 우거진 수풀을 헤치며 들어가 덤불숲 사이로 횡하니 트인 길목에 다다랐다. 그는 숲 속 한적한 공터까지 들어갔는데, 주위로 나무가 우거진 비탈이 병풍처럼 둘러쳐졌고, 정면에는 꽤 목가적인 벤치가 호젓하게 놓여 있었다. 바로 이곳이 두 남녀가 만나던 장소임에 의심의 여지가 없었다. 그는 잠시 벤치 위에 앉아보았는데, 그러자마자 뭔가를 보고는 흠칫 놀랐다. 빽빽한 나무줄기들 사이로 숲 짐승들이 지나다닐 만한 좁다란 샛길이 한 10~15미터 정도 뻗어나간 끄트머리쯤, 뭔가가 부스럭대고 있는 것이었다. 쌓여 있던 낙엽이 갑작스러운 움직임 속에 들썩였다.

라울은 즉시 그곳까지 파고들어 갔다. 점점 가까이 다가갈수록 요동도 심해지고, 신음 소리까지 들려왔다. 마침내 현장에 다다르자, 이끼

와 잔가지가 뒤엉켜 엉망으로 헝클어진 웬 노파의 머리가 불쑥 시야에 들어오는 게 아닌가! 아울러 넝마를 걸친 말라깽이 몸뚱어리까지 마치 수의처럼 뒤덮여 있던 낙엽들을 부스스 헤치며 모습을 드러내는 것이었다.

창백한 안색에, 공포에 질렸는지 휘둥그레진 눈망울이 보기에도 처참한 몰골이었다. 노파는 도로 맥없이 쓰러지더니 마치 한 대 얻어맞기라도 한 것처럼 얼굴을 감싸고 고통스러워하면서 연신 신음을 내뱉었다.

라울은 자초지종을 물어보았지만, 횡설수설과 흐느낌 외에는 그 어떤 대답도 돌아오지 않았다. 도무지 어찌할 바를 모르겠기에 라울은 일단 바슴 부락으로 돌아와 주막 주인을 대동하고 다시 현장으로 향했다. 가면서 주인이 얘기해주었다.

"틀림없이 보셸 할멈일 겁니다. 노망이 나버렸지요. 아들이 죽은 다음부터 완전히 제정신을 잃었답니다. 아들은 나무꾼이었는데, 그만 자기가 쓰러뜨린 참나무에 깔려 박살이 나고 말았지요. 노파는 장원에 가서도 자주 품삯을 팔아왔는데, 주로 므슈 몽테시외가 지나다니는 길목의 잡초를 제거하는 일이었죠."

실제로 주막 주인은 노파가 보셸 할멈임을 확인해주었다. 라울은 그와 힘을 합해 숲에서 얼마간 떨어진 보잘것없는 노파의 오두막으로 할멈을 데리고 가서 매트리스 위에 조심스레 누였다. 노파는 계속해서 헛소리를 지껄여댔는데, 참을성 있게 귀 기울이던 라울은 그중 특히 자주 반복되는 다음과 같은 말들을 간파해내는 데 성공했다.

"버으나우가 셋이야…… 내가 말해자나, 우리 아씨…… 버으나우가 셋이라구…… 바루 그 남자야…… 내가 말해자나…… 그가 당시나테 원한이 있다이까…… 그가 당시늘 주길 거야, 우리 아씨…… 조시매…….”

“또 머리가 빙글빙글 도는 모양이로군. 잘 있어요, 보셸 할멈! 어떻게든 눈이나 좀 붙이시구려!”

주막 주인은 빈정대는 투로 내뱉고는 자리를 피해버렸다.

노파는 벌벌 떠는 손에 고통스러운 표정의 얼굴을 파묻고 조용히 흐느꼈다. 허리를 기울여서 살펴보니 회색 머리칼 사이사이 엉겨붙은 핏자국이 눈에 띄었다. 라울은 물에 적신 손수건으로 핏자국을 닦고 지혈을 해준 다음, 노파가 어지간히 곤한 잠에 곯아떨어질 때를 기다려 다시금 숲 속 공터로 돌아가보았다. 거기서 약간만 허리를 숙이고 두리번거리자, 낙엽 더미 근처에 몽둥이처럼 생긴, 갓 잘라낸 나무뿌리가 나뒹구는 게 어렵지 않게 눈에 들어왔다.

라울은 속으로 중얼거렸다.

“이렇게 된 거로군. 보셸 할멈은 누군가에 의해 가격을 당한 뒤 여기까지 끌려와 낙엽 더미 아래 묻혀버린 거였어. 그대로 죽게 내버려둔 거지. 도대체 누가, 무슨 이유로 그런 짓을 저지른 걸까? 과연 이번에도 수수께끼처럼 가려져 있는 그 살인범의 짓일까?”

무엇보다도 라울의 근심걱정은 보셸 할멈이 지껄인 말을 들었을 때부터 고동치고 있었다. 바로 그 ‘우리 아씨’라는 말 말이다. 이는 곧 카트린 몽테시외를 지칭하는 말이 아니겠는가? 여자가 24시간 전, 약혼자를 찾아 이 숲을 정처 없이 헤매고 다닐 때 미친 할멈과 맞닥뜨렸을 수 있지 않겠는가? ‘그가 당신을 죽일 거야, 우리 아씨’라는 할멈의 끔찍한 얘기에 더럭 겁을 집어먹고는, 파리로 득달같이 달려와 라울 다브낙에게 도움을 청한 것이 아니었을까?

그런 식으로 보니 사실들이 근사하게 맞아떨어지는 듯했다. 그 밖의 고심참담해야 할 부분이나 ‘버으나우가 셋’이라는 따위의 알 수 없는 말들 가지고 더 이상 골치를 썩여봐야 소용이 없다는 것을 라울은 경험상 잘 알고 있었다. 어떤 수수께끼들은 때가 되면 자연스레 해결되기도 하는데, 바로 지금이 그런 경우라며 라울은 평소처럼 생각을 넘겨버렸다.

그는 밤이 어둑해져서야 장원으로 돌아왔다. 사법관들과 의사들은 벌써 떠난 뒤였다. 오로지 헌병 한 명만이 철책가에서 보초를 서고 있었다.

"헌병 한 명 가지고는 충분치가 않지."

그가 아무렇지도 않게 흘린 말에 베슈는 호들갑스럽게 달려들었다.

"왜? 무슨 새로운 소식이라도 있나? 어째 걱정이 많아 보이네!"

"그럼 베슈, 자네는 그렇지가 않단 말인가?"

"걱정할 이유가 딱히 없지 않은가? 지나간 일을 캐내는 게 문제이지, 앞으로 일어날 일을 경계하는 게 아니니까 말이네."

"베슈, 이 친구야. 멍청한 소리 좀 그만하게나!"

"도대체 무슨 일인데?"

"좋아, 얘기해주지. 지금 카트린 몽테시외한테 중대한 위협이 도사리고 있단 말일세."

"그럼 결국 그 여자의 알 수 없는 행태에 자네도 다시 마음을 쓰기 시작했다는 건가?"

"좋도록 생각하게. 민완형사 베슈 반장은 편할 대로 행동하시라고. 어서 자네의 그 잘난 베슈 팔라스에 처박혀서 저녁이나 먹고 파이프나 피워대다가 단잠이나 청해보란 말이야(베슈가 머무는 임대용 별장을 비꼰 표현. 『813』의 '상테 팔라스'를 상기할 것—옮긴이). 나는 이 자리에서 한 발짝도 움직이지 않을 테니까!"

"그럼 오늘 우리 둘 다 여기서 묵자는 얘긴가?"

반장은 어깨를 으쓱하며 소리쳐 물었다.

"그래. 거실에 안락의자 두 개면 족하지. 만약 자네가 춥다면 보온용 물통난로라도 내 즉석에서 만들어주지. 배가 고프다면 빵에 과일 잼이라도 발라줄게. 만약 자네가 코를 곤다면 내 발바닥 매운 맛도 기꺼이 보여주겠네. 만약 또 자네가……."

"허허, 내 참, 그만 좀 해두게! 정 뭐하면 한쪽 눈만 감고 자면 되잖나!"

베슈가 웃으며 이죽거리자, 라울이 기분 좋게 맞장구를 쳤다.

"오호라, 그럼 나머지 한쪽 눈은 내가 감고 자면 얘기가 되겠군!"

두 남자는 같이 저녁을 들었고, 모처럼 정답게 담배를 태우면서 함께했던 기억들로 이야기꽃을 피웠다. 그리고 두 번에 걸쳐 장원 주변을 둘러보면서 탑 모양의 비둘기집에까지 가보았다. 돌아오는 길에는 철책에 기대 졸고 있는 헌병을 깨워주기도 했다.

마침내 자정이 되자, 두 사람도 슬슬 거실에 터를 잡았다.

"어느 쪽 눈을 감을 텐가, 베슈?"

"오른쪽."

"그럼 난 왼쪽을 감아야겠군. 하지만 귀는 두 쪽 다 열어둘 생각이네."

거대한 적막이 방 안 가득 쌓이면서 집 전체로 퍼져나갔다. 사실 별로 위험을 염두에 두지 않은 베슈는 두 번씩이나 곯아떨어져 코를 골았고, 그때마다 장딴지에 라울의 발차기 맛을 보아야 했다. 그런데 약 한 시간쯤 전부터는 라울마저 더없이 깊은 잠 속에 빠져드는가 싶더니 어느 한순간 용수철처럼 벌떡 일어났다. 어디선가 날카로운 비명이 솟구친 것이다.

"아니야. 올빼미 소리라고."

잠이 덜 깬 베슈가 중얼거렸다.

그러나 금세 또 다른 비명 소리가 뒤이었다.

라울은 득달같이 층계 쪽으로 달려가면서 내뱉었다.

"위층이야! 위층 그 방! 아, 우라질! 어떤 놈이든 손만 대봐라!"

베슈도 맞장구를 쳤다.

"난 밖을 맡겠네! 놈이 창문으로 달아나면 덮칠게!"

"그사이에 여자가 먼저 죽으면 어쩌려고?"

가슴이 덜컹한 베슈는 금세 가던 길을 돌이켰다. 마지막 계단을 밟을 때쯤, 라울은 권총을 빼 들고 허공에다 방아쇠를 당겼다. 혹시나 자행되고 있을지 모를 공격을 멈추게 하고, 하인들 잠도 깨울 심산이었다. 주먹으로 한 방 갈기자, 문짝의 판자가 떨어져 나갔다. 베슈가 얼른 손을 집어넣어 빗장을 풀고 열쇠를 돌렸다. 마침내 두 남자가 안으로 달려 들어갔다.

방 안은 밤에 켜두는 전등으로 어슴푸레 밝았고, 창문이 활짝 열려 있었다. 낯선 그림자는 없었고, 오로지 침대에 길게 뻗어 마치 단말마의 헐떡거림인 양 가쁘게 숨을 몰아쉬는 카트린만이 눈에 들어왔다.

"베슈, 당장 정원으로 뛰어내리게. 여자는 내가 돌보겠네."

그때 마침 베르트랑드 게르생도 합류했고, 자세히 살펴본 결과 다행히 여자가 심각한 상태는 아니라는 결론에 도달했다. 어쨌든 호흡에 곤란은 없어 보였다. 여자는 계속 헐떡이면서 간간이 중얼거리고 있었다.

"그가 목을 졸랐어. 시간이 부족했기에 망정이지……."

"그가 당신 목을 졸랐다고요? 아, 죽일 놈! 그래, 놈이 어디서 불쑥 나타났단 말입니까?"

"모르겠어요. 아마 창문으로……."

"창문을 닫아두지 않았던가요?"

"네."

"어떤 놈이었습니까?"

"그냥 그림자만 언뜻 보았을 뿐이에요."

여자는 더 이상 말을 잇지 못했다. 공포와 고통이 졸지에 사람의 진을 다 빼버린 듯했다. 여자는 곧장 기절을 하고 말았다.

5
'버으나우 셋'

베르트랑드가 동생을 돌보는 동안, 라울은 창문가로 달려가 밖을 살폈다. 베슈는 건물 벽 수평 돌출부 너머 몸을 기울인 채 쇠로 된 발코니 난간을 잔뜩 부여잡고 있었다.

"이건 또 뭐하는 거야! 당장 뛰어내려, 이 바보야!"

라울의 일갈에 베슈가 쩔쩔매며 대꾸했다.

"그다음엔 어쩌려고? 밤이 잉크보다 더 캄캄한데. 밑에 내려가봤자 더 이상 뭘 어떡해?"

"그럼 여기라고 뭐가 다른가?"

"그래도 여기서는 뭔가 보일 수도……."

베슈는 호주머니 속에서 후다닥 손전등을 빼 들어 정원 쪽으로 불을 밝혔다. 라울도 즉시 자신의 손전등을 정원 쪽으로 들이댔다. 두 개의 광원이 합쳐지자, 제법 강력한 광선이 오솔길과 덤불숲들에 또렷한 빛 자국을 쏴댔다.

"옳지, 저기 그림자가 하나 보이는군."

라울의 말에 베슈도 맞장구를 쳤다.

"그렇군. 저기 허물어진 온실 쪽이야."

그림자는 마치 미친 짐승마냥 불규칙하게 펄쩍펄쩍 뛰어다녔는데, 그렇게 함으로써 자신의 정체를 식별하기 어렵게 만들려는 수작인 듯했다.

"놓치지 말고 있어봐. 내가 아래로 내려갈 테니까."

라울이 다급히 지시했다.

그런데 그가 미처 발코니 난간을 넘어가기 전에, 보다 위층으로부터 분명 하인 아르놀드가 쏘았을 것 같은 총성이 요란하게 울렸다. 그와 동시에 저 아래 정원에서 비명이 솟구쳤다. 그림자는 제자리에서 빙글 도는가 싶더니 그대로 거꾸러졌고, 다시 비틀거리며 일어나자마자 또다시 쓰러져 둥그스름하게 웅크린 채 꼼짝도 하지 않았다.

라울은 승리의 탄성을 내지르며 허공 속으로 훌쩍 뛰어내렸다.

"잡았다! 브라보, 아르놀드! 이봐, 베슈. 저놈의 야수를 놓치지 말고 비추고 있게나. 내가 찾아갈 수 있게 말이야."

하지만 딱하게도 한판 접전을 치른 베슈는 가만히 서서 지시를 따르기엔 지나치게 흥분해 있었다. 그 역시 훌쩍 발코니 아래로 뛰어내린 것이다. 부랴부랴 다시 두 손전등을 켜 들고 '야수'가 뻗어 있을 장소로 달려가자, 시체는 온데간데없고 누군가 황급히 짓밟다 가버려서 납작하게 드러누운 잔디만이 두 사람을 맞이했다.

"이런 바보! 천치! 자네 잘못이야! 자네가 아주 적절하게 어둠을 선사하는 바람에 그 몇 초 사이 도망친 것 아닌가!"

라울이 으르렁대자, 베슈가 안쓰러운 목소리로 중얼거렸다.

"하지만 죽었을 텐데."

"그래, 자네나 나처럼 잘도 죽어 있었겠지! 그게 다 속임수였단 말일세!"

"상관없어. 풀에 난 발자국을 따라가면 될 거야."

때마침 달려와준 헌병과 더불어 일행은 잔디밭 위로 허리를 숙인 채 4~5분가량을 헤집고 다녔다. 하지만 흔적은 몇 미터도 못 가 자잘한 자갈밭 길로 접어들면서 그나마 감쪽같이 자취를 감추고 말았다. 라울은 굳이 더 이상 집착하지 않고 장원으로 발길을 돌렸다. 그제야 아르놀드가 소총을 거머쥔 채 계단을 내려오고 있었다.

알고 보니 그를 깨운 건 라울이 쏜 총소리였다. 처음에는 헌병과 게르생 씨의 살해범이 드디어 맞붙었구나 생각했는데, 막상 창문을 열고 내다보니 저만치 몽테시외 양의 방으로부터 누군가가 뛰쳐나오는 게 어렴풋이 보이더라는 것이다. 그래서 잔뜩 긴장한 채 시선을 모으고 있는데, 마침 손전등 불빛이 그자의 뒤를 좇기에 기회다 싶어 총을 겨누었다고 했다.

아르놀드가 말했다.

"불을 끄시다니 정말 유감입니다. 그렇지만 않았다면 놈을 잡았을 텐데. 하지만 그것도 이젠 시간문제죠. 일단 날개를 못 쓰게 된 거나 다름없으니, 근처 어디 덤불 속에라도 아마 꼴사나운 짐승처럼 나자빠져 있는 게 발견될 겁니다."

하지만 정작 발견된 건 아무것도 없었다. 언니 베르트랑드와 샤를로트의 간호를 받으면서 카트린이 편안히 잠에 빠져드는 걸 확인한 뒤, 라울은 베슈와 더불어 약간의 휴식을 취했다. 둘은 동이 트자마자 곧장 인근 수색에 나섰지만, 그 성과는 이전보다 하등 나을 바 없다는 사실을 깨닫는 데 그쳤다.

급기야 베슈가 먼저 투덜댔다.

"제기랄! 므슈 게르생을 살해하고 이젠 카트린까지 넘봤던 녀석은 분명히 이곳 울타리 안 어딘가에 난공불락의 은신처를 마련해둔 채 우릴 비웃고 있을 거야! 설사 놈이 부상을 당했다 해도 조금만 회복되면 곧장 모든 걸 다시 시작하려 들 게 틀림없어!"

보셸 할멈의 헛소리 같은 말을 잊지 않고 있던 라울 다브낙이 대꾸했다.

"만약 우리가 어젯밤처럼 꺼벙하게 군다면, 놈은 이번만큼은 반드시 카트린 몽테시외를 요절내고 말 거야. 이보게, 베슈. 앞으로는 그녀를 정말 잘 살펴야만 하네. 아주 신주 모시듯 해야 한다고."

다음 날 라디카텔의 성당에서 장례식을 치르고 난 뒤, 베르트랑드는 파리의 매장지까지 게르생 씨의 시신과 동행했다. 반면 그녀가 없는 동안, 카트린은 또다시 신열이 오르면서 그만 침대에서 한 발짝도 움직일 수가 없었다. 하는 수 없이 샤를로트가 그녀와 함께 잠을 자야만 했다. 라울과 베슈는 카트린의 침실에 인접한 두 개의 방에 각자 진을 쳤다. 물론 둘이서 번갈아 불침번을 서면서 말이다.

그러는 와중에도 예심은 계속 진행되었다. 다만 라울이 검찰지청이나 헌병대에 몽테시외 양을 노리는 의문의 시도들을 끝까지 보안에 부쳤기 때문에 오로지 게르생 씨 살해사건으로 그 범위가 한정된 상태였다. 사람들 사이에선 단지 야간경보가 한 차례 울렸고, 다분히 애매한 그림자의 움직임 때문에 총기 발사사고가 한 번 일어난 정도로만 생각하고 넘어가는 분위기였다. 결국 카트린은 조사 대상에서 완전히 제외될 수 있었다. 더군다나 몸도 불편한 터라 그저 형식적인 질문만 받았을 뿐이며, 그나마도 전혀 아는 게 없다는 대답으로 일관해버리고 말았다.

베슈는 여전히 열심이었다. 특히 조사활동에 관한 한 라울이 완전히 무관심한 태도를 보이고 있어, 베슈는 자기와 마찬가지로 휴가 중인 동료 두 명을 파리로부터 불러들여, 라울의 표현대로라면 완벽한 탐정 수칙에 의거한 모든 조사 방식들을 꼼꼼히 실행에 옮겼다. 예컨대 정원을 자로 잰 듯한 구역들로 일일이 분할한 뒤, 그 각각을 다시금 그보다 하위구역들로 재분할을 한다. 그런 다음 셋이 총동원되어 처음에는 차례차례 돌아가면서, 그 후에는 셋이 한데 뭉쳐서 구역별로 뒤져가는데, 그야말로 흙무더기 한 줌, 자갈 하나, 풀 한 포기 그냥 지나치는 법이 없었다. 하지만 그 모든 작업에는 아무런 성과도 없었다. 이를테면 토굴 입구, 지하통로 등 뭐든 수상쩍은 구석이라고는 털끝만큼도 드러나지 않는 것이었다.

"쥐구멍조차 없군. 그런데 나무 위는 생각해보지 않았는가, 베슈? 또 누가 아나? 혹시 사람 죽이는 유인원이라도 그 위에 숨어 있는지(「암염소 가죽옷을 입은 사나이」 참조—옮긴이)."

태연하게 장난을 치듯 라울이 농을 던지자, 베슈가 발끈하며 반문했다.

"자네한텐 그리도 모든 게 우습게 보이는가?"

"하긴 내가 보살피고 있는 아리따운 카트린을 제외하곤 다 거기서 거기지 뭐."

"나는 카트린의 아름다운 눈동자 감상이나 하고, 개천에서 낚시나 즐기라고 파리에 있는 자넬 부른 게 아닐세. 자네 그렇게 코르크 찌나 바라보면서 시간만 죽이는 걸 보라고! 거기에 무슨 수수께끼의 해답이라도 걸려들 거라 기대하는 건가?"

"두말하면 잔소리지!"

라울은 한껏 비아냥대는 어조로 대꾸했다.

"진짜로 내 낚싯대 끄트머리에 감이 오고 있어. 어이, 저기 작은 소용돌이 이는 것 좀 보게나. 그리고 좀 더 멀리, 뿌리를 물에 담그고 있는 저 나무 밑동을 보란 말이야. 자네 정말 장님 다 됐군!"

순간 테오도르 베슈의 얼굴이 환해지기 시작했다.

"오호라, 자네 뭔가 알고 있지? 우리가 찾는 그자가 물 밑에라도 숨어 있는 건가?"

"자네 말 한번 잘했네! 놈이 강바닥을 침대 삼아 지내고 있어. 거기서 먹고 마시면서 계속 자네를 무시하고 있다네, 테오도르!"

베슈는 그만 어이가 없다는 투로 두 팔을 하늘로 치켜들었다. 곧이어 그는 부엌 근처를 어슬렁거리는가 싶더니 냉큼 샤를로트 곁으로 스며들어 자신의 활동 계획을 장황하게 늘어놓았다.

일주일이 다 끝날 무렵, 카트린의 몸 상태는 많이 호전되었고 긴 의자에 누워 라울과 대면할 수 있을 정도까지 회복되었다. 그때부터 남자의 방문은 매일 오후 이어졌고, 늘 경쾌한 유머와 활력으로 기분을 풀어주곤 했다.

라울은 익살맞으면서도 진지한 어투로 소리쳤다.

"어떻습니까, 더 이상 두렵지는 않지요? 그것 보세요, 당신한테 벌어진 일은 지극히 자연스러운 일이랍니다. 사실 당신이 희생당할 뻔했던 불미스러운 시도는 일상적으로 일어나는 거예요. 아주 흔한 일이죠. 중요한 건 그런 일이 또다시 당신을 겨냥해서 벌어지지는 않는다는 사실입니다. 내가 버티고 있을 테니까요. 우리가 상대하고 있는 자, 혹은 자들이 무엇을 할 수 있고, 무엇을 할 수 없는지 나는 훤히 꿰뚫고 있답니다. 내가 다 책임져요."

그러나 젊은 아가씨의 잔뜩 움츠린 기색은 오랫동안 여전했다. 라울이 워낙 농담도 잘 하고 무사태평한 태도로 대하기에 스스럼없이 안심을 하고 히죽히죽 웃기도 했지만, 그러면서도 어떤 사실들에 관한 질문이 튀어나오면 금세 입을 다물어버리는 것이었다. 마침내 여자가 뭔가를 털어놓고 싶게 만든 것은 한참 동안 인내심을 갖고 온갖 기교를 부린 끝의 일이었다. 하루는 여자가 마음이 좀 열렸다 싶어 그가 외쳤다.

"자자, 어디 한번 얘기해보세요, 카트린.—어느새 두 사람은 간단히 이름으로 서로를 부를 정도까지 가까워져 있었다—전에 도움을 요청하러 파리까지 나를 찾아왔을 때 그랬던 것처럼 얘기를 해보란 말이오. 그때 당신이 내게 한 호소를 아직도 기억하고 있소. '뭔가 풀리지 않는 문제들이 있다는 것만 어렴풋이 알고 있어요. 그리고 앞으로 닥칠 두려운 일들도 있고요.' 보아하니 이전에 당신을 두렵게 만들었다던 몇 가지 일들은 뭔지 정확히 꼬집어 명시할 수는 없지만, 어쨌든 이미 일어나긴 한 것 같습니다. 그러니 이제부터 닥칠 새로운 위협이라도 떨칠 생각이라면, 어서 털어놓는 게 상책이에요."

여자는 다시금 망설였지만 남자가 손을 지그시 쥔 채 너무도 다정스러운 눈길을 보내자, 살짝 얼굴이 붉어지면서 마치 당혹감을 숨기기 위해서인 것처럼 입을 열기 시작했다.

"그건 나도 같은 생각이에요. 하지만 워낙에 외롭게 지낸 어린 시절부터 내게는 일부러 무얼 숨긴다기보다는, 무슨 일이든 겉으로 잘 드러내지 않거나 좀 과묵하게 넘어가는 습관이 몸에 배어 있답니다. 꽤 기분이 괜찮을 때조차도 오로지 내 안에서, 나 자신만을 위한 기분에 그쳤지요. 그러다 할아버지가 돌아가시자 이전보다 훨씬 더 내성적이 되어버렸답니다. 언니를 무척이나 따랐지만, 그마저 결혼을 해서 떠나버렸지요. 나중에 언니가 돌아와서 그나마 많이 나아졌는데, 더군다나 이곳으로 함께 와 살게 돼서 얼마나 기뻤는지 모른답니다. 하지만 서로 애정을 품으면서도 우리 사이에는 그때나 지금이나 뭔가 서로 함께해서 행복하다거나 느긋한 마음을 품을 수 있는 완벽한 친밀감이 느껴지지는 않아요. 물론 그 잘못은 나한테 있지요. 당신도 아시겠지만, 나는 약혼을 한 몸입니다. 피에르 드 바슴이라는 남자를 진심으로 사랑하고 있어요. 그 역시 나를 극진히 사랑하고요. 하지만 우리 둘 사이에도 역시 일종의 장벽이 존재합니다. 마찬가지로 자신을 속 시원히 드러내길 꺼리고, 모든 충동적이고 활달한 태도를 공연히 경계하는 나의 이 천성에서 비롯된 결과죠."

잠시 뜸을 들이던 여자가 말을 이었다.

"이처럼 소극적인 태도는 보통 여성적인 은밀한 감정에 한해서는 그런대로 이해할 수 있겠지만, 일상생활에서 벌어지는 일이나, 특히 그중에서도 다소 비정상적이고 특별한 문제에 부닥쳤을 경우에는 아주 괴상하게 보이기 마련이랍니다. 내가 바리바에 도착한 이후 벌어진 상황이 바로 그런 식이었어요. 정상대로라면 나를 후려쳤던 괴이한 사건들에 관해 일찌감치 얘기를 털어놓아야 했겠죠. 그러나 나는 입을 다무는 쪽을 택했답니다. 실제 벌어진 일로 극심한 고통을 겪으면서도 그걸 혼자만 간직하고 있느라, 정작 남들한테는 어딘지 정신이 이상하고 불균형한 여자처럼 비치게 되고 만 것이죠. 결국 그러다 보니 나는 불안에 찌들다 못해 신경질적이 되어버리고, 심지어 거친 여자로 변해버렸습니다. 내 주위 사람들과 나누기는 싫은 이 고통과 공포의 짐을 혼자 감당하기 어려워하면서 말이죠."

여자는 한참 동안 침묵을 유지했다. 그걸 불쑥 깬 건 남자 쪽이었다.

"그런데도 아직 우유부단한 상태라는 거군요."

"아니에요."

"그럼 다른 누구한테도 얘기하지 않은 일을 지금 나한테 털어놓겠다는 말씀입니까?"

"네."

"이유는 뭐죠?"

"모르겠어요."

이 말을 무척 진지하게 내민 카트린이 다시금 반복했다.

"나도 모르겠다고요. 하지만 달리 어쩔 도리가 없답니다. 어쩔 수 없이 당신한테는 복종을 해야만 해요. 동시에 그런 내 행동이 옳다는 것을 알고 있지요. 어쩌면 내 얘기가 어린애처럼 들릴지도 모르고, 내가 느끼는 두려움이 유치하다고 생각하실지도 모르겠어요. 그러면서도 나는 당신이 기어코 내 입장을 이해하리라는 걸 알아요. 당신은 이해할 겁니다."

그러고는 더 이상의 망설임 없이 이야기를 시작했다.

"지금으로부터 18개월 전, 우리 할아버지께서 돌아가신 이래로 거의 버려지다시피 한 이곳 바리바의 썰렁한 집에 나와 언니가 도착한 건 지난 4월 25일 저녁이었습니다. 당일 밤은 그럭저럭 보냈지요. 다음 날 아침 내 방 창문을 활짝 열었을 때, 나는 눈앞에 펼쳐진 어린 시절 그대로의 정원을 다시 보고는 그만 생애 최고의 환희를 느꼈답니다. 비록 키 큰 잡초들로 수북한 데다, 산책길도 온갖 잡풀들로 뒤덮여 엉망이고, 군데군데 썩은 가지들이 산재한 잔디밭이었지만, 어렸을 적 그토록 즐겁게 지내던 바로 그 정원임엔 틀림없었지요. 과거 속에서 즐겁고 좋았던 경험들이 결코 아무도 침입한 적 없는, 사방 벽으로 둘러싸인 이 공간 안에 내 눈에 익은 모습 그대로 생생히 살아 있는 느낌이었어요. 그러자 오직 한 가지 생각밖에 떠오르지 않았습니다. 즉, 나의 추억을 되찾고, 지금은 전부 사라졌다고 생각해온 것들을 다시금 되살려보겠다는 생각 말입니다. 거의 옷을 입은 둥 마는 둥 한 차림에다, 옛날에 신던 나막신을 맨발로 끌면서 나는 흥분된 가슴으로 나의 옛 친구인 나무들과 넉넉한 동무였던 개천, 그리고 할아버지가 덤불숲 속에 심심하면 던져 넣었던 오래된 돌들과 석상 파편들을 다시 확인해보기로 한 겁니다. 말하자면 나만의 자그마한 세상이 거기에 있는 셈이니까요. 마치 그것이 내가 돌아오기를 기다려왔다가 막상 돌아오자 반갑게 맞아주는 느낌이었답니다. 한 발 한 발 걸어갈 때마다 훅훅 다가오는 푸근한 정감이 바로 그 증거였어요. 그런데 내 기억 속에 유독 성스러운 장소로 남아 있는 어느 한 곳이 있었습니다. 아마 파리에서조차 내가 그곳을 머릿속에 떠올리지 않은 날은 단 하루도 없었을 겁니다. 그만큼 그곳은 내게 외롭던 어린 시절, 한 공상적인 소녀의 모든 꿈을 대변하는 곳이었지요. 어렸을 때 다른 모든 곳에서는 온갖 요란한 본능을 마음대로 발휘하면서 헤집고 놀았지만, 바로 그곳에서만큼은 아무 짓도 하지 않고 얌전히 있었답니다. 그냥 몽상에 잠겨 있거나 이유 없는 눈물을 흘리는 게 고작이었죠. 개미들이 욱시글거리고 파리떼가 날아다니는 광경을 그냥 멍하니 앉아 바라봤습니다. 그때 거기서는 숨을 쉬는 것조차 단순히 숨 쉬는 즐거움을 위한 행위였지요. 만약 행복이라는 것이 무감각하고 나른한 상태라거나 어떤 생각도 하지 않는, 부정적인 상태로 묘사될 수 있는 것이라면, 나는 그때 거기서 충분히 행복했노라고 말할 수 있을 거예요. 세 그루의 외딴 버드나무 사이에 그물침대를 매달고서 그 위에 흔들흔들 누워 있거나 나뭇가지 위에 느긋하게 누운 채로 말입니다. 나는 마치 성지순례라도 나서는 것처럼 명상에 잠긴 채, 관자놀이에 뜨끔뜨끔 신열마저 느껴가면서 그곳을 향해 발걸음을 떼었습니다. 낡은 목재 다리로 통하는 길을 막아놓은 쐐기풀과 가시덤불을 헤치면서 길을 뚫었지요. 거긴 옛날부터 내가 놀러 가는 게 금지된 곳이었는데, 일종의 반항심에서 일부러 그 낡고 벌레 먹은 다리 위로 올라가 마구 춤을 추기도 했었답니다. 결국 나는 다리를 넘어 섬을 가로질러갔고, 개천을 따라 정원에서도 바위가 많은 지역까지 오솔길을 거슬러 올라갔답니다. 내가 그곳을 마지막으로 떠나올 때 싹이 막 자라기 시작했던 관목들이 제법 우거져서 아담한 언덕을 뒤덮고 있더군요. 그 우거진 덤불숲 속으로 파고들어 갔습니다. 그런데 가지들을 헤쳐가며 마침내 목적지에 도달했을 때는, 나도 모르게 아연실색한 탄식이 새어나오고야 말았습니다. 세 그루의 버드나무가 그 자리에 더 이상 없었던 겁니다! 그곳에는 분명 없었어요! 가장 소중한 사람이 약속 장소에 나타나지 않을 때의 그 절망감을 가득 안고 황망하게 눈을 두리번거리며 주위를 둘러보던 찰나였어요. 저만치 한 100여 미터 떨어진 곳, 개천이 한 번 굽이쳐 돌아간 지점의 암석지대 건너편에 이곳에선 감쪽같이 사라진 바로 그 세 그루의 버드나무가 고스란히 자리를 잡고 서 있는 게 아니겠어요! 정말이지 똑같았습니다. 내가 항상 그것들을 바라보고 있던 장원 쪽을 향해 옛날처럼 부채꼴 모양으로 늘어선 그대로 말이에요."

카트린은 잠시 말을 멈춘 뒤 일말의 불안한 눈치를 드러내며 라울을 가만히 바라보았다. 남자의 얼굴에서는 웃음기가 싹 가셔 있었다. 아니, 정말로 그 흔하던 비웃는 표정조차 전혀 찾을 수 없었고, 오히려 여자가 자신의 경험담에 부여하는 극적인 중요성을 글자 그대로 인정하고 받아들이는 분위기였다.

"당신 할아버지께서 돌아가신 뒤 정말로 누구 하나 이곳 바리바 영지를 파고든 사람이 없었다고 확신하십니까?"

"글쎄요, 누구든 월장을 할 수는 있었겠죠. 하지만 모든 열쇠는 파리에 있었고, 막상 이곳에 도착하고서도 어디 하나 자물쇠가 망가진 곳이 없었거든요."

"그렇다면 당장 머릿속에 떠오르는 설명은 이런 것입니다. 즉, 당신의 착각이라는 거죠. 세 그루의 나무는 당신이 그때 발견한 지점에 언제나 있었다는 얘깁니다."

카트린은 몸서리까지 쳐가며 극도로 흥분한 상태로 반박했다.

"그런 식으로 얘기하지 마세요! 그런 가정은 아예 할 생각 말라는 겁니다! 나는 착각하지 않았어요! 착각할 리가 없단 말입니다!"

여자는 거기서 멈추지 않고 남자를 이끌어 밖으로 나갔다. 두 사람은 여자가 얘기한 경로를 따라 함께 걷기 시작했다. 둘은 장원의 좌측 모퉁이와 수직으로 만나도록 곧장 뻗어 흐르는 개천을 거슬러 올라갔다. 완만한 비탈을 따라가 도달한 지점에는, 여자가 이미 우거진 덤불 대부분을 깨끗하게 헤쳐놓은 풀숲 너머 아담한 언덕배기가 떡하니 자리 잡았다. 그곳은 나무가 뽑히거나 제거된 흔적이 하나도 남아 있지 않았다.

"자, 한번 전망을 잘 살펴보세요. 이곳에서 정원 쪽으로 탁 트인 전망을 말입니다. 한 12~15미터쯤 굽어보는 셈이죠? 장원이든 성당의 종루든 훤히 내려다보이고 있지요. 그러고 난 다음, 나중에 비교를 해보시는 겁니다."

오솔길은 가파르게 진행되다가 전나무들이 따가운 솔방울들을 드리운 채 뿌리를 내린 화강암지대 너머로까지 이어져 있었다. 그쯤에서 개천이 급히 꺾여 협곡을 파고들며 흘렀는데, 고개를 들어보니 바로 정면에 송악으로 두텁게 덮인 일종의 언덕이 마치 봉분처럼 볼록하게 솟아 있었다. 사람들이 뷔트오로맹(로마인의 언덕이라는 뜻—옮긴이)이라 부르는 곳이었다.

두 사람은 언덕을 넘어서 협곡이 시작되는 벼랑지점까지 내려갔다. 거기 카트린이 손가락으로 가리킨 곳에는 부채꼴로 펼쳐져 자리한 세 그루의 버드나무가 얌전히 서 있었다. 과연 한가운데 나무 한 그루를 두고, 좌우측 똑같은 간격에 각각 한 그루씩 심어져 있었다.

"보세요, 세 그루가 다 있어요. 이런데 어떻게 내가 착각을 일으킨 거라 할 수 있겠어요? 여긴 보시다시피 지대가 낮죠. 시야가 거의 없다고도 할 수 있을 거예요. 기껏 두리번거려봤자, 저쪽 암석지대나 뷔트오로맹이 보이는 게 고작이죠. 언덕 쪽의 작은 공터는 거의 눈에 들어오지를 않아요. 그런데도 당신은 내가 완전히 다른 장소에 대한 기억에 사로잡혀 있다고 말씀하시겠어요? 세 그루의 나무는 원래부터 내가 알고 있던 이곳에 있었던 거라고 말이에요. 멱을 감으러 왔을 때도 전혀 없었던 바로 이곳 말입니다."

여자의 말에 라울은 대답 대신 물었다.

"왜 내게 그런 식으로 묻는 거죠? 왠지 불안해하며 묻고 있지 않습니까?"

"어머나, 천만에요! 말도 안 돼!"

여자의 목소리엔 격렬한 흥분이 배어 있었다.

"아뇨. 죄다 느껴지는걸요. 따로 조사라도 하신 겁니까? 누구 다른 사람한테도 혹시 물어보셨나요?"

"그래요. 내 당혹감을 노출하고 싶지 않아서 그냥 은근슬쩍 떠본 일은 있어요. 먼저 언니한테요. 하지만 나와 마찬가지로 바리바를 떠난 지가 무척 오래돼서 자세한 기억은 아니라고 했지만……."

"했지만, 뭐죠?"

"자기 말로는 나무들이 오늘 있는 이곳에 있었던 걸로 생각한다는 거예요."

"아르놀드는 뭐라던가요?"

"그의 대답은 좀 달랐어요. 현재의 장소가 제대로 된 것 같지는 않아 보이지만 뭐라 확답은 하지 않더군요."

"또 다른 증언을 들을 기회는 없었나요?"

여자는 잠시 주춤하는 듯하다가 말했다.

"있었어요. 내가 어렸을 적에 정원일을 해주시던 어느 노파였지요."

"보셸 할멈?"

라울이 불쑥 묻자, 카트린은 갑자기 흥분을 감추지 못하며 외쳤다.

"당신이 그녀를 아나요?"

"마주친 적이 있지요. 그리고 이제야 그녀가 '버으나우 셋'이라 한 말이 무슨 뜻인지 이해가 갑니다. 그녀 특유의 발음이었어요."

카트린은 더더욱 흥분했다.

"맞아요! 그건 세 그루의 버드나무라는 말이에요. 바로 그 때문에 가뜩이나 정신이 안정되지 못하던 불쌍한 노파가 그만 완전히 미쳐버린 거랍니다."

6
보셸 할멈

여자가 어찌나 흥분을 하는지 라울은 일단 장원으로 데리고 돌아왔다. 일을 겪고 난 후 첫 외출이라 너무 무리를 해서는 안 될 것 같았기 때문이었다.

이틀 동안 라울은 여자의 마음을 진정시키고, 사건을 조금이라도 덜 험악해 보이도록 하기 위해 자신의 영향력을 총동원했다. 그러다 보니 여자는 라울이 지켜보는 한 점차 마음의 안정을 느끼게 되었다. 그토록 호의적이고 다정다감한 의지 앞에 전혀 저항할 엄두도 나지 않을뿐더러 아주 편안한 기분에 젖어들었다. 그러고 나서야 남자는 여자로 하여금 못다 한 얘기를 다시 하도록 유도했다. 여자의 목소리에 조금 더 힘이 들어가 있었다.

"물론 처음에는 그 모든 현상이 그다지 심각할 것도 없다는 생각을 했어요. 하지만 난 도저히 내가 착각을 했다고는 믿을 수가 없었고, 언니나 아르놀드도 딱히 결정적인 반대 의견을 들이대지 못하는 마당에,

저렇게 나무가 옮겨 심어져 있는 현상을 과연 어찌 받아들여야 할지 난감했습니다. 도대체 무슨 목적으로, 어떻게 그런 일을 했느냐 이거죠. 그러던 중 얼마 지나지 않아 그 일이 이전과는 전혀 다른 양상으로, 아니 보다 우려되는 방향으로 내게 다가오는 것이었어요. 이제는 추억의 기쁨을 되살리는 것만큼 불안한 호기심에 쫓겨 장원 이곳저곳을 뒤지던 중에 할아버지가 책상과 석유 풍로, 증류기 등을 갖춰놓고 일종의 실험실처럼 사용하던 헛간 구석에서 데생과 설계도면 따위를 보관했던 판지철을 발견한 겁니다. 그런데 그 속에 끼워져 있던 여러 장의 종이들 속에 정원 지형도 한 장이 나오는 거예요. 얼른 기억이 나더군요. 공교롭게도 그건 한 4~5년 전에 나도 함께 도와서 만들었던 지형도였거든요. 할아버지와 나는 함께 힘을 합해 이곳저곳의 치수와 높이를 측정했었답니다. 그런 일을 내게 맡겨주신 게 너무 자랑스러워서 나는 측량용 쇠줄 한쪽 끝을 열심히 붙들고 있었고, 삼각대 조준기, 혹은 그 밖의 필요한 기자재들을 부리는 일을 적극적으로 거들어드렸지요. 그 공동작업의 산물이 바로 이 지도랍니다. 할아버지가 그리고 직접 서명까지 하는 걸 내 두 눈으로 지켜보았죠. 여기 이 푸른색 개천과 빨간 점으로 표시된 비둘기집을 바라보며 얼마나 즐거워했었는지. 바로 이겁니다."

여자는 종이 한 장을 탁자 위에 펼치더니 네 귀퉁이를 핀으로 고정시켰다. 라울은 얼른 몸을 기울여 지도를 살폈다.

개천은 푸른색의 기다란 실뱀처럼 장원 입구의 너른 평지 아래를 완만히 지나는가 싶더니, 다시 고개를 들어 장원의 한 모퉁이를 거의 스칠 듯이 지나쳐, 섬이 있는 곳에서 다소 폭이 넓어진 다음, 갑작스럽게 암석지대와 뷔트오로맹 사이에서 급선회했다. 잔디밭이나 장원의 윤곽, 사냥용 별장까지 모조리 섬세한 솜씨로 그려져 있었다. 그런가 하면 축대처럼 버티고 선 담장이 영지의 한계를 명확히 긋고 있었다. 붉은 점은 비둘기집을 표시했고, 몇 개의 십자가들이 일부 나무들의 위치를 나타냈는데, 거기엔 이런 이름들까지 명시되어 있었다. '통참나무', '붉은 너도밤나무', '왕의 느릅나무'.

잠시 후, 카트린의 손가락 끝이 영지의 좌측 끄트머리 파란 실뱀 가까이에 가서 멈췄다. 거기엔 세 개의 십자가가 그려져 있고, 그 옆에 그녀의 필체로 쓴 잉크 글씨가 나타나 있었다.

세 그루의 버드나무

곧이어 여자의 나직한 목소리가 흘러나왔다.

"그래요, 세 그루의 버드나무! 암석지대와 뷔트오로맹을 지나서…… 결국 지금 있는 그곳인 셈이죠."

다시금 신경이 예민해진 여자는 목이 메면서도 또박또박 끊어지는 말투로 이어갔다.

"그렇다면 정녕 내가 미쳐버린 걸까요? 언덕 위에 있는 걸로 늘 알고 있던 나무들인데, 불과 2년 전에도 거기 있는 걸 보았고요. 그런데 이미 그땐 그곳에 있지 않았었다는 얘기잖아요? 이 지도는 할아버지와 내가 5년 전에 만들어놓은 것이니 말이에요. 내 머리가 어떻게 이런 착각에 휘말릴 수가 있는 거죠? 그동안 정말 엄연한 사실적 증거에 대항해서 싸워왔어요. 차라리 내가 알지 못하는 어떤 이유로 나무들이 옮겨 심어진 거라 믿고도 싶었죠. 그러던 중에 여기 이렇게 지도가 내 눈이나 기억을 송두리째 부정하고 나선 거예요. 매 순간 내가 엄청난 착각을 했다는 걸 인정해야 할 판이니 어떻게 두려움에 떨지 않을 수가 있었겠어요? 내 전 인생이 그만 허깨비처럼 보이기 시작했답니다. 모든 과거가 한낱 허상과 거짓으로 점철된 악몽에 불과하다는 생각이에요."

라울은 점점 달아오르는 호기심으로 여자의 얘기를 들었다. 여자가 발버둥을 치는 암흑 속에서 그 역시 약간의 빛줄기만으로도 반드시 해결책을 거머쥐리라는 평소의 자신감에도 불구하고, 당장은 혼란스럽고 오리무중인 심정으로 헤매고 있었다.

마침내 남자가 입을 열었다.

"이 모든 일에 관해서 언니에게 얘기한 적이 있나요?"

"언니든 그 누구한테든 안 했어요."

"베슈한테는 어떻습니까?"

"더더욱 안 했죠. 그 사람이 왜 라디카텔에 와 있는지 그 이유도 잘 모르는걸요. 그가 얘기를 할 때도, 당신과 둘이 함께 이뤄낸 활약상을 소재로 삼을 경우에만 귀를 기울였답니다. 더군다나 내가 갈수록 침울해지고 수심에 가득 차 있는 데다, 점점 더 거칠고 불안정해지는 걸 보고 기겁들만 하더라고요."

"하지만 그 와중에 약혼까지 하셨잖습니까?"

순간 여자는 얼굴을 붉혔다.

"그건 맞아요. 약혼을 하긴 했죠. 하지만 바슴 백작부인이 자기 아들의 결혼을 극심히 반대하는 바람에 그나마 내겐 고통의 씨앗이 되고 말았답니다."

"그래, 그를 사랑하나요?"

카트린은 잔뜩 목소리를 낮춰 대답했다.

"그런 것 같았어요. 하지만 속내 얘기는 그한테도 하지 않았어요. 정말이지 아무한테도 입을 열지 않고서 혼자의 힘으로 이 답답하고 무거운 기운을 일소하고자 무진 애를 썼답니다. 옛날에 이곳 정원 일을 봐주던 시골 노파한테 물어보기로 한 것도 다 그런 맥락이지요. 그녀가 사는 곳이 영지를 굽어보는 모리요라는 자그마한 숲 속임을 알고 있었거든요."

"자그마한 숲이라면, 당신이 자주 갔다던 바로 그곳 아닙니까?"

여자의 얼굴이 다시금 붉어졌다.

"그래요. 피에르 드 바슴은 이곳 바리바를 마음껏 드나들 수 없었기 때문에 대신 내가 그를 만나러 모리요 숲으로 간 거죠. 보셸 할멈의 숙소를 찾은 것도 어느 날 그를 만나고 나서 오던 길이었어요. 그 당시 그녀 아들은 탕카르빌 숲에서 벌목일을 하면서 먹고사는 형편이었죠. 노파는 아직 미친 건 아니었지만, 그리 멀쩡한 정신이라고 할 수도 없었답니다. 그런데 막상 그녀와 만나 얘기를 나누려 하자, 뭘 이쪽에서 물어보거나 심지어 내 이름을 확인시킬 필요조차 없는 거예요! 나를 처음 보자마자 이렇게 속삭이는 것이었습니다. '마으무아젤 카트린…… 장원의 아가씨…….' 그러고는 뭔가 생각을 집중하려는 듯 장시간 입을 다물더니 강낭콩 껍질을 까고 있던 의자에서 벌떡 일어나 내 쪽으로 잔뜩 몸을 기울이며 이러는 것이었어요. '버으나우 셋…… 버으나우 셋…… 조시매야 해, 우리 아가씨…….'

난 가슴이 덜컹했답니다. 내게 그토록 수수께끼로 맴도는 세 그루의 버드나무 얘기를 다짜고짜 쏟아냈으니 말이에요. 워낙에 흐리멍덩한 정신 상태이면서도 노파는 바로 그 문제에 관해서만큼은 집요하고도 분명하게 말하고 있었답니다. 더구나 '조심'하라면서까지요! 그 세 그루의 나무가 당시 내게 닥쳐오던 위험과 결부되었다고 생각하지 않았다면, 대체 왜 그런 말을 되풀이했겠어요? 나는 마구 다그쳐 물었답니다. 그녀 역시 열심히 대답을 하려고 했어요. 하지만 입 밖으로 튀어나오는 말들은 어느 것 하나 제대로 앞뒤가 갖춰진 게 없었어요. 기껏해야 자기 아들 이름을 더듬댄다는 것만 간신히 알아들을 수가 있었죠. '도미니크…… 도미니크……' 하고 말이에요! 그래서 내가 이랬어요.

'그래요, 도미니크. 당신의 아드님이죠. 그가 세 그루 나무에 대해 뭔가를 알고 있는 거죠? 저더러 아드님을 만나보라는 건가요? 그런 말씀이세요? 그럼 제가 내일 아드님을 만나겠습니다. 내일 다시 이곳으로 올게요. 아드님이 일을 마치고 귀가하는 오후 저물 무렵에요. 미리 언질은 주셔야겠죠? 내일 저를 기다려달라고요. 오늘처럼 내일도 저녁 7시에 오겠습니다. 내일요.' 그 말에 잔뜩 힘을 줘서 그런지 노파도 어느 정도 알아들은 눈치더라고요. 나는 얼마간 희망을 품고 돌아나올 수 있었죠. 그땐 이미 사방이 어두컴컴했답니다. 그런데 문득 노파의 오두막 뒤쪽으로 웬 남자 윤곽이 바짝 붙는 게 어둠 속에서도 느껴지더라고요. 비록 희미한 인상이었지만, 그때 제대로 확인을 안 한 건 내 큰 실수였어요. 하지만 그 당시 내가 워낙에 경황이 없는 데다, 별다른 이유도 없이 섬뜩섬뜩 놀라곤 하던 때라 어쩔 수 없었는지도 몰라요. 솔직히 말해 덜컥 겁부터 났고, 부랴부랴 오솔길을 따라 내려가버렸답니다. 다음 날, 나는 정해진 약속 시각 훨씬 이전에 그곳으로 향했습니다. 날이 좀 훤할 때 일찌감치 거기서 나오려고요. 역시나 도미니크는 일터에서 아직 돌아오지 않은 상태였습니다. 나는 꿀 먹은 벙어리처럼 수심에 차 앉아 있는 보셸 할멈 곁에서 꽤 오랜 시간 기다려야만 했습니다. 그런데 막상 오두막 안으로 들이닥친 건 웬 농부였어요. 지금 두 명이 더 오고 있는데, 나무꾼 도미니크를 업고 온다는 거예요. 참나무 밑에 깔려서 부상을 당했다고 하더군요. 얼마나 호들갑을 떨며 얘기하던지 사태의 심각성이 곧장 와 닿았답니다. 아니나 다를까, 그들이 보셸 할멈의 오두막 앞에 내려놓은 건 도미니크의 이미 차갑게 식은 몸뚱어리였습니다. 그 순간, 가엾은 노파는 완전히 실성을 했지요."

카트린은 마치 과거의 일이 지금 눈앞에서 막 되살아나는 것처럼 어쩔 줄을 몰라 했다. 당장 그녀를 진정시키려 해봤자 소용없다고 느낀

라울은 오히려 어서 얘기를 마치라고 다그쳤다.

"알았어요, 알았어. 그러는 게 낫겠죠. 한 가지 아셔야 할 것은 그 죽음이 내게는 의심스러운 구석이 매우 많게 느껴졌다는 거였어요. 하필 도미니크 보셸이 내게 수수께끼의 해답을 알려주기로 한 날 죽은 겁니다. 그러니 그가 살해당했고, 그것도 나와 그 사이의 어떤 의사소통도 방해하려는 목적에서 그리된 거라고 어찌 의심하지 않을 수 있겠어요? 물론 살인이라는 물증이 있었던 건 아니죠. 하지만 릴본에서 온 의사가 도미니크는 참나무가 넘어지는 사고로 사망했다고 말하면서도, 희생자의 머리 상처 같은 몇 가지 당혹스러운 징후들 때문에 무척 의아해하는 모습은 어찌 설명할 수 있을까요? 하지만 의사는 결국 더 이상의 주의를 거두고는 서류에 서명을 했답니다. 나는 그 길로 사고 현장에 가보았죠. 역시 그리 멀리 떨어지지 않은 곳에 난데없는 곤봉이 나뒹굴고 있더군요."

"누구 짓이겠습니까? 당연히 보셸 할멈의 오두막을 나오다가 언뜻 목격한 그림자의 주인공이겠죠. 분명히 다음 날 세 그루의 버드나무에 관한 비밀이 당신 손에 쥐어질 것을 알았을 테니까요."

라울이 불쑥 끼어들자, 카트린이 맞장구를 쳤다.

"그때 내 생각도 바로 그랬답니다. 사실 가엾은 희생자의 모친께서 이후 하는 행동을 보았을 때, 그런 가정은 더더욱 내게 확신으로 다가왔지요. 약혼자를 만나러 숲으로 오를 때마다 나는 언제나 그 노파와 마주치곤 했답니다. 나를 만나러 나타난 건 아니었는데, 왠지 모르게 자꾸만 내가 가는 길 위에서 마주치는 거예요. 그럴 때마다 노파는 잠시 걸음을 멈추고 나서 고개를 갸우뚱거리며 이미 함몰된 저 기억 너머의 무언가를 자꾸 끄집어내려 애썼습니다. 항상 이러면서 말이죠. '버으나우 셋이냐…… 조시매야 해, 우리 아가씨…… 버으나우 셋…….'

그때부터는 혹시 나 역시 머리가 돌아버리는 건 아닌가 하는 생각에 온 정신이 엉망진창이었답니다. 심지어 나 자신은 물론이고, 이곳 바리바 영지 내에 거주하는 모든 사람들에게 끔찍한 위협이 닥쳐오는 게 아닐까 하는 생각마저 드는 거예요. 그러면서도 아직 그런 얘기를 입 밖으로 내밀지는 않고 있었죠. 하지만 그렇다고 두려움에 떠는 나의 태도나 변덕스러운 생각들이 사람들 눈에 안 띌 수가 없었을 겁니다. 딱한 언니는 그런 내 모습에 점점 불안을 느꼈고, 동생의 비정상적인 모습의 원인은 모른 채 차라리 라디카텔을 떠나 있으라며 간청하기 시작했습니다. 심지어 우리 모두 떠날 채비를 손수 서두르기까지 하는 거였어요. 나는 물론 원치 않았죠. 일단 약혼한 몸이지 않습니까? 게다가 비록 내 기분 때문에 피에르 드 바슴과의 관계가 다소 변질되었을망정 그를 덜 사랑하게 된 건 아니었거든요. 단지 솔직히 고백하건대 어떤 인도자, 하나의 조언자가 몹시 아쉬운 상황이었답니다. 혼자서 헤쳐나가기에 너무 지쳤기 때문이지요. 피에르 드 바슴이 있지 않느냐고요? 베슈는 어떨까요? 언니요? 아까도 말씀드렸지만, 일견 유치해 보이는 이유들 때문에 그들 중 누구한테도 내 속내를 털어놓을 수는 없었습니다. 그런 상황에서 당신을 생각하게 된 것이죠. 베슈가 당신 아파트 열쇠를 자기 방 추시계 아래에 놔두고 있다는 사실을 이미 나는 알고 있었답니다. 어느 날, 그가 없는 틈을 타서 결국 열쇠를 가지러 들어갔지요."

라울은 얼른 소리쳐 대꾸했다.

"저런, 그렇다면 즉시 달려오든가, 최소한 편지라도 띄우시지 그랬어요!"

"도중에 므슈 게르생이 도착하는 바람에 당신 쪽 계획을 늦출 수밖에 없었답니다. 언니 남편과는 늘 좋은 관계를 유지하고 있었거든요. 아주 친절하고 사려 깊은 사람인데, 내게는 언제나 애정을 갖고 대해주셨어요. 아마 그대로 있었다면 그에게 모든 걸 털어놓을 마음이 생겼을지도 모르죠. 하지만 아시다시피 그 후 불행한 일이 일어나고 만 겁니다. 이틀 후, 피에르 드 바슴에게서 자기 어머니의 단호한 결정과 임박한 이별을 통지하는 편지를 받은 나는 마지막으로 그를 보기 위해 정원을 벗어나 달려갔지요. 평소 우리 둘의 약속 장소에서 그를 기다렸어요. 하지만 그는 오지 않았죠. 바로 그날 저녁, 나는 당신 아파트를 찾아간 겁니다."

라울은 진지한 표정으로 말했다.

"하지만 그렇게 불쑥 찾아오기에는 보다 특별한 계기가 있었을 것 같은데요?"

"맞아요. 숲에서 피에르를 기다리고 있는데, 보셸 할멈이 저만치 다가오는 거예요. 그녀는 평소보다 좀 더 흥분한 것처럼 보였고, 틀림없이 내 쪽을 향해 격렬하게 소리쳐 부르는 게 분명했지요. 그러더니 난데없이 내 팔을 부여잡고 미친 듯이 흔들어대면서, 마치 자기 아들의 죽음에 대해 나한테 앙갚음이라도 하려는 듯 전혀 그녀답지 않은 포악한 태도로 마구 내뱉는 것이었어요. '버으나우 셋이야, 우리 아가씨…… 그자가 당시늘 노리고 있어…… 죽일 거야…… 조시매, 죽일 거라구…… 당시늘 죽일 거야…….' 그녀는 훌쩍 달아나면서도 연신 이죽거렸습니다. 나는 그만 정신이 다 나갈 지경이었죠. 그 뒤 무작정 들판을 쏘다니다 보니, 오후 5시가 될 무렵 릴본에 닿아 있었습니다. 마침 기차가 출발하고 있기에 덮어놓고 훌쩍 올라탔죠."

"그렇다면 당신이 기차에 올랐을 때는 므슈 게르생이 살해당한 사실을 전혀 모르고 있었나요?"

"그 사실은 밤에 당신 숙소에서 베슈의 전화가 걸려왔을 때 비로소 알게 된 거랍니다. 그때 내가 얼마나 혼비백산했었는지 기억하실 거예요."

라울은 잠시 생각에 잠기다가 말했다.

"마지막으로 하나만 더 묻겠습니다, 카트린. 밤에 당신 침실에서 습격을 당했을 때 말인데요, 혹시 그 괴한과 일전에 보셸 할멈의 오두막 뒤에서 얼추 보았다던 그 그림자의 존재가 서로 동일인물이라고 생각할 만한 단서는 없을까요?"

"전혀요. 그날 밤 창문은 열려 있었고, 나는 자고 있었어요. 사태가 벌어지기 전까지 아무 소리도 듣지 못했답니다. 무언가 목을 짓누르는 느낌에 발버둥을 치면서 냅다 비명을 내질렀고, 온통 캄캄해 그림자조차 분간하기 힘든 상황에서 괴한은 쏜살같이 내뺐답니다. 하지만 그 둘이 동일인물일 가능성은 얼마든지 있지 않겠어요? 나아가서 도미니크 보셸을 죽인 데다, 므슈 게르생도 살해했고, 보셸 할멈의 예언에 의하자면 결국 나마저 없애려고 한 자 말이에요."

그렇게 말하는 여자의 목이 메어 있었다. 라울은 부드러운 시선으로 여자를 바라보았다.

"웃고 계신 것 같네요. 이유가 뭐죠?"

갑자기 여자가 깜짝 놀라는 표정으로 물었다.

"안심을 시켜드리는 뜻에서 웃은 겁니다. 당신도 느끼겠지만 이제 많이 안정되었어요. 당신 표정도 예전보다 편해졌고. 내가 미소 짓고 있다는 것 하나만으로도 지난 모든 이야기가 그리 끔찍하게 다가오지는 않을 겁니다."

"아뇨, 정말 아직도 끔찍해요!"

여자가 단호하게 말하자, 남자는 곧장 되받았다.

"생각만큼 그렇지는 않아요."

"살인이 두 차례나 일어난 데다……."

"도미니크 보셸이 정녕 살해당했다고 확신하는 겁니까?"

"곤봉은 그럼 뭐죠? 머리에 난 상처하며……."

"그런 다음에는요? 당신이 더욱 겁을 낼지는 모르겠으나, 그와 똑같은 시도가 보셸 할멈한테도 가해졌었다는 얘기를 해야겠군요. 내가 이곳에 온 다음 날, 낙엽 더미 아래에서 머리에 상처가 난 채 나자빠져 있는 그녀를 발견했답니다. 역시 곤봉으로 얻어맞은 상처였죠. 하지만 나는 무슨 살해기도가 있었던 결과라고는 확신할 수 없습니다."

"그럼 우리 형부는요? 그것마저 부정하시진 않겠죠?"

카트린은 새쭉하니 목청을 높였다.

"난 아무것도 부정하지도, 그렇다고 긍정하지도 않고 있습니다. 단지 의혹의 눈초리로 모든 걸 주시할 뿐이죠. 아마 내 말을 들으면 당신은 흐뭇할 겁니다만, 어쨌든 내가 확실하게 아는 것은 이겁니다. 당신의 정신 상태는 완전히 정상이며, 당신의 기억은 결코 착각이 아니라는 사실입니다. 세 그루의 버드나무는 분명 당신이 그 가지들에 그물침대를 걸어놓고 한가로운 시간을 보냈던 몇 년 전 바로 그 장소에 있었다는 얘기죠. 모든 문제는 그 세 그루의 버드나무들을 가운데 놓고 맴도는 형국입니다. 한번 결정이 내려지면 순식간에 저절로 문제가 풀리게 되어 있어요. 그러니 이봐요, 카트린. 일단은……."

"일단은 뭐죠?"

"웃으세요."

여자는 저도 모르게 지그시 웃음을 지었다.

정말로 사랑스러운 모습이었다. 남자는 속에서 용솟음쳐 오르는 말을 도저히 입 다물고 있을 수가 없었다.

"오, 이런, 당신 정말 예쁘군요! 아주 감동적이에요! 내가 당신 같은 여인에게 헌신할 수 있게 된 것을 얼마나 행복하게 여기는지 아마 상상도 못할 겁니다! 당신의 그 눈빛 하나만으로도 모든 노고가 얼마나 쉽게 보상을 받는지 말이에요!"

끝내 마무리까지는 하지 못했다. 너무 노골적인 얘기를 뱉어내다가는 오히려 여자한테 거부감을 줄 것 같았기 때문이다.

사법당국이 주도한 수사는 거의 진전을 못 보고 있었다. 며칠 동안 이어진 신문과 조사가 끝난 후에도 수사판사는 도무지 갈피를 잡지 못했고, 베슈와 헌병대에서 제시한 조사 내용보다 오히려 우연에 모든 것을 맡겨버리는 형편이었다. 마침내 3주가 거의 다 지나갈 무렵, 베슈는 두 명의 치안국 동료조차 돌려보내고 나서 낙담한 기분을 감추지 않은 채 라울에게 매달렸다.

"자네가 있어봤자 무슨 도움이 되나? 대체 뭐하고 있는 거야?"

"보시다시피 담배를 피우고 있지."

라울의 대답이었다.

"도대체 목표가 뭐냐고?"

"자네와 똑같지."

"그럼 계획은?"

"그건 자네와 다르군. 자네는 구획을 나누고 또 나눠서 온갖 허튼 짓만 해대며 고통스러운 길을 좇아가고 있네만, 나는 자유로운 사고의 흐름을 따라, 심지어는 직관이 정하는 방향대로 아주 기분 좋은 길을 거니는 셈이니까."

"흥, 자네가 그러는 동안 사냥감은 줄행랑을 치겠지."

"그러는 동안, 나는 요처에 미리 자리를 잡고 적절한 조치를 취해놓을 것이네, 베슈."

"무슨 뜻이지?"

"자네 에드거 앨런 포의 「황금충」 이야기 기억하나?"

"응."

"그 이야기의 주인공은 나무 위로 기어 올라가 사람 해골을 꺼내 들고, 오른쪽 눈구멍으로 풍뎅이 한 마리를 실에 매어 추처럼 늘어뜨리지."

"그 정도면 됐네. 나도 다 알아. 그래, 정작 하고 싶은 얘기가 뭔가?"

"세 그루의 버드나무까지 나를 따라오게."

문제의 장소에 도착하자, 라울은 가운데 나무를 기어 올라가 줄기에 자리를 잡고 걸터앉았다.

"어이, 테오도르!"

"뭔가?"

"저기 개천 너머, 쭉 뻗은 샛길을 따라가다 보면 암석지대 건너편에 작은 언덕이 하나 보일 것이네. 한 100여 보 될까."

"보이네."

"그리로 가게."

위엄 어린 어조로 간명하게 내려진 이 지시를 베슈는 군말 없이 따랐다. 바위들을 넘어 언덕 쪽으로 나아간 그는 다시 라울이 있는 곳으로 고개를 돌렸다. 그런데 이 친구는 기다란 중심 가지에 배를 깔고 엎드린 자세로 완전히 다른 방향에다 눈길을 준 채 소리치는 것이었다.

"거기서 똑바로 서봐! 가능한 한 몸을 곧추세우고!"

베슈는 시키는 대로 마치 석고상처럼 몸을 경직시켰고, 라울의 다음 지시가 뒤를 이었다.

"팔을 치켜들게! 치켜든 채로 흡사 별을 가리키는 것처럼 검지를 뻗어 하늘을 가리켜봐! 좋아. 그러고 꼼짝 말게나. 그 자체로 아주 흥미로운 경험이면서 나의 가정을 확인시켜줄 방법이네."

나무에서 훌쩍 뛰어내린 라울은 담배 한 대를 피워 물고 어슬렁거리며 산책이나 하는 사람처럼 한가로이 베슈가 있는 곳으로 다가왔다. 물론 베슈는 손가락으로 보이지 않는 별을 가리키며 목석같이 서 있었다.

그 모습을 바라보던 라울이 어이가 없다는 표정으로 대뜸 물었다.

"지금 뭐하는 거야? 포즈 한번 죽여주는군!"

베슈는 사납게 으르렁거렸다.

"뭐하긴, 자네 지시에 충실히 따르고 있지!"

"내 지시라니?"

"그래, 황금충 실험 말일세."

"자네, 머리가 어떻게 된 모양이로군."

라울은 몸을 바짝 들이대며 베슈의 귓속에 속삭였다.

"그녀가 자넬 보고 있단 말일세."

"뭐? 누가?"

"요리사. 저길 좀 봐. 자기 방에서 내다보고 있어. 맙소사, 자네가 마치 '전망대의 아폴론'(바티칸 박물관에 소장 중인 유명한 아폴론상—옮긴이)라도 되는 듯이 보이겠네! 이 각선미하며, 몸매……."

순간 베슈의 얼굴이 붉으락푸르락 우거지상으로 변했다. 라울은 폭소를 터뜨리며 내빼기 시작했다. 그러고는 얼마간 거리를 두고 돌아서서 유쾌하게 한마디 던졌다.

"그러니까 너무 신경 쓰지 말라고, 이 친구야! 다 잘될 거야. 황금충 실험은 성공리에 끝났다네. 실 끄트머리를 내가 단단히 쥐고 있다고."

베슈를 바보로 만들고서 행해진 실험이 과연 라울에게 어떤 실마리라도 쥐여주긴 한 걸까? 아니면 진실을 밝혀내기 위한 또 다른 방법이라도 있다는 얘길까? 아무튼 라울은 그 뒤로도 카트린과 함께 자주 보셸 할멈의 숙소를 드나들었다. 오로지 인내심과 부드러움으로 밀어붙인 끝에, 그는 미친 노파의 심기를 흩뜨리지 않는 범위 내에서 고분고분 광증을 달래는 데 성공했다. 수시로 단맛이 나는 과자를 가져다주었

고 돈도 주었다. 그럴 때마다 노파는 거칠게 낚아챌 뿐이었고, 라울은 라울대로 매번 똑같은 질문을 지치지도 않고 내밀었다.

"버드나무 세 그루 있지요? 누군가 그걸 옮겨 심었지요? 누가 옮겨 심었나요? 당신 아드님은 알고 있죠? 혹시 아드님이 직접 옮겨 심은 건 아닌가요? 대답해보세요."

가끔은 노파의 눈동자가 반짝이는 때도 있었다. 아마도 기억 속으로 어떤 광채가 스치며 지나가는 모양이었다. 그럴 때면 자신이 알고 있는 무언가를 말하고 싶어 하는 눈치가 역력했다. 불과 몇 마디 말이면 비밀의 전모가 일거에 환히 밝혀질 텐데. 조만간 그 몇 마디 말이 노파의 머릿속에서 모양을 갖춰 입술 밖으로 새어나올 것 같은 느낌에 라울과 카트린은 애타는 속을 쓸어내릴 수밖에 없었다.

"내일이면 말을 할 겁니다. 확실해요, 내일은 입을 엽니다."

어느 날, 라울 다브낙이 그렇게 장담했다.

다음 날, 두 사람이 오두막 앞에 도착했을 때 눈앞에 펼쳐진 광경은 땅바닥에 접이식 사다리와 함께 널브러져 있는 노파의 몸뚱어리였다. 아마도 나무에 가지치기를 하려던 모양이었다. 그러다 문득 사다리가 미끄러졌고, 지금은 저렇게 가엾은 몰골로 죽어 있는 것이었다.

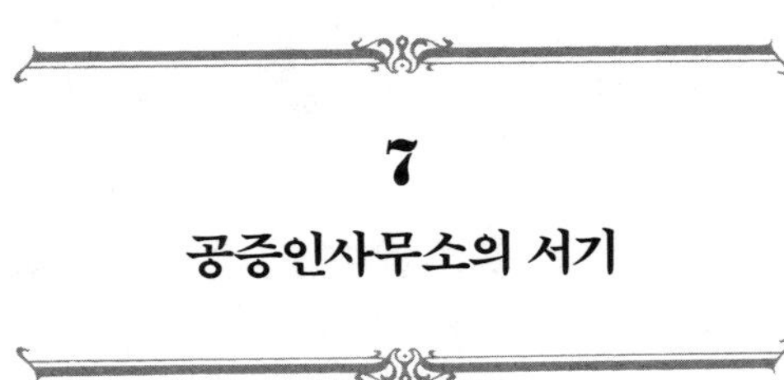

7
공증인사무소의 서기

보셸 할멈의 죽음은 현지에서건 파리 검찰청에서건, 그 어떠한 의혹도 불러일으키지 못했다. 아들과 마찬가지로 노파 역시 광증에도 불구하고 시골 아낙이면 누구나 하기 마련인 잡일을 하던 도중에 사고를 당한 것이었다. 두 모자의 죽음 앞에서 주위 사람들은 모두 혀만 찰 따름이었다. 그리고 매장을 한 다음에는 더 이상 생각하지 않았다.

하지만 접이식 사다리 양쪽을 지탱해주는 삼각판의 나사못이 제거되어 있었으며, 사다리 한쪽도 최근 누군가 고의적으로 톱질을 해서 나머지 한쪽보다 약간 짧아져 있다는 것을 라울은 놓치지 않고 확인한 터였다. 결국 재난은 불가피하게 일어날 운명이었던 것이다.

카트린 역시 속아 넘어가지 않았으며, 또다시 극도의 흥분 상태로 빠져들었다.

"봤지요? 적들이 악착같이 붙들고 늘어지고 있어요. 살인이 또 일어난 거라고요."

여자의 말에 라울이 대꾸했다.

"꼭 그렇다고는 확신할 수 없습니다. 살인을 성립시키는 몇 가지 요인 중 하나가 불확실해요. 즉, 살해 의도 말입니다."

"그런 의도야 명백하죠."

"그걸 확신할 수 없다는 겁니다."

숱하게 몰려오는 위협, 심지어 알 수 없는 이유 때문에 장원에 거주하는 모든 사람들을 대상으로 달려드는 듯 한 위협 앞에서 이 젊은 여자가 얼마나 기겁을 하고 혼비백산하는지 충분히 실감하면서도, 이번만큼은 라울도 필요 이상으로 여자의 마음을 진정시키려 애쓰지는 않았다.

한편 보셸 할멈의 죽음 말고도 두 차례에 걸쳐 연거푸 괴이한 사건이 일어났다. 목재 다리가 허물어지는 바람에 그 위를 걷던 하인 아르놀드가 개천에 빠진 것이다. 그나마 다행인 건 가벼운 코감기만 걸렸다는 사실이었다. 그다음 날에는 장작을 보관하기 위한 낡은 창고가 하필 샤를로트가 막 거기서 나서는 순간 와르르 무너져 내렸다. 여자가 그 아래 깔리지 않은 건 그야말로 기적이었다.

마침내 카트린 몽테시외는 두 번씩이나 실신을 할 만큼 긴장된 정신상태를 무릅쓰고, 언니와 베슈 앞에서 자기가 아는 모든 사실들을 털어놓기에 이르렀다. 얘기를 하고 있는 식당의 문은 부엌 쪽으로 활짝 열려 있었다. 따라서 아르놀드 씨와 샤를로트 역시 그녀의 얘기를 들을 수가 있었다.

세 그루의 버드나무가 감쪽같이 옮겨 심어진 일, 보셸 할멈의 기분 나쁜 예언, 할멈과 아들의 석연치 않은 죽음, 이 두 살해사건을 의심의 여지없는 현실로 다가오게 하는 결정적인 증거 등, 그녀는 모든 것을 차근차근 털어놓았다. 다만 자신에 대한 남자의 막강한 영향력에 은근한 거부감을 느껴서인지 파리로 간 일과 라울과의 첫 대면에 관해서만큼은 단 한 마디도 내비치지 않았다. 그 대신 둘이 함께 이것저것 쑤시고 다닌 과정과 둘이 나눈 대화들, 라울이 보셸 모자에 관해 혼자서 결정적인 조사를 감행한 일 등에 관해서는 가감 없이 얘기를 늘어놓았다. 그리고 모든 이야기를 마치면서 눈물을 쏟기 시작했다. 라울을 배신한 것 같은 떨떠름한 기분도 기분이려니와, 난데없이 돋은 신열에 그녀는 이틀이나 침대에 누워 있어야만 했다.

그런 동생의 곁을 지키면서 베르트랑드 게르생 역시 카트린의 경기에 전염된 듯했다. 작금의 상황이 그녀에게도 정체불명의 공세와 위험만이 득실거리는 것처럼 보인 것이다. 아르놀드 씨와 샤를로트도 그와 같은 정서에 동참하는 분위기였다. 그들 모두에게 미지의 적은 사방 울타리와 영지 주변을 배회하면서, 알 수 없는 통로를 통해 시도 때도 없이 출몰하는 현실적인 존재가 되어 있었다. 놈은 제멋대로 들락날락하면서 자기가 선택한 시점에 타격을 가하고, 언제나 보이지도 붙잡히지도 않는 존재로, 자기만이 그 목적을 알고 있는 어떤 은밀한 작업을 대범하게 진행해가고 있는 것이다.

한편 베슈는 좋아서 입이 잔뜩 벌어졌다. 자신의 실패가 라울의 실패로 가려진 걸로 판단한 것이다. 심술 맞은 기쁨이 얼굴 가득 배어나온 그는 다브낙을 살살 자극하지 않고는 배길 수가 없었다.

"우리 둘 다 난처한 꼴이 되었군, 친구! 자네나 나나 매한가지가 되었어. 똑같아진 거지. 이 기회에 자네도 알아둬. 자고로 폭풍 한가운데에 있을 때엔 정면으로 대항하는 법이 아니라고. 일단 도망을 쳤다가 위험이 가라앉고 나면 다시 돌아오면 되는 거야."

"그럼 여자들더러 이곳을 떠나라고?"

"만약 나한테만 맡겼다면 벌써 그렇게 되었을 것이네. 그런데……."

"그런데 카트린이 주저하고 있다?"

"바로 그거야. 그녀가 주저하는 건 아직도 자네 영향권 내에서 못 벗어나고 있기 때문이지."

"어디 자네가 한번 그녀 마음을 잡도록 빌어나 볼까, 그럼."

"나도 바라는 바이네. 제발이지 너무 늦어지지나 말았으면!"

이런 대화가 오고 간 날 저녁, 두 자매는 평소 제일 마음에 들어 해 공동 규방으로 사용하는 1층 작은 거실에서 일을 하고 있었다. 거기서 방 두 개를 건너뛴 곳에는 라울이 독서 중이었고, 베슈는 낡은 당구대에서 한가로이 당구를 치고 있었다. 둘 사이에는 아무 말도 오고 가지 않았다. 그러다 대개는 밤 10시에 각자의 침소로 올라가는 게 보통이었다. 그날도 마을 종탑에서 열 번 시계 종소리가 울렸고, 그에 연달아 장원의 추시계에서도 같은 열 번의 소리가 뒤를 이었다.

바로 그때였다. 아주 가까운 곳에서 느닷없는 총성이 창유리 부서지는 소리와 함께 터졌고, 찢어질 듯한 두 번의 비명 소리가 연달아 들려왔다.

"여자들 방이야!"

베슈가 규방 쪽으로 후닥닥 떨치고 나서면서 내뱉었다.

라울은 총을 쏜 작자의 길목을 차단하겠다는 일념으로 창문 쪽으로 내달렸다. 매일 저녁 그렇듯 덧문은 둘 다 닫힌 상태였다. 라울이 얼른 걸쇠를 벗겨냈지만, 알고 보니 그것들 모두 밖에서 잠겨 있었다. 제아무리 격렬하게 뒤흔들어봐도 전혀 열릴 기미가 보이지 않았다. 라울은 이내 포기하고, 옆방으로 빠져나갔다. 하지만 이미 시간을 너무 지체했는지 정원 쪽으로 의심 갈 만한 징후는 하나도 눈에 들어오지 않았다. 힐끗 살펴봐도 당구실 밖 덧문에 큼직한 빗장이 가로질러 있는 걸 확인할 수 있었다. 적이 퇴각을 용이하게 하기 위해 전날 밤 미리 장치해둔 게 분명했다.

라울이 규방으로 돌아왔을 땐 카트린과 베슈, 그리고 하인 두 명이 이번 공격의 목표가 된 베르트랑드 게르생 주위에 부산하게 몰려 있었다. 유리창을 깨고 들이닥친 총알은 그나마 다행으로 여자의 귓불을 살짝 스쳐 지나가 맞은편 벽 속에 박혔다.

총알을 빼낸 베슈가 단호한 어조로 말했다.

"권총 탄환이네. 한 10센티미터만 빗겨나갔어도 관자놀이에 구멍이 날 뻔했어."

그는 아주 진지한 목소리로 덧붙였다.

"어떻게 생각하나, 라울 다브낙?"

라울은 아무렇지도 않은 듯 대답했다.

"마드무아젤 몽테시외가 더는 떠나는 데 망설일 것 같지 않군, 테오도르 베슈."

"아무렴요!"

여자가 즉각 맞장구를 쳤다.

그날 밤은 온통 공포 분위기였다. 느긋하게 잠을 청한 라울만 빼고, 모두들 뜬눈에다 귀를 잔뜩 열어놓은 채 벌벌 떨며 밤을 지새웠다. 약간의 바스락대는 소리에도 전체가 화들짝 놀라며 몸서리를 치곤 했다.

하인들도 저마다 짐을 꾸린 뒤 짐수레로 릴본까지 가서 르아브르행 기차에 올랐다.

베슈는 바리바 영지를 보다 느긋하게 조망할 수 있도록 자기 숙소로 돌아가 터를 잡았다.

아침 9시에 라울은 두 자매를 이끌고 르아브르에 도착했고, 여주인과 알고 지내는 민박집에 여장을 풀게 했다.

그런데 막상 헤어지면서 거의 긴장이 풀린 카트린이 라울을 붙잡고 용서를 구하는 것이었다.

"뭘 용서하란 말이오?"

"당신을 끝까지 믿지 못한 거요."

"그야 당연한 일입니다. 겉으로 보기에는 잔뜩 일만 벌였지, 이렇다 할 성과를 거두지 못했으니까요."

"이제부터는 어떻게 해야 하나요?"

"우선 푹 쉬십시오. 일단 원기를 회복해야만 합니다. 늦어도 보름 후에는 다시 두 분을 모시러 오겠습니다."

"어디로 데려가려고요?"

"그야 바리바죠."

여자가 으스스 몸서리를 쳤다. 남자는 얼른 덧붙였다.

"그때 가서는 두 분이 네 시간이든 4주든 원하는 대로 그곳에서 지내실 수 있습니다."

"당신이 바라는 만큼 거기서 지내겠어요."

카트린은 그렇게 말하며 손길을 내밀었고, 라울은 다정하게 손등에 입을 맞추었다.

10시 반, 릴본으로 향한 그는 그곳 공증인 두 명의 사무실을 연달아 들러보았다. 그리고 11시, 토실토실한 살집에 매우 다정다감한 태도로 눈을 반짝이며 손님을 맞는 베르나르 선생에게 자신을 소개하고 있었다.

"베르나르 선생, 저는 마담 게르생과 마드무아젤 몽테시외의 심부름으로 온 사람입니다. 아마 므슈 게르생의 살해 소식과 사법당국이 수사에 난항을 겪고 있다는 얘기는 아실 겁니다. 저 역시 베슈 반장을 도와 일련의 조사활동에 참여했는데, 마드무아젤 몽테시외의 부탁으로 이제야 찾아뵙게 된 겁니다. 선생께선 그녀의 조부 되시는 분의 전담 공증인이었던 관계로, 이번 사건의 일부 문제에 관해 속 시원한 정보를 내주실 거라더군요. 여기 전달해드리라는 편지를 가지고 왔습니다."

편지라고 해봐야 일종의 백지위임장으로, 카트린과 함께 파리를 출발해 라디카텔에 도착한 날 아침, 여자에게 써달라고 했던 바로 그 각서였다.

> 나는 앞으로 진실을 밝히는 일과 나를 위한 행동 결정의 모든 권한을 므슈 라울 다브낙에게 일임하는 바이다.

라울은 거기에다 마음대로 날짜를 적어 넣으면 그만이었다.

문서를 꼼꼼히 들여다 본 공증인이 말했다.

"무엇을 도와드리면 되겠습니까, 므슈?"

"베르나르 선생, 제가 보기에는 말입니다. 살인사건이라든지, 이제와 일일이 설명하는 게 부담스러울 정도로 연달아 일어난 일련의 불가해한 사태들 모두, 므슈 몽테시외의 상속과 관련한 총체적인 원인에서 기인한 것으로 여겨집니다. 그래서 당신을 찾아와 몇 가지 질문을 하려는 것이고요."

"어서 말씀해보시죠."

"바리바 영지의 매매증서에 서명이 이루어진 게 당신 사무실에서였나요?"

"그렇습니다. 우리 선임자와 므슈 몽테시외 사이에 이루어진 거래이니까, 지금으로부터 거의 반세기 전 일이죠."

"그 증서에 관해 아시는 게 있습니까?"

"그렇지 않아도 므슈 몽테시외의 요청도 있었고, 그 밖에 부수적인 이유들로 해서 몇 차례 서류를 검토한 바 있었는데, 별로 특이한 점은 없었습니다."

"당신 역시 므슈 몽테시외의 전담 공증인이었죠?"

"그렇습니다. 저와는 일정한 친분이 있었고, 이런저런 문제를 상의하고 싶어 하셨죠."

"혹시 당신과 그분 사이에 유언의 조항들에 관한 대화도 있었습니까?"

"있었죠. 뭐 굳이 비밀이랄 사안도 아닙니다. 이미 그에 관해 게르생 부부와 마드무아젤 몽테시외에게도 각각 통보를 해드렸으니까요."

"그 유언의 조항들이 두 손녀분들 중 어느 한쪽에 편향된 이익을 명시하고 있던가요?"

"아니요. 물론 그분은 자신과 함께 살아왔고, 특별히 그 영지를 좋아했던 마드무아젤 카트린에 대한 각별한 애정을 숨기지 않으셨을 뿐만 아니라, 실제로 그녀에게 영지를 물려주고 싶어 하셨죠. 하지만 어떻게든 두 자매에게 동등한 이득이 돌아가도록 조치를 취하셨답니다. 그 외의 문제에 관해서는 어떤 유언도 남기지 않았고 말입니다."

"알고 있습니다. 솔직히 다소 의외였습니다."

라울이 중얼거렸다.

"저 역시 그렇답니다. 그건 장례일 아침에 파리에서 뵈었던 므슈 게르생도 마찬가지였죠. 그 양반은 그 문제를 의논하기 위해 따로 저를 찾아오겠다고까지 했답니다. 그래요, 그때가 살해사건이 일어난 바로 다음 날이었죠. 그날 방문하겠다고 미리 편지까지 보내놓고선, 딱한 양반."

"므슈 몽테시외가 그 정도로 허술하게 상속 문제를 관리한 점에 대해 선생께선 어떤 생각이십니까?"

"유언 조항들을 문서로 남기는 일을 등한시하신 거죠. 그러다 갑작스레 죽음이 찾아든 겁니다. 평소에도 화학이다 뭐다 해서 실험실작업에만 몰두하는, 좀 괴팍한 분이셨으니까요."

"연금술에 심취했죠."

라울이 살짝 정정해주자, 베르나르 선생이 빙그레 웃으며 대꾸했다.

"맞습니다. 심지어 엄청난 비밀을 발견했노라 주장하곤 하셨지요. 언젠가 한번은 극도로 흥분한 그분이 금가루로 가득 찬 봉투를 제게 내밀며 벌벌 떠는 목소리로 이런 적도 있답니다. '이것 좀 보시오. 내 연구 작업의 총 결산이라오. 정말 경탄할 만하지 않소?'"

"진짜 금이던가요?"

라울이 다그쳐 물었다.

"확실한 금이었습니다. 한 줌 쥐어서 보여주기에 잔뜩 호기심을 갖고 면밀히 검사를 해보았죠. 영락없는 금이었습니다."

라울은 별로 놀라는 기색이 아니었다.

"사실 이번 사건 역시 그와 같은 종류의 발견을 둘러싸고 벌어진 일이라 생각하던 차였습니다."

그는 자리에서 일어서며 덧붙였다.

"한 가지만 더 묻겠습니다, 베르나르 선생. 당신 사무실에서는 소위 기밀 유출이라고 부를 만한 사태가 일어난 적은 없습니까?"

"결코 그런 일은 없습니다."

"하지만 당신의 고용인들은 고객들이 의논하러 오는 이 같은 가족 문제를 숱하게 옆에서 지켜볼 것이 아닙니까? 그러다 보면 증서도 힐끗거리게 되고, 때론 계약서 사본을 만들기도 할 텐데요."

베르나르 선생은 단호한 말투로 대답했다.

"그들은 사무실 내에서 벌어지는 모든 사안에 대해 밖에서는 본능적으로나 습관적으로 절대 함구하는 게 몸에 밴 성실한 사람들입니다."

"그래도 사는 형편은 그저 그렇겠죠?"

그러자 베르나르 선생은 히죽 웃으며 말했다.

"원래 욕심도 별로 없는 사람들입니다. 물론 이따금 운이 좋은 경우도 아주 없진 않지만요. 한번은 우리 서기 중에 아주 고집 세고 꼼꼼한 일벌레 노인 한 명이 있었는데, 수전노처럼 한 푼, 두 푼 모아 은퇴해서 살 보잘것없는 땅뙈기와 오두막 한 채를 장만했죠. 그런데 이 사람이 어느 날 아침, 갑자기 일을 그만두겠다고 나오더군요. 그 사람 말로는 가지고 있던 채권에 할증금이 붙어서 약 2만 프랑 정도를 확보했다는 겁니다."

"맙소사! 오래전 일입니까?"

"몇 주 전이었어요. 5월 8일인가. 므슈 게르생이 살해되던 날 오후라서 날짜까지 기억하고 있네요."

라울은 날짜가 일치하는 점은 무시한 채 호들갑을 떨었다.

"2만 프랑이라! 그로서는 엄청난 재산이로군요!"

"그때부터 이미 까먹기 시작하는 것 같더라고요. 내 참! 보아하니 루앙의 한 아담한 호텔에 둥지를 틀고, 아주 희희낙락 사는 것 같더라니까요!"

라울은 그 이야기가 무척 재미있다는 듯이 굴었고, 은근히 그자의 이름까지 빼내 듣고는 베르나르 선생과 작별인사를 나누었다.

밤 9시, 루앙 전역을 재빠르게 훑은 라울 다브낙은 마침내 샤레트 가의 어느 호텔에서 공증인의 서기였던 파므롱 씨를 찾아냈다. 깡마른 체구에다 훤칠한 키에 어딘지 음산해 보이는 얼굴을 한 남자가 검은색 프록코트 차림에 실크해트를 쓰고 있었다. 그는 자정에 라울도 가본 적이 있는 선술집에 들러 술을 마셔댔고, 끝내는 공공 무도회장에서 고주망태가 되어 어느 육중한 몸매의 여자와 함께 광란의 캉캉춤을 추어댔다.

다음 날에도 그와 같은 축제 분위기가 이어졌고, 연일 비슷한 작태는 계속되었다. 그러는 동안 파므롱 씨의 돈은 난데없이 후하게 써대는 이 인물 주위로 아귀처럼 달려드는 사람들에게 아페리티프와 샴페인을 돌리느라 물 새듯 빠져나갔다. 그중에서도 라울은 단연 돋보이는 그의 친구가 되어 있었다. 하루는 이른 새벽, 완전히 풀어 헤쳐진 모습으로 휘청거리며 숙소로 돌아오던 파므롱 씨가 라울의 팔을 덥석 붙잡고 느닷없는 얘기를 털어놓았다.

"이보게, 라울. 분명히 말하지만 말이야, 정말 운수대통한 거지! 갑자기 2만 프랑이라는 돈벼락을 맞은 기분이라니. 난 결코 그로부터 단 한 푼도 남기지 않을 거라 장담했지. 별것 아닌 일을 해오면서 먹고살 만큼은 벌어놓았거든. 하지만 이런 생돈은 꿍하니 가지고 있으면 안 되는 법이야. 아무렴, 이건 깨끗한 돈이 아니라고. 그러니 인생을 뭘 좀 아는 놈팡이 녀석들과 더불어 호의호식하면서 다 날려버려야 마땅하지. 바로 자네 같은 친구 말일세, 라울."

속내 얘기는 그리 오래가지 않았다. 라울이 뭔가를 캐물으려고 하자, 금세 입을 닫아걸고 무작정 흐느껴 울기 시작했기 때문이다.

그러나 정확히 2주 후, 이 음울한 꼭두각시와 더불어 신나게 마시고 즐기던 라울은 좀 더 화끈한 광란의 잔치판을 벌인 끝에 마침내 핵심적인 고백을 끌어내는 데 성공했다. 파므롱 씨가 자기 방에 들어가 실크해트를 앞에 놓고 무릎을 꿇은 뒤, 마치 거기에다 고해성사라도 하듯 엉엉 울면서 더듬거린 것이었다.

"그래, 비겁자요. 나는 한낱 비겁자에 불과하다고. 쳇, 채권? 다 헛소리지! 알고 지내는 어떤 작자가 어느 날 밤 릴본에서 내게 접근하더니 몽테시외 서류철에 끼워 넣을 편지 한 장을 주더라고. 나는 싫다고 했어. '싫다. 못하겠다. 그런 일은 영 내 타입이 아니다. 내 인생을 톡톡 털어봐라. 그런 짓은 해본 역사가 없다.' 그런데, 그런데 정말 어쩌다가 일이 그렇게 된 건지 모르겠어. 그가 나한테 1만 프랑, 아니 1만 5천, 2만 프랑을 내밀더라고. 난 그만 정신이 홱 돌아버렸지. 다음 날 나는 문제의 편지를 몽테시외 서류철에 슬그머니 밀어 넣었지. 그러면서 오로지 그놈의 돈이 내 인생을 더럽힐 수는 없으리라고 다짐에 또 다짐을 했어. 그건 몽땅 먹고 마시는 데만 써버릴 거라고 말이야. 나의 새 집에서 새로운 삶을 시작하는 데엔 그 돈을 절대 단 한 푼도 쓰지 않겠다고 결심했지. 아, 절대로, 절대로 그 악취 나는 돈에서는 아무것도 기대하지 않을 거라고 말이야. 내 말 알아듣겠소? 그런 돈은 결코 필요가 없단 말이오!"

라울은 좀 더 캐어 들어가려고 했다. 하지만 느닷없이 울음을 터뜨리던 상대는 절망적으로 딸꾹질을 몇 차례 하더니 그만 곯아떨어지고 말았다.

라울은 속으로 중얼거렸다.

'더 이상 어쩔 도리가 없군. 하긴 지금 고집을 부릴 필요가 있을까? 이미 행동에 나설 만큼은 충분히 알게 된 것을. 이 정도면 내 뜻대로 마음껏 행동을 펼칠 수 있게 되었어. 이 영감탱이는 아직 5000프랑은 더 쓸 돈이 남았을 테니 보름이 되기 전에는 릴본에 돌아오지 않을 거야.'

그로부터 사흘 뒤, 라울은 르아브르의 민박집에 모습을 나타냈다. 카트린은 즉시 그에게, 두 자매 모두 다음 날 오후 바리바 영지로 출두해 달라는 베르나르 선생의 전갈을 아침에 받았노라고 귀띔해주었다. '매우 긴한 전달사항'이 있다는 것이었다.

라울이 선뜻 말했다.

"두 분을 소집하도록 한 사람이 바로 나입니다. 약속한 대로 이렇게 두 분을 모시러 온 것이고요. 어떻습니까, 이젠 그리로 돌아가는 게 두렵지는 않죠?"

"네, 괜찮아요."

여자의 대답이었다. 실제로 그녀의 얼굴은 편안하기 그지없는 웃음을 머금었고, 믿음과 신뢰의 기운을 되찾은 상태였다.

"뭔가 새로운 소식이라도 있는 건가요?"

여자의 질문에 남자는 단언하듯 말했다.

"우리가 앞으로 뭘 알게 될지는 모르겠습니다. 다만 분명한 건 보다 명료한 영역으로 진일보할 거라는 사실입니다. 그때 가서 당신은 바리바에서의 체류 기간을 연장할지 여부를 결정하면 됩니다. 아르놀드와 샤를로트에게도 그때 연락을 취하면 될 것이고요."

정해진 시각에 두 자매와 라울은 장원에 도착했다. 그들의 모습을 바라보면서 베슈는 팔짱을 낀 채 노발대발했다.

"이건 정말 큰 실수하는 거네! 그렇게 겪고도 다시 이곳에 나타나다니!"

라울은 침착하게 대꾸했다.

"공증인과의 약속이 있어서 온 것이네. 일종의 가족회의라고나 할까? 그래서 자네도 부른 것이야. 자네 역시 이 집 식구나 다름없이 지내지 않았던가?"

"하지만 저 가엾은 자매에게 또다시 무슨 화라도 닥치면 어쩌려고?"

"걱정할 필요 없네."

"무슨 소리야?"

"바리바의 유령과는 미리 약조가 되어 있어. 또다시 그런 짓을 저지를 경우, 미리 우리에게 알려주기로 말일세."

"아니, 어떻게?"

"자네를 먼저 쏠 거거든."

라울은 반장의 어깨를 턱 붙잡고 살짝 따로 귀띔을 해주었다.

"귀를 활짝 열어두게나, 베슈. 이제 내가 어떻게 일을 해나가는지 그 천재적인 방법을 잘 보고 배우란 말이야. 아주 길게 갈 것이네. 아마도 약 한 시간은 족히 걸릴걸. 하지만 그 결과는 정말 대단할 것이네. 확실하게 감이 오고 있어. 그러니 베슈, 자넨 그저 귀나 활짝 열어두라고."

8
유언장

베르나르 선생은 이곳 고객과 거래를 하던 시절부터 익숙해 있던 거실로 들어서면서 베르트랑드와 카트린에게 깍듯한 예를 표했다. 우선 두 자매에게 의자를 권한 뒤 그는 라울에게 악수를 청했다.

"두 숙녀분의 주소를 보내주어서 감사합니다. 그나저나 자초지종이라도 좀……."

라울은 얼른 말을 가로막았다.

"내 생각에는 자초지종을 설명해주어야 할 사람은 선생인 듯한데요. 물론 우리가 서로 얘기를 나눈 이후에 무슨 새로운 소식이라도 있다면 말입니다만."

그러면서 은근히 추궁하는 눈빛을 반짝이자, 공증인이 또 대꾸했다.

"무슨 일이 벌어지긴 했다는 건 알고 있습니까?"

"당신 사무실에서 내민 질문에 대해 답이 나왔을 거라고 능히 짐작할 이유는 충분하죠."

라울의 말에 마침내 공증인이 털어놓았다.

"무슨 조화인지는 모르겠으나 당신 덕분에 답이 나오긴 나왔답니다! 생전에 종종 내심을 비쳐오던 대로 므슈 몽테시외는 유언장을 남겼더군요. 게다가 설상가상으로 거기에 내건 조건들이 어찌나 놀랍던지."

"결국 그 유언의 조항들과 므슈 게르생의 수수께끼 같은 살인사건을 둘러싼 일련의 사태들 사이에 모종의 관계가 있을 거라는 내 추측이 틀리지 않다는 말씀이겠죠?"

"그건 모릅니다. 내가 아는 건 당신이 마드무아젤 몽테시외를 대신해서 나를 찾아준 게 정말 다행이라는 점입니다. 사실 수일 전, 당신이 보낸 당혹스러운 편지를 받아 들고는 정말이지 있을 수 없는 내용의 가설임에도 불구하고, 그걸 검증해볼 결심을 다 했을 정도이니 말입니다."

"그건 가설이 아니었습니다."

"나한텐 가설에 불과했어요. 그것도 도저히 인정할 수 없을 가설이었죠. 이게 바로 그 편지죠.

베르나르 선생

므슈 몽테시외의 유언장은 당신 사무실 안, 그분 성함으로 철해진 서류 더미 속에 포함되어 있습니다. 청컨대 그것을 두 분 여성 고객들에게 아래 주소로 통보해주시기 바랍니다.

만약 상황이 조금만 달랐어도 이런 편지 따위는 불쏘시개감이 되었을 겁니다. 하지만 이번에는 나도 적극 나서서……."

"결과는요?"

베르나르 선생은 대답 대신 서류가방 속에서 여기저기 손때가 묻고, 꽤 오래되어 보이는 지저분한 상앗빛 큼직한 봉투 하나를 꺼냈다. 그러자 카트린이 느닷없는 탄식을 내뱉었다.
"할아버지가 늘 사용하던 봉투예요!"
베르나르 선생도 맞장구를 쳤다.
"실은 나도 그분이 보내서 몇 개 이런 봉투를 가지고 있답니다. 여기 몇 줄 흘겨 쓴 글씨가 보일 겁니다."
카트린은 목청을 돋우어 그걸 읽어 내려갔다.

이것은 나의 유언장이다.
내가 죽은 뒤 일주일 후에 나의 공증인인 베르나르 선생이 이것을 바리바의 내 장원에서 개봉할 것이다.
그는 나의 두 손녀에게 이것을 읽어줄 것이고, 나의 의지가 글자 그대로 준수되도록 할 것이다.

마지막으로 카트린은 확고부동한 어조로 말했다.
"틀림없는 할아버지의 필체입니다. 증거는 숱하게 제시할 수 있어요."
공증인도 적극 거들었다.
"그건 나 역시 마찬가지입니다. 워낙에 조심하는 버릇이 있어서 어제 루앙에 들러 전문가한테 필적 감정까지 해보았답니다. 역시 지금 우리의 생각과 정확히 일치하더군요. 더는 머뭇거릴 이유가 없었습니다. 다만 봉투를 개봉하기 전에 이 점만은 분명히 하고 넘어가야 할 겁니다. 즉, 고객께서 이전부터 내게 일임해온 농지 처분에 반드시 필요한 서류를 찾기 위해서도 그랬지만, 나 스스로도 이 유언장을 찾고 싶은 마음에서 지난 2년간 몽테시외 서류철에 묶인 문서들은 열 번도 넘게 훑고 또 훑었다는 사실입니다. 내 직업적 명예를 걸고 선언하건대 그 당시에는 이 문서가 서류철 안에 존재하지 않았습니다!"

베슈가 즉각 걸고넘어졌다.

"이것 보시오, 베르나르 선생."

"어디까지나 있는 그대로의 현실을 말하는 겁니다. 서류철에 이 문서는 없었어요."

"그렇다면 누군가 나중에 끼워 넣었다는 말씀입니까?"

공증인이 대답했다.

"섣부른 단정은 하지 않겠습니다. 그렇다고 지레 부정도 하지 않겠어요. 단지 부인할 수 없는 진실만큼은 짚고 넘어가겠다는 겁니다. 게다가 결코 어긋나본 적이 없는 습관과 결부된 터라 내 기억이 확실하다는 점은 자신할 수 있습니다. 내게 전달되는 유언장들은 결코 그 해당 고객의 서류철에 첨부되는 일이 없거든요. 모두가 알파벳 순서로 정돈되어 금고 속에 따로 보관되지요. 결과적으로 만약 여러분께 공개할 유언장이 이전부터 내 수중에 들어와 있는 것이었다면, 마땅히 금고 속에 있을 일이지 몽테시외 서류철에서 발견될 리가 만무하다는 얘기입니다."

막 봉투를 개봉하려는 공증인의 손을 난데없이 테오도르 베슈가 손사래를 치며 가로막았다.

"잠깐만 기다리시오. 대단히 죄송하지만 그 봉투를 좀 보고 싶소."

봉투를 받아 든 베슈는 극도로 꼼꼼하게 이리저리 살펴본 뒤 말했다.

"다섯 군데의 인장이 전혀 훼손되지 않은 상태로군요. 그런 면에서 보자면 의심할 바가 없다고 할 수 있겠죠. 하지만 이 봉투는 이미 개봉된 적이 있습니다!"

"그게 무슨 말씀이죠?"

"여기 세로를 따라 한 차례 주욱 열렸었어요. 주머니칼로 윗부분 주름을 따라 틈을 만들어 가르고는, 다시금 솜씨 좋게 부착한 겁니다."

베슈는 서슴없이 단도 끄트머리로 미리 지적한 틈새 양쪽을 벌렸고,

인장을 전혀 흩뜨리지 않은 상태로 글씨가 적힌 접은 종이 한 장을 봉투로부터 교묘히 빼냈다.

"봉투와 같은 종이인 데다 글씨도 같지요?"

베슈의 말에 공증인과 카트린은 동감을 표했다. 영락없는 몽테시외 씨의 필체였던 것이다.

이제는 유언장을 소리 높여 읽는 일만 남았다. 상황이 상황인지라 모두들 놀라 깊은 침묵 속에 잠긴 가운데, 베르나르 선생이 그 일을 맡아 했다.

"마지막으로 한 가지만 더 짚고 넘어가겠습니다. 두 분 고객께서는 지금의 이 낭독이 므슈 베슈와 므슈 라울 다브낙의 입회하에 이루어지는 것에 찬성하십니까?"

"네."

자매는 동시에 대답했다.

"그럼 읽겠습니다."

베르나르 선생은 접힌 종이를 천천히 펴 들었다.

아래 서명한 나 미셸 몽테시외는, 예순여덟 살의 나이에 신체와 정신 모두 건강한 사람으로, 충분한 숙고를 거친 소견과 더불어 합법적이고 도덕적으로 내게 주어진 모든 권한에 따라, 나의 두 손녀에게 예전엔 그래도 꽃이 만발했던 바리바 영지 주변의 조촐한 땅을 (땅을 분할하지는 말되, 그로부터 거둬들이는 수익의 각각 절반씩을 차지하는 형식으로) 물려주는 바이다.

영지에 한해서는 개천의 줄기에 거의 준해서 서로 다른 크기의 두 부분으로 나눌 작정이다. 그중 개천 우측 부분, 즉 장원을 비롯해서 내가 죽는 시점에 그 안에 포함될 모든 것을 다 합한 구역은 카트린의 소유가 될 것이다. 확신하건대 그 애는 이 할아비와 둘이서 그랬듯이 그곳에 둥지를 틀고 살면서 잘 가꾸어나갈 것이다. 나머지 다른 한쪽 땅은 베르트랑드의 소유가 될 것인데, 결혼해서 종종 그곳을 비울 게 분명한 그 애도, 아마 그곳의 낡은 사냥용 별장 정도라면 가끔 들러 쉴 곳으로 흡족하게 받아들일 것이다. 이에 더해서 거길 수리하고 가구도 제법 갖추게 하기 위해, 또 두 유산의 불균형을 상쇄하는 뜻에서, 내가 죽거든 베르트랑드에게 3만 5000프랑어치의 금가루를 별도로 유증하기로 한다. 그것은 내가 직접 만들어낸 것으로 유언 추가서에 그 정확한 소재지를 밝혀놓을 것이다. 아울러 때가 도래하면 그 비할 바 없는 보물을 만들어낸 비법 또한 공개할 것이다. 보물의 진실성에 관해서는, 언젠가 내가 그중 몇 그램 정도를 보여준 적이 있는 베르나르 선생만이 유일하게 보증할 자격이 있다.

나는 두 손녀들이 내 의지를 준수하는 데 서로 간 하등의 어려움이 없을 거라는 걸 지금까지 그 애들을 비추어봐서 잘 알고 있다. 하지만 이제 둘 중 하나는 결혼을 했고, 나머지 하나 역시 조만간 하게 될 것인바, 둘 사이 어떠한 오해를 초래할 만한 해석상의 오류도 철저히 차단키 위해, 나는 영지의 지형을 묘사한 도면을 작성해서 내 책상 오른쪽 서랍 속에 고이 모셔두었다. 그것을 보면 결코 어떤 혼동도 없을 만큼 확실한 방식으로 표시를 해두었음을 알 것이다. 즉, 영지 내부의 두 소유지 경계선은 카트린이 즐겨 숨어들었던 세 그루의 버드나무 중 가운데 놈에서 출발하여, 곧장 정원의 정문 철책을 지탱하는 네 개의 기둥들 중 맨 서쪽 기둥에까지 도달할 것이다. 아울러 쥐똥나무 생울타리라든가, 아니면 말뚝 울타리로 경계선을 표시할 생각도 가지고 있다. 아무튼 각자 아무런 불만 없이 편안할 일이며, 오로지 그 원칙에 입각하여 이 유언의 규정들을 정하는 바이다.

베르나르 선생은 다소 부차적인 흥미를 당길 뿐인 유언장의 다른 내용들은 빠른 어투로 읽고 치웠다. 그런 와중에 세 그루의 버드나무가 등장하는 대목에서 카트린과 라울이 서로를 빤히 마주 보았다. 아무래도 몇 쪽에 달하는 유언장의 핵심적인 내용은 바로 그와 관련한 부분이었던 것이다. 반면 나머지 사람들의 관심은 금가루를 언급한 대목에 끌리고 있었다. 마침내 베슈가 단호한 목소리로 잘라 말했다.

"아무래도 이 문서는 전문가에게 정식으로 의뢰해서 그 진실성을 보다 확실히 검증받아야만 할 것입니다. 다만 내가 보기에 그를 입증할 가장 효과적인 방법이라면, 장원이든 다른 어디에서든 3만 5000프랑에 달하는 수 킬로그램짜리 금가루를 어떻게든 찾아내는 일일 테지만 말이오."

특히 마지막 표현에서 그의 태도는 빈정대는 투가 역력했다. 반면 라울 다브낙은 카트린에게 이렇게 말했다.

"이 유언장에 대해 달리 하실 말씀은 없습니까?"

아마 누가 봐도 라울의 질문을 카트린이 기다려온 것으로 느꼈을 것이다. 남자가 허락하고 북돋아주어야만 말을 하겠다는 사람마냥 그녀는 대뜸 털어놓았다.

"있어요. 개인적인 증언은 물론이거니와, 우리 할아버지의 진실성을 입증하기 위해 므슈 베슈가 요구하시는 만큼의 생생한 증거를 대드릴 수도 얼마든지 있어요. 우리가 이곳에 머문 지난 석 달 동안, 나는 예전에 즐거운 시간을 보냈던 흔적을 되살려보고자 하는 일념으로 이곳 사방을 휘젓고 다녔답니다. 그러던 중 할아버지께서 즐겨 일하시던 장소에서 저와 함께 만들었던 도면을 발견했지요. 아울러 정말 우연하게도……."

여자는 문득 라울을 슬그머니 쳐다보았고, 다시금 든든한 마음으로 말을 마무리했다.

“정말 우연하게 금가루도 찾아냈습니다.”

베슈는 펄쩍 뛰었다.

“뭐라고요? 그랬으면서 여태껏 아무 말도 하지 않았단 말인가요?”

“그건 할아버지의 비밀이었으니까요. 할아버지께서 좋다고 하시기 전에는 들춰낼 수 없었답니다.”

카트린은 모두에게 자기를 따라오라고 말한 뒤, 위층 하인들이 사용하는 지붕 밑 방들 가운데로 올라갔다. 그중에서도 두꺼운 판자들이 지붕의 제일 높은 곳을 받치고 있는 중앙의 높다란 방으로 들어갔다. 그녀는 걸리적거리지 않도록 한쪽 구석에 치워둔 듯한 깨지고 금이 간 낡은 도기 단지들을 다짜고짜 손가락으로 가리켰다. 먼지가 뽀얗게 덮여 있었고, 거미줄이 두런두런 엮고 있었다. 지금까지 아무도 그것들을 구석에서 끄집어내려는 생각은 하지 않은 것 같았다. 그것들 중 세 개의 단지 위로는 아예 유리와 접시 조각들까지 겹겹이 쌓여 있었다.

베슈는 덜렁거리는 소형 사닥다리 발판을 디딘 채 단지들 중 하나에 손을 뻗었다. 곧장 베르나르 선생에게 단지가 넘겨졌고, 수북한 먼지 아래로 첫눈에 반짝거리는 황금가루가 들여다보였다. 공증인은 마치 모래인 것마냥 그 속에 손가락을 묻으며 중얼거렸다.

“황금이야. 예전에 견본 삼아 보았던 것과 똑같은 금가루라고. 알갱이가 충분히 굵어.”

나머지 단지들에도 똑같은 양이 담겨 있었다. 그러고 보니 몽테시외 씨가 말한 무게가 과연 정확한 모양이었다.

어안이 벙벙해진 베슈가 마침내 말했다.

“아니, 그럼 정말로 이걸 만들었단 말이야? 어떻게 그럴 수가 있지? 황금가루 무게가 5~6킬로그램은 되어 보이는데. 이거야말로 기적이

아닌가!"

그러면서 또 덧붙였다.

"제발 그 제조 비법이 남아 있어야 할 텐데!"

그러자 이번에는 베르나르 선생이 한마디 했다.

"솔직히 그 비법이 무사한지는 모르겠습니다. 어쨌든 유언장에는 이 문제에 관해 어떤 추가사항도 없고, 봉투 안에 보조지가 들어 있는 것도 아니니까요. 아마 마드무아젤 몽테시외가 아니었더라면 그 누구도 보물이 숨겨진 이 단지들을 검사해볼 생각을 못했을 겁니다."

"위대한 점쟁이이자 마법사이신 나의 친구 다브낙께서도 물론 힘들었을 테지."

베슈의 이죽거림이 이어지자, 라울이 즉시 받아쳤다.

"착각은 자네 자유일세, 베슈. 실은 이곳에 당도한 이틀 후에 난 이곳을 이미 둘러보았었다고."

"저런, 그러셨어?"

여전히 베슈의 말투 속에는 믿을 수 없다는 투가 다분했고, 라울은 전혀 개의치 않고 지시했다.

"자네의 그 발판을 좀 더 제대로 딛고 올라가보게. 그래서 네 번째 단지도 가지고 내려와봐. 그렇지, 좋아. 그 밑을 보면 먼지로 뿌연 가운데 앙증맞은 판지가 하나 붙어 있을 거야, 안 그래? 거길 보면 므슈 몽테시외의 필체로 1천 몇 년이라는 연도가 있고, 그 옆에 날짜가 9월 13일이라고 되어 있을 거야. 다름 아닌, 그 단지 속에 금가루가 쏟아부어졌던 날짜이지. 그로부터 2주 후에는 므슈 몽테시외가 이곳 바리바 영지를 떠났어. 그리고 파리에 도착한 당일 저녁, 갑작스러운 죽음을 맞게 된 거지."

멍하니 입을 벌리고 귀를 기울이던 베슈가 더듬거렸다.

"자네가 그걸 어찌 알지? 어떻게 아는 거야?"

"아는 게 곧 내 일인걸."

라울이 장난스레 대꾸했다.

공증인은 즉시 모든 단지들을 내리게 한 뒤, 열쇠를 확보한 2층 어느 방의 벽장 안에 차곡차곡 쟁여놓게 했다.

"이 금가루들 모두 기필코 당신에게 귀속될 것입니다. 하지만 상황이 상황이니만큼 나로서는 유언장 자체의 진실성에 관해 충분히 신중을 기해야 하는 입장입니다."

베르트랑드를 돌아보며 말하고 난 베르나르 선생이 자리를 피하려 할 즈음, 라울이 붙잡고 말했다.

"조금만 더 짬을 내주시겠습니까?"

"물론이오."

"조금 아까 유언장을 읽을 때, 마지막 장에 언뜻 숫자들이 늘어서 있는 걸 본 것 같습니다만."

공증인은 문제의 쪽수를 펼쳐 보이며 대답했다.

"그렇습니다. 하지만 아무렇게나 늘어놓은 숫자에 불과해요. 그저 순간적인 심심풀이였다고나 할까. 틀림없이 므슈 몽테시외의 진술과는 아무런 관계가 없을 겁니다. 내가 이미 양껏 검토한 결과가 그래요. 당신도 보셨다시피 서명 밑에 아무렇게나 재빨리 흘겨 쓴 기색이 역력합니다. 따로 종이가 없어서 그냥 닥치는 대로 잡히는 데다 끼적여놓은 거예요."

라울이 말했다.

"아마 베르나르 선생 말씀이 옳겠죠. 하지만 그래도 혹시 모르니, 내가 좀 메모를 해두어도 되겠습니까?"

그러고 나서 라울은 얼른 숫자들을 옮겨 적었다.

3 1 4 1 5 1 6 9 1 3 1 4 1 5 3 1 0 1 1 1 2 9 1 2 1 3 1 4

"아무튼 감사합니다. 이따금씩 전혀 예기치 못한 행운이 이렇게 스쳐 지나고 말 단서들을 제공하는 법입니다. 결코 그냥 넘길 일이 아니지요. 아마 지금 이 숫자들도 매우 모호하기는 하지만 비슷한 종류의 단서가 아닐까 합니다."

회동은 그것으로 끝났다. 베슈는 자신의 존재를 조금이라도 더 부각시키려는 뜻에서 공증인을 철책문 앞까지 배웅하는 배려를 아끼지 않았다. 돌아오는 길에 그는 1층 규방에서 라울과 두 자매가 아무 소리 없이 모여 있는 것을 보자, 전혀 거리낌 없이 소리쳤다.

"그래, 자네 생각을 한번 말해보게나. 그 숫자들 말일세. 내가 보기엔 별 이유 없이 덮어놓고 나열해본 숫자들에 지나지 않던데 말이야."

라울은 조용히 대꾸했다.

"그럴지도 모르지. 아무튼 사본을 건네줄 테니 자네도 한번 연구해보게나."

"나머지 문제들에 대해선 어떤가?"

"그야, 수확이 괜찮은 편이지!"

아무렇지도 않게 툭 뱉어낸 이 말에 주위가 침묵 속으로 잠겨 들었다. 라울이 그런 식으로 얘기를 하는 걸 보면, 분명 그럴 만큼 진지한 이유가 밑받침되어 있을 터였다. 불안한 호기심이 모두의 시선을 라울을 향해 쏠리도록 했다.

그는 다시 같은 말을 되풀이했다.

"수확이 그런대로 괜찮았다고. 그리고 아직은 가족회의가 끝난 게 아니야."

"그럼 이 모든 잡동사니 같은 사안들 속에서 뭔가 쓸 만한 정보를 끌어내고 있단 말인가?"

테오도르 베슈의 질문에 라울은 대꾸했다.

"보통 많이 끌어내는 게 아니지. 게다가 그 모든 정보가 이번 사건의 가장 핵심적인 요소로 우릴 인도하고 있다네."

"이를테면?"

"이를테면, 세 그루의 버드나무 위치가 옮겨진 사실!"

"또 자네의 그 강박관념 얘기야! 아니, 마드무아젤 몽테시외의 강박관념이라고 해야 하나?"

"아울러 므슈 몽테시외의 유언장을 통해 그 타당성이 간단하게 입증된 사안이기도 하지."

"맙소사! 하지만 므슈 몽테시외가 남긴 지도를 보면 버드나무가 현재 위치에 버젓이 있는 것으로 나와 있지 않은가?"

"그렇긴 하지. 다만 방금 내가 한 것처럼 자네도 도면을 한번 유심히 관찰해보게. 땅에다 한 것과 똑같은 작업을 도면 위에다가도 했다는 사실을 알 수 있을 거야. 잘 보라고. 언덕이 돋우어진 지점, 버드나무를 표시하는 세 개의 십자가에 긁은 자국이 눈에 띌 거야. 감쪽같이 긁긴 했지만, 돋보기로 들여다보면 다 드러나게 되어 있지."

"그래서?"

다소 흔들리는 기색의 베슈가 다그쳐 물었다.

"최근 어느 날, 내가 버드나무 가지 위에 엎드린 채 자네를 언덕바지에다 아폴론상처럼 세워둔 일을 떠올려보게. 바로 그때, 나는 사방을 두리번거리면서 찾고 있었다네. 지금 이 도면 위에서는 지극히 수학적인 정확도를 겸비해 찾아낼 것을 말이야. 자, 이제부터 자와 연필을 손에 쥐고, 므슈 몽테시외가 지시한 그대로 가운데 버드나무에서 철책 기둥까지 선을 그어보게나."

베슈는 그대로 했고, 라울의 얘기는 계속 이어졌다.

"좋았어. 이제는 자의 밑동을 기둥에 그대로 붙인 채, 꼭대기 부분만을 왼쪽으로 회전시켜보게나. 그렇게 해서 언덕바지에 자의 다른 끝이 닿도록 말이야. 그렇지! 이제 떼어도 좋아. 그러면 철책 기둥에서 시작해 양쪽으로 가지가 갈라져 나가면서 각각의 끝이 왼쪽으로는 예전 세 그루의 버드나무가 위치했던 장소에, 나머지 오른쪽으로는 현재 나무들이 위치하는 지점에 가 닿아, 전체적으로 일종의 예각을 이룬 컴퍼스가 완성되는 것을 알 수 있을 것이네. 즉, 이 컴퍼스의 양다리 사이에, 요컨대 방추형의 땅덩어리가 펼쳐지는 셈이지. 이때 므슈 몽테시외가 처음에 만든 도면을 채택할 경우와 나중에 은밀히 수정된 도면을 채택할 경우, 각각 그 땅의 임자가 달라지게 되네. 이를테면 전자의 경우는 번호 1인 장원 소유자의 몫으로 돌아가고, 후자의 경우는 번호 2인 사냥용 별장 소유주의 몫이 된다는 얘기일세. 내 말 알겠는가?"

"그래, 알겠어."

라울의 추론 과정에 갑자기 매료된 듯한 베슈가 더듬더듬 대답했고, 라울은 계속 얘기를 진행했다.

"그럼 일단 첫 번째 문제는 시원스레 밝혀진 셈이로군. 이제 두 번째 문제로 넘어가지. 즉, 그 방추형 땅덩어리에 무엇이 포함되느냐 하는 점!"

"그야 암석지대하고 뷔트오로맹의 절반 정도 지역 그리고 강줄기가 점점 좁아져 개천이 형성되는 병목지점과 섬."

베슈의 대답을 라울이 보다 간명하게 정리해주었다.

"말하자면 도둑맞은 방추형 땅덩어리는(이건 순전히 도둑질이나 다름없으니까), 영지 내로 유입되는 개천 일대 전역을 거의 다 포괄하는 것이나 다름없다는 얘기이네. 결국 므슈 몽테시외가 이 개천의 흐름을 장원

상속자에게 물려주느냐, 아니면 사냥용 별장 상속자에게 넘기느냐의 문제인 것이지."

"그럼 자네 주장은 지금까지의 모든 음모가, 결국 두 상속자 중 하나를 희생시켜가면서 다른 한쪽에 강줄기를 몽땅 빼돌리자는 의도였다는 얘기인가?"

"바로 그렇다네. 므슈 몽테시외가 사망한 뒤 누군가 유언장을 가로챈 게 틀림없어. 그러고 나서는 이곳에 와 공범들과 힘을 합해 세 그루의 버드나무 위치를 아예 바꿔버린 것이지."

"하지만 유언장만으로 봐서는 나무들을 옮겨 심는 게 무슨 이득이 될지 모르지 않겠나? 자네 역시 모를 테고."

"천만의 말씀! 므슈 몽테시외가 유언장에 한 말을 잘 좀 생각해봐. '때가 도래하면 그 비할 바 없는 보물을 만들어낸 비법 또한 공개할 것이다'라고 하지 않았는가. 물론 그게 무슨 말인지 전혀 설명되어 있진 않지만, 유언장을 훔친 작자는 미루어 짐작했을 테고 그 즉시 알아서 버드나무 세 그루를 옮겨 심는 작업에 들어간 걸 거야."

수긍할 수밖에 없어 기가 한풀 꺾이긴 했지만, 베슈는 그래도 반박할 여지가 없나 머리를 굴렸고 결국 내뱉었다.

"꽤 그럴듯한 가설이긴 하네. 하지만 과연 누구 짓이란 말인가?"

"자네도 이런 라틴어 속담쯤은 알고 있을 것이네. '범인이란 바로 범행으로 이득을 보는 자이다(Is fecit cui prodest)'라는 뜻이지."

"말도 안 돼! 지금과 같은 경우에는 이득을 볼 자가 다름 아닌 마담 게르생이 되는 것 아닌가? 상속재산이 그만큼 늘어나는 셈이니 말일세. 설마하니 우리더러 그런 쪽으로 생각하라는 건 아니겠지?"

라울은 즉각적인 대답을 피했다. 대신 가만히 생각을 굴리면서 방금 나온 얘기가 사람들한테 어떤 영향을 미치는지 하나하나 표정을 가늠하며 살폈다.

마침내 그는 베르트랑드 쪽을 돌아보며 입을 열었다.

"미안합니다, 마담. 방금 므슈 베슈가 떠들어댄 것처럼 얘기를 밀고 나가려는 뜻은 없습니다. 다만 일련의 사태들을 차곡차곡 포개어놓고, 가능한 한 엄밀한 논리에 따라 추론을 하려는 것뿐입니다."

베르트랑드도 선뜻 이렇게 나왔다.

"솔직히 사태의 추이로 볼 때, 당신이 얘기한 대로 모든 게 흘러가는 건 사실입니다. 하지만 겉으로 보기에만 나한테 유리하게 일이 돌아가고 있을 뿐이랍니다. 실제로는 카트린이나 나나 그런 도둑질로는 아무런 이득도 얻지 못할 거예요. 애당초 우리 사이에는 생울타리든 말뚝 방책이든, 존재하지 않으니까 말입니다. 결국 이 아리송한 음모의 주모자는 자기 자신이 어떤 득을 보고자 이러는 것이죠."

"그 말씀에 전적으로 동의하는 바입니다."

라울의 흔쾌한 동조에 베슈가 또 끼어들었다.

"그러고도 어떤 묘안이 안 떠오른단 말인가? 유언장이 몽테시외 서류철에 삽입된 사실은 알고 있지 않았나?"

"알고 있었지."

"누가 귀띔이라도 해준 건가?"

"직접 그 일을 저지른 자가 귀띔해주었다네."

"그렇다면 바로 그자를 통해서 이 사건의 핵심으로 곧장 직행할 수도 있다는 얘기로군?"

"그자는 단역일 뿐이야."

"오호라, 다른 누군가의 녹을 먹고 움직이는 행동대원이시라?"

"결국 그런 셈이지."

"그래, 그자 이름은 뭔가?"

하지만 라울은 답을 주는 데 조금도 서두를 이유가 없다는 눈치였다. 흡사 다소 빼는 듯 망설이는 태도를 보여, 가능한 한 지금의 이 장면에 최대한 긴장감을 부여하려는 것 같기도 했다. 과연 베슈는 더더욱 재촉해댔고, 두 자매 역시 대답을 간절히 기다리는 표정이었다.

이윽고 라울의 입이 떨어졌다.

"어쨌든 이번 조사는 우리끼리만 진행해나가는 것이네. 알겠는가? 자네의 경찰 친구들까지 걸리적거리게 끌어들여선 안 돼!"

"알겠네."

"맹세하는 거지?"

"맹세하네."

"좋아. 실은 공증인사무소 내부에서 수작이 벌어졌었네."

"그게 정말인가?"

"두말하면 잔소리지."

"그럼 왜 베르나르 선생에게는 귀띔을 해주지 않은 건가?"

"아무래도 경거망동을 할까 봐."

"그렇다면 그 주변 누구한테라도 조사를 해볼 수 있는 것 아닌가? 예컨대 서기 중 한 명이라도 말이네. 정 뭐하면 내가 나서지."

그러자 카트린이 불쑥 나섰다.

"그곳 서기라면 내가 죄다 알고 있는데. 그들 중 한 명은 몇 주 전 형부를 만나러 이곳에 온 적도 있어, 언니. 아, 그러고 보니 갑자기 생각이 나네(여기서 그녀는 목소리를 한껏 낮췄다). 형부가 살해당한 바로 당일 아침이었어. 아마 아침 8시는 되었을 거야. 그때 나는 약혼자로부터 무슨 전갈이라도 있지 않을까 목을 빼고 기다리던 중이었는데, 현관에서 베르나르 사무소의 바로 그 서기와 맞닥뜨렸지 뭐야. 무척이나 당황하는 기색이더라고. 마침 형부가 내려와서 함께 정원 쪽으로 나서는 거야."

베슈가 다시 말을 가로챘다.

"그렇다면 그 사람 이름도 알겠군요?"

"오, 안 지 꽤 오래되었죠. 서열상 2위인 서기였는데, 키가 크고 마른 체격에 항상 음울한 얼굴을 하고 다녔어요. 파므롱 영감이라고……."

라울은 훤히 예상한 만큼 눈썹 하나 까딱하지 않았다. 잠시 후, 그는 질문을 던졌다.

"한 가지만 더 묻겠습니다. 그 일이 있기 전날 밤, 혹시 므슈 게르생이 장원을 벗어난 적이 있습니까?"

"글쎄요. 기억이 그리 선명하지가 않네요."

베르트랑드가 우물거리자, 베슈가 또 끼어들었다.

"나는 아주 똑똑히 기억이 나는데. 그때 왠지 머리가 좀 아프다고 하시더군. 마을까지 나를 배웅해주고는, 계속해서 릴본 방향으로 산책을 했었지. 그때가 밤 10시쯤 되었을 거야."

라울 다브낙은 자리에서 일어나 2~3분가량 아무 말 없이 방 안을 이리저리 거닐었다. 그러고 나서 다시 제자리로 돌아와 앉고는 단호한 목소리로 말했다.

"참 재미있군. 아주 묘한 우연의 일치야. 몽테시외 서류철에 유언장을 몰래 삽입한 자의 이름은 파므롱이라고 하는데, 그는 바로 그날 밤 10시쯤 릴본 쪽 어느 곳에서 의문의 사내와 만났었지. 분명 유언장을 훔친 자와 동일인물임에 틀림없는 그 사내는 서류철에 유언장이 끼어들기를 원했고, 파므롱 영감은 한동안 망설이다가 결국 2만 프랑이라는 거금을 꿀꺽하는 조건으로 일에 뛰어들게 된 것이야."

9
용의자 두 명

라울 다브낙이 방금 내뱉은 말은, 무거운 침묵 속에서 온갖 상념이 날뛰는 가운데 기나긴 여운을 드리웠다. 한쪽 손으로 두 눈을 가린 채 끝 모를 생각 속에 빠져들던 베르트랑드가 마침내 침묵을 깨고 라울을 향해 말했다.

"뭐가 뭔지 잘 모르겠습니다만. 혹시 방금 하신 말씀 중에 얼마간 용의자를 지목하는 뜻도 포함되어 있는지요?"

"누가 용의자란 말입니까, 마담?"

"바로 우리 남편을 지목하는 게 아닌가요?"

라울은 곧장 대꾸했다.

"내 말 속에 누굴 용의자로 지목하려는 뜻은 전혀 없습니다. 다만 솔직히 말해 내 정신 속에 일련의 사실들이 차례차례 드러나는 추세를 가만히 지켜보건대, 그 전체적인 양상이 왠지 므슈 게르생한테 불리하게 돌아가고 있다는 사실에 나 자신도 깜짝 놀라고 있을 따름입니다."

베르트랑드는 별로 당혹한 기색이 없었고, 나름대로 자신의 입장을 해명했다.

"결혼을 하면서 로베르와 나를 묶어주었던 애정 때문에 모든 의혹을 무작정 거부하자는 게 아닙니다. 나는 그가 여행하는 곳 대부분을 묵묵히 따라다녔지만, 그건 오로지 그가 내 남편인 데다 서로의 관심사가 비슷했기 때문이었어요. 하지만 나와는 상관없이 펼쳐지는 그의 개인적인 삶에 대해서는 까맣게 모르고 있답니다. 따라서 그의 행실에 관해 이러쿵저러쿵 파헤쳐야만 하는 사태가 온다 해도 나는 그다지 화낼 마음이 없어요. 자, 그러니 당신의 정확한 생각이 무엇인지 아무 거리낌 없이 털어놓아보세요."

"그럼 몇 가지 질문을 해도 괜찮겠습니까?"

라울이 조심스레 물었다.

"물론이죠."

"므슈 게르생은 므슈 몽테시외가 사망하던 시점에 파리에 있었나요?"

"아뇨. 우린 함께 보르도에 있었습니다. 그러다 카트린으로부터 전보를 받고 나서, 이틀 후 아침에야 그곳에 당도한 거죠."

"숙소는 어디로 정했습니까?"

"그야 할아버지가 사셨던 아파트죠."

"부군의 방은 므슈 몽테시외가 잠들어 있는 방에서 멀었나요?"

"아주 가까웠습니다."

"부군께서도 밤샘에 동참하셨고요?"

"마지막 날 밤에 나와 교대로 했었지요."

"그럼 당연히 방에 홀로 남아 있었던 적도 있었겠군요?"

"물론이죠."

"방 안에 므슈 몽테시외가 서류들을 간수했을 만한 장롱이라든가 궤짝 같은 것이 있었겠죠?"

"장롱이 하나 있었어요."

"열쇠로 잠겨 있었나요?"

"그건 기억이 나지 않네요."

카트린이 옆에서 거들고 나섰다.

"나는 기억나요. 할아버지가 워낙에 갑작스레 죽음을 맞이하셔서 장롱은 열어둔 상태 그대로였어요. 내가 열쇠를 빼서 벽난로 위에다 두었는데, 베르나르 선생이 나중에 장례식 날 장롱 문을 열겠다며 집어 들었던 기억이 납니다."

라울은 간단한 손짓으로 말을 끊은 뒤 중얼거렸다.

"그렇다면 므슈 게르생이 밤새 유언장을 훔쳤을 거라고 생각해볼 여지는 충분한 셈이로군요."

베르트랑드의 반론이 즉시 뒤를 이었다.

"무슨 말씀이세요? 정말 끔찍한 말을 하시는군요! 대체 무슨 권리로 덮어놓고 그이가 유언장을 훔쳤다고 단정하는 거죠?"

라울도 지지 않고 응수했다.

"유언장을 몽테시외 서류철에 끼워 넣도록 파므롱 영감을 매수한 장본인이 바로 그이기에, 훔친 것도 본인일 수밖에 없다고 보는 겁니다."

"하지만 왜 그런 짓을?"

"일단 한번 읽어보려고 했겠죠. 아울러 당신한테, 즉 자기한테 뭐든 불리한 내용이 들어 있지 않을까 확인해보고도 싶었을 겁니다."

"하지만 그런 내용은 하나도 없었잖아요?"

"처음 보았을 때는 사정이 달랐죠. 당신보다 동생이 좀 더 알짜배기 땅을 상속받기로 하는 대신, 서로의 차이는 일정량의 황금이 메우는 걸로 되어 있었으니까요. 그런데 그 황금이 대체 어디서 나는 것이었을까요? 그 점에 대해서 당신도, 또 므슈 게르생도 궁금하기 짝이 없었을 겁니다. 어쨌든 그는 유언장을 슬쩍 챙겼을 뿐, 황금에 대한 생각이나 그 제조 비법을 밝혀줄 보조문서 따위를 찾는 일은 일단 보류했습니다. 결국 아무것도 발견하지 못한 채 유언장만 거듭 읽다가, 생각이 꼬리에 꼬리를 물어 두 달 후에는 라디카텔 주변을 어슬렁거리게까지 된 것이죠."

"도대체 당신이 그이에 대해 뭘 안다고 이러십니까? 나는 그와 꼭 붙어 여행을 다녔고, 그는 내내 내 곁을 떠난 적이 없는데 말입니다!"

"오, 항상 그런 건 아니죠. 당시 그는 독일을 쏘다니는 것처럼 가장하고 있었습니다(이 사실은 몰래 당신 동생을 조사하다가 알게 된 겁니다만). 실제로는 센 강 반대편, 키유뵈프라는 곳에 진을 치고 있다가 저녁이 내리면 근처 숲으로 파고들어 보셸 할멈과 그 아들이 사는 오두막으로 숨어들었답니다. 그리고 밤이 되자 암석지대 뒤쪽 벽을 타고 넘어 장원으로 잠입해 들어갔죠. 하지만 결국 황금가루도 그 제조 비법도 전혀 알아내지 못한 채 허탕만 치고 말았습니다. 대신 유언장에 깃든 정신에 비춰보아, 아무래도 금가루 제조 비법과 관계가 있을 것 같은 방추형 땅덩어리를 당신의 상속재산 안에 포함시키기 위해, 버드나무들을 옮기기 시작한 거죠. 당신 몫으로 암석지대와 뷔트오로맹, 그리고 개천 모두를 끌어들이겠다는 계산이었던 겁니다."

베르트랑드는 점점 안달이 나는 모양이었다.

"증거를 대봐요! 증거를!"

"나무꾼으로 일을 하는 보셸 군이 노역을 맡아 했었지요. 그의 어머니도 그 사실을 알고 있었고요. 그녀는 완전히 미치기 전에 보통 입을 놀려댄 게 아니었습니다. 내가 그간 조사하고 다닌 마을 아낙네들 얘기만 들어봐도 그건 확실해요."

"하지만 내 남편이 주도했다는 증거는?"

"물론 있지요. 그는 이전에도 장원에서 당신과 함께 산 적이 있어서 이 지역 사람들한테 제법 알려진 존재였습니다. 게다가 키유뵈프 호텔에서 가명은 썼지만, 필체는 고스란한 숙박부 자료가 남아 있어서 충분히 그의 족적을 확인할 수 있었답니다. 물론 그 자료는 깔끔하게 뜯겨서 현재 내 지갑 속에 얌전히 들어가 있지요. 그 숙박부 자료에는 그가 호텔에 머무는 기간 말미에 합류한 또 다른 사람의 서명도 포함되어 있답니다."

"또 다른 사람이라뇨?"

"그것도 여성이었어요."

베르트랑드는 펄쩍 뛰었다.

"거짓말! 남편은 결코 한눈판 적이 없는 사람이에요! 모든 게 터무니없는 중상모략에다 새빨간 거짓말뿐이로군요! 도대체 당신은 왜 그이를 못 잡아먹어서 난리인 거죠?"

"난 그저 당신 질문에 대답을 한 것뿐입니다."

여자는 가까스로 부아를 억제하며 말했다.

"그래, 좋아요. 그다음은요? 그다음엔 어떻게 됐죠? 어서 계속해보시죠. 사람이 어디 얼마나 뻔뻔스러울 수 있는지 끝까지 한번 가봅시다."

라울은 차분하게 얘기를 이어갔다.

"그다음에 므슈 게르생은 작전을 일단 중단했습니다. 버드나무는 옮겨 심어진 새 장소에서 원래의 기운을 회복해가고 있었고, 나무가 뽑힌 옛 언덕도 자연스러운 경관을 조금씩 되찾아가고 있었답니다. 게다가 문제의 해결은 요원하게만 보였고, 황금 제조의 비밀 역시 난공불락인 건 여전했지요. 그런 와중에 다시 작업을 재개하려는 욕망이, 결국은 당신이 동생과 함께 둥지를 튼 이곳까지 발길을 와 닿게 만든 것입니다. 바야흐로 유언장을 직접 활용할 단계가 왔다고나 할까요? 므슈 몽테시외가 살았던 바로 그 장소에 살면서 손아귀에 들어온 거나 다름없는 땅덩어리를 현장에서 조사하고, 어쩌면 그 안에서 황금이 만들어졌을지 모르는 외적 조건을 손수 탐사해볼 때가 오지 않았겠느냐는 말입니다. 이튿날 저녁부터 그는 파므롱 씨를 본격적으로 끌어들였고, 2만 프랑을 내밀면서 영감의 양심을 사버렸지요. 그런데 다음 날 아침, 파므롱 영감은 이곳으로 다시 그를 찾아왔습니다. 마지막까지 찔리는 구석이 있어서인지, 뭔가 접수해야 할 지시사항이 남아서인지 그건 정확히 알 수가 없습니다. 아무튼 점심식사가 끝난 뒤 므슈 게르생은 정원을 산책했고, 갑자기 개천을 건너가더니 곧장 비둘기집을 향해 걸어가 문을 열었고…….”

“가슴팍에 직통으로 총알을 맞아 깨끗이 숨을 거두었지!”

느닷없이 강력한 목소리로 베슈가 끼어들었다. 그는 도발적인 자세로 팔짱을 낀 채 벌떡 일어나 있었다.

“자네의 모든 논증이 부닥치는 결론은 바로 그거야!”

“지금 무슨 소릴 하는 건가?”

라울의 대꾸에 베슈는 여전히 열정적이고 기고만장한 어투로 되풀이했다.

“가슴팍에 직통으로 총알을 맞고서 깨끗이 숨을 거두셨다는 말일세! 요컨대 므슈 게르생이 모든 음모의 원흉이었고, 유언장을 훔친 장본인이며, 세 그루의 버드나무를 옮겨 심게 했고, 이곳 땅덩어리를 교묘히 가로채 설사 천지를 뒤죽박죽 뒤흔들어 놓았을지도 모르지. 하지만 자신이 벌인 일을 마무리하면서 궁극적인 성과를 거둔 것도 아니고, 오히려 자기 꾀에 자기가 당해버린 어처구니없는 희생자에 불과하다는 것 아닌가? 자네의 지금까지 얘기로는 바로 그걸 말하려는 게 아니냐고!

그래서 나더러 그런 헛소리들을 좋다고 덥석 받아 삼키라는 것 아니야? 이 치안국 반장인 베슈한테 말이야! 오, 친구, 딴 데 가서나 알아보시게."

우리의 반장 베슈께서는 그야말로 신성한 분노로 잔뜩 부어오른 얼굴에 팔짱을 낀 도도한 자세로 라울 다브낙의 면전에 떡하니 버티고 있었다. 아울러 그의 곁에는 남편을 변호할 만반의 준비가 되어 있는 베르트랑드가 역시 꼿꼿한 자세로 서 있었다. 반면 카트린은 가만히 앉아 어떤 감정도 내보이지 않으려는 듯 고개를 숙이고 있었는데, 어쩐지 울고 있다는 느낌이었다.

라울은 한동안 경멸의 시선으로 베슈를 흘겨보았다. 마치 이렇게라도 말하는 표정이었다.

'이보게, 나는 그따위 어리석은 소리나 지껄이려는 게 아니야!'

하지만 그는 아무 소리 안 하고, 그저 어깨만 한 번 으쓱하고는 곧장 밖으로 나가버렸다.

창문을 통해 그의 모습이 내다보였다. 건물을 따라 이어진 좁다란 테라스를 그는 성큼성큼 걸었다. 담배를 입에 물고 손은 뒷짐을 진 자세로 시선을 테라스 타일 바닥에 고정한 라울 다브낙은 무언가를 골똘히 생각하는 눈치였다. 그러다 문득 개천 쪽으로 나가더니 다리까지 걸어나가 잠시 멈춰 섰다가 이내 발길을 돌리는 것이었다. 시간이 몇 분 더 흘렀다.

그가 다시 집 안으로 들어섰을 때는 두 자매와 베슈가 입도 뻥긋하지 못했다. 베르트랑드는 카트린 곁에 거의 기진맥진한 분위기로 앉아 있었고, 베슈는 더 이상 그 어떤 도발적인 표정이나 젠체하는 태도도 보일 엄두를 못 냈다. 흡사 라울이 톡 쏘고 나간 그 경멸 어린 시선 한 방으로 인해 잔뜩 부풀었던 바람이 죄다 빠져 달아난 듯했고, 이제는 꼬리를 내리고서 그저 주인한테 대든 것에 대해 용서를 구하고만 싶은 기색이라고나 할까.

한편 라울 다브낙은 자신의 추론을 굳이 밀고 나간다거나 일일이 반론에 대한 해명을 하려는 자세가 아니었다.

단지 카트린을 바라보며 툭 물었을 뿐이다.

"당신이 내게 신뢰를 갖게 하기 위해서라면, 저 테오도르 베슈가 들이민 질문에 대답을 해야 할 것 같은데, 어떻습니까?"

여자는 이렇게 대답했다.

"그렇지 않아요."

"마담의 생각은 어떻습니까?"

이번에는 베르트랑드를 바라보며 물었다.

"대답을 해주세요."

"그럼 나에 대해 절대적인 믿음을 가지겠습니까?"

"네."

라울은 다시 물었다.

"이곳 장원에 머물고 싶으십니까? 아니면 르아브르로 돌아가거나, 그것도 아니면 아예 파리로 돌아가고 싶으십니까?"

카트린은 자리에서 벌떡 일어나 라울을 똑바로 마주 보며 대답했다.

"나와 언니는 당신이 권고하는 대로 따를 것입니다."

"그렇다면 이곳 장원에 머물러주십시오. 다만 앞으로 일어날 일에 대해 불편하게 여기지 말고 계셔야 합니다. 겉으로 보기에 당신들이 느끼는 위협이나 테오도르 베슈의 으름장이 아무리 험악하게 다가온다 해도 전혀 걱정할 필요가 없습니다. 딱 한 가지 유념할 사항은 몇 주 후 이곳 장원을 뜰 준비를 하되, 파리에 무슨 일이 생겨서 9월 10일이나, 늦어도 12일쯤에는 떠나야 한다는 얘기를 수시로 떠벌려야 한다는 것입니다."

"누구한테 그래야 하는 거죠?"

"누구한테든 마을에서 만나는 사람마다 대놓고 떠드세요."

"하지만 우린 거의 외출을 하지 않는데."

"그럼 내가 르아브르로 가서 데려올 테니 하인들을 상대로 말하십시오. 그래서 당신들이 무슨 생각인지 베르나르 선생이든, 사무실 서기들이든, 샤를로트든, 아르놀드든, 심지어 수사판사까지도 죄다 훤히 알고 있어야 합니다. 요컨대 장원은 9월 12일에 맞춰 다시 폐쇄될 예정이고, 당신들은 이듬해 봄이 되기 전에는 결코 이곳에 돌아오지 않을 거라는 게 기정사실처럼 되어야 합니다."

베슈가 슬그머니 끼어들었다.

"도무지 뭐가 뭔지 모르겠군."

"자네가 안다면 오히려 놀라운 일이지."

라울의 대꾸였다.

마침내 그것으로 회의가 마무리 지어졌다. 라울이 미리 예고한 대로 꽤 오래 걸린 회동이었다.

베슈는 라울을 한 켠으로 끌어당기며 물었다.

"다 끝난 건가?"

"아직은 완벽하지 않아. 오늘 하루 일이 이것으로 끝나진 않을 걸세. 하지만 나머지 일이야 자네와는 무관하지."

같은 날 저녁, 샤를로트와 아르놀드가 장원으로 복귀했다. 라울은 베슈와 함께 사냥용 별장을 간소하게나마 임시 거처로 쓰면서 베슈가 부리던 가정부를 들이기로 했다. 두 자매만 달랑 떨어져 지내도 하등의 위험이 없으며, 이유는 밝힐 수 없지만 오히려 그러는 편이 더 낫다고 거듭 강조하는 입장에서는, 그나마 그 정도까지가 최대한 조심을 하는 셈이었다. 사실 현재 상황에서 그 같은 장담을 늘어놓는다는 게 상식에서 벗어나 보일지 모르지만, 워낙 두 자매에 대한 라울의 영향력이 막강해서 카트린과 베르트랑드 모두 묵묵히 따를 수밖에 없었다.

카트린은 라울과 단둘이 있게 되자, 시선을 다른 데로 흘리며 중얼거렸다.

"나는 무슨 일이 일어나도 라울, 당신 말을 따를 거예요. 당신을 따르지 않는다는 게 내게는 불가능해 보일 정도예요."

그녀는 감정이 복받쳐 어쩔 줄 몰라 하면서도 얼굴에는 잔잔한 웃음이 맴돌았다.

마지막으로 모두 함께한 저녁 식탁에서는 아무도 말이 없었다. 라울이 꺼낸 노골적인 혐의 사실들이 다소 어색한 분위기를 만들어놓은 것이었다. 저녁 시간 내내 늘 그랬듯이 두 자매는 규방에 머물러 있었다. 밤 10시가 되자, 맨 먼저 카트린이, 그다음엔 베슈가 자리를 떴다. 그런데 라울이 당구실을 나서려는 순간 베르트랑드가 불쑥 나타나 말했다.

"당신한테 드릴 말씀이 있어요."

몹시 창백한 얼굴에 입술까지 바르르 떠는 모습이 라울의 눈에 잡혔다.

"글쎄요, 꼭 할 필요가 있는 대화일지 모르겠습니다."

라울이 넌지시 대꾸하자, 여자는 바짝 다가들며 말했다.

"그럼요! 반드시 해야 하는 얘기예요. 내가 무슨 얘기를 할지, 또 얼마나 중대한 문제인지 아닌지 당신은 몰라요."

"정말 그렇게 확신합니까? 내가 모르리라고 생각해요?"

라울의 말에 베르트랑드의 목소리가 다소 꺾이고 말았다.

"무슨 말씀이 그래요? 정말 당신이 내게 격한 앙심이라도 품고 있다는 느낌입니다."

"아, 전혀요! 맹세컨대 그런 건 없습니다."

"아니에요. 틀림없어요. 그렇지 않고서야 아까 키유뵈프에서 남편 곁에 다른 여자가 있었다는 얘기를 뭐하러 내게 공개하겠어요? 공연한 고통을 주려는 것 아니겠어요?"

"그런 소소한 문제까지 일일이 믿으실 필요는 없습니다."

"소소한 게 전혀 아니지요. 결코 소소한 문제가 아니에요."

여자는 라울을 똑바로 쳐다보며 중얼거렸다. 그리고 잠시 뜸을 들이더니 다소 불안한 얼굴로 머뭇머뭇 물었다.

"아무튼 숙박명부에서 뜯어냈다던 그 종이 가지고 있나요?"

"네."

"어디 좀 보여주세요."

라울은 지갑 속에서 세심하게 뜯어낸 종이 한 장을 꺼냈다. 모두 여섯 개의 칸으로 나뉘어서 각각 질문 문항이 인쇄되고, 그에 대한 여행객들의 정보가 기재되어 있는 종이였다.

"내 남편이 서명한 게 어떤 거죠?"

"여깁니다. 므슈 게르시니라고 되어 있죠. 보시다시피 이름을 살짝 바꾼 티가 나죠? 자, 필체를 알아보시겠습니까?"

여자는 고개만 끄덕일 뿐 대답은 하지 않았다. 잠시 후, 그녀는 눈을 들어 다시 남자를 쳐다보며 말했다.

"하지만 여기에는 다른 여자 서명이 보이지 않는데요?"

"그럴 수밖에요. 며칠 후에야 여자가 합류했으니까. 그에 해당하는 부분도 뜯어왔습니다. 자, 여기 서명을 보시죠. '마담 앙드레알, 파리(Mme Andréal, de Paris)'라고 되어 있죠."

베르트랑드는 자그마한 소리로 계속 우물거렸다.

"마담 앙드레알이라…… 마담 앙드레알……."

"혹시 아는 이름입니까?"

"아뇨."

"필체도 전혀 모르겠습니까?"

"전혀요."

"실은 일부러 꾸며낸 티가 역력합니다. 하지만 자세히 검토해보면 몇 가지 특징적인 표시만큼은 빠져나갈 수가 없지요. 예컨대 여기 이 대문자 'A'의 묘한 형태라든가, 'i'에서 위에 점(·)이 너무 우측으로 쏠려 있는 등 말입니다."

잠시 후, 여자 입에서 이런 중얼거림이 새어나왔다.

"특징적인 표시라면 뭔가 비교될 만한 서체가 있긴 한가요?"

"그렇습니다."

"이 서명을 한 장본인의 원래 글씨체를 안다는 얘기입니까?"

"네."

"그렇다면 서명을 한 여자를 알아요?"

"알고 있습니다."

여자는 난데없이 발끈하며 외쳤다.

"당신이 착각을 하고 있을지도 모르잖아요? 맞아, 아마도 당신이 착각을 하는 거겠지. 두 개의 서체가 동일인물의 손에서 나오지 않으면서도 극히 유사할 수는 얼마든지 있으니까. 한번 잘 생각해봐요. 이번에도 섣부른 말씀을 하시면 매우 심각해집니다!"

그러고 나서 여자는 입을 다물었다. 그녀는 일견 대드는 듯, 일견 호소하는 듯 라울을 바라보는 눈빛이 수시로 달라졌다. 잠시 후, 갑자기 단념한 기색으로 여자는 안락의자에 털썩 주저앉으면서 다짜고짜 흐느끼기 시작했다.

남자는 여자의 심정이 점차 회복되도록 충분한 시간을 준 뒤, 몸을 잔뜩 기울여 여자 어깨 위에 손을 얹어놓으면서 중얼거렸다.

"울지 마십시오. 내가 다 알아서 하겠습니다. 다만 지금까지의 내 모든 가정이 정확하며, 현재 취하고 있는 방법을 여전히 밀고 나가도 괜찮다고 말해보십시오."

여자는 들릴 듯 말 듯한 목소리로 더듬거렸다.

"그래요, 모두 사실이에요……."

그뿐만 아니라, 라울의 손을 꼭 붙들어 자기 두 손안에 감싸쥐면서 눈물로 적시는 것이었다.

남자의 말이 이어졌다.

"대체 어쩌다 일이 그렇게 된 겁니까? 일단 얼른 알아들을 수 있도록 간단히 몇 마디라도 해주십시오. 필요하면 나중에 다시 거론해보기로 하고요."

여자는 갈라진 목소리로 말했다.

"사실 우리 그이는 예상하는 것만큼 그렇게 잘못한 게 결코 아니랍니다. 유언장은 할아버지가 직접 그이한테 건네준 거예요. 임종 시 공증인의 입회하에 펴보도록 말입니다. 한데 그이가 사전에 그만 봉투를 개봉했고, 내용이 무엇인지 알게 된 거죠."

"물론 그것도 부군께서 당신에게 그런 식으로 해명한 거겠죠?"

"네."

"별로 믿을 만하지 못한 얘기입니다. 부군께서는 므슈 몽테시외와 평소 사이가 좋았나요?"

"아뇨."

"그러면서도 과연 할아버지께서 그에게 유언장을 맡겼을까요?"

"그건 그래요. 하지만 나는 그이가 얘기한 대로 전할 뿐입니다. 실은 몇 주 후에 들었어요."

"그런데 당신은 므슈 몽테시외의 유지에 대해서는 입을 다문 채, 남편과 한패가 되어서……."

"알아요. 그러지 않아도 엄청 괴로웠습니다. 하지만 그때 우린 돈이 너무도 궁했고, 카트린에 비해 터무니없는 대접을 받는다고 생각했어요. 그러던 중 그 금가루 얘기가 남편의 정신을 돌게 만든 겁니다. 어쩔 수 없이 할아버지가 황금 제조의 비법을 발견했으며, 장원과 더불어 개천 우측 땅덩어리를 몽땅 카트린한테 넘기면서 무한정한 보물 역시 물려주려 한다고 생각할 수밖에 없었답니다."

"그렇다 해도 카트린은 분명 당신과 그것을 나누었을 겁니다."

"나도 그렇게 생각하고 있어요. 하지만 워낙에 남편 고집이 강한지라 난 어찌할 도리가 없었어요. 나약하기도 했고, 비겁하기도 한 거죠. 때로는 울컥하는 심정도 없진 않았고요. 정말이지 그때 생각으로는 너무도 부당하고 심한 처사라 여겨졌습니다!"

"하지만 유언장은 감쪽같이 사라졌고, 덕분에 땅도 쪼개짐 없이 당신들 두 자매가 공유하게 되었지요."

"맞아요. 그러다 보면 동생도 결혼을 할 것이고—그때 막 그러려던 참이었거든요—남편과 나는 훨씬 홀가분한 상태로 우리가 원하는 것을 찾아볼 수 있게 되는 거죠. 게다가 우리 그이는 이 문제에 관해 생각보다 훨씬 오랜 기간을 알고 지내온 것 같았어요."

"아니, 어떻게 말입니까?"

"이곳에서 옛날부터 잡일을 해오던 보셸 할멈한테 얘기를 들은 거죠. 그녀는 반쯤 미쳐 있는 와중에도 할아버지에 관해 많은 것을 얘기해주었는데, 주로 암석지대와 뷔트오로맹, 그리고 개천 얘기가 대부분이었다고 합니다. 얘기를 듣고 보니 두 상속지 사이의 경계를 굳이 버드나무에 두려고 했던 할아버지의 의도와 맞아떨어지는 내용이 많다고 느겼나 봐요."

"그래서 므슈 게르생이 경계선을 바꿨던 거고요?"

"그렇죠. 당신이 내 서명을 보고 알아맞힌 대로 난 키유뵈프로 남편을 만나러 갔었습니다. 그때 남편이 다 설명을 해주더군요."

"그다음엔 어떻게 했습니까?"

"더 이상은 내게 아무 말도 안 했어요. 나를 의심하는 눈치였죠."

"그건 또 왜죠?"

"사실 그쯤 되자 나도 정신을 차리게 되었고, 카트린에게 죄다 일러바치겠다고 위협했거든요. 게다가 우린 점점 떨어져 지내는 시간이 많기도 했고요. 사실 올해 동생 결혼을 앞두고 카트린과 함께 이곳에 머물기로 했을 때만 해도 이걸로 영영 갈라서게 되는구나 싶었답니다. 그런데 두 달 후, 남편이 불쑥 찾아와서 난 굉장히 놀랐지요. 남편은 파므롱과의 일에 관해선 내게 한마디도 하지 않아서 도무지 누가 그이를 죽였고, 또 왜 그랬는지 지금도 모르고 있답니다."

여자는 온몸을 덜덜 떨었다. 살인의 기억 때문에 다시 혼비백산한 모양이었고, 절망감과 공포심이 한꺼번에 밀어닥쳐 그만 라울에게 몸을 의지하지 않을 수 없는 형편이었다.

"제발요. 제발 부탁입니다. 나를 좀 도와주세요. 보호해주세요."

"누구로부터 보호해달라는 말인가요?"

"사람 때문이라기보다는 모든 사건들, 과거로부터 말이에요. 남편이 무슨 짓을 저질렀는지, 또 내가 그이와 떳떳치 못하게 내통을 했는지 아무도 몰랐으면 해요. 당신이 그 모든 사실을 알아냈으니 남들은 모르게 할 수도 있을 겁니다. 당신이 원하기만 하면 안 되는 일이 없을 거예요. 당신 곁에 있으면 아주 안전하다는 느낌이 들어요. 나를 보호해주세요."

여자는 라울의 손을 끌어다 자신의 눈물로 적시고, 그것도 모자라 축축한 자기 볼에 마구 부벼대기 시작했다.

라울은 적잖이 당황했다. 그는 천천히 여자를 바로 일으켜 세웠다. 걱정으로 비장하게 일그러진 베르트랑드의 얼굴이 바로 코앞에서 아름다운 광채를 발하고 있었다.

"아무것도 걱정하지 마십시오. 당신을 지켜드리겠습니다."

마침내 라울이 중얼거렸다.

"그리고 그 밖의 진실도 꼭 밝혀주시는 거죠? 사실 내 마음은 온통 끔찍한 수수께끼로 무겁기만 하답니다. 남편은 누가 죽였을까요? 도대체 무슨 이유로……."

남자는 파르르 떠는 여자의 입술을 지그시 바라보며 나직이 말했다.

"당신의 그 입술은 절망을 표현하기 위해 있는 게 아닙니다. 웃으세요. 두려워하지 말고, 오로지 웃기만 하세요. 우리 함께 힘을 합해 차근차근 파헤쳐보도록 합시다."

"그래요, 함께해봐요. 당신만 곁에 있다면 나도 마음이 안정되니까요. 이젠 오로지 당신만 믿을래요. 당신이 아니고선 그 누구도 나를 도와줄 사람이 없답니다. 당최 내 안에서 무슨 일이 벌어지는지 모르겠어요. 다만 당신 생각만 날 뿐입니다. 당신만 생각하고 있어요. 나를 버리지 말아주세요."

10
큰 모자를 쓴 사나이

파므롱 씨는 라울이 계산한 것보다 훨씬 일찍 루앙에서 돌아왔다. 뜨내기 친구들과 함께 먹고 마시느라 가진 돈을 모조리 털리긴 했지만, 그에게는 릴본에서 라디카텔에 이르는 도로변에 아담한 가옥 한 채가 멀쩡히 남아 있었다. 그야말로 오랜 절약과 절제의 생활 끝에 장만한 그 집에서, 그는 정직하지 못한 방법으로 번 돈은 동전 한 푼 몸에 지니지 않은 사람만의 뿌듯한 양심을 가슴에 품고, 도착한 날 저녁을 느긋하게 누워 쉬고 있었다.

그런데 한밤중, 누군가 강렬한 빛을 눈에다 쏘면서 들이닥쳤을 때 영감은 화들짝 놀라지 않을 수 없었다. 더군다나 이 불청객은 떠들썩하게 지냈던 유쾌한 생활 중 몇몇 일화들을 난데없이 상기시키는 것이었다.

"이보게, 파므롱. 루앙의 정다웠던 옛 친구를 더는 알아보지 못한단 말인가? 이 라울을?"

영감은 자리에서 벌떡 일어나 완전히 아연실색한 얼굴로 더듬거렸다.

"원하는 게 뭐요? 라울이라니? 난 그런 이름 가진 사람 모릅니다."

"맙소사! 자네 표현대로 말하면, 광란의 잔치를 기억하지 못한다고? 어느 날 밤, 루앙에서 내게 고백을 하던 일도 다 까먹었어?"

"고백이라뇨?"

"어허, 잘 알면서, 파므롱. 2만 프랑 얘기 말이야. 웬 신사가 자네한테 슬그머니 접근을 했었다며? 몽테시외 서류철에 편지 한 장을 밀어 넣어달라면서 말이야."

"입 닥치시오! 제발 입 다물어요!"

파므롱은 목이 졸린 것처럼 신음을 토해내듯 속삭였다.

"그러지 뭐. 하지만 대답을 좀 꼬박꼬박 해줘야겠어. 고분고분 대답만 해준다면, 나도 자네 일에 관해 내 친구 베슈에게 털끝만치도 얘기 안 하지. 사실 그는 치안국 반장인데, 이번 므슈 게르생 살해사건을 나와 함께 조사 중이거든."

파므롱 영감의 공포심은 이제 극으로 치달아가고 있었다. 눈에 흰자위까지 데굴데굴 구르는 꼴이 금방 혼절이라도 할 것 같았다.

"게르생이라고? 므슈 게르생? 오, 맹세컨대 난 아무것도 모릅니다."

"나도 그렇게 생각하네, 파므롱. 솔직히 자네는 살인자의 인상과는 다르거든. 내가 알고 싶은 건 그런 게 아니라 지극히 사소한 문제야. 그 질문에 대답만 해주면, 착한 소녀처럼 곤히 잠들 수 있을 거고."

"그게 뭡니까?"

"옛날부터 므슈 게르생과는 아는 사이였지?"

"그래요. 예전에 고객으로 우리 사무실을 들렀을 때 본 적이 있죠."

"그 이후로는?"

"두 번 다시 보지 못했습니다."

"그가 접근해왔을 때와 살인사건이 일어난 날 아침, 자네가 그를 보러 라디카텔을 방문했을 때만 빼고?"

"그, 그런 셈이죠."

"그렇다면 이제 내가 할 질문은 이것뿐이네. 그날 밤, 그가 혼자서 접근해왔나?"

"그렇소. 아니, 꼭 그런 것도 아니었지요."

"정확히 말해보시지."

"혼자서 내게 얘기한 건 맞아요. 하지만 한 10미터 떨어진 곳 나무들 사이에—그러고 보니 여기서 그리 멀지 않은 도로변이었네요—누군가가 있는 게 어둠 속에서도 얼추 보였습니다."

"그와 함께 온 사람? 아니면 그를 감시하는 사람?"

"그건 모르겠고. 어쨌든 '누가 있는데'라고 내가 귀띔해주었죠. 그러자 대뜸 이러더군요. '흥, 가소로울 뿐이지!'"

"그 누군가의 인상착의는 어땠나?"

"모릅니다. 그림자만 슬쩍 보았을 뿐이니까."

"그럼 그림자는 어떻던가?"

"뭐라고 딱히 꼬집어 말할 수는 없습니다만, 커다란 모자를 쓴 걸 본 기억은 납니다."

"아주 큰 모자였나?"

"그렇습니다. 챙도 아주 넓고, 꼭대기도 매우 높다란 모자 같았어요."

"그 밖에 달리 특기할 만한 사항은?"

"없어요."

"므슈 게르생의 살인범에 대해 최소한의 의견도 없다는 얘긴가?"

"전혀 없습니다. 다만 범인과 내가 본 나무 사이의 그림자가 모종의 관계가 있을 것 같다는 생각은 한 적이 있지요."

"음, 그럴 수도 있겠군. 하지만 더는 그런 생각조차 않는 게 좋아, 파므롱. 아무 생각 말고, 잠이나 푹 자라고."

남자는 가볍게 파므롱의 상체를 밀어 침대에 도로 누였다. 그리고 이불을 끌어 턱까지 덮어주고 가장자리는 접어서 요 밑으로 깔끔하게 정돈해준 다음, 착한 아이 잘 자라는 식으로 한두 번 토닥이고는 발끝걸음으로 살금살금 빠져나왔다.

라울 다브낙으로 활약한 바리바의 모험담을 신나게 이야기하던 아르센 뤼팽은 이 대목에 이르러 여담 삼아 심리학적인 장광설을 늘어놓기 시작했다.

"사실 언제나 그렇다는 건 아니지만, 일련의 행동이 극에 달했을 때엔 그에 연루된 사람들의 정신 상태에 대해 자칫 착각하는 수가 있다네. 행동은 지극히 예리하게 판단하면서 정작 머릿속에선 어떤 생각들이 진행되는지, 행동과 상관없이 일어나는 감정 변화는 어떤지, 취향이라든가, 내심 어떤 계획을 꾸미는지에 대해서는 캄캄하기 일쑤지. 바로 그런 식으로, 그때도 나는 베르트랑드와 카트린 모두 심리 상태가 어떤지 전혀 분간 못하고 있었던 거야. 우리가 처해 있는 사건과는 아주 별개의 무언가가 그들 내면에 벌어질 수도 있다는 점은 꿈에도 생각지 못하고 있었다니까. 두 자매가 하나같이 변덕이 심한 성격이라, 나에 대해 극단적인 신뢰와 불신 사이를 오락가락하면서 두려워하기도 하고 안심하기도 하고, 쾌활하기도 또 우울해하기도 했어. 문제는, 그러다 보니 나만 그 모든 작태에 휩쓸려 엉뚱한 길로 접어들더라는 것이네! 여자들 정신 상태의 온갖 변화 속에서 나는 이번 사건과의 관련성만 캐내려고 했고, 오로지 그와의 관계 속에서만 질문을 했던 것인데, 실상은 여자들 생각이 대부분 문제의 사건과는 전혀 무관하게 돌아가고 있었단 말일세! 당시 거의 윤곽이 드러난 범죄 문제에만 집중한 채, 바로 그것이 부분적으로는 다분히 감정적 차원의 문제라는 사실을 보지 못한 게 나의 실수였다네. 때문에 사건 해결도 그만큼 지체된 셈이지."

그러나 지체된 만큼 라울에겐 얼마나 푸짐한 보상이 따랐는지! 두 자매의 일일 조언자 자격으로 라울은 그들의 정신 상태를 추스르고 용기를 북돋우며, 둘 사이를 왔다 갔다 하면서 꿈 같은 몇 주간을 보냈다. 점심 전 오전이면 개천가 좌측 말뚝에 배를 묶어놓고 낚시 삼매경에 빠진 라울을 두 자매가 알아서 찾아오는 일도 비일비재했다.

가끔은 모두 그 배에 올라 개천을 거슬러 오르는 물결 따라 정처 없이 떠다녀보기도 했다. 그러다 보면 다리 밑으로 지나쳐 깊숙한 협곡을 따라 뷔트오로맹으로 파고들어 어느새 버드나무들이 서 있는 곳까지 이르는 것이었다. 그리고 다시 내려오는 물살에 실려 느긋한 마음으로 되돌아 나오곤 했다.

오후가 되면 인근 지역으로 산보를 나가는 게 보통이었다. 릴본, 탕카르빌, 혹은 바슴 부락을 향해서 말이다. 그럴 때마다 농부들과 터놓고 잡담을 나눴는데, 워낙 타지인을 경계하는 노르망디 사람이라지만, 라울에겐 그들의 말문을 술술 터져나오게 만드는 특별한 재주가 있었다. 그렇게 얻어들은 내용 중에는, 수년 전부터 주로 부농이나 성주들을 상대로 몇 건의 도적질이 자행되었다는 얘기도 섞여 있었다. 때로는 담을 넘어, 때로는 비탈을 기어올라, 때로는 그냥 무작정 집을 파고들어 누군가 침입을 하고 나면, 가문 대대로 내려오는 보석이나 값비싼 은제품들이 속절없이 사라져버린다는 것이었다.

물론 수사가 이루어졌지만 결과는 오리무중이었다. 더구나 게르생 사건이 터진 뒤부터는 사법당국마저 도난사건 따윈 안중에도 없는 눈치였다. 다만 몇몇 사건들의 경우, 큰 모자를 착용한 사나이에 의해 저질러졌다는 소문만 지역 내에 파다할 뿐이었다. 혹자는 장담하기를, 검은색에 가까운 짙은 빛깔의 커다란 모자 윤곽만큼은 확실히 목격했다는 것이었다. 문제의 사나이는 호리호리한 체격에 평균 신장을 훨씬 넘어선다고 했다.

모두 세 차례에 걸쳐 놈의 족적이 발견되기도 했다. 하나같이 묵직하고 큼직한 크기였으며, 터무니없이 커다란 나막신에서 나온 발자국이라는 게 중론이었다.

무엇보다 흥미로운 건, 일단 성으로 침입하려면 오래된 도관을 통하는 길밖에 없는데, 그 도관이라는 것이 고작 어린애 하나 드나들 만큼의 크기에 불과하다는 점이었다. 그런데 안뜰에서 큼직한 모자의 윤곽이 목격되는가 하면, 역시 터무니없이 커다란 나막신 자국까지 발견되었으니! 어떻게 그 같은 단서들로 추정되는 존재가 비좁기 이를 데 없는 낡은 도관을 통해 잠입할 수 있었겠는가!

어느덧 큰 모자를 쓴 사나이의 이야기는 그 지역 내에서 마치 끔찍한 짓을 제멋대로 저지르고 다니는 무시무시한 야수의 소문처럼 불가사의한 전설이 되고 말았다. 동네 수다쟁이 아낙네들에게 이건 당연히 게르생 씨 살인사건의 주인공과 동일인물이었다. 하긴 그러한 가정이 충분한 신빙성을 갖춘 것도 사실이었다.

아무튼 그런 풍문을 접한 베슈는 카트린이 방에서 습격당한 날 밤, 어둠 속으로 달아난 자에게서 자기도 분명 큼직한 모자의 윤곽을 목격했다며 뒤늦게나마 공언하기 시작했다. 아주 잠깐 스쳐 지나가는 모습이었지만, 기억을 더듬어보니 확실히 큼직한 모자였다는 것이다.

결국 괴상망측한 모자와 신발의 수수께끼 같은 주인공을 둘러싸고 온갖 흉흉한 추측이 난무하는 상황이 되었다. 영지를 제멋대로 들락날락하면서 주변 지역까지 어슬렁거리다가, 심심하면 여기저기 들쑤시고, 도무지 종잡을 수 없는 행각을 일삼는 의문의 존재는 이제 그 지방 전체에 출몰하는 사악한 요정과도 같은 반열에 오르고 있었다.

그러던 어느 날 오후, 본능적으로 보셸 할멈의 오두막을 자주 찾아가던 라울이 두 자매를 불러 모았다. 사정인즉슨 그곳 나무에 겹겹이 기대어 세워둔 판자들을 이리저리 들춰보는데, 처참하게 갈라지고 부서진 문짝 하나에 분필로 서툴게 휘갈긴 그림이 있더라는 것이다.

라울은 두 여자에게 말했다.

"이것 좀 보세요. 우리가 찾던 바로 그자입니다. 여기 모자 윤곽선, 우리가 생각했던 그 솜브레로(스페인이나 멕시코 등지에서 흔히 쓰는 챙 넓은 모자—옮긴이)예요. 저잣거리에서 흔히 보는 것과 같은 종류죠."

카트린이 즉각 반응을 보였다.

"어머나, 세상에! 이걸 누가 여기다 그렸죠?"

"보셸 할멈의 아들일 겁니다. 나무판자나 판지 조각에다 분필로 끼적여대는 걸 좋아했다니까요. 뭐 이렇다 할 솜씨가 있다기보다는 그냥 초보 수준의 그림이죠. 아무튼 모든 게 맞아떨어지는군요. 예상했던 대로 보셸 할멈의 오두막은 온갖 음모의 온상이었습니다. 우리가 찾는 작자와 므슈 게르생은 아마도 여기서 회동을 했을 겁니다. 버드나무 세 그루를 옮겨 심기 위해 보셸 군이 동원해온 떠돌이 나무꾼들 한두 명도 이곳에 일단 숨어 있었을 테고요. 반쯤 실성한 그의 어미는 분명히 은밀한 회동을 옆에서 죄다 지켜보았을 겁니다. 그러면서 자기로선 도무지 이해할 수가 없는 말들과 광경을 그 열악한 머리로 해석하고 상상하며 때론 되씹어보았을 겁니다. 언젠가 당신 앞에서 지리멸렬한 문장으로 뱉어낸 건 바로 그 결과물인 셈이죠. 당신한테 크나큰 위협이 될 만한 내용이라는 것만은 어렴풋이 느꼈던 모양입니다."

다음 날, 라울은 같은 장소에서 대여섯 점에 달하는 분필 그림을 추가로 찾아냈는데, 버드나무 세 그루가 심어질 구도라든가, 바위들, 비둘기집, 그리고 두 개의 모자 그림이 있었고, 마구 헝클어진 선들 속에는 분명 권총으로 해석될 만한 그림의 윤곽도 숨겨져 있었다.

카트린의 얘기로는 보셀 군이 워낙 손 맵시가 좋아서 예전에 할멈과 함께 종종 장원으로 와서 몽테시외 씨의 지시하에 이런저런 목공일과 철물작업을 거들기도 했다는 것이었다.

마침내 라울이 결론을 내렸다.

"어쨌든 지금까지 우리가 거론한 다섯 명 가운데 넷이 죽은 겁니다. 므슈 몽테시외와 므슈 게르생, 보셀 할멈과 그 아들 말이죠. 이제 남은 건 큰 모자를 쓴 사나이이며, 그를 붙잡으면 상황이 해결될 것으로 보입니다."

실제로 이 베일에 가려진 존재가 이제는 모든 상황을 좌지우지하는 형편이었다. 언제라도 그 존재가 나무 사이나 땅 밑, 혹은 개천 바닥에서 불쑥불쑥 솟아나올 것 같은 기분이었다. 길목이면 길목, 풀숲이면 풀숲, 나무 꼭대기면 나무 꼭대기, 시선이 닿는 어느 곳이든 연기처럼 떠돌다가 조금만 자세히 바라보면 흔적도 없이 사라지고 마는 유령의 장난.

카트린과 베르트랑드는 거의 노이로제 상태였다. 둘 다 마치 위험으로부터 피해 들어가듯, 누가 먼저랄 것도 없이 라울의 옆구리로만 파고들려고 했다. 그러다 보니 이따금 두 여자 사이에 일종의 불화의 조짐이 감지되기도 했는데, 서로 불편한 침묵 속에 잠기다가도 갑작스럽게 포옹을 하거나 느닷없이 기겁하고 놀라는 바람에, 애정 넘치는 말이나 행동으로 그때그때 가라앉혀줘야만 했다. 하지만 그때뿐, 그 같은 태도는 정확한 동기나 이유 없이 불쑥불쑥 겉으로 비어져 나오기만 하는 것이었다. 도대체 이런 혼란은 어디서 기인하는 것일까? 단지 유령에 대한 공포심만으로 충분히 해명될 수 있을까? 과연 그 미지의 존재로부터 알 수 없는 영향을 받고 있다고 봐야 할까? 뭔가 숨겨져 있는 힘에 대해 나름대로 저항을 하느라 저러는 것일까? 혹시 스스로 드러내길 꺼리는 비밀을 알고 있어서 괴로워하는 것일까?

마침내 떠나야 할 날짜가 다가오고 있었다. 8월의 끝자락을 붙들면서 화창한 나날이 연일 이어졌다. 저녁식사가 끝나면 너나 할 것 없이 테라스로 나가 노천에서 시간을 보내기가 그만이었다. 대부분 베슈는 함께하지 않았는데, 그럴 때면 집에서 멀지 않은 곳에 어여쁜 샤를로트와 나란히 서서 담배를 피우고 있는 모습이 저만치 내다보이곤 했다. 물론 그때마다 남은 잡일은 아르놀드 씨가 도맡아서 처리해주기로 한 모양이었다.

밤 11시쯤이면 모두들 자리에서 일어날 시간이었다. 그러고 나면 라울은 또다시 은밀하게 정원을 두루두루 돌아다녔고, 배를 타고 물줄기를 거슬러 올라가 잔뜩 귀를 세운 채 사방을 경계했다.

하루는 날씨가 어찌나 근사한지 두 자매가 라울을 따라가고 싶어 했다. 배는 소리 없이 미끄러져 갔고, 가벼운 노질 속에 물방울들이 상큼한 소리와 더불어 뱃전 너머로 튀었다가 아스라이 스러져갔다. 별이 총총한 하늘에서 쏟아지는 희미한 광채는, 부옇게 안개로 뒤덮인 지평선 어디선가 떠오르는 달빛과 만나 점점 선명한 광휘를 사방에 더해갔다.

세 사람 모두 침묵을 지키고 있었다.

협곡으로 깊이 들어가 더 이상 노를 젓는 것도 여의치가 않게 되자, 셋은 거의 손을 놓고 가만히 있었다. 때마침 조수의 역류현상이 배를 부드럽게 흔들어대면서 이 기슭에서 저 기슭으로 희롱하듯 선체를 운반해갔다.

라울은 손을 뻗어 두 자매의 손을 한꺼번에 어루만지며 속삭였다.

"잘 들어봐요!"

딱히 무슨 소리가 들린 건 아니었다. 하지만 평온한 자연이나 느긋한 미풍 속에서는 도저히 감지할 수 없는 어떤 위협이 다가오기라도 하듯, 두 자매는 순간적으로 꽤 거북한 느낌에 사로잡혔다. 라울은 여자들의 손을 좀 더 꼭 쥐어주었다. 분명 여자들이 못 듣는 어떤 소리를 듣고 있으며, 위험으로 그득한 침묵도 존재한다는 사실을 잘 아는 눈치였다. 만약 적이 매복하고 있다면, 눈에 띄지 않는 후미진 곳투성이인 저 비탈들 속 어딘가에서 이쪽을 훤히 내다보고 있다는 얘기였다.

"그만 갑시다!"

라울이 노를 부여잡고 힘차게 기슭의 사면을 짚어 나가며 말했다.

하지만 때는 이미 늦었다. 저 위, 벼랑 꼭대기로부터 뭔가가 요란스레 구르는가 싶더니 불과 3~4초 만에 수면에 곤두박질을 치는 것이었다. 만약 라울이 노를 단단히 부여잡고 있지 않았다면, 혹은 재빨리 배를 회전시킬 판단을 하지 못할 만큼 정신을 놓고 있었다면, 큼직한 바윗덩어리가 이물을 박살 냈을 터였다. 가까스로 그 지경은 피했지만, 대신 엄청난 물기둥이 솟구쳐 올라 세 사람한테 사정없이 들이쳤다.

라울은 신속하게 비탈로 뛰어올랐다. 그의 예리한 시선은 눈 깜짝할 사이에 저 벼랑 꼭대기 바위들과 소나무들 틈에 언뜻 보이다 만 커다란 모자에 가서 꽂혔다. 1초나 될까, 머리 부분만 퍼뜩 나타났다 사라졌다. 아마 구멍 속에 숨은 자기는 안전하다고 보는 모양이었다. 라울은 거의 수직이나 다름없는 암벽 비탈을 군데군데 돋아난 잡풀들과 거친 표면을 이용해 가공할 속도로 기어 올라갔다. 적은 아마 맨 마지막 순간에서야 뭔가 인기척을 느낀 모양이었다. 반쯤 몸을 일으키는가 싶더니 금세 다시 납작 엎드렸고, 라울에게는 나무 그늘 속에 울퉁불퉁한 지면의 윤곽만이 눈에 들어올 뿐이었다.

라울은 잠시 방향을 가늠하다가 멈칫했다. 그러고는 무서운 기세로 도약을 하더니, 일견 흙바닥이 돋우어진 것처럼 보이는 거무튀튀한 부분을 그대로 덮쳤다. 꼼짝 않고 있어서 영락없는 흙바닥으로만 보이던 것이 다름 아닌 놈의 엎드린 모습이었던 것이다! 라울은 상대를 단단히 붙잡았다.

몸통을 압박하면서 라울이 윽박질렀다.

"이젠 끝났다, 이놈! 나한테 한번 붙잡히면 어쩔 수가 없어. 아하, 이놈 봐라. 그래, 어디 한번 해보겠다는 거냐?"

상대는 허리춤이 붙들린 채로 몇 미터 정도를 꾸역꾸역 미끄러져 가고 있었다. 라울은 계속해서 욕을 퍼부으며 기를 죽이려 했다. 그러면서도 왠지 이 먹잇감이 손아귀를 빠져나가 캄캄한 어둠 속으로 녹아드는 듯한 느낌이 들었다. 가만히 보니 양쪽으로 두툼한 바윗덩어리가 놓여 있고, 그사이로 먹잇감이 서서히 빨려 들어가는 듯했는데, 그에 따라 놈을 붙들고 있는 두 손 역시 점점 딸려 들어가면서 거친 바위 표면에 마구 긁힐 지경이었다.

아뿔싸, 아무래도 그런 것 같았다! 놈은 바위틈 구멍 속으로 빨려 들어가고 있는 것이다! 글자 그대로 땅속으로 들어가면서 시시각각 지면 위로 드러난 모습이 줄어들었고, 덕분에 붙들고 있기도 점점 어려워졌다. 라울은 어쩔 줄 모르며 발악을 했다. 상대는 마치 몸이 늘어나듯 계속해서 라울의 손아귀를 흐물흐물 빠져나갔고, 드디어 더 이상 붙들 것도 없는 순간에 도달했다.

놈의 몸뚱어리가 완전히 사라진 것이다! 이 어인 기적이란 말인가? 도대체 어디로 도망친 건가? 라울은 덮어놓고 귀를 기울여보았다. 저 아래 배 옆에서 벌벌 떨며 라울을 부르고 있는 두 여자의 목소리 외엔 아무것도 들리지 않았다.

라울은 곧 여자들에게 돌아가 실패를 숨긴 채 말했다.

"아무도 없더군요."

"하지만 뭔가를 보지 않았나요?"

"그런 줄 알았죠. 하지만 나무가 우거진 그늘 속에서 뭐는 착각을 못 하겠습니까?"

라울은 일단 여자들을 장원까지 데려다준 뒤 미친 듯이 정원을 헤집고 다녔다.

방금 대적한 상대한테는 물론, 자신에게도 엄청 화가 치밀어 있는 것이었다. 벽을 따라 몇 바퀴나 돌고 돌면서, 혹시 어디 빠져나갈 구멍이라도 없나 샅샅이 뒤졌다. 그러더니 갑자기 진로를 변경해 허물어진 온실 쪽으로 내달렸다. 그곳에 무릎을 꿇고 있는 듯한 어떤 윤곽이 움직거렸는데, 가만 보니 두 명이 부스럭대는 것 같기도 했던 것이다.

라울이 몸을 날려 가차 없이 덮친 건 당연했다. 하지만 둘 중 한 놈은 그보다 더 쏜살같이 달아났다. 라울은 남은 한 놈의 몸통을 악착같이 부둥켜안고 가시덤불 속에 나뒹굴며 악을 썼다.

"아, 이제야말로 독 안에 든 쥐다, 이놈!"

이에 맞서 귓가에 들려온 건 처량하게 애걸하는 나약한 목소리였다.

"아, 이런! 대체 왜 이러나? 이거 놓지 못해?"

베슈의 목소리였다.

라울로선 길길이 날뛸 수밖에 없었다.

"빌어먹을! 이 시간에 하필 이런 데서 잠을 청하긴가? 젠장, 멍청하기는! 그래, 누구와 함께 있었던 거야?"

하지만 베슈 역시 보통 화가 나 있는 게 아니었고, 이번에는 자기 차례라는 듯 바짝 뻗대면서 엄청난 괴력으로 라울의 몸을 흔들어댔다.

"멍청한 게 누군데, 이래? 지금 자네가 어떤 와중에 끼어든 건지 알기나 하나? 도대체 왜 우리를 방해하는 거야?"

"우리라니, 그게 누군데?"

"당연히 그 여자지! 제기랄! 이제 막 입을 맞추려던 참이었단 말이야! 처음으로 여자가 정신을 놓고 있었는데…… 당장 입을 맞추려는데, 자네가 모조리 틀어놨다고! 이 답답한 친구 같으니라고!"

화도 났고 허탈하기도 했지만, 라울은 그가 망쳐놓은 유혹의 장면을 머릿속에 떠올리고는 허리가 끊어져라 폭소에 또 폭소를 터뜨리지 않을 수가 없었다.

"우하하하하! 요리사였어! 요리사! 베슈가 드디어 요리사를 품어보려고 했다니! 세상에, 내가 그 알량한 예식을 중단시켜버리다니. 오, 하느님 맙소사! 이런 포복절도할 일이 있나! 베슈가 요리사에게 입을 맞추려 하다니! 돈 후안이 따로 없군그래!"

11

함정에 빠지다

몇 시간 눈을 붙인 뒤, 라울 다브낙은 침대를 박차고 일어나 서둘러 옷을 입고는 바위 협곡이 있는 데로 다시 가보았다. 몸싸움이 있었던 장소를 확인하기 위해 손수건 한 장을 살짝 떨구어놓았던 터였다.

손수건은 같은 장소가 아닌 좀 더 멀찌감치 떨어진 곳에서 발견되었다. 게다가 두 번의 매듭이 지어진 채(원래는 전혀 매듭을 지어놓지 않았다), 소나무 줄기에 단도로 꽂혀 있는 게 아닌가!

라울은 속으로 중얼거렸다.

'오냐, 선전포고를 하시겠다. 나를 엄청 의식하고 있단 얘기야. 흥, 잘된 거지! 그나저나 이 아무개 씨 배포도 웬만큼 알아줘야겠는걸. 뱀장어처럼 내 손아귀에서 빠져나간 것도 제법 쓸 만한 임기응변이고 말이야.'

사실은 특히 그 점이 다브낙의 흥미를 끌었다. 주변을 보다 세밀히 관찰한 결과, 그런 흥미는 더더욱 달아오를 수밖에 없었다. 적이 빠져

달아났던 구멍은 알고 보니 천연적으로 생긴 균열이었다. 즉, 이런 화강암 암반의 언덕에선 보기 드물지 않은 일종의 단층이 자연스럽게 땅속 빈 공간을 만들고 있었던 것이다. 두 바위 사이로 깊이 파인 틈새는 얼른 봐서 대략 60~80센티미터 정도 깊이까지 비좁게 뻗어 있었다. 그 끄트머리는 흡사 병목처럼 좁아져서 도저히 어른이 통과해 빠져나갈 수 없을 것처럼 보였는데, 하물며 보통 어깨보다 넓은 챙이 달린 모자와 투박한 나막신 차림으로는 엄두도 낼 수 없을 게 분명했다. 하지만 그런 일이 실제로는 일어나지 않았는가! 이것 말고는 도망갈 구멍이 없으니.

더구나 라울의 손가락 사이에 아직도 느낌이 남아 있는 유연하고 날렵한 몸놀림, 그 놀랄 만한 탈출 솜씨야말로 이처럼 비좁고 은밀한 틈새와 더없이 맞아떨어지지 않는가!

카트린과 베르트랑드는 간밤에 있었던 일로 잔뜩 흥분한 데다, 밤새 잠 한숨 못 이뤄 창백해진 얼굴로 라울을 찾았다. 둘 다 출발 날짜를 앞당기자며 성화였다.

"왜요? 바위가 떨어진 것 때문에요?"

라울의 반문에 베르트랑드가 말했다.

"물론이죠. 벌써 뭔가 심상치 않은 조짐이 벌어진 것이니까요."

"다짐하지만 그런 건 아닙니다. 그렇지 않아도 방금 현장을 면밀히 조사하고 오는 길인데, 그 바윗덩어리는 저 혼자 굴러떨어진 거예요. 한마디로 재수 없게 벌어진 일일 뿐, 그 이상은 아닙니다."

"하지만 그때 당신이 꼭대기까지 기어 올라간 건 분명 뭔가를 보았다는 얘긴데."

"그것도 그런 게 아니에요. 그저 혹시 누군가 있어서 고의적으로 돌을 떨어뜨린 게 아닌지 확인하고 싶었을 뿐입니다. 간밤에 이어 오늘 아침에도 조사했지만, 전혀 의심 갈 만한 점은 없었습니다. 게다가 그런 크기의 바윗덩어리를 떨어뜨리려면 준비작업만 해도 꽤 오래 걸릴 일이에요. 그런데 이 세상 누구도 당신들 자매가 야간유람을 하리라고는 생각지 못했을 겁니다. 아시다시피 그러기로 한 것도 마지막 순간에 즉흥적으로 나온 생각이었고요."

"그건 그렇죠. 하지만 당신에 대해서는 충분히 예상할 수 있는 문제였어요. 벌써 며칠째 밤마다 거기를 둘러보았으니까요. 그러니 공격 대상은 우리가 아니라 라울 당신이었던 거죠."

"오호, 내 걱정은 안 하셔도 됩니다."

라울은 빙그레 웃으며 대꾸했다.

"천만에요! 왜 걱정이 안 되겠어요! 당신은 그렇게 위험에 스스로를 노출시킬 권리가 없어요. 우리가 절대로 허락 안 합니다."

두 자매는 기겁을 한 표정이었고, 정원을 함께 거니는 내내 매달리다시피 라울의 팔을 양쪽에서 붙들며 애원했다.

"우리 여길 떠나요! 분명히 말하지만 더 이상 여기 있는 낙이 없다고요. 두렵기만 할 뿐이에요. 주변이 온통 위험스러운 함정뿐이에요. 그러니 여길 떠나요. 도대체 당신은 왜 떠나려 하지 않는 건가요?"

마침내 라울이 입을 열었다.

"왜냐고요? 그야 조만간 사건이 해결될 것이기 때문이죠. 날짜도 돌이킬 수 없이 정해진 상황인 데다, 당신 둘 다 므슈 게르생이 어떻게 죽었으며, 할아버지의 황금이 어디서 나온 건지를 알아야 하기 때문입니다. 그것이 당신들 바람 아니었습니까?"

베르트랑드는 조금도 물러설 기색이 아니었다.

"그건 그래요. 하지만 꼭 이곳에 머문다고 해서 그런 걸 알 수 있는 건 아니잖아요?"

"아닙니다. 반드시 이곳에, 그것도 9월 12일, 아니면 13일이나 늦어도 14일까지는 머물러야만 알 수 있는 일이에요."

"그 날짜는 대체 누가 정한 거죠? 당신인가요? 아니면 그 미지의 상대?"

"나도, 그도 아닙니다."

"그럼요?"

"바로 운명에 의해 정해진 겁니다. 아울러 그건 운명도 바꾸지 못하는 거고요."

"당신한테 그 정도까지 확신이 있으면서 왜 지금까지도 문제가 오리무중인 거죠?"

라울은 말 한마디 한마디에 엄청난 신념을 쏟아붓는 티가 뚜렷한 말투로 또박또박 말했다.

"더 이상 오리무중이 아닙니다. 몇 가지 점만 제외하고 모든 진실이 내겐 선명하게 드러나 있어요."

"그렇다면 행동을 개시하세요."

"글쎄, 그 행동 개시를 정해진 날짜가 되어야만 할 수 있단 말입니다. 그날이 와야 미지의 적수를 꼼짝 못하게 옭아맬 뿐만 아니라, 황금가루를 당신 손에 쥐여줄 수가 있어요."

라울은 마치 관중을 궁금하게 만들고 요리조리 희롱하면서 즐거워하는 마술사라도 되는 양 유쾌한 태도로 앞날을 예견했다. 결국 그는 이렇게 타일렀다.

"오늘이 9월 4일이니 기껏해야 6~7일 남은 겁니다. 어때요, 그 정도면 좀 참아주실 수 있겠죠? 자, 이제 더는 이런 성가신 일들은 개의치 말고, 시골에서의 마지막 주간을 만끽하도록 하세요."

아닌 게 아니라, 여자들 입장에서는 그야말로 하루하루를 참아나가는 것이나 다름없었다. 매 시간, 신열과 불안에 시달렸다. 심지어 별다른 이유 없이 티격태격하는 일도 가끔 있었다. 라울이 보기에 두 자매의 모습에는 좀 황당하고 아리송한 데가 있었고, 그렇기 때문에 더욱 미묘한 흥미를 불러일으켰다. 그러면서도 둘은 서로 떨어질 수가 없었고, 특히 라울의 곁에 바싹 붙어 있으려고 했다.

마지막 남은 체류의 나날도 화창한 날씨가 이어졌다. 이제나저제나 결전을 앞두고 그 결말을 가늠하느라 골머리를 앓으면서도, 두 여자는 라울의 영향력에 의해 서서히 긴장을 풀어갔고, 삶의 감미로움에 저도 모르게 취해갔다. 라울이 하는 얘기마다 여자들은 때로는 가볍게, 때로는 진지하게 그리고 열정적이면서도 가끔은 듣는 둥 마는 둥 귀만 열어둔 채 툭하면 웃음꽃을 피워댔다. 자신을 향해 스스럼 하나 없이 열어젖힌 두 여자들의 태도 속에서 라울은 정말로 자발적인 심정을 읽을 수가 있었다.

하지만 서로 친한 친구처럼 어울리는 분위기 속에서도 라울은 가끔 가벼운 기분으로 이런 의문을 품었다.

'맙소사, 이러다가 점점 이 두 여자 모두를 사랑하게 생겼어. 그나저나 내가 지금 둘 중 누굴 더 좋아하는 걸까? 처음에는 분명 카트린이었지. 나를 감동시키는 구석이 마음에 들었고, 나중 일이야 어찌 되든 그녀에게 헌신할 생각이었어. 그런데 갑자기 베르트랑드가 나타난 거야. 동생보다 좀 더 여성스럽고 애교가 넘치지. 지금은 이 여자한테 마음이 흔들려. 정말 지금 내가 제정신이 아닌 것 같군.'

실제로 라울은 두 여자를 다 사랑하고 있는 듯했다. 한 여자는 순진무구 그 자체였고, 또 다른 여자는 다소 복잡하면서 고민이 많아 보였지만, 라울에게 그 두 여자는 서로 다른 모습을 갖춘 하나의 여성일 뿐이었다. 즉, 온 심신을 다해 헌신해야 할 대상인, 모험 속 여인 말이다.

어쨌든 9월의 5일, 6일, 7일, 8일, 그리고 9일이 흘러갔다. 약속된 날짜가 서서히 다가옴에 따라 베르트랑드와 카트린도 점점 스스로의 감정을 제어할 수 있게 되었고, 심지어 라울에게서 느껴지는 정신적인 평정 상태에 동참할 수도 있게 되었다. 그들은 아르놀드 씨와 샤를로트가 장원을 정리하는 동안 자신들의 여행가방을 챙겼다.

한껏 몸이 달아오른 테오도르 베슈는 샤를로트를 도와 집 안 정리를 해주면서 하나도 겸연쩍어하지 않았다. 일주일간 샤를로트가 집에 가봐야 했기에 그녀와 함께 하고픈 베슈는 자기도 기차를 타겠노라고 선포했고, 라울은 라울대로 두 자매와 더불어 차를 타고 브르타뉴 지방이나 한 바퀴 돌아보기로 했다. 그동안 아르놀드 씨가 미리 파리로 가서 집 안 정돈을 좀 해두기로 하고 말이다.

마침내 9월 10일 점심식사가 끝난 후, 베르트랑드는 장원을 벗어나 단골가게들과의 계산을 끝내기 위해 마을로 향했다. 일을 끝내고 돌아온 그녀는 배 위에 앉아 낚시를 하는 라울과 그로부터 20여 미터 떨어진 다리 초입에서 그를 바라보는 카트린의 모습을 목격했다.

즉, 두 여자가 동시에 어느 정도 거리를 둔 채 남자를 바라보고 있었던 것이다. 남자는 물 위로 허리를 숙이고는 깔딱거리는 코르크 낚시찌만을 골똘히 응시하는 듯했다. 저 수면 아래로부터 뭔가 획기적인 일이라도 일어나길 기다리는 걸까? 아니면 그저 속에서 맴도는 어떤 사념의 꼬리라도 좇고 있는 걸까?

누군가 자기를 주시하고 있다는 걸 느끼긴 했는지 라울은 고개를 이리저리 돌려 카트린과 베르트랑드를 번갈아 바라보고는 한 번씩 싱긋 웃어주었다. 마침내 여자들도 그가 탄 배 위로 올라왔다.

"우리를 생각하고 있었나요?"

두 자매 중 한 명이 건넨 말에 라울은 간단히 대꾸했다.

"그렇소."

"둘 중 누굴 생각했죠?"

"둘 다요. 나는 두 사람을 따로 떨어뜨려서 생각할 수가 없어요. 당신둘이 없이 내가 어찌 이 세상을 살아가겠습니까?"

"우리 내일 여길 떠나긴 하는 거죠?"

"그래요, 9월 11일, 내일 아침. 브르타뉴 지방을 유람하는 건 그동안 참고 기다려준 것에 대한 나의 보답이라 여겨주십시오."

"글쎄, 떠나기는 하는데 아무것도 해결된 것은 없네요."

베르트랑드가 나직이 속삭이자, 라울이 대뜸 말을 받았다.

"모든 게 해결되었는걸요."

오랜 침묵이 뒤를 이었다. 사실 라울은 아무것도 낚지 않고 있었다. 한낱 모래무지조차 없는 개천에서 무얼 낚는다는 희망은 애당초 없는 형편이었다. 그럼에도 불구하고 세 사람은 아무 말 없이 낚시찌의 희롱하는 듯한 움직임만을 골똘히 노려보았다. 이따금 서로 짤막한 말을 나누는 가운데, 그윽한 황혼의 기운이 이 친근한 분위기 속에 녹아들었다.

"자동차를 미리 좀 손봐둬야겠습니다. 같이 가실 거죠?"

라울의 말에 일행은 모두 함께 자리를 털고 일어나 차를 넣어둔 성당 근처 창고로 향했다. 모든 것이 정상이었다. 엔진 돌아가는 소리는 더없이 규칙적이었다.

저녁 7시. 카트린과 베르트랑드에게 라울은 다음 날 아침 10시 반 정도에 두 사람을 데리러 올 것이며, 함께 키유뵈프에서 온 배를 타고 센 강을 건너게 될 거라 말하고는 자리를 벗어났다. 그런 다음 편의상 베슈와 함께 이 마지막 밤을 보내는 게 낫겠다 싶어서 그가 기거하는 별장으로 향했다.

저녁식사를 마친 뒤 두 사람은 각자 자기 방으로 돌아갔다. 곧이어 베슈의 코 고는 소리가 진동했다.

그제야 라울은 집 밖으로 나가 헛간 지붕 밑에서 두 개의 갈고리로 걸도록 되어 있는 사다리를 꺼내 이고, 바리바 영지 외벽을 따라 오솔길을 걷기 시작했다. 끄트머리에 이르러 담벼락을 타고 오른 그는 주위로 휘늘어진 나뭇가지들 속에 몸을 숨긴 채, 사다리에 줄을 맨 뒤 바깥쪽으로 내려 가시덤불 속에 누여놓았다.

그렇게 한 시간가량을 라울은 나뭇가지 속에 잠자코 있었다. 그의 시야 안에 정원 전체가 고스란히 들어왔다. 휘영청 달님이 희디흰 광채를 뿌리면서 마치 어둠을 뒤져보려는 듯, 개천물에 멱을 감으려는 듯 배회하고 있었다.

멀찌감치 장원의 저택에 불빛들이 하나둘 꺼졌다. 라디카텔의 성당 종루에서 열 번의 시계 종소리가 울려왔다.

라울은 계속 주변을 살피고 있었다. 일말의 위험이나마 두 젊은 여인들을 위협한다는 생각은 아니었지만, 그래도 무엇 하나 허술하게 흘리고 싶지는 않았던 것이다. 설사 매복을 하고 있지는 않다 해도, 적이 근방을 얼마든지 어슬렁거릴 수 있으며, 자기 나름대로 차근차근 준비를 해오면서 이미 목표에 상당히 접근해 있다고 생각할 가능성 또한 없지 않았다. 물론 그런 자신이 감시를 당하고 있다는 것은 전혀 모르겠지만.

순간 라울의 등줄기에 소름이 쭉 돋았다. 과연 밤새 망을 보는 게 옳으며, 정말 뭔가 일이 벌어지는 걸 목격할 수 있을 것인가? 방금 걸어왔던 외벽 안쪽으로 한 50여 보 떨어진 지점, 언젠가 아침에 카트린이 사용했던 쪽문에서 그리 멀지 않은 곳에서, 나무에 바짝 붙어 움직이지 않은 형체 하나가 눈에 들어왔다. 애당초 나무의 일부는 아닌 듯했지만, 슬그머니 기우뚱거리는가 싶더니 점점 키가 작아지면서 아예 땅바닥에 납죽 엎드리는 것처럼 보였다. 만약 처음부터 라울의 눈에 그 미세한 움직임이 포착되지 않았다면, 거대한 주목나무 그늘 속에 길게 엎드린 그 그림자의 존재를 결코 분간해내지 못했을 것이다. 그것은 캄캄한 어둠을 집요하게 좇으며 엉금엉금 기기 시작했다.

그림자는 계속해서 허물어진 온실을 굽어보도록 주변으로 솟은 언덕을 향해 기고 또 기었다. 돌들과 잡초들, 덤불숲이 뒤죽박죽 어우러진 가운데, 구불구불 이어진 길이 한 줄기 언덕 쪽으로 희끄무레하게 드러나 있었다. 천천히, 천천히 바닥을 기며 오르던 그림자는 어느 한순간 덤불 속으로 자취를 감췄다.

이쪽이 들킬 염려는 없다고 확신한 라울은 숨어 있던 나무에서 훌쩍 뛰어내려 달빛이 가 닿지 않는 장소만을 골라 달렸다. 시선은 폐허의 정점으로부터 한 치도 벗어나지 않았다. 불과 몇 분 만에 라울은 그 밑으로 바싹 다가들었다. 이제부터는 별로 조심할 필요도 느끼지 않고서 온실의 잔해 더미 사이 구불구불 이어진 길을 따라 그림자가 지나간 족적을 쫓기 시작했다.

혹시 모르기에 권총까지 빼 든 라울은 언덕바지까지 달음질쳐 올라가 주변을 한 번 쓱 훑었다. 수상한 점이 없는 것으로 봐서 아마도 적은 다른 쪽 비탈로 내려간 모양이었다. 라울은 서너 발짝 더 밟아보았다.

라울은 잠시 머뭇거렸다. 주변이 너무도 조용하고, 잎사귀 한 잎, 풀 한 포기 꼼짝하지 않아서 더 위험스럽게 느껴지는 분위기가 있는 법이다. 라울은 그야말로 온 감각을 활짝 열어놓고 조심조심 걸음을 옮겼다. 그리고 어느 순간, 발 아래 나뭇가지가 우지끈 부러지는 게 느껴지나 싶더니 뭔가 허전하게 밑이 쑥 꺼지는 것이었다!

라울은 속절없이 허공으로 곤두박질쳤다. 떨어지는 순간 상체에 파성추로 한 대 얻어맞은 것 같은 충격을 느끼면서 균형이 흐트러진 걸 볼 때, 미리 의도된 공작에 의한 추락임이 분명했다. 마치 목석처럼 대책 없이 바닥에 곤두박질친 라울의 몸을 쏜살같이 담요가 휩싸고, 이어서 밧줄이 친친 감았는데, 어찌나 전광석화 같은 솜씨인지 움찔하는 반항 한 번 할 수가 없었다.

정말이지 무시무시한 속도로 작업이 진행되고 있었지만, 얼추 판단하기에 한 사람에 의한 동작인 것 같았다. 뒤이어 진행되는 동작 역시 신속하긴 마찬가지였다. 또 다른 밧줄이 친친 동여매어지는 듯하더니 아마도 시멘트나 강철로 된 말뚝에 단단히 고정되고 있는 게 틀림없었다. 모든 작업이 완료되자, 저 위로부터 난데없는 모래와 자갈 세례가 쇄도했다.

뭐 하나 해볼 도리가 없었다. 어둠과 적막, 그리고 엄청난 중량감을 온몸으로 느끼면서 라울은 자신이 매장되었음을 인정하지 않을 수 없었다.

그러나 적어도 인간이라면 스스로 허물어지거나 희망을 포기한다는 건 있을 수 없는 일이다. 라울 역시 제아무리 험악한 상황에 처해도 대번에 긍정적인 측면부터 추궁해 들어가는 타입이었다. 그리고 지금 당장 그의 머릿속에는 누군가 자신을 살해하려 했지만, 결국 현실은 그렇게 되지 않았다는 생각이 집요하게 떠올랐다. 사실 얼마나 쉬운 일인가! 이것저것 다 필요 없이 그저 칼침 한 방이면 해결될 것을! 어쩌면 막강한 적수로 보였을 게 분명한 이 몸을 단번에 제거할 기회가 분명 있었던 것을! 그런데도 죽이지 않은 건 일련의 일을 해치우는 데 필요한 며칠만 이 사내를 무력화시킬 수 있다면, 굳이 살인까지는 할 필요가 없다는 뜻일 터였다.

순간적으로 이 정도 가설을 머릿속에 세우는 것쯤이야 라울로서는 정통한 분야에 속했다.

하지만 그렇다고 해서 적이 극단적인 해결책에서 결정적으로 물러난 거라고 볼 수 있진 않았다. 단지 그것을 운명의 결정에 맡겼다고 하는 게 더 옳았다. 어쨌든 이 상태로 라울이 숨을 거둘 수도 있는 거고, 그럼 할 수 없는 것 아닌가!

라울은 속으로 마음을 다잡았다.

'난 이대로 스러지지 않아. 중요한 건 당장은 더 이상의 공격이 없을 거라는 점이야.'

이런 상황에서 본능은 대번에 가능한 한 최적의 자세로 몸을 이끌었고, 라울은 그에 따라 사력을 다해 무릎을 구부리고 양팔을 뻗쳐서 가슴팍을 양껏 부풀렸다. 그렇게 함으로써 약간은 움직일 여지와 더불어 호흡할 수 있을 공간이 확보되었다. 또한 그의 감지력은 무서운 속도로 현재 위치한 장소를 파악해 들어갔다. 그러지 않아도 라울은 혹시 큰 모자의 주인공이 숨을 만한 곳이 없나 수차례에 걸쳐 이곳 온실의 폐허 더미를 쑤신 적이 있었고, 옛날 입구에서 그리 멀지 않은 곳에 이 같은 빈 공간이 있다는 걸 확인해둔 터였다.

결국 소생의 희망은 두 가지 길로 압축되는 셈이었다. 즉, 위쪽으로는 벽돌과 자갈, 모래와 무너진 고철 더미를 통과해 빠져나가는 방법. 아래쪽으로는 옛날 온실이 자리했던 땅바닥까지 아예 파 내려가는 방법. 하지만 일단 탈출을 시도하기 위해선 조금이나마 움직일 수가 있어야 한다. 바로 그것이야말로 도저히 넘을 수 없는 난관이었다. 친친 동여매인 밧줄의 매듭이 몸을 꼼지락거릴수록 점점 더 조여드는 것이었다.

라울은 포기하지 않고 교묘히 몸을 비틀어 움직일 수 있는 여지를 조금씩 넓혀갔다. 머릿속에서는 생각이 끊기지 않고 이어졌다. 적이 차근차근 진행했을 매복의 전 과정, 자신의 일거수일투족을 훑고 있었을 그 감시의 시선, 외벽을 타고 올라가 나무 속에 숨는 자신의 모습을 가소로운 듯 염탐하고 있었을 그 눈빛, 그래서 결국에는 함정으로 유인해 곤두박질치게 한 능란한 수법 등이 머릿속에 그려지듯 떠올랐다.

한 가지 신기한 일은 담요로 둘둘 말려 사방이 막막할 정도로 가로막힌 이곳으로 바깥쪽, 그중에서도 유독 센 강 방향으로부터 도저히 납득이 되지 않을 만큼 선명한 소음이 새어 든다는 사실이었다. 분명 폐허더미 속에 방치되어 있을 어떤 틈새를 통해 소리가 흘러들고 있을 터였다. 결국 센 강 방향에 거의 평행으로 이어진 일종의 통로가 존재한다는 얘기가 아닌가!

약간만 귀를 기울여봐도 강물 위를 떠가는 배의 고동 소리임이 확실했다. 한편 도로 위를 달리는 자동차 경적 소리도 섞여왔다. 라디카텔의 성당 종소리가 열한 번을 울리는 모양인데, 그 맨 마지막 소리는 이제 막 시동을 거는 자동차 엔진 소리에 파묻혀 얼핏 지나가버렸다. 다름 아닌, 라울의 자동차 엔진 소리 말이다! 그렇다, 다른 건 몰라도 저 소리는 알아본다! 수많은 소음 속에서도 어찌 내 자동차 소리를 분간 못하랴!

자동차는 막 시동이 걸림과 동시에 출발해서 마을을 우회하는가 싶더니, 곧장 대로로 접어들어 점차 속도를 내면서 릴본으로 향했다.

그나저나 릴본이 목적지일까? 라울을 이 지경에 빠뜨린 놈과 동일인임에 틀림없는 저 차도둑놈이 혹시 루앙까지, 아니 파리까지 내처 내달리려는 것은 아닐까? 도대체 무엇하러?

집요한 탈출 동작에 어느 정도 진력이 나자, 라울은 잠시 휴식을 취하면서 생각을 정리했다. 요컨대 작금의 상황은 이렇다. 내일, 그러니까 9월 11일, 오전 10시 반에 그는 장원으로 와서 카트린과 베르트랑드를 데려가기로 되어 있었다. 그렇다면 10시 반이나 11시까지는 적어도 겉으로 보기에 큰 이상은 없는 셈이다. 카트린과 베르트랑드는 전혀 불안해하지 않을 것이며, 따라서 무슨 변이 일어났나 찾으러 다닐 리도 없다. 하지만 그다음은 어떨까? 하루 온종일 모습이 보이지 않는다면, 그리하여 결정적으로 라울의 실종이 기정사실화 된다면 그때부터 활발한 조사가 시작될 것이고, 그럼 언젠가는 구출될 수도 있지 않을까?

어쨌든 적은 두 여자가 계속 바리바에 머물면서 기다릴 것으로 예상할 게 분명하다. 하지만 그렇게 되면 모든 음모가 수포로 돌아간다. 무엇보다 완벽한 행동의 자유가 보장되어야 마음먹은 대로 작업을 전개할 수가 있을 테니 말이다. 결국 두 여자를 이곳에서 떠나게 만들어야 할 텐데, 그 방법은? 단 하나! 두 여자를 파리로 불러들이는 것이다. 편지를 띄우면 필체를 알아볼 테니 어렵겠고. 그래, 전보가 있지! 라울의 서명을 담은 전보를 보내, 갑작스럽게 먼저 바리바를 떠나지 않을 수 없었으며, 이 전보를 받는 즉시 기차를 잡아타고 달려오라는 지시를 내리는 것이다.

라울은 계속 머리를 굴렸다.

'그렇다면 여자들이 무슨 수로 따르지 않겠어? 지극히 논리적인 지시라고 생각하겠지! 더군다나 나의 보호막 없는 이곳 바리바에 뭐하러 조금이나마 더 남아 있으려고 하겠어?'

그는 약간의 밤 시간 동안 작업을 하고 나서 숨을 쉬기가 여간 거북한 게 아님에도 불구하고 충분히 잠을 잤다. 깨서는 또다시 작업을 재개했다. 확실한 건 아니지만 외부로부터 유입되는 소음이 좀 더 명료하게 들리는 걸로 봐서 조금은 출구 쪽으로 거리를 좁힌 듯했다. 하지만 이토록 미세한 움직임에 이 정도로 엄청난 힘을 쏟아붓고 나서 전진한 거리가 과연 몇 센티미터나 되겠는가?

몸을 감고 있는 밧줄은 꼼짝도 하지 않는 상태였다. 다만 마치 닻줄처럼 어딘가에 고정시킨 밧줄만이 약간씩 느슨해질 따름이었다.

새벽 6시쯤 되었을까, 라울은 다시금 자기 자동차의 귀에 익은 엔진 소리를 들었다고 생각했다. 설마? 하지만 소음은 라디카텔에 저만치 못 미친 곳에서 그쳤다. 하긴 적이 왜 자동차를 여기까지 도로 가지고 오겠는가! 혹시라도 남의 눈에 띄면 전보의 신빙성이 여지없이 깨지고 말 텐데.

아침 시간이 빠르게 지나갔다. 정오가 되었을 텐데, 그 어떤 탈것이 이동하는 소리도 들리지 않았다. 두 자매는 전보를 받자마자 뒤도 안 돌아보고 라디카텔을 떠났을 것이다. 릴본에서 기차를 잡아타야 할 테니까.

하지만 라울의 예상은 완전히 빗나갔다. 성당 종소리가 오후 1시를 규칙적으로 알리는 가운데, 그리 멀지 않은 느낌의 외침이 들려온 것이다.

"라울! 라울!"

영락없는 카트린의 목소리였다.

아울러 베르트랑드의 목소리도 섞여 들려왔다.

"라울! 라울!"

라울은 여자들의 이름을 번갈아 고래고래 외쳐댔다. 하지만 반응은 없었다.

두 젊은 여자는 그 밖에도 여러 차례 라울의 이름을 불러주었지만 어쩐지 점점 멀어져 가는 느낌이었다.

그리고 또다시 적막.

12
복수

라울은 생각했다.

'내 생각이 틀렸군. 파리로 와달라는 전보는 없었던 거야. 그 대신 내가 갑자기 사라져서 놀라 허둥지둥 찾으러 나다니는 거라고.'

곧이어 저렇게 찾다 보면 반드시 결실이 있을 것이며, 특히 이 방면 전문가나 다름없는 베슈라면 능히 목표를 달성할 것이라는 생각이 들었다. 요컨대 영지만 두고 볼 때 그리 큰 규모가 아니며, 더군다나 사람을 파묻어 숨길 만한 장소—죽거나 부상당한 사람이라고 칠 때—는 그리 많지가 않은 것이다. 바위 협곡과 뷔트오로맹, 온실의 폐허 더미, 아마 모두가 익히 알고, 또 베슈와 그가 더불어 숱하게 조사를 해보았던 두세 군데 또 다른 장소들, 그 밖에 개천과 사냥용 별장 그리고 장원 등등. 과연 시체 한 구 숨길 만한 장소는 어디라고 해야 하나?

하지만 시간은 자꾸만 흘렀고, 라울의 희망도 점점 희박해져가는 건 어쩔 수 없었다.

그는 속으로 중얼거렸다.

'역시 베슈는 지금 제 상태라고 볼 수 없어. 제아무리 나를 찾아내려고 백방 노력을 한다 해도 사랑 때문에 운신이 여의치가 않을 거야. 분명 두 여자와 하인 두 명을 데리고 정원 밖으로, 가까운 구릉지대로, 숲으로, 센 강으로 눈에 불을 켜고 헤매 다니는 거야. 그리고…… 그러다 보면…… 누가 알겠어? 아마도 심상치 않은 사태가 발생했다는 가설에 회의를 품을지도 모르지. 어쩌면 내가 무슨 급한 일이 생겨 알릴 틈도 없이 어디론가 떠났다 생각할 수도 있을 거야. 그러고는 무작정 기다리겠지!'

실제로 하루 종일 아무 부르는 소리 없이 지나갔다. 센 강변에서 새어 드는 소음도 평범한 자동차와 뱃소리가 전부였다.

성당 종루의 시계 종소리는 변함없이 제 소리를 울려대고 있었다. 마침내 밤 10시를 알리는 종소리가 울리자, 라울은 카트린과 베르트랑드가 무방비 상태에 처해 있으며, 밤이 시작됨에 따라 두려움에 떨기 시작할 거라는 생각을 했다.

그는 탈출 노력을 배가시켰다. 덕분에 밧줄이 전체적으로 조금이나마 느슨해지면서 말뚝에 고정되어 있던 매듭이 풀려났다. 이제 출구라고 생각되는 방향으로 좀 더 기민하게 움직일 수 있었다. 아울러 함께 느슨해진 담요 너머로 호흡도 훨씬 원활해졌다. 단, 배고픔이 그를 괴롭히기 시작했고, 그 때문에 작업 속도는 갈수록 더뎌지고 능률은 그만큼 떨어졌다.

라울은 자기도 모르게 잠이 들었다. 열에 들떠 중간중간 악몽으로 소스라치면서 다시 곯아떨어지기를 수차례. 라울은 마침내 이유 모를 불안감에 기겁을 하며 비명과 함께 후다닥 떨쳐 일어났다.

그는 일부러 정신을 차리려고 큰 소리로 외쳤다.

"이런, 이런! 내 머리가 기껏 이틀간의 피로와 배고픔 앞에서 맥을 못 춘단 말인가!"

7시를 알리는 종소리가 들려왔다. 드디어 9월 12일 아침, 스스로 예고한 운명의 시간이 시작되는 첫날인 셈이었다. 하지만 모든 것이 적의 승리를 예견케 할 만한 상황이었다.

라울은 오기와 분노로 온몸이 불끈 달아오르는 게 느껴졌다. 여기서 상대에게 승리를 내어준다는 것은 곧 두 자매의 파멸과 엄청난 보물의 포기, 그러면서도 정작 범인은 아무 탈 없이 빠져나간다는 것을 의미할 터였다. 아울러 그것은 라울 자신의 죽음이나 다름없었다. 이대로 패배해서 죽고 싶지 않다면 어떻게든 이 캄캄한 묘석을 뒤엎어버리고, 바깥세상으로 탈출해야만 한다.

언뜻 호흡하기에 보다 신선한 공기가 감지되면서 라울은 출구가 그리 멀지 않다는 걸 깨달았다. 바깥으로 코빼기만 내밀 수 있어도 소리를 쳐 사람을 부를 수 있고, 구조는 시간문제일 텐데.

그야말로 악을 쓰며 몸부림을 쳐댔다. 그러던 어느 한순간, 주위에 난데없는 지진과도 같은 느낌이 엄습하면서 그는 놀라 까무러치는 줄 알았다. 여태껏 머리와 어깨, 팔꿈치와 두 무릎, 다리 할 것 없이 몸부림을 쳐대며 파헤치던 흙더미가 한꺼번에 와르르 무너진 것이다. 이것이 과연 라울 자신의 동작 때문에 빚어진 사태일까? 아니면 바깥에서 모든 걸 지켜보고, 굴착의 진행 방향을 주시하던 적이 단 한 번의 곡괭이질로 이 부실한 흙무덤마저 허물어뜨린 것일까? 원인이야 어떻든 간에 라울은 또다시 진퇴유곡 막막한 위기에 처했다.

하지만 그는 여전히 저항을 포기하지 않았다. 다시금 온몸의 힘을 쥐어짜 버텼다. 숨도 꾹 참았다. 자신에게 허락된 몇 안 되는 공기량을 절약하기 위해서였다. 하지만 점점 압박해오는 중량을 견디며 가슴을 들어 숨을 쉰다는 게 갈수록 어려워지는 건 어쩔 수 없었다.

그는 또다시 머리를 굴렸다.

'15분 정도는 버틸 수 있을 거야. 그래, 15분이야.'

라울은 속으로 시간을 재고 있었다. 하지만 관자놀이가 마구 날뛰기 시작했고, 머릿속이 빙글빙글 돌아가 더 이상 정신을 차릴 수가 없었다.

라울 다브낙이 눈을 떴을 때는 장원에서 원래 사용하던 방 침대 위였다. 옷을 입은 채 누워 있었고, 카트린과 베르트랑드가 걱정스러운 눈빛으로 지켜보고 있었다. 추시계는 오전 7시 45분을 가리켰다. 그는 조용히 중얼거렸다.

"15분을 넘지 않았겠죠? 그렇지 않았다면……."

그 순간, 부랴부랴 지시를 내리는 베슈의 음성이 들려왔다.

"어서 빨리, 아르놀드! 별장으로 달려가서 이 친구 가방을 가져와요. 샤를로트, 어서 차 한 잔하고 러스크 좀 갖다주고. 빨리요!"

곧이어 침대 곁으로 돌아온 베슈의 얼굴이 보였다.

"이 친구야, 자네 우선 배부터 좀 채워야겠어. 너무 많이는 말고. 제기랄, 자네 정말 우릴 십년감수하게 만들었다고! 대체 어떻게 된 건가?"

카트린과 베르트랑드는 완전히 인상이 구겨진 채 눈물을 흘렸다. 각각 라울의 손을 양쪽에서 붙든 채 말이다.

베르트랑드가 먼저 중얼거렸다.

"대답하지 말아요. 아무 말하지 마세요. 기운이 바닥났을 거예요. 아, 우리 모두 얼마나 걱정을 했는지! 당신이 갑자기 사라져서 뭐가 뭔지 영문을 모르겠더라고요. 어디 한번 얘기 좀 해보세요. 아니지, 아무 말 말아요. 그냥 쉬세요."

두 자매는 그것으로 입을 다물었다. 하지만 둘 다 워낙에 흥분한 상태라서 곧이어 자기도 모르게 뜬금없는 의문점들을 두서없이 토해냈고, 그때마다 금방 또 대답할 필요 없다며 손사래를 치는 것이었다. 그건 라울에게 닥쳤던 위험이 도무지 이해가 되지 않는 베슈의 경우도 마찬가지였다. 그는 연신 횡설수설 얘기를 늘어놓았고, 그나마 중간중간 엉뚱한 지시를 내리느라 법석을 떨었다.

마침내 차 한 잔과 러스크 몇 조각을 들고 다소 기운을 회복한 라울이 입을 열었다.

"혹시 파리로부터 당신들한테 전보 온 것 있습니까?"

대답은 베슈가 대신했다.

"그렇다네. 첫 기차로 자네한테 와달라는 내용이었어. 자네 집에서 만나자고 말이야."

"그런데 왜 가지 않은 거지?"

"난 그러자고 했지. 한데 여자들이 원치 않더군."

"이유는?"

"의심이 간다는 거야. 자네가 그런 식으로 자기들을 떠날 리가 없다는 거지. 그래서 우리 모두 나서서 자넬 찾아보기로 했다네. 우선 바깥 숲부터 뒤졌지. 그런데 얼마 안 가 우리도 갈피를 못 잡겠더군. 도대체 자네가 떠난 건지 아닌지부터가 말이야. 영문을 알 수 없는 가운데 시간만 흘러갔지. 그 뒤론 잠도 한숨 못 잤다네."

"헌병대에는 알리지 않았나?"

"안 알렸네."

"잘했어. 그런데 나를 어떻게 찾은 건가?"

"샤를로트의 수훈이 컸다네. 오늘 아침 그녀가 집 안에서 이러는 거야. '옛날 온실 있던 곳에 뭔가 수상한 움직임이 있어요! 창문으로 다 봤어요!'라고 말이지. 그래서 무작정 그쪽으로 달려가 본 거라네. 얼른 의심 가는 곳을 파보았지."

라울은 나지막한 소리로 말했다.

"고마워요, 샤를로트."

마치 누가 뭘 할 건지 물어보기라도 한 것처럼 그는 단단한 목소리로 말했다.

"우선 잠 좀 자고 나서 떠날 거야. 우리 모두 르아브르로 가는 거지. 한 며칠 동안. 바다 공기가 기운을 차리게 해줄 거야."

모두들 라울이 쉴 수 있도록 자리를 피해주었다. 덧문들은 죄다 닫혔고, 방문도 굳게 잠겼다. 라울은 깊은 잠에 곯아떨어졌다.

오후 2시쯤 되어서 호출벨 소리가 울렸고, 베르트랑드가 부랴부랴 방 안으로 들어섰다. 깨끗한 복장에 면도까지 말끔히 한 라울 다브낙이 안락의자에 느긋하게 앉아 있었다. 여자는 놀란 눈으로 잠시 바라보더니 천천히 남자에게 다가가 이마에 가볍게 입을 맞추었다. 그에 이어서 손등에도 입을 갖다 댔는데, 그때는 눈물이 약간 섞여 있었다.

샤를로트가 라울의 방에 모두를 위한 식탁을 차렸다. 하지만 정작 라울은 음식에 거의 입을 대지 않았다. 몹시 피곤해 보였고, 아직 고통의 기억에서 벗어나지 못했는지 한시바삐 장원을 뜨고 싶어 하는 눈치였다.

심지어 베슈가 차 앞까지 부축해서 뒷좌석에 태워줘야만 할 정도였다. 운전대는 베슈가 잡았는데, 운전 솜씨는 그저 그랬다. 아르놀드와 샤를로트는 파리행 저녁 기차를 타기로 했다.

르아브르에 도착하자 라울은 아무 설명 없이 짐도 풀지 말고, 호텔에도 들지 말자며 고집을 피웠다. 그뿐만 아니라, 곧장 생트아드레스 해변(르아브르에 이웃한 고급 해수욕장—옮긴이)으로 차를 몰아 그곳 모래사장에 벌렁 누워 하루 온종일을 빈둥대는 것이었다. 그는 아무 말도 하지 않았고, 신선한 바람만 가슴 가득 빨아들였다.

시간이 흘러 하늘에 길게 늘어진 장밋빛 구름 사이로 해가 뉘엿뉘엿 지기 시작하면서 마침내 마지막 불꽃이 수평선 너머로 자취를 감출 즈음, 두 자매와 베슈는 정말 뜻밖의 광경을 접하고 말았다. 라울이 오로지 일행 네 명밖에 없는 텅 빈 해변 한구석에서 벌떡 일어나더니 도무지 종잡을 수 없는 동작과 스텝을 총동원하고도, 날카로운 비명까지 가미한 난데없는 광란의 춤을 추기 시작하는 게 아닌가! 그 모습이 흡사 수면 위에서 까불대는 갈매기를 연상시켰다.

"아니, 자네 미쳤는가?"

베슈가 버럭 소리쳤다.

그러자 라울은 친구의 몸뚱이를 덥석 붙들어 한 바퀴 빙그르르 돌리더니 쭉 뻗은 두 팔 위로 마치 통나무처럼 번쩍 들어 올렸다.

카트린과 베르트랑드는 한편으로 놀라면서도 깔깔대며 배꼽을 잡았다. 아침부터 극심한 피로로 기진맥진하게만 보이던 그에게 저런 갑작스러운 괴력이 대체 어디서 나오는 것일까?

일행을 인솔하면서 그가 말했다.

"그럼 내가 며칠이나 혼수상태 속에 처박혀만 있을 줄 알았습니까? 몰락이여, 안녕! 이미 그건 장원에서 차 한 잔과 잠 두 시간 만으로 쫓아내버렸지. 맙소사! 우리 어여쁜 두 친구께서 정녕 내가 엄살을 부리면서 빈둥대느라 시간 낭비를 할 거라 생각하다니. 자, 슬슬 작전 개시해야지! 우선 뭐 좀 먹읍시다, 우리. 배 한번 더럽게 고프네!"

라울은 세 명을 인근 유명한 음식점으로 데려간 뒤, 저 혼자 그야말로 게걸스럽고도 배가 터지도록 먹어치웠다(뤼팽 연구가들에 의해 젊은 시절과 중년에 접어든 뤼팽의 달라진 면모 중 하나로 인용되는 대목이다. 『뤼팽 대 홈스의 대결』 464쪽에 등장하는 젊은 시절의 모습과 비교—옮긴이). 여자들은 그처럼 기세등등하고 유머 넘치는 라울의 모습은 처음 보는 것 같았다. 심지어 그를 잘 안다는 베슈마저 깜짝 놀랄 정도였다.

"무덤에 들어갔다 나오더니 확 젊어진 건가?"

라울은 아무렇지도 않게 말을 받았다.

"베슈, 이 친구야. 자네가 물러터진 걸 나라도 어떻게든 상쇄시켜야겠다는 생각이 들어서 이러네. 정말이지 이번 위기 사태 내내 자넨 정말 한심했어. 자동차 운전하는 것만 봐도 얼마나 어리숙한지! 내가 아주 불안해서 어쩔 줄 모르겠더군. 자자, 내가 한 수 가르쳐줄까?"

모두 자동차에 올랐을 때는 벌써 밤이 내리고 있었다. 이번에는 라울이 운전대를 잡았고, 베슈는 그 옆에, 두 자매는 뒷좌석에 탑승했다.

라울이 호기 있게 외쳤다.

"우선 놀라지 마시길! 내가 몸 좀 풀어야겠는데, 그러려면 속력을 낼수록 도움이 된단 말씀이야!"

아닌 게 아니라, 아예 총알이라도 튀어나가는 듯했다. 자동차는 쏜살같이 앞으로 돌진함과 동시에, 포장도로로 내달려 아르플뢰르(르아브르 근처의 옛 항구—옮긴이) 방향으로 접어들었다. 전방으로 완만하게 펼쳐진 기나긴 구릉지대를 지나 페이드코 고원지대에 일대 소용돌이가 휘몰아치는 듯했다. 그렇게 생로맹 부락(기암성을 찾아 헤매던 이지도르 보트를레의 자전거 여정 속에도 등장한다. 『기암성』 249쪽—옮긴이)을 가로질렀고, 릴본으로 뻗은 도로로 뛰어들었다.

가끔가다 라울은 패기에 찬 노래를 불러 젖히든지, 베슈를 큰 소리로 불렀다.

"어때, 친구? 놀랐나? 빈사 상태였던 사람치고 그리 나쁜 솜씨는 아니지? 이보게, 베슈. 이런 게 바로 운전이라는 거네. 그런데 자넨 어쩐지 겁을 내는 것 같아. 이봐요, 카트린, 베르트랑드. 베슈가 두려워 떨고 있어요! 이럴 땐 일단 차를 세우는 게 나을 것 같은데, 어떻게 생각합니까?"

그 말과 동시에 잽싸게 운전대를 우측으로 튼 라울은 릴본의 긴 내리막길로 접어들었고, 달빛 섞인 구름 아래 종루가 뾰족이 솟은 성당 쪽으로 차를 달렸다.

"생장드폴빌입니다. 어때요, 베르트랑드, 카트린? 모두 이 마을 잘 알죠? 바리바에서는 걸어서 20분 거리죠. 센 강 쪽 도로에서 우리가 오는 걸 간파하지 못하도록 일부러 위에서 들이닥치는 겁니다."

"누가 간파할까 봐 이러는데?"

베슈가 묻자 라울은 내뱉듯 대꾸했다.

"두고 보면 알게 돼."

그는 농장의 경사지에 차를 비껴 댄 뒤, 성채와 바슴 마을, 보셀 할멈이 사는 숲 속, 그리고 라디카텔 계곡을 차례차례 통과하는 시골길로 접어들었다. 일행 모두 조심조심 길을 걸었다. 바람이 은은하게 불고, 엷은 구름은 슬그머니 달을 가리고 있었다.

마침내 그들이 다다른 곳은 이틀 전, 라울이 사다리를 누여놓았던 가시덤불에서 그리 멀지 않은 영지 외곽 꼭대기였다. 그는 사다리를 다시 가져와 외벽에 기대 올라가 정원 안을 휘 둘러본 뒤, 일행을 불러 나지막이 일렀다.

"두 명이 슬슬 작업 중이로군. 별로 놀랄 일도 아니지."

차례차례 다른 사람들도 사다리를 번갈아 올라가 외벽 너머로 살짝 고개를 내밀었다.

실제로 두 명의 그림자가 개천을 사이에 두고 하나는 섬에, 다른 하나는 정원 쪽 기슭에, 비둘기집과 같은 높이에서 똑바로 서 있는 게 눈에 들어왔다. 꼼짝도 하지 않았고, 몸을 감추려는 기색도 없었다. 도대체 무얼 하고 있는 걸까? 무슨 수수께끼 같은 짓을 벌이고 있는 걸까?

안개가 구름에 가세하는 바람에 그림자의 주인공들을 도무지 알아볼 수가 없었다. 그저 점점 개천의 수면 위로 몸을 기울이는 듯한 기색만 느낄 수 있을 뿐이었다. 분명 시선을 담근 채 무언가를 주시하는 게 틀림없었다. 작업에 도움을 줄 만한 램프 같은 것도 전혀 소지하지 않았다. 누가 보면 밀어꾼들이 덫을 놓고 있는 것이라 할 만했다.

라울은 사다리를 베슈의 숙소까지 운반해둔 다음 일행과 더불어 장원으로 향했다. 두 줄짜리 쇠사슬에 채운 맹꽁이자물쇠가 기존의 잠금장치를 더욱 견고하게 하고 있었다. 하지만 사전에 라울은 집에 사용되는 모든 열쇠들을 복사해둔 터였고, 심지어 하인 전용 뒷문의 열쇠조차 확보해둔 상태였다. 모두가 알아서 조용조용 걸었지만, 사실 장원의 앞쪽에서 작업 중인 아까 그자들이 낯선 인기척을 느낄 위험은 거의 없는 것과 같았다 게다가 조명도 아주 희미한 손전등 불빛 하나에만 의존하고 있을 뿐이었다.

라울은 당구실로 직행해 지금은 사용하지 않는 낡은 무구에서 맨 앞에 놓인 소총을 하나 빼 들었다.

"이건 장전이 다 되어 있는 거라네. 어떤가, 베슈? 이만하면 꽤 그럴듯하게 숨겨놓았지? 자네도 전혀 눈치채지 못했을 거야."

라울의 말에 대꾸를 한 건 베슈가 아닌, 겁에 질린 카트린이었다.

"설마 저들을 죽이려는 건 아니겠죠?"

"그건 아닙니다. 그래도 방아쇠는 당길 거예요."

"오, 제발요."

라울은 손전등을 끄고, 천천히 유리창 한쪽과 덧문을 밀어 열었다.

하늘은 점점 잿빛을 띠어갔다. 그래도 저만치 60~80미터쯤 떨어진 곳에는 두 그림자가 마치 석상처럼 꼼짝 않고 있는 모습이 여전히 시야에 들어왔다. 바람도 점차 거세지고 있었다.

몇 분 정도 시간이 흘러갔다. 그림자 중 하나가 천천히 어떤 몸짓을 취하자, 섬 쪽에 있는 또 다른 그림자가 수면 위로 좀 더 몸을 기울였다.

라울은 서서히 총을 들었다.

카트린이 눈물이 뒤범벅된 얼굴로 애원했다.

"제발 부탁이에요, 제발요."

라울이 슬쩍 물었다.

"내가 어떻게 하길 원합니까?"

"차라리 그냥 쫓아가서 덮쳐버리세요."

"그러다 도망치면 어쩌고요? 영영 빠져나가면 어떡합니까?"

"당신이 나선다면 그럴 리는 없어요."

"나는 보다 확실한 방법을 택하겠습니다."

라울은 또다시 총을 겨누었다.

두 여자의 가슴이 사정없이 조여들었다. 차라리 끔찍한 사태가 이미 벌어지고 난 다음이었으면 할 정도였다. 둘은 요란한 총성이 귀에 들릴까 봐 그만큼 전전긍긍했다.

섬 쪽에서는 그림자가 좀 더 수면 위로 기우는가 싶더니 훌쩍 털고 일어나 멀어지기 시작했다. 이만 떠나자는 뜻일까?

바로 그 순간, 한 방, 또 한 방, 두 차례에 걸쳐 총성이 울렸다. 라울이 급기야 방아쇠를 당긴 것이다. 동시에 저만치 두 그림자가 신음을 토하며 풀 위로 나뒹굴었다.

라울은 베르트랑드와 카트린에게 다급히 일렀다.

"여기서 꼼짝 말고 있어요! 꼼짝도 해서는 안 됩니다!"

하지만 여자들은 허겁지겁 따라나서려 했고, 라울은 다시 내뱉었다.

"아서요! 안 됩니다! 저놈들이 어떻게 나올지 아무도 몰라요. 우리가 올 때까지 기다리면서 간호 준비나 해두세요. 아, 물론 중상은 아닐 겁니다. 새 사냥용 소형 탄환으로 다리를 쐈을 뿐이니까요. 베슈, 자네는 현관 궤짝에서 가죽끈하고 밧줄 두 개만 가져오게."

라울은 지나는 길에 들것으로 사용할 접의자 하나를 번쩍 들고는, 전혀 서두는 기색 없이 두 부상자가 뻗어 있는 기슭으로 느긋하게 걸어나갔다.

지시에 따라 베슈는 손에 권총을 쥐고 있었고, 라울은 좀 더 가까운 곳에 누워 있는 놈에게 말을 붙였다.

"허튼 짓은 안 하는 게 좋아, 친구! 조금이라도 엉뚱한 기색이 보이면 여기 반장님께서 네놈을 짐승처럼 해치워버릴 거야. 하긴 이제 와서 자네가 발버둥을 친다 한들 무슨 소용이 있겠나?"

라울은 무릎을 꿇은 채 손전등 불빛을 내쏘면서 빈정거렸다.

"오호라, 내 그렇지 않아도 자네일 거라 생각하고 있었지, 므슈 아르놀드. 하지만 그동안 솜씨가 정말 대단했어. 자꾸만 내 의심을 흩어놓을 정도였으니까. 그러다 오늘 아침에야 나도 확실한 믿음이 생기더군. 그나저나 여기서 무얼 하던 중이신가? 개천에서 사금이라도 채취하셨나? 그에 대해 물론 설명은 해주겠지? 베슈, 이자를 들것에 누여야 하니 날 좀 도와주게. 가죽끈으로 손목만 결박하면 될 거야. 찬찬히 살살 하는 것 알지? 팔인지, 엉덩이인지 한 방 맞았을 테니까 말이야."

라울과 베슈는 두 여자가 이미 불을 환히 밝혀놓은 대형 거실로 부상자를 운반해왔다. 라울은 여자들에게 말했다.

"여기 1번 소포 도착했나이다! 내용물은 어이없게도 므슈 아르놀드라오! 그래요, 몽테시외 할아버지의 말동무이자 충직한 하인이었던 바로 그자 말입니다. 당신 둘 다 설마 했겠죠? 자, 이제는 2번 소포 차례올시다!"

그로부터 10분 후, 라울과 베슈는 가까스로 비둘기집까지 엉금엉금 기어가서 울먹이는 목소리로 더듬대던 나머지 공범을 접수했다.

"저예요. 네, 접니다, 샤를로트. 하지만 전 아무 짓도 안 했어요. 정말 아무 상관 없다고요."

라울은 실소를 터뜨리며 외쳤다.

"허어, 그것참! 가슴받이에다 아마포 바지 차림의 그 어여쁜 요리사가 아닌가! 어이, 베슈, 이 친구야. 축하하네. 자네 애인 샤를로트는 정말이지 매력 있어! 그래도 므슈 아르놀드와 한패인 건 어쩔 수 없지! 이건 정말 너무해. 나조차 생각지도 못한 일이거든. 오, 가엾은 샤를로트, 설마하니 내가 당신의 그 오동통한 살집 중 가장 야들야들한 곳을 망쳐놓은 건 아니겠죠? 어떤가, 베슈? 물론 자네가 잘 돌봐주겠지? 오, 그저 신선한 습포로 섬세하게 눌러주면서 이따금 새걸로 갈아주면 될 것이네."

라울은 계속해서 개천 기슭을 여기저기 살폈고, 시트 두 장을 끄트머리끼리 잇대서 만든 기다란 천이 개천을 가로질러 이쪽 기슭에서 저쪽 기슭까지 늘어져 있는 것을 수거했다.

아래쪽이 넉넉한 주머니처럼 불룩해져 있었다.

라울은 유쾌하게 웃으며 외쳤다.

"우하하하! 이거야말로 낚시 그물이 따로 없군! 어이, 베슈! 황금 물고기는 몽땅 우리 차지가 되었어!"

13
논고

포로 두 명은 거실 소파 위에 나란히 널브러졌다. 넓적다리에 정통으로 맞은 아르놀드 씨는 연신 목멘 신음을 내뱉었다. 반면 장딴지에 탄환이 약간 스쳤을 뿐인 샤를로트는 그보다는 덜 고통스러워했다.

베르트랑드와 카트린은 두 남녀를 놀란 눈으로 바라보고 있었다. 도저히 자신들의 눈을 믿을 수가 없었다. 끈끈한 정이 언제까지나 다할 것 같지 않았고, 늘 서로 믿고 속내를 털어놓을 수 있었던, 거의 친구와도 같은 아르놀드와 샤를로트. 그들이 범인이라니! 정녕 이들이 그동안의 모든 음흉한 사건들을 꾸민 장본인이란 말인가? 이들이 진정 배신하고, 훔치고, 그것도 모자라 사람을 죽였단 말인가?

베슈 역시 최악의 불행에 짓눌린 사람처럼 처절한 태도에 엉망으로 일그러진 표정이었다. 그는 요리사한테 잔뜩 허리를 숙이고서 위협과 비난과 절망의 기색을 한껏 담은 나지막한 목소리로 뭔가를 중얼거렸다.

여자는 그저 어깨를 한 번 으쓱할 뿐 경멸 섞인 대꾸를 툭 던지는 듯했는데, 그 바람에 베슈는 아주 꼭지가 돌아버릴 참이었다. 가만히 지켜보던 라울이 얼른 나서서 가까스로 진정시켰다.

"이보게, 베슈. 이 여자 끈부터 풀어주게나. 별로 편해 보이지가 않아."

베슈는 여자의 손목을 동여맨 가죽끈을 풀어주었다. 몸이 자유스럽게 된 샤를로트는 베르트랑드 앞에 무릎을 털썩 꿇은 뒤 다짜고짜 우는 소리를 시작했다.

"마담, 저는 아무 상관이 없습니다. 절 봐주세요, 제발. 므슈 다브낙을 제가 구했다는 걸 잘 아시지 않습니까?"

갑자기 베슈가 벌떡 일어났다. 방금 그 말이야말로 나무랄 데 없이 정당해 보였기에, 도저히 가만히 죽치고 있을 수가 없었던 것이다.

"맞아! 도대체 누가 무슨 권리로 샤를로트를 범인으로 몰아붙일 수 있단 말이야? 대체 무슨 죄가 있는 거냐고? 다 제쳐놓고, 당최 무슨 증거가 있어? 아르놀드에 대해서도 마찬가지야! 증거가 있기나 한 거야? 혐의가 뭐냐고? 뭐를 잘못했다는 거지?"

베슈는 시쳇말로 대번에 독이 오를 대로 올라 무작정 장광설을 늘어놓았다. 그는 저 혼자 마구 흥분하면서 단번에 기선을 제압하려는 듯, 라울을 홱 돌아보고는 내뱉었다.

"그래, 내 자네한테 정식으로 따져 묻지! 도대체 이 가엾은 여자가 무슨 죄를 지었단 말인가? 아르놀드는 또 뭘 잘못했고? 좋아, 이들이 파리행 기차에 타고 있어야 할 시간에 이곳 바리바 개천가에 어슬렁대는 걸 덮쳤다고 쳐. 그래서 뭐가 어쨌다는 거야? 그저 출발을 하루 늦췄다는 게 무슨 죄가 되냐고?"

베슈가 내세우는 논리가 그럴듯하다고 느꼈는지 베르트랑드는 고개를 끄덕였고, 카트린도 중얼거렸다.

"나도 아르놀드를 잘 알아요. 할아버지가 내내 신뢰하던 사람이죠. 그런 사람이 어떻게 할아버지의 딸인 베르트랑드의 남편을 죽일 수가 있겠어요? 그럴 만한 이유가 도대체 뭐겠냐고요!"

마침내 더없이 침착한 어조로 라울이 입을 열었다.

"나는 그가 므슈 게르생을 죽였다고 한 적이 없습니다."

"그럼요?"

라울은 다시 단호한 말투로 말했다.

"그러니 우리 함께 머리를 맞대고 생각해보자는 겁니다. 사건은 무척이나 복잡하게 뒤엉켜 있습니다. 그걸 함께 풀어보자는 거죠. 내 생각에는 므슈 아르놀드도 우릴 도와줄 거라고 봅니다만. 그렇지 않은가요, 므슈 아르놀드?"

베슈가 결박을 풀어준 하인은 가까스로 자세를 유지하고 안락의자에 앉았다. 평상시에는 매사 무심한 듯 남의 눈에 띄는 걸 가급적 꺼리는 기색이었던 얼굴이 지금은 왠지 노골적인 경멸과 오만을 잔뜩 드러냈고, 그것이 마치 진짜 표정인 것처럼 보였다.

그는 툭 던지듯 대꾸했다.

"나, 하나도 겁날 것 없는 사람이외다!"

"경찰도 말인가?"

"경찰도 겁 안 나요!"

"정말 넘겨버려?"

"그렇게는 아마 못할 거요."

"지금 그런 식의 말투, 혐의를 자인하는 거나 마찬가지야."

"난 아무것도 인정도, 부정도 안 했소. 난 그저 당신이 무슨 말을 하든 가소로울 따름이오."

"그럼 당신은 어떤가, 착한 샤를로트?"

요리사도 아르놀드 씨가 하는 말을 듣고, 다소 용기를 되찾은 모양인지 거칠게 대꾸했다.

"나 역시 마찬가지입니다. 겁날 것 하나 없어요."

"좋았어! 그럼 둘 다 입장 정리가 끝난 모양이로군. 이제 과연 그 입장들이 현실에도 걸맞는지 확인해보는 일만 남았어. 뭐 그리 오래 걸릴 일은 아니지."

라울은 두 손을 뒷짐 진 채 방 안을 이리저리 어슬렁거리며 얘기를 시작했다.

"비록 사건을 그 발단에서부터 되짚어봐야 함에도 불구하고, 그리 오래 걸리지는 않을 겁니다. 일단 간략한 요약 설명을 통해 사태를 시간 순으로 정확히 재배열해서 그 본연의 가치를 명확히 하겠습니다. 지금으로부터 7년 전, 그러니까 므슈 몽테시외가 죽기 5년 전, 영감은 당시 나이 마흔인 므슈 아르놀드를 집안 하인으로 고용했습니다. 사람을 추천했던 단골가게 주인은 그 뒤로 수상쩍은 곳에 투기 한 번 잘못했다가 그만 스스로 목을 매달고 말았지요. 원래 명민한 데다, 교활하고 야심 또한 만만치 않았던 아르놀드는 이 괴팍하고 수수께끼 같은 늙은 주인 곁에서 무얼 어떻게 해야 할지 대뜸 깨달았습니다. 그는 성심껏 시중을 들었고, 늙은이의 변덕과 광기 어린 버릇에 척척 감기듯 복종했지요. 그러다 보니 주인의 돈독한 신임을 얻는 건 금방이었고, 결국 단순한 하인을 넘어 실험실 조수까지, 한마디로 없어서는 안 될 심복이 되고 말았답니다. 그 기간의 모든 사정은 카트린 당신이 얘기를 해주어서 알게 되었지요. 실은 내가 하나하나 캐묻고 있는 걸 전혀 의식하지 못한 채, 당신 스스로 기억나는 대로 얘기한 걸 내가 종합한 겁니다. 그런데 당신이 떠올리는 그 기억 속에서조차 종종 할아버지가 아르놀드와 심지어 카트린, 당신에게도 마음을 완전히 터놓지는 않았다는 것을 느낄 수 있었습니다. 특히 마음에 들어 했고, 할아버지한테 무슨 비밀이 있건 그걸 갖고 흑심을 품을 리도 없는 당신한테조차 말입니다."

잠시 숨을 고른 라울은 모두들 바짝 긴장해 자신의 얘기에 주목하고 있는 걸 확인하고는 말을 이었다.

"사실 할아버지의 비밀이란 황금 제조법에 관련한 것이었지요. 물론 이제 와서는 우리 모두 알고 있는 바입니다. 하지만 그 당시에도 하인 아르놀드만은 그것에 대해 알고 있었던 게 분명합니다. 므슈 몽테시외가 그에게는 전혀 숨기지 않은 데다, 심지어 전속 공증인인 베르나르 선생에게도 자신의 연구 결과를 내비쳤으니까요. 다만 누구한테도 예외 없이 비밀로 한 건 연구의 과정이었습니다. 므슈 아르놀드가 어떻게 해서든 알려고 애쓴 게 바로 그 부분이지요. 황금 제조 비법이라고나 할까요. 이곳 헛간 안에는 그때 사용하던 실험실이 그대로 있습니다. 한편 카트린 말마따나 그보다 좀 더 은밀한 실험실은 비둘기집 지하에 마련되어 있었죠. 그를 위해 므슈 몽테시외는 우리가 찾아낸 바 있는 그 전선을 그리로 끌어들였던 거고요. 하지만 정말 금을 만들긴 한 걸까요? 실험실은 단지 눈속임에 불과한 게 아니었을까요? 사실은 금을 만드는 것처럼 믿게 만들려는 목적으로 덩그러니 지어놓은 것이 아닐까요? 므슈 아르놀드가 마음속에 품었을 법한 의문점들이 바로 그런 것들이었습니다. 그에 대한 답을 얻기 위해 그는 주인을 끈질기게 염탐해 왔지요. 물론 소용은 없었습니다. 아무튼 므슈 몽테시외가 사망할 당시만 해도 아르놀드 씨는 유언장을 읽기 전의 나보다 그 점들에 대해 별로 알아낸 것이 없었습니다. 그러고는 결국 일련의 추론을 통해서 이곳 바리바에 금이 있다는 사실과 영지를 가로질러 개천이 흐르고 있다는 사실 사이에 모종의 관련이 있을 거라는 점만 어렴풋이 추측했죠. 솔직히 처음부터 나는 오렐 천의 투명한 수면에서 눈을 떼기가 어려웠습니다. 처음 볼 때부터 그 개천 이름의 어원적 의미가 심상치 않다는 생각이었어요. 오렐(Aurelle)이라! 이는 곧 '황금 하천'이라는 말 아니겠습니까? 그래서 나는 아예 배 위에서 살아보기로 작정했지요. 기슭에 앉아 낚시 삼매경에도 빠져봤지요. 사실 그러는 동안 뭔가 미세한 금쪼가리라도 수면 아래 바닥이나 물살에 휩쓸려 다니지 않나 예의 주시하고 있었습니다. 므슈 아르놀드도 보나마나 나와 똑같은 식으로 행동했을 겁니다. 자기 주인과 카트린이 부활절을 앞두거나 여름을 맞이해 휴가를 보내는 동안 말이지요. 그와 더불어 사람들 사이에 큰 모자를 쓴 사나이라는 별명을 얻어가면서 인근 일대를 돌며 짭짤한 수입을 올리기도 했죠. 베슈, 이 친구야. 아직 자네한테는 얘기 안 했지만, 이제부터라도 문제의 도난사건 날짜들을 확인해보면 아르놀드가 바리바에 머문 기간과 정확히 일치하는 것을 알게 될 것이네. 그러고 나서 므슈 몽테시외가 세상을 떴고, 그에 뒤따라 유언장이 도난당하게 됩니다. 물론 내가 보기엔 므슈 아르놀드의 소행으로 여겨지는 도난사건이지요. 분명 그는 므슈 게르생한테 유언장에 관한 사실을 알리고, 이런저런 심부름을 도맡아 해줘가면서 자기 주인에 대한 세세한 정보들을 일부 흘렸을 겁니다. 그러다가 궁극적으로는 행동 계획을 제안한 것이죠. 그 결과, 므슈 게르생은 바리바에 발을 들여놓았고, 나무꾼 보셸을 구슬려서 세 그루의 버드나무를 옮겨 심기에 이르렀습니다. 바로 그때부터 개천은 마담 게르생에게 상속될 몫으로 넘어가게 된 것이죠. 그런 식으로 모든 것이 두 남자 사이에서 아주 더디게 진행되어 갔습니다. 아직은 확실한 보장이 없는 게임이었거든요. 개천은 전적으로 미래의 작업에 달린 문제였습니다. 황금이 그곳 어딘가에 있긴 하지만, 므슈 몽테시외가 얼추 냄새만 풍겼을 뿐, 과연 보다 확실한 해명 없이 어떻게 그 문제를 해결하느냐는 여전히 미지수였던 거죠. 아르놀드와 므슈 게르생만으로는 아무리 머리를 맞대고 쥐어짜봐도 답이 나오지 않았으니까요. 딱 하나 단서가 있기는 한데. 글쎄요, 그것도 단서라고 할 수 있다면 말이지만. 다름 아닌, 므슈 몽테시외 본인이 유언장 한쪽 귀퉁이에다 휘갈겨놓은 숫자들 얘기입니다. 뭐 얼추 보면 별거 아니지요. 므슈 게르생이 그 의미를 전혀 간파하지 못했거나, 아니면 아예 신경조차 쓰지 않았을 거라고 충분히 추정할 만합니다. 좌우간 어떻게든 행동을 개시해야만 했습니다. 카트린의 임박한 결혼 때문에 모든 사태가 급진전되는 분위기였으니까요. 일단 두 자매가 이곳에 머물기로 마음을 먹었습니다. 뭐 오히려 잘된 일이라 볼 수도 있었죠! 아르놀드는 곧장 현장으로 달려왔고, 므슈 게르생과 교신을 취했습니다. 아니나 다를까, 즉시 달려온 므슈 게르생은 공증인사무소의 서기인 파므롱을 꼬드겨 몽테시외 서류철에 유언장을 살짝 집어넣게 합니다. 유언장이 본격적인 효력을 발휘하게끔 조치를 취해놓은 거죠. 그러고 나서 자기는 따로 정원 탐사에 뛰어들었고요."

그 순간, 베슈가 처음에도 그랬던 것처럼 빈정대는 기색이 역력한 말투로 끼어들었다.

"그래서 아르놀드의 손에 죽임을 당한 거로군!"

베슈는 성이 차지 않는지 내처 덧붙였다.

"살인이 일어날 당시 부엌 문턱에 있다가 내가 비둘기집으로 달려가자, 즉시 따라나온 하인 아르놀드의 손에 말이야! 정작 문제의 총알은 비둘기집 문 앞에서 발사되었는데……."

라울은 태연하게 대답했다.

"또 그 소리군, 베슈. 그렇다면 나 역시 똑같은 답변을 반복하는 수밖에 없겠네. 하인 아르놀드는 므슈 게르생을 살해한 장본인이 아니라네!"

"그럼 어서 진범을 제시하게나! 자네도 아니라고는 했지만, 그게 아르놀드이건 다른 누구이건, 실제로 저지르지도 않은 살인행위를 들어 아르놀드를 몰아세울 권리가 자네에겐 없어!"

"사실 살인행위는 일어난 적이 없네."

"뭐야? 그럼 므슈 게르생이 살해당하지 않았단 말인가?"

"천만에!"

"그럼 대체 어떻게 죽었다는 거야? 갑자기 코감기라도 걸리셨나?"

"그가 죽은 건, 므슈 몽테시외가 조장한 일련의 심술 맞은 우연들이 겹쳐서 그렇게 된 걸세."

"잠깐, 이것 보게나. 그렇다면 이미 2년 전부터 살아 있지도 않은 므슈 몽테시외가 진범이라는 얘기인데."

"므슈 몽테시외는 일종의 정신병자인 데다, 스스로 계시를 받은 자라 여기는 광신자라네. 바로 그 점에 해명의 열쇠가 있는 셈이야. 황금의 주인으로서 그는 이 세상 다른 누구도 자신이 그토록 찾아 헤매왔고, 급기야는 발견에 성공한 보물에 눈독을 들이는 걸 용납할 수가 없었어. 절대로 고갈되지 않을 거라 굳게 믿는 엄청난 보물을 비둘기집 지하에 꼭꼭 쟁여놓은 어떤 지독한 수전노를 머릿속에 그려보게나. 그런 위인이라면 자신이 없을 때조차 보물이 무사하기를 바랄 것이고, 그를 위해 만반의 조치를 취해놓았을 법하지 않은가? 생애 말년이 저물어가면서 므슈 몽테시외는 어차피 센 강변의 매서운 겨울 추위를 더는 감당하기 힘들 거라는 예감이 들었고, 죽기 전 여름 동안 시간을 할애해 보셸 군이 지하 실험실에 설치해준 전기 배선을 이용한 비둘기집 비밀 보안장치 개발에 총력을 기울였다네. 침입자가 문을 열기만 하면, 사람 키 높이에 장치된 권총이 불을 뿜어 가슴팍에 정통으로 명중되도록 하는 장치 말이지. 한 치의 오차 없이 작동하도록 제작된 철저한 보안장치라 할 만하네. 걸작품을 완성한 므슈 몽테시외는, 그것도 모자라 벌레 먹은 다리 양쪽에다 '수리 예정! 통행 위험!'이라는 경고문구를 새겨 넣은 팻말까지 부착해놓았지. 결국 9월이 되자 어김없이 집 문단속을 하고 열쇠들을 모조리 수거한 채, 영감은 아르놀드와 카트린을 대동하고 파리로 처소를 옮겼던 거야. 그런데 때마침 당일 저녁에 죽음이 그를 찾아온 것이지. 내가 보기에는, 죽음을 앞둔 처지에서 비밀장치를 그대로 둔 채 비둘기집을 넘보는 일이 없게끔, 모종의 안전지침이라도 남기는 게 영감의 진짜 의도였을 거라고 확신하네. 하지만 그럴 시간도 없이 갑작스럽게 죽음이 엄습했지. 그 바람에 황금에 관한 비밀을 공개할 여유도 없었던 거야. 어쨌든 스무 달이 흘러갔고, 그동안은 우연의 도움으로 아무도 비둘기집 문을 열어본다거나 섬까지 이른 벌레 먹은 다리를 건널 엄두를 내지 않았다네. 게다가 또 다른 우연의 장난인지 몰라도, 주변 환경의 습기에도 불구하고 전기선이나 권총의 탄환에는 전혀 이상이 없었던 거야. 결국 카트린도 자주 다리를 건너다녔다는 것을 알게 된 므슈 게르생이 자기라고 못할쏘냐, 비둘기집으로 접근해 그만 문까지 열었다가 가슴팍에 정통으로 총상을 입게 된 거라네. 따라서 살해당한 게 아니라 더러운 우연의 일치로 죽음을 맞게 된 셈이지."

두 자매는 잔뜩 열을 올리고, 얼굴 가득 신뢰의 심정을 감추지 못하면서 라울의 얘기에 귀를 기울였다. 한편 베슈는 여전히 찌푸린 인상이었다. 하인은 몸을 앞으로 숙인 상태로, 시선만큼은 라울 다브낙의 눈동자에 꽂힌 채 떠나지 않았다.

라울은 잠시 후, 목소리를 가다듬어 다시 말을 이었다.

"아르놀드는 과연 덫이 설치된 걸 사전에 알고 있었을까요? 내가 알기로 그는 단 한 번도 섬에 드나든 적이 없습니다. 뭔가 계산된 의심을 품고 있었던 걸까요? 아니면 그냥 관심이 없었을까요? 난들 알 도리가 없죠. 아무튼 분명한 건 므슈 게르생이 죽자, 므슈 몽테시외의 보물을 노린 음모의 중심에 오직 그만이 서게 되었다는 점입니다. 아울러 수사 판사가 대표하는 사법당국은 이 사건에 대해 아무것도 파악한 게 없으며, 더욱이 상황 내내 한심한 모습만 연출해온 베슈 반장의 경찰 나리들이 뭔가를 이해할 가능성은 전무한 실정이었죠."

베슈는 어깨를 으쓱하며 당장 끼어들었다.

"흥, 보아하니 자네는 그 즉시 모든 걸 꿰뚫고 있었노라고 할 참이군?"

"일이 벌어진 바로 그 순간부터 알고 있었지. 누구도 범행을 저지를 만한 사람이 없다면, 그건 저절로 일이 저질러졌다고밖에는 할 수 없는 거야. 일단 그것이 확인되고 나면 상황 전반을 이해하기 위해 한 걸음만 옮기면 그만이지. 나는 전기 배선과 권총을 목격한 즉시 바로 그 한 걸음을 훌쩍 건너뛴 것이라네. 므슈 아르놀드 입장에서 말하자면, 어쩌면 자신에게 닥쳤을지도 모를 위험이 저절로 피해간 꼴이니 이제부터야말로 제멋대로 활동할 수 있게 된 거지. 한편 므슈 몽테시외와 함께 일을 해왔던 처지라 아는 것도 그만큼 많았을 도미니크 보셸은, 그와 같은 장치들이 더 있을 걸로 충분히 넘겨짚을 만했네. 그다지 말이 많은 편은 아니었지만 그는 자기 엄마한테 입을 놀렸고, 실성한 노파는 어설프게 수다를 떨기 시작했네. '세 개의 버으나우'라든가 카트린을 둘러싼 위험에 대해서 말이지. 바야흐로 바짝 경계태세에 들어가야 할 상황이 된 거야."

"오호라, 그래서 아르놀드가 도미니크 보셸을 시작으로, 나중엔 보셸 할멈마저 처단했다는 건가?"

베슈가 비아냥거리자, 라울은 발을 쿵 구르면서 강력한 어조로 윽박질렀다.

"천만에, 베슈! 그래서 자넨 늘 안 되는 거야. 아르놀드는 살인을 하지 않았네."

"하지만 도미니크 보셸과 그의 어머니가 살해당한 건 사실 아닌가?"

라울은 여전히 쩌렁쩌렁하게 대답했다.

"글쎄, 아르놀드는 아무도 죽이지 않았다니까! 적어도 일부러 계산을 다 해놓고 사람을 해치진 않았다는 말일세."

그러나 베슈의 고집도 만만치 않았다.

"카트린 몽테시외가 도미니크 보셸과 만날 약속을 했던 바로 그날, 아르놀드인지 다른 누군지는 모르지만, 하여튼 누군가 숨어서 그걸 엿들었고, 어찌 됐든 같은 당일 도미니크 보셸이 나무에 깔려 죽은 건 엄연한 사실이야!"

"그래서? 그건 아주 자연스러운 사고 아니었나?"

"그럼 정말 이 모든 게 우연의 일치라는 얘긴가?"

"그렇지."

"의사가 머뭇거린 태도는?"

"그저 착오에 불과하지."

"곤봉이 발견된 건?"

베슈의 계속되는 추궁에 라울은 보다 더 확고한 음성으로 응했다.

"내 말 잘 들어, 테오도르. 하긴 자네라고 아무 말이나 술술 믿을 만큼 바보는 아닐 거야. 그러니 이제부터 나의 논증 솜씨가 어느 정도인지나 제대로 한번 음미해보게나. 자, 우선 도미니크 보셸의 죽음은 므슈 게르생의 죽음보다 먼저 발생한 일이었네. 그러면서 버드나무가 옮겨 심어진 일이라든가, 보셸 할멈의 저주 어린 예언과 더불어 카트린 몽테시외를 가장 질겁하게 만든 사건들 중 하나이기도 했지. 한데 내 생각에는 당시 므슈 게르생과 아르놀드의 머릿속에 유언장과 관련하여 모종의 힌트가 떠올랐을 것으로 보인다네. 글쎄, 므슈 몽테시외가 뭔가 부연 설명을 덧붙인 게 나중에 발견되었을 수도 있겠지. 어쨌든 문서에 나타나 있던 그 수수께끼 같은 숫자들에 대해 뭔가 해답을 찾아냈을 수도 있을 거야. 게다가 하인 아르놀드의 머릿속에는, 므슈 게르생마저 살해당할 경우 극으로 치달을 게 뻔한 공포 분위기에 기대어 또 다른 계획이 서서히 둥지를 틀기 시작했지. 그러던 중에 마침 살인사건이 일어난 바로 그날, 원래 약간 실성해 있던 보셀 할멈이 이렇다 할 살해기도까지는 확인되지 않은 상황에서, 상처를 입고 낙엽 더미 속에 파묻히는 일까지 발생한 것이네. 그리고 얼마 뒤에는 아예 그 가엾은 노파가 사다리에서 떨어지는 사고가 난 거야. 물론 이때도 누군가 그냥 사다리에서 넘어뜨리려 했다는 것 외에 특별히 다른 의도는 확인되지 않는 상황이었지."

듣고 있던 베슈가 버럭 외쳤다.

"그렇다고 치지! 그럼 하인 아르놀드의 머릿속에 둥지를 틀었다는 그 계획이라는 건 대체 뭔가? 도대체 무슨 속셈이었느냐고!"

"모두가 장원을 떠나게 하자는 거였지. 그가 이곳에 온 목적은 황금을 손에 넣기 위해서였어. 그런데 장원에 사람이 죄다 빠져나가서 아무도 보는 눈이 없어야만 황금을 손에 넣기 위한 작업을 벌일 수 있다는 걸 깨닫게 된 거지. 그것도 9월 12일이라는 정해진 날짜가 도래하기 전까지 몽땅 빠져나가야만 했어. 그러기 위해서는 우선 두 자매가 기겁을 해서 떠날 결심을 할 만큼 무시무시한 공포 분위기를 조장할 수밖에 없었지. 원체 사람 죽일 천성은 못 되기에 살인을 저지를 생각은 없었지만, 반드시 여기서 내쫓기는 해야 했어. 그러던 어느 날 저녁, 그는 카트린의 침실 창문으로 잠입해 들어와 여자의 목을 다짜고짜 조르기 시작했지. 자네가 보기엔 진짜로 공격을 한 거라 볼 수도 있었을 거야. 하지만 그저 그런 시늉만 했을 뿐이라네. 목을 조르되, 죽을 만큼은 아니었으니까. 충분히 살해할 시간 여유는 있었어. 하지만 그래봤자 무슨 소용이겠나? 어차피 죽일 목적은 전혀 아니었는데. 그래서 적당히 해두고 냅다 도망쳐버린 거라네."

베슈는 여전히 저항을 포기하지 않으면서도 언제든 꼬리를 내릴 각오를 한 채 또다시 외쳤다.

"좋다고, 좋아! 하지만 만약 그날 우리가 정원에서 목격한 게 아르놀드였다면, 정작 그의 방에서 총을 발사한 건 누구란 말인가?"

"그의 공범인 샤를로트의 짓이었지! 비상시 그렇게 하기로 둘이 이미 약속을 한 일이었네. 아르놀드는 죽은 척을 했지. 하지만 우리가 달려갔을 땐 흔적도 없이 사라진 뒤였어. 아르놀드는 곧장 자기 방으로 되돌아갔고, 시침을 뗀 채 총을 손에 들고 다시 내려오는 그와 우리가 맞닥뜨리게 된 거야."

"하지만 어떻게 자기 방으로 되돌아간 거지?"

"위층으로 통하는 계단이 총 세 개가 있는데, 그중 건물 끄트머리에 있는 계단 하나는 한밤중 무슨 소란이 있을 때 사용하는 것이라네."

"하지만 정말 그가 범인이라면 그 자신은 물론이고, 샤를로트가 봉변을 당한 일도 없었어야 되는 것 아닌가?"

"그러기에 모두 시늉뿐이었다지 않은가! 어떤 일이 있어도 의혹의 눈초리는 피해야 했으니까. 다리의 판자가 허물어졌지만 그저 물에 멱을 감는 걸로 끝났지. 창고 대들보 역시 미리 살짝 이탈시킨 탓에 창고가 무너지기는 했지만 샤를로트는 무사했어. 그러다 보니 공포심만 불어갔고, 마침내 두 자매가 더 이상 이곳에 머물기를 원치 않는 지경에 이르렀지. 그러면서도 여자들이 여전히 주저하는 바람에 새로운 도발이 필요했고, 마지막으로 유리창 너머 베르트랑드 몽테시외를 향해 권총 한 발이 발사된 거였네. 물론 손끝 하나 다치게는 못했지. 결국 그렇게 해서 장원은 폐쇄되었고, 모두들 르아브르에다 짐을 풀게 된 거라네."

"그건 아르놀드와 샤를로트도 마찬가지였어."

베슈가 얼른 짚고 넘어갔다.

"그렇지. 하지만 다음은 어떻게 했지? 곧장 휴가를 신청했어. 9월 12, 13, 14일 사흘 동안 몰래 장원으로 돌아와 본격적인 작업에 들어가기 위한 휴가이지. 그때 뭔가 직관적으로 감이 팍 오더군. 아니, 거의 차근차근한 추론에 의한 확신이라고도 할 수 있지. 다름 아니라, 바로 그 날짜들에 모든 것이 달려 있다는 사실! 내가 공증인의 호출을 핑계로 당신 둘을 이곳으로 데려올 때도, 사태를 진정시키기 위해서는 단지 당신들이 10일이나 늦어도 11일에는 이곳을 떠날 것이라 공표하기만 하면 된다는 사실도 명확해지더군요. 아니나 다를까, 그 이후로 3주 동안은 더없이 조용하게 지나갔지요. 그 후에는 장원이 텅 빌 테니까. 그런데 막상 정한 날짜가 다가오면서 아르놀드가 불안에 시달리기 시작했답니다. 특히 마담 게르생이 왠지 미지근한 태도를 보이고 있다는 샤를로트의 정황보고를 접하고부터 아르놀드의 불안감은 더해만 갔지요. 혹시 떠난다는 말이 그냥 해본 소리일까? 일단 떠나기는 하되, 불시에 들이닥치는 건 아닐까? 특히 내가 쉽게 게임을 포기하지 않는 사람이라는 걸 그는 내심 느끼고 있었답니다. 모든 게 불안했어요. 그러다 보니 이번에는 다소 경솔하게 처신을 하고 말았죠. 전쟁의 승리를 바로 눈앞에 두고, 그만 공연한 무리수를 감행하고야 만 것입니다. 내가 배를 타고 이리저리 돌아다니는 걸 내내 지켜봐오던 그는 결국 어느 저녁, 나를 향해 그리고 나와 함께 있던 두 여주인을 겨냥해 바윗덩어리를 굴리는 우를 범했답니다. 그건 정말 살의를 품은 공격이었고, 우리가 무사히 피할 수 있었던 건 거의 기적이나 다름없었습니다. 바야흐로 선전포고가 이루어진 셈이었죠. 나와는 이제 어쩔 수 없이 적대관계에 놓이게 된 겁니다. 그로서는 날 완전히 제거해야만 하게 생겼죠. 아르놀드는 내 일거수일투족을 놓치지 않고 감시했습니다. 아울러 나로 하여금 큰 모자를 쓴 사나이의 족적을 추적케 함으로써, 거의 반쯤은 자신을 드러내는 것도 전혀 개의치 않았습니다. 그러다가 결국에는 이판사판식의 결정타를 시도하기에 이릅니다. 나를 온실 폐허 더미로 유도하고는 그곳에다 아예 생매장을 시킨 거죠. 그런 다음 내 자동차를 몰고서(운전을 할 줄 알았지만, 당신들한테는 끝까지 숨겨왔죠) 파리로 날아가, 거기서 내 이름으로 된 전보를 보내 급히 와달라고 수작을 부렸습니다. 만약 당신들이 조금이라도 의심을 해보지 않았다면, 그는 지금쯤 원하던 대로 장원 여기저기 혼자 온갖 활개를 치고 다녔을 겁니다. 그는 내가 가까스로 활로를 파 들어가며 탈출을 시도하는 걸 확인하고는 길길이 날뛰면서 온갖 잡동사니를 내 위로 쏟아붓더군요. 만약 샤를로트가 아니었다면, 정녕 나는 죽은 목숨이었을 겁니다."

또다시 베슈가 발끈했다.

"그것 보라고! 자네 입으로 분명히 말했어. 샤를로트가 아니었다면 어떻게 됐을 거라고 말이야. 그러니 결국 샤를로트는 이번 일과 아무 상관 없는 거라고."

"그녀는 처음부터 마지막 순간까지 아르놀드의 공범이라네."

"아니지, 그녀가 자네를 구해냈잖아?"

"회한이 들었던 게지! 지금까지는 아르놀드의 모든 것을 인정하고 받아들이면서 그의 행태에 적극 협조해온 게 사실이라네. 다만 결정적인 순간에 이르자, 이따위 범죄행각이 더는 싫어졌고, 적어도 아르놀드가 그런 짓을 저지르는 걸 두고 볼 수는 없었던 거지."

"아니, 그건 또 왜? 그가 무슨 중요한 사람이라도 되나?"

"정말 알고 싶은가?"

"그렇네."

"아르놀드가 범죄자가 되는 걸 그녀가 왜 못마땅해했는지, 그 이유를 알고 싶다?"

"그렇다니까!"

"그야 여자가 남자를 사랑하고 있기 때문이지."

"뭐, 뭐라고? 지금 뭐라고 했나? 감히 뭐라고 지껄인 거야?"

"나는 샤를로트가 아르놀드의 정부라고 말하는 것이네."

베슈는 주먹을 한껏 치켜들면서 버럭 소리를 질렀다.

"거짓말! 거짓말! 거짓말이야!"

14
황금

하인 아르놀드는 라울의 논고를 점점 더 열심히 들었다. 두 손은 안락의자 팔걸이에 꼭 붙이고 상체는 반쯤 일으킨 듯한 자세로, 얼굴에는 라울의 말 한마디 한마디에 불 지펴지는 긴장감을 잔뜩 머금고 찍소리 없이 귀를 기울인 상태였다.

베슈는 여전히 고래고래 외쳤다.

"거짓말! 거짓말이야! 아무 소리 못하고 있다 해서 한 여자를 그런 식으로 능멸할 순 없어!"

라울도 지지 않았다.

"무슨 말씀! 여자가 아무리 내키는 대로 대꾸해도 난 상관없는데. 자, 여기 이렇게 잠자코 기다릴 테니 얼마든지 얘기를 해보시라니까!"

"저 여자는 자넬 경멸하고 있을 뿐이야. 그건 나도 마찬가지고. 그녀는 결백해. 아르놀드도 역시 그렇고. 자네가 방금 주절댄 얘기들은 솔직히 전부 그럴듯해. 그 점에는 나도 굳이 토를 달지 않겠어. 하지만 그 얘기들 자체가 여기 이 두 사람 중 어느 누구한테도 해당되는 얘기는 아니야. 내 말, 잘 들어. 나는 자네의 논고에 대해 모조리 날조된 얘기라고 선언하겠네. 그 대신 이 두 남녀에 대해서는 나의 권위와 경험을 총동원해 극구 비호할 작정이네. 그들은 죄가 없어."

"맙소사! 대체 뭐가 더 필요한 건데?"

"증거를 대란 말이야!"

"증거 하나면 되겠나?"

"그래. 단, 도저히 부정할 수 없을 만한 증거여야만 하네."

"아르놀드 자신의 자백이면 그 정도 증거는 될까?"

"두말하면 잔소리지!"

라울은 하인에게 다가가 두 눈을 똑바로 쏘아보며 물었다.

"지금까지 내가 이야기한 모든 것, 사실 맞지?"

하인은 나지막이 내뱉었다.

"처음부터 끝까지 그렇소."

그는 아직도 뭐가 뭔지 어리둥절한 듯 얼떨떨한 말투로 덧붙였다.

"처음부터 끝까지 사실입니다. 마치 지난 두 달 동안 내 행동을 하나하나 옆에서 지켜보고, 내 생각을 모조리 읽어낸 것 같아요."

"옳은 얘기네, 아르놀드. 나로 말하자면 직접 보지 않은 것은 추측을 해서 파악해낼 수가 있지. 자네의 인생도 틀림없이 이럴 것이라고, 다 내 머릿속에 떠오르게 되어 있어. 자네의 현재가 과거를 드러내준다니까. 자네, 언젠가 공중묘기를 부리는 역할로 서커스단에서 활동한 적이 있지?"

아르놀드는 라울이라는 사람한테 완전히 홀리기라도 한 듯 기겁을 하며 대답했다.

"그래요! 정말 그렇습니다!"

"자네는 몸을 길쭉하게 늘일 줄도 알지? 좁다란 통 같은 걸 통과할 수 있도록 말이야. 또 그 나이에도 불구하고, 빗물받이 홈통이나 도관 같은 것에 의지해 얼마든지 건물 외벽을 타고 자기 방을 넘나들 수도 있고. 안 그래?"

"그렇습니다, 그래요."

"자, 그러니 내가 틀린 점은 없는 거지?"

"없습니다."

"하나도?"

"하나도 없어요."

"자넨 샤를로트의 애인이지? 그녀가 베슈를 호려서 이리로 오도록 한 것도 다 자네가 시켜서 한 일이지? 그가 대표하는 경찰의 보호막 아래 오히려 마음껏 작전을 펼칠 수 있을 테니 말이야."

"그, 그렇습니다."

"샤를로트가 두 여주인이 한 얘기를 자네한테 고스란히 일러바친 거지? 나의 계획에 대한 얘기 말이네."

"맞습니다. 그랬어요."

라울이 내놓는 요점들을 하인이 하나하나 확인해주는 걸 듣는 베슈는 점점 더 속이 끓어올랐다. 그는 이제 완전히 창백하게 질린 얼굴로 비틀비틀 하인한테 다가가 멱살을 부여잡고 마구 뒤흔들며 으르렁거렸다.

"네놈을 처넣겠다! 당장 파리 검찰청에 넘겨버릴 거야. 법 앞에서 네놈이 저지른 죄의 대가를 철저히 지불해야만 할 것이다!"

하지만 아르놀드 씨는 그저 어깨를 한 번 으쓱했을 뿐, 한껏 비꼬는 투로 대꾸했다.

"천만의 말씀! 그럴 일은 결코 없을걸! 나를 넘긴다는 건 곧 샤를로

트를 넘긴다는 건데, 당신은 그럴 의도가 없거든. 게다가 그렇게 되면 마드무아젤 카트린과 마담 게르생한테도 치명적인 누가 될 추문을 불러일으키는 꼴이 될 테니…… 그 점에 대해서는 므슈 다브낙도 반대하실걸. 그렇지 않습니까, 므슈 다브낙? 당신이 대장이고, 베슈조차 당신 말이라면 끔벅하는 모양인데, 설마 나를 집어넣겠다는 조치를 그냥 두고만 보시진 않을 거죠?"

그러면서도 그는 라울이 어떻게 나올지 경계하는 눈치였고, 만일의 경우 굳이 분란을 일으키겠다면 자기로서도 일대 결전을 불사할 것처럼 보였다. 하긴 베르트랑드가 남편의 행위를 일면 도왔던 적이 있다는 점이나, 이 상황에서 조금이라도 사연이 공개되면 두 자매의 우애에 치명타가 될 거라는 사실을 라울이 어찌 모르겠는가. 결국 아르놀드를 법의 심판대에 세우는 것은 곧 베르트랑드까지 공개적인 수치를 감수하게 만드는 꼴이었다.

라울 다브낙은 조금도 머뭇거리지 않고 선언했다.

"좋아, 합의하도록 하지! 굳이 추문을 불러일으킬 필요는 없어."

아르놀드 씨는 내처 다그쳤다.

"그렇다면 추후 보복 따위도 걱정할 필요가 없다는 얘기죠?"

"전혀 걱정할 필요 없네."

"그럼 난 자유입니까?"

"자넨 자유야."

"사실 당신 같은 위인이라면 당연히 금세 성과를 얻어내겠지만, 이번 사업에 솔직히 내 공헌도 무시 못하는 만큼, 미리 개인적인 이득을 얼마간 공제해도 되겠지요?"

라울은 소탈하게 웃음을 터뜨리며 대꾸했다.

"허허허, 그것참! 자네 너무하는군, 므슈 아르놀드!"

"당신이 보기엔 그럴지 몰라도, 난 아닙니다. 어쨌든 내 바람은 그래요."

맨 마지막 말은 아주 또박또박 끊어 발음했는데, 전혀 농담을 하는 눈치가 아니었다. 라울은 하인의 집요한 표정에 약간의 초조함을 느끼지 않을 수 없었다. 이 정도까지 자신의 입맛에 맞는 조건을 내세울 만큼 뭔가 또 다른 비밀 무기를 지니고 있다는 말인가? 라울은 다시 한번 아르놀드에게 상체를 잔뜩 기울이며 나지막이 말했다.

"그러니까 지금 공갈을 하겠다는 건가? 세상에, 뭘 믿고 그러는데?"

아르놀드는 중얼거렸다.

"두 자매는 모두 당신을 사랑하고 있습니다. 워낙에 교활한 샤를로트가 그에 대한 증거들을 가지고 있어요. 둘 사이에 당신 문제를 놓고 티격태격한 게 한두 번이 아니랍니다. 그러면서도 둘 다 당최 이유를 모르고 있지요. 자기들 안에서 어떤 일이 일어나고 있는지 똑바로 의식하지도 못하고 있습니다. 하지만 단 한 마디만으로도 두 자매의 정신을 번쩍 들게 할 수 있어요. 그러면 아마 둘이 서로 철천지원수처럼 될 겁니다. 어때요, 내가 그 말을 입 밖에 내야 하겠습니까?"

라울은 징벌의 신호 삼아 당장 매운 주먹이라도 한 방 날릴 태세였다. 하지만 그런 태도가 하등 무의미하다는 것 또한 느끼고 있었다. 솔직히 하인이 힐끗 내비친 얘기는 라울의 심정을 한없이 혼란스럽게 하는 것이었다. 사실 두 자매의 감정을 모르는 바는 아니었다. 당일 아침만 해도 베르트랑드가 열정적으로 포옹을 해온 것에 대한 이유를 모르지 않았고, 예전부터 애정 넘치는 감정으로 자신을 대하는 카트린의 마음도 절감하고 있었다. 다만 내면 깊은 곳의 혼란스러운 감정은 고스란히 어둠 속에 묻어두기를 바랐으며, 굳이 다 까발려서 그 그윽한 매혹의 느낌을 변질시키고 싶지 않은 게 라울의 심정이었다.

그는 속으로 중얼거렸다.

'생각하지 말자. 이 모든 게 밝은 햇빛 속에서는 모조리 시들고 말 것들이야.'

이어서 쾌활한 어조로 외쳤다.

"저런, 므슈 아르놀드! 당신 얘기, 충분히 일리가 있군요! 그나저나 당신의 그 큼직한 모자는 무엇으로 만든 겁니까?"

"헝겊으로 만든 겁니다. 그래서 호주머니 속에 아무렇게나 욱여넣을 수가 있죠."

"당신의 그 커다란 나막신은?"

"고무로 된 겁니다."

"그래서 걸을 때 아무 소리도 내지 않을 수가 있었던 거로군. 기계체조식으로 구멍 속을 빠져나갈 때도 무리 없이 미끄러져 나갈 수 있었고……."

"바로 그런 거죠."

"므슈 아르놀드, 당신의 그 헝겊 모자와 고무 신발 속에는 이제 황금가루가 가득 채워질 것이오."

"고맙습니다. 금을 발견하는 일에 대해선 내가 조언을 얼마든지 해드리리다."

"오, 그럴 필요 없어요. 개천에 가로질러 드리워놓은 포대 자루가 텅 빈 것만 봐도 이미 당신은 실패했어요. 이번엔 내가 한 번 나서보겠소. 단, 한 가지만 분명히 해둡시다. 대체 므슈 몽테시외가 적어놓은 그 숫자암호는 누가 해결한 거요?"

"내가 해냈습니다."

"그때가 언제였죠?"

"므슈 게르생이 죽기 불과 며칠 전이었죠."

"그럼 그 숫자암호를 길잡이 삼아 지금까지 해온 거요?"

"그렇습니다."

"좋았어, 베슈!"

"뭐가?"

여전히 잔뜩 심통이 나 있는 상태인 베슈가 투덜댔다.

"자넨 아직도 자네 친구들의 결백을 믿고 있겠지?"

"여부가 있나."

"좋아. 정 그렇다면 그들에게 먹을 것을 좀 주고, 잘 보살피고 있게나. 내가 일을 마치기 전까지는 이 거실에서 나오지 못하도록 해주게. 하긴 지금처럼 **호된 경험**을 한 상태라면, 최소한 48시간은 꼼짝하기 힘들 거야. 그 정도면 충분하고도 남지. 그들 도움 없이도 해낼 수 있어. 각자 맡은 바 일에만 충실하면 말이야. 자, 잘 자게. 나도 막 잠이 쏟아지는군!"

아르놀드는 얼른 라울을 멈춰 세우고 물었다.

"왜 오늘 저녁부터 당장 운을 시험해보지 않는 겁니까?"

"이것 보시오, 그러고 보니 당신은 머리는 놔두고 무조건 행동에 뛰어드는 모양이오. 숫자암호도 제대로 완벽하게 해독해내지 못한 듯하고. 이건 운의 문제가 아니오, 므슈 아르놀드. 확신의 문제이지. 다만……."

"다만, 뭡니까?"

"오늘 저녁에는 바람이 별로예요."

"그럼 내일 저녁에 시작할 겁니까?"

"아니, 내일 아침."

"내일 아침이라!"

그렇게 소리를 지르는 걸로 봐서 아르놀드 씨는 진짜 아무것도 이해하지 못하고 있다는 게 입증되었다.

만약 바람이 꼭 필요한 수단이라면, 운은 분명히 라울의 편임이 확실했다. 밤새도록 바람 부는 소리가 요란했던 것이다. 아침이 밝자 라울은 옷을 입는 둥 마는 둥, 복도 창문을 통해 나뭇가지들을 들쑤시면서 서쪽으로부터 휘몰아치는 바람의 움직임을 확인했다. 그것은 마주치는 너른 강물을 사정없이 뒤집어놓으면서 센 강 유역의 험난하고 울퉁불퉁한, 때론 깎아지른 듯한 골짜기들을 훑어오고 있었다.

거실에 나와보니 두 자매가 이미 나와 있었다. 아침 식탁을 차려놓은 상태였다. 베슈는 막 마을에서 빵과 버터, 달걀을 사들고 돌아온 길이었다.

"그 식량은 물론 자네의 두 친구들을 위한 거겠지?"

라울의 질문에 베슈는 퉁명스레 대꾸했다.

"그들에겐 빵이면 충분해."

"저런, 저런, 어쩐지 열정이 한참 시들해진 것처럼 보이네."

베슈는 입안에서 우물우물 중얼거렸다.

"둘 다 지긋지긋한 저질들이야! 보다 확실히 해두려고 손목도 다시 묶어놨어. 문도 열쇠로 잠갔고. 어차피 제대로 걷지도 못할 테니까."

"그래도 상처 난 부위에 습포는 대주었겠지?"

"미쳤나? 저희들끼리 알아서 하라지!"

"그럼 우리와 동행할 생각인가?"

"두말하면 잔소리지!"

"좋았어! 이제야 자네도 제대로 된 진영으로 돌아왔군!"

모두들 모처럼 실컷 배를 채웠다.

아침 9시, 일행은 과감하게 밖으로 걸음을 내디뎠다. 빗줄기가 어찌나 드세게 내리치는지 폭풍이 휘몰아온 나지막한 구름층과 한데 뒤엉켜 천지분간이 어려울 지경이었다. 마치 무엇이든 자신의 진로를 가로

막는 방해물을 일부러 찾아내 곤죽을 만들어버리려고 난리를 피워대는 대재앙의 폭풍처럼 느껴졌다.

그 와중에 라울이 말했다.

"밀물 때가 된 모양이로군. 그야말로 청천벽력처럼 들이닥치고 있어. 물이 양껏 불어나면서 이 광풍이 지나고 나야 비가 가늘어지겠지."

일행은 마침내 다리를 건넜고, 섬에 당도해 우측으로 방향을 틀어 비둘기집에 도착했다. 라울은 이미 자기 재량하에 한 달 전쯤 문 열쇠를 장만해 간직하고 있던 터였다.

문을 열자, 내부에는 그 역시 라울이 복구해놓은 대로 전선이 설치되어 있었다. 라울은 불을 켰다.

바닥의 뚜껑문은 맹꽁이자물쇠가 굳건히 지키고 있었다. 물론 그에 대한 열쇠도 라울의 수중에 있었다.

지하실에 밝은 조명이 들어왔다. 두 자매와 베슈가 먼저 아래로 내려가자, 나무 걸상이 하나 덩그러니 눈에 띄었다. 라울은 사다리 맞은편 벽에, 흡사 태피스트리의 캔버스처럼 올이 촘촘한 철사 체가 기대 있는 쪽으로 그들의 주의를 돌렸다. 높이는 거의 40센티미터 정도로 벽면의 가로 폭을 거의 다 차지할 만한 크기였다. 체의 테두리는 강철로 되어 있었다.

라울이 중얼거렸다.

"므슈 아르놀드의 생각도 그리 나쁜 건 아니었어. 두 시트의 천을 서로 꿰매, 전체적으로 부대 자루처럼 만들어서 개천을 가로질러 막을 작정이었으니 말이야. 하지만 시트 천이 자꾸 물 위로 떠오르는 바람에 바닥까지 닿지를 않았어. 실은 그게 가장 중요한 점인데 말이야. 이런 적절치 못한 결핍사항들은 므슈 몽테시외가 만들어놓은 체에서는 일어나지 않지."

라울은 나무 걸상 위로 훌쩍 뛰어올랐다. 지하 벽의 상단에는 수면 위 약 1미터 높이로 길쭉한 총안이 자리 잡았는데, 지금은 먼지 낀 유리창으로 막혀 있었다. 라울은 그것마저 활짝 열었다. 바깥으로부터 신선한 공기와 철썩거리는 물소리가 단번에 안으로 스며들었다. 그는 계속해서 베슈의 도움을 받아 우선 총안을 통해 체를 내밀었고, 오렐 천의 양쪽 기슭마다 박혀 있을 두 개씩 홈이 파인 말뚝에다 체의 틀을 꽂아 그대로 떨구었다.

그는 계속해서 중얼거렸다.

"됐어. 이런 식으로 해야 물고기를 쓸어 모으는 어망처럼 개천 바닥까지 차단이 되지. 그러고 보니 체가 만들어진 건 최근 일이지만, 홈이 파여 있는 말뚝들은 꽤 오래된 것 같던데. 한 100~200년은 되어 보여. 아마도 18세기나 17세기 때 이곳 바리바의 밀어꾼들은 지금 보는 것보다 훨씬 정교한 장치를 활용했던 것 같아."

일행이 탑 밖으로 나왔을 때는 빗줄기가 다소 가늘어져 있었다. 개천 기슭을 훑어보니, 역시나 개흙과 자갈들 틈새로 두 개의 말뚝이 바싹 닳고닳은 머리를 내밀고 있는 게 눈에 들어왔다. 딱히 그것만 있는 것도 아니기에 일행은 별 주목하지 않고 지나쳐버렸다.

그쯤 되어 나지막이 센 강으로 흘러나가던 오렐 천의 흐름이 일순 멈추는 듯했다. 잠시 소강 상태가 지나자, 원래의 흐름을 유지하려는 물과 부글거리는 해소를 동반하며 거대한 범람으로 역류하기 시작하는 물 사이에 본격적인 싸움이 벌어지기 시작했다. 바람까지 가세해 더더욱 강력해지는 만조의 파도는 엄청난 위세로 센 강 수위를 넘치게 할 참이었고 계곡과 산자락을 용솟음치는 물살로 뒤덮을 기세였다.

오렐 천은 잠시 멈칫거리는가 싶더니 역시 센 강과 바다에서 한꺼번에 밀려드는, 어쩌면 자신보다 더 큰 역류의 흐름에 떠밀려 속절없이 기슭을 내어주는가 하면, 점점 상류로 상류로, 아예 자신의 근원지를 향해 거슬러 오르기 시작했다.

그 장관 앞에서 라울이 외쳤다.

"참으로 희한한 현상이야! 어쨌든 우린 운이 좋은 셈이지. 이 정도 규모와 강도로 일이 벌어지는 걸 고스란히 목격하기란 그리 쉬운 일이 아닐 테니까. 모든 걸 이해하려면 아무리 사소한 광경도 절대 놓쳐선 안 되겠지."

그리고 덧붙였다.

"모든 걸 이해해야 해! 정녕 몇 분의 시간만 있으면 모든 결정적인 요인들이 이 맨눈 앞에 고스란히 그 정체를 드러낼 거야!"

라울은 마구 달음질쳐 섬을 가로질렀고, 반대편 기슭으로 건너가 암석지대의 정상에 이르는 비탈을 다짜고짜 기어 올라갔다. 그는 다 잡은 아르놀드 씨를 손가락 사이로 놓쳤던 바로 그 장소에서 멈춘 뒤, 협곡 너머로 슬그머니 건너다보았다. 암석지대와 뷔트오로맹 사이에서 답답하게 고여 있던 수량이 무섭게 불어나더니 거의 벼랑 절반 높이를 삼키고 있는 실정이었다. 어지러이 소용돌이치는 물살이 그곳을 빠져나갈 수 있을 유일한 통로는, 비좁은 경로를 따라 흘러 세 그루의 버드나무가 심어진 초원으로 가느다란 폭포를 이루는 길뿐이었다.

한편 광기 어린 구름 덩어리가 쏟아붓는 빗줄기와 미친 듯한 바람의 난동으로 수량은 계속해서 불어나고 있었다.

베슈와 두 자매는 라울의 곁에 바짝 달라붙어 그의 시선을 따라 이 모든 장관을 숨죽여 살폈다. 라울은 짤막짤막 중얼대는 말속에 자신의 생각을 언뜻언뜻 내비쳤다.

"그래, 바로 이거야! 내가 생각하던 그대로라고! 만약 앞으로도 계속해서 내가 가정한 대로 사태가 흘러간다면 모든 것이 해명되는 셈이지.

아무렴, 다른 식으로는 안 돼. 만약 다른 식으로 흘러간다면, 세상에는 더 이상 논리가 통하지 않는 거지."

30분이라는 시간이 흘러갔다. 멀리 센 강 쪽으로 거대한 만곡이 보이는 가운데, 소나기와 폭풍을 거느린 요지경 싸움이 멀어져 가고 있었다. 그 뒤로는 아직 여기저기 잔물결로 들썩이면서도 급류는 다소 진정 기미에 들어갔고, 수면의 보다 넓어진 움직임이 느릿느릿 이어졌다.

또 다른 30분이 흘러갔다. 개천의 상황은 강보다 훨씬 빠른 속도로 진정되고 있었다. 그곳은 원래대로의 흐름을 회복하려는 수원으로부터의 조심스러운 움직임 속에서 글자 그대로 소강 상태나 다름없었다. 주위가 거의 물로 에워싸이다시피 한 뷔트오로맹은, 자신을 덮쳤던 물을 잔디밭과 그 기저 틈새들로 수많은 도랑을 형성하면서 부지런히 배수해내고 있었다. 그와 더불어 전체적인 오렐 천의 수위도 신속하게 낮아져갔고, 마치 자신의 몸을 묻을 강물의 새로운 부름에 응하듯 개천 특유의 경쾌한 흐름을 서두르고 있었다.

이제 모든 것이 일상의 모습으로 돌아가 있었다. 물론 비는 그친 상태였다.

"이것 보라니까! 역시 나는 틀리지 않았어."

마침내 라울이 쾌재를 불렀다.

지금까지 아무 소리도 하지 않던 베슈가 새삼 발끈했다.

"자네가 틀리지 않다고 말할 수 있으려면 무엇보다 황금가루가 나와야만 해. 자넨 이미 그물을 쳐놨고, 아르놀드가 시도했던 방식을 제대로 고쳐서 다시 시도했어. 그리고 운도 유리하게 돌아가는 중이라며 떵떵거렸단 말일세. 그렇다면 결과는 지극히 수학적으로 따져도 황금이 나타나야 한단 말이거든. 자, 황금은 어디 있나?"

라울은 대뜸 빈정거리기 시작했다.

"오호라, 역시나 그게 가장 관심사라 이거지?"

"제길! 그럼 자넨 아닌가?"

"난 아닐세. 하지만 자네가 그런 관점을 취하고 있다는 점만큼은 내 충분히 인정해주지."

일행은 암석지대로 통하는 오솔길을 되돌아 내려와 섬의 비둘기집 옆으로 돌아왔다.

마침내 라울이 생각한 바를 털어놓기 시작했다.

"나도 므슈 몽테시외가 어떤 식으로 금을 얻어냈는지 많이는 모릅니다. 다만 워낙에 조건이 까다로운 걸 감안하면, 그리 많은 수확을 거두지는 못했으리라고 봅니다. 지금까지는 시간적 여유가 모자라 확실하게 규명할 수 없었습니다만, 어쨌든 그는 기존의 일부 방식들, 예컨대 방수문(防水門)이나 배수관 같은 것들을 이용했을 겁니다. 그나마 내가 발견해낸 것은 물을 막을 때 사용하는 체와 장원의 헛간에 있던, 소위 사내끼라고 하는 것이 전부죠. 그걸 좀 줘보게, 베슈. 거기 나무 아래 내팽개쳐져 있네."

라울이 지목한 곳을 보니, 진짜로 동그란 쇠틀에, 체의 그것과 똑같은 촘촘한 쇠망이 자리한 사내끼가 덩그러니 놓여 있었다.

"어떤가, 베슈? 설마 개천에 들어가는 게 낫다는 생각은 아니겠지? 싫어? 그럼 가만히 낚기나 하다가 체를 따라 바닥을 죽 긁어오게."

"상류 쪽으로 말이지?"

"그래. 개천이 원래 방향으로 흐르면서 황금가루들을 운반해 와서 결국 체에서 걸러지니까 말이야."

베슈는 즉시 시킨 대로 했다. 사내끼의 손잡이가 긴 편이어서, 기슭의 큼직한 돌멩이에 올라선 채로도 개천의 4분의 3까지 미칠 수가 있었다.

모두들 입을 다물고 있었다. 그야말로 엄숙한 시간이었다. 라울이 예견한 바가 과연 옳을 것인가? 정말 저 수초들과 섬세한 조약돌들이 즐비한 개천 바닥에서 몽테시외 씨는 자신의 더없이 소중한 황금가루를 거둬들였던 것인가?

드디어 베슈가 일을 끝내고서 사내끼를 들어 올렸다.

금속 망 속에는 조약돌과 얼기설기 엮인 수초들이 있었고, 그 사이사이로 뭔가 반짝거리는 점들이 눈에 띄었다. 분명 황금가루와 그 조각들이었다.

15
집정관의 재산

라울은 샤를로트와 아르놀드가 다소 불편한 자세로 따로 떨어진 두 개의 소파에 각각 묶여 있는 거실에 들어서면서 말했다.

"이것 보게나, 므슈 아르놀드! 여기 내가 약속한 것 일부를 가져왔네. 자네 모자를 반쯤은 채울 만한 양이지. 나머지는 자네 친구 베슈가 가르쳐줄 지점에 가서 개천 바닥을 박박 긁기만 하면, 아마 앙증맞은 크리스마스용 양말 속을 가득 채울 만큼은 건질 수 있을 것이야."

순간 하인의 눈빛이 반짝거렸다. 벌써부터 혼자 영지를 차지하고 앉아 풍부한 황금 수확에 여념이 없기라도 하는 것 같았다. 그만큼 몽테시외 씨의 비밀을 틀어쥐었다는 자신감에 취해 있었던 것이다.

그 모습을 바라보던 라울이 한마디 던졌다.

"너무 좋아할 것 없네. 내일, 아니 오늘 밤 내로 내가 모조리 싹 긁어모을 테고, 자네는 그저 약소한 수준의 선물로 만족해야 할 테니까."

일행은 흠뻑 젖은 옷을 갈아입으러 각자의 방으로 일단 돌아갔다. 그리고 점심 식탁 앞에 다시 모였다. 라울은 유쾌한 기분으로 이런저런 얘기를 떠벌리기 시작했다. 하지만 아직 궁금한 게 많은 베슈는 자꾸만 질문공세를 퍼붓는 것이었다.

"그러니까 지금까지 상황으로 보면 다음과 같은 몇 마디 말로 요약할 수 있다는 얘긴데…… 저 개천에서는 극히 미세한 분량의 금가루가 지속적으로 산출될 수 있다는 거지? 아울러 어떤 날, 어떤 방식의 작업을 거치기만 하면, 특히 저 섬의 탑 주위로 좀 더 굵직굵직한 천연 금 조각이 개천의 흐름을 타고 굴러와 쌓이게 된다는 얘기야. 어때, 내 말이 맞지?"

"천만의 말씀이네, 이 친구야! 자넨 그야말로 눈곱만치도 이해하지 못했어. 그건 이 바리바를 소유해왔던 사람들의 원시적인 신앙일 뿐이며, 결국 몽테시외 씨에게까지 자연스럽게 전수되어왔거나, 아니면 그가 적극 나서서 재발견해낸 미신에 불과해. 아울러 므슈 아르놀드의 신앙이기도 하지. 물론 자네완 상관없는 일이네만, 누구든 조직적인 사고력을 가진 사람이라면 그 정도 어설픈 경지에 만족하지 않고, 진실의 극단까지 나아가고자 하기 마련이지. 그런데 바로 내가 그런 사람이거든. 나는 아마 이 일에 있어 중도에 포기하지 않은 첫 번째 장본인일 거야. 자, 베슈, 자네도 나와 함께 어디 한번 해볼 생각이 있긴 한 거야?"

라울은 몽테시외 씨가 숫자들을 적어놓은 종이를 호주머니에서 꺼내 큰 소리로 읽었다.

3 1 4 1 5 1 6 9 1 3 1 4 1 5 3 1 0 1 1 1 2 9 1 2 1 3 1 4

"이 문서를 주의 깊게 들여다보고 있노라면 문득 깨닫게 되는 게 하나 있지.—므슈 게르생과 아르놀드는 이걸 깨닫는 데 수개월이 걸렸지만 말이야—즉, '1'이라는 숫자가 하나 걸러 하나씩 등장한다는 것과, 그것이 점증(漸增)하는 숫자들과 짝을 이루어 전체적으로 네 차례에 걸쳐 일정한 숫자 연속을 이루어낸다는 점, 그리고 그 숫자 연속은 '3'과 '9'에 의해 각각 두 번씩 끊어진다는 사실! 따라서 이 중간의 끊는 숫자들을 지워놓고 보면 다음 결과를 얻을 수 있지."

14. 15. 16. —13. 14. 15. —10. 11. 12. —12. 13. 14.

"이제 자연스럽게 몇 가지 가설이 머릿속을 맴돌게 되는데, 그중 하나는 이상의 숫자들이 어쩌면 그 해당 날짜를 의미하고 있으며, 이들을 중간중간 끊고 있는 '3'과 '9'라는 숫자는 달(月)을 의미할지도 모른다는 것이네. 그러고 보니 3월과 9월이야말로 므슈 몽테시외가 규칙적으로 이곳에 체류하던 바로 그 달이 아닌가! 매년 그는 바리바에서 3월의 일부를 보내고, 9월에도 절반이 지난 다음에야 이곳을 뜨곤 했었지. 결국 지금으로부터 2년 전, 므슈 몽테시외는 이곳을 떠나면서 개천이 금가루를 옮겨다줄 연속되는 날짜들을 메모해두었다고 볼 수 있는 거야. 다시 말해, 지난해 3월 14, 15, 16일과 9월 13, 14, 15일에 그런 현상이 일어났다면, 이번 해에는 3월 10, 11, 12일과 9월 12, 13, 14일에 똑같은 현상이 벌어지는 셈이지. 아울러 므슈 아르놀드의 계획도 어제가 9월 12일이었고, 오늘이 13일이라는 사실에 준해서 짜여진 거야. 그가 보기에는 므슈 몽테시외가 수백 년이 지난 낡은 전통에 입각해 무언가 숙명적으로 점지되었고, 또한 경험상으로도 그 효험이 입증된 날짜에만 행동에 들어간 걸로 보였을 것이네. 일련의 날짜에 뜻하지 않게 금을 손에 넣은 그는 이다음에도 무조건 똑같은 날짜를 골라 톡톡히 재미를 보았다는 게 바로 아르놀드가 내린 결론이었지. 전혀 의심할 여지가 없다고 생각했을 테고, 이번에는 자신이 직접 움직이려 한 것이네."

베슈가 불쑥 걸고넘어졌다.

"하지만 아르놀드가 틀린 건 아니지 않은가? 므슈 몽테시외가 명시한 날짜들이 영험한 건 사실이니까."

"왜 그 날짜들이 유독 영험할까?"

"이유야 알 수 없지."

"멍청이! 그 이유는 자네나 나나 다들 잘 알고 있어. 애당초 이 숫자들을 보면서 즉각 감 잡았던 이유들이지."

"그게 뭔데?"

"정말이지 못 말리는 멍청이로세. 그야 대규모 만조가 일어나는 날짜 아닌가! 춘분과 추분에 해당한다는 얘기야. 1년에 두 차례에 걸쳐 엄청난 해소가 센 강으로 밀려와, 수일 동안 아침저녁으로 격렬한 범람을 초래하는 게 바로 그날들이네. 이에 더해서 정확히 춘분점이나 추분점에 일어나는 만조현상은 다른 어떤 때보다 강력해서 바람까지 가세해 파고를 부풀릴 경우, 그야말로 엄청난 범람이 가능해지지. 자네도 알다시피 이 같은 보기 드문 특수 상황을 제때 활용해야지만, 아까 우리가 작업한 일들이 성공을 거둘 수가 있는 거라네."

이번에는 베슈도 충분히 숙고한 뒤 말했다.

"요컨대 그러한 현상이 일어날 때를 기해, 평상시 개천을 떠돌거나 어느 구석엔가 박혀 있었을 금가루들이 부스스 잠을 깨서 익히 아는 어느 특정 장소로 모이게 된다는 거군?"

라울은 주먹으로 탁자를 쿵 내리치며 외쳤다.

"아니, 아니야! 그게 아니라고! 바로 그런 게 딴에는 비밀을 거머쥐어 그걸 활용했다고 자부하는 치들이 빠지고 만 착각이야. 진실은 그런 게 아니라고."

"어디 속 시원히 설명 좀 해보게."

"실제로 우리 나라에 금을 실어 나르는 물줄기는 어디에도 존재하지 않는다네. 어쩌다 금이 발견되는 강이나 개천이 있을 수는 있지만, 천연적으로 그런 건 아니야. 한마디로 강바닥을 구르는 모래나 조약돌에서 금 성분이 추출되는 경우란 전무하다는 얘기지."

"그럼 우리가 본 금은 대체 어디서 난 거란 말인가?"

"그걸 물속에 던져 넣은 자의 손에서 났다고나 할까."

"무슨 소린가? 정신 나갔군! 대규모 만조 때마다 바닥을 드러낼 금가루 양을 누가 일부러 다시 채워 넣는단 말이야?"

"그게 아니라 누군가 한꺼번에 상당량의 금을 집어넣되, 제아무리 대규모 만조 때가 도래해도 완전히 쓸려 내려가진 않게 되어 있다는 얘기지. 이를테면 물리화학적인 자연현상에 의해 형성된 금광이 아니라, 인간의 힘으로 집적된 금광이 존재한다네. 므슈 몽테시외가 그런 척했던 것처럼 직접 금을 제조해낸다거나, 자신도 착각했듯이 저절로 생성된 것 둘 다 아니야. 그저 일정한 조건만 갖춰지면 조금씩, 조금씩 보물이 유출되고 있는 것뿐이라네. 이제 뭔지 조금 알겠는가, 베슈?"

베슈는 잠시 생각을 하더니 대답했다.

"도무지 모르겠어. 화끈하게 털어놓게나."

라울은 지그시 웃는 얼굴로 열에 들떠 귀를 기울이는 두 자매를 힐끔 돌아본 뒤 설명에 들어갔다.

"내 식으로 말하자면, 이건 두 시기에 걸쳐 진행되는 작용의 결과라 할 수 있다네. 우선 첫 번째 시기. 엄청난 양의 보물을 어느 장소엔가 저장해두는데, 그게 아주 기발하게 밀봉된 어떤 용기 같은 곳이야. 보물은 그 안에 수십, 수백 년 동안 얌전히 담겨 있었지. 그러다가 어느 시점에 이르러 문제의 용기에 균열이 일어나고, 띄엄띄엄 외부로부터 쇄도해오는 힘에 의해 내용물 조각들이 빠져나오게 되는 것이네. 그것이 바로 두 번째 시기에 일어나는 현상인 셈이지. 도대체 이런 과정들이 제일 처음 진행된 때가 언제였을까? 그렇게 해서 유출된 금쪼가리를 처음으로 손에 넣은 자가 누구이겠냐고! 나도 그건 모르겠네. 하지만 지역 연감이나, 귀족 가문의 기록문서 따위를 뒤져보면 아마 알아내는 게 불가능하지는 않으리라 보네."

"그건 내가 알고 있어요."

문득 배시시 웃으며 카트린이 끼어들었다.

"오, 정말입니까?"

라울 다브낙이 반색을 하며 좋아하는 건 당연했다.

"그래요. 아마 지금은 파리에 있을 텐데, 할아버지께서 1750년도에 작성된 영지 도면을 하나 가지고 계셨어요. 그때는 개천 이름이 오렐이라고 되어 있지 않았죠. 1759년까지만 해도 베크살레(Bec-Salé)라는 이름이었어요."

라울은 요란하게 쾌재를 불렀다.

"그만하면 확고부동한 증거입니다! 말하자면 문제의 현상이 일어난 건 기껏해야 한 세기 반도 채 안 된다는 얘기예요! '베크살레!' 즉, '함수(鹹水) 하천'('Bec'라는 말은 실제로 페이드코에서 '소규모 하천'을 의미한다—옮긴이)이라는 이름이 점점 또렷해지는 어떤 이유로 인해 '오렐'로 바뀌게 된 겁니다. 분명 그 이후로는 문제의 이유야 서서히 잊혔을 겁니다. 그만큼 의외의 현상이 드물었을 테니까요. 하지만 분명 그 현상이 완전히 사라진 것은 아니며, 오늘 우리가 목격한 것도 그중 하나임에 틀림없어요."

베슈도 이제는 수긍이 가는 모양인지 말했다.

"그만하면 기대한 만큼 설명은 된 듯하네. 이젠 결론을 어찌 내려야 할지 물어야겠어."

"결론은 이렇다네, 테오도르. 자네는 방금 명칭이라는 것이 얼마나 중요한가를 확인한 셈이네. 특히 시골에서는 어떤 지역이나 언덕, 강물 등에 붙는 이름이 대개 실제적인 원인으로부터 유래되기 마련인 데다, 또 그 원인이 잊힌 이후에도 계속 잔존하는 법이지. 바로 그런 불변의 법칙에 의거해, 첫날 이곳을 구경하면서부터 나는 유독 뷔트오로맹이라는 명칭에 주목을 하게 되었다네. 애초부터 그 언덕의 형성 과정을 조사했던 것도 바로 그런 이유에서지. 아니나 다를까, 그 이름 속에서 옛날 로마인들이 봉분을 부르던 방식이 연상되는 거야. 말하자면 그건 자연적으로 형성된 언덕이 아니라, 인공적으로 쌓아 올린 원뿔 모양의 흙무더기란 얘기지. 토대는 흙과 석재를 번갈아가며 다졌고. 보통 그런 건 묘지로 사용되는데, 중앙에는 장례실들이 갖춰져 있기 마련이라네. 하지만 경우에 따라서는 무기라든가, 금은 궤짝들을 숨겨두는 곳으로도 활용했던 게 사실이지. 한편 수 세기가 지나는 동안, 그러한 봉분들은 지반이 서서히 침하되거나 안으로부터 함몰하기도 했어. 거기다 일군의 식물 군집이 그 위로 두텁게 형성되어 과거의 잔재라고는 뷔트오로맹과 같은 이름만이 남게 된 거야. 하긴 그래봤자 소용없지. 내 예리한 의식은 항상 깨어 있으니까! 아마 이런 사정들과 맞물려 내게도 보물에 관한 생각이 싹튼 것 같다네. 귀금속들이 속절없이 빠져나가고 있을지 모른다는 생각 말이야. 과연 둘레의 4분의 3 정도가 개천으로 에워싸여 있는 봉분의 형태가 나의 가설에 힘을 실어주었지. 내가 얼마나 신속하게 그 가설을 확인하고자 했는지는 다들 봐서 알 테고. 결국 내 판단이 정확했다는 게 여지없이 증명되었지. 불어나는 물은 벼랑과 언덕 사이에서 마치 점점 용량이 증가하는 저수지처럼 하나의 거대한 통을 형성하더군. 그러다 범람이 멈추고 수위가 내려가기 시작하면, 때 아닌 저수지는 모든 통로를 통해서 물을 비워낼 수밖에 없게 되지. 즉, 모든 균열과 토굴, 틈새란 틈새는 몽땅 물이 빠지는 배수로로 돌변해, 마치 언덕 여기저기에 구멍을 뚫으며 빠져 달아나는 도마뱀들처럼 물이 배출되는 것이네. 물론 그 결과는 빠져나가는 물과 더불어 온갖 알갱이들과 부스러기들이 휩쓸려 나가는 것이고 말이야. 바로 그것들을 우리는 체로 막아서 꼼꼼히 거둬들였던 것이라네."

라울은 입을 다물었다. 참으로 기이한 이야기가 지금은 너무도 단순명쾌하게 공개되었고 누구도 이의를 달 생각을 하지 못했다. 베슈조차 우물우물 중얼거릴 뿐이었다.

"거참 허술하기 이를 데 없는 은닉처인 셈이로군. 이따금 물에 잠기는 봉분이라니."

라울이 호기 있게 외치며 대꾸했다.

"그야 알 수 없지! 센 강 어귀는 언제나 심한 변형을 겪어왔었네. 옛날에는 문제의 봉분이 만조의 영향을 받지 않도록 훨씬 외진 곳에 위치했었는지도 몰라. 게다가 세상 그 어떤 보물도 영원히 감춰둘 수는 없는 법이라네. 대개는 그것의 소유권과 관리 의무를 행사할 누군가의 재량에 의해 갈무리되는데, 그 역시 예기치 못한 위협에 임기응변으로 대처해야 할 입장이지. 문제는 처음엔 그래도 질서 있게 전수되어오던 은닉에 관한 비밀이 언제부터인가 흐지부지 실종되기 일쑤라는 점이네. 금고가 위치한 장소는 물론, 그걸 열 수 있는 암호마저 더는 아는 사람이 없어지는 거야. 에트르타의 기암 속에 은폐되어 있던 프랑스 제왕의 보물들 얘기, 다들 기억하시는가(『기암성』 참조—옮긴이)? 쥐미에주 수도원에 숨겨져 있던 중세 때의 교회 보물들에 대해서도 알고 계시지(『칼리오스트로 백작부인』 참조—옮긴이)? 그 모든 것에서 남아 있던 게 과연 무엇이었을까? 고작 케케묵은 전설이 전부지! 그나마 남보다 좀 더 신중한 정신의 소유자가 나타나야 가까스로 현실화될 수 있을 뿐이네. 마찬가지로 역시 예로부터 위대한 모험과 국가적인 비화의 무대가 자주 되어왔던 이 코라는 프랑스의 고풍 찬연한 지방에서 우리는 오늘 평생을 두고 잊지 못할 어마어마한 문제에 직면하게 된 거라네!"

"어디, 속 시원히 털어놔 보게나."

"얘기는 이래. 여기가 릴본과 가깝다는 전제하에(로마 시대에는 율리아보나라는 중요 도시였는데, 고대 극장 잔해가 남아 있는 것으로 봐서 로마의 갈리아 정복 시절 무척이나 활달했던 요처로 보이네), 라디카텔에 전원 별장을 소유하고 있던 어느 집정관이 그동안 약탈과 횡령을 통해 거둬들인 사유재산을 몽땅 금가루로 바꾼 뒤, 율리우스 카이사르 군대가 축조했을 봉분 안에 숨겨두기로 한 것이지. 그 후, 그는 무슨 원정 도중이나 아니면 대판 주지육림을 벌이던 중에 급사를 하고 만 거야. 물론 자식이나 친구에게 보물에 관한 비밀을 귀띔해줄 틈도 없이 말이지. 그다음으로는 다들 알다시피 중세의 혼돈이 세상을 뒤덮게 되지. 동방의 종족, 북방의 종족, 또 영국인과의 끝날 줄 모르는 싸움으로 국토가 온통 뒤흔들리는 세월이 이어졌다네. 그와 더불어 모든 것이 완전한 암흑 속으로 사라지고 마네. 더 이상 전설조차 흔적을 찾아볼 수 없게 된 거야. 그 어떤 의문점이 제기되는 일도 없었지. 그저 18세기에 접어들어 미미한 과거의 편린이 살짝 고개를 내민 게 전부였다고나 할까. 약간의 황금이 물살에 휩쓸려 내려온 것 말이야. 이어서 비극이 꼬리를 물게 되지. 므슈 몽테시외의 죽음, 그리고 므슈 게르생의 비명횡사!"

"그러고는 바로 자네가 등장한 거로군!"

베슈는 라울에 관해 얘기할 때 가끔 동반하는 거의 신비감까지 어린 감탄의 어조로 중얼거렸다.

"그래, 내가 나타났지!"

라울도 유쾌하게 맞장구를 쳤다.

두 자매 역시 인간의 한계를 초월할 만큼 아주 특별한 존재를 바라보듯 라울을 쳐다보았다.

그는 자리에서 벌떡 일어서며 말했다.

"자, 그러니 이제 일을 해야죠! 우리의 집정관이 숨겨둔 보물에서 무엇이 남아 있을까요? 원래부터 빈약한 양이었을지도 모르고, 만조의 물살이 살금살금 빼내 어디론가 가져가버려서 아마 별로 남아 있지 않을 수도 있습니다. 그래도 확인은 해봐야겠죠."

"어떻게 말인가?"

베슈가 다그쳐 물었다.

"그야 봉분을 개방해봐야지."

"하지만 그건 며칠이 걸릴 공사일 텐데. 우선 나무들부터 뽑아내고, 땅을 파서 흙도 옮겨야 하고. 그렇다고 누구 일손을 동원할 수도 없는 입장이니."

"기껏해야 한두 시간, 많아야 세 시간이면 해치울 수 있는 일이네."

"오호, 세상에!"

"그렇다니까! 애당초 봉분이 하나의 금고로 활용되었다는 사실을 받아들인다면, 그와 더불어 금고란 땅속 깊이 매장되는 게 아니라, 겉에서는 보이지도, '짐작되지도' 않으면서, 필요할 때면 언제든 손이 갈 수 있는 장소에 위치한다는 것 또한 인정 못할 이유가 없지. 그러지 않아도 언젠가 덤불숲을 파헤친 적이 있었는데, 땅속 1미터 정도에 난데없이 균일한 석재층이 약간 비어져 나온 걸 확인했다네. 틀림없이 옛날에는 비좁은 순환통로가 그 근처를 통과하고 있었다는 확신이 들더군. 게다가 장원과 마주한 그쪽 부근에, 특히 송악으로 두텁게 뒤덮인 가운데 둥그스름하게 약간 움푹 들어간 장소가 있다는 것도 알 수 있었지. 이를테면 미네르바라든가 주노의 신상 같은 것이 안치되었을 공간이라고나 할까. 둘 다 문지기 역할과 더불어 방향을 지시하는 길잡이 기능도 하기 위해 그곳에 서 있었겠지. 그러니 베슈, 자넨 어서 곡괭이나 들고 따라나서게. 나도 솔선수범할 것이네. 만약 내 판단이 틀리지 않다면, 조만간 문제는 저절로 풀릴 거야."

라울과 베슈는 즉시 정원 관리용 연장들을 보관 중인 창고로 달려가 곡괭이 두 자루를 골랐다. 둘은 여자들과 함께 뷔트오로맹으로 향했다.

아직 젖은 상태인 나무뿌리와 가시덤불이 맨 먼저 제거되었고, 파묻혀 있던 오솔길이 복구되었다. 이어서 원형의 공간이 드러났고, 그 기저를 이루는 자갈층에 곡괭이질이 가해졌다.

하나의 장애물이 무너지자 또 다른 장애물이 나타났고, 거기에는 보다 섬세한 작업이 필요해 보였다. 모자이크의 흔적과 더불어 역시 조각상 같은 게 올려졌을 다른 토대가 드러났는데, 이제 두 남자의 발굴작업은 바로 그 지점에 집중되었다.

사방으로부터 물이 스며들어 적당히 고이는가 싶더니 그대로 개천 쪽을 향해 빠져나가고 있었다. 어느 한순간, 내리친 곡괭이가 석벽을 뚫고 텅 빈 공간으로 쑥 빠져들었다. 부지런히 구멍 넓히는 작업에 들어갔고, 잠시 후 라울이 램프 불을 켜서 확장된 구멍 속으로 들이밀었다.

과연 예견했던 대로 사람이 똑바로 서 있을 수 있을 만큼 넉넉한 동굴이 훤히 열려 있는데, 아마도 장례실로 쓰이던 공간 같았다. 중앙에 뻗은 기둥 하나가 천장을 지탱했고, 그 주위로는 유약 바른 흙으로 구운 투박스럽고 뚱뚱한 항아리들이 옹기종기 놓여 있었다. 지금도 프랑스 남부 지방에서 흔히 보는 기름 보관용 단지들과 비슷하게 생긴 것들이었다. 그중 네 번째 항아리에서 떨어져 나간 파편들이 끈적끈적한 흙

바닥에 흐트러져 있었고, 황금빛의 반짝거리는 가루가 그 속에 섞여 있는 게 눈에 들어왔다.

라울이 말했다.

"내가 얘기한 게 바로 이겁니다. 이 작은 동굴의 벽면을 한 번 살펴봐요. 온통 균열투성이입니다. 만조가 있은 뒤 침수가 진행되었고, 다시 물이 빠지면서 사방의 틈새를 통해 여기 이 반짝거리는 가루들을 함께 데리고 나간 겁니다."

모두들 흥분에 겨워 목이 메는 모양이었다. 한동안 긴장된 침묵이 흘렀다. 무려 15~20세기 전, 누군가가 자신의 부를 꼼꼼히 쟁여놓았고, 이후로는 아무도 발길을 들여놓지 않았던 이 음침한 구석에서 모두가 숨을 죽인 채 아무 말도 할 수 없었다. 그동안 얼마나 많은 신비가 켜켜이 쌓여왔을 것이며, 그걸 이제 와 밝혀내는 것은 또 어인 기적이란 말인가!

라울은 곡괭이 끝으로 세 개의 항아리 목 부분을 부서뜨렸고, 차례차례 램프를 들이대 비춰보았다. 하나같이 금 조각들과 금 알갱이들, 그리고 금가루들이 그득하게 들어차 있었다! 그는 두 손을 푹 담갔다가 한 움큼씩 가득 담아 펴 들었고, 곧이어 손가락 사이로 현란하게 반짝거리는 금빛의 입자들이 램프의 불빛에 반사되며 쏟아져 내렸다.

베슈는 그 광경에 어찌나 충격을 받았는지 후들거리는 두 다리를 더 이상 버티지 못하고, 그만 털썩 무릎을 꿇어 주저앉아버렸다.

두 자매도 쥐 죽은 듯 입 한 번 뻥끗하지 못했다. 다만 그들이 넋을 잃은 건 단순히 눈부신 황금을 대하고 있기 때문이 아니었다. 그렇다고 과거와 현재를 통틀어 2000여 년에 걸친 엄청난 모험의 궤적이 파노라마처럼 눈앞에 펼쳐지고 있다는 생각에서 느낄 법한 벅찬 감동 때문에 그러는 것 또한 아니었다. 그와는 전혀 다른 이유가 따로 있었다. 마침내 라울은 두 자매가 지금 무슨 생각에 그리 멍하니 서 있는 건지 슬그머니 물어보았다. 그러자 둘 중 한 명의 입에서 대답이 새어나왔다.

"우린 라울, 당신이라는 사람을 생각하고 있었어요."

그러자 다른 한 명도 거들었다.

"맞아요. 마치 유희라도 즐기듯 아무렇지도 않게 당신이 하는 일들 말이에요. 우리로선 도저히 가늠할 수가 없네요. 어쩜 그렇게 간단하면서 그토록 비범한지!"

이에 라울은 묘한 음성으로 중얼거렸는데, 두 여자는 각각 자기만 그 중얼거리는 소리를 듣고 있다는 느낌이었고, 실제로도 자기를 향해서만 하는 소리로 믿었다.

"쉬운 일입니다. 누군가를 사랑해서 그를 기쁘게 해주고 싶을 때는."

저녁이 되어서야 어둠을 이용해—혹시라도 외부에서 염탐하는 일이 있지 않을까 우려해서—라울이 자동차를 몰고 왔고, 두 개의 터질 듯한 자루가 뷔트오로맹 밖으로 실려나갔다. 그러고 나서는 라울과 베슈, 둘이 힘을 합해 동굴을 다시 밀폐했고, 파헤친 흔적을 그럭저럭 정리했다.

마침내 라울이 말했다.

"다음 봄이 올 때까지 자연이 알아서 모든 걸 원상복귀시킬 겁니다. 그때까지는 누구도 장원에 발길을 들여놓지 않을 것이며, 우리 넷 말고는 아무도 개천의 비밀에 대해 알지 못할 것입니다."

어느새 바람은 잠잠해져 있었다. 9월 13일의 두 번째 만조는 그리 강하지 않았고, 그런 걸 보면 14일에 있을 두 차례의 만조도 평균 정도의 범람 수위에 그칠 것으로 예상되었다. 요컨대 뷔트오로맹만큼은 물에 에워싸이지 않고 무사할 거라는 얘기였다.

자정이 되자 카트린과 베르트랑드는 자동차에 자리를 잡았고, 라울은 아르놀드 씨와 샤를로트에게 작별인사를 하러 갔다.

"어때, 별일 없었는가, 친구들? 내내 앉아 있느라 고생스럽진 않았고? 둘 다 이제부터 하는 말을 잘 들어. 지금으로부터 48시간 동안 그대들을 이곳에 남겨두고 내가 자리를 좀 비워야 할 것 같아. 테오도르 베슈가 간호사 겸 특급 요리사, 그리고 말동무 겸 간수로서 그대들 곁을 함께할 거야. 그뿐만 아니라, 개천을 꼼꼼히 훑어서 그대들을 위한 금쪼가리들을 거둬들이는 일까지 베슈가 책임질 거야. 일이 마무리되면 둘이 원하는 곳 어디든 베슈가 기차를 태워서 보내줄 것이고. 물론 각자 호주머니는 제법 불룩하고 영혼은 힘찬 의욕으로 뿌듯한 채로 말이지. 이는 그대들이 다시는 두 여주인들을 집적거리지 않고, 다른 어디에서도 물고 늘어지지 않으리라 내가 확신하기 때문에 배려해주는 것임을 잊어선 안 돼. 내 말 알아듣겠지, 므슈 아르놀드?"

"알겠습니다!"

똑 부러진 대답이었다.

"아주 좋았어! 자네의 충심이 가슴에 와 닿는군. 아마 내가 허튼 장난이나 치는 사람도 아니고, 하는 행동마다 놀라 자빠지게 할 정도라는 걸 절감한 모양이지? 자, 그럼 이제 각자의 길을 가는 거야. 어때, 우리 어여쁜 샤를로트도 동의하겠지?"

"네."

여자의 대답이었다.

"옳거니! 만약 당신이 어쩌다 므슈 아르놀드를 차버리게 되거들랑……."

라울의 은근한 말투에 하인은 당장 발끈했다.

"그런 일은 없을 겁니다!"

"무슨 수로 그렇게 자신하지?"

"우린 결혼한 사이니까요."

순간 베슈는 두 주먹을 불끈 쥐며 내뱉었다.

"못된 년! 나더러도 결혼하자더니."

그러자 라울이 타일렀다.

"이 딱한 친구야, 그럼 뭔 줄 알았나! 자넨 다다익선이란 말도 모른단 말인가?"

그러고는 팔을 잡아채 한쪽으로 끌고 가면서 가혹할 정도로 쪼아대는 것이었다

"베슈, 이런 게 바로 수상쩍은 관계의 실체인 거야. 우리 두 사람의 처신을 한번 비교해보게. 여기 질이 좀 안 좋은 두 명이 있고, 그와는 다르게 품격 높은 두 사람이 있었다고 치자고. 한데 사회의 기둥이라는 자네는 누굴 선택했지? 질 나쁜 쪽을 골랐어. 그럼 나는? 그야 당연히 품격 높은 쪽을 선택했지. 이보게, 베슈. 이만하면 뭔가 깨닫는 게 있을 테지?"

하지만 지금 베슈는 그와 같은 정신적인 문제 따윈 하등 눈에 들어오지 않는 시점에 처해 있었다. 오로지 그는 라울이 해결해낸 기발한 수수께끼에 온통 현혹되어 정신을 차릴 수가 없었던 것이다.

베슈는 라울을 붙잡고 이런 말을 했다.

"그러니까 자네는 므슈 몽테시외의 유언장에 적힌 그 숫자들을 한 번씩 읽어본 것만으로도, 그게 날짜들을 의미한다는 것과 또 춘분과 추분에 일어나는 만조를 암시한다는 사실을 짐작해낸 건가? 단지 그것만으로 만조의 범람하는 물살이 황금 있는 곳까지 닿아 노다지를 끌어내고 있다는 걸 간파했느냔 말일세! 숫자가 적힌 쪽지 한 장으로 정녕 진실을 깨달은 거야?"

"오호, 그것만으로는 충분치 않았다네, 베슈."

"그럼 뭐가 더 필요했었지?"

"뭐 별것은 아닌데."

"뭔데? 어디 말해보게."

"천재성!"

16

에필로그: 둘 중 누구를?

그로부터 3주 후, 파리에 있는 라울 다브낙의 집 앞에 카트린이 당도했다. 거동이 집사인 듯한 어느 노파가 문을 열어주었다.

"므슈 다브낙 계십니까?"

"누구라고 전해드릴까요, 마드무아젤?"

카트린은 이름을 대야 할지 말아야 할지 생각할 겨를도 없었다. 라울이 불쑥 나타나 외친 것이다.

"아, 카트린, 당신이군요! 이렇게 찾아오다니 자상도 하지! 그래, 무슨 일입니까? 어제는 온다는 얘기도 없었으면서!"

"뭐 별다른 일은 아니고요. 그저 조금 나눌 얘기가 있어서. 한 5분이면 되는 얘기예요."

라울은 불과 6개월 전, 여자가 머뭇머뭇 수줍은 태도로 틈입해 들어와 난데없는 도움을 호소했던 바로 그 서재로 안내했다.

당시 라울의 심금을 건드렸던 덫에 걸린 가엾은 짐승 같은 꼴은 아니었지만, 여전히 여자의 태도는 조심스러웠다. 여자는 분명 방문 목적과는 별 상관없는 말부터 꺼내기 시작했다.

라울은 여자의 두 손을 감싸쥐고 두 눈 깊은 속을 가만히 들여다보았다. 여전히 매력적인 여자의 마음이 지금 이 남자 곁에 있어 행복해하고 있다는 게 물씬 느껴졌다. 웃는 듯, 진지한 듯 묘한 표정이 여자의 얼굴에 떠올라 있었다.

"사랑스러운 카트린, 어서 얘기를 해보세요. 나를 얼마나 신뢰할 수 있는지는 당신 자신이 잘 알아요. 내가 언제나 당신 친구라는 것 말입니다. 아니, 친구 이상이지요."

"친구 이상이라는 말…… 무슨 뜻이죠?"

여자는 살짝 얼굴을 붉히며 중얼거렸다.

이번에는 라울이 덜컥 당황했다. 여자가 몹시 혼란스러워하고 있으며, 당장이라도 마음을 활짝 열어젖히든지, 아니면 이대로 내뺄지도 모른다는 생각이 들었다.

"친구 이상이라는 말은…… 이 세상 어느 누구보다도 내가 당신에게 애착을 갖고 있다는 뜻입니다."

"이 세상 누구보다도요?"

순진하면서도 고집스러운 그녀 특유의 태도였다.

"그래요. 그건 틀림없는 사실이죠."

남자의 대답에 여자도 확고한 어조로 잘라 말했다.

"아마 그럴 수는 있겠죠. 하지만 그게 다일 거예요."

잠시 두 사람 사이에 침묵이 감돌았고, 이내 결심한 듯 카트린의 나지막한 소리가 뒤를 이었다.

"요즘 들어 언니와 나는 많은 얘기를 나누었답니다. 따지고 보면 우린 우애가 좋은 편이었어요. 물론 서로의 생활은 워낙 나이 차이도 있다

보니 언니가 결혼하면서부터 서로 떨어져 지내기도 했지요. 그래도 6개월간의 힘든 시기를 거치는 동안, 우린 서로에게 훨씬 가깝게 다가가게 되었죠. 하긴 둘 사이에 문제도 있었고요. 아니, 그보다는 뭐랄까."

여자는 어쩔 줄 몰라 하는 기색으로 슬그머니 눈을 내리깔았다. 하지만 다시 시선을 들어 상대를 똑바로 바라보며 과감하게 말을 내뱉었다.

"우리 사이에 라울, 당신이라는 존재가 있었죠. 네, 당신 말이에요!"

그리고 입을 다물었다. 라울은 한동안 얼떨떨한 상태로 가만히 있었다. 자칫 눈앞의 여자에게 상처를 줄까, 아니 그녀를 통해 베르트랑드의 마음에 상처를 줄까 걱정이 되었다. 두 여자 사이에 낀 자신의 처지가 갑자기 곤혹스럽고 끔찍하게 느껴졌다. 그는 마지못해 속삭였다.

"나는 당신 둘 다 사랑합니다."

"바로 그게 문제예요! 둘 다라는 말…… 둘 다 고만고만할지언정, 둘 중 누굴 더 사랑하는 건 아니죠!"

여자의 말에 라울이 발끈하는 몸짓을 취하자, 다시 여자의 공세가 시작됐다.

"아니에요! 인정할 건 인정하세요. 어차피 언니나 나나, 우리 둘의 감정은 당신이 모를 리가 없을 겁니다. 그런데도 당신은 우리 둘 다를 향한 감정으로만 그에 응하고 있어요. 장원에서도 당신은 우리 둘 다를 위해 그야말로 공공의 선을 위해 싸우셨지, 그 두 사람을 따로따로 분리해 대하는 것 자체를 불가능하게 여겼어요. 그러다 보니 이제는 당신한테 우리 두 사람 다 없어서는 안 될 존재가 되어버린 거예요. 하지만 자고로 사람이 사랑에 빠질 때는 그렇게 되어선 곤란하죠. 이곳 파리에 돌아온 이래, 당신은 하루 건너 번갈아 우리 두 사람을 제각기 따로 보러 왔어요. 그러는 동안 우린 헛된 자존심 반, 질투 반의 심정으로 당신의 결단이 내려지기만을 고대해왔죠. 그런데 이제는 당신이 결코 결단을 내리지 않을 거라는 사실을 알게 되었어요. 당신은 언제까지나 우리 두 자매를 똑같이 사랑하려고만 들 거예요. 그래서……."

"그래서 뭡니까?"

라울은 목이 멘 소리로 물었다.

"그래서 대신 우리가 내린 결정을 말씀드리려고 온 거예요. 당신은 결정을 내리지 못할 테니까 말이에요."

"그래, 어떤 결정을 내렸나요?"

"떠나기로 했어요."

라울은 펄쩍 뛰었다.

"말도 안 됩니다! 그럴 권리가 없어요. 아니, 어떻게…… 이봐요, 카트린, 정녕 나를 떠나겠단 말이오?"

"그래야만 해요."

"하지만 그건 절대로 안 됩니다. 내가 원하지 않아요."

라울은 완강한 태도였다.

"원하지 않는 이유라도 있나요?"

"왜냐하면 당신을 사랑하니까!"

여자는 재빨리 남자의 입술을 손바닥으로 가렸다.

"그런 말은 마세요. 앞으론 용납하지 않겠어요. 나를 사랑하려면, 어디까지나 언니보다 더 사랑해야만 해요. 그런데 현실은 그렇지가 않죠."

"아, 맹세컨대……."

"그런 말 하지 말라고 했어요! 그리고 설사 당신의 말이 진심이라 해도 이젠 너무 늦었어요."

"아직 늦지 않았소."

"아뇨. 내가 먼저 찾아와 심정을 고백했으니 이미 늦은 거예요. 더구나 언니의 심정도 공개했고. 그런 속마음은 뭔가 결단이 섰을 때나 입

밖으로 내놓는 거랍니다. 잘 있어요, 친구."

지금으로선 무슨 짓을 해도 여자의 뜻을 꺾을 수 없다는 게 느껴졌다. 더는 나서서 여자를 붙들 엄두가 나지 않았다.

여자의 속삭임이 계속해서 이어졌다.

"잘 있어요. 내 마음도 너무 아파요. 그래서…… 우리 둘만의 추억이라도 가졌으면 해요. 우리 둘만의……."

그러면서 라울의 어깨에 가만히 두 손을 얹었다. 그녀는 서서히 얼굴을 내밀어 입술을 열었다.

어느 한순간, 여자는 자신을 격정적으로 부둥켜안으며 뜨거운 키스를 퍼붓는 남자의 품에서 정신을 잃을 뻔했다. 하지만 카트린은 훌쩍 벗어나 달아나버렸다.

그로부터 한 시간 뒤, 라울은 두 자매의 집을 향해 달려갔다. 카트린을 다시 만나야겠다는 생각이었다. 자신의 행동이 초래할 결과에는 전혀 신경을 끊은 채 무턱대고 사랑을 고백할 참이었다.

카트린은 아직 귀가하지 않은 모양이었다. 아울러 베르트랑드도 만나볼 수 없었다.

다음 날도 찾아가봤지만 허사였다.

그런데 그다음 날이 되자 이번엔 베르트랑드 게르생이 손수 찾아왔고, 카트린과 마찬가지로 서재로 안내되었다.

동생과 마찬가지로 머뭇거렸지만, 그보다는 훨씬 신속하게 평정을 되찾는 모습이었다. 그리고 역시 카트린에게 그랬듯이 남자가 손을 감싸쥔 채 눈동자를 들여다보는 동안, 그녀의 입에선 이런 중얼거림이 새어나왔다.

"그 애가 죄다 얘기했군요. 우리 둘이서 서로 약속했거든요. 마지막이라 생각되면 이곳을 방문하자고요. 이젠 내 차례가 된 셈이네요. 작별인사를 하러 왔어요, 라울. 우리 둘을 위해 해주신 모든 것에 대해 당신께 감사드려요. 특히 죄를 지은 데다, 수치와 회한으로 괴로워하던 나를 구해주신 모든 일에 대해서 말이에요."

라울은 금방은 뭐라 대답할 말을 찾을 수 없었다. 그저 어안이 벙벙할 뿐이었다. 침묵이 어색했는지 베르트랑드는 얼추 되는대로 말을 이어갔다.

"실은 동생한테도 죄다 고백을 했어요. 모두 다 용서해주더군요. 얼마나 착한 애인지! 할아버지가 온전히 자기한테만 몰아준 그 재산을 그 애는 만류했어요. 함께 나누자는 거예요."

라울은 전혀 듣고 있지 않았다. 파르르 떠는 그 입술, 열정을 자제하느라 가볍게 경련이 일고 있는, 저 열에 들떠 아리따운 얼굴만을 정신없이 지켜보고 있었다.

"당신은 나를 떠나지 마시오, 베르트랑드. 당신이 떠나지 않기를 바랍니다."

"떠나야만 해요."

동생의 말과 마찬가지였다.

"안 돼요! 안 됩니다. 당신을 사랑하오!"

여자는 쓸쓸한 미소를 지으며 말했다.

"아, 카트린한테도 똑같은 말을 했겠죠. 그래요, 아마 진심이겠죠. 당신이 나를 사랑한다는 것도 사실일 거예요. 당신은 결코 선택을 할 수 없다는 것도 사실이고요. 그건 당신 한계를 넘어서는 일일 거예요."

그런 다음 덧붙였다.

"라울, 당신이 만약 우리 둘 중 누구 하나를 선택한다면, 그것 또한 우리에게는 견딜 수 없는 일이 될 거예요. 나머지 한 사람이 너무도 괴로울 테니까요. 차라리 그냥 이대로가 우리로선 더 행복한 거예요."

"하지만 나는 더 불행하단 말이오. 사랑을 둘 다 잃다니, 나는 정녕 불행한 남자요."

"잃다니요?"

여자가 무얼 묻는 건지 라울은 얼른 깨닫지 못했다. 잠시 두 사람의 눈빛이 서로의 의중을 캐고 있었다. 이내 여자는 슬그머니 신비스럽고 매혹적인 미소를 흘렸다. 남자는 여자의 몸을 끌어당겼고, 여자는 거부하지 않았다.

그로부터 두 시간 후, 라울 다브낙은 여자를 집까지 바래다주었고, 다음 날 오후 4시에 다시 찾아와주겠다는 약속을 받아냈다. 그리하여 아주 흡족하고 뿌듯한 마음으로 그 시간을 기다렸지만, 언뜻 카트린에게 생각이 가 닿을 때는 자못 우울해지기도 했다.

아니나 다를까, 베르트랑드의 약속은 눈가림에 불과했다. 다음 날 오후 4시가 되었고, 곧이어 5시가 지나고 있었다.

베르트랑드의 모습은 보이지 않았다.

급기야 저녁 7시가 되어서 한 통의 기송 우편물이 배달되었다. 자매 둘 다 파리를 떠나 있다는 기별이었다.

라울은 절망감이나 공연한 울화통에 몸을 내맡기는 사람은 아니었다. 침착한 통제력을 유지했고, 운명의 극심한 타격을 전혀 받지 않은 사람처럼 행동했다. 널찍한 레스토랑에 가서 푸짐한 저녁을 들었고, 그 여운을 기막힌 아바나산 시가로 음미했으며, 대로로 나가 고개를 꼿꼿이 쳐든 채 한 치의 흐트러짐 없는 걸음걸이로 산책에 몰두했다.

밤 10시가 되어서 그는 아무런 생각 없이 그저 발길 닿는 대로 몽마르트르의 어느 무도회장에 들어섰는데, 문턱을 넘는 순간 소스라치게 놀라고 말았다. 어지러이 돌아가는 커플들 속에 폭스트롯과 빙글빙글

선회하는 스텝을 번갈아 밟으며 펄펄 뛰듯 신이 나 춤을 추는 샤를로트와 베슈의 모습이 눈에 들어온 것이다!

라울은 저도 모르게 으르렁거렸다.

"우라질! 저렇게 뻔뻔스러울 수가!"

마침내 열띤 재즈곡이 끝났고, 두 남녀는 자기들 테이블로 돌아가 앉았다. 그런데 더 가관인 것은, 마개를 딴 샴페인 한 병과 잔 세 개가 놓여진 그 테이블 한쪽에 아르놀드 씨가 버젓이 앉아 있는 게 아닌가!

이번만큼은 도저히 오랜 시간 꾹꾹 눌러오던 라울의 울화통도 머리끝까지 치솟지 않을 수 없었다. 무섭게 흥분한 상태이면서도 아직은 점잖은 자세를 가다듬으며 라울은 세 명을 향해 뚜벅뚜벅 걸어갔다. 저들도 라울을 본 순간 의자 위에서나마 움찔하는 기색이 역력했다. 이내 진정을 되찾은 아르놀드 씨가 제일 먼저 오만한 미소를 얼굴에 띄웠다. 샤를로트는 하얗게 질려 아찔한 모양이었고, 베슈는 동료들을 보호할 생각인 듯 벌떡 자리에서 일어났다.

라울은 우선 베슈에게 다가가 얼굴을 바짝 들이밀고 지시했다.

"당장 꺼져."

상대가 삐끗이나 했을까, 라울의 손아귀가 베슈의 옷깃을 덥석 부여잡자마자 어깨를 턱 밀쳐내 의자에 부닥치게 했다. 라울은 베슈를 다시 일으켜 세워 이번에는 한 바퀴 빙그르르 돌려세우고는, 구경하는 사람들은 아랑곳 않고 복도, 현관, 그다음엔 아예 거리로 질질 끌고 나가는 것이었다. 그러면서 입으로는 연신 으르렁대고 있었다.

"이 역겨운 자식! 부끄럽지도 않나? 그래, 고작 살인자와 그 정부하고나 한데 어울려 뒹굴고 있어? 그러고도 자네가 반장이야? 경찰에서도 난다 긴다 하는 실력자냐고! 그 꼴을 보고도 뤼팽이 가만있을 줄 알았나? 잠깐 기다려봐, 이 사기꾼 같으니!"

그는 휘둥그레 바라보는 행인들 앞에서 마치 망가진 인형을 다루듯이 베슈를 두 팔로 번쩍 치켜들고는, 온갖 욕설을 토해내는 걸로 쓰라린 마음의 상처를 과격하게나마 실컷 달래기 시작했다.

"오냐, 이 한심한 양아치 같은 놈아! 네놈은 호박 덩어리보다도 도덕관념이 없는 놈이냐? 천하에 역겨운 애정행각으로 그만큼 창피를 당했으면서도 정신을 못 차려? 네놈과 더불어 방탕하게 놀아나는 친구들 면면이라니! 하나는 살인자이고, 또 하나는 그의 천박한 가정부라! 아, 그나마 뤼팽이 현장을 목격해 한 영혼을 구해냈으니 얼마나 다행인가. 제놈은 원치도 않는데 말이지. 아, 뤼팽! 정말 괜찮은 사람 아닌가, 뤼팽! 뤼팽이 그냥 욱하는 대로 행동해버려? 그도 엄연히 가슴의 아픔을 느낄 줄 아는 인간일 텐데 말이야. 그가 사랑하는 여자는 덕분에 아주 부자가 되어 있지. 그래서 다른 짝을 찾아 나선 모양이고. 그렇다고 뤼팽이 투정이나 부려야 할까? 그가 사랑하는 베르트랑드도 언젠가는 그를 깡그리 잊을 거야. 다 집어치우고 쫓아가 매달려야 하는 걸까? 아니지. 일단 그들의 행복이 중요하니까. 베르트랑드의 행복과 카트린의 순수한 마음씨가 무엇보다 중요해! 한데 그 모든 일이 벌어지는 동안, 네놈은 지저분한 요리사나 붙잡고 늘어져?"

라울은 베슈를 끌고 자신의 차고가 위치한 유럽 구역(생라자르 역 근처에 있다—옮긴이)까지 걸어갔다. 차 앞까지 당도한 그가 내뱉었다.

"타라!"

"자네, 미쳤어!"

"타라니까!"

"도대체 왜 이래?"

"우린 떠날 거다."

"어디로 말인가?"

"몰라. 어디든 상관없어. 중요한 건 자네를 구원해야만 한다는 거야."

"난 구원받을 필요 없네."

"구원받을 필요가 없다고? 그럼 뭐가 필요하지? 자넨 내가 없으면 망해, 이 친구야! 똥오줌 못 가리면서 질척대기 일쑤라고. 그러니, 떠나자! 지금으로선 그것밖에 할 일이 없어. 자네한테는 세상을 잊게 해줄 기분 전환이 필요해. 그러자면 일이 최고겠지. 저기 비아리츠(가스코뉴 만에 위치한 해수욕장—옮긴이)에 자기 마누라를 죽여서 잡아먹어버린 인간 말종이 나타났대. 놈을 체포하자고. 그뿐만 아니라, 브뤼셀에서는 자기 아이를 다섯이나 목 조른 여편네가 있다더군. 그 여자도 잡아야지. 자, 가세나."

베슈는 길길이 날뛰며 반항했다.

"이런 젠장, 난 지금 휴가도 아니란 말이야!"

"곧 그렇게 될 걸세. 내가 경시청에다 전보를 대신 쳐줄 테니까. 어서 가자고."

"하지만 가방도 꾸리지 않았잖아!"

"차 트렁크 속에 내 가방이 있네. 필요한 건 다 갖춰져 있어. 가자니까."

결국 라울 다브낙은 강제로 베슈를 차에 던져 넣고 곧장 시동을 걸었다. 운도 되게 없는 형사 나리는 이제 찔끔찔끔 눈물까지 흘렸다.

"하지만 갈아입을 옷도 없단 말이야. 속옷도 없고, 반장화도 없어."

"헌걸로 내가 하나 사주지. 칫솔도 사주고."

"하지만……."

"너무 칭얼대지 말게. 이것 봐, 이제야 나는 좀 기분이 나아지는걸. 그러고 보니 카트린과 베르트랑드가 나를 떠나간 건 정말 잘한 일이야. 하긴 이 세상 나처럼 어리석은 놈도 없을 테지. 두 여자를 한꺼번에 사랑하면서, 그중 누구한테도 나머지 한 사람을 속이지 않고서는 '그대를 사랑합니다'라는 말을 못하다니 말이야. 정말 어리석지 않은가? 그런 형편이라면 언제나 바보처럼 외톨이가 될 수밖에 없지. 그나마 다행인 건 예쁘장한 추억을 가질 수 있었다는 점이야. 아, 베슈, 정말이지 예쁘장한 추억이라니까. 우선 자네부터 안전하게 지킨 다음에 내 슬슬 얘기를 해줌세. 아하, 이 친구야! 자네 정말이지 나한테 큰 은혜 입은 줄 알아!"

그렇게 베슈를 태운 채 자동차는 이 길, 저 길을 쌩쌩 내달렸다. 비아리츠로 브뤼셀로…… 아니, 남으로 북으로…… 정처 없이…… 하긴 어디로, 왜 달려가는지, 라울 자신도 잘 몰랐다.

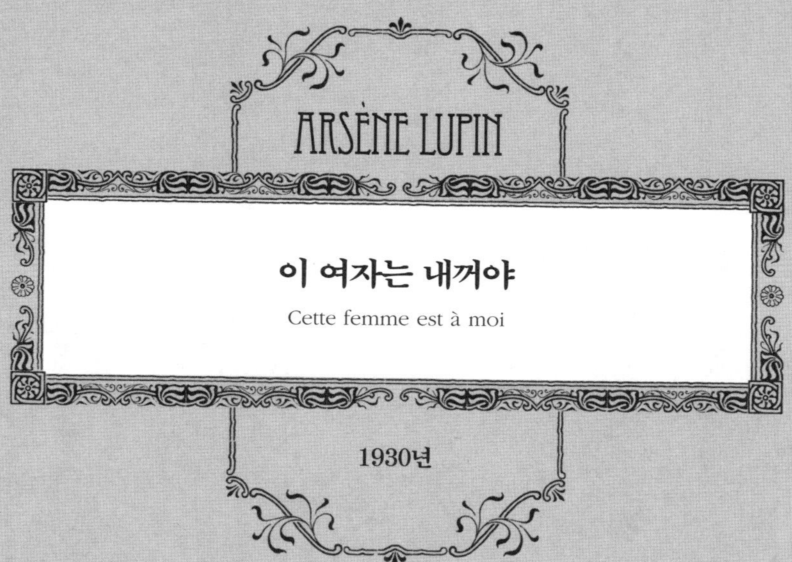

ARSÈNE LUPIN

이 여자는 내꺼야

Cette femme est à moi

1930년

조르주 스탱(Georges Stein) 작 「비시 카지노 레스토랑에서의 저녁식사(Le diner au restaurant du casino de Vichy)」(1912).

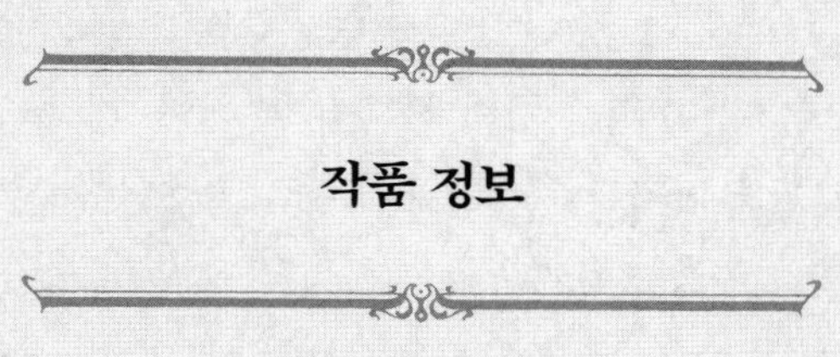

작품 정보

「이 여자는 내꺼야(Cette femme est à moi)」(1930) 역시 국내 처음 소개하는 작품이다. 이 희귀한 타이핑 원고는 '결정판' 준비작업의 제일 막바지에 이르러 '아르센 뤼팽의 친구들 협회(L'AAAL)' 회장 르샤 씨의 극적인 도움으로 어렵게 구했다. 모리스 르블랑의 전기를 집필한 자크 드루아르(Jacques Derouard) 교수는, 이 원고에 관한 정보가 부족함을 전제한 뒤, 르블랑이 영화 시나리오에 관심을 두고 작업하던 1930년경의 작품일 수 있다고 추정한다. 실제로 1930년 여름 『파리수아르(Paris-Soir)』지에 휴가를 소재로 기고한 글에서 르블랑은 이렇게 말하고 있다. "우리는 요즘 열심히 일하고 있지요, 아르센 뤼팽과 저 말입니다. 무슨 일이냐고요? 바로 영화 시나리오 작업이랍니다. 우리를 구속하던 잘못된 계약에서 해방된 지금, 드디어 스크린 데뷔를 구상 중이에요. 정말 재미있습니다!" 또 하나 집필시기를 점칠 수 있는 단서는 이 작품에 올가 공주가 등장한다는 점이다. 올가 공주는 뤼팽 시리즈를 통틀어 「에메랄드 보석반지」에 단 한 번 모습을 보이는데,[1] 그렇다면 이 원고의 집필은 1930년 여름이면서 「에메랄드 보석반지」와 비슷한 시기에 진행된 것으로 보는 게 합리적일 것이다. 모나코 인근 카지노가 무대인 시나리오는 그러나 완성을 보지 못한 채 후일을 기약하는 처지가 되고 만다. 큰 그림만 그려놓고 추후에 손을 대 빛을 보게 하려는 뜻이었으나, 어인 일인지 더 다듬어지지 못하고 원고 더미 속에 묻혀버린 것이다. 이후 뤼팽 연구가들을 포함해 누구도 그 존재를 확인했다는 사람이 없는 가운데, 2015년에 와서야 비록 제한적인 범위 안에서나마 그 정체가 공개된 것이다. 르블랑 씨는 자신이 눈을 감고 77년이 훌쩍 지난 오늘날, 이 미완의 원고를—프랑스의 극소수 호사가들만이 아니라—먼 극동의 나라 낯선 친구들이 조심스레 펴보리라는 것을 과연 상상이나 했을까.

이 작품에는 르샤 씨가 특별히 제공해준 그림 한 장이 삽입된다. 벨 에포크 시대 활약했던 파리의 풍속화가 조르주 스탱(Georges Stein)의 「비시 카지노 레스토랑에서의 저녁식사(Le diner au restaurant du casino de Vichy)」(1912)란 유화다. 그림 자체의 매력도 매력이지만, 카지노를 배경으로 전개되는 이 작품의 분위기를 떠올리는 데 안성맞춤이다.

참고로 '이 여자는 내꺼야'라는 제목은 르블랑이 잠정적으로 붙인 제목이며, 영화 대본의 구어체 대사를 그대로 옮겨온 것이다. 두 남자가 한 여자를 두고 '네꺼', '내꺼' 하며 실랑이를 벌이는 장면으로, 실제 영화 속에서 일종의 코믹요소로 설정된 대사라고 할 수 있다.

---

1) 『두 개의 미소를 가진 여인』에서는 올가 왕비로 등장한다.

모나코 인근 해변에 위치한 한 도박장.

무대배경은 주랑이 늘어선 아트리움. 그 한쪽에 도박장이 보이고, 여기저기 사람들의 말소리가 도박꾼들 귀에 들리지 않는 방백으로 처리된다. 도박꾼들은 바카라 게임이 진행 중인 테이블 세 개에 모여 딜러들과 머리를 맞대고 있다. 무척 많은 판돈이 오간다. 제일 안쪽 테이블에선 물주의 돈이 다 떨어져간다. 방코가 자신감 넘치는 목소리로 외친다. "8!" 플레이어가 카드를 뒤집어 내놓으며 외친다. "9!" 방코가 씁쓸한 표정으로 일어선다. 그 옆에서 줄곧 게임을 지켜보던 한 귀부인(올가 공주)이 팔짱을 낀다.

올가 디미트리, 언제나 운이 없군요!

(남자가 빈 지갑을 내보이며 투덜거린다.)

디미트리 탈탈 털렸네.

올가 그래도 예금이…….

디미트리 한 푼도 안 남았어…….

올가 그럼 이제?

디미트리 총알 한 방이면 이 기분을 벗어날 수 있겠지…….

올가 당신 미쳤어!

디미트리 누구든 당신 같은 여자를 사랑하면서도 지켜주지 못할 때, 유일한 해결책이자 최고의 친구는…… 하지만…….

올가 하지만?

디미트리 운이 아주 없는 건 아니거든. 매번 8 아니면 9야. 기가 막힌 게임이긴 한데…….

올가 그런데도 운발이 안 먹히는군요.

디미트리 맞아…… 문제는 판돈인데……. (여자의 팔을 붙잡고 푹신한 소파로 가서 앉는다.) 내 말 잘 들어요, 올가 공주. 내가 당신을 사랑한 지 이제 10년이 다 되어가지.

올가 내가 당신을 사랑한 지도 10년이 되어가고요.

디미트리 알아. 내가 체카[2]에서 일할 때 빼돌린 모든 걸 당신한테 주었지. 온갖 귀금속이며 현찰 등등 말이야.

(둘이 동시에 일어나 마주 본다. 서로의 눈빛이 매섭고 싸늘하다. 여자는 늘씬한 키에 풍만한 가슴, 당당한 몸매의 화려한 타입이며, 나무랄 데 없는 의상 곳곳에는 눈부신 보석들이 빛을 발하고 있다.)

올가 그래서 어쩌라고요?

디미트리 내가 그 정도로 당신한테 모든 걸 바쳤다는 얘기지. 그러니 이젠 당신이 날 도울 때가 됐다는 뜻이야.

---

2) 20세기 소비에트 공화국 체제 초기의 폭압적 공안기관.

올가 구체적으로 어떻게요?

디미트리 내가 준 걸 조금 돌려달라는 거지.

올가 안 그래도 많이 되돌려준 것 같은데.

디미트리 그래도 남은 게 있지 않소?

올가 돈요, 보석요?

디미트리 되는대로 아무거나…….

올가 이번에 돌려주면 당신은 나한테 준 게 아무것도 없는 거예요. 남은 게 하나도 없으니까.

디미트리 (……)[3] 모든 사내가 당신을 졸졸 따라다니지. 온갖 상상을 하면서 당신 주변을 어슬렁거리고 호시탐탐 기회만 노려. 상류층이건 서민층이건, 남자라면 누구나 당신에게 군침을 흘린단 말이거든. 그 때문에 때로는 파산에 이르기도 하고……. 아니, 그렇게 웃을 일이 아니야! 지금 무슨 생각을 하는지 나도 알아요. 올가 공주에게 나보다 더 많은 것을 해줄 사람은 세상에 딱 하나지. 그자는 그대 침실에 돈을 가득 채워주기 위해 은행을 이미 세 차례나 털었으니까. 부정하지 말아요, 올가 공주! 그 천재적인 도둑이자 협잡꾼의 이름은 내 입으로 굳이 말 안 해도 되겠지. 그래, 바로 그 남자…… 당신을 사랑하고, 당신도 한때 사랑했던…… 당신이 나를 배신한다면 오직 그자 때문일 거야. 아니라고 말하지 마, 못된 여자 같으니! 내가 모를 줄 아나? 당신이 베네치아 수로에서 곤돌라를 타고 뱃놀이를 나간 그 저녁, (힘주어 반복한다.) 베네치아에서 곤돌라를 타고 말이지…… 거기 현장에 내가 있었어. 곤돌라 사공

---

3) 이곳의 대사 두어 줄이 지워져 판독이 불가능하다.

이 앉는 궤짝 안에 웅크리고…… 그때 다 들었지. 아까 내가 이야기한 내용을 그자가 죄다 털어놓더군. 당신 가슴을 단번에 설레게 하고 불타오르게 만드는 그 말들을…… 그자가 요구하지도 않는데 당신은 그에게 몸을 기대더군. 평생 처음으로 나 말고 다른 남자에게 입술을 허락했어…… 아주 좋아서 난리도 아니더군! 그 신음 소리하며…… 아마 단둘이었다면, 행실 나쁜 계집 저리 가랄 정도로 화끈하게 몸 바쳤을지도 모르지. 그자가 이랬지 아마. '올가, 내일 5시쯤, 내가 묵고 있는 팔라스 호텔로 와요.' 그러자 다시 끝도 없는 키스가 이어졌지. 내 머리가 터질 것 같더군! 아마 뱃사공만 없었다면 그 자리에서 두 사람 다 죽여버렸을 거야! 하지만 기다리기로 했어. 그 호텔, 내가 아는 호텔이거든……. (……)[4]

올가 하지만 결국에는 그때, 내가 사랑하는 그 사람을 살해했잖아요!

디미트리 그래, 그자는 죽었어. 내가 물속에 처박아 아예 수장시켜버렸지.

올가 그런데도 만약 그가 다시 나타난다면?

디미트리 한번 죽은 사람이 다시 나타날 리가 있을까? 만약 그런다면 그는 사람이 아니고 유령이겠지. 설사 나타난다 해도 내 손으로 다시 죽일 거고 말이야. 이봐요 올가 공주, 암만 발버둥 쳐봤자 소용없어요. 당신의 화려한 연애담은 그것으로 끝이라니까. 그는 죽었어. 이제 세상에 당신이 사랑할 남자는 단 하나라고. 당신 인생에 다른 남자는 없다는 얘기지.

---

4) 이곳의 대사 역시 지워져 판독이 불가능하다.

딜러　(이웃 테이블에서) 판돈 10만 프랑입니다!

목소리　방코(Banco. 바카라에서 물주에게 혼자 돈을 걸 때 하는 말—옮긴이)!

(바로 그때 무대 안쪽 출입문이 열리면서 한 사나이가 나타난다. 소매 없는 망토형 외투에 실크해트를 쓰고 안색이 매우 창백한 남자는 문 앞에서 잠시 멈춰 서서 주위를 둘러본다. 그의 시선이 디미트리의 시선과 마주치자, 디미트리가 기겁을 하며 더듬거린다.)

디미트리　유령…… 유령이다……!

돈 루이스　(씩 웃으며) 그렇소, 나 유령이오!

디미트리　(딜러를 향해) 여기, 카드 돌리시오!

돈 루이스　(올가 앞으로 가 꾸벅 인사를 건넨다.) 올가, 내 사랑…….

(두 사람을 지켜보던 디미트리가 돈 루이스 페레나에게 한마디 한다.)

디미트리　그 여자한테 말하지 말고, 손도 대지 마! (그러고는 앞에 놓인 카드 두 장을 뒤집자마자 외친다.) 9!

돈 루이스　(그 역시 앞에 놓인 카드를 뒤집고는 조용히 내뱉는다.) 바카라! (안주머니에서 큼직한 지갑을 꺼내더니 1000프랑짜리 지폐 열 다발을 빼서, 딜러에게 말한다.) 세어보게.

딜러　판돈 총 20만 프랑입니다.

목소리　방코!

(게임이 속개되고, 돈 루이스 페레나는 다시 올가 곁으로 간다.)

올가　(소리를 죽여) 여기서 나가요. 저 무서워요. 저 사람한테 한 번 당했잖아요…….

돈 루이스　그랬을지도 모르지. 하지만 나도 내 몸 하나는 지킬 줄 아는 사람이오.

올가　그래도 권총은 못 막을 거 아녜요!

돈 루이스　나는 막아냅니다.

(문득 뒤돌아보자 디미트리가 권총을 쥐고 바짝 다가서 있다. 돈 루이스 페레나는 번개처럼 손을 휘둘러 무기를 내리치고 바닥에 떨어뜨린다. 그걸 또 올가가 재빨리 구두코로 툭 쳐서 소파 밑으로 밀어 넣는다.)

디미트리 내가 말 걸지 말랬지!

돈 루이스 자넨 전에도 그런 말 했었지…… 이제 그만 꺼져주게나. 우릴 내버려둬!

(디미트리가 다시 단도를 꺼내 든다. 돈 루이스 페레나는 방금 전과 같은 동작으로 단도를 내리쳐 바닥에 떨어뜨리고, 올가가 역시 발을 뻗어 소파 밑으로 그걸 밀어 넣는다.)

디미트리 (울분을 감추지 못하며) 말도 하지 말고 손도 대지 말란 말이다!

돈 루이스 (전화기에서 흘러나오는 자동음성을 흉내 내며) 방금 거신 번호는 잘못된 번호입니다. 다시 확인하고 걸어주십시오……. (상대를 거칠게 밀어내며) 당장 꺼지라니까!

디미트리 이 여자는 내꺼야!

돈 루이스 참 구태의연하기는! 여자한테 네꺼, 내꺼라니…… 자기 자신이 주인이지, 여자가 무슨 소유물인가……? 혹시 내가 원할 경우, 내꺼는 될 수 있을지 몰라도…….

디미트리 난 네놈의 정체를 알고 있다! 당장 경찰에 신고할 거야!

돈 루이스 이거 순 고자질쟁이로군! 그렇담, 나도 가만있을 수 없지. 자네가 살인자라는 걸 고발하겠네. 베네치아에서 목격한 사람이 있으니까. 내게 증거도 충분해. 특히 그 곤돌라 사공의 증언 말이야…… 자넨 망했어, 이 친구야! 어서 꽁무니 빼는 게 상책일걸! 이 여잔 내꺼니까.

디미트리 내꺼야!

돈 루이스 여태껏 정부(情婦)처럼 가지고 놀기나 해놓고 이제 와 내꺼?

디미트리 앞으로 두 시간만 지나면 내 아내가 될 여자라고! 안 그래, 올가?

올가 아니요.

디미트리 내일이 13일 금요일이야, 당신 생일이라고! 당신 엄마 앞에서 당신 입으로 나한테 그랬잖아, 그날 나와 결혼하겠다고…… 그런 약속을 어기고도 무사할 줄 아나 본데, 이미 주례자도 섭외하고 돈도 준비했어. 곧 당도할 거라고!

돈 루이스 천만에.

디미트리 무슨 소리야, 돈도 다 지불해두었는데?

돈 루이스 그 사람 지금 행방불명일걸!

디미트리 아니, 왜?

돈 루이스 내 방에 꽁꽁 묶인 채 입에는 재갈을 물고 계시거든!

디미트리 이런 죽일 놈!

돈 루이스 이런 살인마!

딜러 (크게 외친다.) 판돈 5만 프랑입니다!

돈 루이스 방코! (게임이 진행된다.)

디미트리 7!

돈 루이스 바카라! 여기 돈 다섯 다발 더! (다시 올가에게로 돌아서서) 올가, 결심에 변함은 없는 거요?

올가 그럼요.

돈 루이스 잘 생각해요. 나는 매우 격렬하고 정열적인 사람입니다. 인생이 위험천만하고 불확실한 남자예요. 처절한 오늘과 암울한 내일을 살아가는 존재입니다.

올가 당신을 사랑해요.

돈 루이스 나를 배신하면 가만두지 않을 텐데?

올가 절대로 가만두지 말아요…… 당신을 사랑하니까!

돈 루이스 저자한테 평생을 충실하기로 약속한 것 아니었소?

올가 자정까지만 그러기로 한 거예요.

돈 루이스 좋아요! 0시 15분부터 그대는 내꺼가 되어 있을 겁니다!

올가 이미 나는 당신꺼예요.

돈 루이스 내일 아침 신부님이 와서 우리의 결혼을 축복해주실 겁니다. 그러고 나서 한 시간 뒤, 러시아 영사관에서 정식 결혼인증서를 발급해줄 거고. 준비되었소?

올가 당신을 사랑합니다.

돈 루이스 저자가 당신을 죽이려고 한다면?

올가 그 전에 일주일, 아니 한 시간의 행복만으로도 여한이 없을 거예요!

딜러 30만 프랑 판돈입니다!

돈 루이스 방코! (카드를 뒤집으며) 9!

디미트리 (이를 갈면서) 5…….

(두 사내가 자리에서 일어나 서로를 노려본다.)

돈 루이스 빈털터리지?

디미트리 그렇다…….

돈 루이스 이제 어쩔 셈인가?

디미트리 내일까지 10만 프랑만 빌리자. 이걸 담보로…… (그러면서 결혼예물용 다이아몬드 목걸이를 내민다. 돈 루이스는 돈 다발 열 개를 건네고 디미트리는 그것을 받자마자 테이블 위에 던진다.) 돈 루이스 페레나를 방코로 해서 건다!

돈 루이스 오케이!

(이긴다.)

디미트리 (호주머니에서 이번에는 결혼예물용 다이아몬드 귀걸이를 꺼내 건네며) 이것도 받아주나?

돈 루이스 아무렴!

(또 이긴다.)

디미트리 (이성을 잃은 표정. 어쩔 줄을 모른다.) 제기랄…… 제기랄…… (돈 루이스 페레나의 한쪽 팔을 붙잡고 아트리움의 주랑 쪽으로 끌고 간다.) 20만 프랑만 더 빌리자.

돈 루이스 담보는?

디미트리 올가를 맡기지…… 대신 딱 한 시간이다! 지금이 10시니까, 같이 어디든 가서 한 시간만 놀다가 11시에 돌아오는 거다. 어때, 올가?

(잠시 머뭇거리던 올가, 돈 루이스 페레나가 눈짓을 하자 고개를 끄덕인다.)

올가 그렇게 하죠.

(……)[5]

올가 (디미트리의 팔을 붙잡으며) 왜 꼭 이렇게 헤어져야 하죠? 왜 서로 증오해야 하는 건데요? 나는 당신에게 받은 걸 모두 돌려줬어. 이제 서로 빚진 것 없잖아요! 그냥 친구처럼, 원한 없이, 악수하면서 헤어지자고요! (디미트리와 악수한다.) 이 사람하고는?

디미트리 싫어. 난 그를 증오해.

올가 당신은 이미 한 번 이 사람을 죽일 뻔했어!

디미트리 두 번째는 성공할 거야. 실패하면 세 번, 네 번, 다섯 번…… 계속 시도하겠지. (돈 루이스 페레나가 밖으로 나간다. 올가는 잠시

---

5) 이 부분에서도 원고가 누락되어 있다.

머뭇거리다가 출입문 쪽으로 다가간다. 문손잡이로 뻗는 손을 뒤따라 온 디미트리가 덥석 붙잡는다.) 설마 내가 진심이었다고 생각하는 거야? 내가 당신을 저 자식 침대에 영영 팽개쳐둘 거라 생각하느냔 말이야!

올가 당신은 이미 그랬어요.

디미트리 나는 어디까지나 그에게 돈을 갚을 의도로 그런 거야.

올가 (웃으며) 의도 좋아하시네…….

(……)[6]

디미트리 (누군가를 맞이한다.) 형사님…….

형사반장 니스 특별수사대 형사반장입니다. 전용 모터보트를 타고 방금 도착했지요.

디미트리 페레나가 지금 막 여기서 나갔습니다만…….

형사반장 (흥분하며) 정말입니까?

디미트리 늦어도 5분 후엔 다시 나타날 겁니다.

형사반장 다행이군요. 제 임무는 일단 그자를 감시하는 겁니다.

디미트리 암요. 놈의 속임수가 보통 아닙니다! 어젯밤에 그놈 붙잡아두느라 제가 거의 100만 프랑 가까이 피해를 봤어요!

형사반장 그만한 값어치가 있겠죠. 너무 안타까워하지 마십시오.

디미트리 놈의 진짜 이름은 아시겠죠?

(서장에게 귀엣말을 하자 화들짝 놀란다.)

형사반장 그럴 리가요?

디미트리 돌이켜보십시오. '호랑이 이빨'을 비롯한 그의 최근 모험들에서 바로 돈 루이스 페레나라는 이름을 사용한 것으로 드러났

6) 이 부분에서도 원고가 누락되었는데, 누락된 내용은 올가의 퇴장과 다음 장면의 도입부다.

습니다!

형사반장 맙소사! 이번에 놈을 내 손으로 잡을 수만 있다면…… 그 빌어먹을 인간과의 악연이 이만저만 아닙니다! 지금까지 경찰 입장에서 골탕 먹고 조롱당한 걸 생각하면…….

디미트리 경찰인원은 충분합니까?

형사반장 현재 스무 명 배치 중이고, 곧 서른 명으로 충원될 예정입니다.

디미트리 그 정도면 이 망나니 같은 놈에게 적정수준이군요.

(형사들이 둘에서 셋, 넷까지 짝을 지어 아트리움 이곳저곳에 자리를 잡고 감시에 들어간다.)

형사반장 (지시를 내린다.) 내가 호루라기를 불면 일시에 덮치는 거다. 혹시라도 난동을 부리면, 놈한테 이로울 것이 없다. 생사 가리지 말고 포획하도록!

디미트리 죽여 잡는 게 더 확실하겠죠!

(그렇게 부산한 분위기 너머로 벽에 붙은 작은 공중전화 부스 하나가 보인다. 그 문이 빠끔 열리며 돈 루이스 페레나의 얼굴이 반짝 나타난다. 그가 디미트리에게 다가가 엉덩이에 대차게 발길질을 한다.)

돈 루이스 야 이 형편없는 놈아! 네놈이 올가를 방해해서 내게 오지 못하게 한 거, 모를 줄 아나? 약속을 어긴 것도 모자라, 감히 이 몸을 경찰에 팔아넘겨!

디미트리 (기겁을 하며) 아니, 어디서 나타난 거야?

돈 루이스 전화하고 있었다, 왜……! 잠깐 기다려. 아직 통화할 곳이 남았으니까. (그가 다시 공중전화 부스로 돌아가 문을 닫고 다이얼을 조작하자, 말소리가 방백으로 전환된다.) 여보세요…… 카지노 경비 부탁합니다…… 에르네스틴? 어, 그래! 별일 없지……? 자, 내 말 잘 들어. 지금 내가 포위되어 있거든…… 그래, 애들 좀 모아봐…… 곧장 선창가로 나가, 니스에서 온 모터보트를 찾아보라고…… 운전기사는 알아서 처리하고…… 그래, 거기 올가를 태워 에메랄드호로 데려다 놓는 거야…… 항구 초입에 정박한 크루즈요트…… 그렇지! 오케이……? 알았어. 이번 여행에는 자네도 데려가지. 요트 운전 맡길게……! 그보다 더 신나는 일이 있겠나……! 좋아, 자네만 믿지. 이따 보자고……!

(전화 부스에서 나오다가, 염탐 중이던 형사반장과 몸이 충돌한다.)

형사반장 어이쿠, 거기 무슨 비밀통로라도 있는 거요?

돈 루이스 그쪽 일에나 신경 쓰지 그러쇼.

형사반장 니스 특별수사대 형사반장이다! 영장도 가져왔다.

돈 루이스 동틀 때까지만 기다려주면 안 되겠소?

형사반장 알겠지만 현행범으로 잡힐 경우, 빼도 박도 못하는 거다! 지금도 호주머니 속엔 위조카드가 잔뜩 들어 있을 텐데…… 어디 몸수색 한번 해봐?

돈 루이스 (태연하게) 어디 맘대로 해보시지. (진지하게 충고하는 말투로) 그런데 말이오, 내친김에 충고 하나 해드리지. 당신 직무를 수행하면서 절대로 원한이나 증오 같은 사심을 개입시키면 못써요. 특히 나처럼 위험천만한 상대를 두고 그러면 큰일 나지. 자칫 큰코다칠 수 있거든…….

딜러 누가 8만 프랑 거시겠습니까?

디미트리 내가 걸겠소. 페레나, 자네 방코 할 거지?

돈 루이스 물론이지! (양손을 뒷짐 지면서 몸을 돌려 테이블 앞에 선다. 그 눈 깜짝할 사이, 왼손 안에 쥔 카드와 앞에 놓인 두 장의 카드를 귀신같이 맞바꾼다. 그중 하트 나인이 들어 있다. 그리고 거의 동시에 카드를 뒤집으며 소리친다.) 9!

디미트리 맙소사…….

형사반장 맙소사…… 아무것도 보질 못했어……. (카드를 이리저리 살펴본다.)

돈 루이스 형사 나리, 뭐 문제 있습니까? 속이 안 좋아요?

형사반장 9를 아주 쉽게 잡는군…….

돈 루이스 당신네들 어수룩한 것도 아주 고질적이고…… 그러다 낭패 볼 텐데…… (디미트리에게, 딱하다는 표정으로) 또 빈털터리?

디미트리 젠장…… 200만 빌려주게나…….

돈 루이스 무담보?

디미트리 무담보.

돈 루이스 (낮게 중얼거린다.) 아이고, 내가 애들하고 놀고 있구먼……. (디미트리를 붙잡고 구석진 곳으로 가서) 그럼, 이참에 내가 자네 크루즈요트 에메랄드호를 인수하지. 지금 있는 그대로 말이야. 대신 올가한테나 나한테나 앞으로 완전히 신경 꺼줘. 추적하거나 위협하거나 그러면 절대 안 돼. 철저하게 안전보장하는 거야.

디미트리 그 정도면 값이 꽤 나갈 텐데…….

돈 루이스 얼마면 돼?

디미트리 100만 프랑.

돈 루이스 (안주머니에서 미리 준비한 봉투를 꺼내며) 수표하고 매매계약서 여기 있네. 서명만 하면 돼. (디미트리가 서명을 하자마자) 멍청하긴…… 200만이어도 냈을 텐데!

디미트리 흥, 멍청한 건 자네야! 첫째, 난 돈을 벌었고 둘째, 여자도 여전히 내꺼고 셋째, 자넨 곧 감옥행이니까.

돈 루이스 멍청이, 아주 발악을 해요! 첫째, 그 수표는 이틀 후에나 쓸 수 있고 둘째, 지금 이 순간부터 올가는 내 여자야.

디미트리 너는 그 여자가 어디 있는지도 모르잖아! 나도 마찬가지지만…….

돈 루이스 난 알지. 방금 내가 자네에게서 구입한 배에 안전하게 탑승하고 있거든. 자정에서 10분 지난 시각에는 완전히 내 여자가 되어 있을 거야. 물론 수표는 늦지 않게 지급정지 들어갈 거고. 가만있어 보자…… 그렇다면 첫째는 내가 자네 여자를 차지하고, 둘째는 자네가 내 돈을 차지하지 못하는 것이 되겠군 그래!

디미트리 흥, 셋째가 아직 남았는걸. 네놈을 철창에 처박아버리는 거!

돈 루이스 경찰에게 그럴 힘이 있을까?

디미트리 나는 있지. (상대의 옷깃을 움켜잡고 소리친다.) 여깁니다……! 잡았어요……! 아르센 뤼팽입니다!

(형사반장이 호루라기를 꺼내려고 호주머니 속을 뒤진다. 그런데 호루라기가 사라지고 없다. 이유는 아까 공중전화 부스 앞에서의 충돌 때문. 그 충돌 자체가 형사반장의 호주머니 속 호루라기를 노린 돈 루이스 페레나의 치밀하게 계산된 동작. 돈 루이스 페레나는 저고리를 벗어 던져 디미트리를 따돌리고는, 아트리움을 정중정중 가로질러 달아난다.)

형사반장 (몹시 당황하면서) 쏴라! 쏴……! 아, 이런 제기랄!

(디미트리가 권총을 발사하지만 여지없이 빗나간다. 돈 루이스 페레나는 소파를 밟고 도약해 발코니 난간을 훌렁 넘어, 그대로 바다에 뛰어든다.)

형사반장 (발코니 밖으로 몸을 내밀어 선창 쪽을 향해 고래고래 소리 지른다.) 빅토르! 모터보트에 시동 걸어놓게! 어서!

빅토르 (다급하게 달려오며) 반장님, 저도 조금 전까지 결박당해 있었습니다…… 웬 놈들이 들이닥쳐 저를 묶고, 보트를 탈취해갔어요…… 여자 한 명을 데리고요…….

디미트리 특별수사대 형사반장도 별수 없군요…….

형사반장 속단은 일러요! 놈은 결국 이 근처 뭍으로 기어나올 테니 그때 잡으면 됩니다!

디미트리 꿈 깨세요, 형사반장님! 놈이 내 요트를 샀단 말입니다……!

막

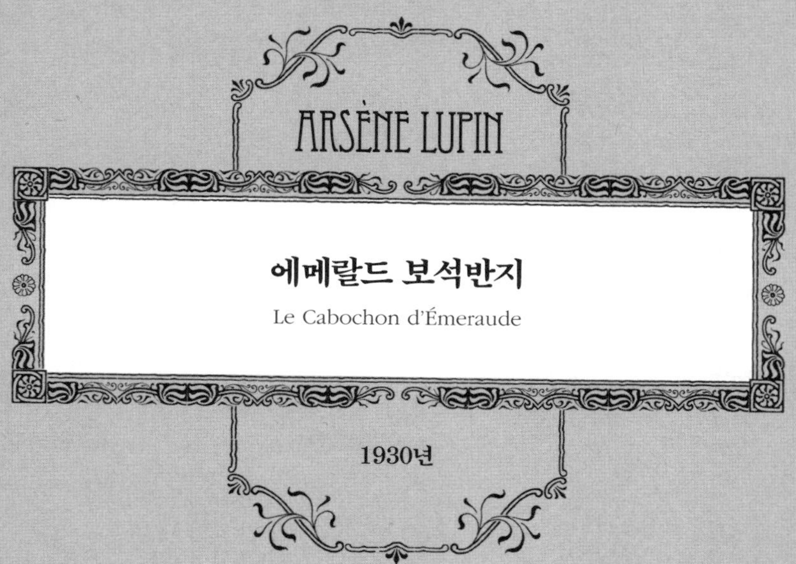

ARSÈNE LUPIN

에메랄드 보석반지

Le Cabochon d'Émeraude

1930년

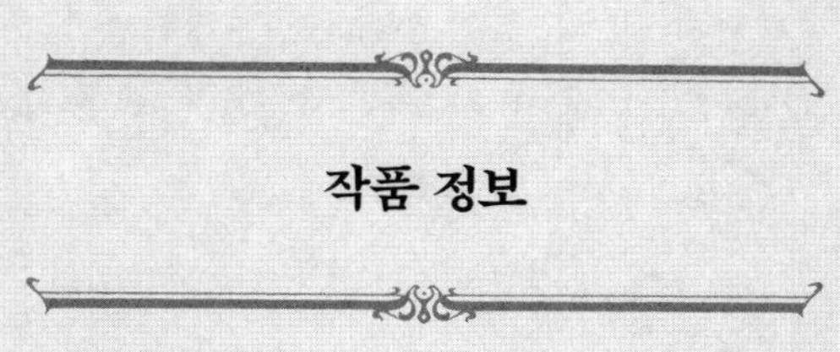

작품 정보

「에메랄드 보석반지(Le Cabochon d'Émeraude)」(1930. 11. 15)는 저자의 '추리소설론'이 암시하는 문학적 독창성이 가장 투명하게 들여다보이는 작품이다. 본격 심리주의 작가가 꿈이었던 르블랑이 이 세련되고 섬세한 단편을 통해, 무의식의 영역으로까지 추리미학을 확대, 심화하고 있기 때문이다.

이 작품이 처음 발표된 지면은 『문학과 정치 연보(Les Annales politiques et littéraires)』이다. 원래는 비슷한 색채의 다른 작품들과 함께 묶어 같은 제목의 단편집으로 펴낼 예정이었으나, 그중 몇몇 작품이 "가능한 넓은 대중성을 지향하는" 출판사 아셰트(Hachette)에 충분하게 어울리지 않는다는 이유로 기획 자체가 좌초되고 만다.

그런가 하면 르블랑이 『바네트 탐정사무소』에 포함시키려 했던 작품 수가 원래는 10여 개를 상회했는데, 위와 비슷한 이유로 지금의 여덟 작품만 살리고 나머지는 제외시킬 수밖에 없었다는 얘기도 있다.

그 '나머지'에 「부서진 다리」 말고 포함되었을 개연성이 가장 큰 작품으로 「에메랄드 보석반지」를 꼽는 이유를, 작품을 읽은 독자라면 잘 알 것이다.

"어머나, 올가. 마치 그를 잘 아는 것처럼 말씀하시네요?"

그날 저녁, 살롱에 함께 모여 담배도 피우고 잡담도 나누려고 모여든 친지들을 향해 올가 공주는 빙그레 미소를 지으며 대답했다.

"그럼요, 알다마다요."

"정말 아르센 뤼팽과 아는 사이란 말이에요?"

"그렇고말고!"

"어쩜 그럴 수가 있지?"

"적어도 바네트 탐정사무소 일로 은근히 탐정 노릇을 즐겨 하는 누군가를 알고 지낸 건 사실이죠. 그런데 요새는 그 짐 바네트라는 사람뿐만 아니라, 그와 정보를 교류한다고 알려진 모든 협력자들이 다름 아닌 아르센 뤼팽이라는 게 공공연히 알려진 사실이거든요. 그러니까 결국……."

"혹시 그 사람한테 도둑질을 당하지는 않았고요?"

"오, 천만에요! 오히려 많이 도와준걸요."

"어머나, 그럼 또 대단한 모험이었겠네!"

"전혀요! 그저 한 반 시간가량 조용히 진행된 대화만으로 나를 도왔답니다. 별다른 사건도 없이 말이에요. 그런데 그 30분 동안, 내 앞에 있는 사나이가 무척 단순하면서도 허를 찌를 줄 아는, 정말이지 대단한 인물이라는 느낌이 마구 드는 거예요."

곧이어 여기저기서 질문들이 쇄도했다. 하지만 서둘러 대답할 생각은 없는 듯했다. 올가 공주는 자신에 관한 말은 되도록 삼가면서, 생활 자체가 가까운 친구들한테도 신비에 싸여 있는 여성이었다. 남편을 저세상으로 떠나보낸 이래, 과연 그녀는 사랑이라는 걸 해본 적이 있을까? 자신의 금발 머리와 푸르고 아름다운 눈동자, 그 강렬한 미모에 몸달아 하는 숱한 남정네의 열정에 단 한 번이라도 혹해본 적이 있을까? 아마 그래본 적이 있을 거라는 게 사람들의 생각이었다. 특히 몇몇 독설을 일삼는 사람들은 그녀가 제법 엉뚱한 짓도 충분히 저지를 여자이며, 그중에는 진정한 사랑보다 단순한 호기심이 작용한 사건들도 꽤 있을 거라며 수군대곤 했다. 하지만 뭐 하나 근거 있는 얘기는 전혀 없었다. 정작 상대일 거라고 거론되는 이름이 하나도 없었던 것이다.

사실 그녀는 요즘 들어 다소 개방적이 되어, 지나친 고고함은 되도록 피하면서 자신의 베일을 살짝살짝 걷는 일이 잦았다.

그녀가 친지들 앞에서 이런 얘기를 꺼내는 것도 태도 변화의 일환인 셈이었다.

"하긴 당신들 앞에서 굳이 못 밝힐 얘기도 아니죠. 다만 내 얘기 속에 또 다른 한 사람을 끌어들일 텐데, 이야기 속의 그 사람 역할이 별로 쉬쉬할 문제는 아니기 때문이랍니다. 아무튼 간추려서 얘기하겠어요. 솔직히 당신들이 관심 있어 하는 건 오로지 아르센 뤼팽 아닌가요? 그러니까 그 당시, 가만있자…… 당신들한테 단번에 쉽게 이해되도록 한마디로 요약을 해서 말하자면, 척 하고 성만 대면 여러분도 다 알 만한 사내한테 내가 아주 열정적이고 진지한 사랑의 감정을—이런 말, 나 정도면 써도 되겠죠?—불어넣은 일이 있었답니다. 다름 아닌, 막심 데르비놀이라는 남자죠."

올가의 친지들은 모조리 기겁을 하는 표정이었다.

"막심 데르비놀이라면…… 그 은행가의 아들?"

"그렇답니다."

"사기꾼이면서 가짜 은행가 행세를 하다 체포된 바로 다음 날, 상테 감방에서 목을 매 자살한 바로 그 사람의 아들이란 말인가요?"

"맞습니다."

올가 공주는 지극히 태연하게 대답했다.

그리고 잠시 생각에 잠기고는 얘기를 계속했다.

"나야말로 은행가 데르비놀의 고객으로서 그의 주요 피해자 중 한 사람이지요. 그전부터 알고 지내던 막심은 자기 아버지가 자살을 한 뒤 얼마 안 있어 나를 찾아왔답니다. 이미 자기가 하는 일로 부자였던 그는 스스로 나서서 채권자들을 모두 변제해주겠다고 제의하면서 내게 얼마간 타협을 요청해왔습니다. 그 때문에 몇 차례 내 집에 드나들게 되었죠. 솔직히 말해서 그는 내게 늘 호감 가는 인상으로 다가왔습니다. 특히 지극히 품격 높은 그의 차림새 때문에 더욱 그랬지요. 그러면서도 늘 성실하고 담백하기만 한 행동이 그렇게 자연스러울 수가 없었답니다. 자기 아버지의 불명예스러운 전력에 대해선 전혀 개의치 않는 듯 태연자약한 반응으로 일관하면서도, 왠지 사소한 말로도 쉽게 흥분할 것 같은 면도 없진 않았어요. 요컨대 내면의 섬세한 고통과 상처가 은연중에 들여다보이는 사람이었지요…… 나는 그를 친구로 맞이했습니다. 사실 그러다가 언제 연인으로 발전할지 모를 그런 친구였어요. 하루가 다르게 연애 감정이 쌓여가는 걸 나는 뻔히 느끼는데도, 그는 그 점에 관해서 일언반구도 비친 적이 없었답니다. 만약 아버지 문제만 없었더라면, 그는 틀림없이 대놓고 내게 청혼을 했을 거예요. 하지만 자신의 속내를 과감히 드러내지 못할 뿐만 아니라 내 감정이 어떤지 떠보려 하지도 않는 거예요. 만약 그가 적극적으로 나왔다면 내 반응은 어땠을까? 솔직히 그건 모를 일이죠…… 하루는 아침에 둘이 함께 불로뉴 숲에서 식사를 했답니다. 식사가 끝난 다음, 그는 나를 따라서 바로 이곳 살롱까지 들어왔지요. 그는 뭔가 초조한 기색이었습니다. 나는 손가방과 끼고 있던 반지들을 외발원탁 위에 내려놓고, 그의 요청에 따라 무척 좋아하는 러시아 곡조 몇 개를 들려주기 위해 피아노 앞에 앉았지요. 그는 내 뒤에 선 채 조용히 귀를 기울이고 있었습니다. 얼마나 격한 감정 상태인지 능히 짐작할 수 있었어요. 다 치고 일어나자 몹시 창백해진 그의 얼굴이 눈에 들어왔습니다. 뭔가 할 말이 있는 듯했어요. 실은 나도 무척 흥분해 있었는데, 좌우간 그를 가만히 지켜보면서 무심코 반지들을 다시 끼기 시작했답니다. 그러다가 갑자기 멈칫하면서 나도 모르게 중얼거렸어요. 어색한 상황을 벗어나기 위한 것도 있었지만, 실은 한 가지 사실에 약간 당황했거든요.

'어머나, 내 에메랄드가 어디 갔지?'

언뜻 그가 소스라치는 게 느껴졌어요. 대뜸 이러더군요.

'당신의 아름다운 에메랄드 보석반지 말입니까?'

난 정말 전혀 이상한 생각이 들지 않아서 그냥 무심코 얘길 했지요.

'네. 당신이 그토록 칭찬하던 보석반지요.'

'식사할 때는 내내 손가락에 끼고 있지 않았습니까?'

'물론이죠! 하지만 피아노 칠 때는 반지를 끼지 않아서 다른 것들과

함께 여기 이 위에다 빼두었거든요.'

'그럼 거기 어디 있겠죠.'

'근데 없어요.'

가만 보니 그 사람 안색이 점점 더 창백해지면서 태도도 경직되어가는 거였어요. 하도 어쩔 줄 몰라 하는 표정이기에 내가 오히려 아무렇지도 않은 듯 넘어가야만 했죠.

'아이, 뭐 별일 있겠어요? 별로 중요한 것도 아닌데. 어딘가 떨어져 있겠죠 뭐.'

'하지만 눈에 띌 텐데요.'

'아니에요. 어쩜 가구 밑으로 굴러 들어갔을 수도 있죠.'

그러면서 나는 호출벨을 누르려고 손을 뻗었답니다. 그런데 그가 덥석 내 손목을 붙잡더니 더듬더듬 말하는 거예요.

'잠깐만, 잠깐만요…… 지금 무얼 하시려는 겁니까?'

'하녀를 부르려고요.'

'무엇 때문에요?'

'반지를 찾으려고…….'

'아뇨. 안 됩니다. 절대로 그렇게 할 순 없어요!'

그렇게 말하는 표정이 잔뜩 일그러지고 부들부들 떨기까지 했어요. 그뿐만 아니라, 또 이렇게 덧붙이는 거예요.

'누구도 이곳에 들어와선 안 됩니다. 우리 둘 다 밖으로 나가서도 안 되고요. 에메랄드를 찾기 전까지는 말입니다.'

'그럼 어서 찾아봐요! 우선 피아노 뒤를 좀 살펴봐주세요!'

'아뇨!'

'무슨 말씀이세요?'

'모르겠습니다. 나도 뭐가 뭔지 모르겠어요…… 어쨌든 정말 곤혹스

럽군요!'

'곤혹스러울 게 뭐가 있다고 그러세요? 내 반지가 바닥에 떨어졌으니 그냥 주우면 되는 겁니다. 그러니 어서 찾자고요!'

그런데도 그는 아예 애걸을 하는 겁니다.

'오, 제발 부탁입니다…….'

'아니, 왜 그러세요? 어디 말 좀 해보세요!'

급기야 마음을 정했는지 그가 말했어요.

'좋습니다. 만약 내가 여기나 다른 어느 곳에서 그걸 찾아내 보여주면, 당신은 아마 내가 슬쩍했다가 그 자리에 흘리고선 뻔뻔스럽게도 찾은 척한다고 생각할 겁니다.'

정말이지 어이가 없더군요. 난 나지막한 소리로 이랬어요.

'난 당신을 조금도 의심하지 않아요, 막심…….'

'지금 당장이야 그렇겠죠. 하지만 좀 시간이 지나고 나서도 과연 의혹을 떨쳐버릴 수 있을까요?'

하긴 그의 심리를 이해 못하는 건 아니었어요. 데르비놀 은행가의 자식으로서, 얼마든지 보통 사람보다 이런 상황에 훨씬 민감하고 조심스러울 수가 있을 테니까요. 그러고 보니 내 이성이 제아무리 허튼 생각을 차단한다 해도 과연 내가 피아노를 치고 있을 때, 외발원탁과 나 사이에 그가 서 있었다는 엄연한 사실까지 머릿속에서 깨끗이 지울 수 있을까 하는 생각이 들더라고요. 더군다나 우리가 초조한 심정으로 서로의 눈동자를 들여다보는 동안, 솔직히 당혹스러울 만큼 하얗게 질려 있는 그의 안색에 내심 놀란 것도 사실이었고요. 다른 사람 같았으면 멋쩍게 웃기라도 했을 텐데 말입니다. 하지만 그는 전혀 웃는 얼굴이 아니었거든요. 나는 져주는 척하면서 이랬답니다. '이봐요, 막심. 그건 당신이 잘못 생각하는 거예요. 하지만 당신 입장에서는 조심스러울 수도 있는 문제라는 건 인정합니다. 좋아요, 그럼 당신은 꼼짝 말고 계세요!' 그러고는 허리를 잔뜩 숙여 피아노와 벽 사이를 훑어봤고, 책상 밑도 샅샅이 둘러보았답니다. 마침내 다시 일어서며 내가 외쳤죠. '아무것도 없어요!' 그는 인상을 찌푸린 채 잠자코 있더군요. 그쯤에서 퍼뜩 떠오르는 아이디어가 있기에 말했죠. '나한테 맡겨주시겠어요? 어쩌면…….'

'오, 진실을 밝힐 수만 있는 일이라면 무엇이든 당신 재량껏 해보십시오! 단, 아주 진지하게 처신해야만 합니다. 조금만 경솔해도 몽땅 그르칠 수 있어요. 아주 확신이 들지 않으면 하지 마세요.'

나는 일단 그를 안심시키고 나서 전화번호부를 뒤졌답니다. 바네트 탐정사무소에 전화통화를 신청했지요. 므슈 짐 바네트가 직접 전화를 받더군요. 나는 굳이 자세한 설명도 하지 않고, 무작정 내 집으로 와달라고 부탁했지요. 그는 곧장 당도하겠다고 했어요……. 그때부터는 마냥 기다릴 뿐이었습니다. 서로가 초조하고 불안한 감정을 차마 감추지 못하면서 말입니다. 나는 다소 어색한 웃음을 지어 보이며 말했어요. '친구들 하나가 이 바네트라는 사람을 소개해주었거든요. 몸에 착 달라붙는 낡은 프록코트 차림에 가발까지 착용한 좀 괴상한 남자인데, 솜씨 하나는 알아준다더군요. 다만 한 가지 주의할 점은 고객한테 서비스한 일에 대한 보상은 저 자신이 알아서 챙겨간다는 거예요, 글쎄!' 사실 재미있으라고 한 소리였는데, 막심은 침울한 표정으로 꼼짝 않는 거예요. 잠시 후, 느닷없이 초인종이 울렸답니다. 곧이어 하녀가 노크를 해왔고요. 나는 후들거리는 손길로 직접 문을 열면서 말했지요. '어서 오세요, 므슈 바네트! 들어오시죠.' 그런데 놀랍게도 막상 문으로 불쑥 들어선 자는 내가 기다리는 사람과 전혀 딴판이었습니다. 우선 복장부터가 무난하고 우아한 티가 풍겼어요. 나이도 꽤 젊어 보였고, 호감 가는 인상인 데다, 마치 그 어떤 상황이 닥쳐도 당황하지 않을 사람처럼 아주 분위기가 태연한 거였어요. 그는 나를 필요 이상으로 한참 동안 바라보았는데, 왠지 내 모습이 싫지 않다는 의사를 굳이 드러내는 눈치였답니다. 글쎄요, 상대에 대한 탐색이 끝났다고 해야 하나. 이내 그는 정색을 하고 꾸벅 인사하면서 이러더군요. '므슈 바네트는 현재 너무 바쁜 일에 매여 있어서 나더러 대신 이 기분 좋은 일을 맡아달라고 했습니다. 물론 당신이 꺼려 하지 않으신다면 말씀입니다만…… 일단 소개부터 할까요? 탐험가인 데느리스 남작이라고 합니다. 기회가 닿을 때마다 아마추어 탐정 노릇도 겸하고 있지요. 내 친구 바네트도 그 방면에서 내가 가진 직관력과 혜안을 족히 인정하는 편이죠. 나 역시 즐겨 계발하고 있고요…….' 가만히 보니 말하는 투도 제법 세련되었고, 매력적인 미소까지 곁들인 터라 도저히 도움을 거절할 수가 없더군요. 사실 따지고 보면 나를 돕겠다고 나선 사내가 탐정이 아니라 엉뚱하게도 사교계 신사인 상황이었습니다. 그런 인상이 어찌나 강했던지 습관적으로 담배를 한 대 피워 물면서, 글쎄 나도 모르게 그만 그 사내한테도 한 대 척 권하는 짓을 범하고야 말았답니다. 이러면서 말이죠. '담배 피우시죠, 므슈?' 결국 낯선 남자와 마주 대한 지 1분도 채 안 된 상황에서 우리는 서로 맞담배를 피우며 담소를 나누는 사이가 되어버린 겁니다. 예기치 않게 형세가 돌아가면서 내 흥분도 어느 정도 가라앉고, 살롱 안의 분위기도 느닷없이 편안해진 느낌이었어요. 단지 데르비놀만 여전히 눈살을 찌푸린 채 멀뚱하니 서 있었습니다. 그제야 난 얼른 그를 소개했죠. '여기는 므슈 막심 데르비놀입니다.' 데느리스 남작은 꾸벅 인사를 하긴 했는데, 데르비놀이라는 이름이 그에게만큼은 어떤 기억도 불러일으키지 않는 것처럼 전혀 태도 변화가 없었어요. 그 대신 얼마간 뜸을 들이더니 마치 생각이 들키는 걸 꺼리는 것처럼 불쑥 질문을 내미는 거였어요. '혹시 무언가 집에서 없어진 게 아닌가 생각하는데요?' 막심은 묵묵부답이었고, 나도 별것 아니라는 듯 대답했지요.

'그래요…… 근데 별로 중요한 건 아니랍니다.'

그러자 데느리스 남작이 빙그레 웃으며 이러더군요.

'별로 중요하진 않다 해도 해결하기가 그리 만만치는 않았을 겁니다. 당신과 저 신사분도 포기했을 정도니까요. 물건이 사라진 지는 얼마 안 됐죠?'

'네.'

'잘됐군요! 그럼 일이 더 쉬워지겠어요. 그래, 뭐가 없어졌나요?'

'반지요, 에메랄드 보석반지…… 다른 반지들이나 손가방은 그대로 저기 외발원탁 위에 있었는데, 그것만 없는 겁니다.'

'반지들은 왜 죄다 빼놓았습니까?'

'피아노를 치려고요.'

'피아노 치시는 동안 므슈 데르비놀도 근처에 계셨고요?'

'네, 바로 뒤에 서 있었지요.'

'그러니까 당신과 외발원탁 사이에 말이죠?'

'네.'

'에메랄드 보석반지가 사라졌음을 확인한 직후 곧장 찾으셨습니까?'

'아뇨.'

'므슈 데르비놀도 마찬가지고요?'

'네.'

'아무도 들어온 사람은 없었나요?'

'네, 아무도 없었어요.'

'므슈 데르비놀이 당장 찾는 걸 막았나요?'

그때 막심이 좀 못마땅한 어조로 끼어들었어요.

'그렇소, 내가 그랬소.'

데느리스 남작은 방 안을 이리저리 서성대기 시작하더군요. 아주 탄력 있는 종종걸음이었는데, 그 바람에 전체적으로 더할 나위 없이 유연한 동작이 우러나는 거예요. 잠시 후, 내 앞에서 척 멈춰 서더니 이랬답니다. '당신의 다른 반지들을 좀 볼 수 있을까요?' 나는 양손을 선선히 내밀어 보여주었지요. 그는 잠시 이리저리 살펴보더니 히죽 웃더군요. 마치 무슨 조사를 한다기보다는 히히덕거리면서 뭔가 재미나는 놀이를 하는 분위기로 묻는 거예요.

'사라진 반지는 물론 엄청 비싼 거겠죠?'

'그래요.'

'정확히 말씀해주실 수 있습니까?'

'단골 보석상 얘기로는 8만 프랑은 족히 나갈 거라더군요.'

'세상에, 8만 프랑이라!'

아주 황홀해하는 모습이었답니다. 그는 나의 왼손을 뒤집어 손바닥을 한참 들여다보기 시작했어요. 흡사 자기가 무슨 손금 보는 점쟁이나 되듯이 말이죠……. 막심은 갈수록 인상을 찌푸리더군요. 이 낯선 사내를 짜증스러워하는 게 분명했습니다. 나 역시 이런 분위기는 좀 벗어나고 싶었고, 그처럼 엉뚱한 동작만큼은 단호히 제지하고 싶었답니다. 하지만 지그시 쥐고 있는 그 손힘을 왠지 뿌리칠 수가 없더군요. 아마 그대로 그 남자가 내 손에 입을 맞춘다 한들, 과연 손을 뺄 수 있었을까 의심이 들 정도였지요. 그만큼 나는 사내의 카리스마 넘치는 태도에 주눅이 들어 있었다고나 할까요. 급기야 나는 그가 문제를 이미 해결했다는 생각까지 하게 되었답니다. 최소한 사실 자체만 놓고 보았을 때 말이죠. 그는 더 이상 직접적인 질문조차 내밀지 않았어요. 내 생각에는 그가 내게 털어놓은 이와 비슷한 사건 경험 두세 가지가 당장 눈앞의 수수께끼를 해결하는 데 큰 힌트가 되지 않았나 싶었습니다. 자기 체험담을 들려주면서 그는 힐끔힐끔 재빠른 시선을 나와 막심 쪽으로 던졌는데, 마치 그 얘기들이 어떤 반응을 초래하는지 살피는 눈치였습니다. 나는 속내를 들키지 않으려고 은근히 저항을 했지만 허사였어요. 왠지 모르게 그가 직접 캐어 들어온 것도 아니면서 나와 막심의 관계를 야금야금 읽어내고 있다는 걸 인정하지 않을 수 없었거든요. 막심의 사랑과 그에 대한 나의 미묘한 감정을 말입니다. 아무리 바짝 긴장을 해도 소용없었어요. 막심도 마찬가지였고요. 말하자면 그는 우리 안에 꽁꽁 가둬둔 비밀들을 마치 편지를 한 장 한 장 넘기듯이 샅샅이 훑어내는 것이었습니다. 정말이지 짜증 나는 일이었지요! 급기야 막심이 폭발하기 시작했답니다!

'나는 도대체 그 모든 얘기가 무슨 상관인지 모르겠소!'

데느리스 남작은 기다렸다는 듯이 대꾸하더군요.

'우리를 이 자리에 한데 모이게 한 일과 무슨 상관이냔 말씀이죠? 상관 있다마다요! 사실 문제 자체만 놓고 본다면 별로 대단할 것도 없습니다. 다만 내가 제시할 해결책은, 그 사소한 문제가 발생할 당시 당신들의 정신 상태에 주목해야만 진짜 효과를 볼 수가 있지요.'

막심은 점점 성질을 참기 힘들어하며 외쳤습니다.

'이보시오, 하지만 당신은 뭐 하나 조사다운 조사를 하지도 않았습니다! 가구 하나 들춰본 적도 없고, 어디를 관찰한 일도 없어요. 이렇다 하게 들여다본 곳도 없단 말입니다! 이따위 쓸데없는 잡담이나 한다고 잃어버린 보석이 돌아오는 게 아니에요!'

그러자 데느리스 남작은 지그시 웃으며 이러는 겁니다.

'어떤 사람들은 소위 조사행위의 의례적인 관행에만 사로잡혀서, 물리적인 사실들 가운데서만 진실을 끌어내려고 안간힘을 쓰기도 하는데, 당신이 딱 그런 부류로군요. 하지만 진실은 대부분 그와는 전혀 다른 영역에 속하는 법입니다. 오늘 우리를 괴롭히고 있는 문제는 경찰수사와 같은 기술적인 차원에 해당하는 것이 아니라 바로 심리학적인 차원에 속하는 문제랍니다……. 내가 앞으로 시도할 증명의 성패는 경찰식의 따분한 수사가 잘 진행되느냐 아니냐에 좌우되는 게 아닙니다. 그건 뭐랄까, 우리처럼 예민하고 충동적인 본성의 소유자를 의식의 통제를 벗어난 행동으로 몰아가는, 아주 특별한 심리현상들을 어떻게 이론의 여지없이 규명해내느냐에 달린 문제이죠.'

막심의 격한 목소리가 곧바로 튀어나오더군요.

'그러니까 결국 내가 그런 이상한 행동을 저질렀다는 거요?'

'그건 아닙니다, 므슈. 당신이 문제가 아니에요!'

'그럼 누가……?'

'바로 당신입니다.'

'내가요?'

물론 나는 깜짝 놀라는 게 당연했죠.

'그렇습니다, 바로 당신 얘기예요. 방금 말씀드렸지만, 예민하고 충동적인 본성의 소유자인 모든 여성들과 마찬가지로 당신이 문제예요. 아울러 우리 인간은 완벽한 통제력과 내면의 통일성을 항상 유지하는 게 아니라는 엄연한 진리 또한 특히 당신에게 상기시켜드리는 바입니다. 우리의 본성은 운명이 작용하는 엄청 비극적인 상황에서만 그런 것이 아니라, 지극히 일상적인 생활 속의 사소한 순간에도 곧잘 지리멸렬한 분열을 일으키곤 하지요. 그래서 우리가 계속 살아가며 말하고 생각하는 가운데, 우리의 무의식이 우리의 본능을 틀어쥐고는, 종종 어둠 속에서 엉뚱하고 비정상적인 방식으로 우리 자신도 모르는 행동을 유발하는 겁니다.'

되도록 현학적인 티가 나지 않게 신경 쓰면서 유쾌하게 얘기를 풀어내곤 있었지만, 그래도 나로서는 점점 안달이 나기에 냅다 다그쳤답니다.

'이봐요. 이제 그만 결론을 내리시죠!'

그러자 곧장 대꾸하더군요.

'좋습니다! 하지만 미리 양해를 구하건대, 당신이 보기에 사교적인 예의를 차리거나 유치한 배려를 하는 일 없이 다소 무지막지하게 밀고 나간다 해도 이해하시기 바랍니다. 자, 얘기는 이렇습니다. 한 시간 전쯤 당신은 므슈 데르비놀과 함께 이곳에 도착했습니다. 아마 내가 지금 므슈 데르비놀이 당신을 좋아하고 있다고 말해도 무례는 아닐 겁니다. 아울러 당신 역시 그가 사랑 고백을 해올 거라는 걸 직관적으로 느끼고 있다 말해도 진실에 크게 어긋나는 일은 아닐 거예요. 여자들이란 그런 면에선 틀리는 법이 없으며, 그렇기에 항상 마음 깊은 곳이 혼란스럽기 마련이지요. 요컨대 당신이 피아노 앞에 앉았던 바로 그 순간, 즉, 손에 낀 반지들을 빼내던 바로 그때,—지금 내가 하는 말의 중요성을 이해하셔야 합니다!—당신들 둘은 너 나 할 것 없이, 물론 여자 쪽이 남자보다 더, 내가 아까 줄줄이 얘기한 정신 상태 속에 처해 있었습니다. 말하자면 자신이 무슨 행동을 하는지 정확한 생각을 못하고 있었다는 말입니다!'

나는 '천만에요, 아주 말짱한 정신 상태였어요!'라며 발끈했지요.

그러자 그가 또 이러는 거예요.

'겉으로는 그랬겠지요. 당신 혼자 생각으론 그럴 겁니다. 하지만 현실 속에서는 제아무리 가벼운 흥분이라 해도 감정적인 기복을 경험하는 순간에는 그리 명징한 정신 상태를 유지하기가 힘든 법입니다. 바로 그러한 때, 당신은 잘못된 판단과 무의식적인 동작, 한마디로 실수를 범할 태세가 되어 있었던 거예요.'

'그래서 도대체 내가 어쨌다는 말인지……?'

'당신은 필시 어떤 의혹 섞인 동작, 경계하는 행동을 취했을 겁니다. 비록 그 상황에 논리적으로 맞지도 않고 당신의 성향에도 배치되는 짓이지만, 원하지도 않고 의식하지도 못한 상태에서 그냥 저지르고 만 것이죠. 왜냐하면 므슈 데르비놀의 이름이 어떻든 간에, 덮어놓고 그를 에메랄드 보석반지를 능히 훔칠 수 있는 자로 본다는 건 도저히 생각할 수 없는 일이니까 말입니다.'

그 말을 들으니 정말 울화가 치밀더군요. 나는 길길이 소리를 질러댔죠.

'내가요? 내가 그런 생각을 했단 말입니까? 그런 파렴치한 의심을 했다고요?'

데느리스 남작이 대답했습니다.

'아, 물론 그런 건 아니죠. 다만 당신의 무의식이란 놈이 수작을 부려, 마치 당신 자신이 그렇게 생각하는 것처럼 몰아간 겁니다. 그놈은 당신의 시선과 사고가 닿지 않는 곳에서 몰래 장난을 쳤답니다. 흔히 끼고 다니는 모조보석 반지들과 무려 8만 프랑에 달하는 진짜 에메랄드 보석반지 사이에서 재빠른 선택을 하게 만든 거지요. 즉, 자신도 모르는 사이에 그런 선택이 이루어졌고, 반지들이 우르르 외발원탁 위에 놓여졌을 때, 당신은 비할 데 없이 소중한 에메랄드 보석반지를 역시 무의식중에 모든 의심스러운 시도로부터 차단한 겁니다.'

그때만 해도 정말이지 미치고 팔짝 뛸 만한 모함이라는 생각뿐이었습니다. 나는 목이 터져라 소리쳤지요.

'말도 안 되는 얘기예요! 그랬다면 내가 까마득히 모르고 있을 리가 없죠!'

'한데 까마득히 모르고 있지 않습니까? 그 자체가 바로 증거나 다름

없습니다.'

'그렇다면 지금 그 에메랄드 보석반지가 내 수중에 있어야 하잖아요!'

'아니죠. 그건 당신이 놓아둔 곳에 얌전히 있습니다.'

'내가 놓아둔 곳이라뇨?'

'바로 외발원탁 위 말입니다.'

'거긴 없어요. 없다는 건 당신도 보고 있잖아요?'

'있습니다.'

'뭐요? 보시다시피 저긴 내 손가방밖에 없어요!'

'그러게요! 그러니 반지는 당신 손가방 안에 있는 겁니다.'

그야말로 황당하기 그지없는 얘기 아닙니까?

'내 손가방 안에? 대체 무슨 소릴 하고 있는 겁니까?'

그는 아주 강변을 하더라고요.

'나 역시 무슨 요술쟁이나 돌팔이 약장수 같은 소릴 하는 것 같아 유감입니다만, 어차피 잃어버린 반지를 찾아내라고 부르셨으니, 나로서는 그 반지가 있는 곳을 정확히 말씀드리지 않을 수 없습니다.'

'그게 거기 들어가 있을 리가 없다고요!'

'그렇다고 다른 어디에 있을 리도 없습니다!'

그러고 보니 좀 묘한 기분이 들더군요. 분명히 그게 거기 있었으면 하는 마음도 없진 않았으나, 마찬가지로 그게 거기 없어서 이 남자의 허황된 망상과 예언이 여지없이 실패로 돌아가 실컷 망신이나 당해버렸으면 하는 심정도 만만치 않았답니다…… 그는 내게 손짓으로 지시했는데, 왠지 나도 모르게 따르게 되더군요. 나는 손가방을 집어 들고 열어보았습니다. 그리고 안에 든 잡다한 물건들을 마구 뒤졌지요. 아, 근데 에메랄드 보석반지가 슬그머니 모습을 드러내는 거예요! 나는 한동안 멍하니 서 있었습니다. 도저히 두 눈을 믿을 수가 없었어요. 손에 쥔 반지가 진짜 내 에메랄드 보석반지인지조차 의심이 가더라니까요. 근데 진짜 반지 맞았어요. 착각할 여지가 없었답니다. 그러니…… 내 참…… 막심 데르비놀한테 그토록 모욕적이고 엉뚱한 짓을 하는 동안 도대체 내 안에서 어떤 일이 일어나고 있었단 말입니까? 하지만 한참 어리둥절해 있는 내 앞에서 데느리스 남작은 기쁨을 감추지 못하더군요. 분명히 말하지만, 만약 그런 기분을 조금 자제해서 적당히만 굴었어도 그에게 많은 점수가 돌아갔을 겁니다. 하지만 그때부터는 아예 사교계 신사의 깔끔한 태도는 온데간데없이 사라지고, 그야말로 한 건 멋지게 올린 전문가의 기고만장한 장광설이 터져나오더군요!

'바로 이런 겁니다! 이런 게 바로 우리의 본능이 우리 의식의 감시 소홀을 틈타 저지르는 앙증맞은 장난 짓거리죠. 아주 고약한 익살을 떠는 심술궂은 마귀의 농간이라고나 할까! 워낙에 어둑한 영역에서 일어나는 일이라 당신은 그 가방을 살펴볼 생각조차 하지 못한 겁니다. 당신은 스스로 방금 전에 보물을 맡겨둔 깨끗하고 신성한 가방을 의심하느니, 차라리 그 외 모든 곳을 뒤집어엎고, 나중에는 므슈 데르비놀을 포함한 온 세상 사람을 죄인으로 모는 것도 불사했을 거예요! 어때요, 이만하면 꽤 황당하고도 코믹하지 않습니까? 우리의 본성 저 보이지 않는 심연에 난데없는 빛이 파고드는 기분이 어떻습니까? 자고로 우리는 우리 자신의 기분과 고고한 품격에 자부심을 갖는 반면, 알 수 없는 수수께끼 같은 힘에는 보다 열등한 가치를 부여하기 마련이지요. 이쪽 친구한테는 한없는 칭찬만 하면서, 다른 친구한테는 인정사정없이 학대하는 꼴입니다. 사실 아무것도 모르니까 그런 무식한 짓을 하는 거예요!'

그렇게 내뱉는 내내 얼마나 희희낙락 빈정대는지! 문득 우아함이 넘치던 데느리스 남작은 어디론가 사라지고, 바네트 탐정사무소의 일개 직원이 온갖 가식과 태도는 다 때려치운 채, 평소 하던 습관에 맨얼굴 그대로 떠들어대고 있다는 느낌이었습니다. 막심이 주먹을 불끈 쥐고 나서는 게 언뜻 눈에 들어오더군요. 그러자 상대도 만만치 않게 버티는 분위기였는데, 상체를 꼿꼿이 세우며 을러대는 폼이 이전보다 체구도 훨씬 커 보이는 것이었습니다…… 그러더니 갑작스레 나한테 불쑥 다가와 손등에 걸쭉한 키스를 하는 것이었어요. 그건 분명 데느리스 남작으로서 하는 게 아니었답니다. 두 눈을 도발적으로 치켜뜨고 나를 똑바로 바라보면서 그랬거든요. 아무튼 제멋대로 굴고서는 마치 깃털 수북히 달린 펠트 모자라도 되듯 자기 모자를 집어 들고, 연극처럼 과장된 동작의 인사를 뿌리더니 아주 흡족하게 중얼거리면서 휭하니 내빼는 것이었습니다.

'참으로 앙증맞은 사건이었어. 난 요런 깜찍한 사건을 다루는 게 정말 좋더라…… 내 전공이나 마찬가지지! 그럼, 언제든 또 불러주시오, 마담…….'"

올가 공주의 기나긴 이야기가 끝났다. 그녀는 느긋하게 담뱃불을 붙이고는 친지들을 향해 화사한 미소를 지어 보였다. 여기저기서 보채는 소리가 들쑤신 듯 솟구치는 건 당연했다.

"그래서? 그다음엔 어떻게 되었나요?"

"그다음이라뇨?"

"반지 얘기가 그걸로 끝난 건 알겠는데…… 정작 당신 얘기 말이에요!"

"내 얘기도 마찬가지로 끝난 겁니다."

"아, 제발 그렇게 뜸들이지 말아요! 이왕 할 거, 화끈하게 털어놔 봐요, 올가! 어차피 털어놓을 생각이잖아요!"

"세상에, 정말 다들 호기심도 대단하시지…… 좋아요! 뭘 알고 싶은 거죠?"

"그야 우선 막심 데르비놀과는 어떻게 되었는지가 궁금하죠."

"아, 그거…… 뭐 별것 없었습니다. 하긴 달리 어쩌겠어요? 의도했건 아니건 간에, 그를 의심해서 에메랄드 보석반지를 숨겼으니 말이에요. 그렇지 않아도 그런 문제에 민감하고 늘 불안해했는데, 그 일로 인해 아주 마음이 상한 모양인지 나를 용납하지 못하더라고요. 그 후로는 그쪽에서도 졸렬한 실수를 저질러서 나 역시 고개를 돌리고 말았답니다. 내 앞에선 데느리스 남작을 꽤나 못마땅해하더니만, 그 뒤 바네트 탐정사무소의 그 사람 앞으로 1만 프랑짜리 수표를 사례비로 보낸 거예요. 수표는 곧장 봉투에 넣어진 채 멋진 꽃바구니에 핀으로 꽂혀 내 앞으로 돌려보내졌지요. 한데 그 봉투에 나로선 영광스럽게도 이런 서명이 휘갈겨져 있는 거예요……."

"데느리스 남작?"

"아뇨."

"짐 바네트?"

"아니에요."

"그럼 뭐죠?"

"아르센 뤼팽!"

또다시 입을 다문 공주에게 친구 중 한 명이 짚고 넘어갔다.

"서명이야 아무나 할 수 있는 것 아닌가요?"

"그야 그렇죠."

"확인해보려고도 하지 않았나요?"

올가 공주의 대답이 없자, 친구는 다시 말을 이었다.

"아무튼 막심 데르비놀한테 더 이상 관심이 없어졌다는 것만은 이해가 되네요. 사건 시작부터 끝까지 그는 수수께끼 같은 한 사내한테 완전히 압도당한 모습을 보인 데다가, 반대로 문제의 그 사내는 교묘한 솜씨를 부려 당신의 호기심을 자극하고, 관심을 온통 빨아들였으니 말이에요. 자, 올가, 이만 솔직히 말해봐요. 그를 한 번쯤 더 만나보고 싶다는 생각 안 했어요?"

올가 공주의 다문 입은 떨어질 줄 몰랐다. 예의 그 친구는 비교적 공주와 스스럼없이 속내를 주고받는 입장이었고, 가끔은 짓궂은 농담도 하는 사이라서인지 계속 집적거렸다.

"어쨌든 올가, 당신은 반지를 지켜냈고, 데르비놀은 자기 돈을 간수한 셈이로군요. 결국 아무것도 빼앗긴 물건이 없으니, 당신 얘기대로 일을 해주고 알아서 챙기는 게 능사인 바네트의 원칙에는 정면으로 위배된 경우라 하겠어요. 스스로 손가방 안을 뒤져서 에메랄드 보석반지를 충분히 후무릴 수가 있었을 텐데 그렇게 하지 않은 거예요. 그건 틀림없이 반지보다 더 좋은 걸 바란다는 뜻이겠죠. 그러고 보니 누군가 해준 얘기 하나가 생각나네요. 한번은 그가 일을 해준 뒤 아무 보상도 청구하지 않았는데, 나중에 알고 보니 자기 채무자의 여자를 슬쩍 빼돌려 함께 유람여행을 떠났다고 하죠. 어때요, 올가? 정말 보상 청구치고는 아주 멋들어진 방법 아닌가요? 당신이 지금까지 들려준 그 남자의 모습이나 성향에 정말 잘 어울리는 수법인 것 같아요! 어떻게 생각해요, 올가?"

올가는 여전히 침묵을 고수했다. 맨살이 드러난 어깨, 고혹적인 몸매를 안락의자에 느긋하게 드리운 채, 그녀는 담배에서 몽실몽실 솟아오르는 연기를 나른하게 바라보고만 있었다. 그녀의 손가락에는 근사한 에메랄드 보석반지가 반짝이고 있었다.

결정판 아르센 뤼팽 전집
8

1판 1쇄 발행 2018년 7월 2일
1판 3쇄 발행 2021년 4월 20일

지은이 모리스 르블랑 **옮긴이** 성귀수
펴낸이 김영곤 **펴낸곳** (주)북이십일 아르테
키즈융합부문 이사 신정숙
융합사업2본부 본부장 이득재
문학팀 김유진 김연수 원보람 **디자인** 김형균
영업마케팅 본부장 김창훈
영업팀 허소윤 윤송 이광호
마케팅팀 정유진 김현아 진승빈
제작팀 이영민 권경민

출판등록 2000년 5월 6일 제406-2003-061호
주소 (우 10881) 경기도 파주시 회동길 201(문발동)
대표전화 031-955-2100 **팩스** 031-955-2151

ISBN 978-89-509-7568-5 04860
978-89-509-7560-9 (세트)

아르테는 (주)북이십일의 문학 브랜드입니다.

결정판 아르센 뤼팽 전집 1권

괴도신사 아르센 뤼팽 | 뤼팽 대 홈스의 대결 | 아르센 뤼팽, 4막극

결정판 아르센 뤼팽 전집 2권

기암성 | 813 | 아르센 뤼팽의 어떤 모험 | 암염소 가죽옷을 입은 사나이

결정판 아르센 뤼팽 전집 3권

수정마개 | 아르센 뤼팽의 고백

결정판 아르센 뤼팽 전집 4권

호랑이 이빨

결정판 아르센 뤼팽 전집 5권

포탄 파편 | 황금삼각형

결정판 아르센 뤼팽 전집 6권

서른 개의 관 | 아르센 뤼팽의 귀환 | 여덟 번의 시계 종소리

결정판 아르센 뤼팽 전집 7권

칼리오스트로 백작부인 | 아르센 뤼팽의 외투 | 초록 눈동자의 아가씨

결정판 아르센 뤼팽 전집 8권

바네트 탐정사무소 | 부서진 다리 | 불가사의한 저택 | 바리바 | 이 여자는 내꺼야 | 에메랄드 보석반지

결정판 아르센 뤼팽 전집 9권

두 개의 미소를 가진 여인 | 아르센 뤼팽과 함께한 15분 | 강력반 형사 빅토르

결정판 아르센 뤼팽 전집 10권

백작부인의 복수 | 아르센 뤼팽의 수십억 달러 | 아르센 뤼팽의 마지막 사랑